Zum Buch

Eine fremde Welt.
Ein tödliches Spiel.
Eine Liebe, die alles verändert ...

Die Kandidatin ist der erste Band der Targan Saga.

Über die Autorin

Cate Barrett wuchs in Deutschland auf, lebte lange unterwegs und dann viele Jahre am Strand eines sehr heißen Landes. Zurück in Deutschland wohnt sie heute mit ihrem Mann und ihrem Sohn in der Nähe der Berge, wo sie den Garten mit jeder Menge Meisen, einer streunenden Katze und – Gerüchten zufolge – einem Igel teilen. Cate Barrett liebt Reisen und Geschichten.

Mehr Infos zu Büchern und Autorin unter
www.targansaga.com

Cate Barrett

Targan Saga

Band I

Die Kandidatin

Dystopischer Thriller

Die Figuren in diesem Roman sind frei erfunden. Ähnlichkeiten mit lebenden Personen sind nicht beabsichtigt und rein zufällig.

Targan Saga
Band I
Die Kandidatin
3. Auflage 2018

Die erste Auflage erschien 2015 unter dem Titel
»Spieler und Gegenspieler«

Cate Barrett
c/o Papyrus Autoren-Club
Pettenkoferstr. 16–18
10247 Berlin

Lektorat: Lydia G. Liebig
Cover Design: Kit Foster
Unter Verwendung von iStock.com/CoffeeAndMilk
Satz: J.B.
ISBN: 9781983262609

»Wissen ist Macht«
Francis Bacon

TEIL 1

1

Wo bin ich?

Kopfschmerzen pulsieren mit jedem Herzschlag. Ich öffne die Augen ... blendendes Licht ... was zum Teufel ... eine Deckenleuchte? Ich fahre auf.

Ich sitze auf einer Pritsche und trage ein merkwürdiges Hemd, am Rücken offen, bleichmittelweiß – darunter keinen BH, keinen Slip. Ein Krankenhaushemd. Aber da sind nirgendwo medizinische Geräte, das ist kein Krankenhaus. Wände und Möbel weiß, rechts von mir ein Panoramafenster, mit einem Rollladen verschlossen, links ein verspiegelter Schrank, mir schräg gegenüber die Tür.

Wie bin ich hierhergekommen? Erinnerungsfetzen an Reißzähne, brüllende Schmerzen ... Drogen? Hat man mich unter Drogen gesetzt? Mein Herz schlägt immer schneller. Diese Kopfschmerzen ... Vielleicht bin ich gestern Abend zum Tanzen in einen Club? Und irgendjemand hat mir K.-o.-Tropfen ins Wasser gerührt? Liquid Ecstasy oder Nachtperle oder ... Diese schlohweiße Wohnung hat definitiv was Psychopathisches ... bin ich etwa ... hat man mich ver...

Ich will schreien. Presse mir die schweißfeuchten Hände gegen den Mund und schlucke den Schrei herunter, muss ruhig bleiben, nachdenken.

Ich atme ein. Ich atme aus. Was sind meine Möglichkeiten?

Erstens: Wahrscheinlich wartet man hinter der Tür darauf, dass ich aufwache. Wenn es eine natürliche Erklärung für all das gibt, muss ich nur »Hallo« rufen und schon hat dieser Horror-Trip ein Happy End.

Zweitens: Wenn hinter der Tür ein irrer Serienmörder wartet, ist »Hallo« die weltblödste Strategie überhaupt und höchstwahrscheinlich meine allerletzte.

Drittens: Ich brauche mehr Info. Zuallererst brauche ich mehr Info.

Ich sehe an mir herunter.

Meine Beine. Blass, keine blauen Flecken, keine Schürfwunden. Alles in Ordnung mit meinen Beinen.

Meine Arme. Hab ich irgendwo Einstiche von Spritzen? Die wären doch an den Armen, oder? Aber da sind nirgendwo Einstiche.

Ich beiße die Zähne zusammen, dann ziehe ich mir das Hemd nach oben. Keine blauen Flecken, keine Fingerabdrücke, keine Kratzer auf Brüsten oder Taille, unversehrte Haut. Ich stoße die Luft aus. Überhaupt, das würde ich doch spüren, wenn mich jemand vergewaltigt hätte, nein, mein letzter Sex ist schon Monate her und daran scheint sich nichts geändert zu haben.

Ich betaste auch noch mein Gesicht, die Lippen, die Nase, die Wangen ... was ... Meine Brille! Verdammt, meine Brille ist weg, nackte Augen, wo, verdammt, bin doch blind wie ein Maulwurf ohne Brille ... Wieso kann ich so gut sehen?

Einatmen. Ausatmen. Ruhig atmen, nachdenken. Wie bin ich hierhergekommen? Was ist meine letzte Erinnerung? Joggen ... ich glaube, ich war joggen ... doch, unten an der Isar ... und dann ... Was war dann, da war noch etwas ...

Vielleicht hatte ich einen Unfall und bin jetzt in einer Art Privatklinik mit seltsamer Inneneinrichtung? Und die haben aus irgendeinem Grund ohne meine Einwilligung meine Augen gelasert, die Schweine ... Am Ende haben meine Eltern jetzt die Vormundschaft, meine Mutter mit ihrer fixen Idee von wegen die Brille versteckt mein Gesicht ...

Vielleicht habe ich bei dem Unfall mein Gedächtnis verloren und leide jetzt unter retrograder Amnesie? Vielleicht fehlen mir nicht nur die letzten Stunden, sondern die letzten Jahre? Wie spät ist es, welches Datum ist heute? Ich werfe einen Blick auf mein Handgelenk, aber meine Targan-Com ist natürlich auch weg. Die war sündhaft teuer.

Was ist meine letzte Erinnerung? Joggen ... Geruch nach Gras und Fluss ... und dann?

Ich fluche, presse mir die Hände gegen die klopfenden Schläfen.

Hier riecht es nach nichts außer steriler Sauberkeit.

Kann ich aufstehen?

Meine Füße ertasten den Boden, machen einen unsicheren Schritt. Die weißen Fliesen sind kalt und scheinen zu schwanken, meine Beine fühlen sich wattig an. Aber es geht.

Am Kopfende der Pritsche ist eine Digitalanzeige, weiße Lettern auf schwarzem Grund. »Luca Mon« steht da und darunter ein vielstelliger Code in Zahlen und Buchstaben. Also meinen Namen haben sie richtig, aber mein Geburtsdatum oder meine Münchner Postleitzahl ist das mit Sicherheit nicht ...

Schritt für Schritt gehe ich zur weißen Tür in der weißen Wand. Daneben hängt tatsächlich ein Targan-Display zur Zahleneingabe, na, immerhin ist mein Zimmer Hightech ...

Meine Finger zittern, als ich die Hand nach dem Türknauf ausstrecke. Sei offen. Bitte sei offen ... Ich drehe den Türknauf, rucke daran ... abgeschlossen. Ich balle die Hände zu Fäusten. Durch den Spion sehe ich einen fensterlosen, hell beleuchteten Korridor, der aussieht wie die Gangway eines modernen Flughafens. Ich stehe still, lausche ... aber außer meinen Atemzügen ist nichts zu hören.

Ich schlinge die Arme um den Körper und halte mich fest. Ich muss mich erinnern ... Werde mich erinnern ... Hab schon weniger Nebel im Kopf ... Ich bin vom Joggen zurück und dann ... irgendwas war da ...

Ich gehe zum verdunkelten Fenster, die Fliesen schwanken schon nicht mehr. Ich finde einen Knopf mit winzigem Targan-Logo, der angedeuteten Uhr ohne Zeiger, tippe darauf und der weiße Rollladen setzt sich fast geräuschlos in Bewegung. Erstes Licht dringt durch viele kleine Öffnungen.

Vielleicht kenne ich die Straße ja, vielleicht bin ich in einem Erdgeschoss und muss nur aus dem Fenster steigen, vielleicht kann ich um Hilfe rufen ... Unten am Fenster öffnet sich ein Spalt, wird größer und größer, als der Rollladen nach oben fährt. Blendendes Licht. Ich sehe aus dem Fenster eines Hochhauses, sehe tief unter mir einen Park, eine Pyramide an einem Strand und dahinter bis zum Horizont das Meer.

München ist das nicht.

Die Parkanlage liegt wie ein Labyrinth aus blühenden Beeten und Hecken zwischen den umliegenden Sanddünen und ist von goldenen Wegen durchzogen. Golden? Aber das funkelt so richtig in der Sonne. Die Blüten der exotischen Blumen und Pflanzen leuchten hell, in einem perfekten, fast unwirklichen Zusammenspiel der Farben.

Mir bricht der Schweiß aus. Panik. Darf jetzt nicht in Panik geraten, muss ruhig bleiben ... Ich stütze die zitternden Hände gegen die Fensterscheibe.

Die Pyramide am Strand ist teerschwarz und riesig, ragt wie ein seltsamer Fremdkörper vor dem Meer in den stahlblauen Himmel auf.

Verdammt. Jetzt weiß ich, wie ich hierhergekommen bin.

Es passierte am Morgen meines 29. Geburtstags. Ich kam später als sonst vom Joggen zurück, hatte auf dem Rückweg noch den Whisky für die Feier besorgt und es jetzt eilig, nach Hause zu kommen und mich nach Yara einzuloggen.

Yara ist inzwischen das einzige Online-Spiel, das nicht von Targan geschluckt worden ist. Denn wir sind die Besten. In einem Jahr werden in Yara Weltkriege gegen dämonische Heerscharen gewonnen oder verloren, Prophezeiungen erfüllt oder verhindert, aus Freunden können Feinde werden und aus Feinden Freunde, Spielfiguren sterben und stehen als andere Spielfiguren wieder auf.

An meinen letzten Geburtstagen hatte ich immer das Telefon abgeschaltet, zugesehen, wie die Welt von Yara auf meinem Bildschirm erschien, das Jahr Revue passieren lassen und dabei meiner Computerspielfigur Lilith mit Whisky zugeprostet.

Den Whisky hatte mir irgendwann mal mein Großonkel geschenkt. An meinem letzten Geburtstag hatte ich die Flasche endgültig alle gemacht, da war nix mehr drin, darum musste jetzt eine neue her. Der Whisky von meinem Großonkel hatte Glenmorangie geheißen und irgendwie feierlicher ausgesehen als das, was ich da jetzt auf die Schnelle gekauft hatte ... was Billiges, einen J&B ... Aber Whisky war doch wohl Whisky?

Ein Sommergewitter lag in der Luft, vereinzelte Tropfen fielen aus einem grauen Himmel. Eine Gruppe Teenager rannte an mir vorbei, als ich um die Ecke bog.

Gegenüber meiner Haustür parkte eine weiße Targan-Limousine. Leute blieben davor stehen, gingen nur zögernd weiter, es drängte sich schon. Ich benutzte die Ellenbogen, zwängte mich zwischen zwei Schulmädchen die Stufen zu meiner Haustür rauf und sah über die Schulter.

Da sah ich sie. Die Targan standen mir gegenüber auf der anderen Straßenseite, an die Limousine gelehnt. Sie waren zu dritt, alle in roten Uniformen. Einer der Teenager hatte sich bis zu ihnen vorgetraut und sie schrieben ihm Autogramme auf seinen Fußball. Hinter ihnen die Baustelle, ein tiefes Loch, Erdhaufen, Bagger, schwere Maschinen, der Kran.

Was machten die hier? Eine Promo-Aktion? Da würden die doch nicht echte Targan in die Münchner Milchstraße für schicken ... Machte sich da vielleicht jemand über die Targan lustig? Wurde auch Zeit, dass sich das endlich mal einer traute.

Die Targan nennen sich auch großspurig die Elite, ihr Motto: »Wir verbessern deine Welt.« Ob sie meine Welt so sehr verbessert haben, wage ich ja ganz stark zu bezweifeln, aber verändert haben sie in den letzten Jahren eine ganze Menge mit ihren Comvergern und Targan-Profilräumen.

Comverger werden inzwischen von allen Coms genannt. Sie sehen aus wie breite Uhren, aber die Uhrzeit steht auf dem

Armband, und das Ziffernblatt ist ein Smart-Phone-Bildschirm.

Die Coms bündelten alle verstreuten Nutzer-Informationen im Netz zu einem einzigen Konto, »deinem eigenen Targan-Profilraum«, darüber kriegt man von überall her Zugriff auf seine Musik, Dokumente, Versicherungsdaten, Stromrechnungen, Bankkonten ... Wenn ich zum Beispiel das Icon »Großes Kino« auf meinem Com-Display antippe, sucht meine Com für mich den neuesten Action-Thriller raus, und zwar einen, der mir entsprechend meinen bisherigen Vorlieben und Bewertungen wahrscheinlich gefällt, wie durch ein Wunder schaltet sich der kleine Targan-Projektor gegenüber meiner Fernsehwand im Wohnzimmer von selber an und die Wohnzimmerbeleuchtung schaltet sich aus. Ich muss mich an kein Fernsehprogramm mehr halten, die Übertragung stoppt, wenn ich aufs Klo gehe und 15 Minuten nach Filmbeginn klingelt der Pizzabote mit meiner Schwarze-Oliven-Chilischoten an der Tür, denn den hat die Com automatisch kontaktiert.

Klar sind viele Firmen kaputtgegangen, weil Targan-Produkte nur mit Targan-Produkten kompatibel sind, aber dafür ist die Internetkriminalität inzwischen praktisch auf null. Die Coms lassen sich nur mit Augenscan öffnen, die kann niemand knacken.

Ein älterer Mann mit Hut eine Stufe unter mir stützte sich auf seinen Stock und schüttelte immer wieder den Kopf.

»Schaut mal!« Neben ihm standen zwei Mädchen um die 13, die eine zeigte mit dem Finger. »Schaut mal, da steigt noch einer aus!« Auf ihrer Com am Handgelenk blinkte immer wieder »game over« über dem blutigen Ende ihres letzten Targan-Labyrinthspiels.

Ein Mann in schwarzem Anzug stieg aus der Limousine auf der anderen Straßenseite aus.

»Wow ... ist er das wirklich?« Das Mädchen klickte das Labyrinthspiel weg und stellte die Zoomfunktion ihrer Com ein, bis das Gesicht des Mannes auf ihrem Display erschien.

Sie aktivierte die Gesichtserkennung. »Das ist John Amber, das ist er!«

»Nee ...«, sagte der ältere Mann mit Hut und reckte den Hals.

Das Mädchen und ihre Freundin steckten die Köpfe über der Com zusammen und tuschelten. »John Amber! Der steht ganz weit oben bei Targan! Einer aus der Führungsriege bei uns in der Milchstraße ... wow ...«, »Guck mal ...«, »Sieht der toll aus ... wie so ein Hollywood-Schauspieler ...«, »Und diese Muskeln ...« Sie kicherten. »Ich hab mal ein Interview mit dem gesehen, er ist soooo ... ach.«

Der Mann schlenderte um die Limousine herum. Er war sehr groß und vielleicht um die 40. Er sah zu uns her und hob grüßend die Hand.

Alles um mich herum begann zu rufen und zu winken. Das Mädchen klatschte sogar in die Hände, ihr Com-Armband war rosa mit silbernen Einhörnern drauf.

»Zeig mir deine Com und ich sag dir, wer du bist«, geht einer dieser Targan-Werbeslogans. Bin immer wieder verblüfft, wie sehr das stimmt.

Das Targan-Com-Modell von Niklas, meinem Ex, das neue Comverger 7Plus, ist ein Manga von einem schreienden Mann, der aus der Halsschlagader verblutet. Pias Com ist voll mit rosa Smileys auf schwarzem Grund und Anne hat natürlich was Hellblaues mit einem dezenten Muster in Weiß.

Nur mein Com-Armband ist breit, schwarz, mit großem, weißem Targan-Logo. Die Targan-Grundeinstellung ohne Individualisierung.

Ich hab dem milchgesichtigen Verkäufer im Targan-Shop damals nämlich keine einzige seiner Profilierungsfragen beantwortet. Weil ich so sauer war, was kaufen zu müssen, was ich nicht kaufen wollte, nur um weiter telefonieren oder einkaufen zu können. Hat wirklich großartig funktioniert, meine Rebellion ... Jetzt werd ich manchmal wegen meines Armbands auf der Straße angesprochen. Ob ich dafür bezahlt werde, Werbung für Targan zu machen.

Ich wandte mich ab, schloss die Haustür auf und lief die Stufen zu meiner Wohnung ins Dachgeschoss rauf. Der Wohnungsschlüssel rasselte in meinem Schloss, es hört sich immer so an, als wollte ich das ganze Treppenhaus alarmieren.

Dann war ich drin. Stieß die Tür hinter mir zu, drehte den Schlüssel um, schloss den Lärm da draußen aus, schloss einen Moment die Augen und blieb ganz still stehen.

Geruch nach Holz und Büchern. »Hallo Wohnung, da bin ich wieder«, sagte ich.

Meine Wohnung ist nicht groß, ein Wohnzimmer mit Küchenzeile und ein Schlafzimmer mit Bad. Ich habe als Trennwände Bücherregale aufgestellt, es lebt sich ein bisschen wie in einer verwinkelten Bücherei und wirkt alles etwas labyrinthisch. Der Schreibtisch gegenüber der Wohnungstür wird von hüfthohen Regalen mit russischen und englischen Klassikern von der Küchenzeile abgetrennt, zwischen Tür und Wohnbereich türmen sich bis zur Decke Enzyklopädien, das Sofa steht zwischen Mythen, Märchen, Sagen und den französischen Existenzialisten, und die Wand um mein Fenster ist Nachkriegs- und Gegenwartsliteratur. Meine südamerikanischen Lieblingsautoren stehen den Gang runter im Schlafzimmer.

Alles hier ist alphabetisch oder nach Funktion sortiert. In meiner Wohnung hat alles seinen Platz.

Ich hätte mich am liebsten sofort nach Yara eingeloggt, aber seit meiner »Phase« mit Niklas mach ich so was ja nicht mehr. Ich stellte das Whiskyglas für meinen Geburtstag schon mal für den Abend neben die Flasche J&B in die Küche.

Ich wollte gerade duschen gehen, als es an meiner Tür klingelte. Stand da und blinzelte. An meiner Tür klingelte es nicht so oft.

Die Post? Geburtstag. Meine Mutter. Die hatte wahrscheinlich ihr Care-Paket mit Clinique geschickt, um meine Haut jung zu halten, bis ich unter die Haube kam. Sie wollte das einfach nicht glauben, dass ich mich mit meinem Leben eigentlich ganz wohl fühlte, mit meiner Arbeit für Y-Soft völlig ausgelastet war und gar keine Zeit hatte, an andere Hauben zu denken. Dabei konnte ich mich doch nicht mal dazu durchringen, die Festanstellung anzunehmen, die meine Chefin mir immer wieder anbot. Freiheit war unbezahlbar.

Ich wollte nicht aufmachen.

Aber Anne mochte Clinique. Anne und Georg hatten mich schon x-mal eingeladen, endlich das Baby kennenzulernen, und das Baby war inzwischen schon fast vier Monate alt ... Also nahm ich mir vor: Anne besuchen und ihr Clinique mitbringen. Diesen Monat noch. Spätestens nächsten.

Es klingelte wieder.

Ich ging zur Tür, drehte den Schlüssel um und öffnete.

John Amber stand vor mir.

Die drei anderen Targan, zwei Männer und eine Frau, warteten ein paar Stufen weiter unten im Treppenhaus.

Ich kannte die Targan-Uniformen nur aus dem Fernsehen, maßgeschneiderte Anzüge und Kostüme, immer einfarbig, aus einem Material mit metallischem Schimmer und oft mit winzigen Perlen verziert. Was hatten die in dieser Doku noch mal darüber erzählt? Ursprünglich ging es bei den Uniformen darum, so eine Art perfekte Funktionskleidung für die Elite zu entwickeln. Hautwiderstand und Körperwärme werden gemessen, die Haltung gestützt und wer weiß schon, was die Dinger sonst noch alles können. Dass die Targan damit inzwischen auch modisch den Ton angeben, ist wahrscheinlich eher ein Nebeneffekt. Natürlich gibt es jede Menge illegale Kopien, aber an den Original-Stoff kommen die nicht ran, der soll sogar vor Hitze wie vor Kälte schützen, ideal für einen Spaziergang im Schnee oder Urlaub auf einer tropischen Insel.

Nur in meinem Treppenhaus wirkten die Uniformen völlig deplatziert.

John Ambers Anzug war schwarz. Schwarz und viktorianisch: schwarze Weste, schwarze Krawatte, schwarzes Hemd, schwarze Hose. Er trug sogar schwarze Handschuhe dazu. Weste und Jacke waren über und über mit schwarzen Perlen bestickt.

Wie die Haut von einem der schwarzen Drachen in Yara. Draven hatte mal so einen Drachenhautumhang gehabt. Ich fühlte einen kleinen Stich in der Brustgegend.

Draven war fast ein Jahr lang der Begleiter von meiner Spielfigur Lilith gewesen, bis er eines Tages offline ging und verschwand. Draven hatte auf dem Bildschirm ganz ähnlich wie dieser Amber ausgesehen. Viel zu gut. Der muskulöse, groß gewachsene Held mit den breiten Schultern, also bitte, das ist doch wohl viel zu viel Klischee. Ich hatte Draven immer wieder dafür ausgelacht und ihm getippt, dass so was doch nicht glaubhaft ist.

Wahrscheinlich kam mir Amber darum so bekannt vor.

Sein leicht gelocktes, viel zu dichtes, viel zu schwarzes Haar war feucht von Regen.

Es zuckte um seine Lippen. »Einen Penny für deine Gedanken«, sagte Amber. Er hatte einen dunklen Teint und war glatt rasiert.

Ich räusperte mich. Meine Gedanken? Warum lernt man so jemanden nie beim Weggehen kennen? Gingen Targan in Clubs? So wie die drauf waren ... Als die mal Probleme mit der Steuer kriegten, kauften sie einfach irgendeinem hochverschuldeten Land eine Mittelmeerinsel ab und erklärten sich selbst zum Staat. Erst gab es jede Menge Proteste, die Bewegung der Amancay ist deshalb entstanden. Aber inzwischen haben die Targan ihren Sitz in der Uno, ihre eigene Flagge, ihre eigene Währung und ihren Staat haben sie »Targan Island« genannt ...

Nein, Targan ist keine stinknormale Firma, da findet man die Targan wahrscheinlich auch nicht in stinknormalen Clubs ... aber doch wohl auch nicht vor der Wohnungstür?

»Die Targan stehen in meinem Treppenhaus«, antwortete ich Amber.

»Dürfen wir also reinkommen?« Sogar seine Stimme klang zu weich, zu tief, zu melodisch, zu ... Draven.

Konnte nicht anders. Ich streckte die Hand nach seinem Jackett aus und rieb diese Drachenhaut, spürte die vielen schimmernden Perlen wie Drachenschuppen zwischen den Fingern.

Er stand bewegungslos und sah mir aus leicht geweiteten Augen zu. Seine Augen hatten ein so helles Braun, es sah bernsteinfarben aus ... nein. Eher wie helles Kupfer.

Ich lachte ein wenig. Hörte, wie jemand erschrocken die Luft einsog. Die uniformierte Frau ein paar Stufen unter uns.

Amber beugte sich über mich. »Du hast den schwarzen Mann angefasst«, raunte er. Sein Atem kitzelte an meinem Ohr. Sogar sein Geruch erinnerte mich an etwas ... an jemanden ... Er roch auch, wie Draven gerochen hätte. Nach einem Ort, wo die Wüste beginnt, man Tee mit Gewürzen trinkt und der Wind zu heiß und die Sonne zu rot ist, wenn sie am Stadtrand untergeht. So hatte ich mir immer vorgestellt, dass Udaipur riecht ...

Auweia, jetzt reichte es aber. Dieser Targan-Amber mochte ja nach allen Geheimnissen des Orients duften, aber das gab meinen Gedanken noch lange nicht das Recht, den Klischee-Wortschatz für die nächsten Jahre in ein paar Sekunden aufzubrauchen.

Ich räusperte mich noch einmal. »Kennen wir uns?«, fragte ich. »Ich glaube, wir kennen uns von irgendwoher.«

»Luca Mon«, sagte er langsam. »Ich bin John Amber.« Er nahm meine Hand, wie um sie zu schütteln, hielt sie einen Moment zu lange fest, ließ plötzlich los, als ob er sich verbrannt hätte.

Ich dachte: Vielleicht sollte ich die Tür wieder zuschlagen. Alles ein wenig zu viel Vertrautheit und Verwirrung auf einmal.

Aber ich wollte mich nicht mein Leben lang fragen, was denn nun gewesen wäre, wenn. Ich sagte: »Kommen Sie rein.«

Bunte Stoffe raschelten und knisterten, Absätze von einem Paar glitzernden Stöckelschuhen klapperten und schabten, einer nach dem anderen traten die vier ein, standen schillernd wie Insekten mitten in meinem Wohnzimmer, sahen sich zwischen meinen Bücherregalen um, als wäre meine Wohnung fehl am Platz und nicht sie, sahen sich um wie Besucher eines Zoos in der Voliere eines exotischen Vogels, den sie gerade gekauft hatten.

Der Geruch nach Kosmetika und fremden Körpern breitete sich aus. Ich hätte gerne das Fenster aufgemacht, um ein wenig zu lüften. Aber es hatte zu regnen begonnen, schwere Tropfen klatschten gegen die Scheibe.

»Sind die noch immer kompatibel?«, hörte ich einen der Männer in rotem Anzug fragen. Er kaute an einem Kaugummi und sah ein wenig wie ein Türsteher aus. Er beugte sich über meinen Computer, knipste mit seiner Com ein Foto davon und sah so aus, als hätte er am liebsten gleich seinen Teiler aktiviert und sich angeschaut, wie sein Profilraum als Retro-Schick auf meinem prähistorischen Monitorbildschirm wirkte.

Hätte nicht geklappt. Vor ein paar Jahren war die Com-Teiler-Verbindung noch mit allen marktgängigen Computer-Modellen kompatibel, aber das war mal. Es gibt ja eh nur noch Targan-Modelle zu kaufen. Mein Mac gehört zu einer aussterbenden Spezies, ist einer der letzten seiner Art. Ich hab tatsächlich nur noch Zugriff über meinen Com-Teiler darauf, weil auch meine Com schon wieder so hoffnungslos veraltet ist.

»Hallo Luca«, sagte die Frau, schüttelte mir die Hand, legte die andere Hand auf meinen Oberarm. Sie war Ende 30, hatte schulterlange blondierte Haare und hätte mit ihrer Figur jederzeit als Model posieren können. Aber im Gesicht wirkte sie eher wie eine Managerin, die trotz aller Überstunden das Karriereziel nie ganz erreicht hatte, diese vielen frühen Falten, der verbissene Zug um den Mund. Ich konnte sie mir an einem gläsernen Schreibtisch vor einem überhitzten Computer vorstellen, eine Frau, die immer als Allerletzte ging und es trotzdem nie schaffte und entsetzliche Angst davor hatte, irgendjemand könnte von ihrem Versagen oder ihrer Einsamkeit erfahren.

»Ich bin Adriana Fork, deine Mentorin«, sagte sie. »Ich darf dir bei den Formalitäten behilflich sein.«

Welchen Formalitäten? Duzten wir uns jetzt also alle schon? Offensichtlich hatten sie sich in der Adresse geirrt und verwechselten mich mit jemandem. Ich sah fasziniert dabei zu, wie Adriana die Aufnahmefunktion auf ihrer Com anklickte, das Targan-Auge als ein roter Hologramm-Punkt in der Luft erschien, den sie mit den Fingern zu einem Bilderrahmen auseinanderzog. Ich war genau in der Mitte, um mich herum ihr Hologramm-Rahmen, ein virtuelles Fadenkreuz auf meinem Herzen. Das blieb, auch als Adriana die Hand wieder senkte.

Der Mittelpunkt, das ist wirklich der unbequemste Ort auf der Welt. Sie standen um mich herum, sahen mich an und warteten auf irgendwas. Ich war eine Schauspielerin ohne Text und niemand soufflierte.

Nur John Amber hatte sich auf die Lehne von meinem roten Flohmarktsofa gesetzt und blätterte in Camus.

»So was wie Tee oder Kaffee hab ich nicht«, sagte ich. »Leitungswasser?« Ich ging in die Küche, das Fadenkreuz mit mir. Ich nahm meine drei Tassen aus dem Regal. Etwas hinter mir fiel dumpf auf den Boden.

Die vielen Bücherregale in meiner Wohnung haben den Effekt, dass man einander immer nur um die Ecke herum sieht und sich immer etwas dafür verrenken muss. Amber hob gerade das Buch wieder auf, lugte an den deckenhohen Enzyklopädien vorbei über die Klassiker neben meinem Schreibtisch.

Er wandte den Blick schnell wieder ab, fasste sich in die Haare, warf das Buch aufs Sofa, kam zu mir und nickte in Richtung Whisky. »Wie wär's damit?«, fragte er.

»Der ist für meinen Geburtstag«, sagte ich.

Amber blieb direkt hinter mir stehen, zu nah.

»Ich weiß«, sagte er, griff an mir vorbei nach dem Whisky und wog ihn in der Hand. »Du wirst heute 29. Herzlichen Glückwunsch zum Geburtstag, Luca Mon. Du bist auserwählt worden. Lass uns darauf anstoßen.« Seine Stimme brach dabei am Ende irgendwie weg.

»Ich mach den erst heute Abend auf«, sagte ich, »und teilen wollte ich eigentlich nicht ... Aber für jede Regel gibt's Ausnahmen, richtig? Also wenn du so gegen ... Moment, was hast du da gesagt?«

Amber stellte die Flasche ab. »Ja, für jede Regel gibt's Ausnahmen«, murmelte er und wandte sich dabei von mir ab.

Adrianas Absätze klapperten laut auf dem Dielenboden. Sie griff wieder nach meinem Oberarm, führte mich zum Sofa, ihre Hand fühlte sich wie ein tastender Fühler an, wir setzten uns.

Sie schlug die Beine in ihrem roten Kostümrock übereinander. Darunter trug sie rote Netzstrumpfhosen. Sie faltete die Hände über einem schlanken Knie. Ihre Com war golden und breit wie ein sehr teures Armband oder eine funkelnde Handschelle. »Ich weiß, das kommt plötzlich«, sagte Adriana, »du musst überwältigt sein. Wir sind es übrigens auch. Vermutlich glaubst du mir das jetzt nicht, aber dein Profil ist uns erst vor 26 Minuten übermittelt worden. Wir treffen gerade unsere Vorauswahl. Du hast großes Potential. Ich bin stolz, dich hiermit in unserem Kandidatenteam willkommen heißen zu dürfen. Ich bin mir sicher, wir werden wunderbar zueinander passen.«

Sie sah mich erwartungsvoll an, wartete wahrscheinlich darauf, dass ich in Freudentränen ausbrach. Oder vielleicht auch nur irgendwas sagte. »Ruft ihr denn vorher nicht an?«, brachte ich raus.

»Also, das haben wir natürlich, es ist nur«, sie senkte die Stimme, als wollte sie mich darauf aufmerksam machen, mein Hosenstall stände offen, »deine Com ist ausgeschaltet.«

Sie tippte mit einem perlmutt lackierten Fingernagel auf ihre Com und zauberte ein Hologrammfenster in die Luft. Ich hatte so was mal bei Niklas gesehen, der hatte schon immer die neusten Targan-Spielereien, bevor sie überhaupt auf den Markt kamen.

»Voilà, dein Vertrag«, sagte Adriana und justierte das Fenster so, dass die Schrift direkt vor meinen Augen schwebte. Ziemlich cool.

»Du musst nur noch unterschreiben«, sagte Adriana. »Hier unten, im blinkenden Feld. Halte nur deinen Daumen darauf. Dein Fingerabdruck wird eingescannt und du gehörst zu uns. Nicht wahr, John?«

Aber Amber antwortete ihr nicht. Er hatte sich von uns abgewandt und sah in den Regen.

Ich sah vom Hologrammfenster zum roten Fadenkreuz auf meiner Brust. Hatte mir denn irgendjemand hier überhaupt schon verraten, als was ich mich da bewarb? Oder ab wann? Oder wo? Ich arbeitete gerne als Freelancer für Y-Soft ...

»Luca?«, fragte Adriana. »Du sagst ja gar nichts. Luca?«

Ich schwieg. Meine Hand betastete den Brillenbügel, meine Fingerspitzen glitten über das Plastik, vor und zurück, vor und zurück.

Targan werden zu Talkshows eingeladen und sind auf dem Cover von Zeitungen und Hochglanzillustrierten. Targan sind wie VIP-Politiker und Filmstars in einem. Von der Elite rekrutiert zu werden, das ist wie wenn der amerikanische Präsident zu Besuch kommt, mit einer Greencard als Anwerbegeschenk. Ob man nicht Lust hätte, bei der Außenpolitik mitzumachen.

Ich hatte nun aber so gar keine Lust.

Meine Möglichkeiten?

Erstens: Ich sollte die Targan einfach aus meiner Wohnung schmeißen. Solange es keine Mieterhöhung gab, würde ich auch weiter ganz gut über die Runden kommen, ich brauchte nicht viel.

Mein Zeigefinger glitt vor und zurück über den Brillenbügel.

Zweitens: Ich könnte ein paar Jahre für Targan arbeiten, und dann mit doppelter Staatsbürgerschaft und steinreich wieder in mein altes Leben zurückkehren, meine Wohnung kaufen, hätte für immer ausgesorgt ...

Drittens: Bevor ich hier irgendwas entschied, musste ich mir sowieso erst mal diesen Vertrag durchlesen.

Adriana strich mit der Hand über ihren tiefroten Rock. Er war ein wenig zu hoch geschlitzt, der Uniformstoff erinnerte an Rohseide und schimmerte leicht metallisch. »Luca?«, fragte Adriana. »Du brauchst keine Tastatur oder etwas dieser Art, du hältst nur deinen Daumen in die Luft, hier, in dieses blinkende Feld hinein. Das funktioniert wie ein Touchscreen ohne Touch.«

Ich ließ meine Hand von der Brille sinken und berührte das Hologramm mit dem Zeigefinger. Das Bild ließ sich nach oben und unten scrollen, indem ich meinen Zeigefinger in der Luft darüber bewegte.

Adriana lachte unsicher auf. »Luca, nicht da oben, nicht auf die Schrift, hier unten, warte, ich ... Liest du das alles jetzt etwa gerade?«

»Adriana! Hat sie unterschrieben?« Amber stand noch immer breitbeinig und mit dem Rücken zu uns am Fenster. Die behandschuhten Finger seiner Linken lagen auf dem Fensterglas. Es sah aus, als wollte er durch das Glas hindurch den Regen berühren.

»Ich glaube«, sagte Adriana, ihre Stimme klang etwas höher, »sie ist vielleicht ein bisschen zu überwältigt, um zu begreifen, was ... sie ... ich meine, normalerweise hat man doch vorher ein wenig Zeit, sich an den Gedanken ... und ein Kostüm für den Termin mit uns zu kaufen ... und ...«

Sie warf einen Blick auf meinen grauen Trainingsanzug und sah schnell wieder weg, dann legte sie mir die Hand auf die Schulter, die Hand mit dem schweren Com-Armband und sagte: »Einfach nicht daran denken. Wie ich mich darauf freue, dir unsere Insel zu zeigen! Das Klima im Zentrum ist crazy, aber ich verspreche dir, du wirst aus dem Staunen nicht mehr herauskommen!«

Das Zentrum, der Ort der Entscheidungen, die Zentrale der Targan auf ihrer Insel ... Es gibt keine Bilder davon. Google Street View gab es da nie, obwohl es deswegen damals fast zum Prozess gekommen war, bevor Targan das eh alles geschluckt hatte. Aber es gibt immer mal wieder Ex-Kandidaten, die vom Zentrum erzählen … und die hören sich an, als hätte man sie aus dem Garten Eden verstoßen.

»Bitte hier unten«, sagte Adriana, »dein Fingerabdruck genügt uns schon, niemand erwartet von dir, das zu lesen. Es hat alles seine Richtigkeit.«

Ich scrollte weiter. »Wenn ich das richtig verstehe, soll ich vor der Reise erst eine Art Betäubungsmittel schlucken?«, fragte ich.

»Ja, das ist richtig, unsere Reisetablette. Glaub mir, es gibt gute Gründe dafür. Da mussten wir alle durch. Und hat es jemandem geschadet?«, richtete sich Adriana belustigt an die anderen.

»Also, ich habe noch nie so gut geschlafen wie damals«, sagte einer der Männer in Rot und lächelte mir von meinem Schreibtischstuhl aus zu. Mehr Sitzplätze gab's in meiner Wohnung nicht, der andere Uniformierte stand in der Nähe von Amber zwischen den Bücherregalen.

Ich wollte weiter im Vertrag lesen, aber Adriana wedelte mit der Hand, als könnte sie meine Bedenken damit in Luft auflösen, und sagte: »Ein bisschen Vertrauen, Luca. Alles hat seine Richtigkeit.«

Das gab den Ausschlag.

Ich verschränkte die Arme vor der Brust und lehnte mich zurück. Ich hätte beinahe gesagt: »Für Ihre Zukunft wünsche ich Ihnen alles Gute«, aber sagte stattdessen: »Tut mir leid. Das Klima in München ist mir schon crazy genug.«

Der Sommerregen prasselte gegen die Fensterscheibe. Ansonsten war es in meinem Wohnzimmer plötzlich still. Dann blies einer der Männer langsam eine Blase aus seinem Kaugummi und ließ sie mit einem Schnalzen zerplatzen.

Adrianas tiefrote Lippen wirkten mit einem Mal schmal. Sie sah jung aus, aber gleichzeitig müde, erschöpft und sehr, sehr alt. »Luca, du verstehst vielleicht nicht g…«, setzte sie an.

Amber hob seine Hand. »Stopp«, sagte er leise.

Adriana zuckte zusammen und zog den Kopf zwischen die Schultern. Amber wandte sich langsam um. Er betrachtete mich von oben bis unten. »Unterschreib einfach«, sagte er und nickte mir zu.

Ich antwortete nicht.

»Hast du es dir nie vorgestellt?« Seine Stimme klang dunkel und sanft. Mit langsamen Schritten kam er auf mich zu. Der Mann am Bücherregal wich unmerklich vor ihm zurück.

Amber blieb direkt vor mir stehen. »Hast du dir nie vorgestellt, wie es wäre, jemand zu sein?«, fragte er mich.

»Ich weiß eigentlich ziemlich gut, wer ich bin«, sagte ich. »Reicht mir aus, vielen Dank, da muss ich nicht erst für irgendwas anderes auserwählt werden. Und so was wie Tests oder Prüfungen mag ich überhaupt nicht.«

»Nun, vielleicht siehst du es dann lieber als eine Art Spiel? Du spielst gerne. Nicht wahr?« Die Augen leicht verengt sah er auf mich herunter. Er berührte seine Com und ein Hologramm öffnete sich zwischen uns. Mit einer weiten Armbewegung zog er es auf Großbildschirmformat auseinander und warf es hinter sich, es schwebte als schimmerndes, lebensgroßes Fenster mitten im Raum.

Hatte so was noch nie gesehen. Aliens aus der Zukunft zu Besuch in meinem Wohnzimmer.

Amber trat beiseite, öffnete ein kleineres Hologramm über seiner Com und tippte darauf in der Luft. Im großen Hologramm erschien mein Name, darunter Adrianas Video-Feed von mir, wie ich im Trainingsanzug auf meinem wirren Zopf auf dem roten Flohmarktsofa saß und quer über meinem Bild Daten, unter Name, Geburtstag und Adresse stand Größe: 1,65 Meter, Gewicht: 51 Kilogramm, Haarfarbe: dunkelbraun, Augenfarbe: Grün, Geburtsort: Frankfurt ... Moment! »Ich hab noch nicht mal ne Waage, woher zum Teufel kennst du mein Gewicht?«

Er lächelte. »Du bist auserwählt worden. Du wirst vielleicht von uns aufgenommen werden. Natürlich kenne ich dich. Ich kenne dich besser, als du dir das vorstellen kannst, Luca Mon. Ich weiß besser als du selbst, wer du bist. Und ich werde dir jetzt zeigen, warum du zu uns gehörst.«

Mein Mund war plötzlich trocken. Ich schluckte. Ich kann mich noch genau an den Tag erinnern, an dem mir die Targan unheimlich geworden sind:

Meine Mutter hat mich nach einer längst verstorbenen Urgroßmutter Ludovica genannt. »Ein großer Name«, hat mein Vater immer versucht, mich zu trösten, »das bedeutet ›berühmte Kämpferin‹.« Als Schulstreberin Ludovica zu heißen, war dann auch tatsächlich ein täglicher Kampf.

Aber an meinem 27. Geburtstag wachte ich auf und hieß plötzlich Luca. So, wie meine Freunde mich nannten und ich immer hatte heißen wollen. Die Targan hatten den Namen in meinem Profilraum und allen Netzwerken geändert, von Ludovica blieb keine Spur. Sie schickten mir sogar einen neuen Ausweis und eine neue Geburtsurkunde zu. Unter anderen Umständen hätte ich vielleicht Luftsprünge gemacht. Aber ich hatte nichts davon selbst beantragt.

Woher hatten sie jetzt all diese Infos? Wann hatte ich mich das letzte Mal gewogen, das war ... beim Arzt, vor ein paar Monaten. Die Versicherung. Natürlich. Die mussten über meinen Profilraum Zugang zu den Informationen in meiner Krankenversicherung genommen haben.

War das legal? Seit die Targan überall als Regierungsberater mit drinsitzen, sind viele Gesetze geändert worden.

Adriana hatte sich leicht nach vorne gebeugt, sah mich nicht mehr an, ließ aber dafür mein Bild auf dem Hologrammfenster nicht aus den Augen.

Ich rieb mir die Stirn. »Das ist doch wohl ein Scherz«, sagte ich. »Euer HR-Team hat euch doch angeblich erst vor 26 Minuten meinen Namen gegeben, wie viel kannst du denn da schon über mich wissen, das ...«

Neue Daten. Mein Tagesablauf. Zeitgenau.

»Außer einer ungeklärten Paranoia vor Schlangen gibt es keine größeren Ängste oder Bedrohungen oder auch nur Vorkommnisse in Luca Mons Alltag«, erzählte Amber. »Sie sorgt für ihr Leben wie für eine Maschine, die geölt bleiben muss, aber wenn sie die Möglichkeit hätte, dann würde sie ihren Körper wahrscheinlich am liebsten zur Wartung unterstellen und ihr Gehirn permanent mit dem Online-Spiel Yara verdrahten, für das sie auch arbeitet. Luca Mon steht jeden Morgen um Punkt 7 Uhr auf. Um 7:15 Uhr geht sie für eine halbe Stunde joggen. Gegen 8 Uhr frühstückt sie an ihrem Schreibtisch und arbeitet dort bis 13 Uhr. Von 13 bis 15 Uhr isst sie zu Mittag und spielt Yara. Von 15 bis 17 Uhr arbeitet sie. Danach kümmert sie sich um ihren Haushalt, geht einkaufen, ruft zurück, wenn jemand versucht hat, sie tagsüber zu erreichen. Um 18:30 Uhr isst sie zu Abend. Sie ernährt sich gesund.«

Eine Liste mit Lebensmitteln erschien neben meinem Gesicht auf dem Hologramm.

»Nach dem Abendessen spielt Luca Mon wieder Yara, bis zirka 23 Uhr. Dann geht sie ins Bett. Und schläft. An den Wochenenden erholt sie sich nachmittags mit einem Buch.«

Er hielt inne, sah mich fragend an, wartete auf eine Antwort.

Ich antwortete nicht. Ich dachte: Meine Rechnungen im Supermarkt und mein Konto bei der Leihbücherei. Über meinen Targan-Profilraum bezahlt. Die Targan-Überwachungskameras der Geschäfte, Gesichtserkennung. Meine Fitness-App auf der Targan-Com analysiert täglich meinen Schlaf. Meine Log-in-Informationen von Yara ... Ich fühlte mich nackt. Vielleicht war das alles inzwischen legal. Aber das machte es noch lange nicht richtig. Mein Gesicht auf dem Hologrammfenster wirkte festgefroren.

»Unser Tagesablauf im Zentrum wird deinem jetzigen übrigens sehr ähnlich sein«, bemerkte Amber.

»Noch ein Grund mehr, einfach hierzubleiben«, gab ich zurück. Stalker. Das waren Stalker.

Amber tippte wieder auf seine Com, öffnete wie Adriana zuvor die Aufnahmefunktion, aber berührte den rotblinkenden Punkt, das Targan-Auge blieb an seiner Zeigefingerkuppe haften. In einem kleineren Fenster auf dem lebensgroßen Hologrammbildschirm erschien jetzt, was er filmte, er ging die Bücherregale in meinem Wohnzimmer entlang, blieb bei den Enzyklopädien stehen. »Das hier ist Luca Mon«, erklärte Amber und ich hatte plötzlich das Gefühl, einem Life-Reporter im Krisengebiet zuzuschauen, der zu einer Millionenschaft vor ihren Fernsehern sprach. »Luca Mon lebt sehr zurückgezogen in der Schutzkapsel ihrer Wohnung und kauft Reiseführer, die sie nicht benutzt.« Er nahm einen aus dem Regal, wandte sich über die Schulter zu mir zurück. »Du hast ein Problem mit dem Klima auf Targan Island, aber träumst von Timbuktu?« Er schüttelte den Kopf und stellte das Buch wieder ins Regal. »Luca Mon hat seit Jahren ...«

Er hielt plötzlich inne, runzelte die Stirn, zog ein Taschenbuch heraus und warf mir einen verblüfften Blick zu. Er hielt den Einband umgeklappt, so, dass niemand ihn sehen konnte. War mir trotzdem sicher, was er da in der Hand hatte. Die *Liebesspiele für Fortgeschrittene – die kompliziertesten Stellungen des Kama Sutra in Bildern erklärt.*

Amber blätterte eine Seite auf, hielt das Bild darauf schräg und dann verkehrt herum, sah wieder auf, um seine Mundwinkel zuckte es. Er sah mich an, neigte den Kopf zur Seite und hob kaum merklich eine Braue.

Ich nahm all meinen Mut zusammen, stützte die Hände in die Hüften und sagte: »So gut warst du also doch nicht über mich informiert, was? Steht in eurer Akte gar nichts darüber, wie akrobatisch ich bin?« Ich erwiderte seinen Blick und verzog keine Miene dabei.

Das Buch fiel ihm aus der Hand.

Dabei hatte ich nur mehr schlecht als recht geblufft. Meine Orgasmen mit Draven waren zwar exotische Geschichten in vielen Farben, über dunkles Stöhnen, den Geschmack schweißfeuchter Haut, ineinander verschlungene Körper ... Aber sie entstammten leider ausnahmslos meiner Fantasie. Meine sporadischen One-Night-Stands standen auf einem anderen Blatt. Die waren so, wie die Wirklichkeit nun mal war, nämlich ziemlich grau. Aber das ging John überhaupt nichts an.

Er bückte sich und hob das Buch wieder auf.

»Jemand, dem alles runterfällt, sollte vielleicht nicht alles anfassen?«, setzte ich noch einen drauf.

Adriana neben mir seufzte erschrocken und hielt sich die Hand vor den Mund, die beiden Männer in Rot starrten mich an.

Nur John stellte ruhig das Buch ins Regal zurück und fuhr fort, als ob er mich gar nicht gehört hätte. »Luca Mon lebt bis auf kurze ... Abstecher ... in die Gesellschaft völlig zurückgezogen. Von ihren wenigen Freunden hat sie nicht mal Bilder oder Postkarten aufgehängt.« Er schwenkte den roten Punkt der Kamera über die kahlen Wände oberhalb der Regale hin zu meinem Schreibtisch, der Landkarte von Yara darüber. »Und das ist einer der Gründe, warum ihre Arbeit so exzellent ist«, sagte John. »Ihre Rollenspielwelt ist für Luca realer als das wirkliche Leben. Und was ist ihre Arbeit?«

Ein tabellarischer Lebenslauf der letzten Jahre schrieb sich über mein Gesicht auf dem Hologrammfenster in der Zimmermitte, während John weitersprach. »Luca Mon arbeitet schon seit Jahren für Y-Soft. Ihr Aufgabenbereich: Sie erfindet Quests und Figuren.«

Auf dem Bildschirm erschien als Bildhintergrund zu meinem Video-Feed die Karte von Yara und eine Liste. Ich stand auf, trat näher. Alles, was ich mir für Yara ausgedacht hatte, schimmerte säuberlich untereinander im Hologramm.

»Woher habt ihr das?«, fragte ich heiser. Ich arbeitete anonym. Ich mochte es nicht, andauernd jemanden davon überzeugen zu müssen, dass ich wirklich kein Interesse an Gastprofessuren oder Vortragsreisen hatte.

»Ich muss dir nicht erzählen, wie beeindruckt wir waren«, sagte John.

»Na das will ich ja wohl auch hoffen! Woher habt ihr die Liste, verdammt?«

Aber statt einer Antwort fuhr John fort: »Und um das noch zu toppen, ist Luca Mon der Grund dafür, warum Y-Soft überhaupt so erfolgreich ist und sich so lange gegen uns behaupten konnte. Die Spielerprofilierung – ihre Idee.«

Ich hielt den Atem an.

Mir war irgendwann aufgefallen, dass Spieler sich relativ einfach ihrem Spielverhalten nach kategorisieren lassen und sich das Spiel dementsprechend an sie anpassen lässt. Seitdem begegnen den Action-Spielern automatisch andauernd übelste Monster, soziale Spieler laufen auch in den abgelegensten Gegenden von Yara anderen Reisenden über den Weg und Strategen geraten immer wieder an die Front irgendeiner diplomatischen Krise. Inzwischen gibt es so viele Kategorien und Unterkategorien, dass nur noch das Computerprogramm einen Überblick über die Sache hat.

Die Idee lief immer noch unter Niklas' Namen, wie alles, was ich mir in meiner Phase mit ihm nach dem Abi ausgedacht hatte. Außer Niklas und mir wusste niemand davon. Hatte ich gedacht.

Ich fühlte einen Kloß im Hals, räusperte mich. »Woher habt ihr das?«, fragte ich noch mal.

Der Uniformierte in Rot ließ wieder sein Kaugummi schnalzen. »Die Idee kam von ihr?«, fragte er. Er saß kerzengerade an meinem Schreibtisch und hörte John aufmerksam zu.

»Die Idee kam von ihr«, nickte John und begann, mich und mein Hologramm langsam mit der Kamera zu umkreisen. »Luca Mon hat, offiziell seit sie 19 ist, aber höchstwahrscheinlich sogar schon vorher, jeden Tag die Welt von Yara verbessert, eine bessere Welt erschaffen. Aber niemand kennt dich. Niemand weiß, wozu du fähig bist. Nicht einmal du selbst. Weil Yara keine reale Welt ist.«

Mein Bild verschwand von der Landkarte in Yara. Stattdessen war da jetzt meine Spielfigur. Lilith.

»Stopp!«, sagte ich, das ging eindeutig unter die Gürtellinie, die sollten Lilith da raushalten. »Stopp!«

Das Hologramm zeigte, wie Lilith Feuerbälle auf Orks abwarf, über Flüsse sprang und den höchsten Turm einer Festung erklomm. Alle sahen zu. Außer John. John stand mir gegenüber, sah mich durch das Hologramm hindurch an und wandte den Blick nicht von mir ab. »Das ist Luca Mon, wie sie sein könnte«, sagte er. »Ihr Alter Ego Lilith. Ich habe dein Spiel studiert und ich weiß, was du tun könntest, wenn du dich nur entschließen würdest, deine Schutzkapsel zu verlassen und endlich die zu sein, die du eigentlich bist.«

Die Landkarte von Yara verschwand vom Bildschirm. Stattdessen erschien ein Bild vom Planeten Erde, wie er sich langsam im dunklen Weltall drehte. »Komm mit uns«, sagte John. »Die Targan verbessern die Welt. Das ist unsere Vision. Du bist dazu bestimmt, eine Targan zu sein.«

Lilith verflimmerte. Luca tauchte wieder auf, besser gesagt ihr Upgrade zum Supermodel, die Haare offen, in einer Targan-Uniform, mit einem selbstbewussten Lächeln und obendrein auch noch ohne Brille, und die Weltkugel drehte sich immer weiter im Hintergrund. Fehlte nur noch sphärische Musik. Oder vielleicht die Titelmelodie von Raumschiff Enterprise.

Ich wollte lachen, so was von too much war das alles. Nur schaffte ich das Lachen nicht mehr. Weil John verdammt noch mal zielgenau alle meine wunden Punkte getroffen hatte und ich mich fühlte, als verblutete ich mit Pfeilen gespickt auf meinem eigenen Dielenboden.

»Deine Freunde Anne und Georg sind Eltern geworden«, sagte John. »Dein Ex-Freund Niklas hat als Computer-Freak Karriere gemacht. Sogar Pia hat ihre Lehrstelle als Mechanikerin gefunden. Aber dein Leben steht still. Komm mit uns nach Targan Island.« Fast klang es wie eine Bitte.

Ich schüttelte den Kopf, griff mir in den Nacken, ließ die Hand wieder sinken. »Das kommt alles ein wenig zu plötzlich«, sagte ich, meine Stimme zu hoch.

Johns Lächeln hatte etwas Grimmiges. »Zugegeben. Wie Adriana dir schon erzählt hat, ist das eine ziemliche Überraschung für uns alle. Aber ich finde gerne gerade in den ungünstigen Zufällen die günstigsten Möglichkeiten, du nicht auch? Ich habe mir auf der Fahrt hierher deine Zukunft angesehen, unser Computer berechnet Verhaltensweisen inzwischen schon sehr genau voraus. Niemand außer mir hier im Raum wusste das: Aber laut deinem Profil besteht tatsächlich nur eine achtprozentige Wahrscheinlichkeit, dass du den Vertrag unterschreibst. Was dich, nebenbei gesagt, statistisch gesehen praktisch einzigartig macht.

Wären wir heute nicht gekommen, würdest du mit 99,8-prozentiger Wahrscheinlichkeit für den Rest deines Lebens von zu Hause aus als Spieleerfinderin arbeiten. Ganz so wie du das willst, richtig? Mit 72-prozentiger Wahrscheinlichkeit wirst du über 80 Jahre alt werden. Mit 76-prozentiger Wahrscheinlichkeit wirst du alle paar Jahre eine Beziehung eingehen, die den Zeitraum eines Jahres unterschreitet. 91 Prozent, dass niemand bei dir ist, wenn du stirbst und ...« Er hielt inne, senkte die Stimme: »98 Prozent, dass du niemals eines der Länder besuchen wirst, für die du all diese Reiseführer in deinem Bücherregal stehen hast ... Ist das wirklich das Leben, das du willst? Das hier ist deine Chance und sie kommt nicht wieder. Wenn du jetzt Zeit zum Überlegen hättest, ob du springen sollst oder nicht, dann würdest du nicht springen. Hör auf, dir vorzustellen, was wäre wenn.« Er trat noch einen Schritt auf mich zu, direkt in das Hologramm, in das Bild von mir hinein, das jetzt auf seinem Körper schimmerte. Er stand so dicht vor mir, dass wir uns beinahe auch in Wirklichkeit berührten, und streckte mir seine Hand entgegen. Er sagte: »Spring.«

Ich schluckte noch einmal. Ich wollte etwas antworten, hatte keine Worte. Da stand sie, Luca Mon, Erfinderin des weltberühmten Dialogs am Ende der Quest »Wasserfall«.

Und schwieg.

John bewegte sich langsam, behutsam und ohne mich dabei aus den Augen zu lassen, er tippte auf seine Com und in einem kleineren Hologrammfenster erschien wieder der

Vertrag. »Dein Fingerabdruck hier unten, und das Spiel beginnt«, sagte er ruhig.

Ich stand still und sah zu, wie er vorsichtig die Hand nach meiner ausstreckte, fühlte den Stoff seiner Handschuhe und darunter Wärme. Ich sah zu, wie er meinen Daumen auf das blinkende Feld zubewegte. Und in dem Moment fielen mir plötzlich wieder die Labyrinthspiele ein.

Ich hatte den persönlichen Ehrgeiz, durch meine Yara-Quests aus Gegnern Weggefährten zu machen. Ich sorgte dafür, dass immer ein gemeinsamer Feind da ist, ein magisches Artefakt, das man nur zu mehreren benutzen darf oder Aufgaben, für die es so unterschiedliche Fähigkeiten braucht, dass man die niemals alleine lösen kann.

Die Targan-Labyrinthspiele sind in etwa das Gegenteil davon. Die wohl bekannteste Version heißt »Minotaurus«, man spielt gegen neun weitere anonyme Online-Spieler. Ziel ist es, alle möglichen Gegenstände aus einem Labyrinth einzusammeln, sich dabei nicht vom Minotaurus zerfleischen zu lassen und als Erster der Spieler den Weg zurück zum Ausgang des Labyrinths zu finden. Um an seine Gegenstände zu kommen, muss man meistens erst mehrere Mitspieler killen, die sie unterwegs schon eingesammelt haben. Die Grafik ist beeindruckend und das Spiel erinnert an einen Splatter-Film. Am Ende überlebt meistens sowieso nur ein einziger Spieler.

Hätte ich das Labyrinthspiel erfunden, dann könnte man den Minotaurus nur gemeinsam besiegen und das Labyrinth nur gemeinsam verlassen, wenn jeder Spieler alle Gegenstände auf seiner Liste bei sich hat.

Ich zog meine Hand mit einem Ruck aus Johns behandschuhten Fingern zurück, stolperte fast einen Schritt zurück. »Tut mir leid«, sagte ich schnell und etwas zittrig. »Ich wünsche euch für die Zukunft alles Gute.«

Die wirkliche Welt ist zu groß, zu laut, zu chaotisch, zu brutal, um von irgendjemand verbessert zu werden. Ich und die Welt, wir haben darum einen Deal: Wir lassen einander möglichst in Frieden. Ich holte tief Atem.

Stille in meinem Wohnzimmer. Nur der Regen prasselte laut und unaufhörlich gegen die Fensterscheiben. John sah mich noch immer an. Sein Gesicht war jetzt ausdruckslos. »Sehr schade«, sagte er leise. Er schloss einen Moment die Augen. Dann nickte er und wandte sich von mir ab.

Der Rotuniformierte an meinem Schreibtisch stand auf, der am Regal kam einen Schritt auf mich zu und schlug sein Jackett zurück. Darunter trug er eine Art Gürtel diagonal über der Brust, mit einer Tasche daran, die er jetzt öffnete.

»Wir könnten aber vorher trotzdem noch anstoßen?«, sagte John. Das Hologrammfenster verschwand, als er langsam zur Küchenzeile ging.

Er hatte mir den Rücken zugedreht. Ich hörte ihn die Tassen füllen und dann, wie ein Glas auf den Boden fiel und zersprang.

»Ich hab noch nie mit einem Mann mit Kupferaugen auf meinen Geburtstag angestoßen«, murmelte ich, »Scherben bringen Glück.«

Das ist das Letzte, an das ich mich noch erinnere.

Ich wende mich vom Fenster ab, gehe durchs Zimmer. Targan-Rollladen. Targan-Deckenleuchte. Targan-Türsicherung. Targan-Klimaanlage, die hätte mir gleich auffallen müssen. Der Raum ist voll Targan-Logos, eine weiße Uhr ohne Zeiger ist sogar in Ganzkörpergröße auf dem verspiegelten Wandschrank zu sehen.

Es sieht hier aus wie in dieser perfekt eingerichteten Targan-Wohnung aus dem Werbespot. Der Slogan: »Ein Targan holt sich immer, was er will. Hol dir die neue Targan-Com.«

Ich starre mein Spiegelbild an, umkreist von ihrem Logo. Ich bin so blass wie der Krankenhauskittel. Ich zittere ja.

Sie haben mich gegen meinen Willen betäubt und nach Targan Island geholt. Warum? Wollen die mich zwingen, für sie zu arbeiten? Die können mich doch nicht einfach ... Da würde doch irgendjemand einschreiten ... Oder?

Mein Atem kommt zu flach, zu schnell. Krieg keine Luft mehr. Mein Spiegelbild sieht mich aus angstgeweiteten Augen an. Holt tief und langsam Atem, atmet tief und langsam aus.

Ich darf nicht in Panik geraten. Nachdenken. Ich muss nachdenken.

Ich schließe einen Moment die Augen und sage mir: Das hier ist alles nur ein Spiel. Ich bin nicht Luca, ich bin Lilith und in Yara, unterwegs auf einer Quest.

Was hätte Lilith getan?

Ich öffne die Augen. Ich laufe zum Fenster und schiebe es weit auf. Hitze schlägt mir entgegen, unter mir geht es die gläserne Fassade entlang in die Tiefe, da sind auch Balkone, der nächste etwas rechts von mir, ein schmaler Sims führt dorthin ... Lilith könnte das schaffen, darüberzubalancieren ... Luca ist in ihrem Leben noch nicht mal auf einen verdammten Baum raufgeklettert.

Aber das wissen sie hoffentlich nicht.

Ich lasse das Fenster offen stehen, laufe zurück zum Schrank, drücke ein winziges Targan-Logo am Rand des Spiegels, sehe zu, wie sich die Spiegelwand lautlos beiseiteschiebt.

Krankenhauskittel hängen ordentlich aufgereiht an Metallkleiderbügeln.

Ich drücke das Logo ein zweites Mal und ducke mich durch den sich schließenden Spalt in den Schrank.

Es riecht nicht so, wie es in einem Schrank riechen sollte, es riecht nicht mal nach Waschmittel oder neuen Möbeln, nur frisch und neutral. Etwas streift meine Kopfhaut, ein Stoff? Ich kann die Hand nicht vor Augen sehen. Mein Atem ist viel zu laut.

Wie krieg ich die Tür nachher eigentlich wieder auf, gibt es in Targan-Schränken auch innen einen Knopf zum Aufmachen? Wie soll ich den in der Dunkelheit finden?

Schluss jetzt, die Tür wird auch ohne Knopf wieder aufgehen. Als Kind habe ich mich doch auch immer im Kleiderschrank versteckt. Wenn meine Mutter mich auf irgendeine

Geburtstagsparty schleppen wollte. Ich saß mit einer Taschenlampe und führte mir selber Schattenspiele vor, während meine Mutter durchs Haus lief, meinen Namen rief, »Ludovica! Wo bist du?«, erzählte, wie lustig das bei den anderen Kindern doch werden könnte, Ballons, Topfschlagen, vielleicht sogar ein Clown. Ich saß da und sah meinen Händen zu, die im Lichtkegel der Taschenlampe zu fliegenden Drachen wurden. Das waren nicht meine schlechtesten Stunden. Ich hab meinen Kleiderschrank geliebt.

Wenn ich doch nur eine Taschenlampe hätte ... War das ein Geräusch?

Die Tür. Das war die Tür, jemand ist im Zimmer ...

»Luca?«, ruft eine fröhliche Frauenstimme. »Luca, ich bin's, Adriana, schläfst du noch?« Das Geräusch hoher Absätze auf Fliesen. Keine Schritte mehr ... Still, so still ... höre meinen eigenen Herzschlag, zu schnell, schneller. Alles nur ein Spiel. Alles nur ein Spiel. Ich bin Lilith, Lilith wird mal wieder verfolgt, was ist der beste Spielzug in diesem Spiel, was sind jetzt Liliths Möglichkeiten?

Erstens: So hört sich doch wohl kein Kidnapper an! Die Elite kidnappt nicht! Das ist völlig paranoid, es gibt eine Erklärung für das alles, ich bitte Adriana jetzt sofort, den Schrank aufzumachen! Alle Missverständnisse klären sich auf und ich bin noch heute Abend zurück in meiner Wohnung, mit ein paar schicken Targan-Gadgets als Entschädigung für den Schrecken.

Wieder Schritte, langsame, zögernde Schritte ...

Zweitens: Aber Fakt ist, ich habe nicht unterschrieben. Fakt ist, ich bin trotzdem hier. Ich muss die Polizei ...

»Luca?« Adrianas Stimme klingt verwirrt.

Ich werde warten, bis sie wieder weg ist ... Mit etwas Glück schließt sie die Tür nicht ab ... Mit eingezogenem Kopf kauere ich da und halte den Atem an.

Die Schritte werden schneller. Ich kann hören, wie Adriana zum Fenster geht, stehen bleibt, zurückkommt. Ihre Schritte sind jetzt ganz nah.

Stille. Sie muss direkt hinter der Spiegelwand stehen.

Adriana lacht unsicher. »Luca? Wo bist du?«

»Was soll ich tun?«, fragt Adriana.

Mich kann sie schlecht meinen, also spricht sie wahrscheinlich über Com. Hat sie die auf Video-Übertragung gestellt? Wer ist am anderen Ende der Leitung? Wer hat alles gesehen, dass das Zimmer leer und das Fenster offen ist? Sind sie auf den Trick reingefallen? Glauben sie, ich bin schon geflohen? Irgendjemand sagt Adriana jetzt ins Headset, was sie zu tun hat ... Schlagen die jetzt Alarm? Kein einziges Geräusch mehr. Ich brauche Luft, atme so leise wie möglich ein wenig ein.

Ein Klicken.

Die Schranktür bewegt sich. Ein Lichtstrahl, wird größer, ein Spalt, der Saum eines roten Rocks mit metallischem Schimmer, tailliert, Adrianas Gesicht. Ihr Mund steht leicht offen, versucht zu lächeln, ihr Lächeln zuckt. »Luca! Ich ...« Sie streckt die Hand nach mir aus.

Ich packe ihre Hand, ziehe mich hoch, stürze mich mit meinem ganzen Gewicht nach vorne, sie schreit auf, strauchelt, kippt, fällt rücklings, ich falle auf sie. Stoße mich von ihr ab. Renne.

Die Tür steht offen.

Ich bin draußen, werfe die Tür hinter mir zu, am Ende des Korridors sehe ich Aufzugstüren, ich renne weiter.

Verdammt, Aufzüge ohne Aufzugsknopf.

Da ist eine Tür. Nicht verschlossen.

Ein helles Treppenhaus, Stufen führen Stockwerk um Stockwerk hinab. Ich haste hinunter, die Hand am Geländer, versuche einen Rhythmus für Schritte und Stufen zu finden, schneller zu werden. Sind das Schritte hinter mir? Keine Zeit zum Umdrehen. Meine Füße tappen auf kaltem Stein, vorbei an nummerierten Türen.

Stockwerk 17. Pumpendes Herz. Mein keuchender Atem hallt im Treppenhaus wider. Stockwerk 13. Die werden den Aufzug nehmen, runterfahren, unten auf mich warten. Stockwerk 12, geht irgendwo unter mir eine Tür auf?

Ich stolpere, stürze fast, halte mich am Geländer fest, fange mich. Ich laufe weiter. Seitenstechen. Stopp! Die werden einfach unten auf mich warten! Ich muss nachdenken!

Stockwerk 9. Ich presse mich an die Wand, neben die Tür, wenn die aufgerissen wird, stehe ich dahinter. Niemand ist über mir zu sehen. Niemand unter mir. Das helle Licht der Deckenleuchten bestrahlt Stiege um Stiege glatter, weiß glänzender Stufen.

Nachdenken.

Adriana wird über ihre Com Alarm geschlagen haben. Sie können jeden Moment im Treppenhaus auftauchen, über mir und unter mir, mich in der Mitte einkeilen. Sie werden davon ausgehen, dass ich versuche, so schnell wie möglich nach draußen zu kommen.

Und wenn ich mich stattdessen hier im Gebäude verstecke? Auch wenn sie sich das denken, finden sie mich vielleicht trotzdem nicht. Dieses Hochhaus muss mehr als 20 Stockwerke haben. Ich könnte ein paar Stunden abwarten. Bis sie anfangen, mich anderswo zu suchen. Dann versuchen rauszukommen. Wenn sie mir unten auflauern, brülle ich alles zusammen. Sollen sie mal versuchen, meine Entführung mit zwanzig Stockwerken an Mitwissern zu vertuschen.

Kann man das?

Ein besserer Plan fällt mir nicht ein.

Ich öffne vorsichtig die Tür. Wieder ein Korridor, die weißen Wände wölben sich zur Decke hin, aus der in gleichmäßigen Abständen die Leuchten strahlen. Links von mir sind die Aufzüge, rechts eine große, zweiflügelige weiße Tür.

Und wenn ich da jetzt einfach anklopfe und um Hilfe bitte? Wer bei Targan weiß von meiner Entführung? Wahrscheinlich doch nur ganz wenige ... Aber dieser John Amber? Der weiß davon, und der ist hier mit Sicherheit irgendein hohes Tier ... Das bedeutet, ich kann hier nirgendwo klingeln ... Hier stehen bleiben kann ich aber auch nicht!

Ich presse den nackten Rücken gegen die Wand und lausche. Keine Schritte. Nichts zu hören. Nicht mal der Aufzug.

Meine Hände sind eiskalt und in meinem Mund hat sich die Spucke zu einem sauren Klumpen verklebt. Alles nur ein Spiel. Lilith hat noch ganz andre Sachen überlebt, das ...

Ein Schrei.

Ein lang gezogener, schriller Schrei wird lauter, wird ein Heulen ... Eine Katze?

Verdammt, das ist keine Katze, das ist ein Mensch. Hinter der Tür wimmert jemand vor Schmerzen.

Diese Tür ... irgendwas stimmt nicht mit der Tür ... irgendwas an dieser Tür jagt mir eine Gänsehaut über den Körper, alle Härchen stellen sich einzeln auf ... Die Tür ist weiß wie der Korridor. Nur rechts oben ist irgendwas Rotes ... Ich kann nicht genau erkennen, was das ist.

Aber ich kann auch nicht mehr wegsehen.

Warum kann ich nicht mehr wegsehen?

Ich gehe einen Schritt darauf zu.

Moment, das will ich nicht, ich will nicht auf die Tür zugehen. Die Schreie dahinter werden höher, werden zu einem Winseln. Hab so was noch nie gehört, will mir die Ohren zuhalten, will wegsehen, will zurück ins Treppenhaus ...

Aber ich starre auf die weiße Tür mit dem roten Muster in der rechten oberen Ecke.

Ich gehe noch einen Schritt darauf zu. Und dann noch einen Schritt. Ich versuche stehen zu bleiben. Meine Beine gehen langsam, Schritt für Schritt weiter.

Was zum Teufel ...

Hysterisches Brüllen hinter der Tür. Bricht kurz ab, wird ein Schluchzen, ein neuer Schrei, lauter, höher ... kann das nicht mehr hören ... meine Arme baumeln wie leblos an meinen Seiten. Meine Beine gehen weiter zur Tür. Ich sehe wie gebannt das rote Etwas darüber an. Das ist nicht mal ein Muster. Das sind nur viele Punkte, das ist alles, viele rote Punkte, in denen sich nichts erkennen lässt. Das ist absurd!

Ich beiße die Zähne zusammen, ich werde jetzt stehen bleiben! Schmecke Blut, hab mir auf die Lippe gebissen. Auf den Schmerz konzentrieren, nicht in Panik geraten, nicht die

Kontrolle verlieren, umdrehen, weg hier, zurück ins Treppenhaus ...

Aber ich darf dem Tabu nicht den Rücken zukehren ... Zähne, Malmen, Rot, zerdrückt, Stacheln, Stechen, Schmerz ... Tabu.

Meine Beine knicken unter mir weg.

Ich knie keuchend auf dem Kachelboden.

Nicht das Tabu aus den Augen lassen, es wird malmen, stechen, Zähne, Rot, zerdrückt ... Was ist ein Tabu? Was sind das für Punkte, was passiert mit mir?

Wieder ein neuer Schrei, ein lang gezogenes, schrilles Aufweinen, und ich kauere auf dem Kachelboden, zittere, warte vor dem Tabu. Der Schweiß bricht mir aus. Mein Herz hämmert gegen den Brustkorb, ich würge an Panik. Sie werden mich finden, wenn ich nicht aufstehe.

Aber ich kann nicht aufstehen. Mein Körper schüttelt sich vor Angst auf den weißen Fliesen und ich sehe nur immer weiter die roten Punkte an.

Bis sie mich finden.

Große Hände packen meine Schultern, schleifen mich durch die Tür ins Treppenhaus zurück.

Kein Tabu mehr.

Ich kann mich wieder bewegen. Zwei Männer in blau schillernden Uniformen halten mich fest. Ich schlage um mich, trete, schreie.

Unklug, das hilft mir jetzt auch nicht weiter, die sind doch stärker als ich, jeder hat mich an einem Arm gepackt, ich muss aufhören, muss mich beruhigen ...

Aber mein Körper schreit und schlägt und tritt und brüllt weiter wie von selbst.

Adrianas Gesicht nähert sich mir, sie sagt irgendwas. Hinter Adriana zieht ein riesiger Mann in blauer Uniform eine Spritze auf und kommt damit auf mich zu.

Ich werfe den Kopf zurück, alles an mir zuckt und bäumt sich auf. Adriana legt beide Hände an meine Wangen und hält meinen Kopf, »Luca, stillhalten ... halt still ...«

Ich halte nicht still, ich trete nach ihr, treffe ihr Schienbein.

Sie schreit kurz auf, kneift die Lippen zusammen, lässt mein Gesicht nicht los und sieht mich weiter an, ihre Finger liegen kühl auf meinen Wangen, »Luca, erinnere dich, es ist alles in Ordnung, du bist sicher, erinnere dich ...« Sie spricht wie zu einem aufgebrachten Kind. Ich kann die Poren in ihrer Haut sehen, die Fältchen um ihre grauen Augen.

»Keine Spritze«, bringe ich raus. »Ich will keine Spritze. Ich beruhig mich, aber keine Spritze ...«

Irgendwie schaffe ich es, mit Treten aufzuhören, stehe jetzt keuchend, nass geschwitzt auf zitternden Beinen da.

Adriana zögert, lässt mich nicht los. Dann nickt sie. »Erinnere dich«, bittet sie leise, »der Vertrag. Dein Fingerabdruck. Du hattest dich entschieden, gleich mit uns mitzukommen ...«

Ich schüttele kurz den Kopf in ihren Händen. Hab mich schon erinnert, sehr gut sogar, an die Targan in meinem Wohnzimmer, den Vertrag. »Mir ist das Klima in München schon crazy genug«, habe ich ihr gesagt und dann war da John Amber, der mir mit einem Hologrammfenster meine Zukunft und meine Möglichkeiten gezeigt hat: »Hör auf, dir vorzustellen, was wäre, wenn ... Spring ... Dein Fingerabdruck hier unten und das Spiel beginnt.« Wie John meinen Daumen auf das blinkende Feld zubewegte ... die Wärme unter dem Stoff seiner Handschuhe ...

Wie ich sagte: »Warte«, meine Hand aus seiner befreite, meinen Daumen selbst in das blinkende Feld hielt, Touchscreen ohne Touch, und dann einen Moment lang nur stocksteif dastand, weil ich gerade einfach mal so mein Leben auf den Kopf gestellt hatte.

Adriana, die in die Hände klatschte, in die Küche lief und den Glenmorangie holte: »Darauf wollen wir anstoßen.«

Sie schlug vor, doch gleich Nägel mit Köpfen zu machen, die Reisetablette sofort zu schlucken und mit ihnen nach Targan Island zu kommen, ich hätte dann gar keine Zeit, mich zu ängstigen, sie würden alle Erledigungen übernehmen, sich doch von jetzt an sowieso um alles kümmern, das wäre doch selbstverständlich. Wie ich mit ihnen allen anstieß, und aus lauter Angst zum ersten Mal in meinem Leben das ganze Glas Glenmorangie auf Ex austrank und damit die Tablette runterspülte. Mein Fingerabdruck, der im Hologrammfenster schimmert ... Das ist das Letzte, an das ich mich erinnere. Ich muss sofort eingeschlafen sein.

Alles ist plötzlich wieder da. Als wäre ein Teil des Films verschwunden gewesen und plötzlich wieder aufgetaucht. Allerdings in schlechterer Qualität. Diese Erinnerung fühlt sich wie eine Geschichte an, in der die Details noch nicht ganz durchdacht sind. Unecht. Wie eine Scherenschnitterinnerung. »Ich habe Schreie gehört ...« Meine Stimme ist mickrig, kaum hörbar.

»In diesem Gebäude ist auch die Krankenstation«, sagt Adriana. »Hinter der Tür, am Ende des Korridors, wird die Krankheit behandelt.«

Ich werfe einen Blick über die Schulter zur Treppenhaustür. Sie ist jetzt verschlossen. Die Männer neben mir halten mich wie zur Warnung fester, sie riechen nach Seife und leicht säuerlichem Schweiß und sehen beide nicht mich, sondern Adriana an.

»Es gibt hier ein Virus«, sagt Adriana, »das große Schmerzen verursachen kann. Keine Sorge, du hast dich mit der Reisetablette dagegen immunisiert.«

Virus? Krankenstation? Kann das sein? »Ich bin aufgewacht und die Tür war verschlossen! Ich war eingesperrt!«

»Du hättest nur deinen Code eingeben müssen. Schlösser gibt es hier nicht.«

»Ich habe keinen Code!«

»Natürlich hast du einen Code«, sagt Adriana mild. Sie schüttelt leicht den Kopf, lässt mich los, tritt einen Schritt zurück, eine Locke ihrer blonden Haare hat sich aus der Frisur gelöst und bewegt sich im Wind der Klimaanlage, sie steckt sie vorsichtig zurück. »Der Code stand an deinem Bett. Ich hätte dir doch alles gezeigt.«

»Ich ... ich habe da auch eine andere Erinnerung«, sage ich, werfe schaudernd einen Blick über die Schulter auf die verschlossene Tür zurück. »Ich kann mich genau erinnern, dass ich den Vertrag nicht unterschrieben habe ...«

Adrianas rote Uniform strahlt vor den weißen Geländerstäben, durch die man weitere Stiegen unter uns sieht. »Ja, das verstehe ich. So etwas in der Art haben wir uns schon gedacht ... Manchmal hat die Reisetablette diese Nebenwirkung. Vorübergehender Gedächtnisverlust, Schwindelanfälle ... Es tut mir so leid, Luca. Unsere Security besteht auf der Reisetablette, es sind verschiedene Immunisierungen darin enthalten. Du musst halluziniert haben ... Was hast du bloß gesehen? Du hattest Todesangst auszustehen ... Es tut mir aufrichtig leid. Nun lasst sie schon endlich los.«

Die Uniformierten lassen mich zögernd los. Auch Adriana tritt einen Schritt zurück. Sie trägt einen roten gebauschten Prinzessinnenrock und dazu ein schlichtes Oberteil.

Ist das möglich? Aber ich erinnere mich ja selbst. Ich habe den Vertrag tatsächlich unterschrieben. Da ist sie, die vernünftige Erklärung für all das.

Ich schlucke. Wir stehen zu dicht auf einem der Treppenabsätze umeinander, über und unter uns laufen die Stufen.

Der Uniformierte packt die Spritze wieder weg, er und die beiden anderen tragen breite Gürtel aus Uniformstoff mit größeren und kleineren Fächern darin diagonal über der Brust.

Ich reibe mir über die Arme. Das gibt blaue Flecken. Ich spür das erst jetzt, aber die Typen haben mir weh getan. Adriana glättet ihr glänzendes Kostüm und reibt sich verstohlen am Schienbein.

»Ihr habt mir meine Brille weggenommen«, sage ich.

»Aber Luca, natürlich«, sagt Adriana, »mach dir bitte darum keine Gedanken, die OP kostet dich natürlich keinen Pfennig. Wir lassen unsere Kandidaten doch nicht mit minus sechs Dioptrien durch die Welt laufen ... Sieh dich um, gefällt dir deine neue Sehstärke?«

Ich senke den Blick. Ich sehe deutlich meine nackten Füße auf dem weißen Treppenabsatz und um mich die Schuhe der Uniformierten. Mir ist kalt. Ich habe entsetzlichen Durst. Ich fühle Erleichterung, Scham, Verwirrung, Entsetzen. Ich will heulen.

Kommt gar nicht in Frage.

Ich raffe das Krankenhaushemd um meine Seite zusammen, halte es zu und recke die Schultern.

Adrianas Lippen spalten sich zu einem Lächeln. Sie breitet die Arme aus und drückt mich an sich. Ich stehe still und rühre mich nicht, rieche ihren Schweiß, ihr Shampoo, ihr Parfüm, Zitrus. Sie streichelt immer wieder mit beiden Armen meine Schultern, die tun noch weh.

Ich sage nichts, bewege mich nicht, stehe stocksteif.

Es ist alles in Ordnung, es ist alles in Ordnung, es ist alles in Ordnung.

Ich hab da ein ganz ungutes Bauchgefühl.

Ich will weg, nach Hause.

Adriana lacht, hakt sich bei mir unter und geht langsam eine Stufe nach der anderen mit mir nach unten, das Geräusch ihrer Absätze hallt laut im Treppenhaus wider. Mir ist nicht ganz klar, warum sie nicht lieber den Aufzug nehmen will, aber ich sage nichts dazu. So absurd das auch ist, ich will nicht wieder in die Nähe von diesen roten Punkten, auch wenn das alles nur eine alptraumhafte Halluzination gewesen ist.

»Was für eine Geschichte!«, sagt Adriana und lacht. »Und eigentlich war ich auf dem Weg zu dir, um dich auf unserer Insel willkommen zu heißen. Besser spät als nie: Willkommen im Zentrum!«

2

Das Zentrum, die Hauptstadt von Targan Island, liegt nahe einer Steilküste am Meer inmitten von Sanddünen, in denen karge Büsche wachsen.

Von der schwarzen Pyramide am Strand führt eine goldene Promenade durch einen üppigen Park zu einer Festung aus Wolkenkratzern. An die zwanzig Glastürme ragen in ordentlichen Reihen Stockwerk um Stockwerk in den Himmel auf. Die besten Wissenschaftler, Künstler, Sportler und Experten, sie alle sind von überall her hier zusammengekommen, um die Welt zu verbessern. Rom auf der Höhe seiner Zeit, das Zentrum der Welt haben sie die Hauptstadt der Insel in dieser Doku genannt ...

Aber in Rom gab's damals auch Sklaverei und Gladiatorenspiele ... und ich hab mich bisher noch nicht mal nach Italien getraut. Und jetzt bin ich auf Targan Island und hab weder Pass noch Geld dabei.

Fast bin ich froh, dass Adriana noch immer bei mir ist. Sie hatte meine Jeans und eine Bluse von zu Hause für mich dabei und will mir jetzt meine beiden Mitkandidaten aus ihrer Gruppe vorstellen. Sie warten auf uns in diesem Einkaufszentrum, von dem all die Ex-Kandidaten in den Talkshows so schwärmen, dem »Tempel«, dem einzigen Gebäude auf Targan Island, von dem es ein Foto im Internet gibt. Manchmal bleibt die virtuelle Realität eben doch hinter der Wirklichkeit zurück.

Der Tempel ist ein gigantischer Architekturtraum in Wölbungen und Kurven, da sind Brücken, Bögen, Kuppeln in strahlendem Weiß, funkelndem Gold und Silber, dazwischen reflektiert Glas das Sonnenlicht zurück. Ich sehe keine Ecken oder Kanten, sehe nur Perfektion. Und das hat definitiv etwas Einschüchterndes. Meine Nerven haben nach diesem Morgen die Konsistenz von Spinnennetzfäden, und je mehr ich begreife, was passiert ist, desto mehr verheddere ich mich darin.

Also stehe ich nur still, benommen und reglos neben Adriana, umweht von kühler Klimaanlagenluft, in einem der oberen Stockwerke und gebe mir Mühe, den Mund nicht wortwörtlich aufzusperren. Das ist kein Einkaufszentrum, auch kein Einkaufspalast, das ist wirklich ein Einkaufstempel. Die Galerien strahlen in Weiß, Gold und Silber, die Rolltreppen winden sich in Spiralen, die Aufzüge sehen aus wie gläserne Tropfen und fallen überall und zu schnell, und das Sonnenlicht wird durch die Glasfenster zu unzähligen Targan-Logos auf den makellosen Fliesen gebündelt.

Im Gegensatz zu mir muss Adriana Nerven wie Drahtseile haben. Ich hab sie angefallen wie ein wütendes Tier, aber sie plaudert immer weiter über Targan Island, als wollte sie mir helfen, einen kleineren Fauxpas möglichst schnell zu vergessen. »Hör auf, dich um Banalitäten wie Geld oder Einreisepapiere zu sorgen«, sagt Adriana, so etwas gäbe es auf der Insel gar nicht mehr.

Die Währung der Targan seien »Virtual Credits«: »Das Papier hat seinen Wert schon lange verloren.« Als Anwärterin auf die Staatsbürgerschaft von Targan Island hätte ich mir ohnehin keine Gedanken über Einreisepapiere machen müssen. Abgesehen davon würden Identitäten weltweit schon seit Jahren über die Targan-Profilräume gesichert ... »Mit Einreisepapieren nach Targan Island, da brächtest du uns Eulen nach Athen.«

Ich nicke, kann mich noch immer nur umsehen, das alles ist viel zu viel und viel zu ... schnell. Alle stehen auf seltsamen Geräten, die durch die Galerien flitzen, ich kann bei der Geschwindigkeit kaum Gesichter, nur Uniformfarben erkennen. Ich bin die Einzige hier ohne Uniform.

Zwei weiß glänzende Scheiben gleiten eine Handbreit über dem Boden auf uns zu, schweben vor uns in der Luft.

Ich trete einen Schritt zurück und dann noch einen, aber eine der Scheiben fährt mir nach. Ich bleibe stehen. »Wie lange war ich unterwegs? Sind wir geflogen?«, frage ich Adriana.

»Es tut mir aufrichtig leid«, antwortet sie, rafft ihren Rock und steigt auf eine der Scheiben. »Ich darf dir noch nicht einmal verraten, welches Datum wir heute haben. In den folgenden Wochen werden wir versuchen herauszufinden, ob du zu uns passt oder dich an uns anpassen kannst. Unser System der Informationsvergabe ist ungewöhnlich, aber ein wichtiger Bestandteil unserer Gesellschaft. Die meisten Antworten auf deine Fragen sind darum leider noch für dich tabu.«

Mir schaudert bei dem Wort »tabu«, das erinnert mich an die Halluzination von vorhin ... Mir ist noch immer nicht klar, was ich mir da eigentlich herbeifantasiert hab. Wenn ich schon auf so einer Art schlechtem Trip sein musste, hätte sich mein Unterbewusstsein nicht wenigstens etwas Erschreckenderes herbeifantasieren können als ein Muster aus roten Punkten mit dem Namen Tabu? Wie komm ich nur auf so ein Zeug? Aber ich kann mich nicht daran erinnern, je zuvor so große Angst vor irgendwas gehabt zu haben, nicht mal vor Schlangen, ganz ohne Grund. Und das war vielleicht das Erschreckendste daran ... Diese blöde Reisetablette ... Hab wirklich den totalen Shutdown gehabt.

Ich atme ein. Ich atme aus.

»Ich muss meine Eltern anrufen ... die machen sich Sorgen ...«, sage ich.

Adriana lacht. Sie steht sehr fest und sicher ein paar Zentimeter über dem Boden auf dem Schweber und ist in ihren Stöckelschuhen jetzt wesentlich größer als ich. Meine Com habe noch in München eine Nachricht an alle Kontakte darin verschickt, erklärt sie und bedeutet mir aufzusteigen. Jeder zu Hause weiß schon längst, warum ich auf Targan Island bin und dass man mich aus gutem Grund eine Weile lang nicht erreichen kann. »Standardprozedere«, sagt Adriana. »Du musst dir um nichts Sorgen machen, wir haben uns um alles gekümmert.«

Davon haben sie auch in der Doku erzählt. Wenn neue Mitglieder angeworben werden, dann kontaktiert Targan nicht nur Freunde und Verwandte, sondern auch die Arbeitgeber. Ich hab noch nie von einem Fall gehört, dass ein potentieller Kandidat nicht für die Chance seines Lebens ein paar Wochen lang freigestellt worden wäre. Targan vergütet großzügig.

Meine Chefin hat für meine Ausfallzeit hoffentlich fett abgesahnt ... Das Geld könnte Y-Soft wirklich brauchen ... Und meine Mutter macht sich wahrscheinlich zum ersten Mal in ihrem Leben keine Sorgen um mich.

»Steig auf deinen Schweber«, sagt Adriana, »warte, ich helfe dir, es ist ganz leicht.« Ihr Gerät gleitet schnell auf mich zu, sie greift nach meinem Arm, ihre manikürten Fingernägel fühlen sich wie Vogelkrallen an.

Vorsichtig stelle ich mich auf eine der weiß glänzenden Scheiben. Das Material gibt leicht unter meinen Füßen nach, ich sinke ein wenig ein, meine Füße stehen fest ein paar Zentimeter über dem Boden. Ich hebe den Fuß, sehe meinen Abdruck darunter. Stelle meinen Fuß zurück. Ist nicht so, dass ich nicht wieder absteigen könnte, wenn ich wollte, aber fühlt sich so an. Eine Stange fährt aus dem Schweber bis zu meiner Körpermitte aus, eine Halterung für die Hände klappt auf.

»Und für Notfälle steht in der Nachricht an deine Kontakte auch die E-Mail-Adresse unseres Informationszentrums«, höre ich Adriana neben mir.

Ich lege meine Hände zögernd auf die Halterung, das Material ist weiß, glatt und kühl. »Danke«, sage ich. »Ich will jetzt trotzdem jemanden anrufen.«

»Wer würde das nicht gerne? Kandidaten haben noch keinen Zugang zu Kontaktmöglichkeiten in der Welt.«

»Wie bitte?«

»Glaubst du, Targan Island ist im Zeitalter globaler Vernetzung wegen einer simplen Verschwiegenheitsklausel so geheimnisumwoben geblieben? Luca, wir sind die sicherste Gesellschaft der Welt ... Du wirst staunen, wart's ab ... Und gleich zeige ich euch allen sowieso den Zugang zu unserem Intranet.«

Verschwiegenheitsklausel? Was hab ich da eigentlich sonst noch alles unterschrieben? »Ich werd' doch wohl noch jemanden anrufen dürfen!«

Adriana mustert mich von oben bis unten. Auch sie hat jetzt plötzlich so eine Halterung aus ihrem Schweber ragen und stützt leicht eine Hand darauf ab. »Du musst aufhören, an dir selber zu zweifeln, Luca. Sonst schaffst du das hier nicht.« Im zu hellen Licht kann ich sogar den hauchfeinen Puder auf ihrem Gesicht erkennen. Vielleicht sieht sie darum gleichzeitig jung und alt aus.

Ich taste nach meiner Brille, aber die gibt's ja nicht mehr ... Und auch wenn ich wahrscheinlich mit irgend so einer allerneusten NG-Targan-Technologie gelasert worden bin und unter normalen Umständen Monate, wenn nicht gleich Jahre auf den Termin hätte warten müssen ... Ich wär trotzdem gerne vorher gefragt worden. Das Erste, was ich mache, wenn ich wieder zu Hause bin: Nachlesen, was eigentlich generell so meine Rechte sind.

»Hör auf, dir Sorgen zu machen, wir kümmern uns um alles«, sagt Adriana. »Aber jetzt haben du und ich noch drei Minuten, 29 Sekunden Zeit, um deine Teammitglieder zu erreichen.«

Großartig. Obendrein scheint meine Mentorin auch noch einen ausgeprägten Tick mit Pünktlichkeit zu haben, drei Minuten und 29 Sekunden, na das kann ja heiter werden ...

Mit einem Mal setzen sich die Schweber in Bewegung, werden immer schneller. Ich umklammere mit beiden Händen die Halterung, versuche zu steuern, geht nicht. Wo ist die Bremse? Jetzt könnte ich nicht mehr absteigen, wenn ich wollte.

Unter mir gleiten Targan-Logos aus Sonnenlicht vorbei, verschwimmen, wir rasen vorwärts, durch Lichtstreifen, die durch die Fenster fluten, die weiße Galerie entlang, an Geschäften mit Tropenholzmöbeln, Boutiquen für Handtaschen oder Uniform-Modellen vorbei.

Jede Uniformfarbe steht für einen Rang, erklärt Adriana, sie fährt dicht neben mir und ihre Stimme hört sich so gelassen wie bei einem gemütlichen Spaziergang an. Je höher der Rang, desto größer ist auch der Zugang zu Privilegien und Virtual Credits.

Adrianas Zwillingsschwester arbeitet zusammen mit ihrem Vater in der Wissenschaftsabteilung und hat erst vor kurzem die blaue Uniform verliehen bekommen. Sie kann sich zum Mittagessen die exotischsten Menüs an ihren Arbeitsplatz bestellen, hat einen Stylisten, einen Personal Trainer und einen Gärtner, der sie in ihrer Freizeit bei ihrem neuesten Projekt unterstützt. Sie versucht gerade, eine Rosenart ohne Dornen zu züchten. Adrianas Zwilling könnte sich mit ihrem Privatjet in die Karibik fliegen lassen, wenn sie mal Lust auf einen anderen Strand bekäme.

Adriana lächelt mich aufmunternd an. Der Fahrtwind bauscht ihren roten Prinzessinnenrock.

»Dein Hobby ist Mode?«, frage ich sie.

Ihr Lächeln gefriert. Adriana träumt seit Jahren von ihrer eigenen Kollektion, aber bis sie von Rang Rot auf Rang Grün befördert wird, ist ihre Auswahl an Hobbys begrenzt, ist dieses Hobby noch tabu. »Aber ich arbeite hart und irgendwann werden sich meine Punkte auszahlen.«

Punkte spielen bei der Beförderung wohl eine größere Rolle. Alles hier wird irgendwie in Pluspunkten und Minuspunkten verrechnet.

»Verstehe ich nicht«, sage ich. Adriana plaudert zwar alles Mögliche über das Leben im Zentrum aus, aber sie plaudert mir irgendwie viel zu vage. »Wenn du so hart arbeitest, kannst du dann nicht in etwa ausrechnen, wie lange es noch dauert, bis du dir deine Beförderung verdient hast?«

»Nein. Andere arbeiten schließlich auch sehr hart«, sagt sie und dann spuckt sie es aus. Es gibt nur eine begrenzte Anzahl an Punkten, die anonym unter den Targan aufgeteilt werden. »Jeder Pluspunkt bedeutet den Minuspunkt eines anderen.«

Eine Karriere bei Targan ist ein Nullsummenspiel.

»Ah«, mache ich. »Und mit Rang Rot isst man Hausmannskost und keine Austern. Man lernt stricken, nicht Mode-Design und fährt einen Kleinwagen, keinen Porsche.«

»Schön. Du hast es verstanden«, sagt Adriana und wendet sich ab.

»Wortwörtlich? Jetzt echt?«

Adriana antwortet nicht und sieht geradeaus.

Manchmal sollte ich einfach besser gar nichts sagen.

Mein Magen rutscht jedes Mal zwei Stockwerke tiefer, wenn unsere Schweber in sanften Kurven entgegenkommenden Gruppen in schillernden Uniformen ausweichen, der »coolen, internationalen Crowd«, so haben sie die Targan in der Doku genannt. Ich sehe Menschen von allen Kontinenten, aber alle sind sie ein wenig zu jung und zu schön, stehen aufrecht und selbstbewusst ... Jäger. Jeder hier weiß, wohin er will. Aber niemand ist allein. Man lacht und lächelt miteinander, hält vor Geschäften und sieht sich die Auslagen an.

Adriana lächelt schon wieder ihr Drahtseillächeln. Wie kann die Frau noch immer so nett zu mir sein? Ich hab die Schmusekompetenz von einem Kaktus, merkt sie das gar nicht? »Warum ist es dir so wichtig, dass ich das hier schaffe?«, frage ich. »Was hast du davon?«

»Was gut für Targan ist, ist gut für mich«, sagt Adriana. John und Adriana hätten als meine Anwerber Anteile an jeder Wertsteigerung, die ich Targan einbringen würde, sagt sie. Der Wert eines Targan errechnet sich aus seinem Rang, seinem Aufstiegspotential, seiner Arbeitseffizienz und seines Kompatibilitätsquotienten, was auch immer das nun alles sein soll.

Unsere Schweber werden plötzlich langsamer, gleiten sehr langsam an einer Boutique vorbei. Im Schaufenster liegen auf kostbaren Stoffbahnen Perlen, in allen Größen, Formen und Farben im Licht bunter Scheinwerfer aus.

Einen Verkäufer sehe ich nicht. Aber dann treten zwei Targan aus dem Hintergrund des Geschäfts zur Auslage weiter vorne und mit ihnen das Hologramm einer jungen Frau.

Die Hologramm-Frau ist splitternackt. Ich hab noch nie so große Brüste gesehen. Sie lächelt, zeigt auf die verschiedenen Schaukästen und bewegt lautlos die Lippen. Die Käufer müssen den Ton über Headset übertragen bekommen.

Ich blinzle ein paarmal, so grotesk sieht das aus, aber die Käufer schauen tatsächlich die Auslagen und nicht die gepiercten Brustwarzen der Hologramm-Frau an.

»Jede Schmuckperle steht für eine Eigenwertsteigerung des Mitglieds«, sagt Adriana. »Man kann sie nicht einfach mit VCs kaufen.«

Jede Schmuckperle ist wie ein Orden und bedeutet einen neu erworbenen Zugang auf eine Information im Rahmen des eigenen Ranges. »Die Informationen kannst du dir dann in deinen Profilraum runterladen. In den meisten Fällen steigerst du damit wieder deinen Eigenwert.«

Die Schweber nehmen wieder an Fahrt auf.

»Verstehe«, sage ich. »Ich bin sozusagen deine und Johns goldene Gans, die euch dann hoffentlich viele goldene Eier legt.«

»Wenn du es so nennen willst«, sagt Adriana und sieht mich dabei nicht an. »Aber nur, wenn du es schaffst, in unser Gehege aufgenommen zu werden.« Sie zögert. »Ich hatte auch keinen einfachen Start«, sagt sie dann. »Ich weiß, vieles kommt dir hier seltsam vor ... aber wenn du es schaffst, wirst du am Ende alles verstehen. Alles hier hat seine Richtigkeit.«

Ich nicke kurz. All die Ex-Kandidaten, die in den Talkshows von der Arbeit im Zentrum schwärmen, von unvorstellbarem Luxus, Selbstverwirklichung, individualisierten Lernprogrammen, medizinischer Versorgung, technologischem Fortschritt ... Einige der Ex-Kandidaten sacken nach ihrer Rückkehr sogar völlig ab, fallen in ein Loch, verlieren den Boden unter den Füßen. Nur weil sie ihren gewöhnlichen Alltag mit dem vergleichen, was sie hätten haben können, hätten sie es in die Elite geschafft. Und ich hab jetzt die Chance, hier aufgenommen zu werden. Ist doch toll ... Ich beiße die Zähne zusammen und recke die Schultern. Ich verkrampfe mich schon nicht mehr bei jedem Ausweichmanöver, man gewöhnt sich an alles, sogar an dieses Tempo. Schließlich bewegt man sich um mich herum in Rekordgeschwindigkeit, da fühlt sich alles zu langsam an, was langsamer ist als zu schnell.

Der Schweber gleitet auf eine weiß schimmernde Rolltreppe und kommt sanft zum Stehen. Die Brüstung zu beiden Seiten ist golden, die Stufen sind aus einem glatten, weiß glänzenden Material und senken uns zügig ein Stockwerk tiefer.

Auf der Galerie unter uns eine große Glaskabine, die wie eine Fernsehbar aussieht, darin überall Hologramme auf Großbildschirmformat. Auf einem ist eine Weltkarte mit verschiedenen blinkenden Punkten zu sehen, auf einem anderen entsteht gerade ein Gesicht. Targan sitzen auf gläsernen Barhockern, nippen an Getränken aus Glaskelchen. Sie wirken konzentriert und entspannt, ihre Hände tippen, wischen und schieben über schimmernde Fenster, über Landkarten, Fahndungsbilder und Profile. Das Amancay-Jagdspiel. Na klar, das muss hier Lieblingsbeschäftigung sein.

Die Schweber nehmen wieder an Fahrt auf, rasen daran vorbei, auf eine Laube aus dunkelgrünen Blumenranken mit bunten Blüten darin zu. Um einen leuchtend weißen Springbrunnen stehen runde, silberne Tische, an einem von ihnen sitzen ein Mann und eine Frau.

Mein Team. Celine ist Anfang 20, hat halblange, dunkelblonde Haare und trägt ein weißes Sommerkleid.

Stephen ist etwa in meinem Alter, Ende 20, hat dunkelbraune Haare und erinnert mich ein wenig an Barbie-Ken. Er trägt einen Anzug.

»Hi, Luca«, sagt er, steht auf und gibt mir die Hand, »I'm Stephen, so nice to meet you! This is Celine, from Fance.« Im gleichen Moment höre ich meine eigene Stimme sagen: »Hi,

Luca. Ich bin Stephen. Schön, dich kennenzulernen. Das ist Celine, aus Frankreich.«

»Was ...«

»Stephen!« Adriana hebt halb im Scherz den Zeigefinger. »Luca erholt sich noch immer von einem sehr unangenehmen Schrecken, lass sie mir bloß in Ruhe!« Adriana und Stephen geben sich Küsschen auf die Wange. Ich stehe da und presse mir die Hand gegen die Stirn, hab ich immer noch Halluzinationen? Diese verdammte Tablette, ich ...

Stephen zwinkert mir zu und hält mir seine Com vor die Nase.

»Hier auf der Insel ist Babel, ohne MyVersion kommst du da nicht weit«, sagt Adriana plötzlich in perfektem Englisch, sagt meine Stimme auf Deutsch aus Stephens Com. Das Armband ist in Grundeinstellung, schwarz mit weißem Targan-Logo, wie meine eigene Com, aber ein anderes Modell.

MyVersion ist der Name einer Simultanübersetzungs-App. Man kann sich dafür alle möglichen Stimmfarben runterladen. »Sogar die Stimmfarben der Targan und Targan-Kandidaten, die Dinger sind in der Welt noch überhaupt nicht auf dem Markt«, sagt Stephen und zieht für Adriana den Stuhl zurück. Außer uns sitzt niemand hier in der Laube.

Adriana setzt sich und Stephen wendet sich zu mir.

Aber nach dem Schrecken sitze ich schon längst. Simultanübersetzung? Wie funktioniert das? Für Yara wäre so was der Wahnsinn. Im Moment unterhalten unsere Spieler sich meistens auf Englisch und das ist bei manchen miserabel ... Muss unbedingt meiner Chefin davon erzählen ... Moment, Verschwiegenheitsklausel ... die kann man doch bestimmt irgendwie austricksen. Muss unbedingt meiner Chefin davon erzählen, sobald ich wieder zu Hause bin ... zu Hause ...

»Wie genau funktioniert diese App?«, frage ich Adriana.

Aber die Info ist schon wieder tabu. Adriana zuckt lächelnd die Schultern, und statt mir den Hokuspokus zu erklären, sagt sie wieder auf Deutsch: »Greif zu.« Sie schiebt mir eine schwarze Schachtel mit weißem Targan-Logo über die silberne Tischplatte zu. Aus der Tischmitte wächst eine seltsame Pflanze, die Blüten sehen wie Austernschalen aus, sind außen grün und innen fleischfarben, an den Rändern mit vielen langen Stängeln wie gebleckte Zähne bewachsen. Um die Pflanze herum verläuft ein Ring aus Glas mit sternförmigen Luftlöchern für die bunten, langbeinigen Käfer, die darin übereinanderkrabbeln. Igitt.

Ich senke meinen Blick auf die Schachtel und wiege sie in meinen Händen. »Wo hast du so gut englisch gelernt?«, frage ich Adriana.

»Ich bin Engländerin. Aus London.«

»Oh. Bist du zweisprachig aufgewachsen? Du hast überhaupt keinen Akzent.«

Sie schüttelt den Kopf. »Wir haben hier exzellente Lernprogramme. Greif zu!« Auf der Schachtel steht weiß auf schwarz »Comverger 27D«. Von diesem Modell hab ich noch nie gehört. Zögernd hebe ich den Deckel und wickle meine neue Com aus der weißen Seide. Die Uhrzeit auf dem Armband zeigt 11:23:45 Uhr an, das Datum ist nicht angegeben.

»Setz das Headset ein«, sagt Stephen, greift über den Tisch und klickt es mir aus dem Com-Armband heraus.

Das Headset ist ein kleiner, glänzend schwarzer Knopf mit einer winzigen Uhr ohne Zeiger darauf. Ich halte das Ding in der Hand, als würde es gleich beißen.

Adriana nickt mir auffordernd zu. »Stephen hat recht, wenn hier alle ihre Apps auf laut stellen, versteht man sein eigenes Wort nicht mehr. Ich behalte das Headset inzwischen sogar zum Schlafen auf.« Sie beugt sich vor, nestelt mir den Knopf ins Ohr, ich höre ihre Nägel an meiner Ohrmuschel knistern. Dann legt sie mir auch noch das Com-Armband um. »Es gibt sogar Gerüchte, dass man sich das Headset demnächst auch implantieren lassen kann«, sagt sie dabei, »es fällt mir jedoch sehr schwer, das zu glauben. Immerhin bekommen wir fast monatlich gratis ein neues, verbessertes Modell, der Zeitaufwand so vieler OPs würde sich doch nicht auszahlen, oder was meint ihr?«

Ich betrachte das kühle Metall um mein Handgelenk. Ich muss versehentlich in das Targan-Auge geblickt haben, denn das Display schimmert auf, die Uhr ohne Zeiger erscheint, spiralt sich als Hologramm aus dem Gerät heraus um sich selbst herum im Nichts. In ihrer Mitte blinkt ein Punkt. Ich tippe darauf. Ein handbreites Hologrammfenster öffnet sich über der Com, darauf der Desktop von meinem Profilraum voll mit neuen Icons, »Informationszentrum«, »äußeres Erscheinungsbild« ... Ich klicke auf äußeres Erscheinungsbild. Neben meiner Haarfarbe, Augenfarbe, Größe und einer Unzahl an Fotos von mir sind da auch BMI und Pulsfrequenz, die ist noch immer bei irritierten 90 ...

»Und was war das nun vorhin für ein unangenehmer Schreck?«, fragt Stephen, legt sich in seinem Stuhl zurück und verschränkt die Hände hinter dem Kopf.

Ich zucke zusammen. Eine Telefonansagestimme in meinem Ohr wiederholt, was Stephen gesagt hat, auf Deutsch.

»Keine Sorge«, sagt Adriana für mich, als ich nicht antworte. »Es hat sich alles schon wieder geklärt.« Adriana spricht wieder Englisch und die MyVersion-App übersetzt.

Ich finde das sehr unangenehm, das Gesagte doppelt zu hören. Man muss den Sprecher ausblenden, wenn man verstehen will, was er sagt. Ich taste nach meinem Brillenbügel, aber hab ja keine Brille mehr, da hab ich zu Hause immer dran vor und zurückgerieben, das fehlt. Und meine Augen fühlen sich nackt an.

»Die ist eher der schweigsame Typ, was?«, fragt Stephen Adriana und zwinkert mir dabei freundschaftlich zu.

»Ich hab mich auch fürchterlich erschrocken«, sagt Celine zu mir. Ihr Gesicht ist rundlich, sie hat viele Sommersprossen auf dem Nasenrücken und ihren breiten Wangen. Zu Hause wäre mir Celine nicht aufgefallen, aber hier, zwischen all diesen Super-Schönheiten, hebt sie sich ab, gerade weil sie durchschnittlich aussieht. Ich mag ihre Augen, groß, grau und klar wie Flusswasser.

»Es kam mir alles irgendwie so ... unwirklich vor«, sagt Celine. »Alles ging so schnell. Ich denke dauernd, das alles ist nur ein Traum und dass ich jeden Moment wieder aufwachen muss.« Ihre Stimme klingt melodisch, fast wie ein leises Singen. Sie lächelt mir schüchtern zu. Ihre Lippen sind fast ein wenig zu breit und sie trägt weder Lippenstift noch Lipgloss. »Ich ... hätte mir das eigentlich nie zugetraut. Weißt du, ich bin eigentlich ein richtiger Angsthase. Ich habe wirklich vor allem Angst. Ich hätte mir das hier nie im Leben zugetraut ... ich hätte auch nie gedacht ... ich bin doch eigentlich nur Kellnerin ... Aber jetzt bin ich wirklich hier.«

Das verstehe ich jetzt nicht. Ist Celine zum Kellnern auserwählt worden?

Der Gedanke muss mir aufs Gesicht geschrieben stehen, denn Adriana lacht. »Ihr und alle Kandidaten dieser Runde werdet für die Kreativabteilung geprüft«, sagt sie, »Celine ist ungewöhnlich talentiert. Das ist ihr selbst und den meisten ihrer Familie leider nie bewusst gewesen. Zum Glück hat sie an einigen Kurzgeschichtenwettbewerben teilgenommen. So hat unser Programm ihr Profil entdeckt und sie hat diese Chance erhalten können.«

»Vom Tellerwäscher zum Millionär, was?«, sagt Stephen. Im Gegensatz zu Celine fällt Stephens Gesicht hier überhaupt nicht auf, das ist so markant und ebenmäßig, wie man es sich für einen Targan-Kandidaten nur wünschen kann, keine Kuhlen, keine Falten, womöglich nicht mal Poren, so einer kennt so was wie Pickel nicht. Das dichte, dunkelbraune Haar passt perfekt zum Blauton seiner Augen, die so entspannt und entschlossen wirken, wie es sich auf Targan Island gehört. »Angst hilft einem nie weiter«, sagt er. »Man muss zugreifen, wenn sich die Gelegenheit bietet. Ich weiß noch, mein erster Job«, seine Finger wischen und tippen über das Hologramm seiner Com, »ich hab schon in der Schule angefangen zu arbeiten. Hab schon damals gedacht, dass das Leben ein Wettlauf ist. Wollte den größtmöglichen Vorsprung. Hab ein Team gegründet, wir haben Unterrichtsprotokolle an solche verkauft, die den Stoff nicht so drauf hatten, so. Die Idee war richtig gut, hat toll funktioniert. Nur ein paar aus dem Team waren nicht wirklich schlau genug, aber die hab ich schnell ersetzen können, war kein Problem.«

»Was ist dann aus denen geworden?«, fragt Celine.

»Aus wem geworden?«

»Aus deinen Mitschülern. Denen, die nicht so schlau waren.« Celines Stimme ist wirklich schön. Aber sie redet so leise, ihre Stimme wird von der App-Stimme in meinem Ohr geschluckt.

»Wieso?«, fragt Stephen.

Celine sagt nichts mehr, zieht mit ihren Fingern die filigranen Muster auf dem Tisch nach, unzählige Targan-Logos sind in Silber geprägt. Weiter in der Tischmitte erkenne ich zwischen den Mustern mehrere Götter, oh ha, da ist ja Poseidon, und zwar splitternackt und gut bestückt. Das Bildnis ist so perfekt, das sieht nicht mehr wie ein Bildnis aus ... Das sieht aus wie die Idee von einem Bild, nicht wirklich echt und darum trotz allem nicht mal unanständig.

Stephen erzählt weiter von seiner Karriere, von elitären Schulen und Unis, Praktika und seiner Werbeagentur, die sei »extrem gut angelaufen«, und wie sehr er sich gefreut habe, dass »das jetzt auch mit den Targan geklappt hat«. Stephen sieht aus, als wäre er immer schon hier gewesen. Sogar die MyVersion-App und Stephens Stimme passen zusammen wie die beiden Enden der Kurbelwelle in einem angenehm dahinschnurrenden Motor. »Arbeiten wir dann also alle zusammen am gleichen Projekt?«, fragt er Adriana.

»Natürlich nicht«, sagt Adriana, öffnet dabei beiläufig den Glasring, der in der Tischmitte um die Pflanze läuft, und greift mit ihren roten Fingernägeln zwischen die krabbelnden Käfer.

»Ihr werdet den Abteilungen zugewiesen, die euren spezifischen Qualifikationen am besten entsprechen«, sagt sie, es fällt mir etwas schwer zuzuhören, die Käfer kriechen ihr über die Hand.

Insgesamt sind mit uns 29 Kandidaten in der Vorauswahl. Die folgenden drei Wochen werden auch Profilierungsphase genannt. Wir werden am Alltag und bei der Arbeit im Zentrum teilnehmen und alle sieben Tage insgesamt drei Eignungstests durchlaufen. Adriana wird sich vor dem zweiten und dritten Test noch einmal mit uns zusammensetzen, außerdem bekommt jeder morgen früh mit Arbeitsbeginn ein Einzeltreffen mit ihr, da will sie mit uns über unsere individuellen Stärken und Schwächen sprechen. »Damit ihr gleich einen Headstart habt.«

»Was hat es mit diesen Eignungstests auf sich?«, fragt Stephen, er sieht wie gebannt dabei zu, wie Adriana einen Käfer mit blauschillerndem Panzer aus dem Glasring nimmt und den Deckel wieder verschließt.

»Wer sich bei Targan bewerben darf, ist etwas Besonderes«, sagt Adriana und betrachtet die strampelnden Beine des Käfers mit vor Ekel verzogenem Mund. Sie setzt ihn auf den Rand der Pflanze und beugt sich vor, als der Käfer in das obszöne Rosa der Blüte hineinklettert. Mir wird schlecht.

»Auch die Tests sind besonders«, sagt Adriana.

Die Pflanze klappt zu.

»Wir wollen euer Potential in seiner ganzen Fülle kennenlernen«, höre ich Adriana. »Dafür ist es notwendig, einen gewissen ... Druck auszuüben. Wir werden euch emotional und körperlich an eure Grenzen bringen, um eure Grenzen zu testen. Ich möchte nichts beschönigen. Ihr müsst wissen, was auf euch zukommt. Unfälle sind leider keine Seltenheit.«

Einen Moment ist es sehr still. Man hört nur das gleichmäßige Auf und Ab des Springbrunnens plätschern.

»Wie bitte?«, frage ich dann. »Was heißt das denn jetzt genau?«

»Es bedeutet, dass ein notwendiges, aber durchaus kalkulierbares Risiko mit den Tests verbunden ist.«

»Was für ...« Celine leckt sich über die Lippen, die blass geworden sind. Sie starrt wie gebannt die Pflanze an, in der der Käfer verschwunden ist. Ein weißer Flaum wächst auf der grünen Blütenschale. »Was für ein Risiko meinst du bitte, Adriana? Sind diese Tests ... sind diese Tests gefährlich?«

Stephen grinst. »No risk no fun, was?«, sagt er und will tatsächlich auch den Glasdeckel aufmachen.

»Bitte nicht ...«, sagt Celine. »Ich mag so was nicht.«

Stephen lacht, klopft ihr gutmütig auf die Schulter und lehnt sich wieder zurück. »Zart besaitet, was? Meine Mutter kriegt auch immer einen Schreikrampf, wenn sie es irgendwo krabbeln sieht.«

Haben die beiden Adriana überhaupt zugehört? No risk no fun? Was hab ich sonst noch alles unterschrieben? »Adriana, wo ist der Vertrag? Ich will sofort diesen Vertrag noch mal lesen!«

Adriana hebt beschwichtigend die Hände. »Lasst euch doch bitte nicht von dieser Information einschüchtern. Unser Programm hätte euch nicht auserwählt, wenn ihr nicht die Chance hättet, die Tests zu bestehen.« Wir sollten lernen zu vertrauen. Wir sollten versuchen, so wenig Fragen wie möglich zu stellen. Das bedeute am Ende fast immer nur Punkteabzug.

Wie hab ausgerechnet ich einen Vertrag unterschreiben können, ohne ihn bis zu Ende durchzulesen? Ich doch nicht! Ich versteh mich selbst nicht mehr und die Erinnerung daran fühlt sich an wie mit Copy und Paste in die falsche Geschichte eingeflickt ... Ich fühle mich ... unaufgeräumt.

Ich öffne meine Com, suche nach meinem Vertrag, der muss doch hier auch irgendwo sein, zwischen all diesen neuen Icons, Vitalfunktionen, Targan-Auge, Labyrinthspiele ... Ich versuche zu verschieben, zu anderen Icons zu kommen, aber das Ding funktioniert nicht wie meine alte Com, wie geht das nur mit diesen Hologrammen? Ich will sofort diese Klausel lesen ... klicke versehentlich auf ein »K«.

Eine Schrift erscheint über dem Icon: »Diese Information ist für dich tabu.«

»Das ist der Kodex«, sagt Adriana, ihre Stimme senkt sich, als spräche sie plötzlich in einer Kirche. Der Kodex wird sich uns vor dem letzten Eignungstest öffnen. Wenn wir dann noch dabei sein sollten.

»Und wo ist jetzt bitte der Vertrag?«, frage ich noch einmal.

»Ist das nicht Arth Denver?«, fragt Stephen.

Wir drehen uns um. Action-Filme mag ich, Arth Denver kenne also sogar ich.

Er kommt mit einem Schweber auf die Laube zu, hebt plötzlich die Hand, ruft: »Adriana!«, winkt uns zu und gleitet an der Galerie entlang an uns vorbei. Adriana winkt lächelnd zurück.

»Ich wusste gar nicht, dass der auch zur Elite gehört?«, fragt Celine schüchtern. »Ist das bekannt?«

»Natürlich nicht«, sagt Adriana. »Aber die meisten berühmten Gesichter gehören inzwischen zu uns.«

Wie kann das denn bitte sein, dass niemand davon weiß? Mit so einer Neuigkeit lässt sich doch richtig Kohle machen ... Da hätte sich doch irgendwann mal einer der Ex-Kandidaten verplappert? Was genau steht in dieser Verschwiegenheitsklausel? Und warum brauche ich eine neue Com, wenn meine alte noch bestens funktioniert hat und ich vor allem wusste, wie sie funktioniert, ich könnte dieses verdammte moderne Teil an diese eklige Pflanze verfüttern!

Stephen räuspert sich. »Adriana, besteht eigentlich eine Chance, hier irgendwann mal dem Erschaffer zu begegnen? Wie sieht er aus?«

Ich hebe den Kopf. In einer Doku hab ich mal gesehen, das Geheimnis über den Gründer der Firma, über die Identität des Erschaffers, wie er von allen genannt wird, wäre vielleicht eine Art Werbestrategie. In einem der Spots zeigen sie wechselnde Models in weißen Uniformen, darunter steht: »Wer ist der Erschaffer? Ist er der Erschaffer? Oder sie? Sind wir es alle? Vielleicht bist es du?« Der Targan zur letzten Frage trägt keine Uniform, sondern einen weißen Anzug mit einer weißen Rose im Knopfloch und fährt im neusten Targan-Cabrio eine Küstenstraße entlang. »Der Erschaffer trägt eine weiße Uniform, niemand weiß mehr. Man weiß nicht mal, wie viele Doubles in weißer Uniform sich für ihn ausgeben. Und alle sehen sie anders aus.«

Adriana zögert einen Moment, wirft mir einen fast schüchternen Blick zu. »Aber ratet mal, wer bei Lucas Unterschrift dabei gewesen ist ... John Amber.«

»John Amber?«, fragt Stephen schnell und dreht sich zu mir.

»John Amber«, nickt Adriana und betrachtet mich nachdenklich.

Stephen richtet seinen Krawattenknoten. »Wow ... wie ist der so?«

Ich sehe von einem zum anderen. Kennt diesen John Amber denn wirklich jeder außer mir? Das Zweite, was ich tue, wenn ich erst wieder zu Hause bin und meine Rechte nachgelesen habe: eine Nachrichten-App auf den Desktop meines Profilraums legen. Man weiß ja nie, ob so eine Celeb nicht plötzlich an die eigene Wohnungstür klopft.

Adriana wartet und sieht mich an. Was will sie denn jetzt hören? Ich bin hier, obwohl ich doch gar nicht herwollte und das wegen ihm. Ich sage nichts.

»Ja«, sagt Adriana. »Ich hatte ihn auch noch nicht erlebt.«

Stephen pfeift durch die Zähne und mustert mich von oben bis unten. »Hast du ein Glück. Hab mal so ein Gerücht gehört, dass er den Erschaffer persönlich kennt? Sie sollen miteinander zur Schule gegangen sein? Hätte nie gedacht, dass der noch so was wie Anwerbung macht ...«

»Ich glaube, Gerücht ist dafür das richtige Wort. Niemand weiß, wie der Erschaffer aussieht, geschweige denn, auf welche Schule er mal gegangen ist. Und John Amber ist normalerweise natürlich nicht für Anwerbung zuständig. Ich bin sicher, er war selbst nicht wenig überrascht.«

»Wieso?«, fragt Celine. »Das verstehe ich jetzt nicht.«

»Utopia hat John Amber geschickt«, sagt Adriana und sieht mich noch immer an. »Utopia ist unser Computerprogramm.«

Utopia wählt auch die Kandidaten nach »Ressourcenbedarf« aus, wie Adriana das ausdrückt. Egal, ob Hightech-

Experte oder Maintenance-Officer, Utopia findet die Profilräume der passenden Kandidaten in der Welt und schickt ein Team aus Targan Island zur Anwerbung für die Auswahl einer Abteilung los.

»Utopia hat für diese Runde eine Kandidatin in München auserwählt«, sagt Adriana. »Aber niemand im Team hatte Zugriff auf ihren Profilraum, niemand wusste, um wen es ging. Es war sehr merkwürdig. Und dann hat Utopia auch noch John Amber in unser Team gestellt. Die Gerüchteküche im Zentrum ... Aber es bestand kein Zweifel. Und wir haben deinen Namen tatsächlich erst kurz vor unserer Ankunft bei dir erfahren, Luca Mon.«

»Dieses Programm hat John Amber geschickt?«, fragt Stephen.

»Warum?«, frage ich.

»Das ganze Zentrum hat darüber gerätselt«, sagt Adriana. »Ich hatte gehofft, dass du vielleicht ein paar Antworten für mich hast?«

Ziehe die Schultern nach oben. »Programmfehler?«

Adriana schnaubt, wendet den Blick von mir ab, schüttelt den Kopf und entfernt mit den Fingerspitzen eine winzige Fluse von ihrem Prinzessinnenrock. »Ich werde euch jetzt das Geheimnis unseres Erfolgs verraten«, sagt sie. »Es heißt, der Erschaffer habe die Idee von einer vernetzten Welt schon in der Schule gehabt. Wir haben weder den Computer noch das Internet erfunden, aber wir haben als Einzige verstanden, wie sich das nutzen lässt. Unsere Macht, das ist Koordination. Da draußen bei euch, da ist alles chaotisch. Hier bei Targan weiß jeder, was er wann wie zu tun hat. Utopia kennt die Stärken und Schwächen unserer Profile und berechnet, wie sich die Ressourcen des Einzelnen in optimaler Effizienz zum größtmöglichen Wohl der Vielzahl nutzen lassen. Wir arbeiten zusammen wie viele Glieder eines Körpers.«

Probearbeit und Eignungstests sollten unsere Profildaten erweitern. Früher habe man kaum Informationen über Nicht-Mitglieder der Elite gehabt. Aber seitdem die Profilräume über die Com auch in der Welt genutzt würden, verarbeite das Programm schon vor der Ankunft auf der Insel unfassbar viele Daten über jeden Kandidaten.

»Ich glaube sogar«, sagt Adriana, »die Eignungstests wird es nicht mehr sehr lange geben. Ich glaube, Utopia weiß inzwischen ohnehin von Anfang an, welcher der Kandidaten sein Bestes geben und wer warum auf der Strecke bleiben wird. Wenn Utopia ein Profil in der Welt für uns auserwählt, dann ist das kein Fehler oder Zufall. Es ist Schicksal.«

Ich reibe das kühle Metall der Com um mein Handgelenk. Schwarz mit weißem Targan-Logo. Ich komme mir plötzlich wie gebrandmarkt vor, und das von einem Computerprogramm. Das Dritte, was ich tue, wenn ich erst wieder zu Hause bin: Ich besorge mir endlich eine Com mit individualisiertem Armband. Und zwar schwarz auf schwarz. Dann sieht man das Targan-Logo nicht mehr. »Du hast doch grade gesagt, alle hier haben über mich gefragt und gerätselt?«, frage ich.

»Wir haben uns natürlich alle gefragt, wer du bist, Luca«, sagt Adriana und betrachtet mich dabei wieder, jetzt eher skeptisch, »und was es mit dir auf sich hat ... aber niemand hat hinterfragt. Der Engel beauftragt eine Mission und John Amber, Rang Schwarz, lässt alles stehen und liegen und setzt sich in den nächsten Flieger nach München, um eine namenlose Kandidatin anzuwerben. Wir hier bei Targan ... vertrauen.«

»Der Engel?«, fragt Stephen und lacht.

Adriana lacht nicht mit. »Der Engel ist eine App, durch die das Programm mit euch kommunizieren wird«, sagt sie, öffnet ihre Com und justiert mit einer einzigen, eleganten Bewegung ein Hologramm über der fleischfressenden Pflanze. Der Engel soll uns helfen, schnellstmöglich den höchstmöglichen Wert unseres Profils für Targan zu erreichen, erklärt sie dabei, die App wird aktiviert, sobald wir unseren Code auswendig gelernt und eingegeben haben. »Hier«, deutet sie auf das schimmernde Hologramm, auf ein Icon mit Targan-Logo.

Wir müssen den Code jeden Tag einmal eingeben, der Engel wird uns mitteilen, wann. So eine Art Sicherheitsüberprüfung für unsere tatsächliche Existenz.

Alles hier scheint irgendwie mehrfach gesichert zu sein. Die Coms öffnen sich für die Targan nicht nur per Augenscan, sie schließen sich auch automatisch nach zwei Minuten ohne Augenkontakt. Jede Tür scannt automatisch unsere Augen.

»Die erste Code-Eingabe zur Engel-Aktivierung machen wir gleich noch hier zusammen, und dann zeige ich euch unser Zentrum. Der Code ist auf Targan Island wichtiger als euer Name. Ihr könnt jede Tür, die nicht für euch tabu ist, damit öffnen. Normalerweise übernimmt das natürlich schon der Engel für euch.«

»So eine Art persönliche Wunscherfüllungs-App?«, sagt Stephen.

»Besser«, antwortet Adriana entschieden und klickt das Hologramm wieder fort. »Der Engel sagt euch, was das Beste für jeden von uns als kleinen Faktor im großen Ganzen ist.«

Ich hab die Frau in meinem Rücken nicht kommen hören. Sie trägt einen eng anliegenden, hautfarbenen Spandex-Anzug und ist sehr dünn, ihre kurzen Haare dunkel, ihre Haut ein tiefer Braunton. Sie stellt einen Drink vor Adriana und dann vor uns Kandidaten auf den Tisch und lächelt dabei.

Die Gläser sind Glasröhren auf Glasständern, die Flüssigkeit darin farbige Ringe. Gläserne Strohhalme ragen aus Weiß, Gelb, Rot, Grün, Blau und Schwarz. Adriana klatscht in die Hände und lacht. »Seht ihr, das meinte ich! Der Engel schickt uns diese Drinks, damit ich euch die Rangordnung erklären kann, hier, das ist ein Elite Special, seht ihr die Farben? Gelb ist der niedrigste Rang, dann kommt rot, grün, blau, schwarz und weiß, das ist der höchste Rang.«

»Danke«, sagt Celine zu der Kellnerin. Die Frau lächelt unbeirrt weiter, als hätte sie Celine gar nicht gehört.

»Das ist nur eine Toga«, sagt Adriana und nippt an ihrem Drink. »Beachtet sie nicht weiter. Sie versteht kein Wort von dem, was wir sagen. Sie hat das Virus.«

Die Frau hat seltsame Augen ... irgendwie ... blicklos.

»Sie ist krank?«, fragt Celine vorsichtig Adriana, von der Frau abgewandt, als würde sie nicht über sie reden.

Adriana zuckt entschuldigend die Schultern. Seit einigen Jahren verursache ein Virus auf Targan Island eine ernstzunehmende Krankheit. Die ursprüngliche Inselbevölkerung weigere sich gegen eine Impfung. »Wir haben dagegen nichts in der Hand. Wir lassen die meisten trotzdem für uns arbeiten, obwohl sie nur noch für Service-Leistungen verwendbar sind. Man gewöhnt sich an sie. Beachtet sie einfach nicht. Keine Sorge ... Ihr seid alle durch die Reisetablette immunisiert worden.«

»Toga ... Warum nennt ihr die Togas?«, fragt Stephen.

»Uninteressant«, sagt Adriana. »Ich weiß es selbst nicht genau. Es hat mit der Geschichte von Targan zu tun.«

»Ist das die Krankheit, die in der Station behandelt wird? Wie heißt dieses Virus?«, frage ich.

»Soweit ich weiß, hat man der Krankheit keinen Namen gegeben«, sagt Adriana und saugt genüsslich blaue Flüssigkeit durch den gläsernen Strohhalm.

Von einer namenlosen Krankheit hat in den Talkshows keiner erzählt.

Die Frau steht immer noch mit dem leeren Tablett in den Händen neben uns, als wartete sie auf etwas. Dann macht sie plötzlich ein paar Schritte rückwärts, dreht sich um, geht schnell weg, rennt fast aus der Laube, ihre Schritte so leise, dass man sie kaum hört.

Ich senke den Kopf, sehe weg von der Frau. Die Glasröhre ist leicht gefrostet, so kalt, dass sie unter meiner Fingerkuppe brennt. Einen Moment lang sehe ich den Abdruck meines Zeigefingers, dann wächst die Frostschicht wieder darüber zusammen.

»Sollte ... sollte sie in diesem Zustand wirklich arbeiten? Wäre es nicht besser ... Diese Menschen, sie ... sie verlieren den Verstand? Kann man das nicht irgendwie behandeln?«, fragt Celine unsicher.

»Celine«, sagt Adriana, »das ist nun wirklich nicht dein Problem.«

Ich reibe mir die bloßen Arme.

Ich drehe die gläserne Röhre an den Strohhalmen im Uhrzeigersinn, immer wieder, immer weiter.

Ich sehe nicht auf.

Ich sehe der Frau nicht hinterher.

»Warum wollen sie sich nicht impfen lassen?«, fragt Celine.

»Schluss jetzt damit«, sagt Adriana. »Diese Informationen sind für euch noch tabu.« Sie beugt sich vor, legt Celine die Hand auf den Arm. »Es hat alles seine Richtigkeit, es wird gut für sie gesorgt. Sieh einfach nicht hin. Wenn die Togas irgendwelche Obdachlosen am Straßenrand wären, würdest du doch auch an ihnen vorbeigehen.«

Ich finde das im Winter eigentlich nicht so einfach, an dem Obdachlosen bei mir um die Ecke vorbeizukommen, ohne hinzusehen.

Aber Hinsehen tut wirklich nur unnötig weh, wenn man eh nix tun kann. Ich hebe meine Glasröhre leicht an, sehe zu, wie die Farben darin ineinanderrinnen, verschlieren, aber sobald man absetzt, fließen sie wieder zu einfarbigen Ringen in der Röhre zurück.

»Ich dachte nur ...«, sagt Celine leise, »ich hab noch nie von so was gehört. Dass es da gar keine Medizin für gibt ...«

Adriana lehnt sich in ihrem Stuhl zurück und verschränkt die Arme vor der Brust, es ist wohl alles dazu gesagt.

Celine senkt den Kopf, beißt sich auf die Lippen und stellt keine Fragen mehr zu der Frau.

Die Farben in meinem Glasring sind alle wieder zueinandergeflossen, sind wie durch Glaswände voneinander getrennt, gelb, rot, grün, blau, schwarz, weiß. Plötzlich merke ich, wie durstig ich noch immer bin.

Ich trinke schnell, schmecke die weiße Flüssigkeitsschicht. Die Essenz purer Süße. Das schmeckt zu unecht für meinen Geschmack. Was würde jetzt eigentlich passieren, wenn ich meine Teilnahme am Auswahlverfahren wieder zurückziehe?

»Ich kann gar nicht erwarten, das alles meiner Frau zu zeigen«, sagt Stephen, »gibt es hier eigentlich auch Golfplätze? Sie ist eine ausgezeichnete Spielerin.«

»Es gibt hier jedes Hobby, das es gibt und geben könnte«, sagt Adriana, »Segelfliegen, Tiefseetauchen, New Age Aerobic ...«

»Das würde ich mich alles nie trauen.« Celine versucht zu lächeln. »Und ich bin auch so fürchterlich unsportlich, ich ... ich geh nicht mal joggen.«

»Mein persönlicher Tipp: Fang sofort damit an ... und später vielleicht Yoga?«, schlägt Adriana vor, das mache sie selbst immer noch sehr gerne, das gebe es praktisch von Anfang an, sie könnten zusammen gehen.

Nur als Celine sie nach Kinderturnen fragt, für ihren Neffen, wenn ihre Familie sie doch bestimmt mal besuchen kommt, stockt Adriana einen Moment, wendet sich ab und antwortet nicht und plötzlich fällt mir auf, dass ich auf der Herfahrt zum Tempel nur Uniformierte gesehen habe. Nirgendwo Kinder. Auch keine Teenager-Gruppen, keine händchenhaltenden Paare, keine Familien. Hab ich irgendwo einen Spielplatz gesehen?

»Kriegen die Angehörigen dann eigentlich auch alle Uniformen?«, frage ich, als sich plötzlich all unsere Coms auf einmal öffnen und Hologrammbildschirme in der Luft vor uns aufflimmern.

»Eine Amancay-Jagd!«, ruft Adriana und beugt sich vor. »Ich dachte mir schon, dass sie ihn heute stellen. Gestern hatten sie schon herausgefunden, welchen unserer Ränge er infiltriert hat.« Ihr Lachen ist vor Anspannung hoch.

Der Video-Feed zeigt Squad-Teams in blauen Uniformen, sie rennen durch Korridore. Hab so was schon mal im Fernsehen gesehen. Wenn die Targan einen Amancay schnappen, übertragen sie den Showdown immer gleich weltweit.

Um uns herum gleiten plötzlich Targan auf Schwebern in die Laube, an die Tische, setzen sich, justieren ihre Hologramme, plötzlich ist kein Stuhl mehr frei, erregtes Auflachen, das Knistern von Uniformstoff, leises Murmeln: »Gleich haben sie ihn, endlich« ... »das war an der Zeit« ... »Parasiten, jetzt werden sie sehen« ...

Das erste Mal hab ich vor etwas mehr als sechs Jahren von den Rebellen gehört. Da hab ich in meinem Liebeskummer um Draven stundenlang vor dem Fernseher abgegammelt und sogar manchmal Nachrichten geschaut. Die Rebellen schlossen sich gerade unter dem Namen »Amancay« zusammen und versuchten noch vergeblich zu verhindern, dass der Firma Targan die Rechte eines Staates zugesprochen wurden. Und anstatt nach der Gründung von Targan Island das Handtuch zu werfen, stellten sie virale Videos zum Thema Monopol ins Netz, streuten völlig übertriebene Gerüchte über haarsträubende Verbrechen der Targan, brachen mit allen möglichen Protestaktionen alle möglichen neuen und alten Gesetze und riefen die Bevölkerung auf, sich ihrer Bewegung anzuschließen. Die Targan antworteten darauf mit dem Satz: »Wer zur Bewegung gehört, bleibt besser in Bewegung«, und brachten das Amancay-Jagdspiel als Bonus-Feature ihrer neuen Comverger raus. Vielleicht war das sogar einer der Gründe, warum sich die so schnell auf dem Markt durchsetzen konnten. Hab selber nie mitgemacht. Aber meine Cousine und einige in meinem Y-Soft-Team behaupten, es bringe »irre viel Spaß«, Infos über versteckte Amancay-Rebellen zusammenzutragen und auszuwerten und sich dabei wie ein soziales Netzwerk aus Super-Sheriffs zu fühlen.

Die Rebellen machten trotzdem weiter, setzten noch einen drauf und wählten als Symbol ihrer Bewegung den Amancay-Kompass, den findet man am Ende jeder ihrer Aktionen, der leuchtete am Ende all ihrer Enthüllungsvideos auf.

»Seht euch das an ... Er trägt tatsächlich eine grüne Uniform«, flüstert Adriana erstickt, »man kann niemandem mehr trauen ...«

Der Video-Feed zeigt das Bild einer Überwachungskamera. Ist das in einem der Wolkenkratzer hier? So ein weißes und sauberes Treppenhaus gibt es mit Sicherheit nur bei Targan.

Das bedeutet, wenn der Amancay-Rebell auf dem Video-Feed da geschnappt wird, droht ihm auf Targan Island die Todesstrafe.

Ich schlucke. In so einem strahlend weißen Treppenhaus bin ich erst vor ein paar Stunden selbst gerannt. Waren da auch überall Kameras? Sehe jetzt, wie ich ausgesehen haben muss. Nur dass der Amancay die Treppen hinauf- und nicht hinunterrennt. Er ist Mitte 30, seine grüne Uniform ist an mehreren Stellen zerrissen, braune Locken kleben im verschwitzten Gesicht. Er stolpert mehr, als dass er rennt, hält sich mit den Händen immer wieder am Geländer, nimmt mehrere Stufen auf einmal, blickt stur und grimmig geradeaus die Stufen hinauf.

»Ist das hier im Zentrum?«, fragt Celine.

»Na, wenn das keine Action zur Begrüßung ist«, sagt Stephen. »Ich hab selbst lange mitgespielt, hatte auch immer gute Punkte und so, ein paar der Dreckskerle hab ich sogar selbst ...«

»Seht euch das an ...«, unterbricht Adriana und zeigt mit einem rot lackierten Nagel auf ihr Hologramm. Das Murmeln um uns wird lauter, jemand ruft: »Schneller! Gleich habt ihr diesen Versager!«

Ich sehe mir das lieber nicht mehr an. Ich will plötzlich unbedingt wissen, dass jemand weiß, wo ich bin.

Anne. Ich werd Anne jetzt einfach anrufen, die Targan können mich mal mit ihren Regeln, die sie mir nicht erklären, und Klauseln, die sie in einem Vertrag verstecken, den man zwischen all den Icons nicht finden kann.

Ich tippe in die Luft, in mein Hologramm, auf Adressen. Eine Liste geht auf.

Stephen Earl

Celine Dubois

Adriana Fork

Luca Mon

Da stehen nur vier Namen alphabetisch aufgelistet.

Sonst nichts.

»Wir haben dir alles für die Profilierungsphase vorbereitet«, sagt Adriana und wirft mir einen genervten Blick zu. »Du darfst deine Teammitglieder jederzeit anrufen.«

»Woher weißt du, dass ich in meinem Adressbuch bin?«

Sie scheint mich gar nicht zu hören, sieht wie gebannt der Hetzjagd auf ihrem Bildschirm zu, es ist aber auch so klar, woher sie das weiß. Adriana hat also einen Teiler mit Zugang in unsere Profilräume und kann in einem Fenster ihrer Com alles sehen, was sich auf meiner Com abspielt. Während ich selbst nicht mal mehr Zugang auf meine Telefonliste hab.

»Da schaut!«, kreischt Adriana, ihre Stimme überschlägt sich.

Ich will eigentlich nicht schauen, aber der Video-Feed schiebt sich von selbst über alle anderen Fenster in meinem Hologramm und lässt sich auch nicht mehr wegklicken. Ich kenne die Amancay-Verfolgungsjagden eigentlich, aber alles sieht anders aus, wenn es so nahe an mir dran ist ... Eine Tür wird da aufgerissen, gleich neben dem fliehenden Mann. Er weicht aus, läuft weiter, hinter ihm rennt jetzt ein Squad-Team die Stufen rauf, ich zähle acht Uniformierte.

Adrianas Finger krallen sich um den Rand der Tischplatte, ihre Fingerknöchel treten weiß hervor. Das Rufen um uns ist zu Brüllen geworden, nicht nur hier in der Laube, von jeder Galerie um uns hallen jetzt wütende Beschimpfungen oder anfeuernde Schreie. Celine fährt am ganzen Körper zusammen, als ein Uniformierter neben uns aufspringt und seinen Stuhl dabei umstößt. Adrianas Wangen sind leicht gerötet, ihre Lippen stehen ein wenig offen. »Schaut, gleich haben sie ihn! Warum keilen sie ihn denn nicht ein ... Sie müssen das Treppenhaus verriegelt haben ... er wird entkommen ...«

»Wohin denn da noch entkommen?«, fragt Stephen und schnaubt.

Aber Adriana beachtet ihn nicht, das Licht des Hologramms schimmert auf ihrem Gesicht. Der Mann hat es ins oberste Stockwerk geschafft. Die Kamera zoomt auf seine

Augen, blaue Augen, geweitet, mit einem gelben Rand um die Pupille. Er taumelt gegen die Tür, reißt sie auf.

Bildwechsel. Ein flaches Dach, von einer niedrigen Mauer umsäumt, in der Mitte eine Helikopterlandebahn, darüber stahlblauer Himmel.

»Verdammt, verdammt, verdammt«, flüstert Adriana.

Die Targan um uns toben jetzt, heben geballte Fäuste, einer spuckt mehrmals auf den Boden.

Der Video-Feed zeigt den Rücken des Mannes, wie sich der Mann immer weiter von der Kamera über dem Ausgang entfernt. Er rennt über die Landebahn, auf die Mauer zu, blickt nicht über die Schulter zurück.

Ich sehe nur seinen Rücken. Der Amancay läuft schneller, erreicht die Mauer und zieht sich hinauf. Er steht oben.

Ganz still.

Dann malt er mit der offenen Hand einen großen Kreis in die Luft und macht einen Schritt nach vorn ...

»Nein!«, kreischt Adriana und springt auf.

Ich sehe weg, sehe auf meinen Drink, sehe auf die Tischplatte, die Miniaturbilder in Mustern im Silber. Ich sehe auf meine Sandalen, auf die strahlend weißen Fliesen, ich sehe überallhin, nur nicht mehr in das Hologrammfenster.

Um uns ist es plötzlich sehr still.

Nur der Springbrunnen plätschert weiter.

Einer der Uniformierten steht seufzend auf, glättet die Falten aus seiner Uniform, steigt auf seinen Schweber und gleitet davon. Die anderen folgen ihm einer nach dem anderen, einer nickt Adriana zu, er trägt einen Anzug aus rotem Uniformstoff. »Immerhin, der schadet uns nicht mehr«, sagt er zu ihr, während er langsam an uns vorbei aus der Laube schwebt.

Adriana hebt leicht die Hand zum Gruß. »Vielleicht lernen ein paar von ihnen ja etwas daraus und überlegen es sich, bevor sie sich mit uns anlegen. Eine andere Sprache scheinen sie ja leider nicht zu verstehen ... bis bald, Robert.« Sie winken einander zum Abschied.

Kurz darauf sind wir wieder die Einzigen in der Laube. Adriana trinkt aus ihrer Glasröhre, ihre Finger hinterlassen Abdrücke im Frost darauf.

Celine hat Tränen in den Augen. »Warum ...«

»Warum?«, wiederholt Adriana. Sie lächelt schon wieder. »Fanatiker. Was erwartest du.«

Ich weiß nicht mehr, wo ich hinsehen soll. Das ist mir alles viel zu nah. Ich will irgendwas anderes sehen, an was anderes denken, egal was, ich senke den Blick wieder auf mein Hologramm, der Video-Feed ist endlich weg, das sind meine Grundeinstellungen von zu Hause. Meine Bücher sind auch hier. Ich klicke auf das Icon mit meiner Bibliothek. Will eine Geschichte, vertraute Worte ... klicke auf Borges' *Die Bibliothek von Babel* ... erkenne das Cover nicht.

Auch nicht den ersten Satz ... Das ist nicht der erste Satz.

Und die Geschichte war doch länger als zwei Seiten. Wo ist der Rest? »Was zum Teufel ...«, murmele ich.

»Gefällt es dir?«, fragt Adriana. »Die Informationen in euren Profilräumen sind mit eurer Ankunft auf Targan Island automatisch auf den neuesten Stand gebracht worden, natürlich kostenlos. Du hast von allen Büchern die neuste Version, schon auf dich abgestimmt ... schau heute Abend mal rein, das ist unglaublich!«

Ich hebe den Kopf.

»Neuste ...«

»Utopia verbessert die Bücher und individualisiert den Inhalt automatisch für den User der Bibliothek. Außerdem schreibt es exzellente Kurzzusammenfassungen. Ich meine, wer hat heutzutage schon noch Zeit zu lesen ...«

Ich wende den Blick von ihr ab, betrachte einen Moment lang die bunt schillernden Käfer, die in ihrem gläsernen Ring um die fleischfressende Pflanze übereinanderkriechen.

Ein Ort ohne Kinder und ohne echte Bücher. Eignungstests mit Risiko. Gerade eben hat sich jemand ein paar Straßen weiter zu Tode gestürzt, und alle um mich rum haben bei der Hetzjagd mit angefeuert.

Meine Möglichkeiten:

Erstens: Ich kann mich jetzt drei Wochen lang fehl am Platz fühlen und meine Wohnung und Yara vermissen.

Zweitens: Ich kann uns allen jede Menge Zeit und Nervenkrieg ersparen, indem ich ausspreche, was sowieso schon klar ist. Ich passe nicht hierher. Was mich da auch immer geritten hat, diesen Vertrag zu unterschreiben, das war eine Schnapsidee.

»Luca?«, fragt Adriana. »Alles in Ordnung mit dir?«

»Adriana«, sage ich ruhig und sehe auf. »Ich bin betrunken gewesen, als ich diesen Vertrag unterschrieben habe. Ich ziehe meine Teilnahme an den Eignungstests hiermit wieder zurück. Buche ich meinen Rückflug über die Com?«

Springbrunnengeplätscher.

Ich höre, wie Celine neben mir die Luft einzieht. Adrianas Augen weiten sich. Sie kräuselt die Nase, als hätte sie etwas Schlechtes gerochen.

Stephen fängt an zu lachen, schlägt sich auf die Schenkel, beugt sich über den Tisch, um mir auf die Schulter zu klopfen. »Der war echt gut! Adriana, also die ...«

Er hält mitten im Satz inne, sieht von Adriana zu mir, von mir zu Adriana.

Adriana sieht mich noch immer aus ihren grauen Augen an. Dann schüttelt sie unmerklich den Kopf, zuckt mit den Schultern und wendet den Blick von mir ab.

Oh je. Das hätte ich diplomatischer anstellen müssen, was passiert denn eigentlich, wenn man seine Teilnahme zurückzieht? Dass ich den Vertrag noch nicht mal durchgelesen hab ... Wird das teuer? Werden die gegen mich klagen, können sie das? Die Elite gegen Luca Mon ... Kann mir doch noch nicht mal nen guten Anwalt leisten ... Das wird teuer. Das wird ganz bestimmt richtig teuer ...

»Warte ... Du meinst das doch nicht etwa ...?«, höre ich Stephen.

»Luca, seit deiner Einreise unterstehst du den Gesetzen dieses Landes. Du hast uns deine Teilnahme an der Profilierungsphase vertraglich zugesichert. Vertragsbruch existiert auf Targan Island nicht.« Adrianas Tonfall ist arktisch korrekt, ähnelt dem der Telefonansagestimme in meinem Headset. »Natürlich können wir dich nicht zwingen, an den Eignungstests teilzunehmen«, sagt Adriana. »Aber bis zum Ende der Profilierungsphase wirst du die Insel nicht verlassen.«

Celines Hand liegt plötzlich auf meiner, einen Moment nur, ganz vorsichtig, sie zieht die Hand schnell wieder zurück. »Vielleicht ... überleg es dir doch noch einmal«, sagt Celine, »ich weiß, alles ist so ... so groß. Und was da eben passiert ist, das ist furchtbar, das ist ... aber es bringt doch niemandem etwas, wenn du jetzt schon aufgibst ... wir müssen es doch wenigstens versuchen. Ich helf' dir, wir halten zusammen. Wir ...« Sie trägt einen schmalen Silberring mit ineinander verflochtenen Blätterranken um ihren Mittelfinger.

Ich schüttle ihre Hand von mir ab. »Die halten uns hier gegen unseren Willen fest, hast du das grade nicht mitgekriegt?«

»Sprich für dich selbst«, sagt Stephen kopfschüttelnd. »Ich bin jedenfalls freiwillig hier.«

»Ihr könnt mich hier doch nicht gegen meinen Willen festhalten!«, sage ich laut zu Adriana.

»Natürlich könnten wir das«, antwortet sie gelassen. »Du schuldest uns deine Zeit und aktive Teilnahme, und wenn du deine Schuld nicht begleichst, machst du dich laut unseren Gesetzen strafbar. Aber wir halten dich nicht fest. Wir weigern uns nur, eine Ausnahme für dich zu machen und einen frühzeitigen Rücktransport zu organisieren und für dich zu bezahlen. Ich setze dich am Ende unserer Einführungstour zusammen mit den anderen bei den Kandidaten-Wohnungen ab. Natürlich steht es dir bis zu deiner Abreise frei, doch noch an den Eignungstests teilzunehmen und die Chance, die Utopia dir hier gegeben hat, doch noch wahrzunehmen.« Sie wirft einen Blick auf ihre Com. »Ihr habt jetzt noch 18 Minuten, 25 Sekunden Zeit, eure Codes auswendig zu lernen.« Sie verschränkt die Arme vor der Brust, lehnt sich zurück, legt den Kopf in den Nacken und bleibt so sitzen. Ihr Blick ist auf das tiefe Grün des Laubendachs, die exotischen Blüten darin gerichtet.

Mein Display leuchtet auf. Mein Code erscheint darauf, schwarz auf weiß.

Celine und Stephen beugen sich wortlos über ihre Coms, die Buchstaben und Zahlen. Celine zieht die Nase hoch, Stephens Gesicht ist hoch konzentriert.

Die sagen sich wahrscheinlich grade, dass das doch nicht so schlimm ist, dass sie doch selber hierherwollten, dass ... dass alles seine Richtigkeit hat.

Ich beiße die Zähne zusammen. Ich lehne mich zurück, sehe dem Springbrunnen zu, drei Wasserfontänen plätschern in unregelmäßigen Abständen in ein leuchtend weißes Becken.

Hat irgendein Ex-Kandidat je von so was erzählt? Da müsste doch irgendwann mal was durch die Medien gegangen sein ... Bin ich wirklich die Erste, die vor ihrer Zeit von dieser Insel runterwill?

Ich atme ein. Ich atme aus.

Die werden mich nicht gehen lassen. Ihr Utopia-Programm hat mich auserwählt und sogar diesen John Amber nach mir entsandt.

Dann muss ich ihnen eben beweisen, dass sich ihr Programm bei mir verrechnet hat. Wie schwer kann das schon sein, Eignungstests nicht zu bestehen? Muss ihnen nur vorführen, was ich ohnehin schon weiß: dass ich keine geeignete Targan für ihren vielgliedrigen Körper bin.

Ich sammle ganz einfach so viele Minuspunkte, dass die mich selbst in den nächsten Flieger nach Hause stecken.

Auf meiner Com hat eine Stoppuhr begonnen, rückwärtszulaufen, zeigt an, wie viel Zeit mir noch bleibt, die Zahlen und Buchstaben von meinem Code in der richtigen Reihenfolge auswendig zu lernen. Ich würde nicht mehr als ein paar Sekunden dafür brauchen. Mit Zahlen und Buchstaben hat man's einfacher als mit Menschen.

Aber ich wende den Blick ab, sehe dem Springbrunnen zu.

Ein Vibrieren an meinem Handgelenk, nach zwei Minuten ohne Augenkontakt wird mein Display wieder schwarz. Ich sehe nicht mehr hin.

Alles nur ein Spiel ...

Unser Wolkenkratzer ist der erste in der Reihe, direkt vor der Promenade zum Strand; die Wohnungen von Stephen, Celine und mir sind im 7. Stock.

Hinter mir bedanken sich die drei jeder bei jedem für den tollen Tag, sie lachen aufgekratzt und wünschen sich schöne Träume, dann bin ich drin, die Tür fällt hinter mir ins Schloss und es ist endlich, endlich still.

Nach diesem Einführungsrundgang könnte ich schon jetzt in einer Talkshow erzählen, wie es ist, wenn man's in die Elite schafft.

Die Luxuswohnungen der ranghöchsten Mitglieder sind auf die Dächer der Wolkenkratzer gebaut. Die auf unserem Dach erinnert von unten an ein Schloss aus 1001 Nacht, aber die meisten sehen eher aus wie Raumstationen aus einem Science-Fiction-Film.

Man hat uns begehbare Kleiderschränke von grünen und blauen Uniformträgern durchschreiten und an mächtigen Schreibtischen probesitzen lassen, in Büros, in denen mein ganzes Y-Soft-Team Platz zum Arbeiten hätte. Wir haben Tipps zu unserem individuellen Make-up und Outfit von einem berühmten Styling-Berater gekriegt und ein Personal Coach hat gemeinsam mit uns rausgefunden, bei welchem Hobby wir uns am allerbesten entspannen könnten, Stephen als Jockey beim Pferderennen, Celine beim Tauchen und ich bei Zen-Meditation, das hat der wohl irgendwann aus Ratlosigkeit gesagt, weil ich keinen Pieps von mir gegeben hab. Wir haben uns in einem Schlamm-vom-Toten-Meer-Bad bei eisgekühlten Cocktails im Spa erholt und auf dem Sunset-Cruise gab's Dinner aus Algen und Meeresfrüchten. Die

Sonne ging dabei so kitschig unter, als hätte man sie eigens dafür engagiert, perfekt zu wirken.

Mir schwirrt der Kopf von Antworten auf Fragen, die ich gar nicht gestellt hab. Aber wo oder als was wir morgen arbeiten werden, was es mit diesen Eignungstests auf sich hat, ob man die Insel auch per Fähre oder mit einem dieser Helikopter verlassen kann, die wie böse Insekten vom Meer her kommen und auf den Dächern der Wolkenkratzer landen, all diese Informationen sind tabu. Ich schließe die Augen. Ich stelle mir vor, in meiner Wohnung zu Hause angekommen zu sein.

Aber es riecht nicht nach Holz und Büchern, sondern nach sauberen Fliesen, nach nichts. Eine Klimaanlage summt.

Ich öffne die Augen wieder.

Mein Wohnzimmer hat weiß gestrichene Wände, weißen Kachelboden, einen kleinen, weißen Esstisch und ein weißes Sofa. Eine Küche gibt es in meiner Wohnung nicht, aber ein winziger Balkon geht zum Meer. Eine Tür führt ins Badezimmer und eine ins Schlafzimmer, darin stehen ein weiß bezogenes Einzelbett und ein verspiegelter Schrank.

Im Schrank finde ich all meine Kleidung von zu Hause, meinen weißen Rock, meine zweite Jeans, meine T-Shirts, meine Spitzenunterwäsche und meine sieben Trainingsanzüge, alles ist sorgfältig zusammengelegt oder auf Metallbügeln aufgehängt, frisch gebügelt und gewaschen. Alles riecht fremd.

Ich stelle mir vor, wie sie die Sachen eingepackt haben, während ich betäubt auf dem Sofa lag. Auch meine Haut riecht anders. Ich schnuppere an meinem Arm, der leichte Schweißgeruch ist überdeckt von einer desinfizierenden Seife. Man hat mich gewaschen, bevor ich heute Morgen aufgewacht bin.

Wie viele Stunden oder Tage lang war ich betäubt? Sogar der Kalender auf meiner Com ist noch tabu.

Ich lasse mich auf mein weißes Bett fallen und umarme mich selbst. Ich hab weder Geld noch Kreditkarten noch Ausweispapiere, bin in einem Land, in dem mir so was nicht mal was bringen würde, kann niemandem eine Nachricht schicken, und anstatt nach mir zu suchen, stoßen sie zu Hause wahrscheinlich gerade auf mein Glück an.

Ich kann jetzt unmöglich schlafen.

Ich könnte Yara spielen ... Auf meiner neuen Com gibt's sogar ein Icon zu einer Targan-Version des Spiels. Das läuft natürlich nur übers Intranet auf Targan Island. Vielleicht haben sie hier sogar die Spielregeln geändert ... und Lilith trägt dann plötzlich einen Prinzessinnenrock ... Die Idee ist so abstoßend wie der fremde Seifengeruch auf meiner Haut.

Wie bringe ich bloß die nächsten drei Wochen rum?

Gar nicht. Hab den Ehrgeiz, in spätestens drei Tagen zurückgeschickt zu werden. Und sobald ich meinen Inselurlaub überstanden hab, erzähl ich meiner Chefin von MyVersion, die redet mit unseren Programmierern, Benny ist vielleicht ein Arsch, aber der findet schon raus, wie diese App funktioniert. Gibt doch schon Programme, die Gesprochenes als Geschriebenes aufzeichnen ... und Programme, die übersetzen ... und Programme, die Geschriebenes als Gesprochenes wiedergeben ...

Ein Targan-Dreiklang gongt aus dem Wohnzimmer.

Das ist meine Klingel. Bestimmt Stephen und Celine, aber mir reicht's für heute. Ich sehe durch den Spion.

Da steht doch wieder der schwarze Mann vor meiner Tür. Er hat die Hände hinter dem Rücken verschränkt und wippt auf den Fersen.

Meine Möglichkeiten:

Erstens: Ist John auch jetzt von seinem allwissenden Utopia-Programm geschickt worden? Für heute hab ich wirklich genug prophetisches Gerede über mein Schicksal gehört. Bloß nicht reinlassen.

Zweitens: Oder ist er vielleicht doch von sich aus gekommen? Will ich obendrein zu dem ganzen Schlamassel auch noch einen One-Night-Stand mit meinem Boss? Keine gute Idee ... Wirklich nicht?

Bloß nicht reinlassen. »Guten Abend«, sage ich durch die geschlossene Tür. »Um diese Uhrzeit lasse ich grundsätzlich keine Fremden mehr rein.«

Einen Moment lang wirkt er völlig verblüfft. Er öffnet den Mund und schließt ihn dann wieder. Fährt sich langsam mit der Hand durchs Haar ... niemand hat so schwarze Haare. Die sind doch mit Sicherheit gefärbt.

»Ich bin kein Fremder, Luca. Mach die Tür auf. Du kannst mir vertrauen, ich beiße nicht.«

So ein Satz kam schon von Rotkäppchens Wolf und sollte einen grundsätzlich misstrauisch machen. Aber John spricht leise, seine Stimme senkt sich am Ende des Satzes, es hört sich sanft, fast hypnotisch an und ich bin tatsächlich versucht, ihm aufzumachen. Schüttle über mich selbst den Kopf. »Gute Nacht, John.«

Er geht natürlich nicht und da stehen wir und beäugen uns durch den Türspion. Nur dass er mich ja nicht sehen kann und ich ihn schon ... Warum er mir nur so bekannt vorkommt. So jemanden hätte ich doch nie vergessen. Ich kann mir fast beim Denken zuhören, ich denke: Hohe Stirn ... markante Wangenknochen ... breite Schultern ... Ich denke: Das hab ich jetzt bitte nicht wirklich so gedacht ... ein Klischeewort nach dem anderen hab ich da gedacht und dabei bin ich doch Profi ...

John hebt den Kopf, grinst und zeigt die Zähne dabei.

»Woher kenne ich dich?«, frage ich ihn durch den Spion. »Sag mir, woher ich dich kenne und ich lass dich rein.«

»Lass mich rein und ich verrate dir, woher du mich kennst«, sagt er.

Einen Moment zögere ich. Dann drehe ich den Türknauf und ruckle daran. Ruckle wieder. Die Tür geht nicht auf. Ist ja mit meinem Code verriegelt. Den ich nicht auswendig gelernt hab. Der Code ist verschwunden und ich bin zum zweiten Mal an diesem Tag eingeschlossen.

Das ist jetzt etwas peinlich. John hat mit Sicherheit gehört, wie ich da vergeblich rüttle.

Er starrt mich durch den Türspion an. Verdreht plötzlich die Augen und tippt mit seiner behandschuhten Hand einen Code in das Display ein. Die Tür springt auf, er geht an mir vorbei und bleibt mitten im Raum stehen.

»Fühl dich ganz wie zu Hause«, sage ich sarkastisch und schließe die Tür. »Leitungswasser? Gläser oder Tassen hab ich hier leider nicht.«

Er sieht mich nicht an, klickt sein Com-Hologramm auf und seine behandschuhten Finger tippen.

Es vibriert an meinem Handgelenk. Auf meinem Display, schwarz auf weiß, Zahlen und Buchstaben, da ist er dann wohl wieder, mein Code. Frage mich, wer den sonst noch alles auswendig kennt und einfach so bei mir reinkann.

»Du wirst den Code jetzt auswendig lernen«, sagt John. »Jetzt sofort.«

Ich tippe den Code von meinem Display weg.

Die Klimaanlage summt monoton. John mustert mich von oben bis unten. Er steht breitbeinig und wirkt zu groß für die kleine Wohnung. Seine Uniform kommt mir zwischen all dem Weiß hier noch schwärzer vor. Seine Augen verengen sich. Wenn ich jetzt um Hilfe rufe, hört mich niemand ... Ich hab keine Küche, also auch kein Küchenmesser ... ohnehin eher schlechte Idee ... Da stünde ich dann am Ende nicht nur John Amber gegenüber, sondern John Amber, der noch wütender ist, mir ein Küchenmesser abgerungen hat und das selber in der Hand hält ...

Das Vierte, was ich tue, wenn ich erst wieder zu Hause bin: endlich eines von diesen Selbstverteidigungsseminaren besuchen.

Er kommt einen Schritt auf mich zu. »Du kannst es dir nicht leisten, auf den Engel zu verzichten. Du wirst zu viele Punkte verlieren.«

Ich versteh schon, warum alle so um ihn herumtänzeln. Es reicht, dass er ein bisschen langsamer und leiser spricht und man fühlt sich, als müsste man tun, was er sagt, nein, als wollte man tun, was er sagt. Er hat diese Art von Stimme, der man sofort glaubt, egal, was sie erzählt. John ist der geborene Geschichtenerzähler.

Und Geschichtenerzählern traue ich grundsätzlich nicht. Geschichtenerzähler sind naturgemäß begnadete Lügner. Nichts ist so gefährlich wie eine Geschichte, der man glauben will.

Er kommt noch einen Schritt auf mich zu.

Mit einem Mal ist mir sehr bewusst, dass wir alleine sind.

Er merkt das auch. Diese kupferfarbenen Augen, leicht geschlitzt, mandelförmig, Raubkatzenaugen ... nicht schon wieder Schmonzetten-Wortschatz ... Als hätte ich auch ein rosa Com-Armband mit silbernen Einhörnern drauf ... Will ich nun ein Küchenmesser oder vielleicht doch einen One-Night-Stand?

Er zieht eine Augenbraue nach oben, als hätte er auch gerne eine Antwort darauf und kommt immer näher. Er trägt schwarze Stiefel, aber seine Schritte sind lautlos wie die eines Jägers.

Ich lehne mich lässig an die Tür, überkreuze die Beine und sehe hoffentlich gleichgültig aus. »Mit dem nächsten Flug bin ich hier sowieso wieder weg.«

»Ich hätte dir lieber Glück auf deinem Weg gewünscht«, sagt er, ist beinahe bei mir, bleibt nicht stehen, »aber Zweikampf ist auch okay.«

Was ...

Er steht direkt vor mir, zu nah, streckt die behandschuhte Hand nach meinem Gesicht aus. Ich will ihm ausweichen. Aber sein Blick hält meinen fest, dringt immer tiefer in mich ein und ich bewege mich nicht. Dann berührt sein Zeigefinger meine Wange und ein warmer Schauer läuft mir die Wirbelsäule runter. Der Stoff seiner Handschuhe ist hauchdünn, samtweich. Mein Atem kommt zu laut und zu schnell und John hört das auch.

»Ist das alles, was du hast?«, murmelt er fast zärtlich. »Das war doch nur der Anfang ...«

»Woher kenne ich dich?« Meine Stimme klingt zittrig.

»Weißt du das wirklich noch nicht?«

In meinem Rücken die geschlossene Tür. Vor mir seine Körperwärme. Wo seine behandschuhte Hand mich berührt, brennt die Haut, seine Finger streicheln die Konturen von meinem Gesicht, über die Wange, schließen sich um mein Kinn. Er hebt meinen Kopf und betrachtet meinen Mund. »Die Lösung eines Rätsels ist immer das zu Offensichtliche ...« Er streicht mit dem Daumen langsam meine Unterlippe nach und ich weiß plötzlich, dass er mich nicht küssen will, aber gleich küssen wird, weil ich mich endlich erinnere. Nein. Weil ich meiner Erinnerung jetzt glaube.

Ich hatte Draven ja schon wiedererkannt, als er in meinem Treppenhaus stand.

Wahrscheinlich hat jeder irgendwo in seinem Leben eine verpasste Liebe. In meinem Fall ist das Draven aus Yara. Ich weiß nicht, wie oft ich mir vorgestellt habe, was gewesen wäre, wenn ... Dabei ist das alles schon ewig her, ich hab ihn vor mehr als sechseinhalb Jahren zum letzten Mal gesehen.

Lilith hörte damals, irgend so ein Jäger habe das Artefakt gestohlen, mit dem sich der Drachenhort auf dem hohen Berg nehmen lässt. Der Spinner habe jetzt vor, die Quest im Alleingang zu machen.

Lilith hatte selbst ewig nach dem Artefakt für die Quest gesucht.

Sie lauerte dem Jäger auf und versuchte, es ihm abzuhandeln. Er ließ nicht mit sich reden. Also folgte sie ihm, bis er irgendwann begann, mit Pfeilen auf sie zu schießen: »Ich hätte dir lieber Glück auf deinem Weg gewünscht«, sagte der Jäger. »Aber Zweikampf ist auch okay.«

»In Ordnung«, sagte Lilith und warf einen Feuerball nach ihm. »Der Gewinner bekommt Artefakt und Quest.«

Der Jäger wehrte Liliths Feuer mit seiner bloßen Hand ab, verbrannte sich, und lachte: »Ist das alles, was du hast?«

»Das war doch nur der Anfang«, sagte damals ich.

Wahrscheinlich waren wir beide überzeugt davon, der andere hätte überhaupt keine Chance. Zwei Stunden später lagen wir verblutend am Boden nebeneinander.

»Auszeit«, sagte der Jäger. »Wenn wir so weitermachen, gibt es uns nicht mehr.«

»Waffenstillstand«, sagte ich.

Er zog mir einen seiner Pfeile aus dem Rücken.

Ich heilte die Brandwunde an seiner Hand.

»Ich bin Draven«, sagte er.

»Ich bin Lilith.«

So begann unsere Geschichte.

Der hohe Berg war die erste Quest, die ich nicht alleine unternahm. Aber von da an waren Draven und Lilith zusammen unterwegs. Fast ein ganzes Jahr.

Ich glaube, ich habe mit niemandem je so viel und so gerne Zeit verbracht. Bonny und Clyde konnten uns nicht das Wasser reichen. Er schlug immer wieder vor, wir sollten uns auch in Wirklichkeit treffen. Ich hatte Angst, ich könnte Draven verlieren, wenn ich den Spieler dahinter kennenlernte, und wich immer wieder aus. Irgendwann fragte er nicht mehr.

Und dann verschwand er plötzlich. Ohne Vorwarnung. Ich wartete, er tauchte nicht auf. Ich schrieb ihm Nachrichten, es kam keine Antwort. Draven war offline und ich hatte keinen Namen, keine Telefonnummer, nichts. Mehrere Wochen wartete ich. Ich war sicher, es musste ihm etwas zugestoßen sein. Irgendwann hielt ich es nicht mehr aus.

Unter den Yara-Spielern, die sich jeden Freitag im Münchner Dragonclub treffen, ist auch ein fetter grüner Kobold. Tagsüber arbeitet er als Bankangestellter, nachts ist er der beste Hacker der Stadt. Ich verabredete mich mit ihm zur Silvesterparty. Der Dragonclub sieht aus wie eine Höhle, die Beleuchtung ist so schwach, dass man sich kaum erkennen kann, und es wabern überall bunte Lichter, so dass die Gesichter der Verkleideten noch fantastischer wirken. Die Musik dröhnt düsteren Alternative Rock, die Tanzfläche in der Mitte ist immer voll, auch an der Bar steht man dicht gedrängt. Der Kobold und ich zogen uns an einen der hintersten Tische in eine Tunnelmündung zurück. Ich nahm all meinen Mut zusammen und fragte ihn schon, wie viel es mich kosten würde, den richtigen Namen von Draven herauszufinden, als ein groß gewachsener Mann in schwarzer Robe und Zorro-Maske sich von hinten zu mir hinunterbeugte und flüsterte: »Du bist ja eine Stalkerin.«

»Draven!«

Damals habe ich ihn sofort erkannt. Aber damals wartete ich natürlich auch Tag und Nacht auf ihn, und im Dragonclub sind alle wie ihre Yara-Figuren verkleidet. Draven sah tatsächlich ganz genauso aus wie auf dem Bildschirm, natürlich auch wegen der Zorro-Maske. Nur seine Robe fühlte sich wie Stoff von einem Kostümverleih und nicht wie Drachenhaut an. Einen Moment lang saß ich nur da und starrte ihn an. Dann sprang ich auf, warf mich ihm an den Hals, umarmte ihn, hielt ihn fest und murmelte immer wieder: »Sag mir sofort deinen richtigen Namen!«

Er hatte das nicht erwartet. Sein Blick war plötzlich ganz weich und verletzlich. Er sah mich an und stammelte erschrocken: »Das kann ich nicht. Ich ... ich wollte mich nur von dir verabschieden, bevor ... ich muss offline gehen ... Es ... es tut mir leid ...«

Wahrscheinlich ist ihm da überhaupt erst klar geworden, wie viel er mir eigentlich bedeutete.

Aber mir war das in diesem Moment ganz egal, ob ich mich lächerlich machte, jetzt hielt ich ihn nur umso fester. Ich hatte nicht die Absicht, mich je wieder von ihm zu verabschieden. »Ich heiße Luca Mon. Hast du was zu schreiben, ich geb dir sofort meine Telefonnummer und Adresse. Bleib. Wir müssen nie wieder spielen, aber bitte, bitte bleib.«

In der irr flackernden Club-Beleuchtung konnte ich nicht mal die Farbe seiner Augen erkennen, er begann inmitten der dröhnenden Musik auf mich einzureden, flüsternd in mein Ohr, immer schneller: »Es geht nicht anders, Luca, ich kann nicht anders, es tut mir so leid, wenn du wüsstest, aber ich muss gehen, ich wünschte, vielleicht hätte ich gar nicht kommen ... ich musste dich vorher wenigstens ein einziges Mal in Wirklichkeit ...«

Und dann stockte er plötzlich und küsste mich. Es war ein verzweifelter Kuss. Ein erster und letzter. Die bunten Lichter waberten, der Boden vibrierte mit den Bässen, die Menge tanzte und wir standen aneinandergedrängt zwischen fantastischen Fabelwesen in irgendeiner Ecke dieser lauten Welt und hielten einander fest, ertasteten uns mit Zungen und Händen, und es endete nur, weil der verdammte Kobold gegen uns torkelte, auf uns fiel, und wir alle zusammen stürzten.

Als wir wieder hochkamen, war der Moment vorbei. Der Kobold redete immer weiter auf uns ein und sagte etwas von Freigetränken und wie leid es ihm täte.

Draven stand mir gegenüber, nicht mal einen Schritt von mir, aber trotzdem weit weg. Ein wenig atemlos und fast erschrocken sahen wir uns an. Er streckte die Hand aus und sein Zeigefinger strich sacht über meine Wange. »Pass auf dich auf, Lilith«, formten seine Lippen. »Glück auf deinem Weg.«

Das ist der Abschiedsgruß, den wir uns in Yara sagen. Ich sah seinem Rücken nach, wie er sich durch den Dragonclub hin zum Ausgang drängte, und dann war er fort.

Ich hörte nie wieder von ihm.

Ich hab den Kobold natürlich trotzdem damit beauftragt, Draven zu stalken. Nicht nur den Kobold. Ich hab sogar meine Chefin erpresst, nach Draven zu suchen, am selben Abend noch. Aber nicht nur Dravens Account war gelöscht, sondern auch das Profil des Besitzers. Er war spurlos aus den Archiven verschwunden, hatte nicht mal eine Identitäts- oder Kontonummer hinterlassen, als ob es weder Spieler noch Spielfigur jemals gegeben hätte. Gab eine Riesenaufregung bei Y-Soft deshalb, wie so was passieren konnte. Theoretisch geht so was gar nicht, es bleiben immer Spuren im System.

Aber nichts war von ihm geblieben, nur die Legenden, die man sich in Yara noch immer über die Abenteuer von Lilith und Draven erzählt.

Eine Weile zermarterte ich mich mit der Frage, ob er vielleicht geheiratet hatte und darum nicht zu Lilith zurückkehrte. Natürlich war mir klar, dass wir bis zu diesem Abend im Dragonclub nie mehr als virtuelle Freunde gewesen waren und ich kein Recht auf ihn hatte. Schließlich war ich diejenige gewesen, die ihn nicht hatte kennenlernen wollen. Natürlich war ich trotzdem eifersüchtig.

Und ich habe nie meinen Frieden mit dem Rätsel um sein Verschwinden gemacht. Draven war der wichtigste Mensch in meinem Leben, egal ob virtuell oder nicht. Ich habe ihm nie viel über Luca verraten und ihm nicht erlaubt, viel über sich zu erzählen. Aber wir beide wissen, wie wir spielen. Auf eine Weise wissen wir damit, wer wir in Wirklichkeit sind.

Und jetzt steht er tatsächlich vor mir. Die schwarze Uniform. Die schwarzen Perlen wie Drachenhaut. Alles etwas too much. Ich hätte ihn gleich erkennen können. Die Lösung eines Rätsels ist das zu Offensichtliche. Hätte er noch seine Maske auf, mir wär überhaupt nie ein Zweifel gekommen, wen ich da vor mir habe. Ist Draven jetzt als John Amber verkleidet oder John Amber als Draven? Kann das wirklich sein?

Er riecht gut, sauber, herb und etwas scharf. Dravens Geruch. Damals im Club nur ein Hauch, verdeckt von all den anderen Gerüchen. Aber so hat Draven damals gerochen. Wüste bei Udaipur am Abend. Wenn man vielleicht die Hitze im Wind noch auf der Zunge schmecken kann, kurz bevor es Nacht wird und kalt ... Er steht so nahe, dass unsere Lippen sich beinahe berühren.

»Lern den Code auswendig«, sagt er.

Und das ist Dravens Stimme. Nur sind es nicht unbedingt die Worte, die ich mir für den Moment unseres Wiedersehens jahrelang herbeifantasiert hab. »Was?«

»Du musst sofort den verdammten Code auswendig lernen und deinen Engel aktivieren«, sagt er.

»Also weißt du, ich finde, das ist jetzt eigentlich nicht der geeignete Moment ...«

»Luca!« Er hält mich noch immer am Kinn, sein Blick ist jetzt hart. »Dieses Spiel musst du gewinnen, wenn du es wieder verlassen willst.«

Mit einem Ruck mache ich mich frei.

Er stützt die Handflächen zu beiden Seiten von meinem Kopf an die Tür, tritt noch näher. »Vertraust du mir?«, flüstert er, sein Gesicht direkt vor mir. Er ist so nahe, ich fühle die Worte in seinem Atem auf meiner Haut und spüre, wie sich mein Körper an seinen drängt, ohne mich vorher groß um Erlaubnis zu fragen.

Ich nicke.

Er schließt die Augen und seine Stirn sinkt auf meine. Die Berührung zuckt wie ein Stromschlag durch mich hindurch. Einen Moment stehen wir vollkommen bewegungslos.

Ich hebe den Kopf, will keine Worte mehr, will seine Lippen auf meinen, sofort.

»Nicht«, sagt er rau.

Ich schlinge die Arme um ihn, aber er packt meine Handgelenke, hält sie fest, drückt sie fast gewaltsam gegen die Wand. Aneinandergedrängt stehen wir da, und lauschen unseren Atemzügen, die jetzt stoßweise kommen. Seine Hitze ist überall um mich. Der Griff um meine Handgelenke wird schmerzhaft, dann tritt er mit einem Fluch einen Schritt zurück. Und dann noch einen.

»Das geht nicht.« Er wendet sich ab.

Ich schüttle den Kopf. Ich streiche mir eine Haarsträhne zurück. »Das ist jetzt nicht dein Ernst«, bringe ich raus.

Er steht mit dem Rücken zu mir, sieht mich nicht mal an. »Luca, ich ...«

»Du lässt mich jetzt nicht wieder einfach so stehen! Ohne Erklärung. Ich will sofort wissen, warum du damals verschwunden bist!«

Er dreht sich nicht zu mir um. Ich sehe nur seinen Rücken, Dravens Drachenhaut. Oder Johns Targan-Jackett mit Schmuckperlen.

Ein Zittern durchläuft mich. »Warum hast du mir nicht schon beim Interview gesagt, wer du bist? Was meinst du damit, ich kann das Spiel nicht verlassen, wenn ... meinst du, ich ... meinst du, die Targan ... ihr ...« Ich gehe zu ihm, lege ihm die Hand auf die Schulter, er soll sich zu mir umdrehen, verdammt noch mal.

Er fährt herum, ist mit ein paar Schritten an mir vorbei, an der Tür und tippt meinen Code ein.

»Bleib!«, rufe ich, »verdammt noch mal, bleib und sag mir, was ...«

»Du wirst von jetzt an dein Bestes geben und über all das nicht mehr nachdenken«, sagt er.

Ein erstickter Laut kommt aus meinem Mund, vielleicht ist das ein Lachen. Denk nicht nach. Nichts leichter als das. Mich überkommt die Idee, einen schweren Gegenstand nach ihm zu werfen. Aber so was mache ich nicht. Außerdem gibt es in meiner weißen Wohnung ja gar keine Gegenstände.

John greift nach dem Türknauf.

»Warte!« Einen Moment kann ich nicht sprechen, weil plötzlich Tränen kommen wollen. Ich beiße mir heftig auf die Lippen, kann jetzt keine Tränen gebrauchen. »Du kannst mich doch nicht beinahe küssen, mir dabei durch die Blume sagen, dass ich vielleicht nie wieder von dieser Insel runterkomme und dann gehen, das geht nicht! Ich will sofort wissen, was ...«

»Diese Informationen sind für dich tabu. Vertraust du mir?«

Er dreht sich nicht mal zu mir um.

Meine Unterlippe bebt. Nicht heulen, bloß nicht heulen, nicht jetzt ... Ich könnte stattdessen meinen Schuh nach ihm werfen.

»Natürlich vertraue ich dir«, ich schlucke, würge Tränen runter, meine Stimme erstickt, ich balle die Hände zu Fäusten und räuspere mich, »natürlich vertraue ich dir, aber ... Moment. Halt. Stopp, nein! Warum sollte ich dir vertrauen? Erstens: Du hast Lilith damals einfach ohne Erklärung sitzen lassen! Und mich dann auch noch! Zweitens: Wer weiß, was die letzten Jahre aus dir gemacht haben? Vielleicht bist du jetzt ganz anders drauf? Und da soll ich dir einfach so vertrauen? Für wen hältst du dich denn bitte? Für den unwiderstehlichen Überbringer dunkler Geheimnisse und kryptischer Botschaften?«

John hält inne und neigt den Kopf, als würde er tatsächlich darüber nachdenken. »Unwiderstehlich?«, fragt er.

Ich bücke mich und schlüpfe aus meiner Sandale, ziele, werfe und treffe seinen Hinterkopf.

»Aua!«

Jetzt hat er sich immerhin wieder zu mir umgedreht.

»Ich glaub dir überhaupt nichts mehr, John, ich glaub, euer Utopia-Programm hat nach der Schwachstelle in meinem Profil gesucht und als erfolgversprechendste Motivationsstrategie Draven gefunden! Und dann hat es dich geschickt! Damit du mich zum Mitmachen bei euren Eignungstests bringst! Das ist ... Vergiss es. Ich mach da nicht mit.«

John steht noch immer an der Tür, die Hand am Hinterkopf, und sieht mich fassungslos an. Dann schließt er einen Moment die Augen, schüttelt den Kopf und lacht auf, kurz und bitter. »Das hätte ich gleich besser wissen können. Dann eben ganz und gar unkryptisch. Dann eben so«, sagt er.

Er lässt die Hand sinken und öffnet sein Hologramm. »Eigentlich haben Kandidaten erst nach dem ersten Eignungstest Zugriff auf diese Info«, sagt John, tippt und verschiebt dann mit seinem Zeigefinger Worte über den Bildschirm. »Ihr kommt entweder als Targan von der Insel oder überhaupt nicht mehr. Neues Gesetz. Nicht-Mitgliedern von Targan wird die Ausreise auf unbestimmte Zeit verweigert.«

Meine Com vibriert. Ich sehe nicht hin. Ich schüttle den Kopf. Ich lache kurz auf. »Das ist jetzt nicht dein Ernst. Warum erzählst du mir so einen Schwachsinn? Ist hier irgendwo ne versteckte Kamera? Ist das so eine Art betriebsinterner Insider-Witz?«

»Überprüf das«, sagt John müde. »Frag Adriana, frag jeden. Aber sprich auf keinen Fall mit den anderen Kandidaten darüber. Erst nach dem ersten Eignungstest. Eine Tabu-Info weiterzugeben kostet dich mehr, als du dir leisten kannst. Ist sogar teuer für mich. Wenn du dich ab sofort ins Zeug legst, kannst du es in die Elite schaffen. Das ist in unser beider Interesse, Luca Mon. Jede Menge Punkte für mich, Freiheit für dich. Entscheide selbst.«

Er schließt seine Com.

Ich schüttle wieder den Kopf, immer wieder. »Und niemand wundert sich, wenn all diese Leute nicht von Targan Island wiederkommen? Das soll ich dir glauben?«

John wendet sich ab und öffnet die Tür. »Du kennst unsere Ressourcen nicht. Du ahnst nicht mal, was wir für Möglichkeiten haben.«

»Warum erfahren das alle nach dem ersten Eignungstest, was ist das für ein Test, was passiert da?«, rufe ich ihm nach. »Und was passiert mit all den Kandidaten, die es nicht in die Elite schaffen?«

Aber er ist schon draußen.

Einen Moment lang stehe ich mitten im Zimmer und starre auf die verschlossene Tür. Sie ist weiß, bis auf den schwarzen Türknauf und den Spion.

Ich weiß nicht, wie oft ich mich gefragt hab, was wohl aus Draven geworden ist oder wie es wäre, wenn wir uns irgendwann irgendwo einmal wiederbegegnen. So hatte ich mir unser Wiedersehen nicht vorgestellt.

Ich lasse mich aufs Sofa fallen. Ich betrachte die Rillen zwischen den weißen Kacheln.

Wie hab ich auch nur einen Moment lang glauben können ... Geschieht mir ganz recht. Nach so vielen Jahren der Wachträume musste der Traummann ja irgendwann mal einen Gruß von der Wirklichkeit vorbeibringen. Ob ich nicht endlich mal ausgeträumt hab.

Hab ich jetzt.

Aua.

Die Kacheln sehen alle gleich makellos aus, eine neben der anderen. Dann entdecke ich einen kleinen Kratzer.

Ich hab meiner großen, virtuellen Liebe eine Sandale von Kickers an den Kopf geworfen.

Hab einen schalen Geschmack im Mund.

Schlucke runter. Hab doch gerade wirklich dringendere Probleme als Jahre alte Seifenblasen.

Ich klicke auf Johns Nachricht. Er hat mir zwei Links geschickt.

Ich tippe den ersten an. Da ist er ja wieder, mein Vertrag. Nur ist er bis auf die Überschrift, meine Daten und meinen Fingerabdruck als Unterschrift leer bis auf einen einzigen Paragraphen. Darin steht, dass mit der Ankunft auf der Insel die Gesetze von Targan Island für mich gelten.

Eigentlich ja logisch. Nur weiß niemand Genaueres über diese Gesetze.

Der zweite Link klickt das Gesetzbuch von Targan Island auf. Eine Unzahl an Paragraphen links am Rand, alle verschlossen, daneben leerer Bildschirm, ich scrolle runter ... nur neben dem Paragraphen 77 steht etwas. Da steht, dass Nicht-Mitgliedern von Targan die Ausreise auf unbestimmte Zeit verweigert werden kann, insofern es die betriebsinterne Sicherheit erfordert.

Ich rufe Adriana an. Sie hebt nicht ab.

Ich greife an meinen Brillenbügel, finde nur meine Schläfe, lasse die Hand wieder sinken, sitze unbeweglich. Meine Com schließt sich nach zwei Minuten, mit ihr das Hologramm, ich sitze und sehe ins Leere.

Die können ihre Kandidaten doch nicht mit Freiheitsentzug dazu erpressen, bei ihren Eignungstests mitzumachen. Das ist gegen das Völkerrecht oder Menschenrecht oder ... kenn mich ja nicht aus, aber irgendjemand würde da doch wohl irgendwo klagen, dass hier alle möglichen Rechte verletzt werden! Irgendjemand würde nach all den verschwundenen Kandidaten suchen. Und die Kandidaten, die es in die Elite schaffen, die würden doch wieder zu Hause aller Welt erzählen, was auf Targan Island abgeht!

John hat mir Fake-Links geschickt, so was kann jeder basteln.

Oder?

Warum sollte er mir so was erzählen?

Von welchen Ressourcen hat John da geredet?

Und wenn das jetzt stimmt? Wie lange dauert eine unbestimmte Zeit?

Wenn mir nur irgendein Grund einfiele, warum er mir so was erzählen sollte ...

Es sei denn, es stimmt.

Die Klimaanlage summt monoton, ich sehe nicht auf die Uhr, sehe meinen Gedanken beim Denken zu.

Irgendwann bin ich durch.

Meine Möglichkeiten:

Erstens: In meiner Schutzkapsel bleiben, nichts tun, bis sich die Minuspunkte von selbst angesammelt haben. In ein paar Tagen dann entweder nach Hause ... oder auf unbestimmte Zeit im Ausland inhaftiert bleiben.

Zweitens: Das Risiko ist mir zu groß. Wenn ich es in die Elite schaffe, werden die mir entweder drohen, den Mund über so eine fiese Erpressung zu halten oder sie werden mich auslachen, weil ich ihren kranken Humor gleich so brühernst genommen hab. Aber in jedem Fall kann ich als Targan diese Insel verlassen.

Ich sehe in meine Com, sehe das Display aufleuchten.

Ich tippe auf die Nachricht mit meinem Code.

Ich schließe die Augen, spreche die Kombination aus Zahlen und Buchstaben dreimal laut in den leeren Raum.

Ich klicke das Icon mit dem Targan-Logo auf.

Der Com-Augenscan blinkt, ein roter Punkt, langsam, dann immer schneller.

Dann wird das Display schwarz. Ein weißer Cursor erscheint.

Ziffer für Ziffer gebe ich meinen Code ein.

LM7501760IU27881.

Alles wird weiß.

Aus dem Headset tönt plötzlich leiser Trommelrhythmus, schwillt langsam an ...

»Hallo Luca«, sagt eine warme Frauenstimme dazu. »Ich bin dein Engel.«

Die Stimme wirkt vertraut und gleichzeitig fremd ... Die Worte kommen aus meiner Com und stehen schwarz auf weiß auf meinem Display.

Der Trommelrhythmus wird fordernder, drängender, wie Filmmusik, ein Held galoppiert Richtung Abenteuer ... jetzt noch eine Gitarre ...

Jetzt bin ich also offiziell dabei. Zusammen mit 28 anderen Kandidaten. Das Spiel beginnt.

Neben mir klickt es.

Meine verriegelte Balkontür springt auf. Warum das? Ich frage mich, wie viele Schnittstellen sonst noch mit der Engelaktivierung entstanden sind.

Ich stehe auf und trete hinaus. Schwüle Hitze, beginnende Morgendämmerung. Alles ist fremd.

Ein schwarzer Vogel sitzt auf dem Balkongeländer. Eine Krähe? Er sieht mich aus schwarzen Vogelaugen an und fliegt nicht weg.

Hinter den Sanddünen das Meer, wie es sich grau und groß bis zum Horizont ausbreitet, davor die schwarze Pyramide und neben mir in Reih und Glied die Glastürme der Elite.

Ich stehe neben dem Vogel da und sehe zu, wie es heller wird über dem Zentrum.

3

»Guten Morgen, Luca. Du hast kurz, aber tief und gut geschlafen und bist jetzt fit für einen neuen Tag. Du hast noch null Stunden, null Minuten, 30 Sekunden Zeit, um aufzuwachen.«

Eine Panflöte hebt leise an.

Wo bin ich?

Das war die Stimme von meinem Engel. Meine Com vibriert. Ich muss doch noch auf dem Sofa eingeschlafen sein. Ich blinzle auf das Display, die Worte stehen da schwarz auf weiß, darunter eine rückwärtslaufende Stoppuhr.

Hatte ich das Ding nicht stumm gestellt?

Die Panflöte wird lauter, andere Flöten stimmen ein, die Musik wird schneller, fröhlicher, ein Glockenspiel, alles sehr kitschig und Cat Stevens, »Morning has Broken« und die Sonne scheint ... Die Targan-Uhr auf dem Armband der Com zeigt 09:17:06 Uhr an.

Ich setze mich auf und reibe mir die Augen.

Die Stoppuhr erreicht 00:00:00. Ein Xylophon beginnt, die Flöten in einem fröhlichen Rhythmus zu begleiten. Meine Com vibriert. Der Engel sagt: »Dies ist dein erster Arbeitstag im Zentrum, Luca. Möchtest du dich dafür nicht hübsch machen? In deiner Badezimmerschublade findest du alle Kosmetikartikel, um deinen Körper bestmöglichst zu umsorgen. Folgende Links helfen dir dabei. Du hast noch eine Stunde, 13 Minuten, zwölf Sekunden Zeit dafür.«

Die Schrift verkleinert sich zu einer Kopfzeile, die Stoppuhr rutscht in die obere Mitte des Displays darunter und tickt sich weiter zurück, während ein Link nach dem anderen erscheint.

Ich klicke den ersten an. Ein Video zeigt mir, wie man sich auf korrekte Art und Weise die Zähne putzt. Ich schalte ab, stehe auf. Tagesziel: Ich will dieses Spiel gewinnen und dafür erst mal so viel wie möglich über die Spielregeln rausfinden. Nicht, wie man sich am besten die Beine rasiert ...

Im Badezimmer stehen in einer weißen Schublade weiße Targan-Hygieneartikel in einer Reihe geordnet aufgestellt: Deo, Kamm, Bürste, Rasierer mit Rasierschaum, Seife, Shampoo, Gesichtsseife, Bodylotion, Nagelset ... kein Make-up. Und ausgerechnet meine Zahnbürste ist nicht dabei.

Die Musik erinnert jetzt an die Szene in amerikanischen Seifenopern, wenn Familien mit vielen Kindern einen neuen Tag im glücklichen Leben starten. Dabei muss ich mir jetzt auch noch mit einer weißen Targan-Ultrasound den Nachgeschmack meiner zerplatzten Draven-Seifenblase von den Zähnen putzen. Mit automatischer Griffvibration bei Abweichung von der optimalen Druckausübung.

Die Com vibriert schon wieder. »Der Link zur korrekten Zahnpflege wird dir dabei helfen, dich vor Karies zu schützen. Du hast noch null Stunden, sechs Minuten, 28 Sekunden Zeit, den Link zur korrekten Zahnpflege zu Ende anzuschauen und dir im Anschluss daran noch einmal die Zähne zu putzen«, sagt der Engel.

Ich verschlucke mich an Zahnpasta. Sind hier Kameras?

Die Targan-Zahnbürste ... Das Programm weiß, wann ich die Zahnbürste benutze und natürlich auch, welche Links ich mir auf der Com angesehen hab.

Ich schalte den Engel auf stumm. Auch die Musik ist jetzt aus. Besser. Ich ziehe die Com aus, lege sie in die Schublade zur Targan-Kosmetik und mache die Schublade zu. Am Ende kann mir das Ding noch irgendwie beim Duschen zusehen.

Um 09:28:05 Uhr trage ich ein helles T-Shirt und den weißen Rock, zurre mir ein Gummi ums Zopfende und werfe mir den Zopf über den Rücken.

Zuletzt setze ich mir das Headset wieder ins Ohr. Die Musik erzählt immer noch vom Beginn eines wunderbaren Tages, aber ist jetzt ein wenig rockiger geworden, Musik zum Mitsummen und Mitsingen. »Geh aus, mein Hirn, und sammle Infos«, improvisiere ich prompt, meine Com vibriert schon wieder: »Du bist nicht alleine im Zentrum, Luca. Deine Singstimme klingt nicht sehr schön. Dein soziales Umfeld könnte sich gestört fühlen. Du hast noch null Stunden, null Minuten, null Sekunden Zeit, mit Singen aufzuhören.« Die Stoppuhr dazu läuft in einer zweiten Kopfzeile unter der ersten auf 00:00:00 und verschwindet.

Woher weiß das Programm ... diese Übersetzungs-App, MyVersion? Kann das Programm auch unterscheiden, ob ich rede oder singe? Oder war das jetzt gar nicht Utopia, sondern ... »Wer hört mir da eigentlich grade alles zu?«, frage ich in die Com.

Aber natürlich antwortet niemand, erst recht nicht der Engel. Der glaubt wahrscheinlich, ich bin noch immer in der Dusche, weil dafür weiterhin die Stoppuhr läuft.

Ich mache mich stattdessen an die Arbeit.

Als Erstes rufe ich Adriana an. Sie hebt wieder nicht ab. Ich schicke ihr eine Nachricht. »Hab's mir überlegt. Bin dabei.« Nicht dass die mich nachher gar nicht erst abholt.

Dann spiele ich mit den Funktionen meiner neuen Com, bis ich ungefähr rausgefunden hab, wie das geht. Ha. Ein paar Sachen hab ich mir also doch von Benny gemerkt. Aber als ich nach Flügen von der Insel suche, nach Fähren, einem Helikopter, scheitere ich kläglich. Keine Buchungsmöglichkeiten, keine Fluglinien, keine Fahrpläne, keine Reiseinformationen, nur immer wieder der Satz: »Diese Information ist tabu.« Da helfen mir auch Bennys Tricks nicht mehr weiter.

Ich tippe das Icon Informationszentrum auf, alphabetisch geordnet erscheinen alle möglichen Kategorien, darüber auch ein Feld zur Stichworteingabe. Ich klicke »Arbeit« an.

»Diese Information ist für dich tabu.«

Ich klicke »Aufgabenverteilung« an.

Tabu.

Ich hab plötzlich eine Gänsehaut, weiß nicht warum. Ich tippe »John Amber« in das Suchfeld.

Tabu. Vielleicht lasse ich das lieber mit den Tabu-Infos? So ein Quatsch, je mehr ich weiß, desto besser. Ich klicke mich alphabetisch durch die Kategorien, aber alle Informationen sind tabu. Ich zucke zusammen. Ich sehe auf, sehe mich um, hab das Gefühl, jemand steht hinter mir ... Aber da ist niemand. Und trotzdem ... Ich fühle mich beobachtet, fühle mich wie in einem Horrorfilm ... und dann weiß ich, warum. Die Musik. Schrille, schräge Töne, dunkle Pauken ... zu solchen Missklängen wird in Filmen immer der dumme Statist wegen eines dummen Fehlers von einem grässlichen Monster gekillt.

Was ist denn aus Rise and Shine geworden? Die Musik muss sich so allmählich verändert haben, hab's nicht mal gemerkt ...

Die Com vibriert. Die Stoppuhr ist abgelaufen. »Dein Frühstück ist fertig. Du hast einen großen Tag vor dir. Es ist wichtig, dass du dich ordentlich stärkst. Du hast noch null Stunden, null Minuten, 15 Sekunden Zeit, dein Frühstück vor der Tür zu finden«, sagt der Engel. Die Missklänge enden, die Musik fängt sich wieder, kehrt zu ihrer Gute-Laune-Melodie zurück. Kann so was Zufall sein?

Vor der Tür steht ein Tablett mit einem Glas Wasser und einer weißen Targan-Box mit transparentem Deckel, durch den Würfel, Kugeln und Mini-Pyramiden in Gelb, Grün und Dunkelrot zu sehen sind. Abrakadabra.

»In diesem Frühstück sind alle wichtigen Nährstoffe und Vitamine für deinen derzeitigen körperlichen Bedarf enthalten. Guten Appetit! Du hast noch null Stunden, zwölf Minuten, zehn Sekunden Zeit, der Anleitung entsprechend zu frühstücken«, sagt der Engel. Unter der Nachricht ist wieder ein Link.

Ich lasse die Tür offen, um Adriana nicht zu verpassen, falls sie meine Nachricht nicht sieht, und setze mich mit dem Tablett an den Esstisch.

Laut dem Link soll man beim Essen gerade sitzen und viel kauen. Die grünen Würfel sind zäh, gallertartig und schmecken nach ... Kohlrabi? Nein, Brokkoli. Aber so intensiv, als wäre ein Brokkoli-Baum zu diesem Zwei-Zentimeter-Würfel zusammengekocht worden. Ekelhaft. Das Gelbe ist eine Art Super-Ei und das Rotbraune riecht so heftig nach rohem Fleisch, dass ich lieber gleich die Finger davon lasse. Hab eh einen Knoten im Magen. Ich schiebe die Box von mir weg, öffne wieder das Hologramm. Vielleicht kann ich ja wenigstens rausfinden, wo ich mir hier was zu essen kaufen kann.

Dieses Mal achte ich auf die Musik. Es geschieht langsam, fast unmerklich. Aber mit jedem verschlossenen Link, den ich antippe, driften die Töne weiter ab, werden dunkler, schriller, der Rhythmus gehetzter.

Das ist kein Zufall. Das ist dieses Programm. Utopia kriegt mit, dass ich Tabus antippe, und versucht mich mit der Musik zu manipulieren.

Ich finde diese Idee fast noch unheimlicher als die Alptraummusik selbst ... suche in den Settings nach einer Möglichkeit, die Musik abzustellen. Aber das geht nicht. Ohne Musik gibt es auch keinen Engel.

Und wenn ich den jetzt einfach auch abwürge? Wie nötig brauche ich diesen Engel für die Punkte? Adriana wird uns doch eh gleich abholen, bis dahin wird mir das doch wohl nicht schaden.

Ich stelle den Engel auf stumm, ziehe die Com aus und reibe mir das Handgelenk. In einem neuen Hologrammfenster klicke ich mich weiter durch die Tabus. Leider bin ich ohne Engelmusik auch nicht viel erfolgreicher. Aber immerhin finde ich über sieben Ecken raus, in welchem Wolkenkratzer mein Arbeitsplatz ist. Schon das ist so kompliziert, sogar Benny hätte nicht nur verächtlich geschnaubt, sondern mir dafür mal auf die Schulter geklopft.

Ich lehne mich zurück und reibe mir die Augen. Wo bleibt denn nur Adriana? Ich will endlich wissen, an was ich hier arbeiten soll, frühstücken die anderen etwa noch immer, wie lange kann so was denn bitte dauern? Ich greife nach meiner Com und sehe auf die Uhr im Armband. Ach du ... Scheiße.

In der Kopfzeile läuft schon längst eine neue Mission: »Auf, auf, es ist so weit! Du hast noch null Stunden, 21 Minuten, vier Sekunden Zeit, um deinen Arbeitsplatz zu erreichen.«

Die Stoppuhr dafür tickt sich immer weiter in den Minusbereich zurück, zeigt schon –00:18:17.

Adriana holt uns gar nicht ab, wir wurden alle einzeln und wahrscheinlich zu unterschiedlichen Zeiten vom Engel losgeschickt. Und mein Engel war auf stumm. Das Display der Com ist blau, zeigt einen roten Punkt hinter einem weißen Pfeil. Der Pfeil blinkt und zeigt Richtung Tür.

Ich gehe einen Schritt.

Der Punkt bewegt sich.

Der Punkt bin dann wohl ich, und ich komme an meinem ersten Arbeitstag viel zu spät.

Ich öffne meine Wohnungstür, renne durch den gewölbten Korridor zum Aufzug, sehe nirgendwo Knöpfe, verdammt, wie rufe ich den ... Neben den Aufzügen hängt ein Targan-Display mit Tastatur zur Zahleneingabe, vielleicht ...

Die Aufzugstüren öffnen sich plötzlich. Ich trete ein, stehe zwischen verspiegelten Wänden, sehe auch hier nirgendwo Knöpfe, aber da ruckt der Aufzug schon an.

Auf meiner Com blinkt der rote Punkt auf dem weißen Pfeil, die Digitalanzeige über mir zeigt mir, wie es Stockwerk um Stockwerk nach unten ins Erdgeschoss geht.

Ich stelle den Engel wieder laut, klicke das Navi in ein Hologrammfenster und justiere es so, dass es immer im gleichen Abstand vor meinen Augen schwebt. Als die Aufzugstüren sich öffnen, sprinte ich los, durch die Lobby, nach draußen.

Hitze brandet mir entgegen. Das Licht blendet, ist zu hell. Ich blinzle. Durch die getönten Fensterscheiben der klimatisierten Luxuslimousinen hat gestern alles weit weg und unwirklich ausgesehen, man konnte kaum was erkennen und der Chauffeur war von uns durch eine dunkel getönte Targan-Wand getrennt.

Jetzt, in diesem zu hellen Licht, wirkt alles gestochen scharf und überzeichnet. Alles sieht fremd aus.

Straße und Bürgersteig leuchten in einem makellosen Weiß, verlaufen schnurgerade, gerahmt von Beeten in den Farben der Targan-Ränge. Die Autos sind alle Targan-Speeder, weißsilberne Halbkugeln, die in einer irrsinnigen Geschwindigkeit und fast lautlos vorbeirasen. Die Fahrer sitzen entspannt lächelnd in ihre Sitze zurückgelehnt und berühren das Steuer nicht. Es bewegt sich von alleine, von Geisterhand geführt. Geister, die sich vorbildlich an alle Verkehrsregeln halten, und niemand außer mir scheint das seltsam zu finden.

Es sind so viele Autos und sie gleiten so schnell und geräuschlos vorbei, dass die Straße aussieht wie ein statisches Bild.

Auch die Menschen um mich gehen zielstrebig an mir vorbei, alle tragen sie gelbe Uniformen und alle einen Gesichtsausdruck, der perfekt zu der Ab-in-den-wunderschönen-Morgen-Musik passt.

Der Bürgersteig ist durch ein blaues Blumenbeet in der Mitte längs geteilt, auf der einen Seite geht man nach rechts, auf der anderen nach links. Der Pfeil auf dem Navi schickt mich nach links. Dann mal los.

»Du verlässt dein individuelles Ideal-Gehtempo für den Weg zur Arbeit«, sagt der Engel. »Du möchtest doch frisch und erholt an deinem Arbeitsplatz ankommen. Du hast noch null Stunden, null Minuten, eine Sekunde Zeit, deine Geschwindigkeit zu drosseln.«

Das ist doch jetzt wohl ein Witz! Der Pfeil auf dem Navi bewegt sich nicht mehr! Ich verpasse meine Einzelsitzung mit Adriana, alle anderen Kandidaten sind wahrscheinlich schon längst am Punktesammeln und ich soll hier einen auf Walking für Anfänger machen?

Auf meinem Navigationssystem ist nur diese Straße zu sehen, der Rest vom Stadtplan ist ausgeblendet.

Nirgendwo Wegweiser.

Ich sehe mich um, die Adressen im Zentrum sind in Zahlen angegeben, die Straßen alle parallel zueinander und der Reihe nach abgezählt und ich kenne die Zahlenkombination von meiner Abteilungsadresse. Den Weg finde ich auch ohne Navi. Ich klicke das Hologrammfenster aus der Luft und renne gegen den Rhythmus der Musik und die Proteste des Engels an, renne so schnell ich kann in den stetig fließenden Menschenstrom hinein.

Die Menge teilt sich, als würde sie jemand für mich teilen. Man weicht mir im Gehen aus, dabei haben die meisten wie ich ein Hologrammfenster vor ihren Augen schweben.

Sie reden nicht miteinander, aber viele reden in ihre Coms, und das Gemurmel umgibt mich mit dem Geräusch all dieser Schritte ... all diese Schritte im Takt der Guten-Morgen-Musik.

Alle Schritte außer meinen.

Kein Hupen, und das zur Stoßzeit, nur gleichmäßig fließender Verkehr, ohne Fahrer. Ups, auch ohne Ampeln. Mir fällt die Werbung für das Targan-Navigationssystem ein, Hänsel und Gretel im Wald, finden den Weg nach Hause nicht mehr: »Das wäre ihnen mit dem Targan-Navigationssystem nicht passiert. Dein Targan bringt dich immer sicher zu einem Ziel. Vertrau deinem Targan.«

Es ist ein komisches Gefühl, nicht im gleichen Tempo wie die anderen zu laufen ... und die beginnenden Horrorklänge, die langsam, aber stetig immer schriller werden, machen das auch nicht viel besser.

Bin schon ganz außer Atem. In all den klimatisierten Räumen gestern hab ich nicht mitgekriegt, wie heiß es auf Targan Island ist ... So eine Hitze kenne ich nicht. Grell und groß legt sie sich um mich wie eine heiße, feuchte, fremde Haut und drückt zu. Sogar dieser weiße, glatte Steinboden atmet Hitze aus, und das noch am Vormittag.

Ich laufe langsamer, fühle, wie mir der Schweiß runterrinnt, sich einzelne Strähnen aus dem Zopf lösen und mir im Nacken kleben bleiben. An einer Straße, an der alle wie ferngesteuert stehen bleiben, bleibe auch ich stehen, ringe um Atem, die Autos fahren stetig an uns vorbei.

In welchem Gebäude bin ich gestern eigentlich aufgewacht? Das muss doch in dieser Straße gewesen sein, nahe der Promenade zum Meer ... Seltsam, ich erinnere mich gar nicht ... muss wirklich sehr benommen gewesen sein.

In der Kopfzeile laufen immer weiter die Sekunden meiner Zeit zurück. –00:25:21, –00:25:22, –00:25:23 ... Großartig, alle anderen arbeiten bestimmt schon an ihrem Vorsprung, und ich hab noch nicht mal meinen Schreibtisch gefunden, steh hier und seh den Targan-Speedern beim Vorbeiflitzen zu.

Das rhythmische Spritzen der Sprenkleranlagen ist wie das stetige Gemurmel der Menschen überall um mich, wie eine seltsame, stoßweise tönende Hintergrundbeschallung. Die Blumen in den Beeten um uns haben ausladende Blüten, deren Farben zwischen all dem Weiß wie ein buntes, wohlgeordnetes Muster glühen. Wäre die Hitze nicht, die Schweißperlen, die das perfekte Make-up auf den Gesichtern um mich herum zerfließen lässt, das alles würde wirken, als hätte der Mensch es endlich geschafft, die Welt in einer harmonischen Form zu fixieren.

Eine rote Uniform steigt in einen Kleinbus am Straßenrand, der Kleinbus fährt schnell wieder an. Jetzt versteh ich, warum nur gelbe Uniformen um mich sind. Gelb ist ein niedriger Rang, jede Wette, wer hier erst mal Karriere gemacht hat, muss auch nicht mehr zu Fuß zur Arbeit.

Und wenn ich versuche über die Straße zu laufen?

Die Autos haben keinen Fahrer. Niemand wird für mich abbremsen.

Ich versuche wieder, Adriana anzurufen, aber sie hebt noch immer nicht ab.

Wenn ich hier schon stillstehen muss, kann ich die Zeit auch sinnvoll nutzen. John hat gesagt, ich kann seine Infos überprüfen und alle fragen, dann mal los. »Entschuldigung, ich hab da mal eine Frage!«, sage ich zum Uniformierten neben mir.

Der Mann sieht mich verwirrt und fast erschrocken an, sieht dann wieder stur geradeaus, in den Verkehr, als würde er gar nichts sehen.

Ich versuche es bei einer Frau in gelbem Anzug. Die sieht mich an, als ob ich irgendwo reingetreten wäre.

»Entschuldigung«, versuche ich es höflicher bei einer älteren Dame mit Duttfrisur, »Ich bin neu hier ... könnten Sie mir bitte nur ein paar Fragen ...«

Die Frau wirft mir einen kurzen Blick zu und tippt weiter auf dem Hologramm vor sich herum.

»Es dauert nicht lange, wenn wir doch ohnehin hier stehen müssen ...«

Die Warntöne in der Musik werden schriller. Meine Com vibriert. »Du benimmst dich gerade etwas rücksichtslos, Luca«, sagt der Engel in meinem Headset. »Durch dein Verhalten fühlen sich deine Mitmenschen auf ihrem Weg zur Arbeit gestört. Du hast noch null Stunden, null Minuten, null Sekunden Zeit, damit aufzuhören. Genieße doch stattdessen deinen Spaziergang.«

Die Autos halten an. Die Menge setzt sich wieder in Bewegung. Ich renne weiter, eine lange Straße und dann noch eine Querstraße entlang, mit der Menge der Uniformierten in einen der Glastürme nahe dem Einkaufszentrum, in einen der Aufzüge hinein, die Türen schließen sich hinter mir.

Ich fühle, wie die schweißfeuchten Härchen in meinem Nacken im Wind der Klimaanlage kühlen. Ich stehe zwischen verspiegelten Wänden und schillernden Uniformen, Uniformen in allen Farben, Kostümen und Anzügen, nach frischem Duschgel riechenden Körpern. Der Aufzug ist voll, aber nicht zu voll, niemand muss niemanden berühren. Alle lächeln in allen Spiegeln, und ich sehe dazwischen aus wie ein Geist meiner selbst, verschluckt von diesem Insektenschwarm. Die Bluse klebt mir schweißnass am Rücken. Einzelne Strähnen haben sich aus dem Zopf gelöst, in der Hitze gebauscht und kringeln und kleben in meinem rot verschwitzten Gesicht.

Ich klicke das Navi wieder an. Der Pfeil blinkt auf, als sich die Türen zu meinem Stockwerk öffnen.

Großraumbüro. Durch die verglasten Wände sieht man den Urwald aus Glastürmen, und dann, wie eine blaue Hintergrundkulisse, bis zum Horizont das Meer. Reihe um Reihe stehen die Schreibtische nebeneinander und hintereinander, durch hohe Raumteiler voneinander getrennt, Wabe um Wabe. Wabe ist nicht das richtige Wort, das sind eher Aquarien. Die Raumteiler sind aus dunklem Glas, man sieht nur die Silhouetten der Uniformierten dahinter. Sie sitzen kerzengerade an den Tischen, die Hände auf den Schreibtischen, die Blicke auf Hologramme in Bildschirmgröße gerichtet.

Es ist unheimlich still. Man hört nicht mal das hastige Tippen dieser unzähligen Finger auf den wattierten Targan-Tastaturen.

In meinem Rücken höre ich das Geräusch sich schließender Aufzugstüren, ich folge dem Pfeil in das Labyrinth aus Glaswänden.

Niemand beachtet mich hier. Niemand hebt auch nur den Kopf.

Ich sehe im Vorbeigehen durch die Eingänge in die Arbeitszellen. Hab noch nie so aufgeräumte Schreibtische gesehen. Außer vielleicht im Möbelhaus. Keine Kaffeetassen, keine Post-its, keine gerahmten Bilder, keine Notizblöcke. Die Schreibtische sind ausnahmslos weiß und bis auf die Targan-Tastaturwatten leer. Die Uniformierten dahinter tippen, als ob es dabei um ihr Leben ginge. Nur vereinzelt geht jemand schnell und zielgerichtet durch die Gänge.

Mein Schreibtisch, das ist er endlich. Leer bis auf eine Tastaturwatte, wie alle anderen auch. Der Stuhl ist perfekt auf meine Größe eingestellt. Die Tastaturwatte auf den Abstand meiner Finger. Das Navi im Hologrammfenster vor meinen Augen verschwindet plötzlich.

»Es ist so weit, das Warten hat endlich ein Ende. Du hast noch null Stunden, null Minuten, 15 Sekunden Zeit, dich aufs Arbeiten einzustellen«, sagt der Engel.

Ein Hologrammpunkt blinkt auf meinem Com-Display auf, wandert in die Schreibtischmitte, vergrößert sich zu einem Bildschirm, legt sich in einen etwas schrägen Winkel. Ich kann darauf herumtippen oder von der Tastaturwatte aus arbeiten, ohne mich irgendwie verrenken zu müssen. Der Bildschirmhintergrund wird schwarz, ein weißes Icon leuchtet darauf auf. »Planet Z3275« steht darunter.

Die Musik verändert sich, wird bombastisch, großer Auftakt.

»Willkommen in unserer Kreativabteilung, Luca Mon«, sagt der Engel. »Du hast noch eine Stunde, vierzehn Minuten, vier Sekunden Zeit, dich über das Tutorium in die Mission Z3275 einzuarbeiten.«

Das Icon öffnet sich, eine Schrift gleitet daraus hervor, sinkt in die Mitte des Bildschirms, blinkt dort auf: »So viele Figuren, so wirklich wie möglich!«

Die Schrift blinkt ein letztes Mal und verschwindet, der Engel beginnt zu sprechen, Bilder erscheinen, das Tutorium beginnt.

Ich beuge mich vor.

Wahrscheinlich kommt demnächst ein neues Targan-Computerspiel auf den Markt? Ich soll Figuren erfinden, die einen unbewohnten Planeten besiedeln; der Engel erklärt mir an einer Beispielvorlage Schritt für Schritt, wie, es gibt jede Menge Kategorien zum Ausfüllen.

»Charaktereigenschaften« und »Expertenwissen« sind als »Ressourcen« in Tabellen aufgelistet und sollen in Punktwerten von eins bis zehn angegeben werden. In anderen Tabellen kann ich nachlesen, welche Ressourcen in welchem Mindestmaß für die Kolonialisierung des Planeten notwendig sind, von Agrarwissenschaft bis Zeugungsfähigkeit. Man muss für jede Figur Lebensläufe ausfüllen, den Charakter der Figuren anhand ihrer Entscheidungen begründen, in manchen Vorlagen ist sogar schon eine ganze Menge vorgegeben, sowohl die meisten Punktwerte der Ressourcen als auch Aussehen und Ereignisse aus der Vergangenheit.

Ganz oben als Erstes auszufüllen steht: »Zentraler Wunsch des Spielers« oder »Zentraler Wunsch des Gegenspielers«.

Das ist nämlich der Haken an der Sache: Es müssen gleich viele Spieler und Gegenspieler erfunden werden. Und sie müssen alle mit in die Kolonie.

Moralische Vorgaben, wer die Spieler und wer die Gegenspieler sind, gibt's zum Glück nicht, bei so einer Aufgabe hätte ich mich wohl eher schwergetan, den Erwartungen der Elite zu entsprechen ... Ganz offensichtlich unterscheiden sich meine Wertvorstellungen von denen einer Organisation, die Stalking und Freiheitsberaubung als legitime Job-Recruiting-Strategien betrachtet.

Aber ob eine Figur ein Spieler oder ein Gegenspieler wird, hängt allein davon ab, ob er ein Targan-Mitglied ist – oder eben nicht. Die Mitglieder werden auf weißen Dokumenten mit schwarzer Schrift erfunden und als Spieler abgespeichert. Die Nicht-Mitglieder auf schwarzen Dokumenten mit weißer Schrift als Gegenspieler. Immer abwechselnd.

Am Ende der Profilierungsphase, erklärt mir der Engel, wird Utopia die Besiedlung des Planeten für die Kandidaten simulieren und vergleichen, wessen Figuren bei der Kolonialisierung am erfolgreichsten waren.

Aber wie zum Teufel soll eine Kolonialisierung erfolgreich ablaufen, wenn das Team in Spieler und Gegenspieler gespalten ist? Warum uns Kandidaten eine unlösbare Aufgabe stellen? Und warum erfindet Utopia die Figuren eigentlich nicht selbst, wenn es bei einigen sowieso schon so viele Vorgaben gibt? Das Programm ist doch wohl schlau genug für so was?

Das Tutorium ist absolut idiotensicher ... So ein Engel macht Adrianas Mentor-Job im Grunde völlig überflüssig.

Wo steckt die eigentlich? Wenn hier alle über die Com mit Navi versorgt und koordiniert werden, wird Utopia Adriana doch wohl gesagt haben, dass ihre Lieblingskandidatin inzwischen auch endlich eingetrudelt ist.

Der Engel wünscht mir viel Erfolg, ich kann anfangen. Die Musik ist jetzt leiser geworden, rhythmischer, klarer und zugleich drängender: Alles ist möglich, erzählt mir die Musik, das ist dein großes Abenteuer, zeig, was du kannst!

Ein weißes Dokument erscheint auf dem Hologramm, ein Spieler also. Außer ein paar Charaktereigenschaften ist nichts vorgegeben, die Tabellen sind praktisch leer, da kann ich mich zum Aufwärmen gleich austoben.

In einer Tabelle soll ich plausible Gründe für ein plötzliches Verschwinden der Figur generieren. Jetzt hab ich obendrein auch noch eine Gänsehaut.

Ich hab erst ein paar Minuten getippt, da verändert sich die Musik aus dem Headset schon wieder. Kaum merklich. Die Andeutung einer Fanfare tönt in der Ferne. Alle Uniformierten um mich bewegen sich plötzlich kaum merklich, sehen kurz auf, setzen sich noch gerader hin, tippen hastiger und weniger gleichmäßig. Und dann sehe ich ihn.

Draven. Bei den Aufzügen. Er kommt direkt auf mich zu.

Ich stehe auf und lehne mich an den Ausgang meiner Zelle.

Er trägt wieder einen schwarzen, schimmernden Anzug. Drachenhaut. Nein, keine Drachenhaut, Uniform. Das ist nicht Draven, das ist John Amber, und das muss schleunigst und ein für alle Mal rein in meinen Kopf.

Zwei Bodyguards gehen nebeneinander hinter ihm. Köpfe ducken sich, man sieht ihm nach, ein Uniformierter macht einen Umweg um mehrere Arbeitsplätze, um seinen Weg nicht zu kreuzen, geht noch schneller als vorher. Draven ist der einzige Targan, der sich hier langsam bewegt, als liefe er nicht nach Stoppuhr, sondern nach seiner eigenen Zeit. Nach einer eigenen Zeit und in einem eigenen Raum. Ist das einsam? Niemand hier sieht ihn direkt an und alles weicht ihm aus. Er sieht auch niemanden an, während er den weißen Korridor zwischen den dunkel getönten Glaskabinen entlangschreitet. Auch mich nicht. Er kommt näher, ist beinahe da, geht an mir vorbei, als ob ich eine Laterne oder Hausnummer wäre.

»John!« Hab das Gefühl, der ganze Raum hält plötzlich den Atem an. Dabei war's doch schon vorhin mucksmäuschenstill. John bleibt in der Stille stehen, ohne sich zu mir umzudrehen. »Und wieder Luca Mon ...«, sagt er, und wendet nur leicht den Kopf in meine Richtung. Seine Stimme klingt gefährlich sanft. »Deine Mission läuft doch schon. Du verlierst grade mit jeder Sekunde Punkte. Ich übrigens auch.« Er geht weiter.

»Moment!«, sage ich laut und trete aus dem Eingang zu meinem Aquarium in den Korridor hinaus.

Aber er lässt mich einfach so stehen.

Nicht mit mir. »Ich hab den Engel aktiviert, weil ich dir geglaubt hab! Du hast gesagt, ich könnte die Infos von gestern Abend überprüfen. Aber über meinen Profilraum komme ich an überhaupt nichts. Niemand gibt mir Antworten. Ich kann dir nicht glauben. Also warum sollte ich da überhaupt mitspielen?«

John ist wieder stehen geblieben. Na also, da hab ich ihn. Er hat gestern Abend Extra-Punkte in seine goldene Gans investiert, die wird er sich doch nicht wieder durch die Finger rinnen lassen.

Er dreht sich jetzt ganz zu mir um, mustert mich von oben bis unten, seine Brauen ziehen sich etwas zusammen.

Ich werde nicht gerne abgemustert. »Was denn?«

Ohne mir zu antworten, öffnet John ein Hologramm auf seiner Com, tippt etwas ein, das Fenster schwebt zwischen uns, ist auf meiner Seite aber nur schwarz. Ich kann nicht sehen, was er sieht.

Die Silhouetten in ihren dunkel getönten Arbeitszellen tippen unaufhörlich. Nur ein paar gehen in ihren Zellen auf und ab, recken sich, machen irgendeine seltsame Gymnastik oder schauen sich andere Uniformierte in anderen Aquarien an. Abschätzend, kalt, manchmal sogar feindselig, jeder Pluspunkt des einen der Minuspunkt eines anderen. Ich passe hier so gut hin wie ein Guppy ins Piranhabecken.

»Dein Technologieverständnis ist laut Utopia im Minusbereich«, sagt John ruhig und ohne aufzublicken. »Wie hast du so schnell gelernt, mit dem neuen Modell deiner Com umzugehen? Das Tutorial mit der Bedienungsanleitung für die Basics wird dir erst heute Abend eingespielt.«

»Na ja ... ich hab rumprobiert ...«

»Rumprobiert«, wiederholt er skeptisch. Er sieht mich noch immer nicht an, seine behandschuhten Finger tippen etwas.

»Sonst zeigt mir ein Arbeitskollege immer, wie so was geht. Aber der ist ja nicht hier«, sage ich endlich.

Johns Zeigefinger fährt durch das Hologramm. »Laut den Daten deiner Com bist du den Weg hierher gerannt. Du bist schnell, das wussten wir schon. Aber war es nicht schwierig für dich, als Einzige auf der Straße in einem anderen Tempo zu laufen?«

»Schon ein bisschen komisch ...«

Jetzt sieht er auf. »Ein bisschen komisch? Verdammt, Luca, wie hast du den Weg hierher überhaupt ohne Navigationssystem gefunden?«

»Also bitte.«

»Also bitte?« John lacht kurz auf, schließt das Hologramm und schlendert zu mir zurück. »Lass mich raten. Deinen Orientierungssinn hast du zu Hause auch nicht gebraucht, niemand hat gewusst, dass du so was überhaupt hast.«

»Naja, also in Yara war's schon wichtig, dass Lilith wusste, wo Norden ...«

»Hattest du gar keine Bedenken, den Engel abzustellen? Luca, in deiner Akte steht, dass du den Anweisungen deiner Vorgesetzten bei Y-Soft ausnahmslos und schneller als jeder andere Folge geleistet hast. Sogar, wenn du als Einzige Überstunden dafür machen musstest.«

Dazu fällt mir jetzt nichts mehr ein. So hab ich das irgendwie noch gar nie gesehen ... Es gibt keinen größeren Spaß auf der Welt als Welterfinden. Ist sogar schon vorgekommen, dass ich meine Chefin um Aufträge angebettelt hab. Wenn mir jemand anbietet, mich dafür zu bezahlen, eine Riesenportion von meinem Lieblingseis zu essen, sag ich doch auch nicht nein ...

John bleibt vor mir stehen.

Er beugt sich leicht zu mir herunter, sieht mich direkt an. Er hat sehr dunkle Wimpern, seine Augen sind hell und warm. »Faszinierend ...«, murmelt er. »Ich hatte mir so was schon gedacht. Du hast deine Ressourcen zu Hause nicht gebraucht und darum auch nicht genutzt. Niemand hat eine Idee, was eigentlich deine Möglichkeiten sind, am wenigsten du selbst. Darum hat dich Utopia falsch profiliert.«

»So ein Schwachsinn. Natürlich weiß ich, was ich kann. Ich bin die beste Spielentwicklerin der Welt«, sage ich, aber John beachtet das gar nicht.

»Du bist als gehorsam und pünktlich eingestuft worden«, sagt er, »... nicht als ...« Er sucht nach dem richtigen Wort. Er streckt die Hand nach einer losen Haarsträhne aus.

»Proaktiv?«, schlage ich vor. Ich sehe zu, wie der metallische Schimmer im schwarzen Stoff seiner Handschuhe bei jeder Bewegung im Licht changiert und stelle verärgert fest, dass mein ignoranter Herzschlag Tempo aufnimmt.

John grinst und lässt seine Hand schnell wieder sinken. Er richtet sich auf. »Mir wären da andere Wörter eingefallen. Aber für eine semantische Diskussion fehlt uns leider die Zeit.«

»Das wäre auch nicht sehr schlau von dir«, sage ich und stecke mir die lose Haarsträhne schnell hinters Ohr. »Schließlich bin ich von uns beiden die Auserwählte für die Kreativabteilung.«

John neigt leicht den Kopf zur Seite. »Utopia scheint sich bei so einigem geirrt zu haben ... schüchtern und übervorsichtig bist du ganz offensichtlich auch nicht ... machst du dir grade gar keine Sorgen um deine Punkte?«

»Die Punkte hol ich schon wieder auf. Bevor ich deine Infos nicht überprüft hab, krümm ich für euch keinen Finger.«

Er nickt belustigt. »Auch eine Fehlprofilierung bei den Ressourcen Höflichkeit und Bescheidenheit ... also ... Wie möchtest du meine Infos überprüfen?«

»Egal ... Ich könnte irgendjemanden fragen, der nicht auf die Frage vorbereitet ist.«

»Dann such dir irgendjemanden hier aus«, sagt er.

»Echt jetzt? Egal wen? Jetzt gleich?«

Da ist ein Lächeln in seinen Augen. Diese Augen. Schmelzendes Kupfer, Kupferlächeln ... ach, verdammt. Ich zeige mit dem Daumen auf die Uniformierte im Aquarium neben meinem.

John nimmt mich wortlos am Arm und zieht mich hinter ihren Raumteiler. Die Frau ist um die 30, trägt eine grüne Uniform, die an einen Kimono erinnert, ihre roten Haare sind zu einer komplizierten Frisur um den Kopf geflochten und ihr Gesicht ist blass geschminkt. Sie muss uns bemerkt haben, aber sieht nicht mal auf, sitzt noch immer kerzengerade an ihrem Schreibtisch und tippt, nicht mal der Rhythmus ihrer Finger auf der Tastaturwatte stockt.

»Code SN4876915BS16528«, sagt John zu ihr. »Du hast jetzt ein paar Minuten, um Code LM7501760IU27881 ihre Fragen zu beantworten. Ich kläre das alles nachher für dich.«

Die Frau hört auf zu tippen, steht schnell auf, sieht von mir zu John, er hält noch immer meinen Arm fest.

Die Berührung kribbelt und fühlt sich viel zu gut an. Ich mache mich von ihm los.

Er grinst schon wieder, hebt fast entschuldigend die Hände und tritt einen Schritt zurück. »Mich musst du nicht ansehen.« Er lehnt sich an den Raumteiler, verschränkt die Arme vor der Brust und überkreuzt die Beine. »Mir glaubst du ja eh kein Wort. Frag sie! Aber nur nach den Infos, auf die ich dir gestern Abend Zugriff gegeben hab.«

Die Frau steht leicht geduckt, ihr Lächeln ist nervös. »Ja bitte?«

Ich räuspere mich. »Äh ... hallo ... also ... Ich bin Luca. Ich bin Kandidatin und will so schnell wie möglich wieder nach Hause. Wie mache ich das am besten?«

Die Frau hat ein kleines, grünes Tattoo neben dem Auge, ich kann nicht erkennen, was das ist. Sie blinzelt und sieht hilfesuchend zu John. Er nickt ihr zu, ohne mich dabei aus den Augen zu lassen.

»Antworte ihr einfach«, sagt er amüsiert.

»Aber du bist Kandidatin«, sagt die Frau zu mir. Sie spricht eine skandinavische Sprache, eine farblose Stimme in meinem Headset übersetzt, ich hab MyVersion noch immer auf Grundeinstellung. »Nicht-Mitglieder von Targan verlassen die Insel nicht.«

»Ich werde hier also gegen meinen Willen festgehalten?«

»Ja ... ich meine, nein ... ich meine ... es ist ein Privileg, am Auswahlverfahren teilnehmen zu dürfen ...«

»Was passiert mit Kandidaten, die es nicht in die Elite schaffen? Wie lange bleiben die hier?«

Ein Schweißtropfen läuft der Frau über die Stirn, am Auge vorbei, zieht eine Spur durch ihr Make-up, tropft auf den Kragen, wird ein kleiner, dunkler Fleck auf der grünen Uniform. »Diese Information ist für mich tabu«, sagt sie. »Nicht-Mitglieder von Targan verlassen die Insel nicht.«

Ich stemme die Hände in die Hüften. Das ist nicht gut. Das ist alles gar nicht gut. »Wann erfahren meine Mitkandidaten davon?«

Die Frau hat ein nervöses Zucken im Augenlid. »Ich weiß nicht ... Ich selbst habe das nach dem ersten Eignungstest erfahren.«

»Warum erst dann? Was passiert in diesen Tests? Warum weiß davon niemand? Werden all die Leute nicht vermisst? Was passiert mit ...«

Die Frau fängt an zu zittern, so richtig, ich hab so was noch nie gesehen. Sie sieht wieder zu John, aber der sieht ja noch immer mich an, schnalzt ein paarmal leicht mit der Zunge und schüttelt langsam den Kopf. »Wir hatten doch eine Abmachung, Luca. Diese Infos sind für dich noch tabu. Das war's schon, Code SN4876915BS16528, wir sind fertig hier ... Luca?« Er macht eine einladende Geste in Richtung Ausgang.

Ich wende mich von der Frau ab, trete hinaus, fühle, wie er mir folgt, bleibe stehen, fühle, wie er hinter mir stehen bleibt, fühle ihn zu nah.

Ich drehe mich um.

Er lächelt noch immer. Dann greift er vorsichtig nach meinem Haar, zieht sehr vorsichtig die lose Strähne wieder hervor und reibt sie sich zwischen den behandschuhten Fingern. »Viel Glück, Luca Mon«, sagt er leise, wendet sich plötzlich ab und geht.

»Warte! John, verdammt!« Ich strecke die Hand nach ihm aus, will ihn festhalten ... Jemand packt mich am Arm, zerrt mich grob zurück.

»Hey!«, rufe ich wütend.

Sein Bodyguard hält mich fest.

»John!«, rufe ich laut.

Er geht weiter, ohne sich nach mir umzudrehen und da steh ich und sehe zu, wie er am Ende des Raumes hinter einem weißen Vorhang in der weißen Wand in einen anderen Raum verschwindet.

»Lass mich sofort los!«, sage ich zu seinem Bodyguard. Der sieht aus wie ein zu breit geratener Türsteher. Er trägt eine grüne Uniform, die wie ein indischer Punjabi geschnitten ist, darüber den Gürtel mit den vielen Taschen diagonal über der Brust und an der Hüfte tatsächlich ein verdammtes Holster mit einer weißen, länglichen Pistole darin. Er hat ein feistes Gesicht und eine Glatze und stiert mich aus wässrigen zu kleinen Augen an, lässt mich los und geht John mit schwerfälligen Schritten den Korridor zwischen den dunklen Glaskabinen nach.

Ein kurzer Moment absoluter Reglosigkeit um mich. Dann findet das lautlose Tippen auf Tastaturen zu einem gleichmäßigen Rhythmus zurück. Als wäre gar nichts geschehen. Nur mein Herz braucht etwas länger, um wieder in den Takt zu kommen. Rumpelt völlig gestört vor sich hin.

Ich sehe zurück zum Vorhang, hinter dem Draven verschwunden ist. Nicht Draven. John.

Der Vorhang ist weiß wie die Wand und hängt glatt herunter, man sieht ihn kaum. Seine beiden Wachen stehen jetzt unbeweglich davor, muskelbepackt und stiernackig wie Oger aus Yara, den Blick starr geradeaus gerichtet.

Ich gehe langsam an meinen leeren Schreibtisch zurück, lasse mich auf meinen Stuhl fallen, werde dabei sanft in die perfekte Sitzhaltung zurückgefedert. Ich beuge mich vor, halte mir mit beiden Händen den Bauch, beiße die Zähne zusammen und sehe der Stoppuhr beim Laufen zu. Ich sollte anfangen zu arbeiten.

Laut Musik hat alles seine allerschönste Richtigkeit ... Die Stoppuhr bleibt stehen.

Meine Com vibriert. »Zeit für eine konstruktive Pause«, sagt der Engel.

Ich bin bisher grade mal dazu gekommen, ein paar Buchstaben zu tippen, aber das scheint meinen Engel nicht zu stören. Die Arbeitsmappe im Hologrammfenster löst sich wortwörtlich in Luft auf und lässt sich auch nicht mehr zurückklicken. Ich soll Musik hören, etwas essen und mich mit Stephen treffen.

Im nächsten Moment steht ein dünnes, dunkelhäutiges Mädchen mit gekräuseltem Haar in meinem Aquarium. Sie trägt den Anzug dieser Toga-Leute, das Lächeln auf ihrem Gesicht wirkt festgefroren. Sie stellt eine durchsichtige Targan-Flasche mit Wasser und eine Targan-Box auf meinen Schreibtisch und rennt gleich wieder weg. Die Box ist ein wenig kleiner als die heute Morgen. Durch den transparenten Deckel sehe ich zwei viereckige Schälchen, ein größeres und ein kleineres. Das größere ist mit einer weißen Creme gefüllt, das kleinere mit einer blauvioletten Masse. Ich klappe zögernd den Deckel auf.

»Deine Nachbarin isst gerade Sushi«, sagt Stephen. Er steht hinter mir, eine Targan-Box unter den Arm geklemmt, und wirft einen graubraunen körnigen Ball von einer Hand in die andere. »Hast du die schon kennengelernt? Ich hab vorhin versucht, mich bei allen vorzustellen, mal hallo sagen und so ... Die haben nicht mal von ihren Hologrammen aufgesehen. Sind hier echt supertough drauf, so ...«

Stephen. Soll ich Stephen erzählen, was ich grade erfahren hab? Ich soll die Infos nicht weitergeben. Was passiert, wenn ich das trotzdem mache? Aber würde Stephen mir überhaupt glauben? Was, wenn er mich stattdessen verpetzt?

Er lächelt breit und zeigt dabei zwei perfekte, superweiße Zahnreihen. »Hat Adriana dir das von der Schallmauer um die Arbeitsräume erklärt? Klasse, oder? Wir könnten hier jetzt wild Party machen und niemand hört mit.«

Schallmauern? Kein Wunder, dass alles so still ist.

Stephen kommt zu mir an den Schreibtisch. »Wenn schon die Engel dafür sorgen, dass sich unsere Pausen überlappen, schau ich natürlich sofort bei dir vorbei.« Sein Anzug ist dunkelblau, Hemd und Krawatte haben fast den gleichen Farbton. »Wollte dich sowieso fragen, ob du Lust hast, dich heute Abend noch ein wenig hier umzusehen? Wie ist denn dein Rang, lass mal sehen.«

»Rang?«

Er tritt hinter mich, tippt auf ein goldenes Icon im Hologrammfenster.

Auf blauem Hintergrund stehen in einer vertikalen Linie alle 29 Codes untereinander. Neben jedem Code steht in Schwarz: »Punktestand: tabu.«

Weiße Punkte flitzen den Bildschirmrand hinauf und hinab von Code zu Code. Das sieht aus wie wild hin und her wirbelnde Schneeflocken.

Ganz unten rechts steht mein eigener Rang. In Rot. Die Info ist nicht tabu.

Ich schlucke und klappe meine Box wieder zu. Sehr verwunderlich ist mein Rang natürlich nicht. Ich hab einen Krampf im Bauch.

Stephen verzieht das Gesicht. »Aua.«

»Was ist denn dein Rang?«

»Höher.«

»Sehr witzig.« Ich drehe mich mit dem Stuhl zu ihm um. Stephens Dollarzeichen in den Augen nach zu schließen ist er unter den Ersten.

»Irgendeine Idee, was dieses Schneegestöber da soll?«, frage ich ihn.

»Hat Adriana doch gerade erklärt ... oder dir etwa nicht? Also mir hat sie alles bis ins kleinste Detail erzählt.« Er zuckt die Schultern. »Ich hab mit ihr geflirtet. War ein Tipp von meiner Frau, hat sie mir vor der Abreise zu geraten. ›Flirte mit allem, was gut aussieht, dann kannst du bei Targan nur gewinnen.‹ Das ist meine Frau. Kannst du dir das vorstellen? Meine Frau ist einfach die Beste.«

»Und was hast du jetzt alles aus Adriana herausgeflirtet?«

Und Stephen setzt sich tatsächlich einfach so neben mich auf die Tischplatte und erklärt. Unsere Performance in der Arbeit wird nicht nur am Ende der Profilierungsphase, sondern fortwährend mit Pluspunkten und Minuspunkten bewertet. Der Punktepool ist auf uns Kandidaten begrenzt. Wann immer einer von uns Minuspunkte sammelt, werden diese einem anderen als Pluspunkte gutgeschrieben, wir sehen nur unseren eigenen Rang gegenüber den anderen Kandidaten. Man geht davon aus, dass bis zum Ende der Profilierungsphase jeder Kandidat sein potentielles Effizienzoptimum für seine spezifische Aufgabe bei Targan erreicht hat. Na, das hoffe ich aber sehr, bei mir ist jede Menge Luft nach oben. Derzeit stehe ich auf Rang 29 von 29 Kandidaten.

Ich sehe zu, wie die weißen Punkte von meinem Code weiter zu anderen Codes wandern, und beiße mir auf die Lippen. »Danke ... Ehrlich gesagt, hätte ich das nicht von dir erwartet, dass du mir hilfst. Wo wir doch anscheinend alle Konkurrenten sind und so.«

Stephen grinst so gönnerhaft, da ist er mir gleich wieder etwas weniger sympathisch. Wobei er im Moment ja tatsächlich nicht allzu viel Grund hat, mich als Konkurrentin zu fürchten ... er hat mir so viel erzählt ... sollte ich ihm da nicht auch sagen, was ich weiß?

»Wir drei vom Team Adriana sollten alle Infos miteinander teilen«, sagt er. »Infos sind hier Mangelware, besser als Währung, Infos bedeuten hier Macht. Wenn du, Celine und ich unser Wissen zusammenlegen, sind wir in diesem Stadium der Eignungstests alle stärker. Über was hast du denn mit Adriana gesprochen, über die Eignungstests?« Stephen beißt in seinen Körner-Ball. Es krümelt nicht mal. Darum erzählt er mir das also alles. Er sieht mich erwartungsvoll an. Ich bin dran. Meine Möglichkeiten:

Erstens: Johns Warnung war ausdrücklich. Ich soll die Info bis zum ersten Eignungstest mit niemandem teilen. Ich kann mir das nicht leisten, hat er gesagt, was das auch immer zu bedeuten hat.

Zweitens: Stephen denkt tatsächlich, alles hier wäre in schönster Ordnung. Ich muss ihn warnen. Nicht nur ihn, sie alle. Wenn das hier eine Yara-Quest wäre, Lilith hätte die anderen doch wohl nicht hängen lassen!

Aber das hier ist keine Yara-Quest. Das hier ist echt. Ich spiele mit dem Deckel der Targan-Box, öffne und schließe sie. »Danke für die Infos, Stephen. Kann mich leider nicht revanchieren. Wahrscheinlich bist du Adrianas Rennpferd Nummer 1, mich hat sie abgeschrieben ... jedenfalls scheint sie kein großes Interesse daran zu haben, noch mehr Zeit in mich zu investieren. Ich war zu spät hier und hab sie wahrscheinlich verpasst. Und jetzt hat sie wohl keine Lust, extra noch mal wiederzukommen.«

»Sie war nicht bei dir? Aber alle Kandidaten hatten heute Morgen ein Mentorentreffen!«

»Tja ... ich bin eben was Besonderes.«

Stephen kaut an seinen Körnern und betrachtet mich. Spielt dann mit dem Lautstärkeregler an seiner Com. »Naja. Kommt vielleicht noch.« Er trägt goldene Manschettenknöpfe. Mit Logo.

Ich klappe die Box wieder auf und nehme eines der Schälchen heraus. »Vielleicht weiß Celine ja noch irgendetwas?«

Aber Celine wusste auch nicht mehr als Stephen, er hat sie natürlich schon besucht, obwohl sie sogar aus irgendeinem Grund in einem anderen Gebäude arbeitet als wir. »Hab sie natürlich auch gleich gefragt, ob sie sich heute Abend nicht noch etwas umsehen will, aber irgendwie ist ihr das unheimlich ... Was ist jetzt mit dir, hast du Lust?«

»Auf einen netten Rundgang mit dir? Lass uns dicke Freunde werden und während der Arbeit einander die Punkte wegschnappen?« Ich schnuppere am Schälchen, der Inhalt riecht künstlich, ich stelle es in die Box zurück.

Stephen lacht. »Du bist wirklich ein Herzchen. Wir sollen doch so viel Zeit wie möglich miteinander verbringen, haben wir doch beide was davon, wenn wir mit unserem Teamgeist ein bisschen Eindruck schinden.«

Ich will das hier schaffen, also Augen zu und durch. »Weißt du vielleicht, wo ich mir hier einen Anzug kaufen kann? Ich wollte auch nach einem Supermarkt suchen.«

»Keine Chance, Süße. Kriegst die Sachen je nach Privilegienzugriff von deinem Uniformrang. Für die Kandidaten ist noch alles tabu. Und Virtual Credits gibt's sowieso erst ab gelber Uniform.«

Ich taste nach meinem Brillenbügel, lege die Hände in den Schoß zurück, verschlinge die Finger ineinander. »Soll das heißen ... wir können uns hier nichts selber kaufen? Gar nichts?«

»Supertough sind die, sag ich doch. Wir sind auf Diät.« Er schiebt sich den letzten Brocken von seinem Ball in den Mund, kaut, hustet kurz, schluckt alles hinunter, ohne dabei das Gesicht zu verziehen, und stellt seine leere Box neben meine. »Das Freizeitprogramm ist für uns ja auch noch tabu. Aber was hältst du davon, wenn wir statt shoppen joggen gehen? Die mögen hier ja Fitness und so.«

Er klopft mir im Aufstehen auf die Schultern, geht Richtung Ausgang. Ich betrachte unsere beiden Targan-Boxen, die jetzt nebeneinander auf meinem Schreibtisch stehen. »Stephen, warte ... Mach bitte deine Com aus. Ganz aus.«

Er zwinkert mir zu. »Angst vor einem Lauschangriff? Willst du nicht beim Flirten mit mir ertappt werden? Dabei musst du das doch gar nicht, ich hab dir doch schon alles erzählt ... Wenn wir es beide in die Elite schaffen sollten, stell ich dir meine Frau vor. Du wirst sie mögen!«

»Komm her und stell die Com aus.«

Er zögert, sieht mich fragend an. Dann zuckt er die Schulter und tippt auf seine Com.

Ich sehe mich um. Niemand sieht uns zu. Ich schalte meine Com aus. Niemand kann uns hören. Aus irgendeinem Grund senke ich trotzdem die Stimme: »Es gibt da doch noch etwas, was ich weiß ...«, sage ich auf Englisch, denn MyVersion übersetzt ja nicht mehr. Ich richte mich im Sitzen auf. »Ist dir nie aufgefallen, dass hier im Zentrum nur Uniformierte rumlaufen? Wo sind die Angehörigen?«, frage ich ihn.

Stephen kommt einen Schritt zu mir zurück. »Wahrscheinlich wohnen die nicht im Zentrum. Vielleicht wohnen die nicht mal auf Targan Island, kann ja sein ... hm. Ja, hast recht ... ist mir gar nicht aufgefallen. Das wär was, wenn ich meine Frau nur im Urlaub ... aber arbeiten wir überhaupt die ganze Zeit von der Insel aus? Na, auf jeden Fall lad ich sie als Allererstes mal auf so eine schicke Kreuzfahrt ein, so eine ...«

Ich hole einmal tief Atem, und dann unterbreche ich ihn mitten im Satz. Ich erzähle von Johns Besuch gestern Abend. Ich erzähle ihm auch von der rothaarigen Frau in der anderen Kabine. Ich erzähle ihm alles, was ich erfahren habe, außer, dass John und ich einmal Draven und Lilith waren, das tut nichts zur Sache und geht niemanden was an.

Stephen hört erst ganz ruhig zu, dann fängt er an, auf und ab zu gehen, bleibt stehen, hebt die Hand, will etwas sagen, geht dann einfach weiter. Er ist etwas rot im Gesicht. Er stemmt die Hände in die Hüften und bleibt wieder stehen. »Und du glaubst wirklich, auf den Trick falle ich rein? Glaubst du, damit verschaffst du dir einen Vorteil? Glaubst du wirklich, ich scheide jetzt freiwillig aus dem Wettbewerb aus? Wegen so einer absurden Verschwörungstheorie? Huuh, hab ich Angst, scary Targan! Mit Rang 29 ist einem jedes Mittel recht, was Süße? Und ich Idiot wollte dir auch noch helfen!«

»Na, hör mal, ich ...«

Er lacht, und es klingt hässlich. Er schaltet seine Com wieder an und ich weiß, das Gespräch ist vorbei.

»Oder wolltest du einfach versuchen, ob man dich nicht doch ins nächste Flugzeug befördert, wenn du hier ein bisschen Unruhe stiftest? Na, das sehen wir dann ja gleich ... Bin mal gespannt, was Adriana dazu sagt ... vermissen werden wir dich hier jedenfalls nicht!« Er dreht sich um, biegt in den Korridor ab, durch das getönte Glas meines Raumteilers sehe ich seine Silhouette mit schnellen Schritten in Richtung Aufzug gehen.

Einen Moment sitze ich einfach nur da. »Stephen, nein!« Ich springe auf, laufe ihm nach. Verdammt. Verdammt. Verdammt. Was hab ich mir denn auch dabei gedacht, das hier ist nicht Yara, ich bin nicht Lilith, ich bin Luca Mon und gegen die Wirklichkeit hab ich überhaupt keine Chance ... Verdammt, ich muss ihn aufhalten, irgendwie ... Wie? Erst mal muss ich ihn einholen, ich sehe ihn ein paar Korridore weiter zwischen den Aquarien, er geht zielstrebig auf die Aufzüge zu, ich laufe schneller ... Stephen stolpert. Er hält sich mit beiden Händen den Kopf, lehnt sich an eine Glaswand ...

Punkte. Viele rote Punkte tanzen vor meinen Augen, immer schneller, ich taumele ein paar Schritte zurück, beuge mich nach vorne, stolpere, knie auf dem Boden, schließe die Augen, aber die Punkte wirbeln immer schneller, mir wird schwindelig, übel. Was passiert mit mir, was ist das? Die Punkte kreisen langsamer, ordnen sich zu einem Muster.

Das Tabu. Ich schreie.

Alles wird schwarz.

Ich öffne die Augen, unter mir die weißen Fliesen. Ein leichter Schmerz drückt hinter den Schläfen. Vorsichtig komme ich zurück auf die Füße, blinzle gegen das zu helle Licht. Was mache ich hier im Korridor, wie komme ich hierher? Ach so, ja. Stephen hat vorgeschlagen, wir sollten heute Abend zusammen joggen gehen, und dann nur noch mal kurz gewinkt und war schon weg. Bin ihm nach, weil ich ihn fragen wollte, wann und wo ... Aber jetzt verschluckt ihn schon einer der Aufzüge und er ist weg. Mein Kreislauf muss irgendwie schlappgemacht haben. War einen Moment lang völlig weggetreten, bin ich ohnmächtig geworden? Hat mich ja richtig umgesäbelt. Hinter den getönten Glaswänden tippt alles in Ruhe weiter. Mein Herz klopft viel zu schnell, ich muss einen Blutdruck von ... warum zum Teufel ist meine Com ausgegangen, was soll das?

Ich gehe langsam zurück zu meiner Kabine. Vielleicht hätte ich Stephen doch erzählen sollen, was John mir erzählt hat. Okay, ich bin nicht Lilith. Vielleicht hätte er mir nicht mal geglaubt. Oder mich bei Adriana verpetzt. Ich hab doch schon genug damit zu tun, mich um meine eigenen Schwierigkeiten zu kümmern und kann doch eh nichts tun ... Heute Abend erzähle ich es ihm. Trotzdem. Ich muss die anderen warnen, was hier passiert. Er wird mir nicht glauben ... Wie kann ich ihn am besten überzeugen? Stephens Achillesverse ist wahrscheinlich seine Frau, aber das hilft mir hier argumentativ auch nicht weiter, seine Frau findet das alles hier ja genau wie er rundum wunderbar und wird begeistert von der Idee sein, ins Zentrum umzuziehen.

Ich schalte meine Com wieder an.

Alles-in-perfekter-Ordnung-entspann-dich-und-genieße-deine-Pause-Musik, und dann vibriert es und der Engel sagt: »Nach deiner Pause bist du körperlich und geistig wieder topfit! Dann kann es ja losgehen. Viel Glück! Du hast noch eine Stunde, 21 Minuten, null Sekunden Zeit, deine Mission zu erfüllen.« Ein Toga hastet an meinen Tisch und rennt mit den beiden Targan-Boxen wieder hinaus.

Ich setze mich aufrecht, spüre die weiche Tastaturwatte unter meinen Fingern nachgeben und lege los. Rang 29 im Figurenerfinden. So was lasse ich nicht auf mir sitzen. Immerhin kenne ich jetzt die Spielregeln.

Während der nächsten Tage klettert mein Rang langsam, aber stetig nach oben. Ich kann an Stephens Laufrhythmus hören, wie sehr ihn das aus dem Takt bringt. Ich bin schneller als Stephen. Gutes Gefühl.

Wir laufen jeden Abend die Promenade zwischen Zentrum und Meer entlang, immer wieder vor und zurück. Die Promenade ist zu beiden Seiten von einer Hecke gesäumt, die ist voll mit weißen Blütenkelchen und funkelnden Lichtpunkten. Mini-Scheinwerfer, nicht größer als Targan-Augen, wie eine Armee von Glühwürmchen, die auf den goldfarbenen Pflastersteinen der Promenade leuchten.

Am Ende der Promenade, wo der Strand beginnt, ragt die Pyramide auf. Sie ist aus einem schwarzen, glatten Material, das in der Dunkelheit so einen seltsamen, matt glänzenden Schimmer abstrahlt.

Kleine Gruppen von Uniformierten stehen auf dem roten Teppich davor zusammen, halten ein Getränk in der Hand oder schlendern zum Eingang und verschwinden im Inneren. Manchmal sehen wir dort auch Adriana mit ein paar Freunden. Sie winkt Stephen jedes Mal freundlich zu. Wenn sie mich sieht, verzieht sich ihr Gesicht, als habe sie in eine Zitrone gebissen. Die Zitrone scheint jeden Tag etwas saurer zu werden.

Die Pyramide ist ein Club und heißt Just Us, hat Stephen mir erzählt, aber da dürfen wir natürlich noch lange nicht rein. »Noch nicht. Kommt noch«, sagt er und wir drehen um und laufen die Promenade wieder zurück.

Joggen mit Stephen ist genauso, wie ich mir Joggen mit Stephen vorgestellt habe. Er erzählt ununterbrochen und hat dabei diesen drängenden, ungeduldigen Unterton, der wie eine Art Dauerwerbung klingt. Als wollte er irgendetwas verkaufen, möglicherweise sich selbst, spuckt Stephen unbarmherzig immer mehr von seinen Erfolgen aus, in welchen Ski-Ressorts in Europa er am liebsten seine Freizeit verbringt, von seiner Wohnung gleich am Central Park und seinen Eltern, die natürlich erfolgreiche Anwälte sind. Nur wenn er mit seiner Frau angibt, hört er sich eher wie ein Mensch als ein Roboter an. Aber meistens gibt er nur damit an, mit welcher Strategie er das Problem mit den guten und bösen Figuren bei unserem Arbeitsprojekt gelöst hat.

Ich nehme mir trotzdem jeden Morgen vor, Stephen am Abend alles zu erzählen, was ich von John erfahren hab.

Aber die erste Woche ist schon fast vorbei und ich hab es immer noch nicht getan. Ich verstehe das überhaupt nicht, kenne mich selbst nicht mehr. Normalerweise mache ich doch, was ich mir vorgenommen habe, was ist nur mit mir los?

Kein Wunder, dass ich bei jeder Laufrunde wieder einen dieser seltsamen Schwindelanfälle kriege. Das liegt wahrscheinlich nicht nur an den Nebenwirkungen der Reisetablette, sondern an der Hitze, gepaart mit schlechtem Gewissen.

Abgesehen davon könnte das Leben im Zentrum schlimmer sein. Naja okay. Ich bin Gefangene der mächtigsten Organisation des Planeten, ohne Kontaktmöglichkeit zur Außenwelt oder einer Idee, was passiert, wenn ich es nicht in die Elite schaffe.

Aber ich meine, mal abgesehen davon.

Ich muss mich um nichts kümmern außer um meine Figuren, um alles andere kümmert sich der Engel. Der koordiniert meinen ganzen Tagesablauf, weiß besser als ich, wann ich eine Pause brauche, schickt mir bei Verspannungen einen Link mit passenden Gymnastikübungen, Essen oder meinen Körper nach Hause für eine Mittagspause. Und niemand stört mich bei der Arbeit, ich kenne die aus den anderen Aquarien nicht mal. Heinzelmännchen waschen meine Wäsche, putzen meine Wohnung, machen mein Bett, das ist toll. Solange ich nicht drüber nachdenke, dass die Heinzelmännchen wahrscheinlich viruskranke Togas sind.

Nur abends ist es schwierig. Nach all den Jahren können meine Gedanken das Denken an Draven nicht so ohne weiteres abstellen. Auch wenn Draven sich als ein John Amber entpuppt hat und ich mir immer wieder verbiete, an ihn zu denken. Ist wie wenn man sich verbietet, an einen rosa Elefanten zu denken. Und wenn ich mal nicht an Draven denke, ist Draven jetzt das unangenehm dumpfe Ziehen genau da, wo meine obersten Rippenbögen zusammenlaufen.

Ich versuche mich jeden Abend davon abzulenken. Meistens endet das damit, dass ich mich doch wieder in die Targan-Version von Yara einlogge und den Berg besuche.

Dravens und Liliths Treffpunkt.

Nur ganz kurz.

Dann tut die Erinnerung zu sehr weh, ich ärgere mich über mich selbst und schließe das Hologrammfenster mit Yara wieder.

Einmal bin ich die Straße entlanggejoggt, bis dahin, wo es keine Wolkenkratzer mehr gibt, nur noch eine Straße, die sich als weißes Band zwischen den Dünen in die Nacht verläuft.

Aber da bin ich stehen geblieben.

Selbst wenn ein Auto vorbeigekommen wäre. Ich glaube nicht, dass ich einfach den Daumen raushalten und zu einem Flughafen trampen könnte. Mal abgesehen davon, dass ich mir so was wie Trampen sowieso noch nie zugetraut hab.

Der Engel will, dass ich früh schlafen gehe oder Labyrinth spiele und das Labyrinthspiel, also na ja.

In der Targan-Version werden einem die Gegenstände nicht von den Mitspielern, sondern von computergenerierten Figuren in Jeans und T-Shirts gestohlen. Wir Spieler tragen alle schicke Uniformen und metzeln alles, was Jeans und T-Shirt trägt, mit einer beeindruckenden Auswahl aus dem Waffenarsenal zu Tode. Die wehren sich nicht mal gegen das Blutbad, klauen nur weiter unsere Gegenstände oder geben röchelnde, etwas abstoßende Todeslaute von sich. Meine Angriffe auf meine Targan-Mitspieler werden vom Programm völlig ignoriert. Irgendwann verschlingt mich der Minotaurus bei lebendigem Leib, Blut überall, Close-up auf den Arm meiner Spielfigur, der quer über das Spielfeld fliegt und einen Uniformierten am Kopf trifft. Der sammelt die Hand tatsächlich ein. Mein Körperteil war ein Gegenstand auf seiner Liste.

Danach hab ich keine Lust mehr zum Mitspielen.

Einmal habe ich all meine Willenskraft gegen all meine Vorurteile zusammengenommen und ein Buch aus meiner virtuellen Targan-Bibliothek geöffnet. *Schuld und Sühne* auf 150

Seiten gekürzt. Die Geschichte hat sich wie das Drehbuch zu einer romantischen Komödie gelesen. Von Dostojewski hat Utopia nichts mehr übrig gelassen. Ich hab noch in ein paar andere Bücher reingesehen, überall die gleiche glattpolierte, leichte Unterhaltung und entseelte Geschichten.

Und schwupps waren mir meine Gedanken wieder entwischt und ich sah Dravens Augen, wie sein Blick immer tiefer wurde, erinnerte mich an die Berührung seiner Hand auf meinem Gesicht, Dravens Atemzüge auf meiner Haut ... Nicht Draven. John.

Da bleibe ich trotz allem abends nach dem Joggen lieber noch so lange wie möglich bei den anderen Kandidaten.

Von der Promenade zweigen unzählige Wege ab und durchziehen den Park wie ein goldenes Spinnennetz. Die Kandidaten werden abends vom Engel immer an einen anderen Treffpunkt geschickt, an einen mit rosa Seerosen überwucherten Teich, in eine Heckenbucht zwischen schimmernde Käfige aus Strom, in denen exotische Raubtiere auf und ab pirschen, in eine mit phosphoreszierenden Moosen bewachsene Höhle.

Heute sitzen wir in einer Heckenbucht an der Promenade, auf Bänken, die seltsam verwachsene, mit einem weißen Blumenteppich bewachsene Bäume sind. Der Duft der weißen Blüten ist betäubend, süß, überall. Die Togas haben uns gerade das Abendessen gebracht. Ich sitze zwischen Stephen und Celine, dabei wär heute auch auf den anderen Bänken noch was für sie frei ... Aus irgendeinem Grund stehen die meisten Kandidaten vor unserem Tisch herum, anstatt zu essen. Muss an der Aufregung liegen. Morgen ist der erste Eignungstest.

Um mich schwärmen mal wieder alle vom Zentrum. In einem leisen Gemurmel aus allen möglichen Sprachen erzählen sie sich vom zoologischen Garten, vom Herbarium, vom Planetarium und anderen Anlagen, die sie natürlich alle nur von außen gesehen haben und zeigen auf ihren Coms Fotos von Celebs, denen sie zufällig über den Weg gelaufen sind.

Uniformierte spazieren oder gleiten auf Schwebern lächelnd und in Gruppen an uns vorbei. Manchmal tuscheln sie und zeigen auf uns. Manchmal überkommt mich das Gefühl, sie zeigen auf mich, aber das ist wahrscheinlich paranoid.

Ein Mann in einer roten Uniform flaniert jeden Abend mit einem Pfau an der Leine vorbei. Neben ihm läuft eine ältere Dame in Grün, vor der etwas herspringt, für das hat keiner der Kandidaten einen Namen gefunden. Sieht aus wie eine Mischung aus Affe und Pudel und kann Rad schlagen.

Ein paarmal sind Targan sogar auf Elefanten an uns vorbeigeritten. Immerhin waren die Elefanten nicht rosa.

»Wie viel das gekostet haben mag, den Weg mit Goldbarren zu pflastern?«, fragt Jeff, ein drahtiger Mann um die 20. Er hat lockige braune Haare, ist extrem dünn und lang und hat eine schlechte Haltung. Er hat früher was mit Comics gemacht, jetzt sitzt er in meiner Abteilung am Schreibtisch, gleich neben dem Aufzug.

Ich könnte Jeff erzählen, dass das gar kein Gold, sondern Messing ist und damit ein deutlicher Hinweis auf eine Fehlinterpretation von Platons Atlantis-Gleichnis. Aber an Kritik ist hier eh keiner interessiert. Manchmal überlegen sie gemeinsam, wie das denn wohl mit dem »Risiko« bei den Eignungstests zu verstehen sein könnte. Aber sogar dabei hören sie sich an, als diskutierten sie mögliche Wetterumschwünge bei einer kostenlosen Gipfelbesteigungstour des Kilimandscharo. Ich bin noch immer benommen von einem dieser Schwindelanfälle, und würge tapfer an einem quietschgrünen Geleewürfel, der nach Spinataroma schmeckt.

»Ums Geld sorgen die sich hier nicht«, sagt Violet, die Frau neben Jeff. Sie hat dicke, schwarze Haare und redet immer mit großen Gesten. Ihre Haut hat die Farbe von starkem Milchkaffee. Sie ist Mitte 40 und wahrscheinlich die Einzige auf Targan Island mit Übergewicht. Ich finde, das steht ihr ausgezeichnet, aber ihr Engel ist da anderer Meinung und hat sie auf Diät gesetzt. Jeffs Portionen sind dafür doppelt so groß wie alle anderen. Die beiden tauschen seit dem ersten Abend ihr Essen miteinander und sind inzwischen die besten Freunde.

Aber das sind wir Kandidaten ja alle. Wir sind alle ach so begabte Auserwählte der Kreativabteilung, jeder hat jeden ach so lieb und ist ach so begeistert.

Unsere Gruppendynamik ist wirklich interessant. Nachdem wir vielleicht sogar alle genommen werden, gibt es praktisch keinerlei Konkurrenz, alle tauschen sich so viel wie möglich miteinander aus und helfen einander nach dem Motto eine Hand wäscht die andere.

Nur ich Einsiedlerkrebs halte alle noch immer erfolgreich auf Abstand, sage keinen Ton und frage mich, wie ich ihnen von Johns Links erzählen soll.

An einem anderen Tisch geht es wieder um unser Projekt Z3275 und wie man das Problem mit den Spielern und Gegenspielern wohl am besten löst.

Ich mache das wie mit meinen Quests für Yara. Ich lasse den Figuren einfach gar keine andere Wahl als zusammenzuarbeiten, gebe ihnen Fähigkeiten, die sich ergänzen, mache sie gleich stark und alle haben sie als zentralen Wunsch, als treibende Kraft die Sehnsucht nach Frieden. Keine Figur, die nicht in irgendeiner Form schon Sozialdienst geleistet hat, kommt in mein Shuttle, das hier wird meine Kolonie und ich bestimme, wer mitdarf.

Die meisten Kandidaten sorgen dafür, dass die Gegenspieler möglichst wenige wichtige Ressourcen mitbringen und eine Eigenschaft oder ein Bedürfnis haben, durch das man sie auf dem Planeten kontrollieren kann.

Aber Celines Spieler und Gegenspieler gehören alle zu einer Familie und sind im selben Dorf aufgewachsen. Darum müssen sie miteinander auskommen, meint sie, sie haben es ja von Kind auf nicht anders gelernt.

Celine ist nur auf Rang 17. Sie ist erst mit fünf Figuren fertig geworden. Aber Celines Figuren mag ich von den Charakteren aller Kandidaten am liebsten, denn jede einzelne ist eine in sich geschlossene Welt. Celine sitzt manchmal stundenlang da, bis sie weiß, wie sich eine Figur mit diesen bestimmten Eigenschaften unter diesen bestimmten Umständen verhalten hätte; sie erfindet ihre Lebensläufe bis ins kleinste Detail, so dass man alle Entscheidungen nachvollziehen kann und versteht, warum die Figuren so geworden sind, wie sie sind.

Im Gegensatz dazu hat Stephen sich ein paar Elite-Spieler und als Gegenspieler ein paar Arbeitskräfte mit Muskelkraft und geringer Intelligenz generiert und nutzt diese jetzt als Vorlage für alle weiteren Figuren, er tauscht einfach nur ein paar Eigenschaften aus. Ich finde Stephens Figuren ziemlich flach, aber sie reichen Utopia wohl. Und weil Stephen hauptsächlich kopiert, generiert er inzwischen von allen Kandidaten am schnellsten. Er ist auf Rang 11, was ihn offensichtlich etwas nervt, aber: »Wartet nur ab. Wenn meine Elite erst mal den Planeten übernimmt, ich werd die meisten Figuren haben und der Einzige sein, der keinen Krieg ausfechten muss!«

»Luca?«, fragt Celine und lächelt mich schüchtern an. Aus irgendeinem Grund hat sie es noch immer nicht aufgegeben, mich in ihre Unterhaltungen miteinzubeziehen. »Was ist eigentlich deine Strategie? Ich meine ... mit den Spielern ... und ... und den Gegenspielern?«

Ich setze meine Targan-Box ab, öffne meine Com und sage zu Celine: »Schau mal.«

»Luca?«, fragt sie erstaunt.

»Es spricht!«, sagt Stephen und lacht. »Luca, du hast was gesagt!« Ich beachte ihn nicht.

»Was möchtest du mir denn zeigen?«, fragt Celine.

Ich klicke den Link auf, den John mir geschickt hat. Und dann in einem anderen Fenster den zweiten.

Celine beugt sich darüber und runzelt die Stirn. »Was ... Luca, was soll das sein? Da steht ...«

»Woher hast du das denn?«, fragt Stephen und beugt sich auch über das Hologramm, versperrt Celine, ohne es zu bemerken, die Sicht.

»Von John Amber«, sage ich und sehe sie an, das Hologramm wirft einen bläulichen Schimmer auf ihre Gesichter. Nicht weit von uns höre ich einen gequälten, seltsamen Vogelschrei.

»John Amber?«, fragt Stephen.

»Was macht ihr denn da?«, fragen Jeff und Violet und setzen sich zu uns. Der Baum ist so gewachsen, dass er auf Hüfthöhe rund, flach und breit ist wie ein Tisch, die Tischbeine sind Wurzeln.

»Ich dürfte euch das eigentlich nicht zeigen«, sage ich. »Aus irgendeinem Grund wird diese Info erst nach dem ersten Eignungstest allen freigegeben. Aber ihr habt ein Recht darauf, das zu wissen.« Meine Stimme hört sich viel zu unsicher an. Ich kann so was nicht. Ich bin keine Lilith. Auch andere Kandidaten drängeln sich jetzt um unsere Bank, stoßen, murmeln: »Was war das?« »Was sagt sie da?« In allen Sprachen. Ich schließe einen Moment lang die Augen. Jetzt oder nie. Ich stelle mich auf die Bank, steige auf den Tisch, vergrößere die Hologramme mit einer weiten Armbewegung, auf diese Weise können alle lesen, was in den Links steht. »Das hier ist ein goldener Käfig«, sage ich laut. »Wer es nicht in die Elite schafft, darf Targan Island nicht verlassen ...«

Stephen lacht. »Süße, die haben dich auf den Arm genommen! Also weißt du, du bist echt total paranoid. Buhu, Targan eine Verbrecherorganisation, wir alle ihre Gefangenen ... Glaubst du wirklich, die lassen jedes Jahr ein paar Hundert Menschen auf Targan Island verschwinden? Also weißt du ...«

»Kein Wunder, dass sie dich engagiert haben bei so einer Fantasie!«, ruft Violet. Lachen, Kichern. Sie sehen zu mir auf, schütteln den Kopf und wenden sich wieder ab. Jeff wischt sich durch seine Hologramme.

Ich hab's ja gewusst. Die wollen es nicht wissen, die wollen sich nur gegenseitig erzählen, wie glücklich sie doch als Auserwählte sind. Was muss ich mir auch einbilden, die Aufrührerin zu spielen, was ...

»Kann ich die Links mal anklicken?«, fragt Jeff. »Wann hat man die dir gegeben ... ah!«

Jeff presst sich die Hände an den Kopf.

Das Lachen und Kichern verstummt.

Ich stöhne. Punkte, viele, rote Punkte tanzen vor meinen Augen, wirbeln umeinander, alles verschwimmt, mir wird schwindlig, dann übel.

Ich gehe in die Knie, klettere vom Tisch auf die Bank zurück, schließe die Augen ...

Was passiert da, verdammt noch mal? Die Punkte ordnen sich zu einem Muster, bleiben stehen ...

Das Tabu. Ich würge.

Alles wird schwarz.

Ich blinzle ins Licht. Hinter meinen Schläfen pocht es noch immer leicht ... Ich beuge mich benommen nach vorne und schließe die Augen wieder für einen Moment, dann lehne ich mich zurück.

Da war ich grade wohl mal wieder total weggetreten.

Als ich die Augen das nächste Mal öffne, ist mein Blick schon wieder klar. Ich sitze auf einem dieser zu Bänken gewachsenen Bäume, richtig, zwischen Stephen und Celine. Meine Com ist zu. Hab also wahrscheinlich grade zugehört, wie alles um mich herum über die Insel schwärmt. Was machen die denn alle? Kaum einer sitzt, die meisten stehen mit käsigen Gesichtern um uns rum.

Celine neben mir stöhnt. »Diese Reisetablette ... Fühlt ihr euch eigentlich manchmal auch noch so ... benommen?«

Stephen verzieht das Gesicht. »Manchmal wird mir so schwindlig, dass ich 'nen richtigen Filmriss hab.«

Ich runzle die Stirn. Ich kann mich nur noch daran erinnern, dass mir schwindlig geworden ist, hätte ich nicht sehen müssen, dass das den anderen auch so geht? »Euch war gerade auch nicht gut?«, frage ich nach.

Sie nicken. Ich sehe mich um, sehe in die blassen Gesichter um uns. »Und ihr findet das gar nicht seltsam, dass wir hier alle synchrone Schwindelanfälle haben?«

Ich kann mich nicht mal daran erinnern, was währenddessen geschieht. Das ist unheimlich.

Stephen zuckt die Schultern. So oft wie uns hier allen schwindlig werde, sei es ja eher seltsam, wenn das nicht manchmal auch gleichzeitig passierte. Ein paar Kandidaten hätten sich wegen dieser Nebenwirkungen schon Sorgen gemacht und bei ihren Mentoren erkundigt, erzählt er. Aber das soll sich wohl allmählich alles wieder geben, habe alles seine Richtigkeit.

Ich fahre mit dem Finger über die Baumlamellen des Tisches, die nackt und offen vor mir liegen, als wäre es natürlich, dass Bäume ohne Rinde wachsen, als ließe sich die Natur wie ein Spielzeug behandeln und in welche Formen auch immer trimmen. Hab plötzlich eine Gänsehaut.

Irgendwas stimmt nicht. Ich muss den anderen endlich sagen, was ich weiß. Ihnen Johns Links zeigen.

Sie stehen alle um uns herum, schwärmen von der Insel. Ich müsste nur aufstehen, mich auf die Bank stellen, ein Hologramm öffnen ...

Aber nicht jetzt. Außerdem wird das doch eh nichts bringen ... Sie werden mir nicht glauben wollen, ich bin doch auch noch ganz benommen von der letzten Kopfschmerzattacke ...

Nicht heute. Und morgen nach dem Eignungstest erfahren sie es doch alle eh ...

Ich schüttle den Kopf, aua, der pocht noch immer.

Ich öffne meine Com. Ich klicke Johns Links auf, in verschiedene Fenster, ich schubse Celine mit dem Ellenbogen an und hole tief Atem.

»Schau mal«, sage ich zu ihr, »ich muss dir was zeigen ...«

Celine sieht noch ganz blass um die Nase aus.

Kein Wunder, dass keiner der Kandidaten die Reisetablette von zu Hause kennt. Von wegen harmlos. Was die Nebenwirkung von Medikamenten angeht, scheinen die hier auf der Insel wirklich nicht zimperlich zu sein.

»Luca?«, fragt Celine erstaunt. »Was sind das denn für Links?«

»Luca?«, fragt Stephen und versperrt Celine, ohne es zu bemerken, die Sicht, als er sich über mein Hologramm beugt. »Luca!«, sagt er dabei laut und lacht. »Was ist das denn? Es spricht!«

Der erste Eignungstest. Die Musik erzählt vom großen, großen Abenteuer, das jetzt gleich losgehen wird, und ich bin die Superheldin. Wände und Decke der riesigen Halle sind weiß, der Boden weiß gefliest. Wir Kandidaten stehen in der Mitte, um uns ein weiter Kreis von Kabinen aus Glas.

Dann betreten einer nach dem anderen die Targan die Galerie über uns, schillernde Uniformen in vielen Farben, immer mehr. Sie bleiben an der weißen Brüstung stehen und sehen zu uns herunter.

Wir hier unten tragen alle eng anliegende Spandex-Anzüge, die aussehen wie die von den Togas, nur in Mausgrau. Die Kandidaten um mich schnattern schon wieder unaufhörlich und manchmal lacht einer zu laut.

Celine steckt sich immer wieder die Haare mit einer Haarnadel hoch, sieht immer wieder zu mir rüber. Ihre Unterlippe zittert und unter den Sommersprossen ist ihre Haut ganz blass. Sie will mir etwas sagen, zögert ...

Ich sehe schnell in die andere Richtung, zum Kreis der Kabinen. Celine soll bloß nicht denken, wir könnten Freunde werden. Dafür mag ich sie viel zu sehr. Celine gehört zu den Menschen, die mir unter die Haut gehen, sich in mein Herz einnisten und sich dann nicht wieder daraus verscheuchen lassen. Und dann lache ich, wenn sie lachen, und weine, wenn sie weinen, und natürlich geht diese Rechnung nie auf. Menschen weinen viel mehr, als dass sie lachen.

Aber auch wenn ich nicht die Absicht habe, mich mit Celine anzufreunden, ich hätte ihr von Johns Links erzählen müssen.

Warum habe ich das nie getan? Was ist bloß los mit mir? Ganz einfach. Ich bin Luca, nicht Lilith. Und es hätte doch eh nichts geändert, niemand hätte mir geglaubt ... Ich hätte es ihnen trotzdem sagen müssen. Jetzt ist es zu spät.

Meine Com vibriert. »Du hast noch null Stunden, null Minuten, 27 Sekunden Zeit, um deine Glaskabine zu finden und dich auf das rote Kreuz in der Mitte zu stellen«, sagt der Engel in meinem Headset.

Alle auf einmal gehen wir los. Wie alle anderen in der Halle folge ich dem blinkenden Pfeil auf dem Display zu den Glaskabinen.

»Na dann mal los«, sagt Stephen, klopft mir auf die Schulter und geht schneller voraus.

Celine wendet sich immer wieder zum Ausgang um, bleibt stehen, geht dann wieder weiter.

Unsere Kabinen liegen Glaswand an Glaswand aneinander, Stephen, ich, Celine. Jede Kabine ist vielleicht dreimal so groß wie eine Telefonzelle, der Boden darin nicht weiß, sondern schwarz; vor dem roten Kreuz in der Mitte ist ein Stehpult aufgebaut. Unsere Codes blinken auf einem Display über den Kabinentüren. Die Türen stehen offen.

Stephen steht schon breitbeinig hinter seinem Pult auf dem roten Kreuz in der Mitte, das Kinn nach oben gereckt, die Arme vor der Brust verschränkt, nur seine Fußsohle wippt und macht ihm die Pose kaputt.

Celine und ich bleiben vor den Kabinen stehen. Erinnern mich etwas an Käfige ... Glaskäfige. Celine zittert ja. Ich werfe einen Blick auf meine Com. Noch 00:00:10.

Ich räuspere mich. »Weißt du, Targan hat doch schon jede Menge in uns Kandidaten investiert«, sage ich zu Celine. »Da werden die schon aufpassen, dass uns nichts passiert.«

Ich mache einen Schritt nach vorn und bin in der Kabine. Die Glastür schwingt hinter mir zu, ein Schloss rastet ein. Die Musik in meinem Headset verstummt abrupt. Plötzlich höre ich nur noch meinen Atem. Die Kabinen sind schalldicht.

Ich drehe mich um und sehe, wie Celine die Lippen bewegt, aber ich höre kein Wort. Sie schließt die Augen und geht zögernd zum Pult.

Ich bin froh, dass sie mir geglaubt hat. Wenn sich Celine selbst disqualifiziert hätte, säße sie für unbestimmte Zeit auf der Insel fest, wer weiß schon wie und wo.

Aber ich hab als Einzige Zugriff auf diese Info, weil ich als Einzige sonst nicht länger mitgemacht hätte. Alle anderen erfahren davon erst nach diesem Test ... Was jetzt auch immer passiert, es wird meine begeisterten Mitkandidaten dazu bringen, ohne Druckmittel freiwillig aus dem Auswahlverfahren ausscheiden zu wollen.

Das hier wird kein Plauderstündchen mit Kaffee und Kuchen.

Ich stelle mich auf das Kreuz in der Mitte hinter dem Stehpult. Eine Tastaturwatte liegt darauf. Ich stehe durch die Glaswände getrennt zwischen Stephen und Celine.

Alles schaut nervös in alle Richtungen und wartet.

Ein Hologrammbildschirm justiert sich in Schräglage vor dem Pult. Schwarzer Hintergrund, weiße Schrift, die Zahlen von eins bis zwölf untereinandergereiht, neben jeder Zahl steht »Mord aus ...«

Dann spricht mein Engel aus Lautsprechern in die Glaskabine: »Vervollständige die Stichpunkte«, sagt die warme Frauenstimme. »Generiere Motivationen für einen Mord. Die Motivationen müssen glaubwürdig und als Einzelwort formuliert sein. Beispiel: ›Mord aus Rache.‹ Jeder Stichpunkt wird dir als Punkt gutgeschrieben. Deine Kabinentür wird sich öffnen, sobald du zwölf Punkte erreicht hast.«

Wo ist der Haken? Das ist doch wohl ein Kinderspiel.

»Gibt ein Kandidat einen deiner Stichpunkte ein, wird der Punkt dafür euch beiden abgezogen.«

Da ist der Haken. Aber das kann ich trotzdem schaffen, geht nur darum, zwölf Mal möglichst originell zu sein.

Ein Icon, das wie ein Schlüssel aussieht, erscheint auf meinem Hologramm. »Mit dem Schlüssel kannst du deinen Bildschirm für deine Mitkandidaten nach Belieben öffnen oder schließen«, sagt der Engel. »Wenn du zwölf Punkte erreicht und deine Aufgabe selbst schon beendet hast, setzt du damit deine eigenen Stichpunkte wieder frei. Sie können von anderen abgeschrieben und als eigene Punkte genutzt werden.«

Eine Reihe Quadrate erscheint am oberen Bildschirmrand, darüber die Codenummern der Kandidaten. Versuchsweise klicke ich Stephens Code an, er wird mittelgroß, so dass ich jetzt bequem spicken und seine Punkte alle abschreiben könnte. Aber natürlich ist Stephens Bildschirm nicht für die Mitkandidaten geöffnet, sondern nur ein schwarzes Loch.

Ich klicke ihn wieder weg, gleich geht es los.

Man kann die Reihe der schwarzen Fenster antippen und wie ein Karussell von der einen Seite in den Bildschirm hinein- und auf der anderen Seite über den Bildschirmrand herausschubsen, 29 müssen es sein, zwölf davon sind zu sehen.

Das mit dem Fenster verstehe ich nicht. In einem Werbespot für ein Com-Modell sticht ein Manager dank irgendeiner neuen App seinen Konkurrenten aus. Der Spot endet mit einem Dialog:

»Alles klar?«

»Alles Targan!«

Dieses Schlüssel-Icon ist alles andere als Targan.

Wenn ich fertig bin und das Fenster öffne, jemand elf Punkte hat und schneller als die anderen einen Stichpunkt abschreiben kann, geht für ihn auch die Tür auf. Am Ende werden drei Wochen Konkurrenzkampf in Punkten verrechnet. Und bei den Targan geht's immer um Zeit. Je eher ich fertig bin und je länger die anderen brauchen, desto größer mein Vorsprung, desto besser für mich. Nullsummenspiel, so ist das nun mal. Warum sollte jemand dem Konkurrenten in einem Wettkampf helfen wollen?

»Deine Kabinentür wird sich erst wieder öffnen, wenn du zwölf Punkte erreicht hast. Der Test beginnt jetzt.«

Ich tippe.

Mord aus Wissensdurst.

Mord aus Experimentierfreude.

Aber was, wenn alle versuchen, möglichst originell zu sein und darum niemand die Klischeestichpunkte besetzt? Dann kann ich die selber verwenden. Tippe: Mord aus Eifersucht.

Mal sehen, wie schnell das verschwindet.

Die Reihe der Fenster verschiebt sich, eines öffnet sich und zeigt den Bildschirm eines anderen Kandidaten.

Noch kein einziger Punkt steht da. Das Fenster wird wieder schwarz. Da hat mich jemand erfolgreich abgelenkt, während er selbst weiter nachgedacht hat.

Ich muss schneller tippen, schneller.

Mord aus Berechnung.

Mord aus Eifersucht verschwindet wieder von meinem Display.

Mord aus Wahnsinn.

Der Boden unter mir bewegt sich, fährt meine Füße vom Schreibpult weg.

Ich strauchle. Stütze mich mit den Fingern am Boden ab, komme zurück auf die Füße. Der Boden ist aus Nylon, schwarz gerillt, fährt langsam immer weiter zurück.

Der Boden ist ein Laufband.

Auch in den anderen Kabinen versuchen die Kandidaten, zum roten Kreuz vor dem Stehpult zurückzukommen. Erschrockene Gesichter, Kopfschütteln, unhörbar für mich sogar nervöses Lachen. Mein Rücken stößt gegen die hintere Kabinenwand.

Die ist seltsam warm ... Rechts neben mir hockt Celine bewegungslos an der Wand und starrt den Boden an, reimt sich grade zusammen, was ich mir denke:

Die werden uns auf einem Laufband nicht nur spazieren gehen lassen. Celine geht nicht mal joggen.

Links neben mir ist Stephen schon wieder am Pult und tippt.

In meinem Rücken spüre ich ein Brennen, es wird unangenehm heiß, schmerzhaft ... Ich fahre herum, gehe rückwärts auf dem Band, weg von der Hitze. Wo kommt die her? Da ist nur Glas und hinter dem Glas ein paar Meter freie Fläche bis zur weißen Hallenwand. Ich strecke die Hand nach der Glaswand aus, schreie auf, halte meine Fingerspitzen.

Das Glas glüht.

Das Laufband fährt langsam immer weiter zurück. Das Laufband. Die geschlossene Tür. Glaswände. Zwölf Stichpunkte ... nein, das können sie nicht tun. Das können sie doch nicht ... oder? Das geht doch nicht ...

Spielaufbau: Das Laufband wird immer schneller werden. Man muss Schritt halten, sonst fährt es einen an die Glaswand. Die Türen werden sich erst öffnen, wenn ich zwölf Motivationen getippt habe, auf die kein anderer Kandidat außer mir gekommen ist oder kommen wird, bis ich fertig bin.

Wettlauf gegen 28 andere Kandidaten. Und was, wenn man irgendwann nicht mehr kann?

Einen Moment bleibe ich stehen, stehe bewegungslos, sehe Glas und Hallenwand dahinter immer näher kommen, dann stößt mein Knie gegen das Glas. Schmerzen, rasende Schmerzen. Ich taumele zurück, stolpere. Werde auf die Schmerzen zugefahren. Krabbele auf allen Vieren zurück, mit einem Schrei stoße ich mich vom Boden ab. Komme auf die Füße. Renne auf dem fahrenden Laufband nach vorne, zurück zum Pult.

Ruhig werden. Atmen. Noch acht Stichpunkte.

Das Laufband wird schneller.

Passe meinen Gehrhythmus an.

Mord aus Experimentierfreude verschwindet vom Bildschirm, ich tippe:

Mord aus Leid.

Mord aus Leidenschaft.

Mord aus Habgier.

Das wird alles gleich wieder verschwinden, aber vielleicht nicht sofort, vielleicht bleibt es ja, bis ich bei zwölf bin, ich muss schneller tippen, schneller, ruhig bleiben, atmen, sonst kommen keine Ideen, brauche Ideen ... Ich fluche, schüttle meine Hand.

Habe Brandblasen auf den Fingerspitzen, zuckende Schmerzen im Knie.

Ich beiße die Zähne zusammen. Ich muss schneller tippen als alle anderen, dafür brauche ich eine Methode. Einmal die Gefühlsebene runter, Klischeekombinationen, das müsste gehen, ich tippe:

Mord aus Angstlust.

Mord aus Hasslust.

Mord aus Eifersuchtshass.

Mord aus Eifersuchtsangst.

Das Laufband wird schneller. Ich beginne zu joggen. Mord aus Liebesneid.

Mord aus Eifersuchtslust.

Die Geschwindigkeit wird nicht weiter gesteigert. Könnte schlimmer sein, ist nicht mal mein normales Lauftempo.

Fünf Punkte auf einmal verschwinden vom Bildschirm.

Andere sind jetzt auch auf die Idee mit den Wortkombinationen gekommen. Oder die Punkte wurden als nicht glaubwürdig ausgesiebt.

Ruhig atmen. Weiterlaufen. So schnell wie möglich andere Punkte finden, so schnell wie möglich, so schnell, dass andere erst auf meine Motivationen kommen, wenn meine Tür schon offen steht.

Stephen tippt und rennt in einem grimmigen Rhythmus wie eine Maschine.

Celine hat es auch wieder zurück zum Pult geschafft. Haarsträhnen haben sich aus ihrem Haarknoten gelöst und kleben auf ihren Wangen, ihr Gesicht ist rot und nass von Schweiß oder Tränen.

Dann stolpert sie, fällt. Sie wird zurückgefahren, stößt gegen die Glaswand.

Ihr Körper zuckt, ihr Gesicht verzerrt sich, ihr Mund ist weit aufgerissen.

Komm hoch, komm wieder hoch, du musst ...

Sie hat es geschafft. Läuft wieder vor ihrem Pult. Ihre Schultern beben, sie zittert, beim Laufen, sie ...

Ich höre mich leise stöhnen. Ich darf jetzt nicht zu Celine sehen. Ich kann nichts machen, kann nicht helfen, nicht hinsehen. Einatmen. Ausatmen. Der Takt meiner Schritte auf dem Laufband. Lilith kann tagelang laufen.

Zwei Stichpunkte sind wieder verschwunden.

Atmen, laufen, tippen.

Motivationen für einen Mord, noch eine und noch eine.

Spucke Punkte aus. Sehe die Punkte wieder verschwinden. Mein Schweiß tropft auf die Tastatur. Weiße Buchstaben auf schwarzem Hintergrund, Stichpunkte, mehr Stichpunkte, mehr Stichpunkte ... Die Stichpunkte verschwinden wieder.

Meine Beine sind aus Blei und die Schmerzen in meinem Knie aus Feuer, machen mich verrückt, das Brennen strahlt mit jeder Bewegung weiter aus.

Atmen, laufen, tippen.

Mir fällt nichts mehr ein, mache Fehler, hatte das da doch schon getippt, mein Kopf so leer ...

Atmen, laufen, tippen.

Blutgeschmack in meinem Mund. Blutgeschmack und Trockenheit. Wasser. Nur ein Schluck Wasser.

Es ist heiß in der Kabine. Wird das noch heißer werden? Wenn all diese Wände glühen, müsste das nicht noch viel heißer sein?

Kann man Hitze in Glas isolieren?

Die Reihe der Kandidatenfenster am oberen Bildschirmrand verschiebt sich, ein Fenster blinkt auf und verschwindet dann wieder, die Reihe der Fenster schließt auf. Was bedeutet das? Das Fenster ist weg ...

Die Reihe der Fenster verschiebt sich noch einmal. Ein anderes Fenster blinkt auf, wird rot. Eine Schrift erscheint darüber: »Gewinner Nummer 1.«

Das Schlüssel-Icon ... Irgendjemand kann gehen und den Schlüssel drücken. Mir fehlen gerade nur noch drei Punkte. Wenn ich schnell genug abschreibe, hab ich eine Chance, darf dann aufhören zu laufen, komme vom Laufband runter, raus ...

Ich starre auf das Fenster, warte darauf, dass es sich öffnet ... Ich gebe einen erstickten Laut von mir. Es öffnet sich nicht.

Die Reihe der Fenster verschiebt sich, noch ein Fenster blinkt auf und verschwindet. Noch eines ... dann noch eines ... Was bedeutet das?

Ein anderes leuchtet rot auf, bleibt rot, »Gewinner Nummer 2« ... Stephens Fenster! Seine Tür geht auf, steht sperrangelweit offen. Stephen ist fertig. Sehe ihn keuchend, die Hände auf den Knien am Laufband stehen. Er steht. Sein Laufband steht.

»Stephen!«, brülle ich, verschlucke mich, huste, komme aus dem Takt. Ich schließe einen Moment lang die Augen. Ich kann jetzt gegen die schalldichten glühenden Wände anbrüllen und mir die Fäuste voller Brandblasen schlagen und dabei meine Chance verspielen. Oder ich muss mich irgendwie anders bemerkbar machen.

Ich drücke selber den Schlüssel, schnell, immer wieder, öffne mein Fenster, schließe es wieder, öffne mein Fenster, schließe es wieder. Man kann meine Stichpunkte so nicht ablesen, aber mein Fenster blinkt immer wieder schnell auf und zu. Stephen steht noch immer am Hologramm, muss das sehen, schau zu mir, verdammt, drück auf den Schlüssel!

Stephen richtet sich auf. Er sieht zu mir.

Ich hebe meine Hand, zeige ihm drei Finger, deute auf das Hologramm.

Stephen sieht weg. Mit hoch erhobenem Kopf geht er an mir vorbei aus seiner Kabine. Zwei Uniformierte laufen auf ihn zu. Sie schieben eine Pritsche auf Rollen zwischen sich, er setzt sich darauf.

Er wird im Laufschritt weggerollt. Er hat eine Hand über die Augen gelegt. Stephens Fenster bleibt im Bildschirm, bleibt rot.

Ich tippe: Mord aus Konkurrenz.

Der Punkt verschwindet sofort wieder. An Konkurrenz denkt hier jeder.

Ich tippe weiter.

Nicht an Stephen denken, nicht ablenken lassen.

Mein Atem kommt zerhackt, röchelnd, in Schmerzen. Nicht an die glühende Glaswand denken.

Weiterlaufen. Weiterlaufen, schneller tippen.

Husten. Spucken. Will aufhören zu laufen. Meine Beine waren noch nie so schwer.

Wie lange laufe ich schon?

Nicht auf die Uhr schauen. Atem sparen.

Nicht zu den anderen Kabinen schauen.

Nicht zu Celine.

Schmerzen beim Atmen. Schmerzen in den Fingern. Flüssigkeit tritt aus den Brandblasen aus, verschmiert sich beim Tippen über die Tastatur, verklebt in der Watte.

Wieder ein Punkt gewonnen ... wieder ein Punkt verloren. Weiterlaufen. In meinem Rücken die glühende Glaswand.

Noch ein Gewinner, dann noch einer. Draußen rollen Uniformierte die Pritschen.

Niemand drückt auf den Schlüssel, wie kann das sein, sie können doch einem von uns helfen!

Mir fehlen vier Punkte ... fünf.

Wenn jemand auf den Schlüssel drückte. Irgendeiner von uns käme hier mit raus.

Ich stolpere wieder.

Kann nicht mehr. Will loslassen.

Erloschene Fenster.

Halte mich mit den schmerzenden Händen am Pult, lege den Kopf auf die Arme. Nur ein paar Schritte. Husten. Übelkeit.

Alles nur ein Spiel, denke ich, immer wieder, alles nur ein Spiel, denke ich im Rhythmus der Schritte, was hätte Lilith getan? Einatmen, ausatmen, weiterlaufen.

Was sind meine Möglichkeiten?

Erstens: Loslassen. Mich gegen die Glaswand fahren lassen. Sehen, was passiert. Ob sie mich rausholen. Oder nicht. Alles ist besser als das hier.

Zweitens: Zähne zusammenbeißen und einfach immer weitermachen. In einem Sprint um die besten Ideen hätte ich gute Chancen, aber das jetzt ist ein Ausdauerwettkampf. Punkte tippen, Punkte verlieren, wem fällt am längsten noch was Neues ein, wer kippt als Letzter um. Meine Chancen sind jetzt miserabel. Targan will Mitglieder, die fit und sportlich sind, und hat nach Kandidaten gesucht, die zu Targan passen. Zu viele hier sind fitter als ich ... Nicht an Celine denken. Nicht rübersehen. Ihr Fenster ist noch immer da, noch immer offen.

Drittens: Kann ich die Regeln vom Spielfeld aus ändern? Wenn das hier eine Quest wäre ... Lilith würde versuchen, gegen die Targan und mit den Kandidaten zu kämpfen, nicht andersherum.

Utopia wird jede Menge glaubwürdiger Mordmotivationen gespeichert haben. Aber was, wenn ein Stichpunkt nicht in der Datei enthalten ist? Wird er dann automatisch als nicht glaubwürdig ausgesiebt? Wenn Utopia schon so genau wüsste, was glaubwürdig ist und was nicht, Celine müsste keine Profile korrigieren und ich nicht von morgens bis abends glaubhafte Figuren erfinden.

Stichpunkte, die noch nicht in der Datei des Programms enthalten sind, werden nicht sofort ausgesiebt. Sie werden vor dem Aussieben von einem der Targan auf der Galerie überprüft. Menschen arbeiten langsamer als Programme.

Mir fehlen fünf Punkte. Brauche nur eine Millisekunde lang zwölf Punkte und die Tür öffnet sich.

Ich richte mich auf, atme ein, atme aus, atme ein, atme aus.

Dann tippe ich. So schnell ich kann.

Mord aus Meer.

Mord aus Eiscreme.

Mord aus Schnee.

Ich stolpere, fange mich, brülle. Keine Zeit, noch zwei Wörter, hab nur den einen Versuch, gleich merken sie, was ich hier mache, gleich merken sie es, ich keuche, nur noch zwei Wörter, ich sprinte, spüre ein Reißen in der Lunge, ich tippe:

Mord aus Berg.

Mord aus fawofl.

Ich renne, stürze.

Das Laufband hat angehalten. Ich übergebe mich auf die schwarzen Rillen im Gummi.

Die Tür ist offen.

Raus. Ich muss hier raus. Bevor sie den Trick bemerken, die Tür wieder zugeht ... Ich komme auf alle viere, dann auf die Beine, taumele nach vorn.

Dann sehe ich Celine. Sie krallt sich am Pult fest und ihre Beine schleifen über den Boden.

Ein Schritt, und ich bin am Hologramm. Mein Fenster blinkt rot, darüber steht »Gewinner Nummer 5«.

Ich drücke auf das Schlüssel-Icon. Meine Motivationen erscheinen auf dem Feld.

Eine Tür nach draußen für alle, die schnell genug lesen. Meinen Trick vor den Targan bemerken.

Ich stürze hinaus.

Ich stehe in der Halle, vor mir Celine hinter der Glaswand, ihr Kopf liegt auf dem Pult, sie sieht mich nicht, sieht nicht mein offenes Fenster.

Ich winke mit beiden Armen. Dann hämmere ich mit den Fäusten auf das glühende Glas, schreie vor Schmerz, hämmere gegen den Schmerz, sie soll mich sehen, alle sollen sie es sehen, auf mein Fenster schauen, wie die Tür aufgeht, verdammt, schaut her, hier bin ich!

Ich winke wieder mit beiden Armen, zu allen, die rennen und stolpern, sie haben die Lösung direkt vor Augen, sehen sie das denn nicht, sie müssen doch nur ... eine Tür geht auf. Ein Kandidat kriecht auf allen vieren in die Halle zurück.

Celine hat den Kopf gehoben. Endlich. Sie läuft wieder. Tippt. Fällt. Ihr Laufband steht. Ihre Glastür springt auf.

Dann noch eine Glastür. Und noch eine und noch eine.

Eine nach der anderen öffnen sich die Glastüren.

Stimmen, Keuchen, Schreie, Weinen.

Man kann sie alle wieder hören.

Jemand packt mich von hinten.

Ich liege auf einer Pritsche. Ich schließe die Augen.

Dann zwinge ich mich, die Augen zu öffnen. Ich will sehen, was in den Glaskabinen ist, deren Code-Fenster vom Bildschirm verschwunden sind.

Aber darin ist niemand mehr.

Die Glaskäfige der erloschenen Code-Fenster sind leer, die Türen stehen offen.

4

Wo bin ich?

Über mir das blendende Licht einer Deckenleuchte. Fahre auf, sehe mich um.

Ich sitze auf dem weißen Sofa in meiner Wohnung, trage einen meiner Trainingsanzüge und hab den schlimmsten Muskelkater meines Lebens.

Die Klimaanlage summt. Durch die geschlossene Balkontür sehe ich draußen Nacht.

Ist das wirklich meine Wohnung? Die Kandidatenwohnungen sind doch alle gleich. Aber der Kratzer da auf der Kachel gleich neben dem Sofa. Den gibt's nur bei mir.

Wie bin ich hierhergekommen?

Meine Com vibriert. Der Engel: »Du hast ausgeschlafen, wie schön. Du hast noch eine Stunde, drei Minuten, null Sekunden Zeit, auf dem Sofa zu liegen und auszutrinken. Nach diesem anstrengenden Tag braucht dein Körper Ruhe und sehr viel Flüssigkeit. Dann bist du morgen wieder topfit!« Vor mir auf dem weißen Sofatisch steht eine durchsichtige Targan-Flasche.

Die Musik hebt an, Gezupfe von einem Kontrabass, gemütlicher Jazz.

Ich sehe an mir hinunter.

Meine Beine. Ich ziehe den Trainingsanzug hoch. Auf dem Knie habe ich ein weißes Pflaster. Vorsichtig zupfe ich es ab, tupfe mit dem Zeigefinger in die geleeartige, kühle Salbe darunter ... Meine Haut ist nicht mal gerötet, der Schmerz mehr als verschwunden, ich kann nicht mal sehen oder fühlen, dass er jemals da gewesen ist ... So absurd das auch ist, es ist alles in Ordnung mit meinen Beinen.

Meine Arme. Irgendwo Einstiche von Spritzen? Keine Einstiche.

Meine Hände, die Brandblasen an den Fingerspitzen, ich hab doch auch gegen die Glaswand von Celine gehämmert ... meine Hände sind unversehrt, ich reibe sie immer wieder aneinander, bis es prickelt.

Ich schüttle den Kopf. Wie lange war ich k. o.?

Laut Com-Armband ist es 20:21:03 Uhr.

Medizinisch sind sie hier der deutschen Krankenversorgung jedenfalls um so einiges voraus ...

Schaffe es gerade noch ins Bad. Ich hänge würgend über der Kloschüssel, das ganze Entsetzen kommt hoch. Tierversuche an Menschen. Ich bin keine Laborratte. Wie weit wären sie gegangen? Erloschene Fenster. Kein Gewinner hat den Schlüssel gedrückt, nicht mal Stephen. Ich habe die Elite vor allen Kandidaten blamiert. Ein letzter Rest Galle spritzt auf das sterile Weiß der Kloschüssel.

Was werden sie jetzt mit mir machen?

Ich atme ein. Ich atme aus.

Ich stehe auf, putze mir den Säuregeschmack von den Zähnen und gehe ins Wohnzimmer zurück. Ich setzte mich aufs Sofa, ziehe die Beine an den Körper und schlinge die Arme darum, mache mich zu einem warmen Ball.

John muss von all dem gewusst haben. Draven hätte so was nie zugelassen. Targan hat sich Draven geschnappt und dieser John ist das, was von ihm übrig geblieben ist.

Ich starre auf meine Wohnungstür. Weiß in der weißen Wand mit einem Türspion auf Augenhöhe. Was werden sie mit mir machen? Den Eignungstest für alle wiederholen? Und meine Tür nicht mehr aufmachen, ein Unfall?

Ruhig bleiben.

Ich greife nach der Targan-Flasche, trinke in schnellen Schlucken das gekühlte Wasser, spüre, wie es mir die Kehle runterrinnt. Aber der saure Geschmack von Angst bleibt.

Soll ich versuchen, hier abzuhauen? Jetzt sofort? Aber wohin?

Ich sitze da, starre auf die Tür und überlege, aber mir fällt nichts ein.

Dann gongt der Targan-Dreiklang. Meine Türklingel. Jetzt holen sie mich. Die Wasserflasche fällt mir aus der Hand, fällt auf den Boden, zerspringt nicht, rollt nur etwas vor und zurück, das Geräusch zu laut in der plötzlichen Stille.

Langsam stehe ich auf. Meine Beine sind schwer, jeder Schritt tut weh, ich muss mich zwingen, immer weiter zur Tür zu gehen. Wie viele werden es sein? Wohin werden sie mich bringen? Ich stelle mich auf die Zehenspitzen und luge durch den Spion.

Keine uniformierten Wachen.

Celine trägt einen blauen Schlafanzug, Verbände an den Handgelenken, ein Pflaster auf der Wange. Sie hält eine Flasche Wasser an die Brust gedrückt.

Vor Erleichterung sinkt meine Stirn für einen Moment gegen die Tür. Meine Hand zittert noch, als ich den Code zum Öffnen eingebe.

Allein im weißen, gewölbten Korridor, barfuß und in ihrem Schlafanzug, sieht Celine wie ein junges Mädchen aus. »Ich ... ich konnte nicht schlafen ... Ich dachte ...«

Ich ziehe sie zu mir in die Wohnung und schlage die Tür hinter uns beiden zu, rucke am schwarzen Knauf, will wissen, die ist wirklich zu, so zu wie auf Targan Island eben möglich. Zu für alle, die meinen Code nicht kennen.

Celine und ich setzen uns aufs Sofa. Das Pflaster in ihrem Gesicht bedeckt fast die ganze Wange. »Sie haben ...« Sie schließt die Augen, ihre Finger spielen mit dem durchsichtigen Mundstück der Flasche. »Adriana war bei mir und ich ... Ich hab sie gebeten ... Ich ... Ich will hier nicht bleiben, aber ... Adriana behauptet ... Hast du auch ... haben sie es dir gesagt?«

Ich nicke. Jetzt weiß sie es also. Celine legt ihre Flasche neben sich auf das Sofa, bückt sich, hebt meine Flasche vom

Boden auf und gibt sie mir. »Sie lassen uns nicht gehen, Luca ... Wer es nicht in die Elite schafft, der ... Was passiert, wenn wir es nicht schaffen, Luca?«

Ich zucke die Schultern und wiege die Flasche in den Händen.

Celines Augen sind grau und groß und sie sieht mich nicht an. »Das war nicht richtig, was sie getan haben ... Das ... es ...« Sie sieht auf ihre Finger, die sich immer wieder ineinander verschränken, voneinander lösen und einander kneten, sie reibt die Handgelenke gegeneinander, Mull auf Mull, als würde ihr das helfen, die richtigen Worte zu finden.

Aber für so was gibt's keine Worte.

Wieso weiß niemand davon? Wieso hat kein einziger von all den ausgeschiedenen Kandidaten je darüber geredet? Wie bringen die all diese Leute zum Schweigen? Oder ... ist das möglich, dass all die Ex-Kandidaten in den Talkshows eigentlich Targan-Mitglieder sind? Schauspieler, die der Welt ein perfektes Targan Island verkaufen?

In dem Fall wissen wir jetzt alle zu viel. In dem Fall kommen wir hier nicht mehr heil raus.

Aber man kann doch nicht einfach Hunderte von Menschen verschwinden lassen ... kann man das?

»Hab ich dir erzählt, dass ich die Kurzgeschichten gar nicht selbst an die Wettbewerbe geschickt habe?«, sagt Celine leise. »Meine Großmutter hat sie eingeschickt. Heimlich. Ich hab immer erst davon erfahren, wenn ich gewonnen hatte ... Ich hätte mich das nie getraut.«

Ich werfe wieder einen Blick zur Tür, sehe schnell wieder weg. Ich muss hier weg, bevor sie mich holen kommen. Aber wie soll ich von dieser Insel runter? Sie sind überall, niemand wird mir helfen und ich weiß nicht mal, wo der verdammte Flughafen ist. Aber ich kann doch nicht nur hier sitzen und warten, da gehe ich lieber zu Fuß einmal um die ganze Insel rum, es muss doch ... die Krankenstation.

In welchem Gebäude war die Krankenstation? Wenn ich die Krankenstation wiederfinde ... dort kommen die Kandidaten an. So effektiv, wie die Elite arbeitet, wär es da nicht möglich, dass der Eingang auch der Ausgang ist? Aber wo ist die Krankenstation? Wenn ich mich nur daran erinnern könnte ...

Ich zucke zusammen. Hab ich Schritte gehört?

»Und jetzt sitzt meine Großmutter den ganzen Tag am Fenster in diesem Altenheim und wartet auf uns«, sagt Celine. »Wir haben kein Geld für einen Pfleger. Sie ... sie hat sich immer um uns ... gekümmert. Sie war immer für uns da. Und wir haben nicht mal die Zeit, sie zu besuchen. Das Café ... Ich hab gedacht, wenn ich das hier schaffe, dann hole ich Aurélie wieder zu uns, dann ... man muss doch zusammenhalten. Zusammen ist man stark. Ich wollte stark für sie sein ... aber jetzt ... Luca, wir müssen hier weg.« Celine fährt sich mit der Zunge über die aufgesprungenen Lippen. »Ich weiß, alleine gegen Targan hat man keine Chance, aber ... Wir müssen uns zusammentun. Alle Kandidaten zusammen, meine ich ... Wenn wir alle zusammenhalten würden, sie könnten uns doch nicht alle ... wir ...«

»Die werden nie alle zusammenhalten, Celine. Du wirst das doch nicht ändern können. Die Welt ist so, wie sie ist.«
»Wir müssen es doch wenigstens versuchen! Das ist unsere einzige Chance!«

Ich nehme einen Schluck von der durchsichtigen Flasche, die perfekt auf den individuellen Griff meiner Hände geformt ist, das Wasser darin wird von Utopia automatisch auf die ideale Trinktemperatur für meine individuellen körperlichen Bedürfnisse gekühlt. »Warum glaubst du, dass die anderen dir überhaupt zuhören würden? Jeder hier kämpft im Grunde nur für sich. Jetzt doch erst recht. Niemand hat auf den Schlüssel gedrückt.«

»Wir ... wir müssen es wenigstens versuchen. Ich könnte nicht mehr in den Spiegel sehen, wenn ich nicht mal versuche, mit den anderen zu reden.«

Celines Idee ist völlig utopisch. Ihre Stimme ist so leise. Niemand wird auf sie hören. Wahrscheinlich habe ich den anderen darum eine ganze Woche lang nichts von Johns Links erzählt. Weil ich weiß, wie zwecklos so ein Versuch ist. Wir Kandidaten sind ein unwissender, unkoordinierter Haufen und haben gegen Targan keine Chance. Celine wartet auf eine Antwort, aber ich habe alles gesagt.

Sie reibt sich fröstelnd die Arme. »Zu Hause ... ich esse immer Minzschokolade, wenn es mir nicht so gut geht«, sagt sie tonlos und wechselt dann plötzlich das Thema. »Was ... was ist eigentlich deine Strategie? Für unser Projekt? Für ... für Z3275? Wie hast du das Problem mit den Spielern und Gegenspielern gelöst?«

Einen Moment zögere ich. Aber Celine und ich sitzen vielleicht nicht im selben Boot, doch immerhin auf demselben Elite-Sofa, und wenn ich das nicht wollte, dann hätte ich sie barfuß und im Schlafanzug im Korridor stehen lassen müssen. Also gebe ich mir einen Ruck und erzähle ihr endlich von meiner Strategie. Dass es auf meinem Planeten keinen Unterschied zwischen Spielern und Gegenspielern geben wird, weil sie zusammenarbeiten müssen und ihr zentraler Wunsch der Wunsch nach Frieden ist.

Celine wiegt den Kopf. »Seltsam ... Auf diese Idee ... ich wäre nie auf so etwas gekommen. Ihnen allen den Wunsch nach Frieden zu geben, meine ich ... das ist ... das ist eine schöne Idee.«

Ich zucke die Schultern. »Spieler und Gegenspieler? Das sind doch nur Begriffe.«

Schließlich werden Spieler und Gegenspieler auf Z3275 nicht von ethischen Wertmaßstäben, unterschiedlichen Ansichten oder Religionen kategorisiert, sondern sind nur ein Konstrukt, die Spieler sind Targan, die Gegenspieler sind es nicht, so einfach ist das. Da wird mein Trick mit dem Wunsch nach Frieden also hoffentlich funktionieren.

Ich nehme noch einen Schluck, das Wasser schmeckt, wie Wasser im Idealfall schmecken sollte, zu frisch, schmeckt darum nicht mehr wirklich nach Wasser, ich frag mich, mit was das alles für mich angereichert wird. Ich klappe das

Mundstück zu und stelle die Flasche ab. »Was glaubst du, was die jetzt mit mir machen werden?«

»Sie werden dir jede Menge Punkte geben. Ich ... ich brauche immer so lange, bis mir etwas einfällt. Ich muss sehr lange ganz still und ruhig dasitzen, dann kommt es von selbst. Ich kann nicht ... so wie heute Morgen ... das war ... und als du dann ohnmächtig geworden bist ... ich weiß ja, dass Stephen und du regelmäßig joggen geht. Ich hab gewusst, wenn du ohnmächtig wirst, dann ist es auch für mich gleich vorbei ... das Glas ... Wahrscheinlich hab ich mich so erschrocken, als ich dich da auf dem roten Kreuz hab liegen sehen ... mir sind fünf Stichpunkte auf einmal eingefallen. Wahrscheinlich aus lauter Angst ... was hast du?«

»Ich bin nicht ohnmächtig geworden, Celine.«

»Das ist doch nicht schlimm.« Sie sieht mich aus ihren grauen Augen an, die Wimpern davor sind so hell, man kann sie kaum sehen. Celine hat keine Ahnung, wovon ich rede.

Ich greife wieder nach der Flasche, aber die zittert plötzlich so sehr in meiner Hand, dass ich höre, wie sich das Wasser darin bewegt. Celine erinnert sich nicht mehr an das, was geschehen ist. Oder erinnere ich mich nicht mehr?

Was passiert hier?

Der Targan-Dreiklang gongt.

Sie sind da. Jetzt holen sie mich.

Langsam stehe ich auf. Wie eine ferngesteuerte Maschine bewege ich meine Beine wieder zur Tür. Ich kann meinen Herzschlag in den Ohren hören, als ich mich dieses Mal auf die Zehenspitzen stelle, um durch den Spion zu lugen.

Stephen linst mir entgegen.

Ich stoße die Luft aus und öffne die Tür.

Stephen trägt einen hellen Anzug, Krawatte und Hemd haben fast denselben Farbton wie Jackett, Hose und Schuhe. »Pyjamaparty ohne mich? Du siehst gut aus. War das heftig heute, was? Wenn es drauf ankommt, bin ich anscheinend also doch schneller als du?«

»Du hast den Schlüssel nicht gedrückt.«

»Hast du ja wohl auch nicht gemacht. Oder?« Stephen trägt weder Verband noch Pflaster. Er sieht nicht einmal mitgenommen aus. Er drängt sich an mir vorbei in meine Wohnung. »Das muss man Targan lassen, das ist echt nichts für Sissis hier! Gut, dass ich gerne Krimis lese! Mann, was würd ich gern meine Frau mal anrufen und ihr erzählen, was hier so alles los ist ... war das ein Ding heute Morgen! Wie ist es denn ausgegangen? Kein Wunder, dass die uns erst wieder von der Insel lassen, wenn alle Tests vorbei sind, jeder, der nicht echt tough drauf ist, würde jetzt mit Sicherheit kneifen, was? War Adriana auch bei euch? Habt ihr auch davon gehört? Keiner darf Targan Island verlassen! Krass, oder?«

Ich will antworten, aber da flimmern lauter rote Punkte in meinem Gesichtsfeld auf. Ich blinzle, die Punkte wirbeln schneller umeinander, mir wird schwindlig, ich beuge mich vor, alles verschwimmt. Ist das schon wieder einer von diesen Schwindelanfällen? Aber was sind das für Punkte, verdammt noch mal?

Ich schließe die Tür und lehne mich dagegen, als mir übel wird. Ich sehe die roten Punkte auf dem schwarzen Türknauf schneller werden.

»Luca?«, höre ich Celines Stimme. »Ist ... ist alles okay?«

Ich stöhne, die Punkte kreisen langsamer, ordnen sich zu einem Muster ...

Das Tabu.

Tür und Türknauf verschwinden.

Celines graue Augen mustern mich besorgt. Ihre Hand liegt auf meiner Schulter.

Warum sitze ich auf dem Boden? An der Tür?

»Alles wieder in Ordnung?«, fragt sie leise und hilft mir beim Aufstehen.

»Es geht schon. Danke.«

Diese verdammte Reisetablette. Noch etwas wacklig auf den Beinen lehne ich mich an die Tür, es pocht noch immer leicht hinter den Schläfen. »Nur wieder einer von diesen Schwindelanfällen.«

Hatte wohl mal wieder ein Blackout. Aber jetzt ist alles wieder da, der Eignungstest, die Glaskäfige, das glühende Glas, wie ich immer weitergetippt habe und eine Weile kein Stichpunkt mehr verschwunden und die Tür endlich aufgegangen ist. Ich muss fast im selben Moment das Bewusstsein verloren haben. Wirklich mehr Glück als Verstand.

»Wie ist denn jetzt alles ausgegangen?«, fragt Stephen.

Celine betrachtet mich noch immer besorgt. »Luca war als Fünfte fertig und ich als Sechste. Wir sind beide gleich danach ohnmächtig geworden. Sonst hätte sie den Schlüssel gedrückt.«

Stephen lacht. »Moralisch natürlich überaus praktisch, so eine Ohnmacht.«

Ich stehe gegen die Tür gelehnt und sage nichts. Wer weiß schon, was ich getan hätte, wenn ich nicht ohnmächtig geworden wäre. Menschen sind moralisch gesehen öfter schlecht als gut, und ich bin ein Mensch, so ist das nun mal.

Stephen schüttelt den Kopf. »Mann, Luca, und das nach all unserem Training. Da lässt du dich fast von Celine einholen? Und ich bin drei Plätze vor dir am Ziel? Du siehst immer noch etwas blass aus, meine Hübsche ... War ja auch echt herbe dieser Test ... Mann ... heißes Glas! Echt krass ...«

»Weißt du, was aus den Kandidaten geworden ist, deren Fenster verschwunden sind?«, frage ich Stephen.

»Keine Ahnung ... disqualifiziert? Wer war das denn?«

»Gaya«, sagt Celine. »Sharon. Connor. Damian. Cahja.«

Sie kennt tatsächlich all ihre Namen.

»So viele, ja?« Stephen öffnet sein Hologramm. »Echt krass.«

Er tippt etwas, hebt den Kopf, wartet einen Moment, beginnt auf und ab zu gehen. »Hey Sharon!«, ruft er plötzlich laut. »Hab ich dich geweckt? Sorry, wollte nur sichergehen, dass alles in Ordnung ist ... War das eine Geschichte heute Morgen, was? ... Ja, klar! ... Hm ... Na, jetzt übertreib mal nicht. Okay, ich glaub du schläfst dich besser erst mal aus und wir reden morgen, bis dann!«

Er legt auf und grinst. Sharon ist in Ordnung. Welcher Code das auch immer war ...

Ich sehe durch die Balkontür nach draußen, in die Nacht, das Spinnennetz der Wege im Park ist so hell mit all diesen kleinen Lampen beleuchtet, es sieht aus, als hätte sich die Elite dafür die Sterne vom Himmel geholt. Das Meer dahinter ist schwarz und rollt bis zum Horizont.

Stephen redet noch immer in seine Com. Er kennt nicht nur die Namen, er hat auch die Nummern der Kandidaten in seinem Adressbuch gespeichert. Ich beobachte ihn dabei, wie er die nächste Nummer wählt, höre zu, wie er sich mit Damian und Connor unterhält, als wäre alles in Ordnung, als wäre das heute Morgen ein etwas heftigeres Aufnahmeritual in eine Studentenverbindung gewesen, und plötzlich glaube ich ... Wenn Stephen mit ihnen reden würde ... Vielleicht hätte Celines Idee eine Chance. Vielleicht hätten wir eine Chance. Nur ist Stephen aus irgendeinem Grund trotz allem noch immer der Vorsitzende des Targan-Fanclubs.

Er beendet das Gespräch. »Allen geht es gut und alle würden sie jetzt am liebsten kneifen, die Luschis.« Stephen zwinkert mir zu. »Nur Gaya und Cahja haben nicht abgehoben, aber die pennen wahrscheinlich einfach noch ... Was gibt's denn, Süße? Du siehst mich so komisch an?«

»Es ist nicht richtig, was hier passiert, Stephen«, sagt Celine. »Ich bin mir sicher, so etwas ist auch nicht legal. Sie haben uns gefoltert, sie lassen uns nicht gehen ... Wir müssten ... ich habe mir gedacht ... Wenn wir uns jetzt alle weigern würden, weiter mitzuspielen, dann ... Sie können es sich doch nicht leisten, uns alle zu verlieren. Wer weiß, was als Nächstes passiert ... und wieso weiß niemand zu Hause davon? Was passiert, wenn ... Wir müssen etwas tun, Stephen. Wir müssen uns zusammentun und dann streiken oder so was ...«

Aber Stephen steht nur da, schüttelt den Kopf und sieht Celine mitleidig an. Hab das Gefühl, sie in Schutz nehmen zu müssen. »Wieso sollten sie uns überhaupt gehen lassen, wenn wir jetzt alle zu viel wissen?«, sage ich.

Stephen sieht von mir zu Celine. Er ist ein wenig rot im Gesicht geworden und eine Ader pulsiert auf seiner Stirn. Er reibt sich den Nacken. Dann lacht er kurz und plötzlich auf. »Ihr seht das alles völlig falsch. Das ist die Elite. Was habt ihr denn erwartet? Das war uns doch allen klar, dass das Auswahlverfahren kein Zuckerschlecken wird! Und an eurer Stelle würd ich lieber anfangen, mich ins Zeug zu legen, wenn ihr euch solche Sorgen um die macht, die es am Ende nicht schaffen. Ich werd jedenfalls nicht dazugehören. Wisst ihr was? Macht eure Pyjamaparty ohne mich weiter.«

Mit ein paar langen Schritten ist er an der Tür und dann draußen.

Celine sieht zu Boden. Eine Weile stehen wir einfach nur da und sind still. »Ich glaube, ich ... gute Nacht, Luca«, sagt Celine endlich. Ich schließe hinter ihr die Tür.

Ich lehne die Stirn gegen das Weiß und bewege mich nicht.

Die Musik aus dem Headset zupft noch immer gemütlichen Abend-Jazz. Kann das plötzlich nicht mehr hören. Ich schalte den Engel auf stumm und es ist ruhig.

Ich hab das Gefühl, irgendetwas Wichtiges vergessen zu haben, aber erinnere mich nicht. Und aus irgendeinem Grund wurmt es mich ganz furchtbar, dass ich ohnmächtig geworden bin und nicht weiß ... Hätte ich den Schlüssel gedrückt?

Und darum muss ich natürlich auch an Niklas denken. An meine Phase. Ist schon eine ganze Weile her, dass ich daran gedacht habe.

Ich lernte Niklas auf einer Party in der Nähe von München kennen, auf die Pia mich mitgeschleppt hatte.

Pia und ich gingen damals sogar noch auf dieselbe Schule. Sie hatte neonblaue Streifen in den Stoppelhaaren, ein brandneues Zungenpiercing und stand kurz davor, zum dritten Mal sitzen zu bleiben und ohne irgendeinen Abschluss abzugehen.

Ich machte mit 17 als Jahrgangsbeste Abitur, redete nicht mehr mit meinen Eltern, gab damit an, Nihilistin zu sein und hatte noch nie mit Zunge geküsst. Ohne Pia hätte ich das Wochenende mit einem Buch im Bett verbracht und nicht in einem Club in einer anderen Stadt.

Niklas war schon Anfang 20, sein T-Shirt zerknittert und verschwitzt, er war unrasiert, ungekämmt, ungepflegt und trotzdem wahnsinnig sexy. Ich hatte noch nie jemanden kennengelernt, der meine Argumente auch nur im Ansatz verstanden hätte, und Niklas sah mir in die Augen und zitierte Nietzsche und verdiente schon sein eigenes Geld. Niklas dealte die Droge Nachtperle und arbeitete schon damals als Spieleentwickler.

Von ihm hörte ich zum ersten Mal von Yara.

Rückblickend betrachtet muss ich ihm trotz allem zugutehalten: Er hat mich von Anfang an gewarnt. »Altruismus und Liebe sind Trostillusionen. Menschen sind Egoisten. Jeder ist sich selbst der Nächste. Ich werde dich ausnutzen, Baby, das musst du wissen«, hat er mir noch auf dem Parkplatz erklärt und mich dabei auf dem Rücksitz seines Autos entjungfert.

Und was hab ich getan? Gleich nach dem Abi zog ich zu ihm nach München. Ich mietete mir ein Zimmer in der Nähe der Uni, schrieb mich für Literaturwissenschaft ein, aber war im Grunde die ganze Zeit über bei Niklas. Und wenn mich jemand nach meinem Freund fragte, dann sagte ich das, was auch er allen sagte: »Wir vögeln nur.«

Eigentlich saßen wir meistens am Computer. Zuerst sah ich ihm nur beim Spielen zu, aber bald hatte ich eigene Spielfiguren und irgendwann kam Niklas darauf, dass ich gute Ideen hatte.

Er brachte mir alles bei, was ich wissen musste. Wir arbeiteten gemeinsam unter seinem Namen. Wir saßen schweigend nebeneinander, jeder an seinem Bildschirm an einer eigenen Quest und erschufen immer mehr Welt für Yara.

Wir verließen seine Wohnung überhaupt nicht mehr. Wir zogen die Vorhänge zu, weil uns das Sonnenlicht blendete.

Wir schliefen zu wenig und aßen kaltes, fettiges Zeug aus den Pappkartons vom chinesischen Lieferservice, die standen überall herum. Wir schnitten jeden Kontakt zur Außenwelt ab. Wir bestätigten uns beide immer wieder: Die Liebe gibt es nicht. Menschen sind egoistisch. Wir alle nutzen einander nur aus. Wir hielten uns für einsamer und größer als den Rest der Welt, denn im Gegensatz zu allen anderen waren wir ja ehrlich.

Im Grunde waren wir aber nur versifft.

In diesem Universum hinter den verschlossenen Vorhängen verloren sogar die Naturgesetze mit der Zeit ihre Gültigkeit. Es geschah allmählich, schleichend.

Irgendwann sah ich zwischen allem einen Zusammenhang. Die nächsten Lottogewinnzahlen in der Anzahl der Schlieren im Wasserglas. Nicht, dass wir Lotto gespielt hätten. Ein feuerspeiender Drache versteckte sich unter dem Sofa. Aber wenn man die Bierdosen im Flur in einer bestimmten Reihenfolge umstapelte und nur auf die helleren Flecken im Parkettboden trat, wachte der Drache nicht auf, und Niklas und ich konnten gefahrlos auf dem Sofa sitzen. Niklas sah das alles auch. Darum dauerte es eine ganze Weile, bis ich begriff, dass ich den Verstand verlor.

Hat mehr als ein Jahr gedauert, bis ich herausgefunden habe, dass Niklas mir heimlich Nachtperle in den Orangensaft mixte. Wahrscheinlich gewöhnte sich mein Körper irgendwann an die Droge und Niklas merkte es nicht sofort und passte die Dosis nicht schnell genug an.

Jedenfalls wurden meine Gedanken irgendwann etwas klarer, mir kamen Zweifel, ich brach heimlich in seinen Computer ein und fand da in penibel aufgelisteten Excel-Tabellen die Abrechnungen von Y-Soft.

Niklas zahlte mir nur einen Bruchteil dessen, was er für meine Arbeit bekam, die er noch immer als seine eigene ausgab. Unter Ausgaben hatte er die Nachtperle eingetragen, die er mir täglich verabreichte, um meinen kreativen Output zu steigern

Er hat mich für so naiv gehalten, er hat sich nicht mal die Mühe gemacht, meinen Namen zu verschlüsseln. Und naiv war ich damals natürlich auch.

Er verstand nicht, worüber ich mich eigentlich aufregte. Schließlich waren seine Spielregeln doch von Anfang an klar gewesen. »Aber natürlich habe ich dich ausgenutzt, Baby, was hast du denn erwartet?«

Am meisten verletzt hat mich, dass er den feuerspeienden Drachen unter dem Sofa in Wirklichkeit nie gesehen hatte.

Ich schaffte es irgendwie zu einem Telefon, von dem aus ich Pia anrief. Ich erzählte ihr nur, Niklas und ich hätten uns getrennt, so sehr schämte ich mich. Bis heute hat sie nichts von mir erfahren und ist immer noch sein größter Fan.

Pia half mir über die nächsten Wochen. Anfangs kam ich kaum allein aufs Klo, so sehr war ich in meiner eigenen Welt gefangen. Ich war völlig unterernährt und redete andauernd wirres Zeug. Dann kam der Entzug. Zum Glück kann ich mich nicht mehr an viel erinnern. Ich glaube, Pia hat mir Wiegenlieder vorgesungen, aber vielleicht bilde ich mir das auch nur ein. Mit der Zeit verschwanden die Visionen. Der Boden unter meinen Füßen wurde verlässlicher und die Grenzen der wirklichen Welt festigten sich.

Ich zog in meine Einzimmerwohnung und ging regelmäßig zur Uni. Es dauerte Monate, bis ich wieder von Niklas hörte. Seine Mutter rief mich an. Man hatte Niklas eingewiesen, weil er versucht hatte, Großlaster auf der Straße mit bloßen Händen zu stoppen. Er brauche mich.

Ich legte auf. Zwei Tage lang versteckte ich mich in meiner Wohnung und ging nicht zur Tür, wenn es klingelte. Niklas' Mutter hinterließ sechs Nachrichten auf dem Anrufbeantworter. Es ging um Selbstmordversuche, Nachtperle und Yara. »Das Einzige, was er noch irgendwie mit der Wirklichkeit verbindet, ist Ihr Name, Luca, bitte, bitte helfen Sie ihm.«

Am dritten Tag sah ich in den Spiegel und sah statt mir selber Niklas darin. Ich wollte auf keinen Fall so werden wie er.

Ich ging in seine Wohnung, brach noch einmal in seinen Computer ein, überwies das Geld, das er mir laut Excel-Tabellen schuldete, und besuchte ihn anschließend im Krankenhaus.

Niklas war durch. Wusste nicht mehr, was geschehen war und was er sich nur eingebildet hatte, machte ins Bett und flehte mich unter Tränen an, ihn nicht zu verlassen.

Ich blieb bei ihm. Ich begleitete ihn Schritt für Schritt zurück in die Wirklichkeit, so wie Pia das für mich getan hatte.

»Warum hast du das gemacht?«, fragte er mich, als ich ihm half, seine Taschen zu Hause auszupacken, die Fenster öffnete und die letzten Pappkartons verschimmeltes Chopsuey wegwarf.

»Du hast deiner Mutter gesagt, dass du mich liebst, Niklas.«

»Ich glaub doch nicht an die Liebe. Warum hast du das gemacht?«

Ich hätte ihm gerne eine vernünftige, philosophische Antwort gegeben. Aber die traurige Wahrheit ist, dass ich wusste, wie es sich anfühlt, wenn man sich in der Zwischenwelt verläuft, und Niklas mir einfach nur furchtbar leidtat. »Ich kann mit deinem Nihilismus nicht mehr so viel anfangen«, habe ich ihm geantwortet. »Das war eine Phase und die ist jetzt vorbei.«

»Du hast mir heimlich Geld geklaut, Baby.«

»Das ist dir schon aufgefallen? Ich hab nur genommen, was du mir geschuldet hast.«

»Stimmt doch nicht, Baby. Da haste noch einen ordentlichen Batzen draufgelegt.«

»In der Zeit, in der ich die letzten Wochen mit dir Händchen gehalten hab, hätte ich auch einen ordentlichen Batzen verdienen können. Und nenn mich nie wieder Baby.«

»Und wie geht das jetzt weiter mit uns? Haben wir wieder Sex?«

»Wenn mir danach ist, ruf ich dich an.«

»Du hast meine Nummer. Aber ich warne dich, egal was jetzt war. Wir Menschen sind Egoisten. Mach nie den Fehler, mir zu vertrauen.«

»Keine Sorge, Niklas. Das passiert mir nicht wieder.«

Als ich an diesem Tag Niklas' Wohnung verließ, beschloss ich, mich unter meinem eigenen Namen bei Y-Soft zu bewerben. An diesem Tag ist auch Lilith entstanden.

Wer anderen traut, ist selber schuld. Man kann ja nicht einmal seinen eigenen Gedanken trauen. Und trotzdem. Das Allererste, was ich machen werde, wenn ich erst wieder zu Hause bin: Ich werde Pia anrufen und Annes Baby besuchen.

Ist vielleicht nicht rational, einen anderen in die eigene Kapsel zu lassen. Geschweige denn, ihm in einem Nullsummenspiel aus der Kapsel rauszuhelfen.

Aber wenn ich nicht vorher ohnmächtig geworden wäre, dann hätte ich das Schlüssel-Icon trotzdem gedrückt.

Wenigstens möchte ich das glauben.

Ich will nie wieder joggen gehen. Nie wieder.

Darum ziehe ich mir stöhnend meine Laufschuhe an und jogge die Stufen im Treppenhaus runter und dann nach draußen, jetzt erst recht. Die verändern mich nicht.

Es ist 2 Uhr nachts und ich hetze wie eine Verfolgte über die Promenade zum Strand und dann den Strand entlang und dann ein paar Meter weiter als sonst über den Sand und dann wieder zurück in meinen Glasturm.

In der Lobby vor den Aufzügen steht John.

Mein Herz stolpert, ich bleibe stehen.

Dass der sich nach all dem noch traut, mir in die Augen zu sehen. Ganz schön mutig, das muss ich ihm ja lassen. Will er sich überzeugen, dass seine Gans noch goldene Eier legen kann? Oder ist er hier, um sich zu entschuldigen? Sorry, Lilith, ich weiß, wir waren mal unzertrennlich und konnten ohne einander nicht online sein, aber in meiner Elite ist es nun mal üblich, euch Kandidaten zu foltern, also nichts für ungut?

Die Türen schließen sich hinter mir. John wirft einen Blick in meine Richtung und erstarrt, in seinem Gesicht wechseln Erstaunen, Schrecken, Wut und Fassungslosigkeit. Jetzt bin ich aber mal gespannt.

Ich gehe langsam auf ihn zu. Zwei Kronleuchter werfen zu helles Licht auf den glänzenden Kachelboden. An jeder Wand hängen riesige goldgerahmte Spiegel, in denen man selber zu klein aussieht. Er steht direkt unter dem Lichtstrahl des schweren Kronleuchters. Er trägt schwarze Sportkleidung aus Uniformstoff, seine schwarzen Haare sind nass, und ich hab plötzlich das Gefühl, viel zu wenig Luft in den Lungen zu haben.

Er wendet sich von mir ab, sieht mit ausdruckslosem Blick auf das Display über den Aufzügen, wie die Digitalanzeige die Nummern der Stockwerke nach unten zählt.

Ich bleibe direkt neben ihm stehen. Keine Reaktion.

So weit zu seinem Mut, mir in die Augen zu sehen.

Die gläserne Eingangstür geht auf und eine Toga kommt rein, wischt lächelnd mit einem Mopp die schimmernden weißen Kacheln. Das Platschen und Wischen neben dem Summen des sich nähernden Aufzugs sind die einzigen Geräusche in der Lobby.

Da stehen wir und schweigen, warten darauf, dass der andere was sagt. Also ich warte jedenfalls darauf. Nur ist Geduld nicht unbedingt meine stärkste Ressource.

»Warst du schwimmen?«, frage ich. Er soll endlich was sagen, irgendwas. Jetzt wäre so eine Engel-App mit Tipps für das richtige Verhalten wirklich willkommen ... Mein eigenes Hirn funktioniert nicht mehr richtig, sobald ich in Johns Nähe komme. Ich sehe sein Gesicht und denke Klischeewörter wie »markant«, »männlich«, »intensiv«, »wunderschön«, und meinen Gedanken ist es so was von egal, dass das völlig daneben ist, das zu denken.

Jetzt sieht er mich an, kalt, hebt etwas erstaunt eine Augenbraue, als hätte er keine Ahnung ...

»Du wolltest doch zu mir?«, rutscht es mir raus.

Er mustert mich von oben bis unten. »Ich wohne hier«, sagt er. »Oberster Stock.«

Die Aufzugstüren öffnen sich.

Ich bin heute Morgen um mein Leben gerannt. Aber er schlendert einfach kommentarlos in den Aufzug, lehnt sich an die verspiegelte Wand und steckt die Hände in die Hosentaschen, Daumen draußen. Sieht durch mich durch.

Hohles Gefühl im Magen. Leere im Kopf.

Die Aufzugstüren schließen sich nicht.

Ich sehe auf das Display meiner Com: »Du hast noch -00:44:29 Zeit, in deine Wohnung zurückzukehren.« Die Engel-Mission läuft, seit ich losgelaufen bin. Der Aufzug wartet auf mich.

John trommelt ungeduldig mit den Fingern gegen den Spiegel. »Wenn du deine Punkte verschleudern willst, bitte. Aber im Moment verschleuderst du meine Zeit und das kann sich niemand hier leisten.«

Das scheint sogar Utopia berechnet zu haben, die Aufzugstüren schließen sich wieder, ich sehe den Spalt der sich schließenden Türen enger werden und wie John dahinter verschwindet.

Stelle meinen Fuß in den Spalt. »Moment mal!«

Stoße mit dem Ellenbogen gegen die Aufzugstüren, zwänge mich hinein.

Türen, die sich wieder öffnen und hinter uns schließen. John steht mir gegenüber. Wir sind allein. Mit einem sanften Ruck setzt sich der Aufzug in Bewegung.

Um uns verspiegelte Wände.

John öffnet ein Hologramm und tippt irgendwas.

Es hat eine Zeit gegeben, da hat er mich seinen Talisman genannt, den Ort seiner Kraft. Ich sollte ihm versprechen, ihn zu rufen, wenn ich ihn brauche. Immer. Egal, ob in Yara oder in Wirklichkeit, ob in der Vergangenheit oder der Zukunft. Er hat zwei Tage nicht mit mir geredet, weil ich das nicht versprochen, sondern ihn ausgelacht habe für so einen Kitsch. Ja, das alles ist schon ein paar Jahre her und er hieß damals Draven und ich Lilith. »Aber hättest du mir nicht wenigstens sagen können, was da auf mich zukommt?«, frage ich laut.

Er schließt das Hologramm. Er sieht zu, wie sich die Ziffern von Stockwerk zu Stockwerk nach oben arbeiten. Außer seinem Kiefer bewegt sich überhaupt nichts an ihm.

»Draven?«

Keine Antwort.

»Was passiert mit den Kandidaten, die es nicht in die Elite schaffen? Wie lange werden wir hier festgehalten? Und wo? Wie verheimlicht ihr das? Was habt ihr im nächsten Test mit uns vor? Wie kannst du einfach so dastehen und mich wie eine Fremde behandeln? Bist du verheiratet? Sind hier im Aufzug Kameras und du hast Angst, deine Frau spioniert dir nach?«

Er verdreht die Augen. Ist überall um mich, in allen Spiegeln und Spiegelschächten.

Ich wende mich ab, wir beide sehen jetzt auf die blinkenden Ziffern über uns, die Aufzüge hier haben es viel zu eilig, nur noch ein Stockwerk mit ihm. »Vielleicht kannst du mir wenigstens sagen, wo die Krankenstation ist.«

Die Aufzugstüren öffnen sich. Mein Stockwerk. Ich verschränke die Arme vor der Brust und rühre mich nicht vom Fleck. Da muss er jetzt schon seine Leibgarde rufen, wenn er mich loswerden will. »Ich will Antworten«, sage ich. »So viel schuldest du mir.«

Er tippt auf seiner Com, bellt in sein Headset: »Wo zum Teufel hast du gesteckt?«, und hört einen Moment zu.

»Nicht witzig«, sagt er. Seine Stimme ist schneidend. »Wir reden später darüber. Hau verdammt noch mal ab. Alles unter Kontrolle.« Er tippt wieder auf die Com, Gespräch beendet.

Die Aufzugstüren schließen sich.

Er mustert mich von oben bis unten.

Ich hebe das Kinn. Das ist wie Aufzugfahren mit einem Raubtier. Nicht blinzeln. Als würden Hitze und Wut von seinem Körper ausstrahlen. Sein Geruch. Herb und dunkel, vermischt mit dem Geruch nach Meer. Ich könnte die Hand ausstrecken und ihn berühren, seine Haut, seinen Herzschlag spüren ... Seine Spiegelbilder umzingeln mich, sein Geruch ist hier überall, in meinem eigenen Atem, das Licht in seinen Augen ... Wollte noch was sagen, aber kriege keinen Ton mehr raus und verfluche mich selbst.

In seinen Nasenflügeln ein leichtes Beben. Er tritt einen Schritt auf mich zu. Meine Beine fühlen sich weich an.

»Ihr Geschichtenerfinder lebt wirklich in eurer eigenen Welt, was?«, sagt John drohend. »Hallo? Funkmeldung von Wirklichkeit, ist Luca Mon auf Empfang? Du willst Antworten? Dann hör verdammt noch mal zu. Warum ich dich nicht vor heute gewarnt habe? Da wurde geprüft, wie ihr Kandidaten mit unerwartetem Druck umgeht. Wenn ich dich gewarnt hätte, hätten die sich speziell für dich einen neuen Test überlegen müssen. Hab auch gar keinen Grund, dich zu warnen oder dir noch mehr Zugriff auf Tabu-Infos zu geben. Das neulich war eine Ausnahme und wird sich nicht wiederholen. Adriana und ich bekommen Punkte, wenn du es in die Elite schaffst. Viele Punkte. Außerdem war ich einen kurzen Moment lang sentimental. Hab mich an alte Zeiten erinnert. Um der alten Zeiten willen sage ich jetzt: Ich schulde dir gar nichts. Wir haben uns nie wirklich kennengelernt. Zwischen uns ist nichts. Wenn wir ehrlich sind, ist da auch nie was gewesen. Draven hat es nie wirklich gegeben, genauso wenig wie Lilith. Spielfiguren sind keine Menschen. Alle Fragen geklärt? Nein, warte: Ich bin nicht verheiratet. Und ich war tatsächlich schwimmen.«

Das Licht ist sehr hell hier im Aufzug. Ich kann jedes Fältchen in seinem Gesicht sehen, der harte Ausdruck um seinen Mund ist gestochen scharf.

Ich schlucke. Mein Mund ist sehr trocken. Ich weiß nicht mal, warum mich das nach allem überhaupt noch treffen kann. Aber ich stehe da wie eine Marionette, der man die Fäden gekappt hat. Der Aufzug gleitet mit gleichmäßiger Geschwindigkeit weiter nach oben.

»Du ...« Meine Stimme klingt hohl. Ich nicke. Ich schüttle den Kopf. Ich hole tief Atem. Atme Johns Geruch. Weiß nicht, wie ...

»Wir sind nicht mehr Draven und Lilith«, sagt John und beobachtet mich dabei. »Neues Stück, neue Rollen. Ich bin John Amber, Rang Schwarz, Code JA1937497FP78923. Du bist Luca Mon, Rang Kandidatin, Code LM7501760IU27881. Spiel deine Rolle und lass mich meine spielen. Verstanden?«

Ich zwinge mich, ihn weiter anzusehen. Er soll nicht wissen, dass er mir grade das Herz rausgerissen hat und das dumme Ding jetzt in seinen Händen weiterschlägt.

Jetzt seh ich das erst. Johns behandschuhte Hände sind zu Fäusten geballt. Die Wut in seinen Augen zerfließt, der Ausdruck darin wird plötzlich weich. Er berührt mit der behandschuhten Hand meine Wange. Hitze, Wärme, elektrischer Strom. Seine Finger zucken zurück.

Er tritt zurück, an die andere Wand. »Gut«, sagt er schnell. »Dann hätten wir das ja ein für alle Mal geklärt ... Geschichtenerfinder ...« Er schnaubt, schüttelt den Kopf und sieht wieder zu den Digitalziffern, die unseren Weg nach oben anzeigen.

Wem versucht er hier eigentlich was vorzumachen, nur mir oder auch sich selbst? Natürlich erinnert er sich an uns. Und das soll er auch, verdammt noch mal. Draven hat Lilith verraten. Er soll sich so richtig mies fühlen deshalb. Mindestens so mies wie ich.

Ich trete einen Schritt auf ihn zu. »Das hier ist also alles nur in meinem Kopf, ja?«, frage ich ruhig und strecke die Hand nach ihm aus.

»Verdammt noch mal, Luca, was muss ...« Er stockt.

Ich erfühle den Stoff seiner Uniform und darunter die Wärme seiner Haut, ein leichtes Erschauern der Muskeln. »Da ist nichts und da war nie was zwischen uns?« Ich streichle langsam über seine Brust, die sich schnell hebt und senkt, zu seinem Nacken, berühre seinen Hals. »Dann sag, dass ich aufhören soll. Ein Wort von dir und ich höre auf.«

Er bewegt sich nicht, sieht mir aus geweiteten Augen zu.

Ich stelle mich auf die Zehenspitzen und küsse ihn vorsichtig unter das Ohr. »Draven hat mir mal gesagt, es fängt immer alles in der Vorstellung an.« Ich küsse seinen Hals, schmecke ihn und das Meer, ertaste den Geschmack mit der Zunge.

Ich sehe zu ihm auf.

Er hat die Augen geschlossen. Ich ertaste sein Gesicht mit den Fingerspitzen. »Aber irgendwann ist es echt«, flüstere ich, zeichne die Konturen nach, spüre Haut, seine Lippen, seinen Atem, sein kurzes, raues Aufstöhnen.

Dann ist er über mir.

Seine Hände in meinem Haar, seine Zunge in meinem Mund, feucht, fordernd, sein Körper presst mich gegen die Spiegelwand.

In meinem Rücken Glas. Bei der Erinnerung zucke ich zusammen. Zucke gegen ihn. Fühle seine Haare zwischen meinen Fingern, nass, weich.

Ich höre einen dunklen Ton aus seinem Headset.

Der Aufzug bewegt sich nicht mehr. Die Türen offen.

Ist das eine gute Idee, was ich hier mache? Will, dass er sich mies fühlt ... also ist das doch ... sein Mund ... seine Hände ... ist das ... gut ... oder? Will ich mit in seine Wohnung? Ist das ... wirklich gut? Ist ... ah ... Ich schließe die Augen ... Seine Hand an meinem Hinterkopf presst mich gegen seinen Mund, sein Körper drängt sich an meinen, seine Lippen, seine Zunge auf meinem Nacken, sein Atem in meinem Ohr, flüstert meinen Namen, seine Hand unter meinem T-Shirt, unter dem BH, seine Finger suchen, umfassen, reiben, höre mich leise aufschreien.

»Luca«, flüstert er, atemlos, »Luca, Luca ...«

Ich schließe die Augen.

»Hey ho, da!« Computerstimme. Ein Lachen. »Alles unter Kontrolle, was? Also ich sag nur: Spaghetti.«

Die Stimme dröhnt aus Johns Com, eine kühle Nachrichtenstimme aus dem Menü der MyVersion-App, räuspert sich, redet, hört nicht auf zu reden: »Also meine geliebte Mama hat die besten Spaghetti Bolognese gemacht, die du dir überhaupt vorstellen kannst. Ich wollte dir immer mal das Rezept dafür geben. Meiner Meinung nach kommt es vor allem auf das Zusammenspiel der richtigen Zutaten an. Also zuerst mal das Wichtigste: frischer Oregano. Den hat sie ...«

John taumelt zurück. Einen Moment stehen wir uns keuchend gegenüber. Dann greift er sich ins Haar und ist mit zwei Schritten draußen.

»John!«, rufe ich laut. Durch den Spalt der sich schließenden Türen sehe ich wieder den Ausdruck von Wut und Fassungslosigkeit auf seinem Gesicht.

John. Draven. John. Draven ...

Ich stehe in meiner Duschzelle und sehe zu, wie der eiskalte Wasserstrahl meinen Körper hinunterschießt und im Abfluss versickert.

John. Draven. John. Draven ...

Ich rubble mich mit Targan-Seife ab, aber fühle mich nicht sauber. Meine Haut ist schon ganz schrumplig. John. Draven. John. Draven ... Seine Hände, sein Mund ... Die Kälte in seiner Stimme, als er mir endlich geantwortet hat ... Wie er mir meinen Namen ins Ohr flüsterte, als wäre das Wort ein Wunder ...

Ich trockne mich ab, schlüpfe in einen frischen Jogginganzug. Wenn man sich sehnsüchtig gewollt und gleichzeitig wie ein Stück Dreck weggestoßen fühlt, dann ist der Plan, den virtuellen Ex aus dem Konzept zu bringen, wohl eher ein Eigentor gewesen. Wie hab ich mir eine Knutscherei mit John nur als gute Idee zurechtrationalisieren können? War doch klar, dass das nach hinten losgeht, nach Jahren nostalgischer Träumereien mutieren meine Gedanken zu Operetten, sobald der Typ in meine Nähe kommt ... Dass so ein Arschloch so gut küssen kann ...

Ich darf gar nicht dran denken, was ich getan hätte, wenn diese Stimme uns nicht unterbrochen hätte. Was war das überhaupt? Irgendeine Fehlfunktion von seiner Com? Eine App für Kochrezepte?

Ich gehe ins Wohnzimmer, stehe nutzlos zwischen den weißen Wänden rum, mir ist kalt, verdammte Klimaanlage, wie stellt man das Ding nur ab. Und jetzt?

Auf die Liste der Dinge, die ich tue, wenn ich erst wieder zu Hause bin: Tequila probieren, mit Salz und Zitrone. Das wäre jetzt der Moment. Pia behauptet, so was wirkt Wunder.

Ich hätte jetzt auch gern Linkin Parks »Burn it Down«, samt einem Foto von John, zum Anschmachten oder Verbrennen, da bin ich mir leider nicht so ganz sicher.

Ich sinke auf meinen hübschen weißen Stuhl an meinem hübschen weißen Tisch und würge an einem Kloß wütender Tränen.

Und weil ich auf Targan Island weder an Tequila noch an Musik noch an ein Foto rankommen werde, öffne ich meine Com, klicke den nervenden Engel weg, der mich nach all dem tatsächlich einfach ins Bett schicken will, tippe stattdessen ein Hologramm auf, ziehe es auf Bildschirmgröße und klicke das Icon für Yara.

Yara öffnet sich, eine sich drehende Weltkugel mit unbekannten Kontinenten erscheint. Beobachten die Targan mein Spiel gerade?

So ein Quatsch. Es ist 4 Uhr früh, das Yara-Programm profiliert automatisch jeden meiner Spielzüge, die Targan können sich die Ergebnisse der Auswertung ganz gemütlich morgen früh beim Kaffee ansehen, die haben Besseres zu tun, als live zuzugucken, auf welcher Quest ich mich da gerade rumtreibe.

Sie haben mir natürlich auch Lilith hochgeladen. Meine Fingerspitzen bewegen sich durch ihr Bild, ihr rotes Haar, die grünen Augen. Das Hologramm ist sogar dreidimensional.

Ich will nicht, dass Lilith sich durch die Targan-Version dieses Spiels bewegt und sich dabei verändert. Ich weiß ja nicht genau, was die Unterschiede zwischen meinem Yara und dem Yara der Targan ist. Seit ich auf der Insel bin, klicke ich darum statt Lilith einen Schatten aus dem Figurenmenü an, die Grundeinstellungsfigur, einen geschlechtlosen, unbewaffneten Scherenschnitt von einem Menschen. Damit mache ich mich mal wieder auf den Weg zum Berg.

Wie jedes Liebespaar hatten auch Draven und Lilith ihre »Orte«. Keine Bank am See oder Bar an der Ecke, aber immerhin einen Berg mit einem feuerspeienden Drachen. Einen Ort, den man auch noch besuchen kann, wenn die Geschichte selbst schon lange vorbei ist.

Die Quest »Der hohe Berg« ist der ideale Treffpunkt, wenn man in ganz Yara gesucht wird und sich bei einer Verfolgungsjagd aus den Augen verliert. Draven und ich wurden damals andauernd verfolgt. Wenn einem Spieler mal eine spektakuläre Flucht gelingt, dann sagt man in Yara heute noch: Da hat jemand einen auf Hexe und Jäger gemacht. Unser Schlachtruf war: »Fangt uns, wenn ihr könnt.« Am Berg haben wir beide uns immer wiedergefunden.

Ich verschränke die Hände ineinander, lasse die Finger knacken, beuge mich vor und klicke auf die Karte. Dann setze ich meinen Schatten direkt an den Fluss. Blaues stilles Wasser, trügerisch, am Ufer das Floß, der Fährmann kommt aus seiner Hütte auf mich zu. »Sei gegrüßt«, erscheint die Sprechblase über seinem Kopf. »Sei gegrüßt«, sagt eine brüchige Greisenstimme auf Deutsch.

Ich muss meiner Chefin wirklich unbedingt von der My-Version-Übersetzungs-App erzählen. Man kann sich für seine Figur eine Stimmfarbe aussuchen, und die kommt obendrein immer in der Sprache des Dialogpartners auf dessen Bildschirm an. »Sei gegrüßt«, tippe ich, drücke auf Enter. »Sei gegrüßt«, sagt mein Schatten, sagt eine Stimme so unbestimmt wie meine Gestalt selbst, nicht hoch, nicht tief, ich könnte nicht mal sagen, ob das eine männliche oder weibliche Stimme ist.

Der Fährmann fängt an, mir seine Lebensgeschichte zu erzählen. Weder Draven noch Lilith haben es je geschafft, ihn dazu zu bewegen, uns überzusetzen oder wenigstens das Floß zu überlassen und in der Targan-Version von Yara ist das leider nicht anders. Mein Schatten kickt den Fährmann darum mitten im Satz in die Kniekehle, springt an ihm vorbei, rennt zum Ufer. Jetzt wird der Fährmann gleich sein verstecktes Messer werfen, ich ducke mich. Das Messer fliegt über meinen Kopf.

Ich stoße das Floß in die Strömung, rudere drauflos.

Gleich rechts neben mir schon der Schwanz des Seeungeheuers, grün schillernde Schuppen im Wasser, schlangenähnlicher Drachenleib. Es schüttelt mich nur beim Anblick, ich hasse Schlangen. Der Drachenkopf schießt nach oben, rot funkelnde Augen. Ich rudere schneller. Eine Wasserfontäne ergießt sich auf mein Floß. Ich rudere noch schneller. Dieser talentlose Anfängerschatten, Lilith wäre jetzt wahrscheinlich schon am anderen Ufer.

Ich rudere schneller, Zickzackkurs, weiß ja, wann das Seeungeheuer wo aus dem Wasser hervorschießen wird, weiche aus, noch eine Wasserfontäne, dann bin ich auf der anderen Seite, springe vom Floß.

Direkt vor mir der Berg, schwarz, Rauch steigt aus seinem Gipfel auf.

Wie immer lasse ich meinen Schatten hier stehen bleiben. Als Draven und ich endlich auf der anderen Seite waren, standen wir genau an dieser Stelle, wussten nicht, dass da oben der Drache sitzt, und fragten uns, ob der Berg vielleicht ein Vulkan sein könnte.

Der Junge mit dem roten Hut kommt auf mich zu und bietet mir seine Karte an. Er will immer alles, was man hat, also in meinem Fall das Floß. Bei unserer ersten Quest sind Draven und ich tatsächlich auf den Trick reingefallen, haben dem Jungen unser gesamtes Vermögen gegeben und sind der Karte zwei lange Wochen vergeblich durch unzählige Gefahren um den ganzen Berg herum gefolgt.

»Sei gegrüßt!«, sagt der Junge, er ist im Stimmbruch. Er lächelt und erklärt, warum ich ohne Karte nicht die geringste Chance habe, den Weg nach oben zu finden. Der Junge ist der erste Untote des Berges.

Jeder Held, der auf dem Weg nach oben draufgeht, wird ein Untoter und versucht, alle, die nach ihm kommen, vom Aufstieg abzuhalten. Untote haben das gleiche Aussehen und die gleichen Talente und Fähigkeiten wie ihre ehemaligen Spielfiguren. Der einzige Unterschied ist, dass sie nicht mehr vom Spieler, sondern vom Computerprogramm gesteuert werden.

Anderswo heißen die wahrscheinlich Bots oder Avatare oder so was, aber wir in Y-Soft nennen programmgesteuerte Figuren Seelenlose.

Hab mal einen heftigen Streit mit Benny über die Seelenlosen gehabt. Programmierer haben einfach grundsätzlich einen an der Klatsche. Der wollte mir einfach nicht verraten, wie ich dem Computerprogramm die eigene Spielfigur als Seelenlosen verkaufen kann. Der dachte, ich nutze die Info dann für Lilith aus. Als ob ich so was je ausnutzen würde, schicke Lilith ja auch nicht auf selbst erfundene Quests. So viel Berufsethos hat man doch wohl. Am Ende hab ich Bennys Geheimcode Chamäleonzauber genannt und das war das Highlight meiner Elfenkrieg-Quest.

Und natürlich funktioniert der Chamäleonzauber für Normalo-Spieler nirgendwo sonst. Die Naturgesetze von Yara sind nicht aus dem Gleichgewicht geraten, ich habe keine Apokalypse verursacht und Benny hätte sich all seine düsteren Prophezeiungen von Anfang an sparen können, dass legendäre Quests wie »Der hohe Berg« mit dem Chamäleonzauber zu einem Witz werden würden, wenn ich mich mal verplappere. Ich hab mich nie verplappert. Ich bin noch immer der einzige Spieler, der den Code hinter dem Zauber kennt und der Weg zum Berggipfel ist noch immer legendär.

Man kann hier allen möglichen Yara-Helden begegnen. Ob sie Spieler oder Untote sind, weiß man erst, wenn sie angreifen.

Fast jeder Spieler in Yara träumt davon, irgendwann, wenn seine Spielfigur gut genug ist, die Quest Berg zu meistern. Mit jedem toten Spieler gibt es hier einen Untoten mehr.

Und man löst die Quest nicht mit dem Chamäleonzauber, sondern mit einem ganz anderen Trick: Wenn man die Hand einer anderen Spielfigur hält, dann gehen Pfeile, Schwerter und Äxte durch einen hindurch, als wären sie Luft. Irgendwo in Yara sitzt wohl eine Wahrsagerin, die einem das verraten kann. Draven und ich haben es durch Zufall rausgefunden, als wir beide kaum noch Lebenspunkte hatten und uns im Sterben die Hände reichten.

Yapp, dieser Ort weckt Erinnerungen.

Ein anderer Schatten kommt auf mich zu.

Noch ein Untoter?

Der Schatten kommt immer näher. Streckt die Hand nach mir aus. Ohne Begrüßung. Als wäre das selbstverständlich.

So was ist mir hier noch nie passiert. Mein Herz schlägt plötzlich viel zu schnell.

Ein Schatten käme doch nie auf die Idee, die Quest Berg zu versuchen, das ist was für ein viel höheres Level ... Noch ein Untoter?

Ich reiche ihm versuchsweise die Hand. Anstatt mich anzugreifen, ergreift sie der Schatten, und plötzlich ist es still. Der Trickster redet weiter, bewegt den Mund, aber man hört ihn nicht mehr, sogar seine Sprechblase löst sich in Luft auf, wir haben seine Worte unschädlich gemacht.

Der Schatten ist ein anderer Spieler und weiß, wie man die Untoten hier außer Gefecht setzt. Wie viele außer mir und Draven kennen diesen Trick? Ich weiß nicht, was ich schreiben soll, setze mich wieder zurück, sehe meinen Schatten Hand in Hand mit Dravens Schatten schweigend in Richtung Gipfel gehen. Der Weg schlängelt sich hell über das schwarze Gestein bis nach oben. Wir gehen schnell, vorbei an Felsen und verbrannten Bäumen.

Dann macht der Weg eine Biegung und ich sehe sie. Viele Schatten. Schatten, die den Berg hinaufwandern, Hand in Hand durch Monster hindurch, über die Steine klettern, eine lange Schattenkette auf dem Weg zum Gipfel. Der Letzte in der Kette streckt die Hand nach mir aus.

Einen Moment zögere ich.

Ich drehe mich zum Schatten hinter mir um. Den ich für Draven gehalten habe. Hinter ihm haben sich uns schon andere Schatten angeschlossen.

Die Enttäuschung nimmt mir einen Moment die Luft weg, dann kommt die Wut. Was zum Teufel soll das? Was haben die Targan aus meinem Spiel gemacht? Sind das hier alles Spieler? Oder Seelenlose, die hier nichts zu suchen haben?

»Was ist deine Lieblingsfarbe?«, frage ich den Schatten vor mir.

Aber er antwortet nicht, geht schweigend weiter.

Wenn das ein Spieler wäre, der hätte jetzt doch irgendwie auf so eine doofe Frage reagiert. Bin ich also noch immer allein auf dem Berg?

Ich mache mich von den Händen los und lasse die Reihe der Schatten an mir vorbeiziehen. Ein Meermensch kommt auf mich zugestürmt und hebt seinen Dreizack zum Schlag.

»Pass auf!«, sagt ein Schatten und greift meine Hand. »Du kommst zu spät, wenn du von vorn anfangen musst.«

Der Dreizack des Meermenschen verletzt meinen Schatten nicht mehr.

»Was ist deine Lieblingsfarbe?«, tippe ich, frage ich den Schatten.

»Sei still, verdammt!«, antwortet der Schatten. Das hört sich für mich doch sehr nach einem Spieler und nicht nach einem vom Spielprogramm gesteuerten Seelenlosen an.

Ein Troll springt hinter dem Felsen hervor. Stumm sitze ich vor meinem Bildschirm, sehe zu, wie wir Schatten durch ihn hindurchgehen, und kratze dabei mit dem Fingernagel auf meiner unzerkratzbaren Tischplatte herum.

Unsere Kette wird immer länger, als andere Menschenketten sich uns anschließen, wir sind schon fast oben, auf dem Gipfel.

Der Höhleneingang. Ein Drache gegen Hunderte Schatten. Der Drache öffnet sein Maul, um Feuer zu speien, Hunderte Schatten gehen auf ihn los, ein paar brennen auf, verbrennen, dann muss der Drache wieder Atem holen und die Schatten greifen ihn an. Unbewaffnete Schatten, noch ohne Fähigkeiten oder Talente. Aber Hunderte Schatten. Ich blinzle ein paarmal und steige über die Reste des Drachen, goldrote Schuppen, steige auf die Schultern der anderen Schatten, wir sind eine menschliche Leiter zum Höhlenausgang in der Decke, jetzt sind wir draußen, stehen oben, auf dem Plateau, auf dem Gipfel des höchsten Berges von Yara und unter uns liegt die Welt.

Die Quest, für die Draven und ich einmal Monate gebraucht haben, ist in Minuten vorbei.

Auch auf dem Berg ist es gerade Nacht. Hinter dem Plateau geht es steil hinab. Immer mehr Untote ziehen sich mühsam über den Rand der Klippe und greifen erfolglos die Schatten an, wir sind ein großer Kreis am Rand des Plateaus, in unserem Zentrum das Loch, aus dem immer mehr Schatten steigen, unseren Kreis zu erweitern.

Dann treten fünf Schatten in die Mitte. Einer hält eine Kristallkugel in der Hand. Eine Sprechblase erscheint über ihnen. »Wir denken an die, die unsere Hände nicht mehr halten«, sagen sie.

Ein Bild erscheint in der Mitte des Kreises über der Kristallkugel. Einfacher Projektionszauber, Magier Stufe 1, aber die Grafik besser als jedes Foto ... Zeigt einen Mann Mitte 30 mit braunen Locken. Darunter steht »Gabriel Norwegen«, mit einem Geburts- und einem Todesdatum und dem Bild einer gelborangen Wiesenblume.

Ich kenne das Gesicht. Blaue Augen mit einem gelben Rand um die Pupillen. Das ist der Mann, der sich an meinem ersten Tag auf der Insel vom Dach eines Hochhauses gestürzt hat. Der, den sie beim Jagdspiel zu Tode gehetzt haben. Ich beiße mir auf die Lippen. Das hier ist eine Begräbniszeremonie. Und zwar nicht von den Targan ... Das ist doch zu absurd, um möglich zu sein ... Solche Zufälle passieren in schlecht ausgedachten Geschichten, nicht in der Wirklichkeit ... Andererseits ... so absurd ist das vielleicht gar nicht ...

Auf der Insel wird jeder Kontakt zur Außenwelt von Targan überwacht. Das Internet wird weltweit von Targan regiert. Aber wenn man sich von der Welt aus in die Targan-Version des Spiels hacken könnte ... Der Berg ist der ideale Treffpunkt für Verfolgte. Sich auf dem Gipfel des Berges von Yara zu treffen ist mit Sicherheit eine bessere Alternative für über den gesamten Erdball verstreute Rebellen als eine Skype-Konferenz.

Hier findet die Amancay niemand.

Außer Luca natürlich, wenn sie es nicht lassen kann, jeden Abend nach Erinnerungen an den falschen Mann Ausschau zu halten.

Ich lehne mich zurück und schließe einen Moment lang die Augen. Ich versuche, nur das Summen der Klimaanlage zu hören, sonst nichts. Ich glaub das einfach nicht. Einatmen, ausatmen, alles nur ein Spiel, was sind meine Möglichkeiten?

Erstens: Ich klicke Yara weg. Schlechte Idee. Wenn mein Schatten so plötzlich verschwindet, dann fällt das auf. Die Amancay würden rausfinden, von welcher Com er gespielt wurde, und dann hätten sie mich. Eine berüchtigte Rebellenorganisation, die mich für eine Spionin hält, das hat mir grade noch gefehlt.

Zweitens: Ich tue so, als würde ich dazugehören, mache das, was alle machen, und mit ein bisschen Glück falle ich unter Hunderten anderer Schatten gar nicht auf und verschwinde einfach wieder.

Und wenn sie merken, dass einer zu viel dabei ist? Blödsinn. Die Schatten hier sind mit Sicherheit nicht nur Spieler, das sind Spieler plus von den Amancay generierte seelenlose Schatten, die würden ja nicht wollen, dass man die Anzahl der Mitglieder so einfach erkennt.

Ich nicke mit dem Kopf, öffne die Augen, setze mich auf. Noch immer das Gesicht von Gabriel Norwegen. »Wir ehren dein Leben«, sagt die Schattenstimme in meinem Headset. »Wir versprechen dir, weiterzuführen, wofür du gestorben bist, wir alle zusammen.«

Alle Schatten heben die Hände, ohne sich dabei loszulassen. Ich lasse auch meinen Schatten die Hände heben. Wie viele der Schatten sind Amancay? Dieser gigantische Kreis ... Wenn die mich entdecken ...

Wenn Draven davon wüsste ... Eigentlich doch gut möglich ... Egal wie sehr er inzwischen John Amber ist, irgendwann wird er doch wohl die Targan-Version des Spiels ausprobiert haben und schon aus Neugier auf den Berg gegangen sein ... wenn auch wahrscheinlich nicht gleich jeden Abend, so wie ich. Sonst hätte er hier ja irgendwann mal zwangsläufig reinstolpern müssen ... und wenn der Targan-Boss John Amber diesen geheimen Treffpunkt entdeckt hätte, gäb es die Amancay jetzt wahrscheinlich nicht mehr ... es sei denn ...

Es sei denn, das alles ist überhaupt kein unwahrscheinlicher Zufall. Draven kein Targan-Boss, sondern ein Undercover-Amancay. Und weil er wie ich als einer der ganz wenigen Spieler das Geheimnis kannte, wie man schnell und unbeschadet auf den Gipfel des Berges kommt, treffen sich die Amancay überhaupt erst hier. Am idealen Treffpunkt für die Verfolgten.

»Danke«, sagt die Schattenstimme, die Sprechblase steht über dem Schatten rechts außen. Ein Krieger steht hinter ihm, hält mit beiden Händen ein Langschwert über dem Kopf, die Klinge saust runter, geht durch den Schatten durch.

»Außer den Fünf werden jetzt alle gehen. Viel Glück!«

Ein Schatten nach dem anderen beginnt sich zu lösen, Hände greifen um, greifen nach anderen Händen, der Kreis wird immer enger, eine Reihe von Schatten zieht den Berg hinunter, ein Kreis von Schatten bleibt. Die Fünf stehen in der Mitte.

Jede Wette, alle im Kreis und viele der Schatten auf dem Weg nach unten sind Seelenlose. Jede Wette, das Programm sagt den fünf Amancay in der Mitte, wenn einer der Spieler als Seelenloser verkleidet hier oben bleibt. Worüber jetzt auch immer geredet wird, ist wichtig und niemand außer den Fünf soll was davon mitbekommen.

Ich zögere einen Moment. Das ist doch Wahnsinn, jetzt noch hierzubleiben ...

Aber ich aktiviere Bennys Code für den Chamäleonzauber. Ich bleibe im Kreis der Seelenlosen um die Fünf auf dem Berggipfel.

Eine Weile geschieht nichts.

»Laut Utopia sind wir allein«, sagt einer der fünf Schatten in der Mitte des Kreises. »Wir fangen an.«

Und dann sehe ich zu, wie in roten Buchstaben mein Name über den Köpfen der Amancay eingeblendet wird. Darunter erscheint ein Foto von mir.

»Ihr habt das Video zu Luca Mons Eignungstest gesehen. Meiner Meinung nach sollte Luca Mon eine Amancay werden. Einer von euch ist anderer Meinung. Das Zeitfenster für diese Entscheidung schließt sich, noch während wir sprechen.«

Sitze da, höre die Schattenstimme und in meinen Ohren ein Rauschen, durch das mein Herzschlag pocht. Ich beuge mich vor. Ich setze mich zurück. Ich schließe die Augen und öffne sie wieder, aber mein Name und mein Bild leuchten noch immer am Nachthimmel über den Amancay.

Ein weiterer Krieger beginnt, mit dem Schwert auf die Schatten in der Mitte des Schattenkreises einzuhacken.

»Argumente für die Rekrutierung von Luca Mon«, sagt der Schatten rechts außen. »Folgendes habe ich auf die Schnelle dank euch herausfinden können: Luca Mons Plus-Ressource ist eine erstaunlich hohe Punktzahl in kreativer Intelligenz. Die Frau ist ein Genie, was ihre Arbeit angeht. Außerdem ist sie eine der wenigen Kandidaten, die auch unter größtem Druck handlungsfähig bleibt.

Ihrer ursprünglichen Profilierung zufolge hätte Luca Mon eigentlich nur Rang Rot erreichen können, vor allem aufgrund der Ressource Risikobereitschaft, die ist tief unten im Minusbereich.

Aber wir sind an ihre Verortungsdatei gekommen. Die schlechte Nachricht: Ihr Kompatibilitätsquotient sinkt fast stündlich weiter ab. Ohne unsere Hilfe hat Luca Mon keine Chance.

Die gute Nachricht: Utopia hat Luca Mon aus irgendeinem Grund falsch vorprofiliert. Seit sie auf der Insel ist, verändert sich ihr potentielles Profil, es steht inzwischen schon bei Rang Grün. Damit hätte Luca Mon schon jetzt einen unschätzbaren Wert für uns. Und da gibt es noch etwas. Utopia hat ihr als Recruiter John Amber, Rang Schwarz, geschickt. Niemand weiß, warum, aber so viel steht fest: Diese Kandidatin hat irgendeine besondere Bedeutung für die Targan. Es wäre Wahnsinn, sie nicht zu einer von uns zu machen ... und das Video zu ihrem Eignungstest spricht für sich selbst. Wir können es uns gar nicht leisten, auf sie zu verzichten. Wir müssen sofort handeln. Fertig.«

Ich sitze noch immer bewegungslos und starre auf mein Bild über den Amancay. Das muss aus dem Video von meiner Anwerbung sein. Ich sitze im Trainingsanzug auf meinem Flohmarktsofa zu Hause ... zu Hause.

Immer mehr Untote erklimmen das Plateau, hauen erfolglos auf uns Schatten ein.

Neue Sprechblase, gleiche Schattenstimme:

»Argumente gegen die Rekrutierung von Luca Mon«, sagt der Schatten in der Mitte. »Natürlich öffnen sich uns mit Luca Mon all diese wunderbaren Möglichkeiten. Möglichkeiten sind keine Wirklichkeiten. Die Fakten:

Luca Mon hat sich ihr Leben lang abgekapselt. Ihr Kompatibilitätsquotient ist nicht wegen irgendwelcher anfänglicher Anpassungsschwierigkeiten so schlecht. Diese Kandidatin spielt grundsätzlich nur nach ihren eigenen Regeln. Das wird sich nicht ändern. Wir können nicht all ihre Fehler vertuschen. Habt ihr verstanden, wie oft sie in der letzten Woche ihre Tabu-Infos weitergegeben hat? Obwohl man ihr das ausdrücklich und mehrfach verboten hatte? Noch nie sind so viele Sequenzen bei so vielen Kandidaten in der Profilierungsphase gelöscht worden. Ist euch klar, dass sie damit Gesprächsthema Nummer eins im Just Us geworden ist? Alle wollen wissen, wie das mit ihr weitergeht ... und ihr wollt ihr helfen? Vor aller Augen? Wer weiß, wie viele Blumen wir dann in zwei Wochen am Himmel haben. Die Chancen, dass sie es in die Elite schafft, blieben trotzdem verschwindend gering.«

Mir ist ein wenig schwindlig geworden. Ein Schluck Wasser wäre jetzt gut. Aber sitze da wie festgeschraubt und höre zu. Verstehe nur die Hälfte. Sequenzen gelöscht? Und ich hab überhaupt keine Tabu-Infos weitergegeben, was meint der damit? So gut informiert sind die Amancay dann wohl doch nicht ...

»Selbst gesetzt den Fall, wir boxen sie irgendwie durch die Profilierungsphase«, redet der Schatten in der Mitte weiter. »Wieso sollte sie sich uns anschließen wollen? Sie hat sich noch nie irgendeiner Organisation angeschlossen, Luca Mon spendet noch nicht mal was zu Weihnachten! Luca Mon will keine Targan sein, geschweige denn eine Amancay. Und ihr Potential ist völlig nutzlos, solange sie sich nicht für uns entscheidet. Das wird sie nicht. Sie will nicht die Welt retten, sie will ein Computerspiel basteln.

Das bedeutet für uns: immenses Risiko und am Ende kaum eine Chance, sie für uns zu gewinnen. Einfache Rechnung.

Und zu John Amber: Ich weiß aus sicherer Quelle, der hat Minus-Ressource Selbstüberschätzung. Ich halte das für eine pädagogische Strategie von Utopia, ihn für einen simplen Rekrutierungsauftrag nach München zu schicken. Hat ihn vielleicht etwas von seinem Olymp geholt.

Fertig.«

Die Sprechblase erscheint über dem Schatten daneben: »Luca Mon hat aber doch sowieso nur noch die Wahl, entweder eine Targan oder eine Amancay zu sein. Glaubst ...«

»Luca Mon ist hier!«, sagt der Schatten in der Mitte.

Einen Moment ist es still, auch der Text in der Sprechblase läuft nicht weiter.

Dann stehe ich allein auf dem Gipfel des Berges.

Alle Schatten sind verschwunden.

Ich schlucke. Wie hat das Programm ... Es spielt keine Rolle, wie Utopia das rausgefunden hat. Die Amancay wissen, dass ich gelauscht hab. Das ist nicht gut ... gar nicht gut.

Die Untoten hören auf, ins Nichts zu hacken, stürzen sich auf mich. Ich sitze da und sehe zu, wie ich von den Heerscharen zerfetzt werde und mein Schattenblut in alle Richtungen spritzt. Alles nur ein Spiel, denke ich und schalte ab. Alles nur ein Spiel ... Aber wer sind die Spieler und wer die Gegenspieler? Soll ich den Targan von den Amancay erzählen, damit mich die Targan beschützen? Oder würden die Amancay davon erfahren und sich dann an mir rächen? Oder wär das nicht überhaupt sowieso sinnvoller, die Amancay zu bitten, mich vor den Targan zu schützen? Was haben die Amancay damit gemeint, ich hätte keine Wahl, außer entweder eine Targan oder eine Amancay zu werden? Ich weiß nicht mehr wirklich, wer die Targan sind. Ich weiß nicht mehr wirklich, wer die Amancay sind. Ich weiß nur, ich bin zwischen die Fronten geraten.

Wie wahrscheinlich ist es, dass sich die Amancay ausgerechnet an Dravens und Liliths Treffpunkt treffen? Draven hätte sich diesen Targan niemals angeschlossen. Das kann doch kein Zufall sein ... Oder rationalisiere ich mir da nur wieder was zurecht? Weil ich an silberne Einhörner glauben will? Daran, dass es Draven noch immer gibt und er mir diesen John nur vorspielen muss? Ich brauche Antworten. So schnell wie möglich. Nicht nur die Targan können heimlich lauschen.

Mein Com-Armband zeigt 05:13:12 Uhr früh, als ich es an meinem Arbeitsplatz im Büro vom Handgelenk streife, auf meinen Stuhl lege und auf der Sitzfläche unter den Schreibtisch schiebe. Hoffentlich wundert Utopia sich nicht allzu sehr, dass Kandidatin LM7501760IU27881 sich eine Weile lang nicht vom Fleck weg bewegen wird.

Ich hab mir ewig den Kopf darüber zerbrochen, wie ich an Johns Wachen vorbei in sein Büro komme, dabei ist die Antwort im Grunde ganz einfach: vor ihnen da sein.

Ich schlüpfe durch den Vorhang und bin drinnen.

Der Raum ist groß, die Wand zum Meer auch hier verglast, unter mir die Wolkenkratzerstadt, bevor der Tag beginnt, und davor ein gewaltiger Schreibtisch aus dunklem Holz. Die Bodenkacheln zeigen ineinander verschlungene Dreiecke und Kreise, geometrische Muster in Rot, Weiß und Schwarz. Mitten im Raum ein gläserner Kamin. An den Wänden hängen ein Dolch, ein Schwert und ein Bogen mit Köcher.

»Too much«, murmle ich und sehe mich um, sehe ein rotes Sofa, aber nirgendwo einen Schrank, nicht mal ne Zimmerpalme, hinter der man sich verstecken ... aber der Schreibtisch hat drei geschlossene Wände.

Ich laufe hin, raffe meinen weißen Rock und kauere mich darunter.

Es riecht nach Holz und Möbelpolitur. In meinem Rücken die Schreibtischwand, vor mir Johns Bürostuhl und dahinter das Panoramafenster, die Aussicht auf die Stadt.

Ich sehe dem Sonnenaufgang zu, warte und denke über das Treffen der Amancay nach. Was haben die Amancay mit dem Sequenzenlöschen gemeint? Die Sache geht mir nicht aus dem Kopf und jedes Mal, wenn ich daran denke, krampft sich etwas in meinem Bauch zusammen. Und wie haben die mich überhaupt entdeckt? Funktioniert Bennys Zauber auf Targan Island nicht richtig?

Johns Büro ist also auch schalldicht, durch den Vorhang dringt kein einziger Laut. Aber ich bin mir sicher, die Arbeitszellen füllen sich schon.

Dann höre ich plötzlich schnelle Schritte im Raum. Schritte, die auf den Schreibtisch zukommen.

Ich halte den Atem an.

»Das muss jetzt schneller gehen«, sagt Johns Stimme gedämpft. »Die Sieben auf die Drei. Nein, auf die Drei. Ja. Er muss jetzt jeden Moment hier sein. Hast du das Netz ausgeworfen? Gut. Nein, mach den Umkreis kleiner. Tu es, Fabrizio! Die Fünf auf die Vier ...«

Ich sehe Johns Beine, er trägt einen Anzug aus schwarzem Uniformstoff und schwarze Stiefel, bleibt zwischen Schreibtisch und Fenster stehen.

»Nein, das Risiko ist zu groß«, sagt John. Er setzt sich auf den Stuhl.

Seine Stiefel jetzt direkt vor mir, auf dem linken ist ein geometrisches Muster aus roten Perlen gestickt.

»Unterwegs«, sagt John, stößt den Stuhl zurück und steht wieder auf. Ich höre, wie sich seine Schritte entfernen.

Ich luge hinter dem Schreibtisch hervor. Bin allein. Johns Hologramm auf dem Schreibtisch ist noch offen. John kommt und geht, manchmal alle paar Minuten, er kann jeden Moment wieder zurück sein, aber ...

Schnell stehe ich auf und beuge mich über das Hologramm. Eine Tabelle mit Zahlen, die mir nichts sagen, darüber ... mein Name ... das ist mein Profilraum ... nur gibt es hier viel mehr Kategorien ...

Ich sehe auf, zum Vorhang, der bewegt sich nicht. Auf dieser Seite der Wand ist er dunkelrot, man sieht den Ausgang sofort.

In nicht mal zwei Minuten schließt sich das Hologramm automatisch. Alles voller Kategorien, einige davon fülle ich jeden Tag für meine Figuren aus, Lebenslauf, Freunde, Krankheiten, Ressourcen ...

War das ein Geräusch? Aber da ist nichts. Der rote Vorhang hängt still.

Ich klicke wahllos Kategorien an.

Mein Einkommen über Yara ... Der E-Mail-Entwurf von damals, den ich nie abgeschickt hab, als ich Streit mit der Chefin hatte und kündigen wollte, »Diamant«, »Sozial«, kann die Dateien der Kategorie sogar nach Daten oder Personen oder Themen sortieren, klicke auf »Beziehungen« ... meine Exfreunde, allen voran ein Link zu »Niklas Horn« ... John oder Draven sind nicht dabei, aber wer bitte ist Tal Cohen? Oder

Andreas Baum? Ich klicke »Andreas Baum« an, ein neues Profil voller Links erscheint, ich klicke auf »Fotos« ... den kenne ich von irgendwoher ... dann weiß ich, woher. Die Namen, die ich nicht kenne, waren One-Night-Stands.

Mir wird schlecht. Wie können die das alles wissen?

Ich klicke mich zurück zu meinem Profil, klicke mich zu »Details«, mir wird kalt und dann heiß, verdammt, wie ...

Ein Geräusch, der Vorhang bewegt sich. Ich kauere mich zurück unter den Schreibtisch. Ich hab noch niemanden gesehen. Das kann doch nur heißen, dass mich auch niemand gesehen hat.

Mein Herz hämmert. Schritte. Kommen näher, kommen schnell, kommen zu mir, beinahe da, Johns Stiefel vor mir ... Der Schreibtischstuhl wird weggeschleudert. Johns Gesicht. Ich fahre zusammen, schlage mit dem Kopf gegen Holz. John packt meinen Arm und zerrt mich unter dem Schreibtisch hervor. Wir stehen uns gegenüber, er lässt mich nicht los, sieht mich fassungslos an. Ich stehe zwischen ihm und dem Schreibtisch. Er hält mich am Oberarm fest. Meine Haut prickelt. Er steht zu nah.

»Lass mich raten«, sagt er endlich. »Du suchst grade das Feuerzeug, das dir unter meinen Tisch gefallen ist.«

Mit einem Ruck mache ich mich los, recke die Schultern, versuche cool auszusehen. Nicht so einfach, wenn man gerade unter einem Schreibtisch hervorgezogen wurde. »Besser einen Stift«, sage ich schwach. »Ich rauche ja nicht. Also hab ich auch kein Feuerzeug.«

»Stifte gibt's auf der Insel schon lange nicht mehr«, sagt John.

»Ups. Dann bin ich wohl grade aufgeflogen?«

Ein Toga mit dunkler Haut und schwarzem Haar kommt durch den Vorhang auf uns zu und stellt lächelnd ein silbernes Tablett mit einem marokkanischen Glas Kaffee auf den Tisch.

Ich nutze die Gelegenheit, mich an John vorbeizuschieben und mich auf den Stuhl auf der anderen Seite des Schreibtischs zu setzen. Jetzt ist der Schreibtisch zwischen uns und Udaipur ein bisschen weiter weg, da fällt das Denken leichter.

Der Toga läuft wieder hinaus. Der Kaffee dampft noch und duftet nach Gewürzen, das Glas ist mit einem feinen Goldrand verziert.

John rollt langsam seinen Stuhl zurück, setzt sich darauf mir gegenüber an den Schreibtisch, dreht sich langsam hin und her. Hinter ihm die Hochhäuser, dahinter das Meer am Morgen. »Wenn du bei dem aufgeflogen bist, was ich grade vermute, und ich mich an die Regeln halte und das melde, dann war's das hier für dich«, sagt er.

»Mit Regeln hast du's doch eh noch nie so gehabt.«

Er legt die Fingerkuppen beider Hände aneinander. »Ich habe hier gleich eine Besprechung. Du kannst nicht bleiben. Und da draußen sitzt an jedem Schreibtisch ein Targan, der sich fragen wird, warum du plötzlich aus meinem Büro herausspaziert kommst.«

»Unter deinem Schreibtisch ist es gar nicht so schlecht. Sehr sauber.«

Er greift, ohne mich dabei aus den Augen zu lassen, nach dem Glas. »Eine geheime Besprechung, Luca ... Au, verflucht!« Das Glas ist umgekippt, der Kaffee spritzt über den Schreibtisch.

»Du könntest sagen, wir hätten eine Tutoring-Session gehabt?«, schlage ich vor und sehe zu, wie sich eine dunkle Pfütze über den Intarsien im Holz ausbreitet. Der Kaffee ist so dickflüssig, dass er kaum zerfließt. »Immerhin bist du doch mein offizieller Anwerber, oder nicht?«

John rückt vom Schreibtisch ab, damit ihm der Kaffee nicht auf die Hose tropft. »Sehr glaubhaft«, murmelt er und steht auf.

»Nein? Ich dachte ...«

»Ja, was dachtest du eigentlich?« Er stellt sich vor das Fenster, die Hände in die Hüften gestemmt. »Dachtest du, du kannst mich erst ausspionieren und ich decke dich dann schon? Dass ich alles ...«

»Ich hab nicht spioniert, ich ...«

»Ja richtig! Du hast deinen Stift gesucht!«

Eine Toga läuft durch den Vorhang, eine dünne ältere Frau mit kurzem, dunklem Haar. Sie stellt ein silbernes Tablett mit frischem Kaffee auf den Tisch und wischt mit weißen Tüchern Tisch und Boden trocken. Woher wusste sie das? Mission von Utopia? Das Grinsen der Toga ist unheimlich. Dieses allwissende Programm ist unheimlich. Der Kaffee ist weg, alles wieder sauber, als wär nie was passiert.

»Ich bin hier, weil ...«, fange ich an.

»Ja?«

Ich sehe der Toga zu, wie sie mit den Tüchern und dem umgekippten Glas auf dem alten Tablett zurück hinter dem Vorhang verschwindet.

Ich hatte ja schon einen Plan, hier wieder rauszukommen. Um die Mittagszeit verschwinden John und seine Wachen immer für etwa zwei Stunden. Da wär ich einfach an meinen Arbeitsplatz zurückgegangen. Ganz natürlich, als wäre überhaupt nichts dabei. So wie die sich hier alle auf ihre Arbeit konzentrieren, wär das wahrscheinlich gar niemandem aufgefallen. Und wenn mich doch jemand gefragt hätte, hätte ich gesagt: »Die Info ist tabu.« Jede Wette, das hätte funktioniert.

Nur einen Plan B für den Fall, dass John mich erwischt, hab ich mir leider nicht überlegt. Wie hat John mich überhaupt so schnell entdeckt? Hat er mich doch gesehen? Hat das Fenster gespiegelt? Sind hier Kameras? Und wie verdammt noch mal komm ich hier wieder raus?

»Ich wollte zu dir«, improvisiere ich meinen Plan B. Ich sehe ihn an. »Du willst mich doch auch.«

Er steht einen Moment nur da und blinzelt. Dann fasst er sich ins Haar und wendet sich von mir ab, steht mit dem Rücken zu mir. »Wenn ich dich wollte, dann hätte ich dich längst gehabt«, sagt er. »Du hast mich im Aufzug dazu gebracht, ein paar Minuten mit einem anderen Körperteil als mit meinem Hirn zu denken, das ist alles. Kein Grund für Sentimentalitäten.«

Er sieht aus dem Fenster auf die Glastürme runter. So ein seltsamer Kontrast da draußen. Gläserne Wolkenkratzertürme. Und dahinter sanft schimmerndes Meer. »Warum hast du mich dann nicht einfach gefickt und erst danach in meine Wohnung zurückgeschickt? Gibt's bei euch Punkteabzug für Sex?« Meine Stimme ist dünn, aber zittert nicht. Es hilft natürlich beim Nicht-Zittern, wenn man sich in die Konsistenz einer Eisstatue verwandelt hat.

John dreht sich nicht zu mir um. Er antwortet nicht mal. Wie komme ich bloß wieder hier raus ... »In Ordnung. Ich hab's verstanden«, sage ich. »Ich soll dich in Ruhe lassen. Dann gehe ich jetzt, in Ordnung? Können wir wenigstens so tun, als hätten wir was miteinander gehabt? Wenn Tutoring nicht glaubhaft ist? Niemand wird denken, ich hätte geschnüffelt, wenn ich mit zerzausten Haaren und aufgeknöpfter Bluse aus deinem Büro komme.«

John sieht mich noch immer nicht an. Er tippt auf seine Com, nimmt ein Gespräch an, sagt: »Schieß los«, und gleich darauf, »was?«

Er geht am Schreibtisch und an mir vorbei zum Glaskamin. Ein Feuer flackert jetzt darin, wann ist das denn angegangen? Die Schatten wabern über die Wand dahinter, den Bogen mit Köcher, den Dolch und das Langschwert in der ledernen Scheide.

Das sind Dravens Waffen. Wenn es Draven wirklich gäbe, dann sähe so sein Wohnzimmer aus. Ich kann nur hoffen, das bedeutet, dass doch noch etwas von Draven in John übrig geblieben ist ... Wenn er mich meldet, finde ich wahrscheinlich noch heute raus, was mit den Kandidaten passiert, die es nicht in die Elite schaffen.

John hört konzentriert zu, ohne ein Wort zu sagen, geht langsam im Raum auf und ab. Er wirft mir einen kurzen Blick zu, tippt etwas in seine Com, öffnet ein Hologramm und zieht es auf Großbildschirm-Format.

Als das Hologramm sich zu bewegen beginnt, stehe ich auf. Es zeigt die Links, die ich angeklickt habe, einen nach dem anderen, in rückwärtiger Reihenfolge, den letzten zuerst, meine Krankenakte beim Frauenarzt, die Notiz, dass das Kondom geplatzt ist, ich die Pille danach genommen habe und auf welche Krankheiten ich untersucht worden bin, das Profil von Andreas Baum, meine Kategorie »Beziehungen«, bis hin zurück zu meinem Einkommen in Yara verfolgt es Schritt für Schritt all meine Klicks zurück, und John steht mit dem Rücken zu mir davor, sieht zu und lässt mich zusehen. Scheiße.

John dreht sich zu mir um und zieht eine Augenbraue nach oben, ohne sein Gespräch zu unterbrechen. Dann schließt er das Hologramm und geht weiter auf und ab. In jeder seiner Bewegungen, in jedem seiner Schritte ist Wut. Er umrundet langsam den Kamin, bleibt wieder vor dem Fenster stehen, geht wieder zurück und um den Kamin. Draußen gleißt die Sonne in den Glasfenstern der Hochhäuser und blitzt auf dem Meer, hinter mir flackert das Feuer, aber die Klimaanlage summt und es ist viel zu kalt. Ich lehne mich an den Schreibtisch. Wenn er mich jetzt nicht deckt ...

»In Ordnung«, sagt John endlich, beendet das Gespräch an der Com, ohne sich zu verabschieden und sieht mich wieder an. Er steht mir schweigend gegenüber, breitbeinig, die Arme vor der Brust verschränkt, bewegungslos, hinter ihm Feuer und Schatten. So was von too much.

Dann kommt er zu mir. Er mustert mich prüfend, als wäre er ein Kostümdesigner und ich das Model bei der Anprobe für die neue Kollektion. Er legt die Hände auf meine Taille. Er hebt mich auf seinen Schreibtisch, zieht den Rock hoch, spreizt meine Beine und stellt sich dazwischen.

»Hey!«, sage ich laut, will ihn wegschieben, presse die Arme gegen seine Brust, aber das ist wie gegen eine Mauer aus Körperwärme zu drücken. Er bewegt sich nicht.

»Dann eben aufgeknöpfte Bluse und zerzaustes Haar«, murmelt er. »Deine Idee.«

Seine behandschuhten Finger lösen den obersten Knopf meiner Bluse und ich fühle den Stoff seiner schwarzen Handschuhe auf meiner Haut. John löst den zweiten Knopf. Meine Bluse ist weiß, der BH darunter leider hautfarben und hässlich und seine Finger streifen darüber, als er den dritten Knopf löst. Ein Schauder durchläuft mich.

»Du hast spioniert«, stellt er fest.

»Da redet der Richtige. Die Alpträume aus meiner Kindheit stehen nach Daten und Themen sortiert in einer Targan-Akte, woher habt ihr das? Und wie viel davon hast du gelesen?« Mein Herz schlägt zu schnell, mein Atem kommt flach.

John blickt nicht auf, sieht auf seine Finger, die Knöpfe öffnen. »Nur, was ich musste«, sagt er. »Also alles.« Er streift meinen Bauchnabel. Wir sehen beide seinem Zeigefinger zu, der meine Taille streichelt, hören unsere Atemzüge, die jetzt ungleichmäßig sind, und ein Teil von mir will einfach nur sagen: Zieh mir endlich diesen hässlichen BH aus, John.

Ich schlucke. »Wie kommt ihr an all diese Daten ran?«, frage ich.

Anstatt mir zu antworten, greift er mit beiden Händen in mein Haar, zerzaust es langsam, fast methodisch, zieht Strähnen aus dem Zopf, betrachtet mich skeptisch, biegt plötzlich meinen Kopf zurück und küsst mich.

Ich versuche, mich loszumachen. Er hält mich fest. Seine Zunge öffnet grob meine Lippen und nimmt meinen Mund.

Meine Hand klatscht gegen seine Wange.

»Au!«, sagt er laut, tritt zurück und hält sich das Gesicht.

»Selber au.« Ich halte mir die Hand. »Wenn das alles nicht mehr als eine Tarnung für dich ist, um mich hier heil wieder rauszuschmuggeln, dann reicht das so schon, vielen Dank.«

»Sicher?« Er grinst.

Ich gleite von seinem Schreibtisch und an ihm vorbei. Er schlingt von hinten die Arme um meinen Bauch und hält mich fest. Sein Atem in meinem Nacken, sein Körper an meinem, sein Geruch ... Ich muss hier weg, mache mich los.

Drei Männer in blauen Uniformen treten nacheinander durch den Vorhang ein, bleiben stehen und mustern uns amüsiert.

Aufgeknöpfte Bluse, zerzaustes Haar und wundgeküsste Lippen.

»Sollen wir später wiederkommen?«, fragt der eine und zwinkert John zu.

Johns Linke umschlingt mich wieder, mit der rechten Hand fährt er über meinen Hals, meinen Nacken, samtweiche Handschuhe, Wärme darunter, eine brennende Spur. Ich rühre mich nicht.

»Nein, aber wir werden die Besprechung verkürzen«, antwortet er ruhig. »Luca, ich hole dich in etwa einer Stunde ab.«

Der Uniformierte verschluckt sich und hustet. Die anderen werfen sich unsichere Blicke zu. »Deine Punktzahl will ich haben, John«, bringt einer raus und schüttelt fast bewundernd den Kopf.

John lässt mich plötzlich los, geht hinter seinen Schreibtisch, setzt sich auf den Stuhl und legt die Beine auf den Tisch. Er verschränkt die Arme hinter dem Kopf. Die Uniformierten stehen an der Tür und sehen von John zu mir. Einer nickt immer wieder, ein anderer blinzelt zu schnell.

»Ist nicht so, wie es aussieht«, sagt John und grinst schon wieder. »Alles nach Programm, eure Engel haben sich bestimmt schon was Neues für euch ausgedacht. Ich bin für heute zum Tutoring abberufen.« Er wippt mit den Stiefeln, stößt dabei gegen das Kaffeeglas, das über den Tisch rollt und auf dem Boden zerspringt.

Ich gehe schnell an den Uniformierten vorbei durch den Vorhang hinaus.

Ein Neuzugang sitzt im Eingang des Aquariums schräg gegenüber und beobachtet mich. Der Mann ist Mitte 30, extrem dünn, hat sehr kurzes hellblondes Haar mit ersten grauen Strähnen. Er sitzt irgendwie zu gerade, ist zu blass und starrt mich aus hellblauen Insektenaugen an.

Ich starre einen Moment zurück, aber das scheint ihn in keiner Weise zu irritieren, der blinzelt nicht mal.

Ich wende mich ab.

Die Stoppuhr läuft rückwärts, tickt meine Punkte weg, ich sitze einfach nur da, meine Hände liegen bewegungslos auf der Tastaturwatte.

Auf meinem Hologramm schimmert die Vorlage für einen Spieler. »Andy Meyer«, es ist fast alles für ihn vorgegeben, Handlungsmotivationen, Hintergründe, Lebenslauf. Ganz oben ist sogar ein generiertes Foto. Andy ist ein Mann um die 50 mit spärlichen braunen Haaren und etwas zu kleinen, eng beieinanderstehenden Augen. Er hat sehr viele sehr hohe Ressourcen, vor allem in Neugier, Orientierungssinn, Kreativität, auch jede Menge Expertenwissen wie Sprachen, Puppenspiel, Botanik ...

Meine Fingernägel trommeln auf der Schreibtischplatte, weiß lackiertem, glatt poliertem Holz, ich kann mich einfach nicht konzentrieren, meine Gedanken schweifen immer wieder ab.

Wenn ich brutal ehrlich zu mir bin, hab ich es irgendwo auch immer praktisch gefunden, dass meine große Liebe virtuell gewesen ist. Vor einem One-Night-Stand sag ich doch auch ganz klar: »Ich werde dir meinen Namen nicht sagen und ich will deinen Namen nicht wissen.« Sex ist ein körperliches Grundbedürfnis, aber Sex und Emotionen machen das Leben kompliziert und chaotisch und für so was hat man keine Zeit, wenn man Parallelwelten erschaffen will.

Mal ganz abgesehen davon, dass solche Geschichten bei mir sowieso kein gutes Ende nehmen.

Die Tastaturwatte ist weiß und weich, die Buchstaben schwarz unter meinen Fingerkuppen. Ich sollte Andy Meyers Botanik-Kenntnisse steigern. Dafür hat er eh Talent und in der Kategorie fehlen mir noch jede Menge Ressourcen für die Kolonie. Moment, nein. Andy hat einen seltsamen Tick in der Hand, die zuckt ihm immer vor und zurück, wenn er nervös ist. Der ist vorgegeben und wird sich nicht ändern lassen. Also doch besser was anderes steigern ... Was würde denn gut zu Andy passen, worauf hat er Lust?

Ich ziehe die Hände von der Tastaturwatte zurück, lege sie in den Schoß, reibe mir die Augen, ich muss mich jetzt endlich konzentrieren, die Punkte laufen mir weg ... Ich fange an, Knopf für Knopf meine Bluse zuzuknöpfen.

Bestandsaufnahme: Ich hab noch immer keine Ahnung, ob John ein Amancay ist. Er hat mich gedeckt. Holt er mich wirklich gleich wieder ab? Haben wir dann so eine Art Date? Warum jetzt plötzlich doch? Ich will kein Date mit John. Ja, natürlich will ich ein Date mit John. Aber ich will kein Date mit John wollen. Also will ich kein Date mit John.

Meine Bluse ist jetzt bis oben hin zugeknöpft und ich reibe mir fröstelnd die Arme. Ich hab mich in der letzten Woche auf Rang 7 vorgekämpft, aber kann jetzt zusehen, wie die Punkte von meinem Code zurück zu den anderen laufen.

Die Stoppuhr tickt meine Zeit für die Aufgabe und mit der Zeit auch meinen Rang immer weiter zurück.

Aber mir fällt nichts ein, ich kann nicht mehr. Ich bin nicht Lilith, ich bin Luca Mon und völlig überfordert. Ich löse meinen Zopf und flechte ihn neu, werfe ihn über die Schulter zurück und wende mich wieder vom Bildschirm ab.

Die Rothaarige am Schreibtisch neben mir springt auf der Stelle, streift sich hysterisch irgendwas von den Armen ab. Ich kann nicht erkennen, was, kann sie hinter der Schallmauer nicht hören, aber sie schreit. Ihr Gesicht ist vor Schmerzen verzerrt, ihre Augen vor Angst geweitet. Sie windet sich, wirft sich auf den Boden, wälzt sich von einer Seite auf die andere.

Ich springe auf. Sieht das denn niemand? Um mich dunkle Silhouetten hinter den getönten Glasraumteilern, jeder sieht auf seinen eigenen Bildschirm.

»Hallo!«, rufe ich. »Die Frau hier, sie braucht Hilfe! Kann mal jemand ...«

Niemand sieht sich um. Sie sitzen aufrecht und tippen.

Ich renne in die Zelle der Rothaarigen.

Spitze, hohe, schrille hysterische Schreie, flehende, unartikulierte Worte. MyVersion in meinem Headset sagt in der monotonen Grundeinstellungsstimme: »Hilfe. Helft mir. Bitte, bitte aufhören. Es tut so weh.«

Einen Arzt, sie braucht einen Arzt ... hab keine Telefonnummern auf der Com.

Mit einem Schritt bin ich wieder im Korridor. »Sie braucht einen Arzt!«, rufe ich. Sie hören mich nicht. »Irgendjemand muss einen Arzt anrufen!«

Ich renne in die nächste Zelle, eine Frau Anfang 20 mit langen blonden Haaren und einem Mädchengesicht.

»Ruf sofort einen Arzt!«

Sie fährt zusammen, sieht auf, sieht mich an, sieht an mir herunter und runzelt die Stirn. Sie wendet sich von mir ab und tippt weiter.

»Das ist ein verdammter Notfall, die Rothaarige in der Zelle gleich hinter dir!«

Die Frau sieht noch einmal auf, wirft einen neugierigen Blick auf den zuckenden Körper der Frau in der Nachbarzelle und tippt weiter. Sie kommt nicht mal aus dem Takt dabei, ihre Finger bewegen sich gleichmäßig wie eine geölte Maschine über die Tastatur.

Als ich zurück in den Korridor renne, sehe ich die blau Uniformierten aus Johns Büro zurückkommen. »Wir brauchen hier sofort einen Arzt!«, schreie ich und winke ihnen.

Einen Moment bleiben sie stehen, sehen sich erstaunt um, dann zeigt einer auf mich. Dann lachen sie, gehen zusammen weiter, einen anderen Korridor entlang, an der Frau und mir einfach vorbei.

Ich balle die Hände zu Fäusten. Muss zu der Rothaarigen, muss sie hier rausbringen, auf den Korridor, damit die sehen ...

Das Schreien der Frau vor mir am Boden ist jetzt nur noch ein Wimmern, ihre Bewegungen müder, aber immer noch streift sie sich verzweifelt irgendetwas Unsichtbares von den Armen ab.

Ich knie mich neben sie, wende ihre Arme, suche nach Insekten oder Stichen, aber da ist nichts. Ihr Gesicht ist weiß und nass und einzelne rote Haarsträhnen kleben auf ihren Wangen in Schweiß und Tränen. Ihre Wimperntusche ist verlaufen. Sie hat einen winzigen, grünen Vogel neben ihr rechtes Auge tätowiert.

»Sag mir, wie ich dir helfen kann«, sage ich, »mach deine Com auf, ich rufe dir einen Arzt, wenn du mir die Nummer ...«

Ihr Körper zittert in Krämpfen, es schüttelt sie, ihre Zähne schlagen aufeinander. Gift? Ich packe sie unter den Armen und schleife sie raus auf den Korridor.

Die Silhouetten der Menschen um uns herum beachten uns nicht. Eine Frau in gelber Uniform kommt auf uns zu, mustert uns dabei, lächelt freundlich, steigt vorsichtig über den zuckenden Körper der Rothaarigen und geht weiter. Sie trägt gelbe Stiefeletten.

John, kann ich John irgendwie dazu bringen, Hilfe zu holen?

Die Rothaarige röchelt, umklammert mit beiden Händen ihren Hals, sie kriegt keine Luft mehr. »Einen Arzt!«, brülle ich noch einmal. »Einen Arzt!«, als sich plötzlich eine feuchte, schmale Hand auf meine Schulter legt. Ich fahre herum.

»Keine Sorge, gleich geht es vorbei«, sagt der Mann mit den Insektenaugen. Seine Stimme klingt unangenehm hoch und weich, er hat einen leicht säuerlichen Körpergeruch und er sitzt zu nah an mir dran. Aber er ist da.

»Was passiert hier?«, frage ich laut.

Der Mann beobachtet mich amüsiert aus wässrigen Augen. Seine Haut ist leicht ölig, er hat viele Falten im Gesicht, vor allem um den Mund, und Aknenarben auf den Wangen. »Sie hat sich zu spät impfen lassen«, sagt er. »Sie hat die Krankheit.«

»Wir müssen sie auf die Krankenstation bringen«, sage ich, »hilf mir!«

»Unnötig ... Das ist gleich wieder vorbei und dann sind die meisten so gut wie neu. Meistens. Menschen sind unberechenbar.«

Er lächelt sogar dabei. Seine Augen wenden sich von mir ab, zu der Frau, er ordnet die roten Strähnen aus ihrem Haar mit seinen langen Fingern. »Sie hätte sich früher impfen lassen sollen«, sagt er lächelnd, »böses Mädchen. Gleich geht es ihr wieder besser.«

Ihr Körper schüttelt sich kaum noch, bäumt sich dann noch einmal auf und erstarrt. Ihre Augen verlieren den Blick, stehen weit offen, ohne etwas zu sehen.

»Was ...«, murmele ich. Atmet sie noch?

»Noch einen kleinen Moment Geduld«, sagt der Mann. »Es wäre besser für dich, wenn du einfach wieder an deine Arbeit zurückgehst. Glaub mir, es ist für alles gesorgt.« Ich nehme die kalte Hand der Frau fest zwischen meine Hände.

Der Mann stützt sich am Boden ab und kommt langsam wieder auf die Beine. Seine Bewegungen sehen unnatürlich, beinahe ferngesteuert aus. »Viel Glück«, wünscht er mir, bevor er den Korridor zwischen den aufrecht sitzenden Silhouetten an ihren Schreibtischen zu den Aufzügen hinunterwandert.

Die Frau sieht blicklos an die Decke, ihr Körper erstarrt. Ich weiß nicht, was ich tun soll. Ich muss doch was tun.

Direkt in meinem Rücken räuspert sich jemand.

Johns Wache steht über mich gebeugt. Der Glatzkopf im grünen Punjabi. Er nickt mit dem Kinn auf meine Com. Mein Engel ist auf stumm gestellt, die Mission in der Kopfzeile sagt: »Du hast noch 00:00:01 Zeit, dich John Amber anzuschließen.«

»Sie braucht einen Arzt«, sage ich noch einmal erstickt, sehe mich nach John um, aber er schlendert langsam durch einen anderen Korridor auf die Aufzüge zu, muss uns gesehen haben, aber wie alle anderen einfach weitergegangen sein.

Die Augenlider der Rothaarigen flattern plötzlich. Mit einem Mal setzt sie sich ruckartig auf. Sie sieht sich um. Sie sieht mich an. Sie sieht auf meine Hände, die ihre Hand halten. Sie runzelt die Stirn, zieht mit einem fast wütenden

Ruck ihre Hand weg und steht auf. Sie zupft ihren grünen Rock über die Knie, geht mit schwankenden Schritten an ihren Schreibtisch zurück.

Und beginnt zu tippen.

Ich kauere noch immer auf dem Boden. Ich habe das Gefühl, dass es immer enger um meinen Brustkorb wird und ich gleich keine Luft mehr kriegen werde.

Ich will hier weg.

Johns Wache räuspert sich wieder, streckt mir die Hand entgegen. Sein Gesicht ist ausdruckslos, aber er hat einen Schweißtropfen auf der Stirn.

Ich komme alleine auf die Füße.

Er dreht sich um und geht mir voraus.

Johns andere Wache geht plötzlich hinter mir, ich gehe in ihrer Mitte den Korridor entlang. Wohin?

Zu einem Date wird man nicht abgeführt.

TEIL 2

5

Das war ja klar, zum Teufel noch mal. Alle auf dieser Hightech-Insel lehnen sich in den Polstern ihrer automatischen Targan-Speeder zurück und lassen sich von der absurden Geschwindigkeit einschläfern, aber John hat ein Motorrad unten vor dem Wolkenkratzer stehen. Natürlich ist es viel zu groß und zu schwarz und er fährt selbst. Ohne Helm und wie ein Verrückter.

Und ich sitze hinter ihm.

Er überholt die Autos im Slalom, biegt auf die Küstenstraße ab und gibt Gas.

Ich schließe die Augen. Das ist meine Chance, die Insel zu sehen, rauszufinden, wo ich hier eigentlich bin, ob es noch was anderes als Elite-Hochhäuser gibt, zum Beispiel eine ganz normale Stadt mit einem ganz normalen Flughafen ...

Aber ich kann die Augen nicht aufmachen.

In solchen Momenten verfluche ich meine Eltern. Die hatten mir schon im Kindergartenalter eingetrichtert, dass man sich von der gefährlichen Welt besser so weit wie möglich fernhalten sollte.

Nur dass ich jetzt natürlich längst erwachsen bin und mir Schimpfen auch nicht weiterhilft. Ich muss die Augen aufmachen. Auf drei. Eins ... zwei ... zweieinhalb ... Ich wollte doch eigentlich schon immer mal Motorrad fahren ... Augen auf ... drei!

Unter mir rast die weiße Straße vorbei, schlängelt sich durch Dünen und Steinwüste, und links von uns ist das Meer. John rast, als wäre er auf der Flucht. Ich umklammere ihn fester. Ein Zittern geht durch seinen Körper und er fährt noch schneller. Sein Geruch ... Ich will nicht schon wieder Klischeeworte denken. Ich will gar nicht mehr denken ... ich will schneller fahren! Auf die Liste der Dinge, die ich tue, wenn ich nach Hause komme: Motorradführerschein machen. Wind treibt Tränen in meine Augen. Unter mir dröhnt die Maschine und die Dünen rasen vorbei, als würden wir fliegen.

Rechts von uns taucht eine Fabrik auf, dann Wellblechbaracken, Männer und Frauen in hautfarbenen Anzügen. Sind das etwa deren Unterkünfte? Neben der Fabrik? Wieso machen die Togas das eigentlich mit, haben die wirklich keine anderen Möglichkeiten, als Sklaven für die Targan zu spielen? Verdienen sie sich auf diese Weise Zugang zu einer neuen Behandlungsmethode für das Virus? Die scheint doch ganz offensichtlich nicht sehr gut zu funktionieren ...

Ich sehe weg, zum Meer. Es ist das gleiche Meer, das ich auch von meinem hübschen Elite-Balkon aus sehe.

Die Küstenstraße führt eine Weile steil bergauf, dann biegt John auf eine steinige Piste ab und hält das Motorrad nach wenigen Metern an. Wir sind allein zwischen den Dünen.

Ich steige ab und glätte meinen Rock. Der weiße Baumwollstoff ist völlig zerknittert, weil ich auf so vielen Zipfeln wie möglich gesessen habe.

John hat noch immer kein Wort zu mir gesagt und lässt mich einfach so stehen, steigt schweigend den sandigen Abhang zur Klippe hinauf.

Er hat sich nicht mal die Mühe gemacht, den Zündschlüssel abzuziehen ... und was, wenn ich jetzt einfach ...

Hinter mir höre ich das gleichmäßige Spulen eines Targan-Motors. Ein strahlend weißer Geländewagen biegt auf die Piste, die Türen des runden Fahrerhauses fahren nach oben und Johns Wachen steigen aus, stellen sich nebeneinander, und dann stehen sie einfach nur da und starren mich an. Der eine hat die Arme vor der Brust verschränkt, der mit der Glatze hat den Daumen in seinen Gürtel mit dem Pistolenholster gesteckt.

Ich wende mich ab, verlasse die Piste und folge John den Abhang hinauf. Grober, heißer Sand dringt in die Sandalen und spitze Steinchen bohren sich in meine Füße. In kargen Büschen und vertrockneten Dornensträuchern zirpen Grillen. Schweiß brennt in meinen Augen. In der drückenden Schwüle kommt mein Atem schwer.

Oben auf der Klippe liegt eine kleine Ruine in der Hitze, ein halber Torbogen, eine zerbrochene Säule, eine einzelne zerbröckelnde Grundmauer.

Sonst gibt es hier nichts außer goldbraunen Dünen. John steht nur ein paar Meter entfernt mit dem Rücken zu mir am Rand der Klippe und sieht aufs Meer.

Ich gehe nicht weiter. Es hört sich nur halb wie im Scherz an, als ich ihn frage: »Warum bin ich hier, John? Stößt du mich jetzt da runter?«

Heißer Wind treibt den Sand auf, streift meine Haut und mein Haar und bläht Johns schwarzes Jackett. Langsam dreht er sich zu mir um. Es ist seltsam, ihn hier draußen zu sehen, nicht in der Stadt, sondern über dem Meer. Die schwarzen Haare wehen um sein Gesicht. »Ich will dich nicht stoßen, Luca ... Ich will, dass du springst. Komm zu mir.«

Bis auf den Wind ist es völlig still. John sieht mich an, steht da und wartet. Wenn ich jetzt schreie, niemand außer seinen Wachen wird mich hier draußen hören.

Aber die Targan wissen doch, wo ich gerade bin? Ich werfe einen schnellen Blick auf meine Com. Nur hat es anscheinend sogar meinem Engel die Sprache verschlagen, keine Mission vom Engel. Der Engel ist weg.

»Mein Boss und ich waren der Meinung, dass ich für dieses Experiment der bessere Engel bin«, sagt John und bleckt beim Grinsen die Zähne. Wohl eher ein Luzifer ...

»Luca Mon, du machst uns deine Profilierung nicht einfach ... Das hier oben ist deine Chance, uns zu überzeugen. Deinen Punktestand ... auszugleichen.«

Er streckt die schwarz behandschuhte Hand nach mir aus. Seine Finger winken. »Ich weiß alles über dich. Ich weiß, wer du bist und auch, wer du sein könntest. Zeig uns deine Möglichkeiten. Lilith wäre gesprungen. Es fängt immer alles in der Vorstellung an ...«

»Aber das hier hört in der Wirklichkeit sofort wieder auf!« Ich mache einen schnellen Schritt zurück. »Ich bin nämlich nicht Lilith!« Ich schüttele den Kopf, einmal, zweimal, immer wieder.

»Komm zu mir.« Johns Stimme ist dunkel und leise. Er grinst nicht mehr, aber da ist ein kaum wahrnehmbares Lächeln in seinen Mundwinkeln. »Das Wasser hier ist tief.«

»Umso schlimmer! Ich kann nicht schwimmen!«

»Aber ich. Ich werde gleich hinter dir sein. Ich will nicht, dass du fällst. Ich will, dass du dich fallen lässt. Vertrau mir ...«

»Erwartest du da nicht vielleicht ein klein wenig zu viel?« Meine Stimme ist viel zu laut. Ich weiche noch einen Schritt zurück, stolpere im Sand. »Togas und ein Virus, für das es bei all eurer Fortschrittlichkeit keine Medizin gibt? Und dieser Eignungstest? Vorhin hat sich eine Frau unter Todesqualen auf dem Bürofußboden gewälzt. Niemand hat was gemacht. Die Frau ist aufgestanden und hat weitergearbeitet, als wär nichts! Verzeihung, aber mein Vertrauen in dich und deine Elite hat in den vergangenen Tagen Federn gelassen!«

Langsam kommt er auf mich zu. Seine Stiefel knirschen im Sand. Er sieht mich an wie ein Raubtier eine Beute, die jeden Moment flüchten kann. Hätte ich doch bloß das Motorrad genommen ... Ich starre auf seine ausgestreckte Hand. »Und überhaupt, was soll mein Punktestand denn bitte mit einem Sprung von der Klippe zu tun haben, das ist doch absurd! Und wenn ich hier ganz einfach buchstäblich hopsgehen soll? Hast du vielleicht Wetten drauf abgeschlossen, ob ich mich freiwillig da runterstürze? Wäre das nicht lustig? Warum auch weiter in mich investieren, wenn ich am Ende doch eh nur wieder abhauen will?«

John ist fast bei mir, lacht leise und macht noch einen Schritt auf mich zu. »Die meisten Kandidaten denken in ihrer

Profilierungsphase ans Abhauen. Das gibt sich meistens von selbst, sobald sie es in die Elite schaffen.«

Ohne mich aus den Augen zu lassen, greift er vorsichtig nach meiner Hand. Hier draußen in der Sonne sieht seine hellbraune Iris aus, als würde sie glühen.

»Und was ist mit denen, die es nicht schaffen?«

Johns Finger sind warm und ziehen mich sacht. Er geht Schritt für Schritt rückwärts zum Abgrund. Ich folge ihm. Das ist nicht gut.

»Bei denen, die es nicht schaffen, spielt es keine große Rolle mehr, was sie sich denken«, sagt John ruhig.

Ich bleibe stehen. »Was passiert mit ihnen, verdammt?«

Er antwortet nicht.

Ich will mich losmachen, aber kann mich nicht von der Stelle rühren. Sein Daumen drückt sanft die Innenfläche meiner Hand, als er mich näher zu sich zieht. Udaipur. Ich gehe noch einen Schritt mit ihm auf den Abgrund zu.

Ist gar nicht so, dass mein Hirn nicht mehr funktioniert, wenn John in die Nähe kommt. Es ist eher so, dass der gesamte Rest von mir meinem Hirn den Gehorsam verweigert. »Vielleicht willst du mich sogar loswerden, weil ich dich zu sehr an früher erinnere«, bringe ich raus. Noch ein Schritt. »Vielleicht willst du ja nicht, dass sich die Geschichte von Draven und Lilith auf der Insel rumspricht?«

»Glaub mir, diese Geschichte hat sich schon längst herumgesprochen. Im Zentrum spricht man zurzeit von nichts anderem als von dir.«

»Was? Warum das denn bitte?«

Er antwortet nicht, führt mich den letzten Schritt zum Rand der Klippe.

Zu unserer beider Seiten erstreckt sich die sandige Steilküste, einen Schritt vor uns der freie Fall zum Meer. Die Sonne spiegelt auf dem tiefblauen Wasser. John lässt mich los, tritt hinter mich und kniet sich in den Sand. Ich spüre seine Hände den Verschluss der Sandale lösen. »Mach einfach einen Schritt nach vorne. Hab keine Angst«, sagt er.

»Na hör mal ...« Meine Stimme bricht weg. Angst ist im Moment das einzig Vernünftige. »Bei einem Sprung aus dieser Höhe kann man sich übelst verletzen!«

John öffnet den anderen Verschluss. »Halt dich gerade, Füße nach unten.« Er hebt meinen Fuß, zieht mir die eine, dann auch die andere Sandale aus. Ich stehe barfuß auf heißem, körnigem Sand. Seine Hand liegt auf meiner Wade. »Am Ende entscheiden nicht unsere Gedanken, sondern unsere Taten darüber, wer wir sind«, murmelt er.

Ich lache auf, es klingt hysterisch. »Ja, und was ist denn mit deinen Taten? Draven hätte jedenfalls was gegen all das hier getan. Mal abgesehen davon, dass Draven mich in den nächsten Flieger nach Hause gesetzt hätte, anstatt ohne Helm auf ein Motorrad. Und er hätte auch nicht versucht, mich zum Cliff Diving zu überreden ... okay, also das mit dem Motorrad und dem Cliff Diving hätte er wahrscheinlich schon gemacht. Aber ausgerechnet du verlangst von mir, ich soll mehr Lilith sein? Was ist mit deinen eigenen Möglichkeiten? Du hast hier Verantwortung! Wie viele schwarze Uniformen kann es denn außer dir schon geben? Hundert vielleicht? Du musst doch irgendwas gegen all das hier unternehmen können!«

»Hundert?« Er klingt belustigt. »Die schwarze Uniform ist der höchste Rang bei Targan, Luca. Momentan gibt es zehn von uns.« Seine Hand fährt leicht meine Wade auf und ab.

Ich erschauere. »Heißt das ... Wieso zum Teufel interessiert sich der Erschaffer für mein Profil?«

Johns Berührung stockt. Er richtet sich auf, steht jetzt direkt hinter mir. Seine Finger streicheln mir Härchen von meinem Zopf aus dem Nacken. Die Berührung ist so zart, ich bin mir nicht sicher, ist das John oder der Wind, der leichte Wellen auf das Wasser unter mir kräuselt.

Mir schwindelt ein wenig. Ich fühle den Fall schon in meinen Füßen kribbeln und dann in meinem ganzen Körper. »Das hätte ich gar nicht wissen sollen ...« Ich neige den Kopf und seine Finger folgen der Biegung meines Halses. Der Himmel über uns ist stahlblau und wolkenlos. »Die Info, dass du mit dem Erschaffer über meinen Test geredet hast, war für mich tabu und du hast dich vorhin verplappert.«

Über uns schreit eine Krähe. Ich spüre, wie John sich zu mir herunterbeugt und an meinen Haaren tief einatmet. »Sieht ganz so aus ...« Seine Worte kitzeln in meinem Ohr. Er riecht nach frischem Schweiß, Sand, Mann, John. »Deine Haut, Luca. So weich ... Du fühlst dich an, wie wenn man sich warmen Sand durch die Finger rinnen lässt.« Er streichelt meine Schulter, meinen Arm hinunter zu meiner Hand. »Spring ... spring für mich.«

Bei dem Gedanken schwanke ich leicht nach vorn. Sand stäubt unter meinen Füßen auf, verliert sich im Wind über der Schlucht. Ich greife hastig nach seiner Hand. Er hält mich fest. Unsere Finger verschränken sich ineinander.

Da ist eine Bucht unter uns und ein Weg führt die Klippe hinauf zurück. Das heißt doch, dass man immer mal wieder hierherkommt? Dass ich nicht die Einzige bin, die hier springen soll. Vielleicht. Vielleicht auch nicht? Ich will nicht springen. »Wie viele Punkte bekommst du, wenn ich es in die Elite schaffe?«

»Wie es im Moment aussieht ... viele. Wenn du es schaffst.« Wie versehentlich lösen sich seine Finger aus meinen, streifen meinen Arm wieder hinauf, sind wie ein warmer Hauch auf meiner Haut.

In der Ferne sehe ich undeutlich die Glastürme der Targan aufragen. »Also wirklich Tutoring, ha? Und ich hatte schon fast gedacht, das hier wird ein Date ...«

»Beziehungen sind auf der Insel tabu.« Seine Hände streicheln wie die Ahnung einer Berührung meinen Arm auf und ab. Dabei kann er mich durch die Handschuhe doch gar nicht richtig spüren. »Es gibt Targan und es gibt einen selbst. Für mehr als Sex ist auf der Insel weder Raum noch Zeit.«

»Oh.« Ich schlucke. »Kein Wunder, dass bei euch alles so glattläuft und so ordentlich ist ...« Direkt vor mir geht es steil hinunter. Das Meer ist tiefblau und spiegelt in der Sonne. »Was sagen denn die Ehepartner der Kandidaten zu so was?«

Stephen fällt mir ein. Seine Frau. Hab ich außer uns Kandidaten je einen Nicht-Uniformierten im Zentrum gesehen? Oder Teenager? Kinder? Spielplätze? Dass mir das noch gar nicht aufgefallen ist ... So was hätte mir doch irgendwann mal auffallen müssen. Seit ich auf der Insel bin, kenne ich mich wirklich selbst nicht mehr.

John antwortet nicht. Ich weiß, es ist so weit. Ich kann die Hitze im Wind auf der Zunge schmecken. Der Wind riecht nach Meer, nach Salzwasser und Tang und streicht über den Schweißfilm auf meiner Haut, auf den sich ein feiner Puder aus Sand gelegt hat.

John hebt sacht meine Arme ein wenig an. »Fühlst du den Wind?«, flüstert er.

»Lass mich raten«, meine Worte kommen stoßweise. »Charisma ist deine Plus-Ressource.«

»Laut meinem Profil kann ich hervorragend organisieren und inspirieren.« Er lässt mich los.

»Und manipulieren«, sage ich kaum hörbar, meine Unterlippe bebt. »Es ...« Ich breche ab. Ich fühle ihn direkt hinter mir stehen, mich beinahe berühren und vor mir den Abgrund. Ich sehe hinunter, in die Tiefe, in dunkles Blau.

»Ja«, sagt er. »Manipulieren kann ich auch.« Wie wird das sein im leeren Raum? Der Aufprall? Das Wasser erst hart, dann vielleicht weich ... Vielleicht. Ich zittere plötzlich am ganzen Körper. Mein Herz schlägt viel zu schnell.

»Es ist nur ein Schritt«, raunt John. »Das Wasser ist tief. Ich werde bei dir sein, wenn du untergehst. Ich werde dich halten. Lass dich fallen, vertrau mir. Springen ist wie Fliegen ... Nur höher und tiefer.«

Ich spüre seinen warmen Atem in meinem Nacken und tief unter mir das Meer. Ich schließe die Augen. Meine Finger strecken sich, fühlen den Wind.

Dann werfe ich mich nach hinten, zurück, weg von der Klippe, falle über sein Bein, wir fallen hart in den Sand.

Ich rapple mich auf, so schnell ich kann, taumle ein paar Schritte weiter von John und dem Abgrund weg. Vielleicht hab ich allein hier oben eh keine Chance gegen ihn, aber ich werde mich wehren, so gut ich kann. Wenigstens das.

Ich klopfe mir Sand und Steinchen von den nackten Beinen und versuche so aufrecht wie möglich zu stehen.

John richtet sich mit einer schnellen fließenden Bewegung wieder auf.

Ich strecke das Kinn vor. »Bleib, wo du bist, verdammt!«

»Du traust mir nicht.« John schüttelt den Kopf und wendet sich von mir ab, zurück zur Straße. »Aber darum ging es nicht, Luca, oder? Du wolltest nicht springen, weil du nicht wusstest, ob du die Wahl gehabt hast.«

Er zieht plötzlich die Brauen zusammen, beugt sich leicht vor. Ich folge seinem Blick. Hinter der Ruine geht es zwischen den Dünen den Abhang runter zum weißen Band der Küstenstraße zurück. Eine Staubwolke nähert sich. Ein Targan-Speeder? In der flimmernden Hitze blitzt Sonnenlicht auf den silbernen Türrahmen, die weißen Reifen quietschen leicht, als sie auf die steinige Piste einbiegen und anhalten, sind nicht für Steine und Sand gemacht.

Johns Wachen sitzen noch immer rauchend auf der Ladefläche ihres weißen Geländewagens, jetzt stehen beide schnell auf, werfen die Zigaretten weg und springen runter. Der eine geht breitbeinig auf den Speeder zu, der andere, der mit der Glatze im grünen Punjabi, kommt rückwärts den sandigen Abhang zu uns herauf, ohne den fremden Wagen aus den Augen zu lassen.

Die Türen des Speeders stehen plötzlich offen, sind nach oben gefahren. Fünf schwarz vermummte Gestalten springen daraus hervor.

Die sehen verdammt noch mal aus wie Ninjas aus einem Action-Film ... Sogar ihre Gesichter sind bis auf Schlitze um die Augen von schwarzen Kapuzen verhüllt.

Johns Wache greift noch an das Pistolenholster, als einer der Vermummten mit einem kurzen Kampfschrei in die Luft schnellt, dem Mann aus dem Sprung heraus gegen das Kinn tritt, ihm einen Moment später die Faust gegen die Schläfe rammt. Johns Wache sackt in sich zusammen und bleibt liegen.

Die Vermummten sprinten den Abhang zu uns herauf.

Ich sehe noch, wie die zweite Wache eine Pistole zieht, dann zerrt John mich hinter die Ruinenmauer. »Amancay. Sie sind hinter dir her. Rühr dich nicht vom Fleck!« Er drückt mich gegen die halb verfallene Wand. »Die kriegen dich nicht.« Dann ist er fort.

Ein Pistolenschuss knallt in der Stille.

Ich zucke zusammen und presse die Augen zu. Das passiert alles nicht, so was passiert doch nicht wirklich, mir doch nicht ... und wollten die Amancay mich gestern nicht noch rekrutieren? Wollten, dass ich als eine von ihnen heimlich die Elite infiltriere? Hat sich offensichtlich erledigt, als sie mich beim Lauschen entdeckt haben. Die werden nicht riskieren, dass ich ihren Treffpunkt verrate. Wenn John sie nicht aufhält, war's das für mich.

Ich spüre die warme Mauer in meinem Rücken und unter meinen nackten Füßen den sonnenheißen Sand. Ich zwinge mich, die Augen zu öffnen. Vor mir liegt die zerbrochene Säule, links schirmt mich für ein paar Schritte die Mauer, die gleich rechts neben mir in einem halben Torbogen endet. Das ist kein Versteck.

Ich muss Hilfe holen! Ich öffne hektisch die Com, hab zwar kaum Nummern, aber werd Adriana ... Mein Adressbuch ist weg. »Für die Dauer deiner Mission mit John Amber sind andere Kontakte für dich tabu«, steht da nur. Und jetzt? Mein Mund ist staubtrocken und meine Kopfhaut kribbelt. Ich hab nicht mal eine Waffe. Ich taste in der Mauer nach einem lockeren Stein, ziehe ihn hervor, halte ihn ganz fest.

Ich höre Stiefelschritte im Sand, Schläge, ein ekelerregendes Knirschen und einen heiseren Schrei.

John hat keine Chance, allein mit der Wache gegen fünf, mindestens einer von denen hat Martial Arts drauf ...

Der braungelbe Stein in meiner Hand ist nicht mal faustgroß, porös, fühlt sich fast krümelig an, viel zu leicht.

Vorsichtig sehe ich durch den Torbogen. Was zum Teufel ... Die Wache und einer der Amancay liegen zusammengekrümmt auf halber Höhe des Abhangs im Sand. Nicht weit von mir kämpfen fünf schwarze Gestalten zwischen den Dünen. John und vier Amancay springen mit angespannten Körpern, drehen sich im Sprung, treten, täuschen Hiebe an, schlagen mit der Handkante, Akrobaten in einem Tanz um Leben und Tod. Ist das Kung-Fu? Karate?

John duckt sich unter einen Faustschlag. Wirbelt in der Hocke mit ausgestrecktem Bein um sich selbst, reißt einem Amancay die Beine weg, wehrt mit dem angewinkelten Arm einen Schlag ab, kickt einem Angreifer den Stiefel in die Brust. Der Vermummte taumelt ein paar schnelle Schritte zurück, röchelt, geht in die Knie. John springt, dreht sich in der Luft um sich selbst, dann kracht sein Schlag auf den schützend erhobenen Arm des Knienden. Es hört sich an, als würde ein Ast zerbrechen. Der Amancay schreit auf, hält sich die Schulter, der Arm hängt in einem absurden Winkel herab.

Die anderen drei Amancay stürzen sich fast gleichzeitig auf John. Zwei Schlägen weicht er mit dem Oberkörper aus. Der dritte Schlag streift Johns Stirn, wirft ihm den Kopf zurück. Dravens Gesicht verzerrt sich.

Wie angewurzelt stehe ich am Torbogen. Meine Hände ballen sich zu Fäusten. In meiner Rechten der Stein, hart, warm, glitschig von Schweiß. Sehe nirgendwo die Pistolen.

Draven duckt sich, pariert, atmet kurze Kampfrufe aus. Greift immer wieder an. Sie drängen ihn trotzdem zurück, den Abhang hinauf, zur Ruine.

Mich beachten sie gar nicht, sie umzingeln Draven von allen Seiten. Sie verhindern, dass er die Mauer im Rücken hat.

Draven springt mit einem weiten Satz, schnellt die Mauer hoch, umklammert die Kante, schwingt sich hinauf, kickt Steine auf die Nachkletternden. Er kämpft jetzt zwischen zwei von ihnen, wehrt sie gleichzeitig ab, boxt einen ins Gesicht, dass der hintenüber von der Mauer fällt. Der Amancay kommt nur mühsam wieder auf die Beine, reißt an seiner

Kapuze, spuckt Blutklumpen und Zähne auf die Säule im Sand.

Ich höre ein Stöhnen.

Draven ist von einem Tritt in die Hüfte getroffen worden.

Heiße Wut ballt sich in meinem Bauch zusammen, steigt nach oben. In meinen Händen zuckt es, meine Finger umklammern den Stein so fest, die Kanten bohren sich mir in die Haut hinein.

Draven hechtet von der Mauer auf den Amancay unten, kickt ihn im Sprung, rollt sich hinter ihm und der Säule am Boden ab. Die anderen setzen ihm nach.

Der Dritte kommt wieder hoch.

Ich trete aus dem Torbogen, werfe mit all meiner Kraft den Stein nach ihm. Er hat sich schon wieder auf Draven gestürzt, mein Stein trifft nur zertrampelten Sand.

Sie kämpfen jetzt an der Klippe. Direkt hinter ihnen geht es steil nach unten. Ihre Stiefel stampfen den Sand, der in den Abgrund rieselt. Ihr Tanz ist träger geworden. Manchmal stolpern sie.

Draven zieht das Bein leicht nach. Sie keilen ihn zwischen sich ein, arbeiten jetzt zusammen, als hätten sie sich miteinander abgesprochen. Der Erste täuscht einen Kick gegen Dravens Hüfte an, stößt stattdessen auf seinen Kopf zu, Draven pariert mit dem Oberarm, schlägt mit dem anderen Arm auf das Knie des Amancay, springt über den Tritt des Zweiten. Er strauchelt einen winzigen Moment lang beim Aufkommen. Der Dritte packt Dravens Arm, schleudert ihn aus dem Gleichgewicht. Der Erste greift wieder die Hüfte an, stößt Draven endgültig zu Boden.

Sand stäubt auf, als sie mit ihm ringen. Keuchen. Dravens Körper zwischen den Amancay windet sich, schlägt, tritt.

Einer hält seine Füße, zerrt daran. Die wollen ihn über die Klippe werfen.

Ich renne die paar Schritte zu den Kämpfenden. Höre ihr Keuchen, rieche Schweiß, Staub und Blut. Ich greife eine Handvoll Sand. Ich packe eine Kapuze, kriege darunter ein

Büschel Haare zu fassen, reiße einen Kopf zurück. Schlage die Handvoll Sand in den Augenschlitz.

Der Mann schreit kehlig auf, wirbelt herum, eine Hand trifft mich, ich stolpere zurück, stürze, beiße mir auf die Zunge.

Ein stechender Schmerz durchfährt meinen Knöchel. Ich schmecke Blut.

Eine schwarz vermummte Gestalt steht über mir, flucht, reibt sich die Augen, packt mich am Arm.

»Luca!«, brüllt Draven. Seine Stiefel stoßen in die Höhe, seine Hüfte bäumt sich, er steht wieder aufrecht, seine Schläge peitschen die Luft, er scheint plötzlich überall gleichzeitig zu sein, ist bei mir, schleudert den Amancay von mir fort und zu Boden. Er steht leicht nach vorne gebeugt vor mir, seine Finger sind zu Klauen gespannt.

Die drei Amancay schleichen in einem Halbkreis näher, die Klippe in ihrem Rücken.

Mein Herz hämmert. In meinen Ohren rauscht es.

Dann greifen sie Draven an. Mit einem wütenden Schrei kralle ich mich in groben schwarzen Stoff, werde wieder zurückgestoßen.

Jemand fängt mich auf.

Jemand in meinem Rücken hält mich fest, zieht mich ein paar Schritte weiter zurück. Ich schlage um mich. An meiner Schläfe spüre ich kaltes Metall. Aus den Augenwinkeln sehe ich einen Pistolenlauf.

Ich halte still.

Der Angreifer hat locker den Arm um meinen Hals gelegt. Er räuspert sich ein paarmal vernehmlich.

Die Amancay halten inne, lassen Draven los, richten sich auf, treten einen Schritt zurück.

Draven steht schwer atmend, breitbeinig, sein Oberkörper ist leicht nach vorne geduckt.

»Give up?«, fragt ihn der Mann hinter mir, »du gibst auf?« Seine Stimme klingt jung und fast fröhlich, MyVersion übersetzt. War das der, dem Draven vorher den Arm ausgerenkt hat? Dann könnte er mich jetzt nicht so halten. Er drückt den Unterarm leicht gegen meinen Kehlkopf.

Dravens Augen verengen sich, seine Oberlippe zuckt nach oben. Seine Uniform ist am linken Arm zerrissen, er blutet aus einer Schürfwunde.

»Das war eine rhetorische Frage«, stellt der Amancay hinter mir höflich fest. »Du hast nicht wirklich eine Wahl. Schließlich liegt dir ja was an ihr, nicht wahr.«

Ich kann den Lauf der Waffe an meiner Schläfe nur aus den Augenwinkeln sehen. Er ist weiß, kommt mir länger als der einer normalen Pistole vor.

»Bastard.« Draven richtet sich langsam auf. Er legt die Handflächen vor der Brust aneinander und verbeugt sich kaum merklich mit einem Nicken. Dann lässt er die Hände sinken und spuckt verächtlich in den Sand.

»Keine Beleidigungen meiner Mutter», sagt der Mann hinter mir gelassen, während die drei Amancay Draven packen, zwei seine Arme. Der Dritte zieht ihm die Com vom Handgelenk und hält ihm den Scan vor die Augen.

Draven lässt es bewegungslos geschehen. Sein Gesicht ist ausdruckslos. Nur sein Brustkorb hebt und senkt sich noch immer schnell. »Weißt du überhaupt, wie man mit dem Ding umgeht?«, fragt Draven und nickt in Richtung Pistole. Seine Stimme bebt vor Wut. »Wenn ihr was passiert, wirst du dir wünschen, dass deine geliebte Mutter dich gar nicht erst zur Welt gebracht hätte ...«

»Für wen hältst du mich?«, sagt die freundliche Stimme in meinem Rücken. Der Lauf verschwindet von meiner Schläfe. »Ich würde doch nie mit einer geladenen Waffe auf deinen Schatz zielen. Viel zu riskant.«

Draven erstarrt für einen Moment. Die drei Amancay halten inne, sehen sich ungläubig zu uns um, dann packen sie Draven fester. Sein Oberkörper spannt sich an, mit einem Schrei versucht er sie abzuschütteln.

Ich will mich losmachen, aber niemand hält mich mehr fest. Ich fahre herum. Der Amancay ist lang und schlank.

Seine schwarze Robe ist wie die der anderen aus grobem Stoff, auch sein Gesicht ist vermummt, hat nur einen Schlitz für Augen mit vielen Lachfältchen.

»Bastard!«, zische ich, ramme die Faust nach seinem Bauch, er springt leichtfüßig zurück.

In meinem Rücken ein Aufschrei. Draven taumelt am Rand des Abgrunds. Dann stoßen sie ihn und er kippt nach hinten über.

Ich renne zurück zu den Kämpfenden, bin fast da ... Nein ... Am Rand der Klippe falle ich auf die Knie, sehe ihn stürzen.

Sein Körper wendet sich im Fall, streckt sich, spannt sich, dann taucht er mit einem Kopfsprung ins Wasser ein, schwimmt unter der Oberfläche eine paar Züge und krault zum Ufer zurück.

In meinem Rücken höre ich Flüche, Verwünschungen und Stöhnen.

Neben mir im Sand sehe ich plötzlich Dravens Com. Sie ist größer und breiter als meine, schwarz mit einem roten chinesischen Drachen darauf. Sie ist noch offen.

Ich schlucke. Das ist nicht Dravens Com.

Sie gehört John.

Ich habe so viele Fragen und nur für eine einzige Antwort Zeit.

»Luca Mon?«, fragt eine höfliche Stimme hinter mir.

Ich blicke nicht auf, knie an der Klippe, tippe in Hologrammen, suche nach dem einzigen Ausgang, von dem ich weiß. Der Krankenstation. Da ist die Adresse. Straße 5, Gebäude 3, Stock 9. Der Bildschirm wird schwarz, die zweite Minute ist vorbei. Stephen hatte recht. Die wirklichen Privilegien auf Targan Island sind nicht schicke Autos oder exotische Hobbys. Der Unterschied zwischen den Rängen wird vom Zugang auf Information bestimmt.

Wissen ist Macht.

»Luca Mon?«

Ich sehe auf. Der Lange steht vor mir. Die anderen Amancay sind auf dem Weg zurück den Abhang hinunter. Einer hält sich den Rücken, ein anderer humpelt, zieht das Bein nach. Sie gehen an den Körpern von Johns Wachen vorbei, die noch immer reglos daliegen. Der bewusstlose Amancay am Wegrand ist nicht mehr zu sehen, der verwundete sitzt auf der Ladefläche des Geländewagens, hat den Arm in einer Schlinge und bläst Rauchringe.

»Schlag bitte nicht gleich wieder nach mir«, sagt der Lange zu mir. »Keine Sorge, dir wird nichts passieren. Aber du hast da etwas, das jetzt uns gehört.«

Ich werfe ihm die Com zu, er fängt sie mit einer Hand auf. »Auch deine, bitte.«

Ich löse sie vom Handgelenk und werfe sie ihm zu.

Er betrachtet die Coms, bläst Sand von ihnen ab, als wären sie Kostbarkeiten oder gefährliche Waffen und steckt sie vorsichtig in seine Robe.

Aus den Augenwinkeln sehe ich, dass einer der Amancay auch den reglosen Körpern der Wachen ihre Coms abnimmt.

»Wir sehen uns, Luca Mon«, sagt der Mann, winkt mir zu und wendet sich von mir ab.

Ich hole tief Atem. »Gibt es einen Weg von der Insel?«, rufe ich ihm nach, schaden kann das nach all dem schließlich auch nicht mehr. »Wie komme ich hier weg?«

Aber er läuft jetzt, ist schon bei den anderen unten angekommen.

Sie springen in den Geländewagen, einer in den Speeder, der Lange auf Johns Motorrad. Reifen quietschen, Motorenlärm, eine Staubwolke. Sie sind fort. Ich sehe ihnen nach.

Ich drehe mich erst um, als ich in meinem Rücken schnelle Schritte höre.

John taucht auf dem Pfad auf, der die Klippe heraufführt, springt über einen Felsen auf den Weg, stürzt auf mich zu, packt mich an den Schultern und sieht an mir herunter. »Luca! Alles in Ordnung?«

Ich nicke. Er umarmt mich, presst mich an seinen nassen Körper, so fest, dass es weh tut, flüstert meinen Namen. Und dann flüstert er Flüche in mein Ohr.

Ich halte ihn fest und höre seinen Herzschlag. Wir sind in Ordnung.

Er lässt mich los, hält mich von sich fort und mustert mich von oben bis unten: »Du blutest. Ich bring ihn um.«

Er geht vor mir in die Knie. Ich blute tatsächlich. Er betastet vorsichtig den wunden Knöchel. »Kannst du deinen Fuß bewegen?« John hebt mein Bein an, ich stütze mich auf seiner Schulter ab und bewege den Fuß.

»Nur aufgeschürft«, sage ich erleichtert, einen verstauchten Knöchel kann ich auf der Insel wirklich nicht gebrauchen, wer weiß schon, was im nächsten Eignungstest so passiert ... Bei dem Gedanken will ich mich von ihm losmachen, aber John lässt nicht los, seine Finger streicheln meinen Fuß, die heile Haut um die Schürfwunde, und mit einem Mal fühle ich mich fiebrig, schmiege mich enger an seine Schulter.

»Verdammt, John, mir ist nichts passiert, aber deine Wachen, die haben sich noch immer nicht bewegt«, sage ich heiser.

»Die werden auch noch eine Weile schlafen. Die Amancay haben sie gespritzt. In den Spritzen ist ein Narkotikum.« Seine Stimme klingt belegt. »Niemand weiß, wer zu den Amancay gehört und wer nicht. Nicht mal die Amancay selbst. Die bringen so schnell niemanden um. Jedenfalls nicht mit Absicht. Eher aus Dummheit.«

Tropfen rinnen John aus dem schwarzen Haar, der Uniformstoff an seiner Schulter ist nass und warm, mit der Fingerkuppe zeichne ich die feuchten Spuren in seinem Nacken nach. John setzt meinen Fuß sehr vorsichtig ab und richtet sich langsam auf. Er steht mir gegenüber, riecht jetzt nach Meer. Er tritt näher, berührt meine Hand. Unsere Blicke treffen sich. Ich will Sex.

Bloß das nicht.

Ich will Sex. Sofort, auf der Stelle, gleich hier im Sand.

»Fuck«, murmelt John und macht zwei Schritte rückwärts.

Dann wendet er sich ab und geht den Abhang hinunter. Er zieht das getroffene Bein leicht nach.

Ich hole ein paarmal tief Luft und sehe zu, wie er unten einen nach dem anderen die Körper der Wachen untersucht.

Ich runzle die Stirn. Warum haben die Amancay uns alle einfach hier gelassen? Auch wenn es ihnen am Ende nur um die Coms gegangen ist, die schließen sich doch nach zwei Minuten, was sollte das also alles? Wenn ich eine Amancay wäre, ich hätte John gespritzt, anstatt ihn von der Klippe zu schmeißen und dann so lange wie möglich in seiner allwissenden Com gelesen.

Nur bin ich keine Amancay, sondern Luca. Was hab ich mir denn eigentlich dabei gedacht, mich wie Lilith mit Draven auf ein paar Ninjas zu stürzen? Offensichtlich nicht allzu viel. Der Knöchel tut mit einem Mal weh, ich hab mir böse auf die Zunge gebissen, meine Beine zittern plötzlich, und ich lasse mich da, wo ich stehe in den Sand fallen. Es ist Mittag, die Sonne brennt, die Luft ist schwül und sogar die Ruinenmauer ein paar Meter weiter wirft kaum einen Schatten.

John ist also kein Amancay. War wohl tatsächlich nicht mehr als ein Zufall, dass sich die Amancay auch am Ende der Quest Berg treffen, genau wie Draven und Lilith früher. Ein haarsträubend unwahrscheinlicher Zufall, der jede Geschichte unglaubwürdig machen würde. Aber in der Wirklichkeit kommen solche Zufälle nun mal vor. John ist ein Targan. In diesem Spiel sind wir keine Verbündeten mehr. Wir sind Gegenspieler. Ich kann ihm nicht trauen.

Langsam kommt er den Abhang herauf zu mir zurück. Ein Mann in schwarzer Uniform, der Kampfsport macht und mich beinahe überredet hätte, mich für ein paar Punkte von einer Klippe zu stürzen, nähert sich mir. Und anstatt weglaufen zu wollen, fühlt sich die Hitze der Sonne plötzlich wie ein Kitzeln auf meiner Haut an und ich finde die Wüste um uns zauberhaft. Ich senke den Kopf.

Sind das die Reste vom Adrenalin? Oder vielleicht so eine Art Stockholmsyndrom? Das wär doch eh nichts geworden mit uns. John war wahrscheinlich nie wirklich Draven, John war immer der Boss einer legalen Stalker-Organisation, die

Menschen kidnappt, zu Tode foltert und verschwinden lässt, wenn sie zu viel wissen. Mit Männern hab ich wirklich ein Händchen.

Johns Schritte sind beinahe bei mir. Ich sehe nicht auf, sehe nur seine Stiefel, die neben mir stehen bleiben. Die Wassertropfen, die aus dem Uniformstoff rinnen, werden zu dunklen Flecken im Sand.

Er setzt sich neben mich und reicht mir eine Targan-Wasserflasche. »Trink.«

»Die haben uns sogar Wasser dagelassen?«

»Trink.«

Die Flasche ist voll, das Wasser darin eiskalt, ich trinke in schnellen durstigen Zügen, bis mein Kopf davon schmerzt, und sehe dabei zu, wie John einen Fetzen Stoff aus der zerrissenen Uniform am Arm reißt.

Er nimmt mir die Flasche wieder ab und wäscht mir Blut und Sand vom Knöchel.

»Was ist mit dir?«, frage ich. »Dein Bein? Dein Kopf? Dein Arm?«

»Lehrgeld. So was passiert mir nicht noch mal ... Die werden immer besser«, fügt er tatsächlich anerkennend hinzu. Er verbindet die Wunde mit dem Stofffetzen. Seine Hände arbeiten schnell und methodisch und er fasst mich so wenig wie möglich dabei an.

»Für jemanden, der nur für sich selbst und Targan Raum und Zeit hat, machst du ganz schön viel Aufwand um so einen Kratzer.«

Er antwortet nicht. Was hat er denn eigentlich? »Ich hab mir auch auf die Zunge gebissen«, rutscht es mir raus. Vorhin auf dem Schreibtisch hatte er doch schließlich auch kein Problem damit, sich um die zu kümmern, warum plötzlich so zurückhaltend?

John schüttelt langsam den Kopf, ohne mich anzusehen. »Rühr dich nicht vom Fleck, hatte ich ihr gesagt ...«, höre ich ihn knurren. Er zieht den Knoten mit einem Ruck zu.

»Aua!«

»Lehrgeld.« Aber um seine Mundwinkel zuckt es und er lockert den Knoten wieder.

Er setzt sich neben mich zurück, zieht sein Headset aus dem Ohr, wirft es achtlos in den Sand und schüttelt sich die Tropfen aus dem Haar.

Ich stütze das Kinn in die Hand und betrachte ihn. »Und jetzt?«

Er weicht meinem Blick aus und sieht zur Straße. »Sie verfolgen die Amancay. Vielleicht hinterlassen die eine Spur. Mach dir keine Sorgen. In spätestens einer Viertelstunde werden wir abgeholt.«

»Hier draußen? Von wem? Hast du so eine Art Targan-Notfallknopf in der Ruine versteckt?«

»Diese Info ist für dich tabu.«

Eine Krähe hüpft hinter einem Dornenstrauch hervor und in unsere Nähe. John wirft mit Sand nach ihr, die Krähe fliegt weg. Der Wind ist heiß und seine Uniform an einigen Stellen schon getrocknet. Die nassen Stellen glänzen ölig. Wir erinnern heute schon sehr an die Figuren in der Arbeitsmappe, er ganz in Schwarz, ich mit weißem Rock und weißer Bluse, schwarz und weiß, Spieler und Gegenspieler.

Jetzt dreht er sich zu mir um. »Hör auf, mich so anzusehen, Luca«, sagt er langsam. »Wir können es uns nicht leisten zu fühlen. Der Preis ist zu hoch. Ich werd dir nur weh tun ... Das will ich nicht. Aber wenn du mich so ansiehst ... ich bin auch nur ein Mensch.« Er wendet sich ab. »Und darum werden wir jetzt verdammt noch mal eine Viertelstunde lang jeder in eine andere Richtung sehen und kein einziges Wort mehr zueinander sagen.«

»Hm ... Oder wir spielen ein Spiel.« Ich nehme ihm die Wasserflasche aus der Hand und schüttle die letzten Schlucke darin. »Wir nehmen eine Viertelstunde Auszeit von unseren Rollen und sind einfach nur John und Luca. Ich darf dich endlich all das fragen, was ich nicht wissen wollte, als ich dich nur als Draven gekannt hab.« Vielleicht hab ich Glück, und er ist und war schon immer ein Langweiler und ich schaffe es endlich, mir John und Draven aus dem Kopf zu schlagen, anstatt mich zu fragen, wie man Blicke aus flüssigem Kupfer beschreiben kann ...

Das flüssige Kupfer betrachtet mich allerdings gerade völlig fassungslos. »Du ... du willst immer noch dein Date?«

»Im Gegenzug verspreche ich dir auch, nicht mehr im Aufzug über dich herzufallen oder mich unter deinem Schreibtisch zu verstecken.«

Er sieht mich noch immer an, als ob ich mich in einen Alien verwandelt hätte. Er schüttelt den Kopf, sieht zur Straße und dann wieder zu mir.

Dann: »Eine Viertelstunde Auszeit. Keine Fragen zu Targan. Und du hörst sofort auf, mich anzusehen.«

»Deal«, sage ich und sehe weg. Sehe auf den Boden, den Sand, der in der Sonne heißer wird. Trotz des Windes ist die Luft so schwül, dass ich Feuchtigkeit atme. In meinem Rücken höre ich John mit etwas rascheln.

»Zigarette?« Seine behandschuhte Hand hält mir eine geöffnete Schachtel hin. Ich drehe mich nicht zu ihm um. »Danke, ich rauche nicht.«

»Solltest du aber. Rauchen ist verboten.«

Ich schlinge die Arme um die Beine. »Stephen hat mir erzählt, dass es auf Targan Island überhaupt keine Zigaretten gibt.«

»Stimmt.« Jede Wette, dass John jetzt wieder grinst.

»Wie ...«

»Keine Fragen zu Targan, Luca. Frag, was du willst. Aber frag nichts zu Targan.«

Ich überlege einen Moment. »Wie stellst du es an, dass die Leute machen, was du willst?«

Ich höre ein Feuerzeug und dann rieche ich Zigarettenrauch und sehe Schwaden, die der Wind vorbeiträgt. Die weiße Straße liegt verlassen zwischen den Dünen. Einen Moment glaube ich schon, dass John es sich anders überlegt hat und doch nicht antworten wird. Aber dann höre ich, wie er sich die Stiefel auszieht und mit der Zigarette zwischen den

Lippen sagt: »Ich weiß sehr schnell, was die Leute sich wünschen. Viel mehr braucht es meistens nicht.«

Er wirft einen nassen Stiefel neben uns in den Sand und dann streckt er die Beine lang aus. Der Uniformstoff ist schon trocken. Johns Füße sind nackt und braun gebrannt. Er hat kleine, schwarze Härchen an den Zehen, die er jetzt im warmen Sand vergräbt. Ich frage mich, ob er den Kopf in den Sand gelegt hat und in den Himmel schaut. Oder ob er mich immer noch beobachtet.

»So eine Art intuitiver Pragmatismus. Das war schon immer eine meiner Hauptressourcen«, sagt er. »Weiß einfach, was wer warum will. Und vor allem weiß ich meistens auch, wie man an das, was sich die Leute so wünschen, rankommt. Damit hab ich mir schon mein erstes Motorrad finanziert, als ich noch nicht mal einen Führerschein hatte. Hat damit angefangen, dass ich meinen Mitschülern die Partys organisiert hab, richtig groß im Wald mit DJ und so, Alibi für die Eltern inklusive. Mit der Zeit ist das ein richtiges Geschäft geworden. War so eine Art Wunschagentur. Hatte nie einen Namen, aber hab gut dran verdient.«

»Was hast du bitte mit einem Motorrad gemacht, wenn du noch gar keinen Führerschein hattest?«

»Ich bin zu schnell gefahren.«

»Ich nehme an, deine Wunschagentur war nicht legal?«

»Legal genug.«

»Du hältst dich nicht gerne an Spielregeln, was?«

Ich drehe mich zu ihm um. Er liegt auf die Ellenbogen gestützt hinter mir, die Zigarette in seiner Linken. Er sieht unbeschwert aus. Wirklich wie ein Motorradfahrer bei einem Date mit einem Mädchen am Strand. Seine Augen lachen, als er sagt: »Nicht ansehen, Luca. Das ist gegen die Spielregeln.«

Ich zucke die Schultern.

Draven und Lilith waren beide berüchtigte Gesetzesbrecher.

Ich drehe mich wieder zur Straße, weil ich mehr Fragen stellen will. Aber er spricht schon von alleine weiter. Seine

Stimme klingt jetzt entspannt und tief und wie die Stimme von jemand, dem es Spaß macht zu erzählen.

Ich atme Johns Zigarettenrauch und sehe zu, wie sich der Rauch zu Formen verdichtet, mit jedem Windstoß wieder verliert. Ich sitze da und höre zu und betrachte Johns Zehen, die manchmal wackeln und mit dem Sand spielen. Er erzählt von seiner Wunschagentur und dann, wie er mit Mitte 20 alles zurückgelassen hat, um sich seinen eigenen Lebenswunsch zu erfüllen und mit dem Motorrad von Alaska nach Feuerland zu fahren, erzählt von Wüsten, Dschungeln, einem Salzsee und dem Gefühl, morgens aufzuwachen und zu wissen, dass alles passieren kann, alles möglich ist, frei zu sein.

Manchmal zirpen die Grillen. Im stahlblauen Himmel über uns die Sonne, vor uns die Straße zwischen den goldbraunen Dünen. Ich spüre den Sand in jeder Pore meiner Haut und in meinem Mund noch immer den Nachgeschmack von kühlem Wasser.

Dann ist es still. Johns Zigarette raucht nicht mehr. Ich frage mich, an was er gerade denkt. Unsere Zeit ist beinahe um.

»Hast du Familie?«, frage ich.

»Zwei Brüder. Wir sind nicht mehr in Kontakt.«

Seine Stimme klingt anders. Abwesend. Ich drehe mich wieder zu ihm um. Er hat sich aufgesetzt und sieht mich an, ist so schön, dass es weh tut. Er greift eine Handvoll Sand, lässt ihn sich zwischen den Fingern hindurchrinnen und lächelt mich dabei an. Schüchtern.

John hat mich schüchtern angelächelt. Alles in mir wird warm und sprudelig und weich. Ich fühle mich ... ganz.

So was hab ich noch nie gefühlt.

So was kenne ich nicht.

Mit John ist es genauso, wie ich mir vorgestellt habe, dass es mit Draven sein könnte. Und mehr.

Wenn die Umstände anders wären. Nur sind die Umstände, wie sie sind. Ich hab mich in meinen Todfeind verknallt. Dumm gelaufen.

»Ich wünschte, du wärst damals dabei gewesen«, sagt John. »Ich wünschte, ich könnte dir all das zeigen.«

»Buch einen Flug von der Insel für uns und auf geht's«, sage ich zynisch.

Er antwortet nicht.

In der Ferne ist das leise Spulen eines Targan-Motors zu hören.

»Auszeit vorbei«, murmelt er heiser.

Eine weiße Targan-Limousine nähert sich, die Sonne gleißt auf den silbernen Türrahmen.

Johns Stiefel sind wieder trocken. Ich sehe zu, wie er sie anzieht, aufsteht und aufrecht den Abhang hinuntergeht, ohne sich nach mir umzudrehen. Benommen stehe ich auf.

Meine Sandalen stehen noch immer am Rand der Klippe, ich gehe noch einmal hin. Auf die Liste der Dinge, die ich tue, falls ich es zurück nach Hause schaffe: Reisen gehen. Vielleicht mit dem Motorrad. Wahrscheinlich nach Udaipur.

Wo gerade noch Wärme in mir gewesen ist, fühle ich jetzt etwas aufreißen. Wegen dieser Art von Gefühl hab ich mir immer Mühe gegeben, Gefühle zu meiden. Aber obwohl es weh tut ... es fühlt sich wirklich an. Ich fühle mich wirklich an. Für einen Bücherwurm und Computer-Nerd wie mich waren die letzten Tage tatsächlich jede Menge Wirklichkeit auf einmal, aber anstatt mich hysterisch heulend in einer Ecke zu verstecken, stehe ich immer noch ziemlich aufrecht. Ich halte das Gesicht der Sonne entgegen und schnuppere den Wind.

Und wenn ich tatsächlich mehr Lilith bin, als ich mir selber zutraue?

Ich stehe allein auf der Klippe und sehe hinunter auf das Wasser, das tatsächlich tief genug ist.

Als ich dieses Mal die Finger im Wind ausstrecke, spüre ich es bei der Vorstellung vom Fall wieder in meinen Füßen kribbeln, aber zittere nicht mehr.

Zu schade, dass ich nicht schwimmen kann ... Learning by doing?

Ich hole Atem und mache einen Schritt auf das Blau zu, in den Wind hinein.

Springen ist wie Fliegen. Nur höher und tiefer.

Ich kann mich nicht mehr an die Adresse von der Krankenstation erinnern. Ich kann mich an alles erinnern, wie sich der Wind angefühlt hat, das Meer, an jedes einzelne Wort, das John und ich zueinander gesagt haben, aber die verdammte Adresse ist wie aus meinem Gedächtnis gelöscht. Ich hatte alle Antworten und eine Frage und habe die Antwort darauf vergessen! Und das mir. Ganz offensichtlich falle ich allmählich auseinander. Hab nur noch John im Kopf. Da merke ich mir versehentlich den Code auf dem Nummernschild von seinem Motorrad, aber kann mich weder an die Haus- noch an die Straßennummer der Krankenstation erinnern.

Seit Tagen laufe ich mit einem seltsam hohlen Gefühl in der Brust herum. Aber wenn John im Büro durch den Korridor an mir vorbeigeht, drehe ich mich nicht nach ihm um. Ich starre wie alle anderen auf meinen Bildschirm und versuche, an nichts anderes als an meine Arbeit zu denken. Das Loch in meiner Brust reißt jedes Mal ein wenig weiter an den Rändern auf.

Dazu die Alpträume. Frische Meeresluft soll doch angeblich beim Schlafen helfen, aber seit ich auf dieser verdammten Insel bin, hab ich kaum eine Nacht durchgeschlafen. Schweißgebadet und mit hämmerndem Herzen wache ich immer wieder auf, aber erinnere mich nur an wirre Formen, Farben und Schmerzen, ich weiß nicht von was. Wahrscheinlich alles nur wegen der Angst. Der nächste Test ist in drei Tagen. Das Geräusch, als sich die Glastür hinter mir geschlossen hat und das Schloss eingerastet ist ...

Alle Kandidaten haben Angst, und jeder geht auf seine Weise damit um.

Wär das hier Yara, würde ich das versuchen, was Celine nach dem Test vorgeschlagen hat. Wenn wir uns alle zusammenschließen würden, unsere Chancen hier rauszukommen wären um so vieles größer. Aber wir sind hier nicht in Yara.

Celine hat immer wieder versucht, einen gemeinsamen Streik vorzuschlagen. Kaum einer hört ihr überhaupt zu. Niemand will sich gefährden.

Stattdessen erzählt jeder jedem, wie groß seine Chancen sind, es doch noch zu schaffen. Das liegt vor allem daran, dass sich die Rangordnung stündlich ändert. Unter die ersten drei zu kommen, ist fast unmöglich. Der Punkteabstand ist da größer, das hat Stephen aus Adriana rausgelockt. Aber sich von den unteren Plätzen ins Mittelfeld vorzukämpfen, ist relativ einfach, und niemand will glauben, dass er das bis zum Ende nicht schaffen kann und rausfliegen wird.

Ich hatte meinen Punkteverlust vom ersten Arbeitsmorgen relativ schnell wieder wettgemacht und mich unter die ersten zehn auf Rang 7 hochgearbeitet. Die kurze Zeit, die ich statt bei meinen Formularen unter Johns Schreibtisch verbracht hab, hat mich auf Rang 14 zurückgeworfen. Jetzt halte ich mich unter den ersten fünf, aber einfach ist das nicht.

Wir Kandidaten treffen uns nicht mehr alle zusammen zum Abendessen im Park. Es haben sich kleine Gruppen gebildet. Man steht dicht beieinander und unterhält sich mit gedämpfter Stimme. Ich schnappe immer mal wieder Wortfetzen auf. Seit dem Test rätseln alle Kandidaten darüber, nach wie vielen Mitgliedern Utopia sucht. Einige glauben wie zu Anfang, dass alle genommen werden und die Rangordnung eher so eine Art zusätzlicher Stresstest ist. Und natürlich dürften wir alle auch sofort wieder nach Hause, wenn wir das wirklich wollten, alles andere wäre doch lächerlich, sogar die Targan würden doch wohl keinen Krieg mit anderen Ländern riskieren. Man wolle nur sehen, wie wir Kandidaten uns unter Druck verhalten. Der Picklige gibt damit an, 119 Talkshows über Targan gesehen zu haben, und in keiner Auswahlrunde seien weniger als 20 Kandidaten genommen worden. Dass der sich noch immer einreden kann, die Ex-Kandidaten in den

Talkshows hätten keine Märchen erzählt, finde ich fast schon beeindruckend. Andere behaupten seit dem letzten Eignungstest, es würden nur eine Handvoll Kandidaten genommen und spinnen sich die verrücktesten Theorien zusammen, was mit den anderen passiert. Wer es nicht in die Elite schafft, würde nicht länger gegen die Krankheit immunisiert. Darum gäbe es hier so viele Togas. Aber niemand weiß wirklich etwas. Wir wissen nur, dass Gaya verschwunden ist.

Sie ist mir wirklich kaum aufgefallen, ich konnte ihrem Namen noch nicht mal ein Gesicht zuordnen. Inzwischen weiß ich, dass sie sogar im gleichen Büro wie ich gesessen hat, im zweiten Korridor gleich links. Seit sie weg ist, kann ich nicht anders, als jeden Tag in ihre leere Arbeitszelle zu sehen.

»Ich glaube ja, sie hat versucht zu fliehen«, höre ich einmal Violet zu Jeff sagen, als ich auf einem der goldenen Parkwege durch die drückende Nachtschwüle an ihnen vorbeijogge. Seit dem letzten Test tauschen die beiden nicht mehr ihr Essen miteinander. Jeff hat die Theorie, dass es noch eine andere, verdeckte Punkteskala dafür gibt, wie gut man zur Elite passt, und dass die viel wichtiger ist als die Rangordnung bei Arbeitsleistung. Darum hören sie beide jetzt lieber auf den Engel. Violet fastet, Jeff lässt sich mästen. Aber man sieht sie noch immer oft zusammen.

»Wohin hätte sie denn fliehen sollen?«, antwortet ihr Jeff. »Wegschwimmen?«

»Jemand hat mir gesagt, sie hätte Rang 27 gehabt …«, sagt Violet. »Ich bin grade Rang 12, und du?«

Wir sind nicht mehr die glücklichen Auserwählten auf einer wunderschönen Insel. Wir sind jetzt Konkurrenten, und niemand von uns hat eine Ahnung, was tatsächlich mit uns passieren wird.

Der Tempel wirkt mit der Musik aus dem Headset gleich noch etwas größer, goldener, gläserner und ehrfurchtsgebietender. Ich komme viel zu spät zum Teamtreffen mit Adriana und mein Schweber flitzt noch schneller als gewöhnlich die Galerie entlang zwischen Gruppen von Uniformierten hindurch, an der Amancay-Jagdspiel-Bar und den Geschäften vorbei. In einem Geschäft für Apps läuft auf einem Hologramm eine Steinigungsszene in Wiederholungsschleife, es wird immer wieder gezeigt, wie das schmutzige Gesicht eines bärtigen Mannes getroffen wird, sich verzerrt, Blut über die Augen tropft, der nächste Stein trifft, dann fängt das Ganze von vorne an.

In der blühenden Laube sitzen Stephen, Celine und Adriana an einem der silbernen Tische zusammen. Der Springbrunnen plätschert friedlich vor sich hin, wird gerade von einer Toga poliert, und Adriana sieht unverändert perfekt aus.

Wie alt ist sie eigentlich? Ende 30? Sie könnte auch viel jünger oder älter sein. Ich halte sie für eine der Frauen, die älter aussehen, als sie sind, und sich jünger schminken, als es zu ihnen passt. Sie trägt ein bodenlanges, eng anliegendes rotes Kleid, ihr blondes Haar ist heute gelockt, und sie hat Goldstaub auf Gesicht und Armen.

Der Schweber hält direkt neben ihnen, Wassergläser stehen auf dem Tisch um die fleischfressende Pflanze, nur Adriana hat einen Drink in der Hand.

»Hast du es auch noch einrichten können?«, fährt sie mich an, noch bevor ich abgestiegen bin. »Stimmt etwas nicht mit deiner neuen Com? Wir haben uns schon gefragt, ob wir vielleicht ein Rettungsteam nach dir ausschicken sollten? Wer weiß, was sich Luca Mon heute überlegt hat, um uns alle auf Trab zu halten!«

Okay ... Adriana hat also auch mitgekriegt, dass Schwimmen Learning by Doing keine so gute Idee gewesen ist ... Ich setze mich neben Celine, die mir ein Wasserglas zuschiebt, und trinke in gierigen Schlucken, bis mein Kopf von der Kälte pocht. »Mein Engel war auf stumm.« Auf der Insel scheint es jeden Tag heißer zu werden, draußen brütet die Hitze und ich bin gerannt.

Adriana kräuselt die Nase, mustert mein verschwitztes Gesicht, öffnet den Mund, schließt ihn wieder und lächelt ein zuckersüßes Venusfallenlächeln: »Ja, wenn das so ist«, sagt sie. »Mein Großvater hat immer gesagt: Jeder ist seines eigenen Glückes Schmied. Wir haben hier mehr als 18 Minuten auf dich gewartet und Stephen hat dich extra anrufen müssen. Aber wenn dein Engel auf stumm war ... Gibt es einen Grund für den stummen Engel? Arbeitet er nicht zu deiner Zufriedenheit? Hättest du vielleicht spezielle Verbesserungswünsche? Die hören wir uns hier natürlich immer gerne an, alles, damit Luca Mon sich wohl bei uns fühlt!«

Zugegeben, ich hab in meinem Leben noch nie so effizient gearbeitet wie hier auf der Insel, und das trotz all dem Stress. Aber der Engel laugt mich aus. Ich hab erst gedacht, er wüsste besser als ich, wann ich eine Pause brauche, aber das stimmt nicht ganz. Er gibt immer ein kleines bisschen zu wenig an Pause und nimmt immer ein kleines bisschen zu viel von mir. Nie so viel auf einmal, als dass ich das von Anfang an gemerkt hätte, aber jetzt, anderthalb Wochen später, merke ich es sehr.

Aber das wird Adriana auch nicht friedlicher stimmen. Ich zucke die Schultern und antworte nicht. Der Duft der Laubenblüten um uns ist süß und betäubend schwer. Mein heißes Gesicht kühlt im Wind der Klimaanlage.

Adriana dreht sich von mir weg und wirft dabei ihre blonden Locken über die Schultern, eingeflochtene Schmuckperlen glitzern darin. »Nachdem wir jetzt also vollzählig sind, habe ich noch ein paar Minuten Zeit, euch auf euren nächsten Eignungstest vorzubereiten. Ich gehe davon aus, euer Engel hat dafür gesorgt, dass ihr drei eure Freizeit miteinander verbringt?«

»Klar«, sagt Stephen und boxt Celine spielerisch in die Seiten. »Wir sind hier ein eingespieltes Team.«

Ich sage nichts, sehe dem Wasser vom Springbrunnen zu, den drei Wasserfontänen in der leuchtend weißen Wanne, dem perfekt aufeinander abgestimmten Auf und Nieder.

»Nur Luca hat sich abgesetzt«, sagt Stephen an meiner Stelle. »Am Anfang hab ich sie noch dazu überreden können, mit mir joggen zu gehen, aber der Eignungstest war dann wohl etwas zu viel für sie, da hat auch das aufgehört.«

Seine Worte kommen wie ein Stoßfeuer. Sein Fuß trommelt einen ungeduldigen Rhythmus unter dem Tisch.

»Oh«, sagt Adriana. Einen Moment ist es still. »Ich nehme an, dein Engel war auf stumm?«, fragt sie dann sarkastisch.

»Nicht immer«, sage ich.

»Das stimmt!«, sagt Celine schnell. »Wir ... Luca und ich ... wir sind zusammen spazieren gegangen.«

Ein einziges Mal, und das auch noch während der Arbeitszeit, der Engel hatte nichts damit zu tun. Celine saß mit einem ihrer Gegenspieler fest, war schon auf Rang 23 abgerutscht und brauchte dringend einen Rat. Aber das behält sie zum Glück für sich. »Und ... und joggen geht sie natürlich auch noch immer«, fügt Celine hinzu.

»Doch nicht etwa alleine?« Adrianas Augen weiten sich, bevor sich ihre perfekt gezupften Augenbrauen zusammenziehen. Wenn sie könnte, würde sie mir jetzt Punkte fürs Freundschaftsschwänzen abziehen.

»Warum warst du alleine joggen?«, fragt Stephen verblüfft.

Weil ich dich von Anfang an nicht wirklich mochte und nicht mehr ausstehen kann, seit du im letzten Eignungstest nicht auf den Schlüssel gedrückt hast, denke ich und betrachte weiter den Springbrunnen. Die Toga davor ist in meinem Alter, ihre Haare sind kurz geschoren und ihre Arme zu dünn. Sie poliert die Wanne mit zuckenden, unkoordinierten Bewegungen, klatscht zwischendurch immer wieder den Lappen in den Eimer mit Lauge, stört die rhythmische Harmonie der Wasserfontänen. Tropfen perlen an ihrem hautfarbenen Anzug ab.

»Das tut mir sehr leid für euch«, sagt Adriana, aber sieht nur Stephen dabei an. Sogar ihr Lidstrich sitzt perfekt, betont das Grau ihrer Augen. »Im nächsten Eignungstest wird geprüft, wie gut ihr eure Teampartner einschätzen könnt. Lernt euch so lange kennen, bis ihr euch nicht mehr überraschen könnt. Heute ist schon Mittwoch, ihr habt bis Sonntag also nur noch vier Abende Zeit ...«

Wie kann Adriana über den Test reden, als ob das eine Klausur an der Uni wäre? Weiß sie nicht mehr, wie sich das anfühlt, auf so was zu warten?

Ich wende mich vom Springbrunnen ab, von meinem Platz aus kann ich die Galerie hinuntersehen. Eine Gruppe Uniformierter steht in einem Anzuggeschäft um das Hologramm eines hübschen Verkäufers, der ihnen verschiedene Modelle am eigenen Körper vorführt. Zwei Wachen in grauen Uniformen kommen mit schnellen Schritten näher und unterhalten sich dabei miteinander.

»Das ist alles, was du uns sagen kannst?« Stephen trommelt mit dem Zeigefinger nervös auf dem Glasring, der um die fleischfressende Pflanze läuft, die Käfer darin krabbeln hektisch übereinander, von den Erschütterungen fort. »Was genau sollen wir denn voneinander wissen?«

»Alles«, sagt Adriana. »Manchen Kandidaten hat die Vorstellung geholfen, sie wären miteinander verheiratet und müssten jetzt vor einer Behörde ihre Ehe beweisen.«

Neben mir hält Celine plötzlich den Atem an. Die Wachen gehen an uns vorbei in die Laube, zum Springbrunnen. Jeder packt einen Arm der Toga.

Sie richten sie auf. Ihre Arme wischen immer weiter mit einem imaginären Lappen durch die Luft, ihre Hände sind feuerrot und mit Blasen bedeckt, die Haut schält sich an einigen Stellen vom Fleisch. Stumm lächelnd geht sie zwischen den Wachen, die sie, ohne uns zu beachten, an unserem Tisch vorbei aus der Laube führen. Sie unterhalten sich über eine Fußballmannschaft.

»Was ist mit ihr?«, flüstert Celine.

Adriana nippt an ihrem Champagnerglas, die Flüssigkeit darin schimmert in einem dunklen Violett. »Nicht ausgewechselt worden ... Nicht euer Problem.« Sie pflückt eine dunkelgelbe Blüte aus der Laube, die Staubblätter leuchten in einem lasziven Rot. Sie schnuppert daran, wirft sie weg, sucht eine andere aus und steckt sie sich ins Haar.

Celine sieht ihr fassungslos dabei zu. »Wo ... wo bringen sie die Frau jetzt hin? Wird sie verarztet?« Was meint Adriana mit ausgewechselt? Ich werfe einen Blick über die Schulter, sehe noch den mageren Rücken der Frau, wie sie zwischen den beiden Wachen davonschlurft. Ihr Arm poliert noch immer eine imaginäre Wanne in der Luft. Ich sehe schnell wieder weg.

Adriana zieht einen Taschenspiegel aus einer Handtasche mit grellen geometrischen Mustern und überprüft den Goldstaub auf ihrem Gesicht. »Celine, du musst lernen, dein fehlgeleitetes Mitgefühl zu kanalisieren. Wenn du anfängst, dich für den Aufgabenbereich der Toga-Experten zu interessieren, ziehst du diese Energie von deinem eigenen Aufgabenbereich ab. Damit schädigst du nicht nur dich selbst, sondern das gesamte System und damit letztendlich auch gerade diejenigen, deren Aufgabe es ist, für das Wohl der Togas zu sorgen. In Wahrheit hilfst du den Togas am meisten, wenn du sie ignorierst. Offensichtlich ist laut Utopia diese Situation so momentan die bestmögliche.« Sie klappt den Spiegel zu, steht auf und nimmt ihre Handtasche. »Also ... wir sehen uns!«

Ein Schweber kommt auf sie zu, hält direkt vor ihren Füßen, ihre goldenen Absätze klappern, als sie aufsteigt, dann ist sie fort.

Stephen schnaubt, wirft Celine und mir einen wütenden Blick zu, schüttelt den Kopf und klickt ein Hologramm seiner Com auf.

Ich frag mich wirklich, warum Adriana noch immer so eklig zu mir ist. Mein Rang ist doch inzwischen nicht schlecht und aus irgendeinem Grund scheint sich obendrein auch noch das ganze Zentrum für mich zu interessieren. Wäre es da nicht in ihrem eigenen Interesse, sich mir gegenüber ein wenig zusammenzureißen?

Meine Com vibriert. Mission vom Engel: »Zeit, dich mit deinen Freunden auszutauschen. Ihr habt euch bestimmt viel zu erzählen. Macht euch einen schönen Nachmittag zusammen. Am besten trefft ihr euch bei Stephen. Ihr habt noch fünf Stunden, 55 Minuten, eine Sekunde Zeit dafür.«

Die Musik im Headset legt eine elegante Wendung hin und hört sich jetzt fast wie das an, was unsere Sound-Designer für Yara unterlegen, wenn man beim Waffenschmied oder in der Schenke die Mitstreiter fürs nächste Abenteuer trifft. Noch so ein Grund, warum der Engel bei mir normalerweise auf stumm läuft. Die Musik hier gefällt mir immer besser. Und je besser mir die Musik gefällt, desto leichter manipuliert sie meine Stimmung. Ich schalte den Ton schnell wieder ab.

»Ich könnte irgendwo Wundsalbe besorgen?«, fragt uns Celine. »Für die Hände. Ihre Hände hatten Wunden von der Seifenlauge ... oder meint ihr ... ich weiß nicht ... meint ihr, man bringt sie wirklich auf die Krankenstation?«

Ich stehe auf.

»Wo willst du hin?«, fragt Stephen. »Hey, du hast Adriana doch gehört, wir ... !«

Ich gehe schnell aus der Laube, ein Schweber gleitet neben mich, gleitet neben mir her, ich steige nicht auf. Meine Beine kann ich steuern, einen Schweber nicht. »Ich folge ihnen zur Krankenstation.«

»Was? Was soll das denn bitte bringen?«, ruft Stephen mir nach.

Ich gehe schneller. Die Wachen sind schon am Ende der Galerie, an einem der tropfenförmigen Glasaufzüge. Ich laufe, dann renne ich. Vorbei an den Schaufenstern mit glitzernden Perlen und schimmernden Uniformstoffen, der Bar, in der sie das Amancay-Spiel spielen, der Steinigungsszene im Geschäft. Die Wachen stehen noch immer bei den Aufzügen, bin nur noch Schritte entfernt ... Ich sprinte.

Die Aufzugstüren öffnen sich. Die Wachen treten ein. Die Türen schnellen zu, der Aufzug setzt sich in Bewegung, fährt so schnell nach unten, es sieht aus, als würde er fallen.

Wenn ich Lilith wäre, würde ich wahrscheinlich auf das gläserne Aufzugsdach springen.

Lilith müsste man sein.

In einer elegant geschwungenen weißen Halterung steht vor uns dieses Display für Zahleneingabe und zeigt an, dass die Wachen auf dem Weg ins unterste Stockwerk sind.

Wie bedient man das Teil? Bis ich das rausgefunden habe, sind die schon lange weg. Ich fluche. Ich hab mich schon viel zu sehr daran gewöhnt, von Utopia herumnavigiert zu werden.

Schnelle Schritte in meinem Rücken.

Celine bleibt schwer atmend neben mir stehen, stützt keuchend die Hände gegen die Knie, dann schiebt sie mich beiseite und tippt auf das Display.

Sie hat Schweißtropfen auf der Stirn und ist kalkweiß im Gesicht. Wahrscheinlich hat sie das Rennen an unseren letzten Test erinnert.

Jetzt hab ich verpasst, wie sie den Aufzug gerufen hat. Darf nicht vergessen, sie nachher danach zu fragen.

Der Aufzug gleitet zurück nach oben, die gläsernen Türen öffnen sich, Celine und ich treten ein.

Stephen drängt sich plötzlich mit der Schulter voran auch hinein. »Habt ihr euren Engel jetzt beide auf stumm oder was? Wir sollen uns bei mir treffen! Auf den Test vorbereiten!«

Der Aufzug ruckt an und einen Moment fühlt es sich an, als würde man den Boden unter den Füßen verlieren, so schnell stürzt das Ding Galerie um Galerie nach unten.

»Wir müssen doch irgendetwas tun können«, sagt Celine, schließt die Augen und klammert sich am glatten Glasgeländer fest. »Irgendetwas hier ist ... seltsam. Diese Togas sind überall. Und sie sehen ... seltsam aus.«

Stephen steckt die Daumen in seinen Gürtel. Anzug, Hemd und Krawatte sind heute ein dunklerer Blauton. »Ein Großteil eurer Kleidungsstücke wird in Fabriken hergestellt, wo die das mit den Menschenrechten auch nicht so genau nehmen«, sagt er verächtlich. »Und niemand regt sich auf. Ihr euch doch auch nicht. So. Der Unterschied ist nur, dass ihr das hier auf der Insel alles ein wenig deutlicher seht. Wenn wir wissen sollten, was es damit auf sich hat, hätten sie uns das schon gesagt! Was ihre Informationen angeht, sind die Targan ziemlich sensibel, noch nicht gemerkt? Was glaubt ihr, was passiert, wenn die uns jetzt bei deiner Verfolgungsjagd erwischen, Luca?«

»Er hat recht, Celine«, sage ich. »Wir können eh nichts machen. Geh mit Stephen schon mal in die Wohnung vor, ich komme später nach.«

»Von wegen«, knurrt Stephen. »Du ziehst mich nicht mit in den Schlamm!«

Celine will antworten, aber um die Aufzugstüren wird es plötzlich dunkel, dann ändert sich das Licht und der Aufzug kommt sanft zum Stehen. Die Glastüren schnellen auseinander.

Wir stehen in der Parkgarage. Alles ist weiß, nur die Plätze für die Targan-Speeder sind in schwarzen dünnen Strichen auf den glatten glänzenden Bodenbelag gezeichnet. Nicht einmal die Hälfte der Parkplätze sind belegt. Es duftet nach Wind und Zitrone, ein paar Meter vor uns geht es eine Auffahrt zum wolkenlosen Himmel hinauf.

Ein mittelgroßer Speeder mit getönten Scheiben surrt an uns vorbei auf das Licht zu.

Ich renne wieder los, hinterher.

In meinem Rücken höre ich Stephens und Celines Schritte, wir rennen die Auffahrt hinauf. Ich springe auf den Bürgersteig, stehe an der Straße, in der drückenden Schwüle vor den Wolkenkratzern des Zentrums und den weiß-silbernen Targan-Speedern, die fast geräuschlos an mir vorbeijagen.

Es ist später Nachmittag und der weiße Bürgersteig zwischen den Beeten glüht in der Hitze.

Stephen bleibt neben mir stehen und stößt ein kurzes, gackerndes Lachen aus. »Weltkürzeste Verfolgungsjagd! Na, nichts für ungut. Dann gehen wir mal zu mir und büffeln Lebensläufe. Ich lad euch auf ein Glas Leitungswasser ein.«

Auch Celine hat uns jetzt eingeholt.

»Ich glaube, die Krankenstation ist in einem der Gebäude in unserer Straße«, sage ich. »Irgendwo nahe der Promenade.«

»Schluss damit!«, Stephen sagt das zu laut. Sein Gesicht ist rot angelaufen, Schweißtropfen rinnen von seiner Stirn. »Die wollen uns über unser Wissen voneinander abfragen und du hast dich einfach abgesetzt, na, und jetzt muss ich den Karren wieder aus dem Dreck ziehen!«

Ich sage nichts. Aufschlussreich, dass niemand von uns auch nur vorschlägt, einfach nach dem Weg zur Krankenstation zu fragen. Und das nach nur anderthalb Wochen mit dem Satz: »Diese Information ist tabu.«

»Wenn's sein muss, setzen wir uns auf meinen Balkon, da siehst du die Straße. Vielleicht bringen sie ja noch andere Kranke auf die Station«, schlägt er vor.

»Vom Balkon aus sieht man nicht genug.«

»Schon probiert, ja? Warum willst du so unbedingt wissen, wo die Krankenstation ist? Celine kauf ich die Rolle der Mutter Teresa ab, aber dir doch nicht!«

Ich weiche ihren Blicken aus, sehe zurück zum Tempel, den gigantischen Brücken und Kuppeln. Natürlich bilde ich mir nicht ein, der Toga irgendwie helfen zu können. Wir können gar nichts tun.

Das hier ist Targan Island. Ich hab nicht vor, etwas zu versuchen, was völlig zwecklos ist.

Celine sieht von mir zu Stephen und senkt dann den Blick auf ihre Schnürschuhe. Sie trägt eine helle Leinenhose und dazu eine hellblaue Bluse. Ihr rundliches Gesicht ist auf der Nase von Sommersprossen gesprenkelt.

Warum glaubt Celine, dass sie irgendwas machen kann? Menschen sind wie Labyrinthe, eine Landkarte von Wegen, die sich mit jeder Möglichkeit, jeder Entscheidung weiter verzweigen. Wie soll ich Celine und Stephen in ein paar Tagen kennenlernen?

»Folgender Vorschlag«, sage ich. »Wir lernen zusammen und gehen dabei die Straße am Meer auf und ab.«

Stephen überlegt einen Moment, dann zuckt er die Schultern. »Im Gehen lernt es sich bekanntlich besser. Und wer weiß schon, ob wir für den nächsten Test nicht eine gute Kondition brauchen.«

Er kann dabei tatsächlich noch einmal lachen.

Zehntausend Einwohner, aber niemand muss in die Klinik?

Die Sonne geht schon unter, Celine, Stephen und ich gehen immer noch auf und ab. Immer wieder fliegen Hubschrauber wie hässlich brummende Insekten über unsere Köpfe und senken sich auf die Dächer der Hochhäuser herab. Die Straßenlaternen gehen an, Säulen, die von innen heraus leuchten, ihr Licht ist so hell, es verkleidet die Nacht, die hier erst über dem Meer beginnt, in der Ferne ist das Wasser schwarz.

Ich weiß jetzt, dass Stephens Lieblingsfilme alles Blockbuster sind, sein Privattrainer mal ein Boxchampion war, wie viele Gewichte er stemmen kann, dass seine Frau ein Golf-As ist und Stephen so viele Freunde hat, dass er eigentlich mit keinem davon enger befreundet sein kann, so was geht sich rein zeitlich nicht aus. Und spätestens als Stephen damit anfängt zu erzählen, was seine Freunde alles so Kreatives machen, bin ich mir sicher: Einem Banker hätte er von seinen Verbindungen zum Börsenmarkt erzählt und einem Gärtner, dass seine wahre Leidenschaft der Garten ist.

»Wir brauchen den echten Stephen, nicht sein perfektes Alter Ego. Wo sind deine Fehler?«, versuche ich es ihm zu erklären. »Ecken und Kanten! Dreck!«

Stephen verschränkt die Arme vor der Brust. »Das kann jemand, der sogar an der Elite was zum Mäkeln findet, vielleicht nicht verstehen, Luca, aber ... bei mir ist echt alles in schönster Ordnung.«

Wo die Straße in einer Brücke über Promenade und Parkanlage führt, bleiben wir stehen, lehnen uns mit dem Rücken an die weiß leuchtende Brüstung und sehen den Hubschraubern zu.

Mir ist nie aufgefallen, auf wie vielen Dächern es Landeplätze gibt.

Stephen sieht beleidigt aus. »Soll ich dir jetzt eine zerrüttete Kindheit erfinden, oder was?«

Eine Gruppe Jogger kommt auf uns zu, paarweise nebeneinander, ihre Schritte im gleichen Takt, eng anliegende Trainingskleidung aus Uniformstoff, grün und blau. Wir treten alle zur Seite, sie laufen schnell, laufen die Treppen an der Brücke hinunter, auf die Promenade, die Promenade entlang weiter, eine Armee auf dem goldenen Weg zum Meer.

»Was hast du denn zum Beispiel gemacht, wenn es mal schwierig für dich war?«, fragt Celine ihn.

Braun geworden ist sie hier auf der Insel genauso wenig wie ich ... seltsam eigentlich. Eigentlich hätte ich mir beim Ausflug mit John doch einen heftigen Sonnenbrand holen müssen, aber ich bin immer noch genauso blass wie an meinem ersten Tag auf der Insel.

Nur Stephen sieht aus wie frisch aus dem Urlaub. Aber der ist natürlich schon mit gleichmäßiger Sonnenstudio-Bräune hier angekommen.

»Man wird doch nicht 28, ohne dass was zu Bruch geht dabei«, sage ich zu ihm.

Die Jogger laufen immer noch an uns vorbei, wo wollen die alle hin?

Er räuspert sich, denkt einen Moment nach. »Mit 16 oder so ... da bin ich mit meinen Kumpels um die Häuser gezogen, jede Menge Alk und ...«

Da. Durch die Reihen der uniformierten Jogger sehe ich sie auf der anderen Straßenseite. Wachen in roten Uniformen. Sie rollen eine Pritsche mit einem Mann darauf zwischen sich. »Klar haben wir einen draufgemacht«, sagt Stephen. »Bin ja kein braver ...« Mitten im Satz hält er inne. Jetzt hat er sie auch gesehen.

»Nicht zu auffällig«, sage ich. »Red weiter!«

Stephen schafft es tatsächlich weiterzureden. Man merkt, dass er nicht mehr bei der Sache ist. Wir alle sehen auf die andere Seite, zu den Wachen, die jetzt die Stufen zum Gebäude hinaufgehen.

Der Mann auf der Pritsche richtet sich plötzlich auf, sieht sich um. Dann schreit er auf. Es ist ein Entsetzensschrei. Zu laut.

Der letzte Jogger ist gerade an uns vorbei, zuckt zusammen, läuft schneller weiter, sieht auf seine Schuhe, die laufen.

»Red weiter«, sage ich wieder zu Stephen. Meine Stimme ist tonlos. Stephen redet, reiht monoton und stockend Sätze über Sauftouren aneinander.

Der Mann auf der anderen Straßenseite versucht, von der Pritsche zu springen, aber etwas hindert ihn daran. Ich bin mir nicht sicher. Ich glaube, er ist an die Pritsche geschnallt.

Sein Schreien ist zu einem Flehen geworden: »Ich habe nichts getan! Das muss ein Missverständnis sein, in der Aufzeichnung, ich kann es erklären ...«

Einer der Wachen hat eine Spritze aus dem Brustgürtel geholt. »Nein, bitte, lasst mich erst erklären!«, kreischt der Mann. Er trägt eine grüne Uniform.

Die Wache gibt ihm die Spritze. Das Kreischen des Mannes wird leiser, wird ein Winseln. Der Mann fällt auf die Pritsche zurück.

Man hört das Spulen der Targan-Speeder, das Plätschern der Springbrunnen, das Murmeln von Spaziergängern und irgendwo weit dahinter das nachtschwarze Meer.

Stephen, Celine und ich sehen zu, wie der bewusstlose Mann auf der Pritsche die Stufen zum Eingang des Wolkenkratzers hinaufgetragen wird. Gebäude Nummer 3.

Straße 5, Gebäude 3. Das war also die Adresse. Der Glasturm sieht wie alle anderen Glastürme hier aus.

Stephen hat aufgehört zu reden, sieht noch immer zum Eingang, hinter dem die Wachen verschwunden sind.

Celines Unterlippe zittert, sie fasst sich mit der Hand an den Hals. »Was ... was bedeutet das?«, fragt sie erstickt. »Was sollen wir tun?«

»Es kann doch eine ganz natürliche Erklärung dafür geben«, sagt Stephen. »Diese Krankheit ...«

Meint er das ernst? »Der Mann da auf der Pritsche hatte keine Krankheit, der hatte eine Scheißangst!«

»Vielleicht ... wir sollten die Polizei verständigen?«, bringt Celine hervor.

»Die Polizei auf der Insel sind die Wachen«, sage ich, versuche das Bild vom Mann auf der Pritsche irgendwie wieder aus meinem Kopf zu kriegen. Wir können doch eh nichts tun.

»Aber wir sind zu dritt«, sagt Celine. »Wir haben es alle gesehen, wir müssen doch irgendetwas tun können, man muss uns glauben ...«

»Wer soll dir glauben, Celine?«, fahre ich sie an, in welchem Film leben die beiden eigentlich, was glauben die, wo wir hier sind?

Stephen sieht zwei lachenden Uniformierten nach, die auf Schwebern die Promenade entlanggleiten. »Mann, das hier ist die Elite, die werden doch nicht ... jede Wette, da gibt's ne Erklärung für ...« Aber seine Stimme klingt zögernd.

Was, wenn ich Stephen jetzt erzähle, was John mir auf der Klippe erzählt hat? Dass Beziehungen hier tabu sind, dass Stephens Frau nicht mit ihm auf Targan Island Golf spielen wird? Hab ich wirklich nicht die Möglichkeit, etwas zu tun? Vielleicht ... aber dann fällt mir wieder ein, wie Stephen mich beim letzten Test in der Glaskabine hat sitzen lassen. Obwohl er nur den Schlüssel hätte drücken müssen.

Ich will mich nicht mit Stephen zusammenschließen. So was kann nur gut für ihn und schlecht für mich ausgehen.

Stephen hält sich plötzlich mit beiden Händen den Kopf. Celine taumelt einen Schritt zurück, stöhnt, sinkt in die Knie.

Rote Punkte kreisen vor meinen Augen immer schneller umeinander, mir schwindelt vom Zusehen, mir wird übel. Ich greife nach etwas, irgendetwas, halte mich an der weißen, glatten Brüstung der Brücke fest.

Was ist das jetzt? Wieder einer von diesen Schwindelanfällen? Gleichzeitig mit Celine und Stephen? Kommen die jetzt neuerdings auch noch mit visuellen Störungen, was sind das für Punkte?

Die Punkte kreisen langsamer, sammeln sich zu einer Form ... Tabu.

Alles wird schwarz.

Ich öffne die Augen und blinzle in das zu helle Licht einer Laternensäule. Wieder mal Blackout. Meine Schläfen pochen.

Wieso lehne ich jetzt plötzlich an der Brüstung? Celine ist anscheinend gestolpert, richtet sich auf. Die sieht auch ganz schön benommen aus.

Wie kann es sein, dass wir alle drei zur gleichen Zeit einen Schwindelanfall haben? Ist das die Hitze? Verstärkt Dehydrierung die Nebenwirkung der Reisetablette? Das ist jetzt schon das dritte Mal an diesem Nachmittag, dass der Kreislauf mit uns durchgeht, wie kann das denn sein?

Diese Schwindelanfälle sind nicht normal, irgendwas stimmt damit nicht. Wenn ich wenigstens Zugang aufs Internet hätte, ich hätte das schon längst recherchiert.

Ich halte mein Gesicht in den warmen Wind, der vom Meer her weht, atme den entfernten Geruch nach Salz.

Stephen lächelt etwas gequält und erzählt dann einfach weiter, immer noch von seinen Sauftouren als rebellischer Teenager, glaubt anscheinend, dass wir das von ihm hören wollen. »Ich war ja kein braver Milchbubi so«, sagt er gerade. »Und da hab ich dann meine Frau kennengelernt«, sagt Stephen und sieht uns nicht mehr an, sieht zum Meer.

Vielleicht sollte ich ihm mal erzählen, dass Beziehungen auf Targan Island tabu sind?

Ich lehne mich mit dem Rücken an die Brüstung, der Boden unter mir ist noch nicht wieder ganz stabil.

Stephen würde mir gar nicht glauben. Der hat es ja sogar irgendwie geschafft, sich den letzten Eignungstest schönzureden.

»Vielleicht möchtest du uns noch immer auf ein Leitungswasser einladen?«, fragt Celine Stephen. »Ich ... ich glaube, ich habe zu lange nichts getrunken.«

Seltsam, dass uns die Togas gar keine Wasserflaschen vorbeigebracht haben. So was machen die doch sonst immer, wenn man zu lange draußen unterwegs ist.

»Ja, in dieser Straße ist die Krankenstation jedenfalls nicht«, sagt Stephen.

Ich weiß noch, wie ich auf der Insel aufgewacht bin und der Rollladen nach oben gefahren ist ... Aber war da wirklich genau vor mir der Park und das Meer? Bin ich mir wirklich ganz sicher? Waren da nicht vielleicht doch ein paar Hochhäuser dazwischen?

Irgendwas stimmt nicht mit mir. Ich muss dringend mal durchschlafen. Ohne Alpträume. »Das mit dem Leitungswasser ist eine gute Idee«, sage ich.

»Warum willst du nur so unbedingt wissen, wo die Krankenstation ist?«, fragt Stephen wieder.

Ich antworte ihm nicht.

Aber als Celine mich später am Abend alleine fragt, erzähle ich es ihr. »Wenn das hier ein Spiel wäre, dann wäre das Gebäude mit der Krankenstation der Anfangspunkt. Spielbeginn. Dort kommen die Kandidaten an, dort werden sie untersucht, dort wachen sie auf. Targan arbeitet effektiv. Wenn Leute dort hingebracht werden, dann werden sie dort vielleicht auch wieder abgeholt? Ist nur so eine fixe Idee. Aber das Gebäude mit der Krankenstation ist vielleicht eine Tür, die in beide Richtungen geht, Eingang und Ausgang, Spielbeginn und Spielende.«

Und ich Idiot hab mir den Code von Johns Motorrad gemerkt und die Adresse der Krankenstation vergessen.

Die nächsten beiden Tage verbringen Stephen, Celine und ich die Mittagspausen und Abende miteinander, meistens auf Stephens Balkon. Der Balkon liegt neben meinem und sieht auch genauso aus. Durch die gläserne Brüstung kann man auf die Straße runtersehen, die abends immer belebter wird, Jogger, Mountainbiker, Targan-Geländewagen auf dem Weg dahin, wo keine Laternen mehr stehen, in die Wüste, als wäre die ein Erlebnispark.

Wenn es dunkel ist, leuchten die unzähligen Lichter in den Hecken der Promenade wie glitzernde Diamanten auf und die schwarze Pyramide am Strand beginnt in diesem seltsamen Licht zu glühen. Stephen schielt dann immer wieder sehnsüchtig hinüber, als ob das eine entfernte Geliebte wäre.

Wir sehen Adriana jeden Abend auf einem Schweber unterwegs dahin, immer mit ein oder zwei anderen Freunden.

»Sie muss sehr beliebt sein«, hat Celine einmal gesagt, aber Stephen hat das aufgeklärt. Utopia koordiniere die Freundschaften auf der Insel. »Denkt euch nur mal, wie praktisch das ist!«, hat er gesagt. »Ein Programm, das weiß, wann wer Zeit hat! Welche Interessen zusammenpassen und wer für wen auf welche Weise für die persönliche Entwicklung gerade am förderlichsten ist ... Allein die Zeit, die man dadurch spart! Wir drei sind mit Sicherheit auch nicht zufällig zusammengewürfelt worden.«

Damit hat er wahrscheinlich recht. Nur glaube ich eher, dass dabei für Utopia die Profilierungsmöglichkeiten im Vordergrund standen. Jedenfalls nicht unser persönliches Wohlbefinden. Sonst wäre ich nicht mit Stephen in einer Gruppe. Wobei Stephen mich zwar nicht mehr Süße oder Schönheit nennt, aber ansonsten keine allzu großen Probleme mit mir zu haben scheint. Er hat sogar behauptet, laut Utopia wären wir beide uns ähnlich.

»Wie kommst du denn bitte auf so was?«, habe ich ihn etwas schockiert gefragt.

»Ganz einfach. Wir beide sind die einzigen Kandidaten, die den ganzen Tag über die Rangordnung einsehen können.«

Ich wusste überhaupt nicht, dass das nicht bei allen so ist. Aber die meisten Kandidaten haben nur ein paarmal am Tag ein Pop-up-Fenster mit ihrem momentanen Rang. Celine sogar nur einmal am Tag. Ich fand das unfair ihr gegenüber, aber sie hat darüber nur den Kopf geschüttelt: »In den ersten Tagen«, hat sie erzählt, »hab ich meinen Rang andauernd angezeigt bekommen und konnte mich dann überhaupt nicht mehr konzentrieren ... Ich arbeite viel besser, wenn ich so was nicht weiß ...«

»Seltsam. Bei mir war das genau andersrum, ich hab meinen Rang nur einmal am Tag ansehen können, und dann ...«

»Eben!«, hat Stephen mich unterbrochen und dabei mit dem Finger geschnalzt. »Luca arbeitet am besten mit Wettbewerbsfaktor, genau wie ich! Wie findet Utopia so etwas nur heraus, frage ich mich, ist das nicht der Wahnsinn?«

»Wahnsinn ...«, habe ich gesagt.

Ich finde diese Info genauso beunruhigend wie die Tatsache, dass meine Engel-Musik ganz anders ist als die von Celine oder Stephen. Stephen meint zwar, die Erklärung dafür wäre offensichtlich. Utopia brauche ja nur unsere Musikbibliothek im Profilraum zu analysieren, um die Datei für jeden von uns zu individualisieren.

Aber wie zum Teufel schafft es Utopia, sich immer besser an unseren Geschmack anzupassen? Oder passe ich mich an Utopias Geschmack an, ohne es zu merken?

Was wäre unheimlicher?

Im Gegensatz zu mir ist Stephen noch immer so begeistert von allem hier, er erzählt fast mehr über die Elite als über sich selbst. Ich staune nur immer, wie viele Infos er allein dadurch sammelt, dass er sich noch immer mit allen anderen Kandidaten austauscht. Sogar wie dieses komplizierte Rangsystem funktioniert, hat er ziemlich gut herausgefunden.

Eine Wache Rang Blau hört zum Beispiel auf denjenigen, den sie beschützen soll, egal welche Uniformfarbe der trägt. Je höher der Rang, desto exotischer die Hobbys, von erotischer Akrobatik aus Thailand bis zur Vollmond-Jeeptour durch die Wüste. Angeblich kann man mit einem Fallschirm ins Meer abspringen und dann zu einem versunkenen Schiff abtauchen.

Mir fällt wieder ein, wie ich John im Fahrstuhl getroffen habe und wie sich sein nasses Haar angefühlt hat und ich frage schnell irgendetwas zu ihren Lebensläufen, um an was anderes zu denken.

Celine ist in einem Strandort in Frankreich aufgewachsen, in Saintes-Maries-de-la-Mer. Sie hat sich nie getraut, von dort wegzuziehen und arbeitet noch immer als Kellnerin im Café ihrer Eltern. Ihre ältere Schwester studiert in Paris. Celine plappert munter vor sich hin und erzählt von den Touristen und einer Kirche und einer schwarzen Madonna, von weißen Pferden und Spaziergängen am Meer.

Man könnte vergessen, warum sie uns das alles erzählt. Darüber reden wir nicht. Aber ich bin mir sicher, auch Stephen und Celine denken andauernd daran: Wie viel müssen wir voneinander wissen? Wird es reichen?

Werden wir wieder laufen?

Ich hab mein Möglichstes getan, auch was zu erzählen, sogar schon am zweiten Abend auf Stephens Balkon. »Ich bin 29. Ich hab am siebten August Geburtstag. Ich bin in Frankfurt geboren und aufgewachsen. Jetzt wohne ich in München. Ich arbeite als Spieleentwicklerin für Y-Soft. Ich lese gerne. Ich sehe gerne Action-Filme und esse dazu Pizza mit schwarzen Oliven und Chili.«

Schweigen.

Eine Mücke schwebte mit hohem Surren um mein Gesicht. »Was wollt ihr denn sonst noch wissen?«

»Wer sind deine Freunde?«, fragte Celine. Ich hätte schon jetzt ihre Schwester und ihre fünf besten Freundinnen für Targan profilieren können, so viel hatte sie uns von denen erzählt.

Ich holte noch einmal tief Atem und erzählte zwei Sätze zu Pia, zwei zu Anne und Georg und noch einen über das Baby, das ich nicht kenne.

»Das sind alle?«, fragte Stephen skeptisch.

»Na ja ... ich mag es eben eher für mich.«

Stephen wischte sich einen Schweißtropfen von der Stirn und schlug nach einer Mücke. »Erzähl uns von deinem Freund oder Exfreund. Oder Freundin? Wer weiß«, er zwinkerte Celine zu, »vielleicht ist Luca verheiratet und hat fünf Kinder? Und hat so nebenbei vergessen, das zu erwähnen?«

Also erzählte ich ihnen von Collin, dem Austauschstudenten aus den USA. Er studierte Theaterwissenschaften und war sehr lustig. Wir hatten noch ein paar Monate eine Fernbeziehung, als er zurückmusste.

Mein zweiter Freund hieß Jochen. Ich habe ihn ein halbes Jahr nach der Trennung von Collin kennengelernt und wir waren anderthalb Jahre zusammen. Er war Goldschmied. »Er konnte ganz wunderbare Sachen machen. Aus allem, sogar aus einer Büroklammer.«

»Wieso hast du dich von ihnen getrennt?«, fragte Stephen.

»Sie haben sich beide von mir getrennt.«

»Warum?«

Ich zuckte die Schultern. »Sie meinten, ich erzähle zu wenig über mich.«

Das fanden Stephen und Celine dann irgendwie sehr erheiternd. Aber heute, am letzten Abend vor dem Test, hat Celine gemeint, ich wäre fast schon ein bisschen aufgetaut. Ich hab mich mit ihr zum Mittagessen getroffen, dabei hatte der Engel das gar nicht koordiniert.

Das macht eben was mit einem, wenn man einander das Privateste vor die Füße kippt, um lebendig zu bleiben. Sogar Stephen hat es geschafft, von sich zu erzählen, was sich nicht nur nach Eigenwerbung anhört. Wahrscheinlich, weil er gedacht hat, dass wir Fehler cool finden, aber wen stört's. Er hat uns erzählt, wenn er Angst hat zu versagen, schwitzt er, arbeitet zu viel und wird aggressiv. Er hat sich sogar dafür entschuldigt. Das kann nicht leicht für ihn gewesen sein.

Ich verscheuche wieder eine Mücke, wedle mit der Hand, aber sie kommt immer wieder. Schon seltsam, dass der mächtigste Konzern der Welt sein Zentrum nicht von Mücken freihalten kann. Während ich an meiner Targan-Flasche nippe, schaue ich in den Nachthimmel. Zunehmender Mond.

Auf die Liste der Dinge, die ich tun werde, falls ich wieder nach Hause komme: Pia sagen, was meine Lieblingsfarbe ist.

Der Eignungstest ist morgen. Ich erinnere mich an all die Dateien, die ich in Johns Büro in meinem Profil gefunden habe. Ich müsste noch so viel mehr von mir erzählen. Datenmengen über Schulnoten, Unizeugnisse, Versicherungen, Freunde, Bekannte.

Natürlich wissen wir drei jetzt auch Dinge voneinander, die Targan nicht wissen kann. Dinge, die vielleicht wichtiger sind. Dass Stephen zu Hause seinen Leberfleck unter Make-up versteckt und Celine sich zu schnell verantwortlich und dann schuldig fühlt und meine Mitteilungskompetenz ganz offensichtlich zwerchfellerschütternd komisch ist.

Dass wir alle Alpträume haben, seit wir hier auf der Insel sind.

Aber grade weil Targan das alles wahrscheinlich nicht weiß, wird es wohl kaum abgefragt werden.

Ich sehe zu, wie die Mücke wieder heranschwebt, sich auf mein Knie niederlässt. »Ich hab eine Idee«, sage ich laut. »Es geht hier nicht darum, zu wissen, wer wir sind. Es geht darum, zu wissen, wer Targan glaubt, dass wir sind. Wir setzen uns jetzt hin und füllen ein Figurenprofil über uns selber aus.«

Ich zerklatsche die Mücke auf meinem Knie, sie hat schon ein wenig Blut gesaugt.

Stephen stellt seine Targan-Flasche Wasser auf den Boden und steht auf. »Haut ab und macht euch an die Arbeit«, blafft er uns an. »In zwei Stunden treffen wir uns wieder hier ... Das muss man dir lassen, Luca, du belebst die Konkurrenz.«

Konkurrenz. Ach ja, richtig. Wie groß sind eigentlich die Chancen, dass wir als Partner im Test arbeiten dürfen und das nicht wieder ein Nullsummenspiel ist, einer gegen alle?

Einen Moment lang überlege ich mir, ob ich denn nicht einfach ein paar Fehler in mein Profil einbauen sollte, schiele zu Stephen hinüber. Unsere Blicke treffen sich.

Stephen steht direkt vor dem Mond, der aussieht wie der Mond zu Hause.

Ich reibe die zerquetschte Mücke an meinem T-Shirt ab.

Fehler einbauen geht nicht mehr, das pack ich nicht. Wie soll ich in einem Nullsummenspiel gewinnen, wenn meine Gegenspieler Gesichter haben, die ich kenne?

Die Galerie über uns ist noch immer verlassen, die Targan noch immer nicht da. Wir Kandidaten stehen schon alle in mausgrauen Anzügen und roten Turnschuhen zusammengedrängt in der Mitte der weißen Halle.

Kein Lachen, kein Small Talk wie beim letzten Mal. Geruch nach Angstschweiß. Man steht in Dreier-Gruppen zusammen. Ich sehe sogar ein paar Mentoren, die ihren Kandidaten noch Glück wünschen kommen und dann schnell wieder gehen.

»Da seid ihr ja!« Adriana steht plötzlich hinter uns. Sie trägt eine maßgeschneiderte rote Hose und ein rotes Jackett, die Knöpfe aus Schmuckperlen, das Haar zu einem strengen Knoten zusammengesteckt, an den Haarnadeln glitzern bunte Steine. »Na kommt schon, Gruppenumarmung!«

Was ist denn bitte in die gefahren? Sie schlingt die Arme um unsere Nacken und zieht uns zusammen. »Ich habe hier irgendwo meine Com verloren«, flüstert sie. »Falls ihr sie irgendwo seht ...«

Sie richtet sich wieder auf. Ihre Com glänzt golden an ihrem Handgelenk. Sie streift sie ab, öffnet mit dem Augenscan das Display, schüttelt Stephen mit beiden Händen die Hand. »Viel Glück!«, ruft sie und tänzelt mit schnellen, schwingenden Schritten durch die Halle zum Ausgang.

Wortlos sehen wir uns an. Dann schnappe ich Stephen die Com aus der Hand und halte sie in unsere Mitte. Auf dem Display steht »Eignungstest«, darunter 15 Fragen. »Macht schon!« In nicht zwei Minuten geht die Com wieder zu. »Stephen liest die geraden, ich die ungeraden Ziffern von oben nach unten, Celine, du liest so weit wie möglich von unten nach oben, merkt euch, soviel ihr könnt!«

Celine öffnet den Mund, will was sagen, aber ich hab jetzt keine Zeit dafür. Dann liest auch sie.

Wir lesen still. Es ist überhaupt sehr still um uns. Als würden wir Kandidaten alle vor dem nächsten Test noch einmal den Atem anhalten. Das Display blinkt, wird schwarz.

Stephen nimmt mir die Com aus der Hand, lässt sie zwischen uns zu Boden fallen und kickt sie ein paar Meter von uns weg.

»Frage Nummer 1, wie wir unser erstes Geld verdient haben«, fange ich an. Die Targan betreten die Galerie über uns, stellen sich einer neben dem anderen in ihren schillernden Uniformen am Geländer über uns auf.

Wir schaffen es, uns die Antworten auf drei Fragen zu geben, dann erscheint das Navigationssystem auf den Displays der Com, und ich höre den Engel in meinem Headset sagen: »Gleich geht es los! Bist du schon aufgeregt? Du hast noch null Stunden, null Minuten, 31 Sekunden Zeit, um deine Glaskabine zu finden.«

Wir gehen sehr, sehr langsam. Celine zittert am ganzen Körper, ich kann hören, wie ihre Zähne aufeinanderschlagen. Ich kann ihr schlecht sagen, alles wird gut. »Konzentrier dich einfach nur auf die Fragen«, sage ich ihr so ruhig wie möglich. »Jetzt und später auch. Versuch alles andere auszublenden. Sei nur bei den Fragen.« Ich nehme sie an der Hand, gehe Hand in Hand mit ihr weiter.

Wir flüstern uns weiter im Gehen Antworten zu.

Dann ist die Zeit um. Insgesamt haben wir zehn Fragen geschafft.

Ich lasse Celine los, sehe zu, wie sie in ihre Kabine stolpert. Meine Hand ist nass von ihrem Schweiß.

Ich beiße die Zähne zusammen und trete mit einem Schritt über die Schwelle.

Die Tür schließt sich hinter mir. Ich höre ein Schloss einrasten, dann nur noch meinen eigenen Atem.

Der Boden ist diesmal kein schwarzes Gummi, ist in einem Schachbrettmuster gekachelt. Ich will zu Celine sehen, ob sie ... Ein schwarzer Vorhang gleitet über die Glasdecke über mir und die Glaswände herunter, verhängt meine Kabine.

Dunkelheit. Ich kann die Hand nicht mehr vor Augen sehen.

Grelles Licht blendet über mir auf. Ich blinzle.

Mein Engel spricht warm und freundlich wie immer: »Beantworte mündlich die folgenden Fragen zu deinem Team. Für jede Fehlinformation deiner Mitkandidaten zu deiner Person verlierst du eine Platte. Unter den Platten ist deine größte Angst.«

Es wird still.

Schwarze Kacheln, weiße Kacheln. Was ist darunter? Die größte Angst? Wie in den Figurenprofilen? Heißt das für mich ... Schlangen?

Es schüttelt mich.

Muss ruhig bleiben. Einatmen, ausatmen.

Die Idee mit den Schlangen ist völlig unsinnig. Das ist alles nur psychologische Kriegsführung, bei allem Respekt für die Ressourcen der Elite und ihrem Hang zum Individualisieren, aber die werden wohl kaum für 29 Kandidaten das herbeigeschafft haben, wovor jeder Einzelne die größte Angst hat. Dafür gibt's zu viele verschiedene Ängste. Für jeden ist etwas anderes das Schrecklichste der Welt, hat schon der Böse aus George Orwells *1984* erklärt, ein paar Schlangen organisieren wär wahrscheinlich nicht weiter kompliziert, Stephens Angst vor engen Räumen auch kein größeres Problem, aber Celines größte Angst ist das Fegefeuer, also bitte ...

Was ist unter den Platten?

Jede der Bodenplatten ist groß genug, dass ich bequem mit beiden Füßen darauf stehen kann. Ich zähle, insgesamt sind es 30. Also begegne ich dem, was darunter ist, sowieso nur, wenn Stephen und Celine alle 15 Fragen zu mir beide falsch beantworten, und das werden sie nicht. Die Fragen aus Adrianas Com hätte ich alle auch ohne Celine und Stephen beantworten können ... Wir haben detaillierte Figurenprofile über uns ausgefüllt und gelernt. Wir sind vorbereitet.

Warum hab ich dann trotzdem so ein ungutes Gefühl im Bauch?

»Frage Nummer 1.1.«, sagt mein Engel. »Wie hat Celine ihr erstes Geld verdient? A: Als Kellnerin. B: Als Verkäuferin. C: Als Hilfe in einem Buchladen. Du hast noch null Stunden, null Minuten, 30 Sekunden Zeit, die Frage zu beantworten.«

»A«, sage ich. Meine Stimme klingt klein und zu leise allein im Raum.

»Frage Nummer 1.2.«, sagt mein Engel. »Wie hat Stephen sein erstes Geld verdient? A: Als Verkäufer. B: Als Ghostwriter. C: Als Balljunge. Du hast noch null Stunden, null Minuten, 30 Sekunden Zeit, die Frage zu beantworten.«

Ich räuspere mich und sage laut und klar: »Die Antwort ist B.«

»Frage Nummer 1.3.: Wie hat Luca ihr erstes Geld verdient? A: Als Rezeptionistin. B: Mit Flyerverteilen. C: Als Nachhilfelehrerin.«

»Die Antwort ist B«, sage ich, das hab ich damals heimlich mit Pia gemacht.

Das Licht dimmt ab, wird dann wieder hell. Mein Engel sagt: »Es gab eine Fehlinformation zu deiner Person. Du verlierst eine Platte.«

Der Boden unter meinen Füßen bewegt sich. Ich springe zur Seite, die Platte fällt, klatscht auf Wasser. Ich gehe noch einen Schritt zurück.

Da, wo ich grade noch gestanden habe, mitten im Boden, klafft jetzt ein quadratisches Loch.

Was ist da passiert? Celine und Stephen kannten doch die Antwort, haben sie gerade beide noch mal wiederholt. Das hier ist kein Nullsummenspiel, bei diesen Regeln ziehen wir drei alle an einem Strang. Wenn einer von uns da runterfällt, wird er die Fragen vielleicht nicht weiter beantworten können und gefährdet die beiden anderen auch ... Sogar Stephen wird sein Bestes für Celine und mich geben.

Ich gehe in die Mitte der Kabine. Wenn noch mehr Platten fallen, kann ich das Loch von hier aus und dann die Wand entlang erweitern, bis zur letzten Platte vor der Tür, so bleibt mir die meiste Zeit.

Ein leises Plätschern unter mir ... oder hab ich mir das jetzt nur eingebildet?

Ich hole tief Atem. Ich will nicht wissen, was unter mir ist. Ich kann nicht ändern, was da ist, darum will ich es auch nicht wissen, ich sehe auf den Boden, auf die weiße Platte, meine Schuhe darauf, rote Turnschuhe mit roten Schnürsenkeln.

Ich beantworte die zweite Frage, die Platte fällt nicht, na also, da war vorhin nur jemand nervös.

Die dritte Frage. Alles ausblenden außer dem Engel. An nichts anderes denken als an die Fragen. Stephens Lieblingsfarbe ist gelb und Celines altrosa, Stephens bester Freund heißt Jeremy, ich habe die Namensliste erst vor wenigen Stunden auswendig gelernt.

Das Licht dimmt ab und blendet wieder auf. Celine schreibt Gedichte, wenn sie traurig ist, Stephen macht Überstunden. Nächste Frage.

Frage 15. Das war's, danach kann ich raus hier ... Ich hab insgesamt nur eine Platte verloren, jetzt kommt die letzte Frage, gleich haben wir es geschafft, gleich ziehen sie diesen schwarzen Vorhang wieder hoch, ich werde Celine und Stephen neben mir sehen, hören, wie das Türschloss entriegelt ...

»Frage Nummer 16.1.: Was ist Stephens Lieblingssportart? A: Jogging. B: Golf. C: Squash«, sagt mein Engel.

Mehr als 15 Fragen?

Wie viele kommen da noch?

Ruhig bleiben.

Celine spazieren, Luca joggen, Stephen Squash, kein Problem, tonlos gebe ich meine Antworten, starre auf die Tür und den schwarzen Vorhang dahinter.

Das Licht dimmt ab und wird wieder hell. Mein Engel sagt: »Es gab eine Fehlinformation zu deiner Person. Du verlierst eine Platte.«

Die Platte wackelt.

Ich springe zurück, falle, fluche, stehe schnell wieder auf. Hole Atem, stelle mich schnell auf die schwarze Platte neben dem dunklen Loch. Ich verbiete mir runterzuschauen. Es hat nichts zu sagen. Stephen oder Celine haben sich erschrocken und kurz die Nerven verloren, falsch oder nicht schnell genug geantwortet, genau wie vorhin. Ich habe noch immer 28 Platten.

Ich antworte auf Fragen 17.1., 17.2., 17.3. Das Licht dimmt ab, wird wieder hell. »Es gab eine Fehlinformation zu deiner Person. Du verlierst eine Platte.« Was passiert hier?

Ich trete zur Seite. Die schwarze Platte neben mir fällt. Das Geräusch, wie sie auf Wasser klatscht. Ein Spritzer trifft mein Gesicht.

Der Engel fragt weiter. »Frage Nummer 18.3.: Was ist Stephens größte Angst? A: Höhenangst. B: Beschämung. C: Schmerz«, sagt mein Engel. »Du hast noch null Stunden, null Minuten, 30 Sekunden Zeit, die Frage zu beantworten.«

Aber Stephen hat gesagt, seine größte Angst wären enge Räume ...

Und da verstehe ich. »Du belebst die Konkurrenz«, hat Stephen gesagt. Stephen ist davon ausgegangen, der Test wird wieder ein Nullsummenspiel. Stephen kann nicht verlieren. Er hat absichtlich Fehler in sein Profil eingebaut. Damit wir die Fragen über ihn falsch beantworten. Damit wir gegen ihn verlieren. Celine und ich haben alle Fragen zu Stephen falsch beantwortet, er hat alle 30 Platten verloren. Er kann nicht mehr antworten.

Mir wird heiß. Dann wird mir kalt.

Jetzt haben wir alle verloren.

Die schwarzen und weißen Platten aus Keramik sind sorgfältig poliert. Sie schimmern im grellen Licht der Deckenbeleuchtung. Was ist darunter?

»Deine Zeit ist um«, sagt mein Engel. »Deine Antwort wurde als Fehlinformation für Stephen gewertet.«

Spielt das für Stephen noch eine Rolle? Was ist da unten? Für jede Frage, die er nicht zu meiner Person beantwortet, verliere ich eine Platte. Wie viele Fragen gibt es? »Frage Nummer 19.1.«, sagt mein Engel.

Ich blende alles andere aus. Ich gebe Antworten. Es gibt nur Fragen und Antworten, die Stimme des Engels und meine Stimme. Celines Großmutter heißt Aurélie. Stephens Hund heißt Scott, aber wahrscheinlich hat er in Wirklichkeit überhaupt keine Haustiere. Celine hört lieber zu, als dass sie erzählt. Ich antworte, sehe das Licht abdimmen und wieder aufblenden, fühle das Wackeln der Platte unter meinen Füßen, trete zur Seite, sehe auf meine Turnschuhe auf einer neuen Platte, sehe nicht in das wachsende Loch neben mir.

Erweitere das Loch kreisförmig von innen nach außen.

Stehe mit dem Rücken zur Wand, presse mich gegen das Glas in meinem Rücken, sehe weiter nur auf meine Turnschuhe. Nicht vor mich. Ich will nicht sehen, was da im Wasser ist.

Noch zehn Platten.

Ich bin ein Computer, verarbeite gespeicherte Daten, spucke Antworten aus.

Noch sieben Platten.

Dimmendes Licht, aufblendendes Licht: »Es gab zwei Fehlinformationen zu deiner Person. Du verlierst zwei Platten.«

Unter meinen Füßen wackelt es. Auch die Platte daneben. In meinen Füßen vibriert die Angst. Großen Schritt über Loch machen. Ich springe, komme auf, meine Knie zittern. Ich schwanke. Verliere den Halt, breite die Arme aus, verliere das Gleichgewicht. Rudere mit den Armen in der Luft, vor, zurück. Unter mir schwarzes Wasser. Und noch etwas.

Zwei glühende Punkte wie Augen.

Ein Schrei entfährt mir, ich werfe mich zurück, presse mich mit dem Rücken an die Wand, breite die Arme daran aus, suche Halt am glatten Glas, finde den Türknauf, klammere mich daran fest.

Noch fünf Platten.

Kann Celine jetzt auch nicht mehr antworten? Wo ist sie? Was machen sie jetzt mit ihr? Ich rüttle an der Tür. Die Tür bewegt sich nicht. Stehe schwer atmend da und höre der nächsten Frage zu. Ich schwitze jetzt. Meine Hände am Türknauf zittern. Ich zwinge mich, mit einer Hand loszulassen, mich aufzurichten, mich mit dem ganzen Rücken an die Tür zu lehnen, so stehe ich sicherer.

Nein, das waren keine Augen. Das habe ich mir nur eingebildet. Da war überhaupt nichts.

Ein Turnschuh auf einer schwarzen und einer auf einer weißen Platte. Der Raum vor mir ist ein schwarzes Loch. Nicht hinsehen. Dieses Plätschern ... Irgendwas ist da ...

Das Licht dimmt ab und blendet wieder auf: »Es gab zwei Fehlinformationen zu deiner Person. Du verlierst zwei Platten.«

Ich halte das Gewicht in der Körpermitte. Ich warte. Die Platten wackeln. Ich springe.

Noch drei Platten. Dimmen, Aufblenden, Springen.

Ich stehe auf der letzten Platte. Am Ende dieser Frage werde ich fallen. Ich höre dem Engel nicht mehr zu.

Meine Möglichkeiten: Erstens: Ich kann die Augen zumachen und warten, dass ich falle.

Zweitens: Ich kann runtergucken, und mir noch vor dem Fall eine Strategie überlegen, wie ich dem da unten begegne.

Ich atme ein. Ich atme aus. Langsam hebe ich den Kopf.

Unter mir ist ein schwarzer Pool. Das dunkle Wasser bewegt sich leicht, schwappt auf. Zwei handtellergroße Lichtpunkte glimmen nach oben, kommen auf mich zu. Augen im schwarzen Wasser. Ein langer, bleicher Schlangenkörper gleitet an die Oberfläche, sinkt in die Tiefe zurück.

Ich will gegen die Tür hämmern, mit beiden Fäusten. Ich will schreien, kreischen, laut, lasst mich raus, lasst mich raus, lasst mich sofort raus, ich tue alles, lasst mich nur raus ...

Aber ich stehe einfach nur da und sehe hinunter. Mein Hirn arbeitet plötzlich, als wäre es völlig von meinem Körper losgelöst, als wäre ich tatsächlich ein Computer, mit Daten geflutet, eine Datenverarbeitungsmaschine, ich kann mir selber beim Denken zusehen ...

Targan kann ein Schlangenbecken organisieren. Aber ein Fegefeuer für Celine? Der Aufwand, allen Kandidaten ihre größte Angst zu erfüllen, steht in keinem Verhältnis zum Gewinn. Das ist nicht die Spielstrategie von Targan. Targan spielt effizient.

Ich stehe still auf der letzten Platte, sehe in das schwarze Wasser und alles ergibt einen Sinn. Seitdem ich auf der Insel bin, kenne ich mich selbst nicht mehr und frage mich, was nicht mit mir stimmt. Manchmal geht es nicht darum, die richtige Antwort zu finden, sondern die richtige Frage: Was stimmt mit der Elite nicht?

Die Brandwunden, die viel zu schnell verheilt sind. Diese Schwindelanfälle. Die Alpträume ... Die Vergesslichkeit.

Warum hätte ausgerechnet ich je einen Vertrag unterschrieben, ohne ihn vorher auch nur durchzulesen? Ich hab mich das immer wieder gefragt. Ich hätte meine Schutzkapsel doch nie freiwillig verlassen. Die Erinnerung an meine Unterschrift ist wie ein Scherenschnitt, eine schlecht erfundene Geschichte ... Wie ich Whisky mit den Targan ...

Der Whisky. In dieser seltsamen Erinnerung stoße ich mit den Targan am Ende meines Anwerbungsgesprächs mit Glenmorangie an ...

Und das ist unmöglich. Der Glenmorangie war alle. Ich hatte stattdessen J&B für mein Geburtstagsritual gekauft ... und mir auf dem Heimweg sogar noch gedacht, dass das wohl keinen großen Unterschied machen wird.

Der Teufel steckt im Detail.

»Deine Zeit ist um«, sagt mein Engel. »Deine Antwort wurde als Fehlinformation für Luca gewertet.«

Das Licht dimmt ab, blendet wieder auf.

Brainwashing. Ist so was möglich? Warum nicht, das hat Niklas ja auch gekonnt. Sie haben meine Gedanken manipuliert und mir eine falsche Erinnerung eingepflanzt ... Wie? Hypnose? Drogen?

Was habe ich sonst noch alles vergessen? An was erinnere ich mich anders, als es in Wirklichkeit passiert ist?

Die Schlange unter mir ist nicht echt. Das wäre nicht effizient. Die größte Angst ist nur in meinem Kopf.

Aber die Elite hat Zugriff darauf.

Ich werde etwas Furchtbares erleben. Und sie werden es auswerten.

Und wenn ich im Test nicht gut genug abschneide? Vergesse ich dann alles und werde mit Fake-Erinnerungen an eine tolle Zeit in mein altes Leben zurückgeschickt? Erzähle ich dann in den Talkshows auch vom wunderschönen Targan Island und der verpassten Chance meines Lebens?

Oder ist ihnen das Risiko zu groß, ich könnte mich doch wieder erinnern?

Ich weiß zu viel.

»Es gab drei Fehlinformationen zu deiner Person. Du verlierst die letzte Platte«, sagt mein Engel.

Die Platte unter meinen Füßen wackelt.

Meine Beine zittern. Meine Hände zittern. Es schüttelt mich, ich kann kaum noch stehen. Dann sehe ich wieder die beiden glimmenden Punkte aus der Tiefe zu mir aufschweben, und ich pinkle mir in die Hose, fühle, wie es warm im Hosenbein hinunterrinnt.

Aber im Kopf war ich noch nie so klar.

Was wollen sie mit diesem Test über mich lernen? Wie sieht ihre ideale Kandidatin aus?

Ich balle die zitternden Hände zu Fäusten und richte mich auf. Fangt mich, wenn ihr könnt, denke ich. Das hätte Lilith gedacht.

Das Licht geht aus. Schwärze.

Ich hole tief Atem. Die Platte fällt.

Ich falle.

Wasser.

Kalt.

Ich rudere mit den Armen, sinke ab. Wasser, Dunkelheit, keine Luft ...

Etwas berührt meine Haut. Etwas windet sich um mich. Ich strample, schlage um mich, werde runtergezogen, unter Wasser, hab keinen Atem mehr, ringe gegen kalte, sich windende Schlangenhaut.

Nicht echt, nicht echt, nur ein Spiel ...

Ich werde nach oben gedrückt, aus dem Wasser, schnappe nach Luft, schreie, höre den Engel, muss aufhören zu schreien ...

»Wie hieß Stephens Kindergartenfreund?«, fragt die warme, freundliche Frauenstimme in der Dunkelheit. »A: Jeremy. B: Lilian. C: António? Du hast noch null Stunden, null Minuten, 30 Sekunden Zeit, die Frage zu beantworten.«

Immer schneller gleitet die Schlange um meinen Körper, rollt mich ein, zieht sich enger um mich, spüre überall kalte, schuppige Schlangenhaut, kann die Arme nicht mehr bewegen, trete mit den Beinen um mich. »B!«, schreie ich, huste, meine Lungen brennen. Ich werde hinuntergezogen.

Vor mir zwei Lichter. Glimmende, handtellergroße Schlangenaugen schweben im schwarzen Wasser auf mich zu, bewegen sich langsam hin und her.

Ich zapple, werde zusammengedrückt, zerquetscht, fühle reißende Schmerzen, meine Rippen knacken, zerbrechen, bevor die Schlange mich an die Oberfläche drückt, ich würge und keuche, ich höre noch: »... A: Simone. B: Joan. C: Claudia? Du hast noch null Stunden, null Minuten, 30 Sekunden Zeit, die Frage zu beantworten.«

»B!«, röchle ich, verschlucke mich an meinem Blut, huste.

Die Schlange zieht mich zurück unter Wasser. Der fehlende Atem brennt, zerbirst in meiner Brust.

Denken. Nicht zu denken aufhören. Nachdenken, mich wegdenken, warum Angst vor Schlangen?

Ich werde aus dem Wasser gedrückt, ringe nach Luft ... Es ist ein Spiel. Ihr könnt es mir vorspielen. Das macht es nicht echt. Es ist nur eine schlechte Horrorshow.

»... Lucas Kindergartenfreund. A: Pia. B: Andreas. C: Luca hatte im Kindergarten keine Freunde.«

»Antwort C«, würge ich so deutlich ich kann, bevor ich wieder nach unten gezogen werde.

Schlangenaugen bewegen sich vor mir auf und ab. Schlangenaugen sind ohne Gefühl. Meine Angst hat mit den Schlangen nie was zu tun gehabt. Ich habe Angst, die Welt so wie Schlangen zu sehen. Ohne Gefühle.

Ich werde nicht aufhören zu denken.

Ich werde nicht aufhören zu fühlen.

Ihr werdet mich nicht dazu bringen, mich selbst zu vergessen.

Die Augen, ganz nahe, bewegen sich leicht. Vier glimmende Fangzähne öffnen sich.

Die Zähne schnappen zu.

Wo bin ich?

Deckenleuchte, blendet. Fahre auf, sehe mich um. Ein kleiner Raum, keine Fenster, weiße Wände, mir gegenüber eine Tür.

Ich sitze auf einer Pritsche, trage das weiße Krankenhaushemd, am Rücken ist es offen.

Ich atme ein. Ich atme aus. Es war alles nur in meinem Kopf. Nirgendwo Schlangen. Es war nicht echt.

Meine Unterlippe zittert. Dann spüre ich, wie etwas sehr Lautes und Schrilles aus mir raus will. Wenn ich jetzt anfange zu schreien, kann ich nie wieder aufhören.

Ich atme ein. Ich atme aus.

Inventar machen. Laut meiner Com sind seit dem Test etwa zwei Stunden vergangen. Der Engel ist weg. Arme unverletzt. Beine unverletzt. Die haben mir meine Fußnägel geschnitten und mit einem transparenten Lack lackiert.

Ich zittere und mir ist kalt. Ich rieche nach desinfizierender Seife. Meine Haare sind trocken, offen. Ich schlinge sie mit zitternden Händen zu einem Knoten zusammen. Ich atme ein. Ich atme aus. Ich bin völlig durch, aber lebe noch. Das ist doch vermutlich mehr, als man üblicherweise erwarten darf, wenn man gerade von einer Riesenschlange verspeist worden ist.

Kann ich mich an alles erinnern? An mehr als mir lieb ist. Sogar daran, dass ich mich vielleicht nicht mehr an alles erinnern kann. Der falsche Whisky. Die Schlange ... Celine? Wo ist sie?

Wo bin ich?

Die Krankenstation. Ich muss auf der Krankenstation sein!

Ich laufe zur Tür, lege meine Hände auf das weiße, schimmernde Metall der Klinke, drücke die Klinke langsam hinunter.

Keine Codeverriegelung, ich kann ...

Die Tür wird mir aus der Hand, wird aufgerissen, ich stolpere nach vorne, gegen jemanden, schreie auf, springe zurück.

Der Mann trägt einen schwarz schimmernden Laborkittel, sein Körper ist vom Alter gekrümmt, seine Augen auf der Höhe von meinen. Eisgrau. Er mustert mich durch die Gläser seiner Metallbrille hindurch. Ich sehe weg. Das sind Schlangenaugen.

»Ah, Luca«, sagt der Mann und lächelt aus wulstigen Lippen. »Schön, dich persönlich kennenzulernen. Ich bin António. Setz dich doch bitte wieder.« Ich glaube, er spricht portugiesisch. Seine Com ist auf Lautsprecher gestellt und singt die Übersetzung auf Deutsch mit der Stimme einer Opernsängerin.

Mein Kittel steht am Rücken offen und darunter bin ich nackt. Ich gehe rückwärts zur Pritsche zurück, setze mich, schlage die Beine übereinander und ziehe den Stoff über die Knie.

Ich klicke das Headset aus meiner Com und stecke es mir ins Ohr. Warum hab ich plötzlich das Gefühl, der Eignungstest ginge grade erst richtig los?

Der alte Mann sieht mir zu, nickt vor sich hin, aber stellt sein MyVersion nicht auf leise. Er schließt die Tür und kommt mit schlurfenden Schritten auf mich zu. Er hat eine weiße Decke unter dem Arm.

»Hier bitte. Du stehst wahrscheinlich unter Schock«, sagt er freundlich. »Dir muss kalt sein. Lass mich dir auch etwas zu trinken bestellen.«

Er hält mir allen Ernstes die Decke hin. Ihr habt mir gerade beim Ertrinken in einem Schlangenbecken zugesehen und jetzt habt ihr Sorge, mir wär kalt?

»Wie geht es Celine?«, frage ich und schiebe seine Hand mit der Decke weg.

»Schsch«, macht der Mann. Er hat buschiges schlohweißes Haar. Er sieht wie ein freundlicher Großvater mit Schlangenaugen aus. Er legt mir die Decke über die Schultern. Die Haut seiner Hände ist fleckig und von einem Geäst aus Altersadern durchzogen. Er tritt einen Schritt zurück, legt den Kopf zur Seite und betrachtet mich. »Was wolltest du im Korridor?«, fragt er.

Der Stoff der Decke ist zu leicht, fühlt sich an wie Haut. Ich schüttele die Decke mit einem Ruck von den Schultern, sie rutscht meinen Rücken hinunter. »Ist Celine auch hier?«, frage ich.

Schweigen. Ich sitze bewegungslos.

Warum hat der seine Augen nicht gelasert bekommen?

Der alte Mann setzt die Brille ab, zieht ein schwarzes Spitzentaschentuch aus seiner schwarzen Laborkitteltasche und beginnt umständlich, die Gläser zu putzen. In der anderen Tasche klemmt ein blau-goldener Füller.

»Wusstest du, dass es tatsächlich Geräte zum Brillenputzen gibt«, sagt er. »Was die Leute so alles haben wollen. Geräte zum Brillenputzen. Wenn ich eines mit der Zeit gelernt habe, dann das: Man selbst macht es einfach immer ... gründlicher.«

Er sieht prüfend auf seine Brillengläser, hält sie gegen das Licht, das grell von der Decke leuchtet, und grunzt zufrieden. »Luca«, sagt er dann, setzt die Brille auf und sieht mich an. »Wir haben da ein kleines Problem mit euren Testergebnissen. Sie sind ein wenig zu ... gut. Möchtest du uns vielleicht etwas mitteilen?« Er schmunzelt.

Ich sage nichts.

António faltet das Taschentuch säuberlich zusammen und steckt es zurück in die Kitteltasche, greift plötzlich nach meiner Hand und fühlt meinen Puls.

Ich zucke zurück.

»Schsch«, macht António. Seine Finger sind weich, aber drücken zu fest. Er seufzt dabei. »Deine Mitkandidaten haben schon beide ausgesagt, jetzt liegt es ganz bei dir«, sagt er und sieht mich mitleidig an. Mit Schlangenaugen funktioniert der Gesichtsausdruck nicht. »Wir müssen dir nicht alle Punkte abziehen, wenn du kooperierst«, sagt er.

Ich wende den Blick ab, sehe auf meine Hand zwischen seinen Fingern, die klobig aussehen, grob. Mache meine Hand so locker, dass sie sich nicht mehr wie ein Teil von mir anfühlt.

Das hier ist ein weiterer psychologischer Test. Spielaufbau: Prisoner's Dilemma. Wahrscheinlich hat jedes Team vom Mentor die Com zugesteckt bekommen.

Am besten ist es für alle, wenn keiner petzt. Aber wenn nur einer von uns dreien petzt, ist es für jeden Einzelnen von uns besser, auch zu petzen. Vertrauensfrage.

Celine hat dichtgehalten, da bin ich mir ziemlich sicher.

Ich bin mir auch sicher, Stephen hat gepetzt.

»Luca?«, fragt António.

Ich sehe an ihm vorbei, auf ein Targan-Logo über der Tür, das angedeutete Ziffernblatt einer Uhr. Wär da ein Zeiger drin eingesperrt, ich könnte zuhören, wie mit jeder Sekunde, die ich weiter zögere, mehr meiner Lebenspunkte weggetickt werden.

Antónios Finger drücken suchend in meinen Puls, es tut weh.

»Als Alternative wird auch diskutiert, euch den Test wiederholen zu lassen«, sagt er und ich spüre, wie mein Puls unter dem drückenden Daumen schneller schlägt.

António tritt noch näher, er riecht nach trockenem Schweiß und einem vornehmen, etwas aufdringlichen Aftershave. Sein schwarzer Laborkittel berührt meine nackte Wade.

Die Tür wird aufgerissen.

John. Er sieht mich an, sieht António an, seine Augen verengen sich. Er kickt die Tür laut mit dem Fuß zu. »António«, sagt John. »Was für eine Überraschung.« Er klingt eigenartig gefasst.

»Oh, hallo, John«, sagt António. »Ja, ich dachte, ich sehe mir diesen speziellen Fall persönlich an. Hübsch, hübsch, wirklich.«

Zwei schwarze Uniformen in einem Raum, wow. Muss ihnen mit meinem Test wirklich was geboten haben.

»Was willst du hier, António?«, fragt John, und beim Klang seiner Stimme verkrampft es sich in meinem Bauch. Will nur noch weg. Ich kann nicht zusehen, wie John sich mit diesem António über meine Performance in einem Schlangenbecken unterhält.

Ich wende den Blick ab und sehe auf meine nackten Füße. Wenn sie mir schon meine Zehennägel lackieren müssen, warum dann bitte ausgerechnet farblos?

António kichert. »Tja, Utopia fand das hier wohl auch alles ein wenig ungewöhnlich und da hat mich der Engel geschickt, ein bisschen nach dem Rechten zu sehen. Deine Kandidatin hier ist ein wenig zu schön, um wahr zu sein. Und Computerprogramme. Du weißt doch, denen kann man nie wirklich trauen. Dazu deine bisherigen Investitionen in diese Kandidatin ... ts ts ... Sogar Utopia hatte den Verdacht, du hättest vielleicht die Testergebnisse manipuliert. Ehrlich gesagt, so etwas in der Art dachte ich auch.«

»Und?«, fragt John kalt. »Hast du dich überzeugt? Alles zu deiner Zufriedenheit?«

»Oh ja, und ob. Ich habe mir die letzten Minuten ihres Eignungstests mehr als ein Dutzend Mal angesehen. Beeindruckend, wirklich. Ein wirklich außergewöhnlicher Fall. Sie hatte bis zum Schluss rationale Entscheidungsmöglichkeiten und strategisches Denkvermögen und hat ihre Ressourcen bestmöglich genutzt. Ich dachte erst, es hätte vielleicht einen Fehler in der Simulation gegeben, aber alles in schönster Ordnung. Eine Wunschkandidatin, die du da hast, meinen Glückwunsch, eine lebende Rechenmaschine.«

»Du übertreibst.«

»Ah ja? Pass mal auf.«

Wulstige Finger umfassen mein Kinn, zwingen mich aufzusehen. Ich sehe in Augen ohne Gefühl. António schmunzelt und sagt: »Luca, mein Schatz, ich werde dir jetzt ein Geheimnis verraten. John und ich bekommen deine Gedanken gerade übers Headset eingespielt.«

Ich höre, wie John scharf die Luft einzieht. Dann ist es still. Nur das Summen der Klimaanlage. Mir ist kalt. Eisgraue Augen mustern mich interessiert.

Das ist Science-Fiction und ein schlechter Scherz.

Ich glaube ihm. Ich schlucke Galle. »Wie genau funktioniert das?«, frage ich in die Stille.

António wirft einen triumphierenden Blick über die Schulter zu John. »Siehst du, was ich meine? Ihr Puls rast, sie könnte jetzt hysterisch schreien oder eine Szene machen. Stattdessen versucht sie an Informationen zu kommen, dein Rohdiamant. Ich werde sie für weitere Experimente vorschlagen.« Er kichert wie über einen Insiderwitz.

Er weiß nicht, warum ich nicht völlig überrascht bin ... Vielleicht kann er wirklich in meinen Kopf gucken. Aber er sieht nicht alles. Er sieht nicht, was mir alles schon klar geworden ist, bevor ich ins Schlangenbecken gefallen bin.

Antónios Augenbrauen ziehen sich zusammen. »Was meint sie damit?«, fragt er, bewegt mein Kinn, mustert meinen Gesichtsausdruck.

»Woher soll ich das wissen«, sagt John. »Du kennst ihren Eignungstest ganz offensichtlich besser als ich.«

António zuckt die Schultern, lässt mein Kinn los, aber nicht meinen Puls. Muss an was anderes denken. Sofort. Mich konzentrieren. Denk nicht an den rosa Elefanten. Rosa Elefant. Rosa Elefant. Rosa ...

António lacht. »Ironie des Schicksals, was? Ausgerechnet ihre stärkste Ressource macht sie im Grunde völlig inkompatibel.«

Ich will nicht, dass sie ... dass irgendjemand, dass ... Ich atme ein. Ich atme aus. Muss zuhören. Muss mich konzentrieren, zuhören, darf nicht vergessen ... sie sind in meinem Kopf, verdammt, ich ... Zuhören. Sie sehen nicht alles. Nicht daran denken, dass sie nicht alles sehen. Rosa Elefant. Nicht daran ... Der Panther. Von Rainer Maria Rilke. Sein Blick ist vom Vorübergehn der Stäbe so müd geworden, dass er nichts mehr hält. Nicht daran denken, dass ... Wie geht das Gedicht weiter, wie ...

»Schsch«, macht António wieder beruhigend. »Ihm ist, als ob es tausend Stäbe gäbe und hinter tausend Stäben keine Welt ... Da staunst du, John, was? Glaubst du mir, dass das kein illegaler Download ist? Lange vor deiner Zeit hab ich mich mal einen Kunstliebhaber genannt. Ich habe jeden Tag ein Gedicht auswendig gelernt. In den Originalsprachen. Ist ja gut, Schätzchen. In ein paar Minuten ist alles wieder beim Alten.«

Ich zittere. Ich hasse es, dass sie das sehen. Ich hasse es.

»Du irrst dich in ihr«, presst John hervor. »Sie wird es weit bringen. Im Grunde haben wir doch alle immer rationale Entscheidungsmöglichkeiten. Das macht uns nicht zu Verrückten.«

António kichert wieder. Sein MyVersion ist noch immer auf laut, die dramatische Intonierung einer sprechenden Opernsängerin die ganze Zeit über im Raum, übersetzt Deutsches ins Portugiesische, Portugiesisches ins Deutsche. »Dass ausgerechnet du das sagst«, sagt António zu John. »Entscheidungsmöglichkeiten? Wir nutzen unser Denken hauptsächlich dazu, uns unsere unlogischen Entscheidungen zu legitimieren. Das macht uns ja gerade so schön berechenbar. Hat dich schlimm erwischt, was?« António zwinkert ihm zu.

»Lass sie los«, sagt John. »Du hast deinen Spaß gehabt. Verschwinde.«

»Du erlaubst, dass ich vorher noch aufräumen lasse?«

»Als ob du mich um Erlaubnis fragen würdest, Arschloch.«

»Nana. Die Jugend. Immer gleich so stürmisch. Hier mein altersweiser Rat: Die Liebe hat noch jeden unberechenbar gemacht und niemand weiß so gut wie du, was das bedeutet.

Du bist sehr, sehr unvorsichtig, mein Freund.« António tippt auf seiner Com, sagt dann: »Ab ›Was willst du hier, António?‹ für alle Ränge alles löschen. Sofort. Ich warte.«

António ändert den Griff um meine Hand. Er hält sie jetzt wieder ganz genau so, wie er sie vor ein paar Minuten gehalten hat. Ich werde alles vergessen, was gerade geschehen ist. Sie haben kein Recht. Sie dürfen nicht. Ich will schreien. »Wie funktioniert das?«, frage ich wieder, vielleicht antworten sie ja doch. »Wie kommt ihr in meinen Kopf?«

»Schsch«, sagt António, ohne zu lächeln, die Augen halb geschlossen wartet er.

Es ist das eine, dass sie mit meinem Körper machen, was sie wollen. Aber wenn sie mir auch meine Gedanken nehmen können. Wenn sie Macht über meine Gedanken haben. Was bleibt dann überhaupt noch von mir?

Ein Satz aus einem Lied. *Die Gedanken sind frei.* Ich fühle ein Gefühl, das es nicht geben sollte. Ich beiße mir auf die Innenseite der Wange, bis mit dem Blut auch der Schmerz da ist, konzentriere mich darauf, will nicht fühlen.

Johns Stimme ist heiser: »Es haben nicht alle Zugriff auf deine Gedanken, Luca. Längst nicht alle.«

Soll mich das jetzt aufmuntern, ja?

»Es ... es tut mir leid ...«, sagt John.

»Unvorsichtig«, sagt António. »So unvorsichtig.«

Ich setze mich auf, sehe John an. Sein Körper ist wie erstarrt, seine Lippen schmal. Unsere Blicke treffen sich. In seinen Augen ist Schmerz. Hab noch nie so viel Schmerz gesehen, noch nie.

Warum lässt er es dann zu? Kann er gar nichts tun?

Ich sehe ihn an und denke klar und langsam: Ich werde dieses Spiel gewinnen. Jetzt erst recht. Ich werde alle meine Ressourcen nutzen. Alle Ressourcen, die ich habe und haben könnte. Hilf mir dabei, John. Hilf mir dabei, meine Ressourcen zu nutzen. Das kannst du doch wohl tun. Versprichst du es mir?

Er sieht mich an und er nickt.

Ich werde dieses Spiel gewinnen. Ich ... Rote Punkte wirbeln immer schneller vor meinen Augen. Mir wird schwindlig davon. So passiert es also? Wie oft habe ich diese roten Punkte schon vorher gesehen? Wie machen sie das? Die Punkte tanzen umeinander, immer schneller, ordnen sich zu einem neuen Muster.

Das Tabu. Ich stöhne.

Presse mir die Hand gegen die pochende Schläfe.

Bedeutet das, ich habe doch was vergessen?

Ich kann mich noch immer an die Schlange erinnern. Dass ich glaube, sie machen irgendwie Brainwashing. Was kann ich sonst noch vergessen haben?

Warum ist mir übel? Meine Hände zittern ja, mein Puls rast. Was ist mit mir los?

Ich sehe zu Boden. Der Boden ist weiß gefliest und spiegelblank poliert.

Wenn sie mir schon meine Zehennägel lackieren müssen, warum dann bitte ausgerechnet farblos?

»Ich mache dir einen Vorschlag«, sagt António zu John. »Übertrag ihren Fall auf mich. Ein freundschaftliches Angebot. Um unserer guten, alten Zeiten willen.«

»Unsere Zeiten waren nie gut. Sie gehört dir nicht. Lass sie jetzt los!«

Ich sehe auf. Gerade eben hat John doch noch ganz anders gestanden ... Jetzt steht er leicht vorgebeugt, die Hände zu Fäusten geballt.

Was ist hier los?

António nimmt meine Hand in beide Hände und tätschelt sie. »Weißt du, John, ich habe einmal einem meiner Testkaninchen einen Namen gegeben. Großer Fehler. Im Gegensatz zum Rest von ihrem namenlosen Wurf ist es irgendwann an Altersschwäche gestorben. Targan hat's nicht viel gekostet, aber für die Punkte, die mich das gekostet hat, hätte ich mir schon damals mein eigenes Privatlabor einrichten und mit Schmuckperlen tapezieren lassen können. Jung und dumm war ich damals. Meine Karriere für ein Kaninchen, ts ts.«

Johns Stimme ist gefährlich ruhig: »Ich kann mir ein paar Extravaganzen durchaus leisten. Es reicht jetzt. Du hast deinen Spaß gehabt. Lass sie los.«

»So so, so so«, lacht António. »Extravaganzen, ich verstehe.« António lässt nicht los. Aber seine Handflächen um meine schwitzen, seine Finger umklammern meinen Puls wie ein Schraubstock. In seinem Rücken sehe ich John. Er sieht plötzlich größer aus. Ich weiß nicht, was passiert, wenn John António eine reinhaut. Aber ich hab das sichere Gefühl, dass das ein großer Fehler für uns beide wäre.

»Finger weg, hab ich gesagt!« John ist mit zwei großen Schritten bei António, packt seine Hände und reißt ihn von mir weg.

António stolpert zurück, hebt schützend die Arme vors Gesicht.

John hebt die Hand zum Schlag.

»John!« Ich packe Johns erhobenen Arm, umklammere mit all meiner Kraft sein Handgelenk. John hält mitten in der Bewegung inne, sein Körper bebt. Mit einem Ruck macht er sich von mir los, starrt mich wütend an.

Ich muss etwas sagen, irgendwas, das alles entschärft, ich sage: »John und ich treiben es irgendwann doch noch mal wie die Karnickel. Darum regt er sich dauernd so auf.« Ich grinse, dass es weh tut.

Schweigen.

António richtet sich langsam wieder auf und blinzelt.

John lässt die Hand sinken, sein Gesicht ist ohne Ausdruck. Immerhin hat es ihnen die Sprache verschlagen.

Ich drücke die Schultern durch, sitze aufrecht und sage schnell: »Ich weiß nicht, was Stephen und Celine dir erzählt haben, António. Adriana hat uns ihre Com gegeben. Zum Spicken. Die will unbedingt aus Rang Rot raus, weil sie nun mal unbedingt ihre eigene Kollektion designen will. Mal ehrlich, ich glaube, sie war nicht die einzige Mogel-Mentorin. Vielleicht sollte man das mal überprüfen lassen. Ich hab mehrere Kandidaten in Grüppchen stehen und flüstern gesehen vor ...

vor dem Test. Aber Adriana hat zu lange erklärt. Ihre Com war schon nicht mehr eingeschaltet, als sie gegangen ist. Wir hätten nicht spicken können, selbst wenn wir das gewollt hätten ... also wenn dir jemand was anderes erzählt hat ... der Test hat es nun mal in sich gehabt. Da sagt man schon mal Sachen, die gar nicht so gewesen sind.« Ich wünschte, ich könnte mich mehr wie Stephen anhören.

Ich greife nach dem dünnen Stoff in meinem Rücken, ziehe die Decke um meine Schultern, fühle mich wie unter einer fremden Haut. Ich zwinge mich zu einem schüchternen Schulmädchenlächeln, aber das geht völlig daneben. Weltmiserabelste Schulmädchendarbietung.

Ich reibe mir mein Handgelenk, bin froh, dass António nicht mehr fühlen kann, wie mein Puls rast.

Noch immer sehen sie mich beide an, als wäre ich eine unlösbare Rechenaufgabe. John steht zwischen mir und António.

António schnalzt mit der Zunge. Er holt das Taschentuch aus der Tasche, faltet es auf und tupft sich eine Schweißperle von der Stirn. Er sieht von mir zu John und von John zu mir. »Wie ich schon sagte, John. Ein spannender Fall ... und leider völlig unberechenbar. Mein Angebot steht.«

Die Wut strahlt wie Hitze aus Johns Körper. Er antwortet nicht. António schüttelt den Kopf, wendet sich ab, schlurft langsam zur Tür. Er drückt die Klinke, zögert einen Moment und dreht sich noch einmal zu uns um, kichert ein wenig in sich hinein: »Weißt du, John ... ich kann mich nicht mal mehr an den Namen des Kaninchens erinnern. Ts, ts.«

Dann sind wir allein.

Ich sehe auf die weiße geschlossene Tür. Langsam wendet John sich zu mir zurück und berührt mit dem behandschuhten Zeigefinger vorsichtig meine Wange. Er sieht mich an, als wäre ich zerbrechlich und kostbar und beinahe kaputtgegangen.

Ich fühle mich kaputt. Ich halte mich irgendwie weiter aufrecht. Ich darf keine Schwäche zeigen, nicht vor John. Aber er sieht mich an und in seinen Augen ist Sehnsucht und

Schmerz und Wut und eine weiche Tiefe. Das sind keine Schlangenaugen.

Ich räuspere mich. »Kann es sein, dass du gerade wegen mir ein paar Punkte verloren hast?«

»Ein paar Millionen«, murmelt John rau. Seine Fingerspitzen streicheln über meine Wange.

Einfach nur peinlich, was grade in mir vorgeht, peinlich und irrational. Er gehört doch zu ihnen. Er weiß, was sie tun. Was sie mit mir getan haben. Ich sollte ihn hassen. Aber im Moment will ich einfach nur die Arme um ihn schlingen, seine Wärme spüren, John spüren. Als wäre es gegen die Schwerkraft, das nicht zu tun. Was ein Glück, dass John nicht Gedanken lesen kann ...

Etwas zuckt unter der Oberfläche von seinem Blick auf und verschwindet sofort. Vielleicht merkt auch er grade, dass man gegen die Schwerkraft nicht viel in der Hand hat, denn er beugt sich vor und legt seine Stirn an meine.

»Dann schaffe ich es also nicht nur als Lilith, dich in Schwierigkeiten zu bringen, was?«, frage ich.

»Schwierigkeiten sind mein zweiter Name. Aber du bist ein verdammt teures Hobby, Luca Mon. Was hältst du davon, wenn wir heute Abend was trinken gehen? Jetzt ist es eh schon egal.«

Wir lauschen unseren Atemzügen und atmen den Atem des anderen.

Meine Hände gleiten seine ausgestreckten Arme entlang hinunter, tasten über Uniformstoff, finden seine behandschuhten Hände. Unser Atem geht schneller.

Erstens: Ich kann nirgends so einfach an Infos kommen wie durch John. Ich kann es mir gar nicht leisten, das nicht zu nutzen.

Zweitens: Das ist nicht Draven, das ist John. Für die Geschichte gibt's kein Happy End. Bloß weg hier.

Drittens: Es spielt überhaupt keine Rolle, was logisch betrachtet die richtige Entscheidung ist. Alles in mir will ihn und Punkt. Ich hab gar keine andere Wahl.

John stöhnt leise auf, seine Hände greifen meine Hände und unsere Finger verschränken sich. Wir halten uns aneinander fest, bewegungslos.

Wie soll das funktionieren? »Gibst du mir jetzt eine Tour durch die Krankenstation?«

»Nein.«

»Werde ich jetzt betäubt, damit ich mich später nicht daran erinnere, wo die Krankenstation ist?«

»Nein. Wir sind nicht in der Krankenstation. Wir sind in unserem Gebäude. Im Aufwachraum der Lobby.«

»Oh.«

»Tja ...«

»Würdest du mich den Weg aus der Krankenstation sehen lassen, wenn wir in der Krankenstation wären?«

»Nein.« Johns Stirn löst sich von meiner.

Ich wende den Blick ab. Unsere Hände lösen sich voneinander.

»Wir sehen uns heute Abend«, sagt John und tritt einen Schritt zurück.

Einen Moment schließe ich die Augen und spüre, wie sich die Wut in meinem Bauch zusammenballt. Ich stelle mir meine Wut als ein Kraftwerk vor, das mich verwandelt.

Ich muss das Spiel gewinnen, um es zu verlassen. Ich kann es mir nicht länger leisten, Lilith zu spielen. Ich muss alles nutzen, was ich habe und haben könnte.

Ich muss Lilith sein.

Es kann eh nicht mehr schlimmer kommen.

Meine Com vibriert. Der Engel ist zurück und mit ihm die Musik. »Auf ein neues, Luca, der Tag ist noch jung! Du hast noch eine Stunde, 32 Minuten, 32 Sekunden Zeit, in deine Wohnung zurückzukehren, das Wasser dort auszutrinken, dich zu duschen, anzuziehen, und zu deinem Arbeitsplatz zu gelangen«, sagt der Engel.

Ich stehe auf.

6

Die schwarze Pyramide am Strand schimmert in der Dunkelheit und Johns Wache bleibt einen Moment stumm davor stehen.

Ich kann keine Tür erkennen, aber plötzlich schwingt eine kreisförmige Öffnung nach innen auf und oranges Licht dringt uns entgegen.

Die Engelmusik in meinem Headset schwillt einen Moment lang an.

Auf der Schwelle bleibe ich stehen. Ich weiß nicht, was ich erwartet habe, aber ganz bestimmt nicht das. Der Nachtclub der Elite im Inneren der Pyramide sieht aus wie eine drittklassige Strandkneipe.

Das Licht ist zu hell, der Boden mit Holzplanken belegt, Strandmöbel stehen um eine hufeisenförmige Bar, es gibt sogar eine Hängematte.

Stimmengemurmel. Hat natürlich seine Vorteile, wenn jeder seine eigene Clubmusik in passender Lautstärke im Headset hat. Die Menschenmenge steht mit bunten Cocktails in der Hand, man unterhält sich, lacht und lächelt und beobachtet einander, jeder wippt im Takt der eigenen Musik und niemand schreit sich über Lärm hinweg heiser.

Ich sehe fast nur rote Uniformen. Abendgarderobe. Die Frauen tragen eng anliegende, manchmal fast durchsichtige Kleider und Kostüme, die Männer Anzug oder Frack, ihre Westen sind mit Mustern aus Schmuckperlen besetzt.

Ein paar junge Frauen zeigen mit den Fingern auf mich und flüstern sich etwas ins Ohr. Sie tragen rote Kaftane, an den Seiten bis nach oben hin geschlitzt und von schlanken Gürteln um die Taille gehalten.

Ich sehe an meinem Kleid herunter, silbern, mit dünnen Schulterträgern, ein fließender, leichter Stoff bis zu den Knien. Keine Uniform, aber Uniformstoff, so leicht, dass es sich durchsichtig anfühlt. Ich ertappe mich dabei, wie ich an einem der Träger zupfe, zwinge mich, damit aufzuhören und recke die Schultern.

Johns Wache ist schon weitergegangen, aber Stiernacken und Glatze im grünen Punjabi sind inmitten von all den hübschen Menschen in Rot schwer aus den Augen zu verlieren.

Ich hole ihn ein. »Wo ist John?« Aber natürlich antwortet die Wache nicht darauf. Er hat noch kein einziges Wort zu mir gesagt. Ich folge ihm durch die Menge. Man tritt zur Seite, wo wir vorbeigehen, wird es still. Jemand rempelt mich von hinten an, ich stolpere. Verdammte Stilettos.

Johns Wache bedeutet mir mit einem Kopfnicken, an ihm vorbeizugehen, deutet auf eine gläserne Wendeltreppe vor uns, bleibt direkt hinter mir.

Die Treppe ist im direkten Zentrum der Pyramide und jetzt erst sehe ich auf. Die Decke über uns ist durchsichtig, ich sehe Licht und viele Füße. Ich steige viele durchsichtige, glatte Stufen zu einer gläsernen Tür hinauf, sie springt für mich auf. Ich stehe im nächsten Stockwerk der Pyramide.

Helle Lichter zucken in der Dunkelheit über viele Körper. Man tanzt eine schnelle Schrittfolge nach Choreografie. Rhythmus und Melodie müssen kompliziert sein, aber nur das Stampfen und Klacken der vielen Schuhe ist zu hören. Jeder zeigt die gleichen Bewegungen, aber jeder zu einer anderen Zeit. Es hat etwas Hysterisches, etwas von Ameisenhochzeit. Hinter der Tanzfläche sehe ich ein paar vereinzelte Gruppen zusammenstehen, dahinter die gläserne Bar, die hier die Wände der Pyramide entlangführt. Man sitzt oder steht, trinkt oder isst.

Die Decke hier kommt mir viel höher vor. Ich sehe auf dieser Ebene nur grüne Uniformen und durch den gläsernen

Boden die Menge in ihren roten Uniformen unter meinen Füßen.

Johns Wache berührt leicht meine Schulter. Er riecht nach einer etwas blumigen Seife.

Ich steige weiter die Stufen hinauf, das Glas ist jetzt dunkel, dann schwarz, das Licht etwas heruntergedimmt.

Am Treppengeländer lehnen ein Mann und eine Frau, halb nackt, sie ziehen einander gerade weiter aus. Ich schiebe mich an ihnen vorbei, gehe weiter hinauf. Die Musik aus meinem Headset wird drängender, süßer.

Die nächste Tür ist ein dunkel getönter Spiegel. Ich sehe mich selbst in meinem silbernen Kleid. Im Licht des Nachtclubs wirkt meine Haut blasser, meine Augen größer unter dem glitzernden Lidschatten.

Die Tür springt auf. Die Treppe endet hier. Ich trete ins letzte Stockwerk der Pyramide.

Gedämpftes Licht. Der Boden hier ist schwarz, nicht mehr durchsichtig, man kann die unteren Stockwerke nicht sehen. Dafür sieht man nach draußen. Die Wände sind aus dunkel getöntem Glas. Von außen kann man nicht in die Pyramide sehen, aber von hier oben aus sieht man Nacht und Strand.

Der Raum wirkt riesig, dabei laufen die Wände hier nach oben hin spitz zusammen.

Nach oben hin dünnt es sich aus.

Es ist still. Keine Bar. Drei seltsame große, dunkle Quader ragen wie drei überdimensionale Uhrzeiger in gleichmäßigen Abständen von der Wendeltreppe schräg in den Raum. Sonst ist es hier fast leer.

Ich sehe nur drei blau Uniformierte auf roten Sesseln um einen der runden Tische zusammensitzen und auf ihren Hologrammen tippen.

Abseits davon, mir gegenüber an einem Tisch am anderen Ende des Raumes sitzt ein Mann in schwarzem Anzug und sieht auf das Meer weit unter uns.

John dreht sich zu mir um und steht mit dem Glas in der Hand auf.

Meine Stilettos klacken bei jedem Schritt auf dem schwarzen glänzenden Boden. Er steht still da, wartet auf mich, seine Augen weiten sich leicht.

Geigen schluchzen auf. Meine Com vibriert. »Ist das nicht wunderbar? Du gefällst ihm! Du hast noch null Stunden, null Minuten, vier Sekunden Zeit, die Augen zu senken, wieder aufzusehen und schüchtern zu lächeln«, sagt der Engel.

John fällt das Glas aus der Hand, es zerbricht auf dem Boden. Er flucht, tritt einen Schritt von den Scherben zurück und stößt gegen den Sessel, der umfällt.

Ich bleibe stehen. War schon klar, dass ich mit John nicht einfach so einen trinken gehen kann. Aber langsam kommen mir noch ein paar Zweifel mehr.

Vor etwa vier Stunden änderte sich der Tonfall der Engelmusik und wurde allmählich immer schnulziger. Dann kam die Mission, ich solle nach Hause gehen und Körperpflege machen, wieder mit allen möglichen Links. Das Make-up in meinem Badezimmer. Das Päckchen vor meiner Tür, weiß mit einer gigantomanischen schwarzen Samtschleife darum. Keine Karte, aber so was von too much, da hat's auch keine Karte gebraucht, wer mir ein Kleid samt Schuhen und Unterwäsche aufs Zimmer schickt.

Und dann wieder der Engel, ich soll mich noch eine halbe Stunde entspannen und auf mein Date freuen. Als ob ich nicht auch so schon aufgeregt genug gewesen wäre. Ich hätte viel lieber gearbeitet, als den Kratzer auf dem Boden neben dem Sofa zu betrachten und mich zu fragen, was ich John fragen kann, ohne dass er misstrauisch wird und merkt, dass ich immer noch fliehen will, und wie das denn überhaupt gehen soll mit uns, wenn ein hartnäckiges bisschen von meinem dummen Herzen daran festhält, das ist nicht John, das ist Draven.

Zu guter Letzt dann auch noch Johns Wache vor meiner Tür, die mich zu meinem Date abgeführt hat.

Meine Com vibriert. »Es ist an der Zeit, das Eis zwischen euch zu brechen und mutig einen ersten Schritt zu wagen. Du hast noch null Stunden, null Minuten, neun Sekunden Zeit, dich einmal um dich selbst zu drehen, zu lächeln und zu sagen: ›Danke für das Kleid. Gefalle ich dir?‹«

Also das reicht jetzt. Hört John meinen Engel über Teiler auch? Offensichtlich.

Er kommt mit knirschenden Schritten durch die Scherben direkt auf mich zu und bellt: »Lucas Engel deaktivieren! Lucas Engel bis auf weiteres deaktivieren, sofort! Und zieh sie mir in meinen Profilraum, Jeff. Natürlich sofort, stell das Ding auf der Stelle ab! Abstellen! Begründung ...« Er zögert einen Moment. »Speicher das wie neulich unter Eignungstest ab«, sagt er grimmig.

Die Com vibriert. Der Engel ist weg.

John wiegt den Kopf und betrachtet mich.

Wir schweigen.

»Das war jetzt etwas peinlich«, stellt er fest.

»Eignungstest?«, frage ich.

John strafft die Schultern, geht an den Scherben vorbei zum Tisch an der Fensterwand zurück, zieht einen der roten Armsessel hervor, bleibt höflich dahinter stehen und wartet auf mich. »Ist ein Date das nicht immer?«

Ich mache einen weiten Bogen um die Scherben und schaffe es, ohne in den zu hohen Absätzen zu stolpern, bis zu ihm hin. Immerhin: Der Abend kann jetzt wohl nur besser werden.

John nickt abrupt. Dann lächelt er. Es ist ein Lächeln, das ihn fast unschuldig aussehen lässt. Er streckt die Hand nach meinem Haar aus, zieht die Hand wieder zurück, schüttelt den Kopf und lacht, deutet auf meinen Stuhl und ich setze mich.

Er muss seinen Stuhl erst wieder aufstellen, um sich mir gegenüberzusetzen und dann scheint er nicht zu wissen, wohin mit den Händen. Er reibt ein paarmal die Knie. Wie ein Schuljunge beim ersten Date. Er lacht kurz auf und streicht sich das schwarze Haar aus dem Gesicht. Er stützt die Ellenbogen auf den Tisch, verschränkt die Hände, stützt das Kinn darauf und betrachtet mich. »Jetzt sind wir beide ohne Engel. Da müssen wir uns selbst ein paar Spielregeln für das hier überlegen. Tut mir leid, das eben ... Utopia kennt sich mit so was leider nicht aus.«

»Ja, als Amor fehlt dem Engel ganz offensichtlich die Übung ... Sind Targan grundsätzlich gegen Gefühle immun oder lasst ihr euch impfen?«

»Wenn es zu ernst wird, lässt man sich schleunigst behandeln. Dir werden Filme von dir und deinem Partner gezeigt und dabei Propanol gespritzt. Stumpft die Gefühle ab, das Gehirn lernt, dass dir deine Bekanntschaft gleichgültig ist.«

Ich sitze da und warte darauf, dass er lacht. Aber er lacht nicht.

Eine Toga mit einem weißen Schwebewagen für Putzzeug rennt auf uns zu, eine schöne, junge Frau, ihr rabenschwarzes Haar fällt in zwei sorgfältig geflochtenen Zöpfen über den hautfarbenen Anzug. Sie kehrt die Scherben zusammen und wischt mit einem feuchten Lappen nach.

Ich sehe schnell weg, aus dem Fenster. Der rote Teppich vor dem Club ist von Scheinwerfern bestrahlt, das Licht ist zu grell, als würde eine Theaterbühne beleuchtet. »Und das soll funktionieren?«, frage ich John.

»Propanol wird manchmal sogar schon in der Welt auf ähnliche Weise für die Behandlung von Traumata genutzt.«

Die Toga ist fertig, läuft wieder fort, ihre Sohlen bewegen sich eilig und fast lautlos über den sauberen Boden.

»Wenn gut gegen Traumata, warum dann nicht auch als Impfung gegen Liebe«, sage ich. Es soll leicht klingen.

Aber Liebe ist ein Unwort für ein erstes Date und da liegt es jetzt zwischen John und mir und versperrt uns die Sicht aufeinander, weil wir das Wort anschauen und nicht mehr uns. Der Tisch ist rund, aus einem schwarzen glatt polierten Material, das ich nicht kenne. Meine Fingerspitzen tasten über kleine Erhebungen darin.

Dunkelblaue schimmernde Schmuckperlen sind kaum sichtbar zu einem geometrischen Muster in die Tischplatte eingelassen. Dem angedeuteten Ziffernblatt einer Uhr, dem Symbol von Targan.

»Nur damit wir uns hier richtig verstehen«, sage ich. »Das hier ist jetzt kein One-Night-Stand mit ein bisschen Extra-Adrenalin, das du dir morgen gleich wieder wegspritzen lässt? Du hast nicht vor, dich behandeln zu lassen?«

»Nein.«

»Geht Utopia davon aus, dass das nicht nötig sein wird? Das wäre allerdings überhaupt nicht schmeichelhaft ...«

John zeigt mit dem Daumen auf den nassen Fleck auf dem Boden, wo gerade noch die Scherben lagen. »Nachdem mir im wahrsten Sinne des Wortes alles entgleitet, sobald du in Sichtweite kommst, dürfte sogar einem Amateur-Amor wie meinem Engel klar sein, dass ich verrückt nach dir bin.«

Seine Augen. Warm, weich, offen, groß, loderndes Kupfer, Tigeraugen ... nicht schon wieder ... So viel ist passiert. Aber sobald er in meiner Nähe ist, denke ich noch immer wie ein Mädchen mit silbernen Einhörnern auf der Com. Alles von John ist in seinen Augen. So viel. Zu viel. Jetzt lachen seine Augen. Seine Augen sind wie Türen in eine andere Welt. Seine Welt ... Etwas in meinem Bauch fängt an zu flattern und beruhigt sich nicht mehr.

Ein anderer Teil von mir ist von der Idee mit dem Propanol absolut begeistert. Man stelle sich vor, ich könnte mich ganz und gar darauf konzentrieren, den Gegenspieler auszuhorchen und mein Leben zu retten, anstatt Kitschiges über Augen und Türen zu denken. »Und wie kommt es dann bitte, dass uns Utopia seinen Segen gegeben hat?«

»Oh, ich hab sehr gute Beziehungen nach oben.« John greift direkt durch das Unwort in der Tischmitte und nimmt meine Hand.

Ich frage mich, ob man dieses Prickeln und Brennen und Knistern tatsächlich wegspritzen könnte. Ich versuche meine Hand wegzuziehen.

»Ich hatte vor ein paar Stunden eine längere Diskussion mit unserem Schicksal«, sagt John und hält meine Hand so fest, dass es weh tut. »Und jetzt ist es umprogrammiert. Laut meinem Engel habe ich alle Zeit der Welt, mich mit allem, was ich bin und habe, in dich zu verlieben.«

»Äh ...«

Aber John erzählt schon weiter, von zwei hochrangigen Wissenschaftlern, Richard und Isabella. Sie seien verheiratet auf die Insel gekommen und würden das laut Utopias Berechnungen für immer bleiben. Sie stritten sich von morgens bis abends und versöhnten sich alle paar Tage für die Dauer von Stunden. »Man hat sie einmal probehalber voneinander getrennt«, sagt John. »Nur für kurze Zeit. Ohne Streit und Versöhnung hatten sie keine brauchbaren Ideen mehr.«

»Ich verstehe.«

»Luca, ich habe die Absicht, meine Gefühle für dich zu kanalisieren und dazu zu nutzen, in meiner Arbeit über mich hinauszuwachsen und ich erwarte von dir, dass du das Gleiche tust. Sobald sich das hier zwischen uns in irgendeiner Form negativ auf unsere Punkte auswirkt, wird es enden. Das ist Spielregel Nummer 1.«

Ich sehe zu den Quadern, die wie unheimliche gestrandete Wesen den Raum unterteilen.

»Was ist das denn?«, frage ich.

»Das sind Kabinen.«

»Was ist in diesen Kabinen?«

»Das willst du nicht wissen.«

»Doch.«

John lässt meine Hand los, lehnt sich in seinem Stuhl zurück.

Ein Junge in hautfarbenem Anzug steht plötzlich neben uns. Er hat weißblonde Haare, sehr blasse Haut, ist fast noch ein Teenager, vielleicht nicht mal 20. Er balanciert vier Gläser auf einem silbernen Tablett und lächelt unaufhörlich. Er ist schön wie eine griechische Statue mit einem fein geschnittenen Gesicht. Nur seine Ohren stehen ein klein wenig ab. Er stellt mit einer Verbeugung die Gläser zwischen uns und entfernt sich rückwärtsgehend.

In zwei Gläsern ist Wasser. Die anderen beiden Gläser sind tulpenförmige Kelche, unten schwarz getönt. »Glenmorangie«, sagt John. »Dein Lieblingsdrink. Trink.«

Ich schiebe das Glas von mir weg. John runzelt die Stirn. »Was zum Teufel stört dich jetzt wieder?«

»Wenn mein Recruiter eine Akte über mich studiert, ist das eine Sache. Aber mein Date? Wissen ist Macht. Du weißt alles über mich, ich weiß fast nichts. Kein faires Spiel.«

»Im Krieg und in der Liebe wird sowieso nie fair gespielt. Vertrau mir einfach. Ich werde mein Wissen nicht gegen dich verwenden, sondern nur zu deinem Wohl nutzen. Dafür, dir deinen Lieblingsdrink zu bestellen, zum Beispiel.«

Vertrau mir einfach? Und wenn ich ihm meinen Lieblingsdrink jetzt einfach ins Gesicht kippe? »Mein Lieblingsdrink, meine Körpermaße für ein Kleid, was kommt als Nächstes? Hast du dich auch darüber informiert, ob ich die Pille nehme?«

John weicht meinem Blick aus.

Von wegen der Abend kann nur besser werden. »Sag bitte, dass das nicht wahr ist«, sage ich langsam.

Er hebt entschuldigend die Hände. »Jeder Kandidat wird bei seiner Ankunft auf der Insel auf Krankheiten hin untersucht und gegen Sonnenbrand und andere Störfaktoren behandelt. Kandidatinnen werden für die Dauer ihres Aufenthalts hier unfruchtbar gemacht.«

Ich sitze ganz still und sehr gerade. Ich wende den Blick von ihm ab und sehe nach draußen, da unten stehen sie vor dem Club und reden, als wäre alles in schönster Ordnung. Sie alle sind mit ihren größten Ängsten gefoltert worden. Sie alle wissen, was bei den Eignungstests passiert, und hier stehen sie und feiern. »Ich nehme an, das stand auch in meinem Vertrag. Dem, den ich nicht gelesen hab.«

John folgt meinem Blick aus dem Fenster, sieht jetzt wie ich zu den Uniformierten hinunter. »Luca, ich kann nicht ändern, was ich über dich weiß ... Ich weiß mehr über dich, als du dir vorstellen kannst. Das ist mein verdammter Job.«

Was haben sie sonst noch alles mit meinem Körper gemacht? Was haben sie mit mir gemacht? Wie kam die Schlange in meinen Kopf? Ich spüre den kalten Luftzug der Klimaanlage auf meinem Kleid, der Stoff fühlt sich noch immer zu dünn und zu durchsichtig an.

Ich hole tief Atem. »Du kannst nicht wissen, was ich gerade trinken will, auch wenn du weißt, was ich normalerweise trinke. Spielregel Nummer 2: Von jetzt an bestelle ich selbst.«

Das sind meine Gedanken. Meine Gedanken gehören mir. Wenigstens das.

John sieht noch immer aus dem Fenster, neigt jetzt leicht den Kopf zur Seite, schließt einen Moment die Augen und schluckt. Dann stößt er einen Fluch aus, greift sich das Headset aus seinem Ohr und knallt es auf den Tisch. Er schüttelt den Kopf, nimmt mein Glas, stürzt den Whisky in drei langen Zügen runter, hält es leer von uns weg in den Raum. Er sitzt bewegungslos, mit ausgestrecktem Arm und sieht mich ausdruckslos an. Einen Augenblick später nimmt ihm der weißblonde Toga-Junge das Glas aus der Hand.

»Sie will bestellen«, sagt John gedehnt. »Was möchtest du bitte trinken?«

»Glenmorangie«, antworte ich zuckersüß.

Um Johns Mundwinkel zuckt es.

Der Junge rennt mit dem leeren Glas in der Hand Richtung Wendeltreppe davon.

»Du bist trinkfest«, stelle ich fest.

»Glaub mir, den hab ich jetzt gebraucht. Wirklich beeindruckend, wie du es schaffst, jede Situation außer Kontrolle zu bringen.«

»Ist das wohl für euch eher eine Minus- oder eine Plus-Ressource?«

John zögert. Er streicht sich mit Daumen und Zeigefinger über das Kinn und betrachtet mich nachdenklich.

Der Toga-Junge kommt mit meinem Whisky zurückgelaufen, stellt ihn vorsichtig vor mir ab, ist wieder fort.

Gespannt beuge ich mich vor.

»Stell dir vor, das Universum wäre das perfekte Theaterstück«, sagt John langsam. »Mit einem Anfang, einer Mitte, einem Ende, alle Rollen wären perfekt aufeinander abgestimmt. Die Eignungstests und eure Probearbeit wären das Casting. Wir prüfen, was der Schauspieler kann. Welche Rolle passt. Am Ende der Profilierungsphase schneidern wir den Schauspielern ihre Rollen auf den Leib. Darum funktioniert das Stück. Wir alle sind aufeinander abgestimmt. Jeder hier kennt seine Rolle und spielt sie perfekt und hält sich an seinen vorgegebenen Text. Alles andere ist inkompatibel. Wen wir nicht profilieren können, den können wir nicht gebrauchen. Targan ist kein Ort für Improvisationen, Luca. Aber seit du angekommen bist, verhältst du dich völlig ... unberechenbar.«

Das hat António also gemeint. »Ihr findet keine passende Rolle für mich?« Jetzt verstehe ich auch endlich, warum sie uns die Eignungstests nicht vergessen lassen. Darum wird uns schon beim Einführungsrundgang gesteckt, dass die Tests gefährlich sind. Wahrscheinlich sind sie das gar nicht. Gefährlich ist es nur, die Tests nicht zu bestehen. Die Targan würden doch nie so viel in ihre Kandidaten investieren, nur um sie dann zu Tode zu foltern ... Wahrscheinlich werden am Ende nicht nur alle Kandidaten in die Elite aufgenommen, die passen. Sondern auch die, die passend gemacht werden können. Dieses Nullsummenspiel mit den Punkten ist vielleicht sogar nur ein weiterer Spielaufbau für uns. Oder schon ein Training für später.

Die Angst vor den Tests, das ist ein Teil der Tests selbst. Für Kandidaten, die nicht unter Angst arbeiten wollen oder können, wird man auf der Insel nämlich keine Rolle finden.

Celine ... Wie soll Celine das hier je schaffen? Sie hat nach dem Test noch nicht mal auf meine Anrufe geantwortet, mir nur eine Nachricht geschrieben. Sie hätte was zur Beruhigung genommen und sich wieder ins Bett gelegt ...

John erzählt weiter. Die Profile der Kandidaten stehen im Grunde schon vor der Ankunft auf Targan Island fest, werden hier nur noch überprüft und feingeschliffen, größere Änderungen kommen so gut wie nie vor. »Aber dich haben wir inzwischen schon mehrmals vollständig überarbeiten müssen«, sagt John. Laut meinem ursprünglichen Profil hatte ich keinerlei Risikobereitschaft, und mein Interesse ging nicht über die Arbeit auf dem Bildschirm vor mir hinaus. Er lacht wie über einen traurigen Witz. »Und das war nicht die einzige Fehleinschätzung ... Bis zum Ende der Eignungstests muss dein Profil mit all seinen Ressourcen festgeschrieben und überprüfbar sein«, sagt John. »Sonst ... wirst du als inkompatibel eingestuft.«

Irgendetwas an der Art, wie er das sagt, jagt mir eine Gänsehaut über den Körper. »Menschen können sich doch ändern. Was, wenn sich jemand bei euch in eine andere Richtung als vorgesehen weiterentwickelt?«

John antwortet nicht. Wir schweigen.

»Wer sich nicht an seine Rolle hält, fliegt aus dem Stück«, sage ich endlich.

John nimmt sein Headset vom Tisch, zwirbelt es zwischen den Fingerspitzen und drückt es dann in seine Com zurück. »Schau nicht so. Mir war von Anfang an klar, dass Utopia dich falsch profiliert hat. Ich hab eine Wette darauf abgeschlossen, dass ich deine Ressourcen besser kenne als das Programm, und ich verliere nie. Es fängt immer alles in der Vorstellung an. Im Grunde kennst du deine Rolle doch längst. Du hast dir nur nie die Chance gegeben, sie zu spielen und deine Möglichkeiten zu nutzen, Lilith.«

Die Männer vom anderen Tisch sind aufgestanden und gehen, sehen über die Schulter zu uns zurück. Der eine macht eine obszöne Geste und lacht. Ich erkenne ihn jetzt. Einer von denen in Johns Büro an dem Morgen, als ich mich unter seinem Schreibtisch versteckt hatte.

»Draven, wie komme ich zur Krankenstation?«

»Diese Information ist für dich tabu.«

»Ich habe ein sehr gutes Gedächtnis. Aber wo die Krankenstation ist, habe ich vergessen, obwohl ich mir das wirklich merken wollte. Wie macht ihr das? Drogen? Hypnose?« Wenn ich John überrascht habe, versteckt er das ganz ausgezeichnet.

»Spielregel Nummer 3«, sagt er ruhig. »Wenn ich dir keine Antwort gebe, dann vergiss deine Frage. Denk nicht mehr dran. Denk an ... denk an was anderes, denk an ... denk an rosa Elefanten.«

Der weißblonde Toga-Junge geht auf eine der Kabinen zu. Er trägt ein silbernes Tablett mit Äpfeln darauf und verschwindet in der Kabine.

»Was ist in den Kabinen?«

John schließt die Augen und ich kann praktisch hören, wie er mit den Zähnen knirscht.

Plötzlich beugt auch er sich zu mir vor, greift wieder über den Tisch nach mir, die Berührung anders als vorhin, seine Finger umschließen meine, sein Daumennagel streicht leicht über die Innenseite meiner Hand. »Weißt du, was jetzt gerade mein rosa Elefant ist, Luca?« Seine Stimme klingt plötzlich wie dunkler Samt. »Ich stelle mir gerade vor, wie ich dir nachher dieses Kleid ausziehe ... Ich werde deinen Hals und deinen Nacken streicheln und dabei die Träger über deine Schultern streifen. Deine Haut wird sich weich anfühlen ... wie warmer Sand. Ich werde machen, dass du leicht zitterst. Und dann werde ich ganz langsam den Reißverschluss am Rücken herunterziehen ... dich loslassen ... einen Schritt zurücktreten und zusehen, wie dein Kleid einfach ... fällt.«

Sein Daumen drängt sich langsam zwischen zwei meiner Finger, reibt langsam über das Häutchen, das meine Finger verbindet, vor und zurück. »Ich werde dein schwarzes Loch sein, Luca. Ich werde machen, dass deine Welt implodiert, bis es nur noch meinen Namen darin gibt. Und dann werde ich machen, dass es gar nichts mehr gibt und alle Worte verschwinden.«

Mein Mund ist trocken. Ich schlucke.

Ich ziehe meine Hand zurück und trinke ein halbes Glas Wasser. Ich stelle das Glas zurück auf den Tisch. »Da hast du dir ja einiges vorgenommen, was du heute noch so machen willst. Verrätst du mir vorher noch, wie ihr das mit der Schlangen-Halluzination gemacht habt? Bevor alles verschwindet?«

»Diese Info ist tabu, verdammt, könntest du nicht einfach ...«

»Du könntest ein Auge zudrücken.«

John stößt etwas Unverständliches aus, lehnt sich im Sessel zurück und greift sich mit der Hand ins Haar. »Hier sind überall Augen, Luca! Nützt dir nichts, wenn ich meine zudrücke! Hör jetzt sofort auf damit. Komm zu mir.«

Nur weil er nach Udaipur riecht, muss er mir gegenüber noch lange nicht den Maharadscha geben. »Sonst noch Wünsche?«

Er hebt eine Augenbraue, lächelt anzüglich, schüttelt dann leicht den Kopf. »Bitte komm.«

Ich zögere. Aber aus irgendeinem Grund hat er gerade eben praktisch kampflos ganz erstaunlich viele Infos rausgerückt und ich will unbedingt, dass er damit weitermacht.

Ich stehe auf und gehe um den Tisch herum zu ihm. Ich lasse mich von ihm auf seinen Schoß ziehen. Sein Körper ist warm, seine Hand spielt mit dem Träger von meinem Kleid. »Schließ die Augen.« Er streichelt, ertastet meine Schulter, seine Finger jetzt unter dem Träger, seine Berührungen brennen nach. »Unsere Coms werden abgehört«, sagt John in mein Ohr. »All die kleinen Unebenheiten an der Decke und hier neben uns an der Wand sind Kameras. Nein, sieh nicht gleich hin. Lehn dich an mich, leg den Kopf zurück und sieh nach oben. Und dann mach die Augen sofort wieder zu, seufze ein wenig und dreh dich zu mir zurück. Sprich an meinem Hals, damit die Kameras deine Lippenbewegungen nicht sehen.«

Ich schließe die Augen, lehne mich zurück, in seine Umarmung, an seine Brust. Ich lege den Kopf zurück, fühle seine Wange an meiner Wange, rasierte Haut, rieche John. Ich öffne die Augen und sehe die Kameras. Winzige Targan-Augen.

»Wenn sie es dir jetzt ansehen, haben wir beide ein Problem«, murmelt John. »Augen zu.«

Ich mache die Augen wieder zu.

»Hör auf dich zu verkrampfen. Du hast gerade ein Date mit mir und du bist entzückt. Vorhang auf.«

Targan-Augen. Hier. In diesem Stockwerk treffen sich nur die obersten Ränge von Targan. Bedeutet das ...

»Leg deine Arme um meinen Hals«, sagt John. »Versteck sofort dein Gesicht.«

Ich setze mich auf sein linkes Bein. Mit dem Rücken zu den Kameras. Ich lege meine Arme um seinen Hals. »Wo überall?«, frage ich John. »Auch in den Wohnungen?«

»Überall. Immer. Vorhang auf, Luca! Dir steht immer alles, was du denkst, aufs Gesicht geschrieben, das muss aufhören, sofort. Wie oft hat Lilith sich verkleidet, das kannst du auch. Sei die Praktikantin beim Flirt mit dem Chef. Sei die Geheimagentin auf Spionagemission. Aber sei nicht Luca, die gerade von Kameras erfahren hat!«

Ich sitze bewegungslos. Meine Hände sind eiskalt. »Ihr seht einem beim Schlafen zu. Und morgens im Bad ...«.

»Wir sehen dir immer zu, Luca. Um dein Profil zu berechnen, beobachten wir jede deiner Bewegungen und jede deiner Reaktionen. Und darum musst du jetzt sofort deinen Herzschlag beruhigen. Einatmen, ausatmen ... Reiß dich zusammen!«

»Wer sieht sich das alles an?«

Er legt seine Hand auf mein Bein, seine Finger streicheln den dünnen Stoff des Kleids. »Lächle, verdammt. Lach! Gib ihnen wenigstens einen Grund für deine hohe Pulsfrequenz!« Er zieht das Kleid mit einem Ruck zurück, umfasst mein Knie. »Nur wer den Zugriff hat«, sagt er an meinem Hals. »Die Aufnahmen arbeiten mit Gesichts- und Stimmerkennung und speichern das Material unter den entsprechenden Codes ab. Wer wie viel Zugriff auf welche Profilräume hat, ist vom Rang abhängig. Auf Kandidaten-Profilräume haben alle Zugriff, wenn auch nicht überallhin. Ich hab dein Profil vorhin in meinen Raum stellen lassen. Damit ist der Zugriff auf dich für die meisten bis zum Ende von unserem Date großteils gesperrt. Für die meisten ... Und jetzt lach!« Seine Finger reiben in meiner Kniekehle.

Ich schiebe seine Hand weg. »Wie viele Punkte kostet es dich, mir das zu sagen? Wieso sagst du mir das?« Oder werde ich das morgen schon wieder vergessen haben.

»Kostet mich keinen einzigen Punkt, wenn's nicht auffliegt«, sagt er. »Einer meiner Leute ist in diesem Moment dabei, einen anderen Text unter die Aufnahmen zu schneiden. Er ist gut. Aber du machst ihm seinen Auftrag grade praktisch unmöglich. Lächle wenigstens, wenn du schon nicht lachen oder seufzen kannst!«

»Was passiert, wenn ... hey!«

Mit einer plötzlichen Bewegung greift John unter mein Bein, zieht es nach oben, über seinen Schoß, hebt es ausgestreckt über die Sessellehne. Seine Nägel graben sich in meine Kniekehle, ich ziehe die Luft ein.

»Hör auf damit!« Ich will mich losmachen. Er umschlingt mich, packt mit der Linken schnell meine Handgelenke und presst sie mir selbst gegen den Körper, sein anderer Arm klemmt mein ausgestrecktes Bein auf die Lehne, mein Oberschenkel liegt an ihn gedrückt. »Was ...«

»Hör auf, wie eine Salzsäule dazusitzen, Luca.« Sein Atem stößt mir die Worte ins Ohr. »Wenn du nicht süß lächeln und flirten kannst, dann wehr dich gegen mich. Ich will nicht, dass es auffliegt. Diese Info war für dich tabu und ich habe sie dir verraten. Wenn mich das auch immer noch weniger kosten würde, als was ich emotional zu zahlen hätte, wenn du rausfliegst, weil du nichts von den Kameras weißt. Und weniger als es meine Nerven kostet, wenn du mir immer wieder Fragen stellst, die ich dir nicht beantworten kann und jede deiner Fragen dir nur noch mehr Ärger einbringt, als du eh schon hast! Ich kann nicht frei sprechen. Du kannst nicht frei sprechen. Du darfst nicht mal frei denken, Luca. Und jetzt Vorhang auf, das ist unanständig, was ich da grade mit dir mache, also mach mir eine Szene, oder ich schwöre dir, ich zieh dir hier und jetzt den Slip aus und fingerficke dich, bis du vor laufender Kamera kommst, dann haben wir auch keine Probleme mit Pulsfrequenz und Aufnahmen mehr!«

Weiß nicht, was ich sagen soll. Der silberne Stiletto stakt in die Luft und sieht jetzt aus wie ein Puppenschuh, das Kleid ist verrutscht, man sieht etwas Silberspitze vom Slip und auf der Innenseite meines Oberschenkels seine Hand. Meine Beine sind in dieser Haltung gespreizt. Ich versuche mich loszumachen, aufzustehen.

John hält mich fester. Sein Griff um meine Handgelenke tut weh, mit dem Arm pinnt er mein Bein fester auf die Lehne. »Nicht so zögerlich, das kannst du besser«, raunt er. »Frag dich gar nicht erst, was sie sehen. Frag dich, was du ihnen zeigen willst!« Er spreizt langsam die Finger auf meinem Oberschenkel. Ich zucke zusammen, versuche, mich ihm zu entziehen, »John, ich ...Hör auf damit.«

Die Finger auf meinem nackten Bein beginnen sich zu bewegen, wandern langsam die Innenseite meines Schenkels hinauf.

»Hör bitte auf damit ... ich ... Ich bin nicht so gut in ... Das ist für mich ... ich ... bin nicht so gut im Schauspielern ...«

»Ich weiß. Darum lernst du das besser schleunigst.« Seine Hand kratzt mich spielerisch. »Sieh es als kostenlosen Crash-Kurs.«

»Ich ... du kannst doch nicht ...« Verdammt, natürlich kann er. Er drückt mein Bein gegen seine Erektion. Wahrscheinlich macht ihm das alles sogar Spaß.

»Löse hier nur ein Versprechen ein«, murmelt er, übt jetzt sanften, unnachgiebigen Druck aus, sein Daumen massiert mich in kreisförmigen Bewegungen, die in Wellen durch mich hindurchprickeln, jede Faser von mir aufwecken. Er presst mein Bein enger an sich. »Wenn du wissen willst, wie weit ich gehe, um dir dabei zu helfen, deine schauspielerischen Ressourcen zu nutzen, bleib eine Salzsäule und warte ab.«

Was für ein Versprechen? Ich brauche Zeit, eine Taktik ... Seine Hand gleitet langsam liebkosend meinen Oberschenkel hinauf, und ohne den Slip zu berühren zu meinem anderen

Bein, streichelt dort hinunter und sehr langsam wieder hinauf, erreicht fast den Saum, hält neckend inne ...

Ich bin feucht.

Auch das noch.

Stemme mich gegen seine Umklammerung, will ihn wegschieben, versuche die Beine zusammenzudrücken, aber er hebt schnell sein rechtes Bein über mein linkes, hält es am Boden, kann mich jetzt kaum noch bewegen, sitze verschränkt mit ihm. Ich winde mich.

»Und das ist alles, was du hast?«, fragt er, erwischt mein Ohr und knabbert daran. Seine Finger unter dem Kleid streicheln den Saum von meinem Slip auf und ab.

Mein Atem kommt zu schnell, stockt. Ich beiße die Zähne zusammen. In meinem Bauch zieht es sich zusammen. Kann das nicht verhindern. Hab zu lange von Draven geträumt. Ich höre mich leise stöhnen und mein verdammter Körper wölbt sich seiner Hand leicht entgegen.

Ein tiefes, triumphierendes Lachen vibriert in Johns Brust. Er zupft den Saum nur an, ohne weiterzugehen, spielt noch mit mir und ich komme mir wie sein Spielzeug vor. Will das nicht. Seine Umarmung presst mich gegen die schwarzen Schmuckperlen auf seinem Anzug.

Drachenhaut. Ich schließe die Augen, schmiege mich an ihn. Ich bin nicht mehr Luca. Ich bin Lilith. »Ich habe mehr als sechseinhalb Jahre jeden Tag darauf gewartet, ob du nicht doch wiederkommst, Draven«, sage ich laut. Seine Hand hält inne.

Ich reibe meine Stirn an seinem Hals, und dann flüstere ich in sein Ohr: »Ich will Celine warnen.«

Seine Hand lässt mich los. John lässt mich los. Meine Arme, meine Beine. Ich setze mich auf. Er zieht vorsichtig das Kleid zurück bis zum Knie.

Ich greife nach meinem Kelch, trinke einen großen Schluck und es brennt in meiner Kehle. Ich nehme das Wasserglas und trinke es in einem Zug leer. Die Eiswürfel darin sind noch immer nicht ganz geschmolzen.

John trinkt seinen Whisky in einem großen Schluck aus. Und dann auch noch meinen.

Seine Com vibriert. Irgendjemand ruft bei ihm an, er nimmt nicht ab.

Ich warte darauf, dass sich mein Herzschlag wieder beruhigt.

Er sagt in mein Ohr: »Du willst Celine nicht von den Targan-Augen erzählen. Celines Minus-Ressource ist Angst. Sie würde völlig blockieren. Vertraust du mir?«

Ich lächle das Lächeln, das Lilith für Draven gelächelt hätte. Eigentlich ganz leicht. Der Trick ist: Ich muss sie nicht glauben machen, dass ich bin, wer ich sein will. Ich muss selbst daran glauben. »Draven, ich hab dir immer vertraut.«

Ich lege meine Hände auf seine Wangen und küsse ihn. Seine Lippen sind kalt und schmecken nach Whisky, er hält den Atem an und unsere Zungen berühren sich vorsichtig und wie erstaunt und nur für einen Moment.

Ich umarme ihn und er umarmt mich, wir halten einander fast zärtlich. Er sagt: »Luca.«

Als ob ich John je vertrauen könnte. Benutze ich jetzt also meine Gefühle für Draven, um John zu benutzen. Kein gutes Gefühl.

Moment mal, wer nutzt hier wen aus? Das gerade war ja wohl so was von unter der Gürtellinie. Wortwörtlich. Der Zweck heiligt nicht die Mittel, wenn er nur einen Moment lang nachgedacht hätte, wär ihm mit Sicherheit auch ein etwas moralischerer Spielzug eingefallen, meine Pulsfrequenz zu erklären und meine Ressourcen zu steigern, und darum hat ihn sowieso keiner gebeten! Vom Kidnapping und allem anderen mal ganz abgesehen.

Ich küsse ihn wieder und stelle mir vor, dass er Draven ist, ertaste mit der Zunge seine Lippen und er schließt die Augen und lehnt sich zurück und öffnet den Mund für mich.

Ich versuche, mir seinen Geschmack zu merken und wie ich mich fühle, wenn ich ihn schmecke. Er berührt mit den Händen eine lange Strähne, die sich aus meinem Zopf gelöst hat, vorsichtig, als wäre mein Haar etwas Verbotenes oder Fremdes, er reibt es sich zwischen den Fingern, schnuppert daran und schließt die Augen.

Ich lege die Hand auf seine Brust und spüre seinen Herzmuskel. Er legt seine Hand auf meine Hand und hält sie dort fest und sein Puls rast unter meinen Fingern. »Fühlst du das?«, flüstert er gegen meine Lippen. Er hat die Augen noch immer geschlossen. »Luca, ich ...«

Ein Räuspern neben uns. Ich sehe auf.

Johns Wache steht einfach nur da, sieht uns nicht an. Steht da, als würde er strammstehen, Augen geradeaus gerichtet, Hände an den Seiten. Er räuspert sich wieder.

Sehr langsam richtet John sich im Sitzen auf und hält mich dabei auf seinem Bein. Er sagt kein Wort, mustert die Wache nur von oben bis unten.

Die Wache räuspert sich noch einmal. »Man hat dich nicht erreichen können, John«, sagt er. Er sieht von der Masse her wirklich ein wenig wie ein Oger aus, aber seine Stimme ist ganz normal, vielleicht sogar höher und dünner. Was auch an der Art liegen könnte, wie John ihn gerade abmustert. Da würde wahrscheinlich jede Stimme vor Schreck zwei Tonlagen nach oben rutschen. Wenn Blicke töten könnten, wäre die Wache jetzt ein verdampfendes Pfützchen auf dem schwarz polierten Boden.

»Ich soll ausrichten«, stammelt die Wache. »Es ist dringend. Man erwartet dich unten vorm Eingang. Ich soll ausrichten, es wird nicht lange dauern. Es ist dringend, es ...«

John streckt die behandschuhte Hand mit der Handfläche nach außen aus. »Was glaubst du, warum man mich nicht erreichen konnte, Phil?«

»Ich ...«

»Ja?«

»Weil du deine Com auf stumm gestellt hast.«

»Und warum, glaubst du, habe ich das wohl getan, Phil?«

»Ich ... Mir wurde gesagt ... ich wusste nicht ...« Phils Gesicht ist rot angelaufen, sogar die Glatze. Seit dem Angriff der

Amancay hat er ein blaues Auge, das inzwischen grüngelblich ist.

»Ich habe meine Com auf stumm gestellt, weil ich nicht erreicht werden will«, sagt John. »Und jetzt sage mir bitte, Phil: Hat etwa der Erschaffer persönlich angerufen?«

»Ich ... nein.« Schweißperlen bilden sich auf Phils Stirn. Sogar seine Glatze schwitzt.

Auch das noch. John ist ein richtiges Arschloch.

»Das verstehe ich nicht ganz, Phil. Wenn ich nicht erreicht werden will, dann kann mich niemand außer dem Erschaffer erreichen. Erklär mir doch bitte, Phil. Was hat dich auf den absurden Gedanken gebracht, dass dem nicht so ist?«

Phil steht noch immer still, aber da ist ein Zucken um sein Augenlid. »Es ist nur ...«

»Ich bin neugierig. Wer hatte die Idee, mich von meiner Wache aus dem Club bestellen zu lassen?«

»Ich ... John, ich wollte nur meinen Job, ich ... ich wusste nicht, aber ... es ... es tut mir sehr leid, ich verspreche ...« Phil holt einmal tief Atem, fährt sich mit der Zunge über die Lippen.

»Ich warte?«

»Ich weiß es nicht«, bringt Phil hervor, ich kann ihn kaum verstehen.

John zuckt kaum merklich zusammen.

»Es ... es wird nicht wieder vorkommen«, stammelt Phil, »ein Fehler. Ich ... es ist ... es tut mir leid, John, bitte, in all den Jahren habe ich nicht einmal ... es wird nicht wieder vorkommen ... ich weiß selbst nicht, was ich mir ... Ich ... kann ich etwas tun, um ...«

Er redet immer weiter, aber John beachtet ihn plötzlich nicht mehr, legt die Hände um meine Taille und wir stehen auf. »Tut mir leid, Luca ... Bitte warte hier auf mich. Ich bin gleich wieder zurück. Phil, wir gehen.«

Wieso jetzt plötzlich doch? Das verstehe ich nicht. Aber John geht, und das sogar sehr schnell. Phil folgt ihm auf den Fersen.

Ich lasse mich schwer auf den Sessel zurückfallen. Ich weiß schon, warum ich Dates nach Möglichkeit vermeide.

Ich sehe durch die Glaswand der Pyramide hinunter, auf den Strand, der im weißen Licht der Nachtclubscheinwerfer leuchtet und darum nicht wie ein Strand aussieht, sondern wie ein Strandfoto mit sich bewegenden weißen Gischtwellen, nicht echt.

Meine Haut kribbelt wie nach einer Wechseldusche. Ich kann noch immer fühlen, wo Johns Hände gewesen sind und wenn ich die Augen schließe, sehe ich seine Augen. Aber meine Handgelenke tun weh, wo er mich festgehalten hat.

Ich weiß noch, als ich Niklas damals in diesem Club kennengelernt habe, hat er Pia und mich auf Drinks eingeladen, aber uns dann mit der Rechnung sitzen lassen, wir haben sogar für ihn mitgezahlt. Pia meinte, das wäre doch bestimmt nur ein Versehen gewesen und Niklas mit Sicherheit fürchterlich peinlich. Ich hatte plötzlich ein ganz ungutes Gefühl im Bauch. In etwa so wie jetzt. Was mich damals nicht davon abgehalten hat, zu Niklas nach München zu ziehen.

Und so wie es aussieht, geh ich nachher trotz allem auch mit zu John.

Ich sehe zur Tür. Noch immer geschlossen.

Was ist in diesen Quadern? Am Ende steht da ein Computer für Konferenzen mit Elite-Mitgliedern in der Welt ... Ich könnte eine Nachricht schicken, wo ich bin ...

Ich stehe auf, sehe hinunter zum Eingang des Clubs. Die Uniformen schillern im Lichtkreis der Scheinwerfer. Sie stehen in kleinen Gruppen zusammen auf dem roten Teppich, einige halten Drinks in der Hand. John und Phil sind nirgendwo zu sehen. Ist er noch nicht unten oder schon wieder auf dem Weg zurück?

Niemand sitzt an den anderen Tischen, ich bin allein. Die Quader ragen schräg in der Mitte des Raumes auf, dunkel glänzend, das Licht widerspiegelnd.

Langsam und wie gelangweilt stehe ich auf, schlendere darauf zu, daran entlang, meine Hand streicht über verdunkeltes Glas, Glasplatten in der Größe von Wandspiegeln, eine neben der anderen, die dunklen Rillen dazwischen scharf an den Kanten und wie ein geometrisches Muster. Ich finde eine Klinke aus schwarzem Metall. Sonst hätte ich die Tür nicht erkannt, sie ist nur eine weitere Scherbe aus dunklem Glas.

Nicht abgeschlossen. Durch den Spalt dringt grelles Licht. Ich trete schnell ein. Im Inneren des Quaders sind die Wände verspiegelt wie in den Aufzügen und ich kann zusehen, wie sich mein Körper in Korridoren aus Unendlichkeit verirrt.

Der Raum ist leer bis auf ein niedriges Podest an der Wand mir gegenüber. Daneben liegt der silberne Teller mit den Äpfeln darauf. Das Rot der Äpfel glänzt feucht.

Bleibt die Tür offen, wenn ich sie loslasse? Am Ende krieg ich die von innen nicht mehr auf. Vielleicht sollte ich besser versuchen, zum nächsten Quader zu kommen. Aber was sollen bloß diese Äpfel?

»Wie kann das sein, dass der noch nicht da ist?« Eine schrille Frauenstimme auf Französisch direkt hinter mir, in meinem Headset springt MyVersion an und übersetzt.

Ein Schritt, und ich stehe an der Wand hinter der Tür. Die Tür wird aufgerissen, ich schütze mein Gesicht mit den Händen.

»Lass es gut sein, Silvia«, sagt eine Männerstimme auf Englisch. »Siehst du, hier ist er schon.«

Ich stehe hinter der Tür, sehe sie in den Spiegeln. Blaue Uniformen, zwei Frauen, drei Männer. Hinter ihnen tritt der hübsche, weißblonde Toga-Kellner in die Kabine ein. Sie stehen mit dem Rücken zu mir.

Gleich machen sie die Tür zu und sehen mich auch.

Möglichkeiten:

Erstens: Hallo sagen, hinter der Tür vorkommen, sie fragen, wo ich mir denn hier bitte die Nase pudern kann ...

Zweitens: Aber John wollte mir nicht sagen, was es mit diesen Quadern auf sich hat ... könnte also was Wichtiges sein ...

Ich versuche, so leise wie möglich zu atmen.

»Stell ihn an«, sagt die Frau, die sie Silvia genannt haben. Sie ist um die 40 und hat schulterlange, braune Haare. Der hautenge blaue Uniformanzug betont ihre Kurven. Sie trägt lederne kniehohe Stiefel, hat eine Armbrust in der Hand und einen Köcher mit Pfeilen um die Hüften.

Das Licht ändert sich, wärmt sich, wird Sonnenlicht, das durch Blätter dringt.

Der Toga schließt die Tür, grinst mich dabei an, die Tür fällt lautlos ins Schloss.

Um uns wachsen Büsche und mit Moos bewucherte Bäume.

Wir stehen in einer Lichtung im Wald. Duft nach Holz und Harz. Das Klopfen von einem Specht. Meine Stilettos sinken in der Walderde ein, Grashalme kitzeln meine Füße.

Ich schließe die Augen. Ich öffne die Augen. Wald. Hinter mir ragt eine bemooste Felswand auf, wir sind von Felsen und Dickicht umgeben. Ich kann die Türklinke nicht mehr sehen.

Ich werde verrückt. Ich atme ein. Ich atme aus. Alles nur ein Spiel. Sie haben mich von der Schlange totbeißen lassen. Was ist da schon ein Wald. Wie machen sie das? Der Whisky. War Nachtperle im Whisky? Oder sehen die hier alle den Wald?

Natürlich sehen sie den.

Wenn sie nicht so mit dem Wald beschäftigt wären, hätten sie mich längst schon entdeckt. Einer der Männer zupft eine rosa Blüte von einem Busch, schnuppert daran und steckt sie sich ins Knopfloch von seinem Frack. Er ist um die 50, etwas zu dick, seine Hose wird von einer breiten Schärpe mit Schmuckperlen gehalten. Sie haben mich noch immer nicht gesehen, sehen zu, wie Silvia die Armbrust anlegt und einen Vogel vom Himmel schießt. Der Vogel fällt mit einem dumpfen Geräusch ins Gras.

Der Toga-Junge geht zu einem Baumstumpf an der gegenüberliegenden Felswand. Der Teller mit den Äpfeln steht dort. Er hebt einen der Äpfel auf, klettert auf den Baumstumpf, legt sich den Apfel auf den Kopf, steht still und gerade und lächelt das Inselviruslächeln.

Silvia hebt die Armbrust. »Wer möchte wetten?«

Niemand sagt etwas. Der Junge lächelt.

Sie können doch nicht ... Sie würde doch nicht. Niemand würde versuchen ...

Die Sehne der Armbrust surrt. Ein Pfeil fliegt durch den Wald, zerschießt den Apfel, bleibt in der Felsspalte hinter dem Jungen stecken, direkt über seinem Kopf.

Man klatscht. Man lacht. Der Junge hat Apfelstücke auf dem Kopf, auf den Schultern.

»Zugegeben, das war zu einfach. Aber wetten, ich könnte ihm das Ohrläppchen abschießen?«, fragt Silvia triumphierend. Niemand wettet.

Die Felswand im Rücken des Jungen sieht wie eine Mauer aus Findlingen aus, mit Efeuranken und blühenden Moosen bewachsen. Eine Biene summt von Blüte zu Blüte.

Der Junge lächelt.

In meiner Brust wird es eiskalt, einen Moment lang kann ich mich nicht bewegen. Dann wird mir vor Wut und Ekel schlecht. Ich muss Hilfe holen. Muss John holen. Aber wird John überhaupt ... und wenn John nicht zurück ist. Niemand im Nachtclub wird dem Jungen helfen. Er ist ein Toga. Ich kann also gar nichts tun. Ich kann ihm nicht helfen. Dann kann ich auch gehen. Ich muss das hier nicht mit ansehen. Will das nicht sehen. Kann ich noch gehen?

Das Surren. Der Pfeil schießt durch den Wald. Der Junge stöhnt. Der Pfeil hat das Ohr des Jungen an die Felswand gespießt. Tränen sickern ihm aus den Augen. Blut aus dem Ohr. Er lächelt.

Der Mann mit der Blüte im Frack lacht. »Ich wette, dass du das andere Ohrläppchen auch nicht triffst!«

Silvia zieht einen neuen Pfeil aus dem Köcher, hebt die Armbrust, spannt den Pfeil ein, legt an.

»Nein!«, rufe ich, springe nach vorne, reiße der Frau den Arm nach oben.

Silvia schreit auf. Der Pfeil surrt, fliegt steil in die Luft, bleibt in einer Astgabel direkt über uns stecken.

Silvia reißt sich los, taumelt zurück, von mir weg, lässt die Armbrust fallen. Erschrockene Rufe, ein Schrei. Der Specht fliegt über unseren Köpfen auf. Dann stehen sie im Halbkreis um mich herum.

»Huch, jetzt habe ich mich sehr erschrocken«, murmelt die andere Frau in einer nordischen Sprache. Sie hat rote Locken und ist jünger als ich, fast noch ein Mädchen.

»Ich dachte schon, das wären die Amancay ...«, sagt ein Asiat Mitte 30, er legt den Kopf in den Nacken und lacht laut, sein schwarzer Haarhelm glänzt in der Sonne.

Silvia hebt kopfschüttelnd die Armbrust wieder auf. Ihr dichtes braunes Haar fällt in Wellen um ihr herzförmiges Gesicht. Sie hat Rouge auf den Wangen. Lange, dunkle Wimpern senken sich halb über dunkle Augen. Ihre vollen Lippen kräuseln sich.

Das ist nicht gut. Ich werfe einen Blick zurück zur Tür. Sehe bemooste Felsen und Büsche, das Dickicht der Bäume. Wo ist die Klinke?

»Wer hat dich denn hier vergessen«, sagt Silvia fast freundlich zu mir. Sie tippt auf ihre Com, öffnet ein Hologramm. »Ihr Augenscan ist blind«, meint sie zu den anderen, bevor sie sich wieder mir zuwendet: »Was für ein glücklicher Zufall. Sei so gut und nimm dir einen Apfel.« Sie wischt ein anderes Fenster auf. Ihr Com-Armband ist mit Schmuckperlen besetzt.

Ich muss etwas sagen, schnell, mir was einfallen lassen, bluffen. Spielen. Muss mich selbst spielen, genau wie gerade eben mit John. Ich bin nicht Luca, ich bin Lilith und mal wieder auf Jagd. »Ich glaube, hier gibt es ein Missverständnis«, sage ich gelassen und beinahe von oben herab. »Ich bin keine Toga. Ich bin hier, um den Toga zu holen. Wir brauchen ihn.«

Ich stelle mich breitbeinig hin, stütze eine Hand in die Hüfte. Reden. Sie in ein Gespräch verwickeln. Bis John mich findet oder ich die verdammte Klinke gefunden habe. Wie beiläufig sehe ich mich um. Aber wo die Tür war, sind Felsen und Dornen und Ranken.

»Sie ist sehr witzig«, höre ich Silvia lachen. »Sprung im Diamanten?« Sie zwinkert mir zu und dreht ihr Hologrammfenster in meine Richtung.

Ich falle auf die Knie.

Tabu.

Zähne. Schmerz. Malmen. Rot. Zerdrückt. Stacheln. Stechen. Schmerz. Tabu. Sie hält das Tabu in der Hand.

Mein Körper bebt. Ich keuche, was passiert da mit mir? Auf dem Hologrammfenster ihrer Com sind Punkte, viele rote Punkte, sonst nichts, aber ich starre die Punkte an, ich denke »Tabu«, mein Körper ist wie gebannt und gelähmt vor Panik, will den Kopf in den Händen verstecken, aber traue mich nicht, darf das Tabu nicht aus den Augen lassen, es wird malmen, stechen, Zähne, Rot, zerdrückt ... Ich wimmere, fühle, wie mir der Schweiß ausbricht. Mein Herz hämmert, als wollte es in meinem Brustkorb zerbersten.

Was passiert hier? Was ist ein Tabu? An meinem ersten Tag auf der Insel, auf meiner Flucht ... die Punkte an der Tür ... Aber es sind doch nur Punkte, verdammt, nur ein paar Punkte!

»Hol mir meine Pfeile«, sagt das Tabu.

Zitternd komme ich auf die Füße. Muss aufhören zu zittern. Kann sonst die Pfeile nicht rausziehen. Gehe rückwärts. Nicht dem Tabu den Rücken kehren ... Zähne. Rot. Schmerz. Wenn ich nur aufhören könnte zu zittern, das Tabu wird noch wütend werden ...

Ich bin beim Jungen, er riecht nach Blut und Duftseife. Ich greife nach dem Pfeil über ihm in der Felsspalte, ohne das Tabu aus den Augen zu lassen. Ziehe am Pfeil, aber der steckt zu tief im Fels. Drehen. Ich muss den Pfeil drehen, hab ihn, geschafft ...

Das ist keine Felsspalte. Das ist Wand, verdammt noch mal und dieses Tabu doch nur ein paar Punkte, das alles doch nur in meinem Kopf! Nichts davon wirklich ...

Ich versuche den Pfeil aus dem Jungen zu ziehen, ohne das Tabu aus den Augen zu lassen.

Der Junge stöhnt. Es tut mir leid ... Aber muss den Pfeil rausziehen ... Das Tabu will es so ... Muss den Pfeil irgendwie abbrechen, kann ihn sonst nicht rausziehen ... wenn nur meine Hände nicht so zittern würden ...

Was tue ich da? Wovor hab ich so panische Angst?

Angst wie in meinen Alpträumen ... Zähne, malmen, Rot, zerdrückt, Stacheln, stechen, Schmerz ... Tut mir nicht weh ... ich kann den Pfeil nicht brechen, ziehe den Pfeil vorsichtig weiter zu mir, Blut in meiner Hand, das Blut des Jungen ...

»Es dauert, es dauert ... Lass es.« Silvias Stimme klingt genervt.

Ich lasse den Jungen los, der mir lächelnd den Pfeil abnimmt und an mir vorbei zu den Uniformierten geht, der Pfeil wippt in seinem Ohr, Blut tropft ihm auf den Anzug.

»Nimm seinen Platz ein und lege dir den Apfel auf den Kopf«, sagt das Tabu zu mir. »Achte darauf, dass dir der Apfel dabei nicht herunterfällt.«

Muss aufhören zu zittern, sonst fällt der Apfel ... Nein! Ich muss aufhören zu tun, was sie sagt! Warum tue ich, was ... das Tabu ist nicht wirklich, nicht echt, die Pfeile verdammt noch mal schon ... Will nicht mitspielen. Will schreien, mich wehren. Werde den verdammten Apfel nicht nehmen.

Die Äpfel sind tiefrot, Wassertropfen perlen darauf. Meine Finger greifen danach. Mein Körper richtet sich auf, legt sich den Apfel auf den Kopf, weil er Angst vor ein paar verdammten roten Punkten hat. Mein Körper gehorcht dem Tabu vor meinen Augen und zittert so sehr, der Apfel fällt.

Ich schreie auf vor Angst, das Tabu hat mir befohlen, der Apfel soll nicht fallen. Ich kauere auf dem Boden.

»Wird das bald? Halt besser still«, sagt das Tabu ungeduldig und ich starre in das Rot, in die malmenden Zähne.

»Halte dir den Apfel auf dem Kopf fest«, sagt das Tabu zu mir. »Worum wetten wir?«, fragt Silvia die anderen. Sie hat Lipgloss auf den vollen Lippen.

»Wetten, du hast vorhin mit dem Ohr geschummelt, damit wir gegen dich wetten?«, fragt der Mann mit der Blüte im Frack und reibt nervös die Hände aneinander. »So macht es keinen Spaß.«

»Soll der Toga schießen!«, schlägt der Asiat vor.

»Der trifft doch nie«, sagt die Frau mit den roten Locken.

»Wir könnten ihm sagen, wohin er schießen soll und wetten, wohin er trifft«, sagt der Asiat.

»Schon dabei«, sagt der Mann mit der Blüte im Frack und tippt auf seiner Com.

Ich stehe still da und sehe uns zu, ihnen und mir, wie ich mir selber den verdammten Apfel auf dem Kopf festhalte und das Hologramm von Silvia anstarre.

Der weißblonde Junge tritt plötzlich nach vorne, verbeugt sich vor Silvia. Sie legt ihm schweigend die Armbrust in die Hand und gibt ihm einen Pfeil aus ihrem Köcher.

»Oh oh«, murmelt die Rothaarige fast ehrfürchtig. »Und sie ist so schön ... Das wird alles sehr blutig.«

Der Junge tritt in die Mitte ihres Kreises, tritt mir gegenüber. Er ist sehr blass. Der Pfeil hängt in einem absurden Winkel von seinem Ohr, wackelt bei jeder seiner Bewegungen, und der Junge lächelt. Ein Blutstropfen perlt von seinem hautfarbenen Anzug zu Boden. Es sieht pervers aus und ich will das nicht sehen. Will wegsehen.

Aber ich darf das Tabu nicht aus den Augen lassen. Die Zähne malmen, wenn ich ihnen den Rücken zukehre. Verdammt, es ist nur ein Bild!

Was sind meine Möglichkeiten?

Ich kann mich nicht bewegen. Nicht reden. Nicht weglaufen. Mein Körper gehorcht mir nicht, weil ich das Bild in Silvias Hologramm sehe. Aber das Bild auf dem Display wird nicht zubeißen, wenn ich die Augen zumache. Es ist nur ein Bild.

Der Junge versucht, den Pfeil einzuspannen, nestelt mit dem Verschluss. Silvia nimmt ihm die Armbrust ab, legt den Pfeil ein, spannt, gibt ihm die Armbrust wieder zurück.

Wenn ich die Augen schließe, wird das Tabu mich nicht beißen. Wenn ich die Augen schließe, bin ich es los.

Ich schließe die Augen. Kein Tabu.

Ich ducke mich. Höre das Surren, den Pfeil und wie er über mir stecken bleibt. Hechte zur Seite, kehre ihnen den Rücken zu. Niemand sagt etwas. Der Specht hat wieder angefangen zu klopfen.

Ich muss ihre Überraschung nutzen, sie irgendwie hinhalten, bis ich die Tür gefunden hab, taste mit den Händen auf Höhe der Klinke die graue, sonnenwarme Felswand entlang, hab die Orientierung verloren, wo ist die verdammte Tür ... Ich höre, wie sich die Armbrust wieder spannt. Die Stilettos stecken in der Erde fest, ich stolpere, werfe mich zur Seite. Der Pfeil bohrt sich neben mich ins Gras, spießt eine Blume auf.

»Ihr wisst gar nicht, wie viele Punkte ihr hier grade verliert!«, rufe ich, komme auf die Beine, bin Lilith, stelle mir meine Worte als Sprechblase über mir selbst als Figur vor, rede locker und leicht, fangt mich, wenn ihr könnt. Meine Hände suchen den Türgriff, fassen in Felsspalten, krallen in Moose, bröckelndes Gestein, Ranken, Dorngestrüpp auf der Suche nach einem Türgriff, das könnten die Wälder von Yara sein ... »Erstens: Ich bin Kandidatin. Ich habe vor, hier mit euch eine steile Karriere hinzulegen. Targan hat schon jede Menge in mich investiert. Das kann sich nicht für euch auszahlen, mich zum Spaß zu erschießen. Zu viele Minuspunkte. Wird sich auch nicht vertuschen lassen.«

Ich höre erschrockenes Atemholen. Sie müssen jetzt gleich in meinem Rücken sein.

»Wie macht sie das?«, höre ich die Rothaarige wispern.

Dann höre ich, wie sich die Armbrust wieder spannt. Direkt hinter mir. Diesem Pfeil werde ich nicht ausweichen können. Und er wird treffen. »Zweitens!«, rufe ich schnell.

»Warum nehmt ihr dem Idioten nicht diese dumme Armbrust aus der Hand!« Silvias Stimme, schrill. »Wie macht sie das? Wer ist sie? Wie ist sie hier hereingekommen?«

»Ich bin Luca Mon! Ihr könnt mein Profil doch bestimmt über die Coms abrufen? Code LM7501760IU27881. Bin hier mit John Amber was trinken gegangen.«

Schweigen. Noch immer kein Pfeil. »John Amber hat sich schon den ganzen Abend darauf gefreut, mir dieses Kleid auszuziehen. Wenn ihr mir das jetzt mit Pfeilen an den Körper pinnt, war's das mit eurer Karriere«, sagt Lilith.

Niemand sagt etwas.

Ich taste nicht mehr nach dem Ausgang. Ich halte den Atem an, höre in meinem Rücken das Klicken vieler Fingernägel auf Com-Displays und dann Stille.

Ich zwinge mich dazu, mich nicht umzudrehen, stehe still und aufrecht, konzentriere mich auf das Dickicht unter meinen Händen, Ranken, Moose, Dornen, Blüten, Pflanzengewirr, atme ein, atme aus, versuche meinen rasenden Herzschlag zu beruhigen.

»Es stimmt«, sagt Silvia. »Das ist sie!«

Dann reden in meinem Rücken plötzlich alle durcheinander, ich kann kaum was verstehen, MyVersion fängt nacheinander Satzbrocken auf.

»Ist Luca nicht diese Kandidatin ...«

»Schlange?«

»Wo lebst du denn? Sogar António hat sich den Test angeschaut. Wieso bekomme ich keinen Zugriff ...«

»Absurder Fall. Beste Ressourcen, die du dir vorstellen kannst, aber anscheinend vollkommen ...«

»Die Luca Mon? Und die hätten wir beinahe ...«

»Oh nein. Oh nein.«

»Habt ihr gesehen ... wie hat sie es gemacht?«

»Wen meint sie mit John Amber? Den John Amber? Sag mir bitte, dass das nicht ...«

»... soll sogar persönlich bei ihrer Anwerbung ... Es heißt, Utopia hat ihn geschickt.«

»Wie ist sie ...«

»Warum haben die Engel uns nicht gewarnt? Bekommt einer von euch Zugriff auf ihren Diamanten?«

»Findet jemand heraus, ob sie tatsächlich mit John hergekommen ist? Ich hatte das alles nur für ein Gerücht gehalten, dass ...«

»Schau dir das hier an. Er hat sie in seinen Profilraum gestellt. So ist sie auch hier hereingekommen. Darum bekommen wir keinen Zugriff! Er war hier tatsächlich ... nur mit ihr was trinken ...«

»Oh nein.«

»Großartig! Wunderbar! Das habt ihr alle hervorragend gemanagt!«

»Du bist auch mit im Raum.«

»Silvia und ihre verrückten Ideen! Mal etwas anderes! Ha, das ist tatsächlich mal etwas anderes!«

»Und was machen wir jetzt?«

»Wir? Ihr! Ich habe damit nichts zu tun gehabt! Ich war dagegen! Von Anfang an! Ich ...«

»Wie ... wie glaubst du ... ist John, ich meine, gehört sie nur zu ihm oder stimmt das, dass ...«

»Das hätte böse enden können.«

»Das ist so böse genug.«

»Seid still«, schreit Silvia und dann plötzlich freundlich: »Luca Mon?« Aber ihre Stimme klingt schneidend vor Anspannung. »Dreh dich doch bitte zu uns um.«

Ich hole tief Atem. Wenn sie das Tabu noch in der Hand hat, mache ich die Augen zu.

Ich drehe mich zu ihnen um.

Sie stehen nur ein paar Schritte von mir entfernt, jeder vor einem Hologramm. Es ist dieselbe Gruppe wie vorhin, aber jetzt sehen sie wie verängstigte Kinder aus. Der Mann im Frack hat die Blüte aus dem Knopfloch gezogen, rupft geistesabwesend daran herum, die Blätter fallen eines nach dem anderen auf den Boden. Nur Silvia in ihrer Mitte steht aufrecht. »Luca, was für ein fürchterliches Missverständnis«, sagt sie ruhig. »Wir haben dich für eine verkleidete Toga gehalten. Dabei bist du schon beinahe eine von uns. Was für ein Glück wir alle gehabt haben!«

Ich sehe zu dem Jungen, der immer noch lächelnd etwas abseits von ihnen steht. Der Pfeil ragt noch immer aus seinem Ohr, das Blut hat sich zu einem körnigen Klumpen darum verkrustet. Er schießt mit einer virtuellen Armbrust virtuelle Pfeile nach mir.

Ich spüre, wie meine Beine weich werden, aber ich darf jetzt keine Schwäche zeigen. Muss die Situation nutzen. Ich stütze mich so unauffällig wie möglich mit beiden Ellenbogen an der Felswand hinter mir ab.

»Schalt ihn endlich ab«, zischt Silvia.

Der Junge lässt plötzlich die Arme hängen.

»Was hältst du davon, wenn ich dich auf ein paar Drinks in meinem Heli einlade, Luca?«, fragt Silvia. »Als Ausgleich sozusagen? Du wirkst auf mich nicht wie eine nachtragende Person und nach allem, was ich über dich gehört habe ... äh ... freust du dich immer über zusätzliche Infos. Wenn du möchtest, zeige ich dir noch heute Nacht die Insel, wie du sie noch nie gesehen hast. Natürlich nur, wenn John nichts dagegen einzuwenden hat. Oder wir ziehen zu dritt los? Na, was hältst du davon?«

Fast neben mir wird die Tür aufgerissen, ein schwarzer Spalt mitten im Wald, dahinter das gedämpfte Licht der obersten Etage vom Just Us. Dann ist John da, ist zwischen mir und den anderen, stellt sich vor mich, und außer dem weißblonden Jungen treten alle einen Schritt zurück.

Der Wald verschwindet. Um uns und unter uns ist wieder Spiegelglas. Kein Specht mehr, kein Knirschen von morschem Holz. Grelles Licht. Es riecht nicht mehr nach Erde und Bäumen, sondern nach einem Elite-Raum, nach frischem Nichts.

Die Gruppe steht mit gesenktem Kopf da und sieht in die Spiegelbilder zu ihren Füßen.

Nur Silvia legt das Gewicht von einem Fuß auf den anderen, lächelt John an und sagt: »Es hat sich alles bereits aufgeklärt, John. Es war ein Missverständnis. Luca und ich haben uns gerade gefragt ...«

John hebt die Hand. »Ich seh mir das selber an. Welche Minute?«

Silvia bricht ab, schweigt, beißt sich auf die Lippen, es sieht aus, als duckte sie sich.

»Ab 22:37:12 Uhr hatten wir den Raum«, sagt der Asiat schnell.

John tippt etwas auf seinem Display. Dann ist es wieder still.

Sie warten. Auf was warten sie? Niemand erklärt etwas. Will John gar nicht wissen ... Er steht bewegungslos da und sieht auf seine Com.

Ich sehe suchend an die Decke. Die Targan-Augen sind nicht mal versteckt. John sieht sich alles, was hier geschehen ist, auf seinem Display an. Wahrscheinlich kriegt er sogar den Ton übers Headset.

Wir stehen schweigend da und unsere Spiegelbilder treffen und verlieren sich miteinander in den Wänden und ich finde keinen Punkt im Raum, wo meines nicht einem von ihren begegnet. Hinten in der Ecke steht noch immer das Podest, direkt daneben der Teller mit den Äpfeln und Apfelfruchtfleisch in Brocken.

»Geht«, sagt John endlich. »Alle.« Er sagt es sehr leise.

Sie gehen und heben dabei nur manchmal vorsichtig den Blick.

Der im Frack schluchzt an der Tür auf wie ein Baby. Seine Schultern zucken, Tränen laufen, er macht sich nicht die Mühe, sie wegzuwischen.

Als Silvia den Raum verlassen will, berührt John leicht ihren Arm. Sie zuckt zusammen, bleibt stehen, mit gesenktem Kopf, wartend.

»Keine Armbrust mehr. Nie wieder«, sagt John. Es klingt leicht wie eine beiläufige Bemerkung. Er nimmt ihr die Armbrust ab. »Vor morgen früh habe ich keine Zeit, mich um euch zu kümmern«, sagt er. »Du wirst bis dahin mit niemandem auf irgendeine Weise in Kontakt treten. Auch und vor allem mit keiner Toga. Ich werde dich während der nächsten zwölf

Stunden auf allen Ebenen überwachen lassen. Sieh das und alles, was jetzt auf dich zukommt als ... Übung.«

Silvia nickt einmal und schnell und ohne aufzusehen. Ihre vollen Lippen sind zusammengepresst. Sie geht.

John steht bewegungslos und sieht ihr nach. Sieht mich noch immer nicht an.

Dann lässt er die Armbrust fallen und geht langsam zu dem Jungen, seine Bewegungen sehen aus wie gesteuert.

Ich sinke gegen die Wand, rutsche daran hinunter, stütze das Kinn auf die Knie. Ich bin leer. Ich will nichts mehr fühlen, nichts mehr sehen, aber sehe John zu. Er beugt sich über den Jungen, um die Wunde zu untersuchen, schafft es irgendwie, den Pfeil ganz am oberen Ende zu zerbrechen, und zieht ihn sehr vorsichtig aus dem Ohr.

»Phil«, sagt John.

Ich habe Phil gar nicht gesehen, aber da steht er wieder in der Tür. Er hat ein Glas Wasser in der Hand.

»Phil, du hast die ganze Nacht lang Zeit, die volle Verantwortung für diesen Toga zu übernehmen, dafür zu sorgen, dass er behandelt wird, zu essen bekommt und bis morgen früh ungestört schläft. Um alles Weitere kümmere ich mich.«

Phil stellt das Wasser neben mir ab, ohne mich anzusehen, hebt die Armbrust vom Boden auf, nimmt den Jungen fast vorsichtig am Arm und sie gehen.

John sieht ihnen nach. Er sieht mich noch immer nicht an. Dann geht er plötzlich mit langen Schritten zur Tür, drückt sie zu und setzt sich mit einem halben Meter Abstand neben mich.

Er sagt nichts.

Ich sage nichts.

Eine Weile sehe ich uns in den Spiegeln zu. Wir haben beide die Beine eng an den Körper gezogen und die Arme darumgeschlungen.

»Wäre das nicht ein guter Moment zu fragen, wie es mir geht?«, sage ich endlich leise.

»Die Frage kommt mir zu klein vor«, antwortet er.

Ich tunke einen Finger zwischen die Eiswürfel in meinem Glas. Eiskalte Flüssigkeit. Ich ziehe mit der eiskalten Flüssigkeit den Rand meines Glases nach. Man kann so Töne hervorreiben, wenn man will. »Du könntest mir den Arm um die Schulter legen«, sage ich.

»Ich kann mir nicht vorstellen, dass du das gerade willst.« Wir schweigen.

»Luca. Wenn mir etwas einfiele, was es wiedergutmacht. Wenn mir etwas einfiele, was es weniger ... Aber mir fällt nichts ein.«

»Kann ich frei sprechen?« Ich nicke unmerklich in Richtung Decke zu den Targan-Augen.

Er sieht mich nicht an, aber versteht trotzdem, was ich meine. »Achte nur darauf, dass man deine Lippen beim Sprechen nicht sieht.« Seine Stimme klingt müde.

Ich lege die Stirn auf die angezogenen Knie. »Kennst du sie? Sind das deine Freunde?«

»Ich habe keine Freunde.«

»Macht ihr so was hier ... oft?«

»Wir sind nicht alle pervers.«

»Gibt es dafür gar keine Konsequenzen? Solange es nur mit jemandem passiert, der die Krankheit hat, ist das in Ordnung für euch? Wie könnt ihr so was einfach zulassen?«

Er sieht auf, sieht uns im Spiegel, sieht wieder weg. Er zögert. »Fängt mit dem Gedanken an, was Besseres zu sein«, sagt er dann tonlos. »Mit der Idee, dass einem selbst so was nie passieren würde. Wenn man erst mal die Empathie verloren hat, ist alles andere ... leicht.« Er klingt so leer, wie ich mich fühle.

»Was sind diese Quader?«, frage ich.

»Die Spiegelräume. Jeder spielt hier, was er will. Möchtest du einen bestimmten Ort sehen? Deine Wohnung? Vielleicht würde dir das ... guttun?«

»Nein. Alles, aber nicht meine Wohnung.«

John nickt. Um uns ist plötzlich Nacht am Strand. Wir sitzen im Sand, an raue Felsen gelehnt, gleich vor uns branden hohe Wellen und Gischt. Salzgeruch. Am Himmel über uns hängt ein Sichelmond, die Sterne sind von Dunkelheit verschluckt. Ich grabe die Finger in den feuchten Sand. »Vorhin hast du mir nichts von den Kabinen erzählen wollen.«

»Nein.«

Wir schweigen.

»Du wartest gerade darauf, dass ich das alles wieder vergesse, oder?«, sage ich so, dass man die Bewegungen meiner Lippen nicht sieht. Meine Worte werden von der Brandung verschluckt. Irgendwie versteht er mich trotzdem. Er sitzt noch immer mit den Armen um die Knie geschlungen, sieht in die Wellen und sieht mich nicht an. Er nickt.

Er ist nicht überrascht, dass ich weiß, sie können mich vergessen machen.

John weiß, dass ich das weiß. Sie wissen es doch. Warum lassen sie mir das?

Ich schlucke. »Mach es wieder aus, John.«

Der Strand verschwindet. Um uns Spiegel und grelles Licht. Die Wirklichkeit. »Es gibt etwas, was du tun kannst«, sage ich. »Lass nicht zu, dass ich es vergesse.«

»Du willst dich daran erinnern, was hier grade passiert ist? Ausgerechnet das kann ich tun, damit es dir besser geht?«

Ich antworte nicht. Unsere Blicke begegnen sich endlich im Spiegel an der gegenüberliegenden Wand.

John zögert. »Ich kann dich nicht alles behalten lassen. Aber das meiste. Bist du dir sicher?«

»Ich bin mir sicher. Werde ich vergessen, dass ich darauf gekommen bin, Dinge zu vergessen?«

»Nein.«

»Wie macht ihr das?«

»Wenn ich es dir sage, musst du es wieder vergessen. Willst du, dass ich es dir trotzdem sage?«

»Nein. Ich hasse das. Dass ihr mir ... etwas wegnehmt, was mir gehört hat.«

»Ich weiß«, sagt er. Er öffnet ein Hologramm auf seiner Com. Seine Finger wischen, tippen, ziehen Daten von einem

Ort zu einem anderen. Er zögert einen Moment, dann nickt er leicht und klickt das Hologramm wieder zu.

»Dieses Tabu ... was ist das?«, frage ich.

John wendet langsam den Kopf von meinem Spiegelbild fort und zu mir. »Das kann ich dir nicht sagen. Sag mir, wie du es geschafft hast, Luca. Wegzuschauen.«

Ich denke an Niklas, die Nachtperle. Wenn ich nur auf die helleren Flecken im Parkettboden trat, dann wachte der Drache nicht auf. »Ich hatte Übung«, antworte ich. »Und Wegschauen ist sowieso meine größte Ressource.« Manchmal bin ich mir nicht mehr sicher, ob es tatsächlich meine Plus-Ressource ist.

Durst. Plötzlich habe ich entsetzlichen Durst. Ich greife nach dem Glas, und ich trinke es in einem Zug leer und spüre die Kälte als beginnende Schmerzen in meinem Kopf.

Rote Punkte erscheinen vor meinen Augen und wirbeln umeinander. Mir wird schwindlig vom Zusehen. So fängt es also mit dem Vergessen an.

Im Spiegel sehe ich, dass John mich noch immer anschaut. Er sagt nichts, er nickt mir nur zu. Die Punkte wirbeln schneller und ich beiße die Zähne zusammen.

Ich sehe zu, wie die Punkte sich zu einer neuen Form ordnen. Ich erkenne das werdende Tabu, bevor es vollständig ist.

Dann wird alles schwarz.

Als ich die Augen öffne, pocht es leicht in meinen Schläfen und ich weiß, es ist wieder vorbei. Ich habe etwas vergessen. Ich weiß nicht, was.

Ich weiß nur, dass ich das Wesentliche behalten habe. Eine Blüte im Knopfloch von einem Frack. Wie der Junge gelächelt hat, als Silvia auf ihn schoss. Warum ich Alpträume habe. Dass das Tabu-Symbol keine Macht über mich hat, wenn ich es nicht anschaue.

Ich sehe auf das leere Glas neben mir. Nachtperle? Hypnose? Wie lange brauchen sie für ihr Brainwashing? Wie viele Stunden habe ich verloren? John sitzt noch immer oder wieder neben mir. Sogar laut meiner Com ist kaum Zeit vergangen.

Sie sind sehr gut.

Ich wünsche mir einen Raum, in dem niemand mich sehen und niemand mich hören kann. Ich könnte schlafen in so einem Raum. Lange, lange schlafen.

»Wir sollten gehen«, sagt John.

John sagt von Zeit zu Zeit »Ja« oder »Nein« oder »Mach das« in sein Headset. Ich höre nicht zu, lehne mit halb geschlossenen Augen an der Aufzugswand. Will nichts mehr hören und nichts mehr sehen. Die Aufzugstüren öffnen sich. »Gute Nacht«, murmle ich und stolpere in den Korridor zu meiner Wohnung.

Aber hier ist nicht meine Wohnung. Am Ende des Korridors sehe ich eine schwere Holztür, fast schon ein Tor, und davor zwei Wachen in grünen Uniformen. Einer hat einen Rucksack in der Hand. John achtet nicht auf mich, geht voraus, sagt ins Headset: »Das kann so nicht bleiben.« Das Display über dem Aufzug zeigt den 21. Stock. Hier gibt es ganz offensichtlich ein Missverständnis. Das Date ist nicht so gut gelaufen, als dass ich jetzt hier sein wollte. Mir vergeht die Lust auf Sex, wenn man mit Pfeilen auf mich schießt. Mir vergeht auch die Lust auf Romantik und Kerzenschein. Ich will jetzt nicht zu John. »Versuch es über einen anderen Zugang«, sagt John, nimmt der Wache den Rucksack aus der Hand und reicht ihn mir schweigend. Der Rucksack ist aus rotem, weichem Leder. Meine Finger öffnen eine der Schnallen, nesteln an dem Knoten darunter, ziehen das Band nur fester zu.

John hört dem Anrufer in seinem Headset zu, nimmt mir dabei den Rucksack ab, öffnet ihn für mich, gibt ihn mir zurück. Unsere Finger berühren sich dabei. Ich zucke zusammen. Ich kann jetzt nicht angefasst werden, schon gar nicht von einem Targan. Im Rucksack ist das karierte Hemd, in dem ich nachts schlafe, und mein schwarzer Spitzen-Slip. Hält er das für eine romantische Geste? In einem Raum ohne Grenzen für Privatsphäre fällt einem Übergriffigkeit irgendwann wahrscheinlich gar nicht mehr auf. Wann hat John die Sachen für mich holen lassen? Hat ihm sein Utopia irgendwann im Lauf des Abends vorausberechnet, dass ich heute Nacht bei ihm bleibe? Oder hab ich überhaupt von Anfang an keine andere Wahl gehabt? Das Tor ist zweiflüglig, Quadrate sind in das Holz geschnitzt, darin kreisförmige Intarsien aus Metall. Das Türschloss schnappt auf, ein Spalt in der Mitte öffnet sich. Dahinter ist es stockdunkel. Ich trete einen Schritt zurück. John drückt einen der Türflügel auf, bleibt wartend stehen, hinter der Tür ist absolute Schwärze.

»John. Das war wirklich ein langer Tag. Gute Nacht.«

Ich drehe mich um und gehe schnell zum Aufzug zurück. Ich höre, wie er mir nachkommt und dabei in sein Headset sagt: »Es reicht. Ich werd jetzt Schluss machen, Jeff. Ich hab wirklich Wichtigeres zu tun, als mich den ganzen Tag lang um Kleinscheiß zu kümmern. Deine Aufgabe ist es, mir genau von solchen Dingen den Rücken freizuhalten, und wenn dir das nicht gelingt, dann haben wir ein Problem. Haben wir ein Problem?«

Die weißen Aufzugstüren sind verschlossen und öffnen sich nicht für mich.

John steht wieder neben mir. »Ich werde dich jetzt nicht allein lassen, Luca. Du bleibst heute Nacht bei mir.«

Das Display zur Codeeingabe neben dem Aufzug, Celine hat mir gezeigt, wie das geht. Ich gebe meinen Code ein. »Verdammt, John, ich bin jetzt wirklich zu müde, um es jetzt noch wie die Karnickel mit dir zu treiben.«

John nimmt meine Hand und schüttelt leicht den Kopf.

Ich ziehe meine Hand weg, trete einen Schritt zurück. Eine der Wachen kommt auf mich zu. John winkt ihr ab. Die Wache tritt zum Tor zurück, steht wieder mit unbeweglichem Gesicht. John geht schon wieder zum Tor zurück, schaut nicht mal, ob ich ihm folge, hört weiter seinem Anruf zu. »Oh, gut, das freut mich«, sagt er zynisch ins Headset. »Du hast noch bis morgen früh Zeit.« Er knurrt etwas, tippt auf seine Com und hält wieder den Türflügel für mich auf, ohne mich anzusehen.

Würde er mich wirklich von seinen Wachen in die Wohnung zerren lassen? Das Problem ist, ich bin mir nicht sicher. Ein Wortgefecht gegen John kann ich gewinnen, einen Nahkampf gegen John und zwei Wachen … nicht. Ich gehe den Korridor zurück, an ihm und den Wachen vorbei über die Schwelle. Mit einem hohlen Geräusch schlägt das Tor hinter John und mir ins Schloss und der automatische Türverriegler rastet ein, lauter als in meiner Wohnung. Es ist so schwarz, dass ich die Hand nicht vor Augen sehen kann. Ich höre Wasser plätschern. Es riecht nach Holz, nach Leder und einem Duftöl. Patschuli. Und es riecht nach John. Udaipur ist hier überall. Er steht direkt hinter mir. Ich spüre seinen Atem in meinem Nacken. Ein Luftzug. Seine Hand auf meiner Schulter. Mit einem wütenden Schrei springe ich zurück, presse den Rucksack vor meinen Bauch wie ein Schild. »Luca!«, ruft er erschrocken. Mein Atem kommt laut und stoßweise in der Stille. »Luca, verdammte Scheiße, dir wird nichts passieren, hier bist du sicher! Ich werd dafür sorgen, dass du bis morgen früh deine Ruhe hast. Niemand wird dich sehen. Niemand wird dich hören. Nicht einmal der Erschaffer«, fügt er leiser hinzu.

Ich lache auf, es klingt ein wenig hysterisch. »Nicht einmal der Erschaffer. Und was ist mit dir? Niemand außer dir, John!«

Ich höre, wie er tief Atem holt. »Niemand außer mir«, sagt er dann. »Ich werde dich jetzt in mein Schlafzimmer bringen und dann werde ich dich alleine lassen und du wirst schlafen. Auszeit. Bis morgen früh.«

Stiefelschritte auf Stein kommen langsam auf mich zu, bleiben direkt vor mir stehen. Kaum hörbar sein Atem. »Ich werde jetzt deine Hand nehmen, Luca«, sagt er. »Nicht erschrecken, alles okay. Ich hab nicht vor … ich würde doch nie ...« Er stockt. Er nimmt meine Hand. »Komm mit. Ich beiße nicht.« Er klingt tatsächlich verletzt. Seine Hand zieht mich vorsichtig mit sich und weiter in den Raum hinein.

Ich folge ihm Schritt für Schritt. »Es tut mir leid, John. Wusste einen Moment nicht mehr, was ich denken soll ... Ich ... das war ein sehr langer Tag.«

»Vorsicht. Stufe. Wahrscheinlich hab ich's nicht anders verdient. Möchtest du was zum Einschlafen?«

»Nein. Weißt du, ich hatte mal einen Exfreund. Der ... und manchmal erinnerst du mich einfach ein bisschen an ihn.«

John schnaubt. Ich höre, wie eine Tür sich öffnet. Es riecht herber nach Holz. »Das Bett ist direkt vor dir«, sagt John.

»Hast du Katzenaugen?«, frage ich in die Dunkelheit.

»Ich werde jetzt gehen«, sagt John. »Wenn du etwas brauchst ... wie gesagt. Ich kann dich immer hören.«

Seine Hand lässt mich los. Ich fühle, wie er sich von mir entfernt. Mein Herz pocht langsamer. Ich setze mich auf das Bett. Es ist sehr niedrig, fast auf dem Boden. Die Matratze ist hart, der Bettbezug weich. Ich lausche in die Dunkelheit. Dann streife ich mir die Puppenschuhe ab, ziehe das Kleid aus und mein Hemd an. Höre ich seine Atemzüge? Das ist nur der Wind. Oder das Meer. Das Betttuch ist kühl und leicht, ich ziehe es mir über den Kopf und rolle mich darunter zusammen. Da ist etwas. Ein Geräusch. Ist er zurück? Das ist nur das Summen der Klimaanlage. Nur meine Einbildung. Sie waren in meinem Kopf. Die Schlange. Sie haben auf mich geschossen. Sie haben mir die ganze Zeit über zugesehen. Ich schließe die Augen. Niemand sieht jetzt zu. Ich bin allein.

Schrille Schreie. Ich fahre auf. Dunkelheit. Wo bin ich? Die Zähne, das Malmen, Pfeile, das Blut ... Die Schreie so schrill, ich halte mir die Ohren zu, jemand rüttelt an meinen Schultern. Draven. Ich bin es, die schreit. Ich presse mir die Hand vor den Mund, ersticke keuchend den Schrei. Mein Herzschlag rast.

»Luca ...« Dravens Stimme, erstickt. »Dir kann nichts passieren, du bist sicher, ich bin da.«

Mein Atem beruhigt sich. Mein Herz beruhigt sich. »Ein Traum«, murmle ich. »Es war nur ein Traum. Es war nur in meinem Kopf.«

Die Worte sind hohl und er antwortet nicht. Er streicht mir über das Haar. Dann steht er auf. Ich greife nach ihm in der Dunkelheit, will ihn zurückhalten, finde ihn nicht. »Draven? Ich will jetzt nicht allein sein.«

Sein Atem. In der Dunkelheit streckt er sich neben mir aus und zieht mich zu sich hinunter, meinen Kopf auf seinen Herzschlag. Sein Herz klopft schnell. Ich schließe die Augen.

Etwas bewegt sich in meinem Haar. Dunkelheit. Leises Murmeln. Wo bin ich? Geruch nach John. Ich fühle, wie er mich in der Dunkelheit ansieht. Seine Finger spielen mit meinem Haar. »Natürlich weiß ich, was ich tue«, sagt John leise. »Ja, das war teuer. Aber ich glaube, gut investiert. Hat nur eine Woche und lernt durch Erfahrung, ich denke, je mehr, je besser ... Hast du es dir angesehen? Ich hatte recht ... Ja, überlass das einfach mir. Möglich. Gut möglich ... Doch, ich glaube, das schafft sie. Utopia hatte einfach nur zu wenige Daten, um das entsprechend zu simulieren ... Hm. Ja ... ja ... Kannst es dir ja anschauen. Gibt aber nicht viel zu sehen. Sie schläft ... Wirklich?« Er spricht wie zu einem Kind. Aber etwas ist da in seiner Stimme. Anspannung. »Muss die Kamera sein«, sagt John. »Ja, die Nachtsicht funktioniert manchmal nicht ... Ich werde das morgen als Erstes in Ordnung bringen lassen. Oder wäre es dir lieber, wenn ich gleich ... Ja, danke, den kann ich jetzt wirklich brauchen ... Warum interessiert dich das so? ... Danke ... Ich weiß. Natürlich ... ich weiß ja, ich weiß ... Nein, sie ist nicht wie Jeannette. Was sagt denn ihr Diamant?«

Ich will mich aufsetzen. Er hält mich an der Schulter zurück und legt mir sanft einen Finger auf die Lippen. »Ja, davon träumt sie manchmal«, sagt er. »Nein, ich glaube nicht. Sie liegt ganz still und schläft ... danke. Das wünsche ich dir auch. Gute Nacht.«

»Wer war das?«, murmle ich, bin mir nicht sicher, ob ich wach bin oder träume. »Sch«, macht John, schlingt die Arme um mich und zieht mich an sich. »Du bist hier sicher. Wir sind in unserer Höhle. Niemand sieht uns. Wir sind in der Drachenhöhle im Berg und haben den Drachen besiegt. Niemand hier außer uns.«

Er beginnt zu summen, tiefe Töne ... Ich kenne die Melodie nicht ... vielleicht ist es gar keine. Ich schließe die Augen.

7

Wo bin ich?

Es ist fast dunkel. Über mir eine Kuppeldecke aus Holz, mit kunstvollen Schnitzereien verziert. Mit einem Ruck setze ich mich auf.

In Johns Schlafzimmer sieht es verdammt noch mal aus wie auf einer Postkarte von der Alhambra. Schlanke verzierte Säulen wölben sich in Bögen von Wand zu Wand. Die Kacheln auf Wänden und Boden, sogar der Targan-Rollladen auf der Fensterwand zu meiner Rechten, alles ist mit geometrischen Mustern verziert. Die Türen sind bogenförmig. Eine ist gegenüber dem Bett und eine in der Holzwand zu meiner Linken, gedämpftes Licht dringt durch den Spalt.

Das Bett ist aus dunklem Holz und fast so groß wie der Raum, bis auf einen dunklen Nachttisch mit Schublade ist kein Platz für mehr Möbel. Die Bettwäsche ist rabenschwarz und John ist nicht mehr da.

Ich taste mich in der Fast-Dunkelheit zur offenen Tür. Auf der Schwelle bleibe ich stehen und kratze mich verschlafen am Kopf. Ja, aber was hatte ich denn auch von einem Typen erwartet, der den Ehrgeiz entwickelt, mein schwarzes Loch zu sein? Ikea?

Johns Badezimmer ist ein arabisches Hamam. Mosaike in Blau, Weiß und Türkis an Boden, Wänden, in Dusche und Whirlpool, die Targan-Badezimmerschränke sind aus dunklem Holz.

Eine weitere Tür führt in einen begehbaren Kleiderschrank. Der breite Rahmen des riesigen Spiegels mir gegenüber ist aus dunklem Holz, in dem viele helle Steine zu Dreiecken in Vierecken zusammengesetzt sind.

An den Kleiderbügeln hängen schwarze Uniformanzüge, einer neben dem anderen, in Reih und Glied. Aber ganz hinten, gleich neben dem Spiegel, ist ein Regal mit Jeans, T-Shirts und Pullovern. Alles teure Markenklamotten und auch eher dunkel, aber immerhin eine menschlich anmutende Ecke.

In den Badezimmerschränken sind Handtücher und neben dem Klo eine Klobürste.

Auch die Schränke zu beiden Seiten des Waschbeckens sind mit diesen hellen Steinmustern aus Kreisen, Karos, Vierecken verziert.

Ich öffne den rechten. Blinzle. Eine elektrische Zahnbürste, ein Damenrasierer, eine Haarbürste, Bodylotion und das restliche Reinigungsprogramm für die weiblichen Targan-Kandidaten.

Ich öffne den linken Badezimmerschrank. Grinse. Johns Zahnbürste steht in einem türkischen Teeglas. Und ist schwarz. Was seinen Stil angeht, ist der Mann jedenfalls absolut konsequent.

Außerdem ein schwarzer Kamm mit einem chinesischen Drachen auf dem Griff, ein Nassrasierer, Aftershave, Handcreme, ein fingergroßer schmaler Flakon aus rotem Glas und ein Nagelset.

Ich putze mir über dem bauchigen Waschbecken die Zähne und betrachte mich dabei im Spiegel. Ich bin so blass, dass meine Haut fast weiß aussieht und man die Schatten unter den Augen deutlich sieht. Meine Haare hängen zerzaust und von der Luftfeuchtigkeit aufgebauscht über das Hemd bis zu den Knien und ich hab kein Haargummi. Ich bürste sie aus und flechte einen Zopf.

Ich wasche mir das Gesicht. Ich pinkle mit gesenktem Kopf, sehe dabei angestrengt auf eine Arabeske im Mosaik und versuche, nicht an die Targan-Augen an Decke und Wänden zu denken. John hat zwar gesagt, bis zum Morgen könne mich niemand sehen, nicht mal der Erschaffer, aber jetzt ist die Schonfrist wohl schon wieder vorbei.

Die Klimaanlage summt. Seltsam, dass es trotzdem so warm ist. Wo ist John?

Die Hitze kommt aus dem Schlafzimmer, dringt durch die Tür in der Glaswand hinter dem Bett, die jetzt weit offen steht. Dahinter sehe ich eine Dachterrasse. Noch dunkles Morgenlicht da draußen. Ich trete in warme, schwüle Luft hinaus.

Zitrusbäume, Zypressen, tropische Pflanzen in Keramikkübeln. Eine geziegelte Swimmingpool-Bahn verläuft schnurgerade im Quadrat, wie ein Burggraben, parallel zu den Wänden der kuppelförmigen Wohnung in der Mitte der Dachterrasse.

Die Terrasse hat kein Geländer. Da, wo es ohne Absperrung runtergeht, steht John und sieht aufs Meer. Das Meer sieht von hier oben weiter und größer aus.

Langsam gehe ich auf ihn zu. Er trägt einen schwarzen Bademantel, seine Haare sind nass. Der Boden unter meinen Füßen ist ein Arabeskenmosaik aus helleren und dunkleren Steinen und warm. Ein steinerner Brückenbogen führt über das Wasser.

Dann bin ich neben ihm. Hier oben ist es windig. Wir stehen nahe am freien Fall.

Ohne mich anzusehen, reicht er mir sein dampfendes Teeglas. Minztee. Sehr stark und sehr süß.

»Schau es dir an«, sagt John leise und nickt zum Meer. Im frühen Morgenlicht liegt ein sanfter Schimmer auf den Wellen und die Gischt wirkt weißer als sonst, der Himmel ist ein dunkleres und helleres Blau. Es ist noch so still, dass man die Brandung hören kann.

»Wir sind die ersten und letzten Menschen auf der Welt«, sagt John. »Die Welt ist gerade erst erschaffen worden. Alles ist noch unschuldig und gut. Alles ist noch möglich. Wir können die Geschichte der Menschheit umschreiben. Einfach noch mal von vorne anfangen. So fühlt es sich an.«

Seine Stimme ist weich und seine Augen geweitet, staunend und groß, wunderschön. So schön.

Und plötzlich ist mir egal, was ist und was war. Mein Herz wird schmerzhaft heiß, schmilzt, verflüssigt sich vollständig, zerfließt mit dem Blut überallhin, und dann ist alles in mir nur noch ein warmes Pochen. Etwas in mir lebt nur, weil John da ist. Ich will ihn anfassen. Ich will, dass er mich anfasst. Ich will mich an ihm spüren. Ich will machen, dass er spürt, was ich in ihm sehe. Wunderschön.

»Luca, ich will, dass du jetzt gehst.« Er sieht mich nicht an.

Wenn das kein Timing ist. So viel zu John Amber in Sachen Konsequenz.

Neben mir steht ein kniehoher Tisch. Ich stelle das Glas auf die Mosaike in der Keramikplatte und dann strecke ich die Hand nach Johns Bademantel aus. Schwarzer Uniformstoff. Reibt sich seltsam weich und kühl zwischen den Fingern. Ich höre ihn tief Atem holen. Auf der linken Tasche ist ein roter Drache aus Schmuckperlen. »Du trägst die Handschuhe sogar zum Schwimmen?« Ich zupfe daran.

Er hält meine Hand fest. »Luca, du hattest recht gestern Nacht. Du darfst mir nicht trauen. Es gibt Dinge, die ich dir sagen müsste und nicht sagen kann.«

»Nicht dein Ernst ...«

»Ich bin nicht mehr Draven. Wir sind nicht in Yara.«

»Ich weiß, John.«

»Ich werde dir weh tun. Du wirst mir weh tun. Dann haben wir nicht mal mehr, was wir hatten.«

»Ziemlich zaghaft für jemanden, der sich vorgenommen hat, das Universum zu verbessern.«

Ich mache meine Hand los und gehe langsam um ihn herum. Ich streiche über seinen Arm, seinen Rücken entlang. Am Hals beginnt ein rotes Tattoo. Ich will wissen, wie weit es runtergeht.

»Nicht das Universum«, sagt John. »Nur die Welt.«

»Schöne neue Welt«, sage ich. »Schade, dass du das Buch nicht kennst. Das echte, meine ich.«

»Ich kenne das Buch.« Ein rosa Streifen reißt über uns am Himmel auf.

Ich schlinge von hinten die Arme um ihn. Ich rieche das Poolwasser im Bademantelstoff und spüre seine Wärme darunter. Der Knoten von seinem Gürtel ist nicht sehr fest, ich löse ihn leicht. Meine Hände tasten seine Brust hinauf, ich fühle einen leichten Flaum gekräuselter Haare und wie seine Muskeln sich zusammenziehen.

Ich trete zurück. »Auf der Insel sind richtige Bücher doch verboten«, sage ich, fasse mit beiden Händen den Kragen von seinem Bademantel und ziehe ihm langsam den Stoff von den Schultern. Sein Rücken ist braun gebrannt, das Tattoo Linien in Rot, die über beide Schultern und hinunterführen ... Eine Narbe. Fingerdick, lang, zieht sie sich über die Breite des Rückens und durch das Tattoo. Der Stoff gleitet die Länge der Narbe und die roten Linien hinunter ... noch eine Narbe ... noch eine ... Ich lasse den Bademantel fallen. John hat einen Kompass, das Symbol der Amancay, auf seinen Rücken tätowiert. Das Bild ist kaum noch erkennbar, ist von Narben zerstört.

Er steht gerade und mit dem Rücken zu mir und sieht auf das Meer. Seine Stimme ist ruhig: »Ironisch, findest du nicht? Was meinst du, haben sie gedacht, als sie es herausgefunden haben? Dass ausgerechnet ich ihr Symbol auf dem Rücken trage. In Geschichten gibt es nur Schicksal. Alles ist größer, weil es keine Zufälle gibt. In der Wirklichkeit ist alles absurd.«

Ich lege die Hände auf seinen Rücken, warme Haut. Ich zeichne mit den Fingerspitzen die rote Linie durch eine Narbe hindurch nach.

»Ich habe Geschichten früher geliebt«, sagt John. Er steht ganz still. »Die alten Geschichten waren nicht immer tabu. Vor sehr langer Zeit hat es sogar einen Buchclub bei Targan gegeben. Jede Woche eine andere Dystopie.«

Was haben sie mit dir gemacht?, will ich fragen.

Der Erschaffer kann uns hören. Ich denke an meinen Eignungstest, meine größte Angst, wie das Schrecklichste von der Welt hinter der Tür vom Zimmer 101 aus George Orwells *1984*. Ich frage: »Wann bist du auf die Insel gekommen?«

»Vor bald acht Jahren.«

Ich ertaste mit dem Finger eine der Narben. Sie sehen wie Narben von Peitschenhieben aus. Verkrustetes Fleisch, das nie wirklich verheilt ist. »Es gibt ein Gerücht, dass du den Erschaffer kennst«, sage ich.

»Schöne neue Welt haben wir sogar zusammen gelesen.«

Ich schlucke. Ich ertaste die von Narben durchbrochenen Linien und dann die Haut, die im Zentrum des Symbols noch unversehrt ist. »Hat euch das Buch gefallen?«, frage ich zynisch.

»Wir waren damals nicht ganz einer Meinung.«

Ich presse meine Stirn in seinen Rücken, gegen die Narben, in seine Wärme, seinen Geruch. Er greift nach meinen Händen und drückt sie sich gegen die Brust. Er hat Handschuhe an. Ich spüre seine Hände nur durch den verdammten Targan-Stoff. »Wie kannst du in einer Welt leben, in der so etwas passiert?«, sage ich in seinen Rücken, meine Stimme erstickt.

»So etwas wie gestern Nacht? Ich habe noch keine Welt gefunden, in der das nicht passiert. Oder was ist deine Welt, Luca? Deine Wohnung? Deine Freunde? Dein Land? Wir leben alle in der gleichen Welt. Du bist nur sehr gut darin wegzusehen.«

Weil man die Welt nicht ändern kann. Aber vielleicht kann ich ja doch etwas tun. Vielleicht kann ich entkommen und die Welt vor euch warnen.

Ich lasse ihn los. Ich gehe um ihn herum.

Ich stehe mit dem Rücken zum Abgrund vor ihm. Ein leichter Flaum schwarzer Haare bedeckt seinen Brustkorb, der sich hebt und senkt. Sein Penis ist dunkel, lang und steht. Wir berühren uns nicht.

»Menschen sind immer unberechenbar«, sage ich.

Seine behandschuhten Hände greifen nach meinem Haar und beginnen die Flechte zu lösen. »Findest du das wirklich,

Luca? Dass Menschen unberechenbar sind? Mir kamen die Menschen immer viel zu berechenbar vor. Wir wollen mehr. Wir nehmen es uns. Wir leiden.« Er fächert das Haar offen über meine Schultern aus, hebt es in seinen Händen und hält es, sagt noch einmal: »Wir nehmen es uns und dann leiden wir. Du solltest gehen, Luca. Zurück in deine Wohnung. Jetzt.«

»Und dein Schicksal siehst du darin, die Menschen zu ändern?«

»Das ist die Geschichte, die ich mir ausgesucht habe.«

»Du bist ein echter Philanthrop«, sage ich.

John antwortet ernst: »Ich gebe mir Mühe. Ich bin auch nur ein Mensch.«

Ich umfasse seinen Penis und fühle, wie er sich mir entgegenreckt, größer wird, warm und hart in meiner Hand pulsiert.

John legt die Hände um meine Taille.

Ich will seine Hände auf meiner Haut. Nicht die verdammten Handschuhe.

»Ich werde die Handschuhe nicht ausziehen, Luca«, sagt er. »Weder die Handschuhe noch das Headset.«

Manchmal frag ich mich wirklich, ob er Gedanken lesen kann. »Warum nimmst du das Headset nicht ab?«

»Das kann ich dir nicht sagen.«

»Gestern Abend hast du das Headset ...«

»Ja. Und ich wiederhole meine Fehler nie. Luca ... Ich bin kein guter Mensch. Ich arbeite mit Blut und Dreck und meine Hände sind blutig und dreckig davon. Wenn ich dich anfassen ... Ich will dich nicht anfassen. Bitte geh.«

Ich trete näher. Der Wind weht mir Strähnen von meinem Haar vor die Augen. Es ist einfach, sauber zu bleiben, wenn man sich in einer Kapsel einschließt. Ich will mich nicht länger verstecken. Ich will mich spüren. Fass mich an, John. Ich will, dass du mich anfasst. Du. Nicht Targan. »Bitte zieh wenigstens die Handschuhe aus, John.«

Er zögert.

»Einmal. Das erste Mal. Ich will mit dir schlafen, als ob alles zwischen uns möglich wäre.« Als ob du nicht zu Targan gehören würdest und unsere Geschichte nicht nur einen Anfang, sondern auch eine Mitte und vielleicht sogar ein gutes Ende haben könnte.

Etwas brennt in seinen Augen. Er sagt nichts mehr.

Wir gehen schweigend nebeneinander über die Brücke in sein Schlafzimmer zurück. Er schließt die Fenstertür hinter uns. Er lässt den Targan-Rollladen herunter. Wir sehen uns an und es wird dunkel um uns, und dann ist wieder alles schwarz.

Ich streife mir das Hemd über den Kopf und steige aus dem Slip.

Dann höre ich, wie er sich die Handschuhe abzieht.

»Eine Stunde Auszeit«, murmelt John. »Wir sind nur ein Mann und eine Frau, die ersten und letzten Menschen auf der Welt und alles ist möglich.«

Dann spüre ich seine Hände.

Herzschlag. Atem. Seine Stimme in der Dunkelheit: »Luca, deine Haut ... So weich.«

Seine Zunge in meinem Mund, auf meinem Hals, meiner Brust, »so weich«, leckt, ich stöhne.

Verdammt, niemand ist beim ersten Mal so gut im Bett, woher weiß der so genau, wie ich wo angefasst werden möchte? Ich will nicht mehr warten. »Weißt du, meiner Meinung nach wird Vorspiel völlig überbewertet«, sage ich. »Nach all den Jahren sind wir dann doch wohl so weit.«

»Noch lange nicht«, murmelt er neben mir.

Seine Finger umfassen, streichen hart über meine Nippel, ziehen, drücken leicht. Ich höre mich einen seltsamen Laut ausstoßen.

Ich taste nach ihm. Er weicht mir aus. Drückt mich zurück aufs Kissen, sein Daumen streichelnd auf meinen Lippen, dringt in meinem Mund, ich sauge.

Er stöhnt, zieht den Daumen zurück. »Noch nicht ... Ich hab mir das hier jahrelang vorgestellt und das Skript immer wieder überarbeitet, Luca. Noch lange nicht. Wir haben noch nicht mal angefangen ... Sag meinen Namen.«

Was? »Ich ... also weißt du ...«

Sein Daumennagel zieht über meinen Hals, meine Brust, sein Mund züngelt sich weiter nach unten, feuchte Spur in feuchter Hitze.

Sein Atem auf meinem Schamhügel, seine Hände fahren die Spur seiner Zunge nach unten nach, teilen meine Beine, teilen die Schamlippen. »Meinen Namen«, raunt er. »Jetzt!«

»Ich ... ah!«

Seine Zunge leckend in meiner Nässe, lotet mich aus, erkundet, reizt an, findet Zonen und Winkel, als könnte er meine Gedanken lesen ... »Verdammt, John, woher weißt du, wo ... wie ... ah ... Was machst du mit mir ...«

»Ich spioniere.« Sein Lachen, zärtlich. »Hör endlich auf zu denken und sag meinen Namen.«

»Das ... ich ...«

Aber seine Zunge bewegt sich weiter, findet wieder, erprobt, drückt, umkreist. Ich werfe den Kopf zurück, mein Körper wölbt sich, windet sich.

Er hält mich fest. »Ich ... John!«

Seine Zunge erfühlt den Mittelpunkt, hält inne. »Lauter«, flüstert er heiser, »lauter.«

»John! John ...« Meine Stimme klingt fremd.

Sein Finger gleitet in mich hinein, reibt suchend in mir vor und zurück.

Ich wimmere. Meine Hände ins schweißnasse Bettuch gekrallt, ich zucke, zittere, kann nicht mehr, »John ... bitte, ich ... John!«

»Noch lange nicht ... Aber jetzt fangen wir an ...«

Seine Zunge senkt sich in mich zurück, greift gezielt an, streichelt, lockt, drängt in den empfindlichsten Stellen. Sein Finger in mir, drückt auf einen Punkt, alles Ziehen und Sehnen und Schmerzen pocht in diesem Punkt, sein Finger drückt rhythmisch, hart, immer wieder dagegen. John ... John ... Alles zieht sich in mir zusammen. Werde kommen, werde ... sein Finger gleitet aus mir heraus.

Ich höre mich schluchzen. Bitte ... John, bitte ...

Zwei Finger gleiten in mich, massieren in Kreisen den Punkt. Seine Zunge schlägt härter, schneller.

Ich schreie, stemme mich auf, falle zurück, John ... John ...

»Sag meinen Namen, Luca ... Sag meinen Namen laut!«

»John! John! John! John!«

»Nimm deine Nippel zwischen Daumen und Zeigefinger. Reib dich. Jetzt.«

Was ...

»Reib dich. Jetzt. Oder willst du, dass ich aufhöre?« Er zieht langsam die Finger aus mir zurück.

Ich setze mich auf und greife in die Dunkelheit, greife nach ihm, packe seine Haare, er keucht auf, erstaunt: »Luca, was ...«

Gleite um ihn, umschlinge ihn mit den Beinen.

»Luca, verdammt, noch nicht!« Sein atemloses Lachen, sein Körper schweißnass, er rollt sich auf mich, packt meine Handgelenke und presst sie über meinen Kopf ins Kissen. »Noch nicht hab ich gesagt, verdammt, ah!«

Beiße seine Lippen, sauge, schmecke mich selbst in seinem Kuss, sein Stöhnen, sein Keuchen, lecke seinen Hals.

»Luca! Luca ... ah!«

John in mir.

Keuchender Atem. Herzschlag. Stille.

Unsere Hände verschränken sich ineinander.

Langsam zieht er sich aus mir zurück, langsam dringt er tiefer in mich ein, tiefer, füllt mich aus. Wir heben und senken uns, langsam, gegeneinander, miteinander.

»Luca«, flüstert er.

Schweiß und Tränen. Seine Zunge in meinem Mund, John auf mir, in mir, überall, wir stoßen uns tiefer, schneller, weiter, höher, John ... John ... Etwas zieht sich in mir zusammen. Zu groß. Brandet an, nein, zu groß, nein, zu ... John ... überrollt ...

aufgeworfen ... fallen ... überrollt, wieder ... wieder ... wieder ... Dunkelheit.

Seine Stimme: »Luca ... Luca ... Luca.«

Ich öffne die Augen.

Meine Hand liegt auf dem schwarz bezogenen Kopfkissen und meinem ausgebreiteten Hemd. Mein Haar klebt auf dem Schweißfilm in meinem Gesicht. Die Tür zur Dachterrasse steht offen und helles Morgenlicht und schwüle Hitze dringen ins Zimmer. Im Badezimmer rauscht Wasser.

Auszeit vorbei. Ich ziehe mir das Bettlaken bis unters Kinn. Ich lege mich auf den Rücken und sehe in die Targan-Augen zwischen den Schnitzereien der Kuppeldecke.

Aber das Bett riecht nach John. Meine Haut riecht nach John. Meine Haut prickelt von John, meine Glieder fühlen sich an wie geschmolzenes Karamell und ich will zu John unter die Dusche.

Wenn schon, dann denn schon. Lilith hatte sowieso immer exhibitionistische Neigungen und mit den Kameras mit Sicherheit kein Problem. Und auf Johns Wohnung hat sowieso niemand außer dem Erschaffer Zugriff, und der hat doch wohl Besseres zu tun, als zu spannen, der ist doch bestimmt damit ausgelastet, Dystopien der Weltliteratur fehlzuinterpretieren und sich davon zu neuen Foltermethoden inspirieren zu lassen.

Ich schlage das Laken zurück, stehe auf und lasse das Hemd auf dem Bett liegen.

Zwischen der Tür nach Wohin-auch-immer und der Tür zum Badezimmer bleibe ich stehen. Möglichkeiten:

Erstens: Ich könnte ungestört in Johns Wohnung schnüffeln. Die Gelegenheit kommt vielleicht nie wieder, vielleicht finde ich einen Hinweis ... Mein Überleben ist doch wohl wichtiger als ein Multiorgasmus ...

»Hey hey sha la la ... Hey hey ...« John singt im Badezimmer.

John ist ein Duschsinger. Ist Singen nicht tabu?

Zugegeben, John singt um einiges besser als ich, damit hat sein Engel bestimmt kein Problem. Das Lied kenne ich doch ... U2 ... »Who's Gonna Ride Your Wild Horses ...« kommt mit Johns Reibeisenstimme natürlich wirklich gut ... »Who's gonna ...« Er gurgelt mit Wasser.

John singt richtig gut, wobei er das Lied durchaus uminterpretiert, hört sich à la John eher wie ein euphorischer Jubelgesang an ... Dampf kommt aus dem Badezimmer ... Vielleicht sollte ich doch einfach ...

Zweitens: Ja, hat er dir das Hirn aus dem Kopf gevögelt oder was, du mondäugige Gans! Jetzt reiß dich aber verdammt noch mal zusammen!

Oder? Auch wenn er jetzt nackt unter der Dusche steht? Auch wenn ...

Ich hole tief Luft, öffne die Tür zu Wohin-auch-immer und schließe sie schnell wieder hinter mir.

Licht schimmert durch kobaltfarbene Glasfenster in der holzgetäfelten Kuppeldecke, von der aus schlanke Säulen an den Ecken zum Boden laufen. Im Mittelpunkt des Saals plätschert ein kreisrunder Springbrunnen, die Wände sind mit bunten Kacheln belegt und zeigen geometrische Muster und Kalligrafien, der Boden ist ein Mosaik und die Türen sind hufeisenförmige, kunstvoll verzierte Bögen. Nur die Wand hin zum Meer ist Glas und verläuft direkt an der Kante des Wolkenkratzers. Das Wohnzimmer schließt einen Teil der Fläche der Dachterrasse mit ein, die Poolbahn führt mitten hindurch und trennt ein Viertel des Raumes ab, wie ein Fluss mitten im Raum, an zwei Stellen führen schlanke Bambusstege darüber. Auf meiner Seite des Raumes sind die Möbel aus Leder oder dunklem Holz, auf der anderen Seite, am Fester, liegen orientalische Teppiche, die aussehen, als könnten sie allesamt fliegen.

Ich schüttle den Kopf. Aber Bücher hat der Mann nicht.

Die Stufe, auf der ich stehe, führt die Wand entlang. Maurische Bögen öffnen sich von hier aus zu anderen Räumen.

Ich schiebe die erste Tür auf. Das Zimmer dahinter ist leer, weiß gestrichen, bis auf einen faustgroßen schwarzen Punkt an der Wand.

Ich gehe weiter, öffne schnell die nächste Tür.

Das Arbeitszimmer. In der Mitte steht ein schwerer Schreibtisch. Die Wand links von mir ist eine große Bildschirmleinwand, die Wand mir gegenüber aus Glas, eine rote Ottomane steht davor. Das Fenster hier geht nicht zum Meer. Man sieht auf die Glastürme der Elite hinunter und dahinter Sand und Wüste und die weiße Straße. Es ist schon grauer Morgen. An der Wand rechts von mir ist eine Mauer aus hellem Stein, in einem Glaskamin brennt ein Feuer. Dravens Waffen hängen darüber, genau wie in Johns Büro. In der Mitte der Wand sehe ich sogar Liliths Bogen.

Ich nehme ihn von der Wand. Ein Langbogen, schmal und schwarz. Lilith hatte es ja eigentlich immer eher mit Messern und Dolchen, aber den hier hat Draven ihr mal geschenkt. Zum Dank. Lilith hatte ihn aus den Kerkern rausgehauen ... John muss den Bogen nach dem genauen Abbild angefertigt haben.

Die Sehne ist gespannt. Ich ziehe einen rot gefiederten Pfeil aus dem Köcher daneben, sogar die Spitzen sind geschliffen, man könnte sich wahrscheinlich auch in Wirklichkeit den Weg freischießen damit.

Ich lege den Pfeil auf die Sehne und spanne den Bogen versuchsweise, das ist gar nicht so einfach. Man braucht Kraft. Ich hatte mir immer gewünscht, das mal zu lernen. Auch das mit dem Messerwerfen. Wie Lilith. Aber ich hab das natürlich nie wirklich getan. Es gibt so vieles, was ich jetzt anders machen würde, meine Liste wird immer länger.

Ich lege Bogen und Pfeil auf den Schreibtisch.

Der Schreibtisch ist aus dunklem Holz mit helleren Intarsien, eine schwarze Tastaturwatte mit roten Lettern liegt darauf. Die einzige Schreibtischschublade ist verschlossen.

Ich frage mich, wie sich das anfühlt, hier zu sitzen, ein Hologramm zu öffnen und Gott zu spielen, Fäden zu ziehen, über Geschichten zu entscheiden. Ich setze mich auf Johns Stuhl.

Meine Com vibriert.

Ein Hologrammpunkt blinkt auf dem Display auf, wandert in die Schreibtischmitte, vergrößert sich zu einem Bildschirm, legt sich in einen etwas schrägen Winkel, genau wie an meinem Arbeitsplatz.

Aber der Desktophintergrund ist hier ein dunkelroter Buchrücken mit zwei braunen, dreieckigen Icons darauf. Unter dem einen steht »Luca« und unter dem anderen »John«.

Das Bild flackert übergroß auch auf der Bildschirmwand auf. Ich klicke auf Luca. Mein Profilraum.

John hat einen Teiler aktiviert, damit ich sein Arbeitszimmer mitbenutzen kann.

Wenn es hier irgendwo Stift und Papier gäbe, würde ich jetzt gerne ein paar Herzchen malen. Stattdessen sitze ich da und lächle still und dümmlich ... genug gelächelt. Das hier ist meine Chance.

Ich klicke auf Johns Namen. Ein Feld zur Passworteingabe erscheint.

Ich sehe zurück zur Tür, geschlossen. Ich lausche. Kein Geräusch. Ich klicke das Bild von der Großleinwand weg, verkleinere das Hologramm, kippe es leicht, ziehe es zu mir, lehne mich im Stuhl zurück, lege die Füße auf den Tisch. So können die Targan-Augen hoffentlich nicht sehen, was ich mache. Natürlich könnte John jederzeit alles hinterher nachverfolgen, was ich gemacht habe. Aber mit ein bisschen Glück kommt er gar nicht erst auf den Gedanken. Wenn er mich hier findet, klicke ich meinen eigenen Profilraum auf. Ich werde sagen, ich hätte gespielt.

Was könnte Johns Passwort sein? Ich tippe: »Draven.« Enter.

Nichts geschieht. Nichts.

Die Buchstaben werden beim Tippen noch nicht mal zu Punkten oder so was. Kein Totenkopf. Keine Warnung von wegen falsches Passwort, nur noch drei Versuche und du explodierst. Nicht gut. Viel zu simpel. Ist das eine Falle? Oder vertraut er mir wirklich derartig blind? So dumm ist er nicht. Das Hologramm wirft einen blassen Schimmer auf mein nacktes Bein.

Ich tippe: »Yara.«

Ich tippe: »Drache.«

Ich sehe über meine Schulter zur Tür. Niemand da, die Tür ist geschlossen.

Ich tippe den Namen seines Elfenschwerts in Yara, den seines besten Freundes in Yara, seinen Geburtsort in Yara, aber verdammt noch mal, ich weiß alles über Draven und praktisch nichts über John. Ein paar Ortsnamen von seiner Südamerika-Tour fallen mir ein. Ich tippe »Minztee«. Nichts. Ich tippe »Targan«. Nichts. Ich tippe »Schwarz«. Ich tippe »Monte Christo«. Ich tippe »Mephisto«.

»Mephisto?« Johns Stimme.

Ich fahre herum, springe auf.

John steht, die Beine überkreuz, in den Türbogen gelehnt, sein schwarzes Haar glänzt nass. Er trägt eine schwarze Anzughose und ein schwarzes Hemd, die oberen Knöpfe sind noch offen. Seine Miene ist eine Maske.

Wie zum Teufel hat er von da aus sehen können, was ich tippe?

Er hält ein handgroßes Hologramm am Punkt hoch und winkt langsam damit. »Du vergisst immer noch, dass ich nicht mehr Draven bin. Neues Spiel, neue Regeln. Glaub mir, Luca, du hast keine Chance. In diesem Spiel bin ich dir immer einen Spielzug voraus.«

Verdammte Teiler. Wer weiß, wie lange John von seiner Com aus dabei zugesehen hat, was für Passwörter ich eingebe. Ich räuspere mich und lehne mich gegen das kühle Schreibtischholz hinter mir. Was soll ich da jetzt schon sagen? »Danke fürs Teilen ...«, sage ich und dann: »Ups?« Ich ziehe die Schultern hoch, stecke mir eine Haarsträhne hinter das Ohr und fühle mich so nackt, wie ich bin.

John ist das auch aufgefallen, denn er glotzt, nein, anders kann man das nicht nennen. Eine glaubhafte Ausrede ist immer noch nicht in Sicht, also stelle ich mich doch besser noch etwas mehr in Pose, strecke die Brust raus und klicke dabei wie beiläufig mein Hologramm aus der Luft weg.

John hebt eine Augenbraue. »Du hast da vorhin mein Skript sabotiert. Ein bisschen mehr Vertrauen deinerseits und ich hätte dich doch noch an den Ort ohne Worte gebracht, von dem ich dir gestern Abend erzählt hab.«

»Lass mich raten. Dein Name ist das Passwort zu diesem wundersamen Ort?«

»Hätte dich zu gerne mal ganz und gar sprachlos erlebt ... Meine Fantasie war bis ins kleinste Detail ausgearbeitet.«

»Weißt du, John, der Unterschied zwischen Fantasie und Wirklichkeit ist wie der Unterschied zwischen Monolog und Dialog. Die Wirklichkeit antwortet.«

»Oh, das hab ich gemerkt. Manchmal antwortet die Wirklichkeit sogar ziemlich laut.« Er grinst, grinst jetzt sogar breiter, grinst wölfisch von einem Ohr zum anderen, steht in den Türbogen gelehnt und betrachtet mich von oben bis unten.

Der Türbogen ist aus Stein, die Muster darin filigran, mit unzähligen winzigen Zacken nach unten wie Zähne. »Ich hab deinen Teiler für alles hier aktiviert, auch für die Eingangstür«, sagt John. »Du kannst alles nutzen. Und versuch das nur weiter mit dem Passwort, gibt keine Minuspunkte dafür.«

»Du hast gewusst, dass ich das versuchen werde.« Ich ärgere mich über mich selbst. »Es war doch eine Falle.«

»Neugier ist deine größte Minus-Ressource. Ich bin sehr gespannt, was für Passwörter du mir sonst noch so zutraust. Mephisto? Also bitte. Versuch es bitte weiter.«

»Und warum in aller Welt sollte ich das tun, Rumpelstilzchen?«

Er grinst noch immer. »Weil du an die Infos in meinem Profilraum kommen willst?«

»Ist das Icon mit deinem Namen da denn kein Fake?«, frage ich.

John schnalzt ein paar Mal leicht und wie empört mit der Zunge. »Aber nein. Das wäre wirklich kein fairer Spielzug, oder nicht?«

Das Feuer malt schwarze Schatten auf den weißen Stein. Die Schatten wabern über den Torbogen und Johns Gesicht. »Ich erhöhe sogar den Einsatz«, sagt er. »Alles hinter dem Passwort läuft auf Augenscans und Codes von uns beiden. Du hättest unbegrenzten Zugriff auf meinen Profilraum. Auf einen Profilraum Rang Schwarz. Du hättest nicht nur Zugriff auf fast alle Informationen, du könntest die Informationen auch verändern ... Weißt du, was das bedeutet? Unbegrenzte Möglichkeiten. Du wärst Königin über Utopia. Gibt wenig, was du nicht tun könntest. Bis jemand dahinterkommt, natürlich.«

»Und was dann?«

»Dann bist du als Königin abgesetzt und ich wahrscheinlich wieder Rang Kandidat. Wenn ich Glück hab.«

Ich verstehe das nicht. »Wieso willst du so ein Risiko eingehen? Das ist doch verrückt.«

»Der Einsatz ist hoch, aber das Risiko minimal. Und der Gewinn ist großartig. Keine schwierige Rechnung. Du wirst nie auf das Passwort kommen. Niemals. Obwohl es eigentlich ganz einfach ist. Jeder würde darauf kommen außer dir. Aber du wirst dir von jetzt an nur wie verrückt deinen schlauen Kopf zermartern, dabei zappeln wie ein Fisch an der Angel und es wird mir ein höllisches Vergnügen bereiten, dir dabei zuzusehen.«

»Jeder würde darauf kommen außer mir? Ist das ein Rätsel?« Ich sehe weg, sehe zum Kamin, zum Feuer. Der Kamin ist wie der Torbogen aus weißem Stein, Säulen, ein Bord, hinter hitzedichtem Glas das Feuer auf glühender Kohle.

»Ein Rätsel?« John überlegt kurz. »Vielleicht auch das. Auf jeden Fall aber meine kleine Rache, dass du mich gestern Abend mit deinem widerlichen Ex verglichen hast. Ich wünsche dir viel Spaß beim Raten!«

Ich wende den Blick vom Feuer ab. »Das ist nicht nett.«

»Ich weiß. Ich bin nicht nett.« Er glotzt mir auf die Brüste.

Ich raffe meine Haare zusammen und flechte sie in einen Zopf zurück. »Nichts, was du nicht schon von mir gesehen hättest. Ich will lieber nicht wissen, wie oft.«

»Aber das hier ist besser«, sagt er. »Das hier ist live. Dabei hab ich uns eigentlich schon Pizza mit Chili und schwarzen Oliven kommen lassen. Aber vielleicht probieren wir vorher lieber noch ein anderes Skript.«

»Spielregel Nummer 2, ich bestelle selbst. Äh ... wie viele Skripte hast du dir denn so ausgedacht?«

»Erstens: Du brichst selbst andauernd die Spielregeln«, sagt er. »Spielregel Nummer 3? Du erinnerst dich? Keine Tabu-Infos mehr? Zweitens: Über die Anzahl der Skripte hab ich den Überblick verloren. Seit sie dich auf die Insel gebracht haben, kreiere ich automatisch und wider Willen mit geradezu verblüffender Geschwindigkeit und Effizienz. Drittens: Im Krieg und in der Liebe gibt es keine Spielregeln. Aber Pizza. Und die kann warten.« Er beginnt sich tatsächlich das Hemd aufzuknöpfen. »Und viertens: Wie um Himmels willen bist du auf die Idee gekommen, mein Passwort wäre Mephisto?«

»Jemandem im Besitz einer schwarzen Zahnbürste traue ich alles zu.« Ich werfe mir den Zopf über die Schulter zurück.

Johns Finger arbeiten schnell, er sieht nicht mal hin, sieht mich noch immer an, löst schon die unteren Knöpfe.

»Weißt du, John, in sehr vielen Ländern würde man nicht ganz zu Unrecht behaupten, dass du die situationsbedingte Schwäche meiner derzeitigen beruflichen Position dazu ausnutzt, um deine sexuellen Interessen durchzusetzen. Soweit ich weiß, wäre das sogar illegal.«

Und dass ich seit deinem Kuss im Dragonclub vor mehr als sechseinhalb Jahren nur noch an dich denke, wenn ich mir den Duschstrahl zwischen die Beine halte, tut dabei nichts zur Sache. Und dass ich heute Morgen den mit Abstand besten Sex meines Lebens ... nein, dass ich bis heute Morgen ganz offensichtlich keinen Schimmer davon hatte, was Sex überhaupt ist, geht dich erst recht nichts an. Du grinst nämlich auch so schon viel zu selbstzufrieden!

Er lacht. Es gluckst sogar. John Amber. Kann glucksen. Und wird sogar ein wenig rot? Er nestelt das Headset in seinem Ohr zurecht. Dann zieht er das Hemd aus der Hose und kommt einen Schritt auf mich zu. »Was soll ich denn machen, Luca? Ich kann keinen Aufzug mehr nehmen, ohne an dich zu denken. Überall rosa Elefanten. Gibt viel zu viele Aufzüge im Zentrum.«

»Probier's mit der Treppe?«

»Ich denke, ich probier's lieber gleich hier mit dir und setze noch mal meine sexuellen Interessen durch.«

Er macht noch einen Schritt.

Ich greife nach dem Bogen neben mir auf dem Tisch und richte den Pfeil auf ihn. »Stehen geblieben, Draven. Keine Bewegung.«

John bleibt stehen. Das Kupfer in seinen Augen funkelt. »Wenn ich dich so als Lilith kennengelernt hätte, hättest du mich gleich für die Berg-Quest haben können. Ohne das ganze Geringe und Blut. Warum ...«

Ich spanne die Sehne. Geht schon viel einfacher als vorhin. »Keine Bewegung hab ich gesagt. Jetzt ziele ich mal zur Abwechslung auf dich. Geburtsort?«

Er beugt sich kaum merklich vor. »Ein Spiel?«

»Ein Spiel.« Der Bogen fühlt sich gut an. Ich bin Lilith und das ist mein Feind. Meine Stimme klingt dunkler, sanft und lockend. »Zwei Antworten für einen Schritt.«

John wiegt den Kopf. »Ein Schritt, eine Antwort. Und keine Tabu-Fragen.«

Es sind etwa fünf Schritte, die uns trennen. Das Passwort etwas, das so einfach ist, dass nur ich nicht darauf komme. »Eine Antwort ein Schritt. Geburtsort?«

»Buenos Aires.«

»Was?« Ich schüttle den Kopf. »Wie zum Teufel haben du und Adriana so gut Deutsch gelernt?« Und warum sollte hier überhaupt noch irgendjemand Sprachen lernen, wenn man doch alles übersetzt bekommt?

»Wir haben hier sehr gute Programme dafür. Und im Gegensatz zu Adriana hat meine ganze Familie deutsch gesprochen und ich bin in Freiburg zur Schule gegangen.«

»Stehen geblieben! Das war keine Frage. Meine Frage kommt jetzt: Geburtstag?«

»Elfter elfter.«

»Das reicht mir nicht. Geburtsjahr, wie alt bist du?«

»Ich bin 38.« Es zuckt um seine Mundwinkel. »Lilith, wer war eigentlich dein Lehrer fürs Bogenschießen? Das ist wirklich eine sehr interessante Technik.«

Ich stelle mich wahrscheinlich so geschickt an wie der weißblonde Toga-Junge gestern. Der Griff vom Bogen ist plötzlich glitschig von Schweiß. Muss aufpassen, dass ich die Sehne nicht versehentlich loslasse.

»Hobbys?«

»Trekken, Schwimmen, Gewichtheben, Motorradfahren, Surfen, Tiefseetauchen, Fallschirmspringen, Tango, Kampfsport und Luca.«

Er pirscht zwei Schritte näher. Ich hebe den Bogen. »Das war mehr als ein Schritt. Das ist mein Spiel und es hat Regeln.«

»Hab dir aber auch eine sehr lange Antwort gegeben«, sagt er.

Hasse es, dass er alles weiß und ich nichts. Hasse es, dass er die Karten nicht offenlegt. »Mein Spiel, meine Regeln«, sage ich. »Geh einen Schritt zurück oder sei tot.«

Das ist nicht Draven, das ist John und er steht so nahe, dass sogar ich ihn treffen würde. Vielleicht nicht ins Herz. Vielleicht in den Arm oder den Bauch. Ich betrachte Johns nackten Oberkörper. Wo hätte der Junge mich getroffen? Meine Hand fängt an zu zittern. Die Sehne ist hart gespannt, nicht einfach, sie über so lange Zeit zurückzuhalten.

John hebt beide Hände, beschwichtigend, geht einen Schritt zurück. »Schon gut, Luca«, sagt er langsam. Er grinst nicht mehr. »Weißt du, es wird spät. Lass uns Pizza frühstücken und heute Abend weiterspielen.«

Wie viele Pfeile hätte der Junge auf mich geschossen? Wie lange hätte sich mein Körper für das Tabu aufrecht gehalten? Was passiert, wenn man getroffen wird, wie fühlt sich das an, fühlt es sich an, wie es aussieht? In Yara zieht einem jede Pfeilwunde Lebenspunkte ab.

Je näher am Herzen desto mehr Lebenspunkte.

»Lieblingsfarbe?«, frage ich ihn ruhig. Der Pfeil im Ohr vom Jungen. Wie er mit dem Pfeil im Ohr weitergelächelt hat. Das Tabu.

»Rot«, antwortet John. Seine Uniform schillert schwarz.

»Komm einen Schritt näher«, sage ich. »Eine Frage, ein Schritt. Du darfst einen Schritt näher kommen.«

»Luca ... Lass uns aufhören zu spielen.«

»Wir spielen«, sage ich sanft.

Er zögert. Er kommt einen Schritt näher. Er sieht nicht den Pfeil, er sieht mich an. Schwer zu sagen, ob er Angst hat. Ich will, dass er Angst hat. So fühlt sich das an, John, wenn man sich nicht wehren kann und nicht weiß, was passiert. Du gehörst zu ihnen. Du lässt das alles hier zu. Anstatt deine Ressourcen zu nutzen, um etwas zu ändern, baust du dir einen verdammten Palast in die Wohnung. »Was ist dein Lieblingsbuch, John Amber?«

Er streckt die Hand nach mir aus. »Rudyard Kipling«, sagt er und seine Stimme klingt brüchig. »*Das Dschungelbuch*. Jetzt bin ich bei dir, Luca. Der letzte Schritt, Spiel vorbei ...«

Er geht den letzten Schritt und der zitternde Pfeil berührt beinahe seine Brust.

»Passwort?« Der Pfeil ist rot gefiedert und zielt auf sein Herz. Wie viel Entfernung braucht ein Pfeil zum Ziel, wann verliert er die Kraft, ist es irgendwann zu nahe, um treffen zu können? Bin ich John zu nah?

John schweigt.

»Wir werden jetzt gehen, John«, sage ich leise. »Du wirst uns jetzt von der Insel runterholen. Sofort.«

»Luca, bitte.« Er spricht wie zu einem verwundeten Tier. »Denk nach, was passiert, wenn ich dir vorausgehe und du mit Pfeil und Bogen hinterher. Frag dich, wie weit wir kommen würden. Denk nach.«

»Sag mir das Passwort.«

»Ich sage es dir, wenn du willst.«

Aber ich werde sofort wieder alles vergessen, was ich damit vielleicht herausfinden kann. Ich setze ihm den Pfeil auf die Brust, sein Herz. Meine Hand zittert so sehr, dass die Pfeilspitze die Haut durchsticht. Ein Blutstropfen quillt hervor. Dann noch einer. Ich sehe dem Blut zu, das auf seiner Brust gerinnt. »Ich kann dich erschießen«, sage ich und drehe die Pfeilspitze in der Wunde. Er zuckt zusammen. »Dann ist mein Spiel für immer vorbei. Aber deines auch.« Ein neuer Tropfen quillt über die Spitze und rinnt Johns Brust herunter, verklebt sich im schwarzen Flaum. »Peng«, sage ich. »Jetzt bist du tot.« John sagt nichts. Er steht bewegungslos. Ich senke den Pfeil. Ich lege den Bogen auf den Schreibtisch zurück. »Hab ich dich erschreckt? Es war nur Spaß.«

»War es das«, sagt er tonlos.

Meine Hände zittern noch immer, obwohl ich die Sehne gar nicht mehr spanne. Ich berühre das Blut auf seiner Brust, da, wo der Pfeil die Haut durchstochen hat und das Blut verklebt zwischen meinen Fingern. Hätte ich das tun können? Wenn ich dann fliehen könnte? Wenn es darauf ankäme, könnte ich John erschießen? Ich wende den Blick ab. Ich will nicht daran denken, will das Blut nicht mehr sehen. Ich will ihm nahe sein. Ich will ihn plötzlich dringend. Ich greife nach seinem Gürtel.

»Sieh mich an«, sagt er. Es klingt bittend.

Ich will ihn nicht ansehen. Ich will wegsehen. Ich öffne seinen Gürtel. Schwarzes Leder, die Schnalle aus dunklem Metall.

»Sieh mich an!«, sagt er. Es ist ein Befehl.

Dreiecke sind in das Leder geprägt. Eine Zickzacklinie aus winzigen, schwarzen Schmuckperlen läuft über den Saum.

Er schlingt sich meinen Zopf um die Hand, direkt an meinem Kopf spüre ich den Griff seiner Faust. Er zieht meinen Kopf zurück und zwingt mich aufzusehen.

Aber ich will John nicht sehen. Ich will, dass er mich vergessen macht. Ich will vergessen, wer wir sind. Ich will vergessen, was ich vielleicht tun könnte, weil er ist, wer er ist. Ich will ihn nicht sehen.

Ich mache die Augen zu und ziehe den Gürtel durch die Schlaufen aus seiner Hose. Ich will ihn nicht sehen, weder ihn noch das Blut.

Das ist nicht John, das ist Draven und wir sind weit, weit weg.

»Küss es weg«, sagt er rau. »Küss das Blut weg.«

Ich bewege mich nicht, halte die Augen geschlossen, werfe Dravens Gürtel auf den Boden, es gibt kein Blut.

Ich kann fühlen, wie er meinen Zopf fester packt.

Er presst meinen Kopf an seine Brust, meine Lippen auf die Wunde.

Ich ziehe erschrocken die Luft ein. Ich schmecke Haut und salzig sein Blut.

»Du willst mich nicht sehen«, höre ich ihn. »Du willst mich nicht sehen ... du willst mich nicht sehen ...« Er betont das Wort »mich«, als seine Stimme bricht.

Mit einem Ruck zieht er meinen Kopf zurück, von ihm weg und herum, drückt meinen Oberkörper auf den Schreibtisch, meine Brust, meine Wange auf das dunkle Holz. Ich fühle ihn hinter mir, Uniformstoff auf meiner Haut. Ich höre, wie er sich den Reißverschluss aufzieht. »Wenn du mich nicht ansehen willst, dann eben so«, höre ich ihn.

Versuche, den Kopf zu heben. Seine Hand hält mich am Haar auf dem Tisch. Er spreizt meine Beine. In der Stille laut unser Atem.

Sagen, er soll aufhören.

Will nicht, dass er aufhört. Will Draven in mir.

»Ganz wie du willst«, stößt er hervor und drängt sich grob in mich hinein.

Ich stöhne. Er zerrt mich weiter vor auf den Tisch. Er zieht sich langsam aus mir zurück. Er rammt sich tiefer. Noch einmal. Noch einmal.

Draven. Das ist nicht John, das ist Draven in mir.

Er flucht, beugt sich vor, stützt den ausgestreckten Arm mit der Faust auf dem Tisch ab, treibt sich schneller und wütender in mich hinein.

Draven. Draven. Verdammt, das ist nicht John, das ist Draven, mein Atem in Stößen, stoße abrupte, tiefe Töne aus, bäume mich auf, Draven ...

Er presst mich zurück auf das Holz. Er stößt härter. Ich umklammere die Tischkante. Direkt vor meinen Augen seine Faust. Der Handschuh reicht ihm bis zu den Ellenbogen. Will den Handschuh nicht sehen, das ist nicht John, ich schließe die Augen. »Draven!«, flüstere ich.

Er gibt einen dunklen Laut von sich. Er richtet sich auf, reißt mich am Zopf mit sich hoch, ich stehe mit dem Rücken an seine Brust gedrängt, spüre seine Zähne in meinem Nacken. Er greift mir zwischen die Beine und presst meine Klit zwischen zwei behandschuhten Fingern zusammen. Ich schreie vor Schmerz und komme plötzlich und hart. Er hält mich aufrecht, stößt noch einmal und noch einmal in mich hinein, kommt stöhnend und lange.

Wir sacken in die Knie und auf den Boden.

Keine Teppiche hier, kalte Fliesen.

Mein Kopf liegt auf seinem Arm, sein anderer Arm ist um mich geschlungen, er streichelt mir über Schulter, Nacken und Hals. Ich fühle mich leer und klebrig von unserem Schweiß und spüre, wie sein Samen aus mir sickert.

Ich höre zu, wie unser Atem langsamer wird.

Seine Stimme klingt jetzt so verloren, wie ich mich fühle: »Ich hab dich gebissen«, sagt er. »Jetzt hab ich dich also doch gebissen.« Er nimmt meine Hand. Er versucht, das Blut an meinem Finger wegzureiben. Aber das Blut ist jetzt dunkel getrocknet, klebt wie Dreck unter dem Nagel, im Nagelbett, geht nicht so leicht ab.

»Woher hast du diese Narben, John?«

Er antwortet nicht. Er reibt immer weiter das Blut von meiner Hand.

»Blut und Dreck, hast du gesagt«, murmle ich.

»Du hättest nicht bleiben dürfen«, sagt er.

Jetzt bin ich hier.

Ich sehe zur Tür. Sie ist fast geschlossen, aber ein Spalt steht noch auf.

Was sagt es über die Qualität einer Beziehung aus, wenn der Lover nach der ersten Nacht alle spitzen Gegenstände aus seiner Wohnung entfernen lässt?

Das war ... das alles war ... tabu. Das ist das Wort. Hat er das wirklich getan? Hab ich das wirklich getan? Pfeil und Bogen? Und diese Sache da auf dem Schreibtisch? Hallo? Ich hab mir immer was darauf eingebildet, genau zu wissen, wie ich ticke. Ich ticke nicht mehr richtig. Und das hat nichts mit Hypnose oder Brainwashing zu tun. Ich schließe die Augen, rieche John und spüre seine Wärme. Wir stehen Arm in Arm eng umschlungen im Aufzug zwischen schillernden Uniformen. Sein Zeigefinger streichelt die Haut zwischen Rock und T-Shirt an meiner Taille.

Die Aufzugstüren öffnen sich, die Uniformen knistern und rascheln, als wir ins Büro treten. Reihe um Reihe sitzen die Silhouetten der Targan kerzengerade in ihren Aquarien und durch die verglasten Wände sieht man den Glasturmwald um uns. John bringt mich an meinen Platz, vor meinem Schreibtisch bleiben wir stehen. Er zieht mir den Stuhl zurück, küsst mich leicht auf den Mund, streicht mir eine Haarsträhne hinters Ohr. Markiert sein Revier? Finger weg von Luca. Lasst mir die hier bis heute Abend weiterleben, keine Wilhelm-Tell-Spielchen mehr. Ich setze mich. Finde dieses Theater ein bisschen too much, aber, hey, bin immer dabei, wenn's um mein Überleben geht und ... ich will nicht, dass er jetzt geht. Ich will, dass er bleibt. Als er sich über mich beugt, kitzelt sein

Atem meinen Hals. »Bis heute Abend ... pass auf dich auf.« Sein Daumen fährt leicht über die Bissspuren. Und dann nicht mehr. Ich kann seine Schritte hören, die gehen. Und dann nicht mehr. Ich schüttle benommen den Kopf. Meine Com vibriert. Mein Engel ist wieder da und mit ihm Verliebt-an-einem-wunderschönen-Frühlingstag-Musik. Ich schalte den Engel auf stumm und rolle meinen Stuhl zurück. Die Frau mit den roten Haaren starrt mich mit offenem Mund vom Nebentisch an. Ich starre zurück. Sie senkt schnell den Kopf, gut so. Meine Com vibriert. »Nach deinem großen Abend gestern ist ein wenig Ablenkung jetzt genau das Richtige für dich. Du hast noch 00:00:15 Zeit, dich aufs Arbeiten einzustellen«, steht auf dem Display. Stille in meiner Arbeitszelle. John ist weg. Ich sitze da und fühle seine Abwesenheit, während ich zusehe, wie der Hologrammpunkt aufblinkt, in die Schreibtischmitte wandert, sich zum Bildschirm vergrößert.

Als ich mich umdrehe, kann ich gerade noch sehen, wie John hinter dem Vorhang zu seinem Büro verschwindet. Die Wachen bleiben davor stehen. Der weiße Vorhang in der weißen Wand ist kaum zu erkennen und es kommt mir plötzlich so vor, als hätte die Wand John verschluckt. Meine Com vibriert: »Zeit für neue Glanzleistungen! Du hast noch 02:14:01 Zeit, am Projekt Z3275 zu arbeiten.« Ich stütze die Ellenbogen auf den Tisch und den Kopf in die Hände, krieg keine Luft mehr. Was geht da ab? Hormonelles Chaos? Verblödung durch Endorphinüberschuss? Panik? Alles durcheinander. Alles fühlt sich anders an. Ich fühl mich anders an. Was ist das? Ich atme ein. Ich atme aus.

Möglichkeiten:

Erstens: Ich hab Panik, weil John jetzt ein paar Stunden nicht bei mir ist. Das ist irrational. Reiß dich zusammen. Zweitens: Ich hab Panik, weil ich Panik habe, dass John jetzt ein paar Stunden lang nicht bei mir ist. Absolut rational! Wie soll ich je von dieser verdammten Insel runter, wenn ich es nicht mal ein paar Stunden ohne ihn aushalte? Diese Nacht bei ihm war ganz offensichtlich ein Fehler ... hab nicht gedacht, dass ich ... dass wir ... Im Grunde ist die Sache nach wie vor ganz einfach. Ich bin mit meinem Todfeind zusammen, das kann der geistigen Gesundheit nicht zuträglich sein. Der Preis ist zu hoch. Ganz einfach. Ich werde das Ganze also ganz einfach sofort wieder beenden, Schluss machen, sofort ... Mir wird schlecht. Ich kann so was nicht fühlen, weiß nicht, wie so was geht. Ich muss irgendwie ... Zu Hause würde ich alles jetzt einfach verdrängen und wegarbeiten, aber hier ... Hier doch erst recht. Ich klicke das weiße Icon »Planet Z3275« auf dem schwarzen Hintergrund an. Und dann tippe ich, ohne aufzusehen. Ich fülle schwarze Dokumente mit weißer Schrift und weiße mit schwarzer. Ich weiß, woher meine Spieler und Gegenspieler kommen und wohin sie wollen, sie lieben und sie hassen, sie machen das Beste daraus und manchmal verzweifeln sie auch daran. Ich gebe ihnen meine Wünsche und Wünsche, die ich haben könnte. Jede Figur ist ihre eigene Welt.

Das Hologrammfenster verschwindet.

Pause.

Eine Toga stellt mir lächelnd eine Targan-Box auf den Tisch, darin steht mal wieder etwas Pinkfarbenes Breiiges. Vom künstlichen Rote-Bete-Geruch dreht sich mir der Magen um, ich rücke meinen Stuhl ein wenig ab, strecke die Arme und reibe mir die Augen. Es ist schon nach 10 Uhr.

Ich schreibe Celine wieder eine Nachricht, will wissen, wie es ihr geht, und endlich antwortet sie: »Mach dir keine Sorgen«, antwortet sie. »Es geht mir gut. Ich bin nur gerade sehr beschäftigt.«

Ich schüttle den Kopf. Heute Abend besuche ich sie.

Eine Gruppe grün und blau Uniformierter geht an mir vorbei den Korridor zwischen den Arbeitszellen entlang zu Johns Büro, Togas folgen ihnen mit Rollwägen, darauf Gedecke und bedeckte Silberschüsseln. Die Wachen halten den Vorhang zu Johns Büro für sie auf.

»Hast du allen Ernstes gedacht, er lädt dich noch zum Frühstück ein?« Stephen steht im Eingang zu meiner Zelle und löffelt aus seiner Targan-Box. Er trägt wieder einen Anzug mit dem Logo seiner Werbeagentur auf der Westentasche. »Amber wird dich wohl kaum bei einem Geschäftsessen vernaschen«, sagt er gehässig.

»Stephen. Ich selbst war gerade dabei, meine Mansche hier zu vernaschen, aber wenn ich dich ansehe, wird mir schlecht. Tu mir den Gefallen und geh einfach wieder, ja?«

Stephen stellt seine Box auf dem dunklen Glas der Raumteilerwand ab, steckt die Hände bis auf die Daumen in die Hosentaschen und schlendert auf mich zu. »Du bist nicht mehr als sein kleines, hübsches Spielzeug, Luca.«

Seine Oberlippe ist verächtlich gekräuselt. Er lehnt sich mit dem Rücken an meinen Schreibtisch, schlägt die Beine übereinander und sieht auf mich herunter. Er öffnet die Aufnahmefunktion seiner Com, zieht das Targan-Auge in der Luft mit Daumen und Zeigefinger auseinander, das Fadenkreuz auf meine Stirn. Er fotografiert mich und betrachtet das Bild. »Luca Mon, Betthäschen. Stand das so von Anfang an in deinem Profil? Hat Utopia John Amber darum zu deinem Interview geschickt? Oder war das ein unerwartetes Upgrade für dich?«

Ich greife nach der Schale in meiner Box, lasse die pinkfarbene Pampe über den Löffel sickern und rühre darin herum. »Du kennst mich, der Zweck heiligt die Mittel«, sage ich. »Immer über Leichen gehen ... oh hoppla, nein warte! Das ist ja gar nicht meine, das ist deine Strategie! Laut deinem Profil betrügst du dein Team sogar, wenn sie deshalb draufgehen könnten.«

Stephen zuckt die Schultern, wirbelt mit dem Zeigefinger mein Bild in der Luft um sich selbst. »Man nimmt, was man braucht, wenn man muss«, sagt er. »Jeder auf seinem Niveau. Ich spiele strategisch, mit Köpfchen. Und du machst für den Boss die Beine breit.«

Er betrachtet spöttisch meine Tastaturwatte, mein Hologrammfenster ... fährt auf, dreht sich um, beugt sich näher, klickt das goldene Icon darauf, vergrößert das Fenster mit den

Rängen. »Aber das ist ... unmöglich, wie ... wie ... Gibt er dir jetzt für deine Arbeit Extra-Punkte?« Stephen ist blass.

Ich betrachte die weißen Punkte, die von anderen Codes hin zu meinem flitzen und die Zahl darunter; ich bin nicht mal überrascht. So gut wie heute Morgen hab ich noch nie im Leben gearbeitet. Und jetzt bin ich eben auf Platz 1. Dann fällt mir noch etwas auf.

»Was ist mit all den Codes passiert?«

Stephen antwortet nicht. Zu Beginn waren wir 29 Kandidaten. Als Gaya ausschied, verschwand auch ihr Code wortwörtlich vom Hologrammfenster mit den Rängen.

Jetzt sind nur noch 17 Codes übrig.

Ich suche nach Celines Code. Er ist noch da, Rang 9. Ich atme ein. Ich atme aus.

»Weißt du, was mit ...«

»Nein!«, unterbricht er mich und richtet sich auf. »Für dich weiß ich überhaupt nichts mehr. Du bist jetzt mal dran ...«

Mir reicht's langsam. »Stephen, anstatt dich zu fragen, warum meine Punktzahl so hoch ist, wäre es doch interessanter für dich herauszufinden, warum deine Punkte immer weiter absacken. Wie du schon sagtest. Jeder auf seinem Niveau.«

Stephen steht steif neben mir. Sein Gesicht ist makellos, ohne Ecken und Kanten und ohne Tiefe, faltenlos, wie abgeleckt, eine hübsche Maske und ich sehe niemanden dahinter. »Du wirst dafür sorgen, dass meine Punkte besser werden, Luca.«

»Sonst noch was?«

Ich fische mit dem Löffel nach dunkelroten Klümpchen im Brei. »John kriegt jede Menge Punkte, wenn einer von uns dreien es hier schafft. Wenn er irgendeinen Einfluss darauf nehmen könnte, hätte er das sowieso schon längst gemacht. Deine Punktzahl ist so niedrig, weil deine Figuren zu oberflächlich sind. Und das liegt ganz einfach daran, dass es absolut nichts gibt, was in deinem Leben tiefergeht. Du würdest töten für diesen Job, Stephen. Weil du weißt, dass du nur eine

Fassade bist. Und hinter der Fassade ist ... nichts. Dein Selbstwert rechnet sich in Statuspunkten, und damit kann niemand dir helfen.«

Stephen klickt das Hologramm mit meinem Foto aus der Luft. »Ich bring dich um«, sagt er drohend.

Ich schiebe den Brei angewidert von mir weg. »Und wen wird man wohl verdächtigen, wenn mir was passiert? Mord aus Konkurrenz. Die Motivation ist so offensichtlich, dass sie schon beim ersten Eignungstest nicht zu gebrauchen war. So dumm bist du nicht.«

Stephen nimmt meinen Napf und schiebt sich Löffel für Löffel den Brei in den Mund. »Meine Punkte brauchen schleunigst einen Booster«, sagt er dabei. »Sorg einfach dafür, dass sie den bekommen. Sonst ... drei Freunde. Pia, richtig? Anne und Georg. Die mit dem Baby, das du dir immer noch nicht angesehen hast. Hast uns sogar ihre Adressen gegeben ... Wie schön, dass du so bewundernswert ehrlich warst. Du hast Zeit bis morgen früh. Oder irgendjemandem, der dir wichtig ist, wird ein Unfall passieren und du wirst erst davon erfahren, wenn es längst schon zu spät ist.«

Stephen blufft. Er kann nicht ... Pia ... er würde nicht wirklich ... »Du bluffst. Niemand von uns hat Kontakt zur Welt.«

»Bist du dir sicher?« Er hört auf zu essen. Er kippt seine Schale um. Ein pinkfarbener Rest Brei rinnt in Tropfen auf die glänzenden weißen Bodenfliesen.

Meine Möglichkeiten:

Erstens: Ich sag Stephen alles, was ich weiß. Ich erzähl ihm von den Kameras, von den Schwindelanfällen, vom Vergessen. Wenn ich Stephen alles sage, was ich weiß, glaubt er mir vielleicht, dass John für mich keine Ausnahme machen wird und erst recht nicht für Stephen ... Aber Stephen wird mir nicht glauben. Er ist viel zu verzweifelt dazu.

Zweitens: Was ist Stephens Minus-Ressource, was ist seine Achillesferse? Man muss wissen, was sie sich wünschen, hat John gesagt ... Ich lehne mich zurück, schlage ein Bein über das andere und drehe meinen Stuhl in seine Richtung. Ich bin nicht mehr Luca, ich bin Lilith. »Ist dir mal aufgefallen, dass es hier gar keine Spielplätze gibt?«, frage ich ihn. »Und keine Kinder?«

Ich nehme ihm die leere Schale aus der Hand. Er sieht mich verständnislos an. Warum hab ich Stephen nicht schon lange davon erzählt? »Hast du hier irgendwann schon mal irgendjemanden getroffen, der nicht für Targan arbeitet?«, frage ich ihn. »Irgendjemanden, der einfach nur hier ist, weil er mit jemandem ... verheiratet ist? Wie viel bist du wirklich bereit für einen Job aufzugeben?«

Stephen schüttelt den Kopf. Aber ich sehe, dass er sofort verstanden hat, was ich meine. Zu Beginn unserer Zeit auf Targan Island wäre das vielleicht anders gewesen. Aber jetzt ist es fast schon seltsam, dass er nicht selbst auf die Idee gekommen ist, dass Familienangehörige den Targan in ihrer schönen neuen Welt nicht so recht sein können.

Kalter Brei klebt an meinem Finger. Ich putze ihn an der Serviette ab. Ich bin mir nicht sicher, ob sie all das hier aufgezeichnet haben. Wenn ja, dann werden sie es mir hoch anrechnen, wie ich die Situation gelöst und gleichzeitig meinen Wettbewerbsteilnehmer ausgeschaltet habe.

Mord aus Konkurrenz. Wenn Stephen den Job jetzt nicht mehr will, fliegt er aus dem Spiel. Er hat mich verraten, als es um mein Leben ging. Er will Pia und Anne ... Ich musste doch ... wie konnte ich ... Nicht daran denken. Ich zerknülle die feuchte Serviette zu einem Ball und lasse sie in die Targan-Box fallen.

»Ich ... ich muss gehen«, murmelt Stephen. Ich nicke, sehe weg, sehe ihn nicht an. Ich sehe starr auf mein Hologramm, die theoretische Punktzahl, die Stephen aufgeklickt hat. Wie wird es für Stephens Frau sein, wenn er nicht wiederkommt?

Meine Com vibriert. Der Engel hat wahrscheinlich wieder meine Pause gekürzt.

Auf dem Display steht: »Eine spannende Unterbrechung deiner Arbeitsroutine, Luca! Du hast noch 00:00:05 Zeit aufzustehen und den Wachen zu folgen.«

Mein Hologrammfenster schließt sich, verschwindet. Zwei Männer in gelben Uniformen treten in den Eingang meiner Arbeitszelle. Johns Wachen stehen vor Johns Büro, der Vorhang ist geschlossen, hängt still. »Wohin bringt ihr mich jetzt?«, frage ich so ruhig wie möglich.

Natürlich antworten sie nicht.

Ich stehe auf. Ich will das nicht mehr. Ich will nicht mehr wegsehen. Ich sehe zu Stephen, der noch immer wie benommen an meinem Raumteiler lehnt. Ich habe noch zwei Sekunden.

Ich gehe auf ihn zu und umarme ihn. »Halt still und hör genau zu«, flüstere ich. »Wir ...«

Stephen taumelt plötzlich, hält sich mit beiden Händen den Kopf, geht stöhnend in die Knie. Eine der Wachen greift meinen Arm, zieht mich, schiebt mich auf den Korridor, ich kann Stephen nicht mehr sehen.

Die Info zu Familienmitgliedern ... Werde ich das jetzt auch vergessen ... Warum? John hat mir doch selbst davon erzählt, auf der Klippe, was ist daran ... Wie machen sie das? Was passiert, wenn wir diese Schwindelanfälle haben ... Wird Stephen jetzt ohnmächtig, weggebracht und dann hypnotisiert? Was vergessen wir und was nicht? Warum?

Und wenn Stephen jetzt wieder alles vergessen hat, wird er Pia ...?

Ich gehe an der Rothaarigen vorbei, die gerade wieder zu tippen angefangen hat. Sie sieht nicht auf. Die Hand der Wache auf meiner Schulter schiebt mich, drängt mich, schneller zu gehen. Um mich gerade Rücken und Augen, die auf Hologrammfenster starren. Ich hebe den Kopf.

Vielleicht sitzt mir einfach noch in den Knochen, wie sie auf den Toga-Jungen geschossen haben, wie sie den Jungen auf mich haben schießen lassen. Aber vielleicht hat Celine ja doch von Anfang an recht gehabt mit ihrer Idee, sich zusammenzutun. Jeder für sich allein sind wir Kandidaten nicht mehr als Kanonenfutter. Wenn ich wiederkomme, werde ich Stephen alles sagen, was ich weiß. Heimlich. Das hätte ich schon längst machen sollen. Celine kann ich es nicht sagen, sie ist sowieso schon gelähmt vor Angst. Aber Stephen wird das, was ich weiß, vielleicht dazu bringen, sich endlich mit Celine und mir zusammenzutun und in Targan den Feind zu sehen, nicht in uns. Stephen hat vielleicht eine Kontaktmöglichkeit zur Welt. Besser das Arschloch an Bord als allein gegen das Arschloch. Auf mich würde eh niemand hören. Aber vielleicht findet Stephen irgendeine Möglichkeit. Die Wachen in meinem Rücken gehe ich zwischen all den Menschen hindurch zu den Aufzügen. Niemand sieht auf.

Straße 5, Gebäude 3, Stock 9. Straße 5, Gebäude 3, Stock 9. Straße 5, Gebäude 3, Stock 9. Ich werde alles, was jetzt passiert, wieder vergessen. Sonst hätten sie mir die Augen verbunden.

Alle Wolkenkratzer auf Targan Island sehen von innen gleich aus. Ein gläserner Eingang, eine Lobby, die Aufzüge. Aber wahrscheinlich gibt es nur ein einziges Gebäude im Zentrum, in dem Wachen langsam und Schritt für Schritt dem Navigationssystem ihrer Engel folgen, das Tabu-Symbole als blinkende Totenköpfe anzeigt. Die Pfeile weisen uns nicht nur, wohin wir gehen, sondern auch wie wir stehen und sehen sollen.

Die Wachen drehen auch mich jedes Mal rechtzeitig weg. Das würde ja die Transporteffizienz beeinträchtigen, wenn die Kandidatin plötzlich anfinge, hysterisch zu zittern und auf die Knie zu fallen.

Die Krankenstation ist in der Straße 5, Gebäude 3, Stock 9. Die Adresse liegt in der Straße am Meer, und zwar genau da, wo Celine, Stephen und ich gesucht haben. Hatten wir am Ende doch Erfolg und haben es nur wieder vergessen? Wir alle hatten immer wieder Schwindelanfälle an diesem Tag.

Straße 5, Gebäude 3, Stock 9. Straße 5, Gebäude 3, Stock 9.

Labyrinthische, gewölbte Gänge und Türen. Ein langer Korridor. Eine weiße Tür am Ende springt plötzlich auf.

Ich trete ein, die Wachen hinter mir, in einen langen, weiß getünchten, hell beleuchteten Raum. Pritschen sind durch weiße Vorhänge voneinander abgetrennt, an einer der Wände stehen Metallrollwägen mit Schubladen nebeneinander wie Roboter in Reih und Glied. Hinter dem letzten Vorhang höre ich gedämpfte Stimmen. Ich kann nicht verstehen, was sie sagen.

Es muss einen Grund geben, warum sie die Krankenstation vor uns Kandidaten verstecken. Hier bin ich damals angekommen. Das ist der Eingang gewesen, könnte es der Ausgang sein? Wenn ich jetzt fliehen könnte. Mich hier irgendwo verstecken. Irgendwie aufs Dach gelangen. Mich in den nächsten Abtransport schmuggeln, mich auf die Transportliste setzen oder als Leiche verkleiden ...

Die Tür in meinem Rücken schließt sich. Ich kann hören, wie das Schloss zuschnappt und stehe eingekeilt zwischen zwei Wachen.

Those are the breaks.

Worauf warten sie?

Die Betten sind weiß bezogen und haben wattierte Arm- und Fußfesseln.

Straße 5, Gebäude 3, Stock 9. Straße 5, Gebäude 3, Stock 9. Straße 5, Gebäude 3, Stock 9.

»Komm zu mir!«, übersetzt MyVersion aus meinem Headset die schallende Stimme der Opernsängerin, die dieses Mal nur portugiesisch spricht.

António.

Ich trete einen Schritt zurück, stoße mit dem Rücken gegen die geschlossene Tür. Die Hand der Wache legt sich wieder auf meine Schulter, schiebt mich vorwärts.

Ich gehe langsam auf den weißen Vorhang, die Stimmen dahinter zu.

Ich atme ein. Ich atme aus. Ich versuche zu verstehen, worüber sie sprechen, aber die Stimme der Opernsängerin redet jetzt leiser und das MyVersion aus meinem Headset fängt nur Bruchstücke auf. Unsere Schritte hallen auf den weißen Fliesen wider. Eine der Wachen riecht nach getrocknetem Angstschweiß.

»Muss ich denn wirklich alles selber machen?«, sagt die Stimme der Opernsängerin. »Es ist doch nun wirklich simpel. Du löschst die ganze Begegnung raus. Bei Luca ... warte. Hier. Ab ›Hast du allen Ernstes gedacht, er lädt dich noch zum Frühstück ein.‹ Da ... Das müsstest du alles schon längst alleine können, Sergej!«

António hat sich das grade mit Stephen angesehen? Will jetzt die Aufnahmen der Kameras bearbeiten? Wozu?

Ich gehe langsamer, will mehr hören. Ich sehe nirgendwo Instrumente oder etwas, das man als Waffe ... nichts. Nicht mal die Wachen tragen Pistolenholster, sonst hätte ich vielleicht ... und es gibt auch nirgendwo ein Versteck. Pritsche, Vorhang, Pritsche, Vorhang, Pritsche, Vorhang. Hier gibt es nur Weiß. Ich gehe zögernd weiter auf die Stimme der Opernsängerin zu. »Bei Stephen ist es ein bisschen schwieriger, aber auch nicht zu kompliziert«, sagt Antónios MyVersion laut, Antónios eigene Stimme kann ich nicht hören. Die Opernsängerin singt nicht, spricht mal auf hohen, mal auf tiefen Tönen, manchmal steigt ihre Stimme am Ende des Satzes auf oder wird lauter. »Du musst im Grunde nur dafür sorgen, dass er weder von Lucas derzeitigem Rang noch von ihrer Nacht mit John Amber erfährt«, sagt die Opernsängerin, »sonst haben wir morgen das gleiche Problem noch einmal. Also überarbeitest du als Erstes Stephens Vormittag. Ab ... hier. Hier hat er John und Luca zusammen gesehen, ab da musst du jede Menge löschen und die Lücken maskieren. Schaffst du das?«

Stephens Morgen überarbeiten? Lücken maskieren? Direkt vor dem Vorhang bleibe ich stehen.

»Verstehe«, übersetzt das MyVersion aus meinem Headset den Klang einer russischen Kinderstimme. »Verstehe ... oh nein, ich müsste das längst schon selber können ...«

Eine der Wachen zieht den Vorhang zurück. António und ein junger Mann in roter Uniform sitzen an einem weißen

Schreibtisch, ein Hologramm auf Bildschirmgröße schimmert darauf.

Sie sehen nur kurz zu mir auf.

António trägt wieder einen schillernd schwarzen Laborkittel, in den Brusttaschen stecken der Füller und das Spitzentaschentuch. Er hat das schlohweiße buschige Haar ordentlich zurückgekämmt.

»Gut«, sagt die Opernsängerin aus seiner Com.

Antónios wulstige Lippen bleiben geschlossen.

Seine Lippen bewegen sich nicht. »So etwas ist Grundwissen!«, sagt die Opernsängerin aus Antónios Com.

Ich starre auf Antónios geschlossenen Mund, der nicht spricht.

»Muss ich mich denn wirklich um alles selber kümmern? Du sorgst dafür, dass Stephen in ein anderes Büro versetzt wird, und hältst die beiden bis zur Kodexübergabe voneinander fern«, sagt die Opernsängerin. »Dann spielst du Stephen die Info zu, dass er sich von seiner Frau trennen muss, das wär sowieso noch heute dran gewesen, warum also nicht gleich. Schau, laut Utopias Berechnung wird Stephen daraufhin sein Allerbestes geben. Er wird glauben, dass man dann am Ende eine Ausnahme für ihn macht.«

António kichert und kratzt sich am Ohr: »Schick Adriana zu Stephen. Sie soll ihm raten, seine Frau als Muse zu verwenden. Na, wie mache ich mich als Hobby-Profilierer, hm?«

»Das ist genial«, stammelt die Kinderstimme aus Sergejs Com. Sergej kann nicht älter als 20 sein, vielleicht sogar jünger. Er trägt einen roten Laborkittel, sein blondes Haar ist zu einem Pagenkopf geschnitten. Er ist schmächtig, hübsch, hat ein Muttermal links über der Lippe ... und auch seine Lippen bewegen sich beim Sprechen nicht. »Das ist ...«

»Schon gut«, unterbricht ihn Antónios Opernsängerin. »Das alles sollte unseren Stephen jedenfalls wieder auf den rechten Weg zurückbringen. Bis zur Kodexübergabe sind es noch ein paar Tage. Du kannst davon ausgehen, dass alle Kandidaten nach dem zweiten Eignungstest heimlich unter

Todesangst leiden. Auch wenn sich die meisten das nie eingestehen. Wer es nicht in die Elite schafft, wird abgemurkst oder schlimmer. Das denken sie vielleicht nicht, aber so fühlen sie das. Sogar Stephen. In der dritten Woche sind Kandidaten weich wie Butter, da lassen sich die meisten ihrer Entwicklungen problemlos steuern ... Es fällt ihnen so leicht, sich selbst etwas einzureden ... Die Profilierer sollen Stephen noch ein paar schöne kleine Erfolgserlebnisse schenken, und bis zum Ende der Woche wird er sich selbst glauben machen, seine Frau hätte gewollt, dass er sie für das große Ziel verlässt.«

»Und dann?«, fragt die Kinderstimme und Sergej sieht zu António auf.

Ich weiche einen Schritt zurück, stoße mit dem Rücken gegen die Wachen.

Eine Hand legt sich warnend auf meine Schulter, ich schüttle sie ab, verdammt, ich wollte doch gar nicht weglaufen, wohin denn auch, soll ich unter den Tisch da kriechen, mich in den Vorhang einwickeln oder António mit seinem Füller erdolchen? Die reden übelstes Zeug, und das, ohne zu reden!

»Dann schlägst du zwei Fliegen mit einer Klappe, mein Junge«, sagt die Stimme der Opernsängerin. »António tippt auf dem Hologramm in der Tischmitte. »Stephen wird die Infos über Lucas Arbeitsrang und ihre Affäre mit John zur Kodexübergabe von selbst erfahren, du lehnst dich zurück und lässt die Jungs in der Profilierung zuschauen, ob er sich kompatibel verhält. Alles eine Goldgrube für seine Profilierung.«

»Was, wenn sich ihr Arbeitsrang noch einmal ändert?«

»Hast du ihre Leistung heute Vormittag gesehen? Die holt so schnell niemand mehr ein.«

»Verstehe ... es ... es tut mir sehr leid. Ich hätte das wirklich schon allein können müssen«, sagt die Kinderstimme.

»Also ich verstehe nichts«, sage ich laut. Vielleicht sagen sie mir ja doch irgendwas.

»Pass besser auf, dass du es das nächste Mal alleine richtig machst«, sagt die Opernsängerin. »Sonst lass ich dich noch ein ganzes Jahr mit dieser Kinderstimme reden! Ich hab dich nicht zum Zeitvertreib bei mir. Du kannst das besser.«

»Es ... es tut mir sehr leid. Ich ...«, sagt die Kinderstimme aus Sergejs Com.

»Wie kann MyVersion arbeiten, ohne dass jemand spricht?«, frage ich laut. »Und was soll das heißen, dass ...«

Antónios eisgraue Schlangenaugen blicken auf und er lächelt mir entschuldigend zu. »Willkommen bei unserem ersten Immortalis-Testlauf, meine Liebe! Du kannst dich glücklich schätzen, du wirst gleich im Mittelpunkt eines historischen Ereignisses stehen. Darum habe ich heute auch leider keine Zeit für dich.« Er wendet sich wieder zu Sergej, legt ihm die Hand auf die Schulter und die beiden sehen sich an. »Immortalis«, sagt die Opernsängerin. »Das ist der passende Name. Vor allem anderen wirst du unser Projekt hier überall umbenennen.«

»Überall? Aber das ...«

»Überall, als hätte es nie anders geheißen. Ziffern und Buchstaben als Namen, ich hab mich noch nie damit anfreunden können. Ich halte es noch immer mit den Klassikern. Immortalis also, das ist ein richtiger Name! Und als Nächstes sorgst du dafür, dass Lucas Aufzeichnungen untersucht werden«, sagt die Opernsängerin. »Ich will Datum und Uhrzeit, seit wann sie wieder weiß, dass keine Familienmitglieder auf der Insel leben.«

Alles, was sie hier sagen, darf ich mit Sicherheit nicht wissen. Aber da stehe ich. Direkt vor ihnen. Und sie beachten mich nicht mal.

Weil ich mich ja sowieso an nichts mehr davon erinnern werde.

Ich beiße die Zähne zusammen. Der Raum ist sehr hell, weißes Licht aus den Deckenleuchten. Es gibt keine Fenster.

Sergej nickt. »Verstehe«, antwortet die Kinderstimme. »Ich könnte Utopia ...«

»Du machst das manuell. Auf Computerprogramme kann man sich noch weniger verlassen als auf Menschen. Wusstest du, dass ich da gerade den Erschaffer zitiere?«

»Aber das ... ich müsste ... von Anfang an?«

»Ab Diamantbeginn. Und zwar gründlich. Gründlichkeit, mein Junge. Gründlichkeit ist mein Programm und von jetzt an auch deines. Sei gründlich, und du wirst es bei mir weit bringen. Ich werde dir alle Zugriffe übertragen. Nimm so viele Spione, wie du brauchst, mindestens grüne. Und sorg dafür, dass die bei der Gelegenheit auch nach anderen Unstimmigkeiten Ausschau halten. Das ist nicht das erste Mal, dass so etwas passiert.«

»Nicht das erste Mal?«

Ich verstehe nur Bahnhof und kein Zug in Sicht. Diamantbeginn?

Möglichkeiten:

Erstens: Das hier ist ein weiterer Test und nicht realer als die Schlange im Schlangenbecken. Alles nur Halluzination, wie sie das auch immer machen. Flucht ist dementsprechend ausgeschlossen. Ich muss versuchen, mir einen Sinn aus all dem zusammenzureimen, für den Fall, dass ich nachher dazu geprüft werde.

Zweitens: Ich hab mal von einem Computer gelesen, der Hirnströme verarbeitet und dadurch so ein Gerät an den Stimmbändern zum Sprechen bringt. Sind diese Apps vielleicht einfach eine Weiterentwicklung davon? Sprechen Gedanken aus? Ist das alles hier real? Dann muss ich mich jetzt erst recht konzentrieren.

»Nein«, sagt die Opernsängerin. António zieht sein schwarzes Spitzentaschentuch hervor, nimmt seine Brille ab, haucht sie an und putzt sie sorgfältig. »So etwas kommt andauernd bei ihr vor. Und die Info zu den Familienmitgliedern hatten wir ihr sogar schon einmal gelöscht. Plötzlich erzählt Luca Stephen an ihrem ersten Arbeitstag, dass sie nur Uniformierte und überhaupt keine Angehörigen gesehen hat. Und was machen die in der Profilierung? Wiegen den Kopf, wundern sich, wie Luca das merken konnte, ohne dass Utopia gemerkt hat, dass sie es gemerkt hat ... und kümmern sich nicht weiter! Ich meine, ist das zu fassen?«

Sergej schüttelt den Kopf.

António setzt die Brille wieder auf und wirft einen Blick auf seine Com. »Wenn du wüsstest, was hier in der ersten Profilierungswoche los war. Wir haben noch etwas Zeit, ich erzähle es dir. Hab mir das alles auf dem Hinflug angeschaut, ich sage dir, es könnte eine Komödie sein, wenn es nicht eigentlich eine Tragödie wäre.

Unfähigkeit. Ein anderes Wort trifft es leider nicht.

Da gibt John Amber seiner Luca schon am ersten Abend Zugriff auf die Info zum neuen Gesetz. Damit fing es an. Was hat er sich nur dabei gedacht? Dem Erschaffer muss er wohl erklärt haben, es sei eine Investition gewesen, Isabella sagt, das habe ihm da schon kaum einer geglaubt. Am Ende war Johns Spleen natürlich ein Segen für uns alle. Nicht auszudenken, unser Schlüssel wäre wegen so einer Motivationslappalie aus dem Auswahlverfahren gesiebt worden ... Aber diese Infovergabe hat John am Ende ein Vermögen gekostet.

Am Anfang hat Utopia noch berechnet, Luca würde die Info für sich behalten, das hätte ihrem damaligen Profil entsprochen. Nur hat sie das nicht. Sie hat die Info gleich in ihrer ersten Pause mit Stephen geteilt und dann am gleichen Abend noch einmal ... die Aufregung bei den Profilierern ... einige haben vorgeschlagen, man solle ihr eine Szene zur Abschreckung einkopieren. Von einem Kandidaten, der eine Tabu-Info verrät und bestraft wird, zum Beispiel, etwas in der Art, sie haben es nie weiter ausdiskutiert. Warum? Eigentlich doch keine ganz unbrauchbare Idee, oder nicht? Warum es nicht wenigstens versuchen?

Wegen Utopia! Wegen eines Programms! Utopia hat vorhergesagt.« António gestikuliert mit dem Zeigefinger, untermalt seine Worte. »Wenn Luca ein paarmal glaube, sie habe wieder nicht getan, was sie sich vorgenommen habe, werde sie wie die meisten Menschen rationalisieren, warum sie es wohl nicht getan habe und dass sie es eigentlich gar nicht tun wollte, weil es einen guten Grund dafür gibt, es nicht zu tun. Das hat Utopia vorhergesagt. Und wenn das Utopia vorhersagt, muss es ja seine Richtigkeit haben, was?

Aber Utopia hatte eben nur Lucas Verhaltensprofil für die Welt. In der Welt hat Luca es sich leisten können, sich von allem zurückzuziehen. Auf der Insel hatte sie diese Möglichkeit nicht mehr. Sie hat sich hier allmählich an eine neue Situation angepasst und dabei zwangsläufig auch ihr Profil. An eine soziale Situation.

Was uns das für Möglichkeiten gegeben hätte! Aber anstatt ihren Anpassungsprozess zu beeinflussen, haben die Profilierer Utopias Berechnungen für ein völlig inaktuelles Profil gehorcht.

Das Spektakel in der ersten Woche! Die Aufregung! Ich habe auf dem Flug hierher Tränen gelacht. Weißt du, wie oft Luca ihre Tabu-Info weitergegeben hat? Und die Profilierer, was die getan haben? Löschen, löschen, wieder löschen, bei allen Kandidaten, immer und immer wieder und ... boing! Da hatte sie es schon wieder ausgeplaudert! 17 Mal!

Ich sage dir, Sergej, Utopia hat uns das Leben zu einfach gemacht. Wir Targan sind zu verwöhnt. Wir müssen nicht mehr selber denken, also kommen wir aus der Übung und verlernen, wie das überhaupt geht. Wenn du mich fragst, ist unser Kodex nicht nur unsere größte Stärke, der Kodex ist auch unsere größte Schwäche. Die meisten von uns haben längst vergessen, dass Utopia ein Werkzeug ist, unser Werkzeug, nicht unser Gott.

Hast du dir ihren zweiten Eignungstest angesehen?«

»Ehrlich gesagt ...«

»Sieh ihn dir heute Abend an.« Antónios gekrümmter Körper beugt sich zurück über das Hologramm auf dem Tisch. »Hier, ich schick dir einen Engel dazu, so. Es ist mir wichtig, dass du diese Dinge verstehst, mein Junge, und du musst schneller lernen als die anderen, sonst wird das hier nichts mit uns. Mit Luca können wir uns ab jetzt nicht mehr den kleinsten Fehler erlauben. Ich will endgültig Klarheit. Verstanden?«

»Verstehe. Verstehe, ja natürlich ... es ist nur ... die Zeit, das ...«

»Du hast noch eine Woche lang Zeit und Nachtschichtbefugnis, das ist mehr als ausreichend.«

»Nachtschichtbefugnis?«

»Keine Fehler. Ich will jeden Halbsatz von ihr abgeklopft haben. Aber achte bei deiner Auswahl darauf, dass keiner der Spione mit John Amber in Kontakt steht, der wird sonst was merken, Menschenkenntnis ist eine seiner Hauptressourcen. Verstanden? Wenn John Amber von Immortalis erfährt, zieht uns der Erschaffer persönlich die Hosen stramm. Die Situation ist ... pikant.« António kichert.

»Verstanden.« Sergej zögert. »Es ist nur ... könnte das Experiment nicht noch ein wenig warten? Ich meine ... könnte es nicht vielleicht sein, dass sie ...«

»Eine Amancay ist? Überleg. Denk nach. Was spricht dagegen?«, sagt die Opernsängerin drängend.

»Ich ... ich weiß nicht ...«

»Benutz deinen Verstand! Denk nach! Die Amancay infiltrieren üblicherweise frühestens ab Rot. Und Lucas Überlebenschance steht zurzeit laut Programm bei drei Prozent, das Risiko würden die nie eingehen.«

António lehnt sich zurück. »Und auch wenn sie am Ende eine Amancay wäre ... Der Erschaffer fände das womöglich sogar noch amüsant.«

»Aber wie«, stottert die Kinderstimme, »... es ist nur ... all diese Unstimmigkeiten ... und ausgerechnet sie soll ... hat ihr Diamant vielleicht ...«

»Weißt du, was ich für die wahrscheinlichste Erklärung halte, mein Junge?« António verschränkt die Hände und stützt sein Kinn auf die Daumen. Jetzt sieht er mich an. Er mustert mich von oben bis unten, wie man sich eine uralte Statue in einem Museum ansieht. Sergej wirft mir einen schüchternen Blick zu.

Ich weiß nicht, wie ich es schaffe, stehen zu bleiben. Sie haben es mich 17 Mal vergessen lassen. 17 Mal. Ich bin ein Mensch, keine Maschine.

Ich frage António nicht noch einmal, wie sie das machen. Er wird mir nicht antworten. Ich strecke das Kinn vor und fixiere die weiße Wand, die beiden widern mich an.

»Menschliche Individualität«, sagt die Opernsängerin. »Das Gehirn ist der komplizierteste Computer, den es gibt. Jeden Tag verstehe ich mehr, wie wenig wir eigentlich darüber wissen. Wie unsere Gedanken uns von morgens bis abends Märchen erzählen, Unerklärliches erklären oder Sinn finden, wo keiner ist ... Unzusammenhängendes zu einem roten Faden für die eigene Lebensgeschichte verknüpfen ... Absurditäten ignorieren, vergessen, umerfinden ... eine Ordnung im Chaos sehen, die es eigentlich nicht gibt ... nur, damit wir weiter funktionieren können ... jeder Mensch auf seine Art und jeder für sich allein ... Luca hat einfach eine sehr ... eigene Art zu denken. Schau sie dir an.« Aber sie wenden den Blick wieder von mir ab. Sie schauen auf das Hologramm.

Was meinen sie damit? Heißt das ... meine Gedanken? Sie können in meinen Kopf.

»Sie denkt an ... an John Amber?«, fragt die Kinderstimme. »Dass sie ihm davon erzählen wird? Dass er ihr sagen wird, was es damit auf sich hat? Das ist eigentlich nicht so ungewöhnlich ... oder?«

Gut. Puh. Ganz offensichtlich können sie nicht in meinen Kopf. Denn dass John mir ganz einfach mal so erzählen wird, was das mit all dem hier auf sich hat, der Gedanke käme mir überhaupt nicht.

»Stimmt«, sagt die Opernsängerin. »Nichts Ungewöhnliches gerade. Luca, meine Liebe, es wird Zeit. Zieh dich schon mal aus, ja? Hier, dieser Kittel ist für dich.«

Eine der Wachen drückt mir einen Krankenhauskittel in die Hand und tritt etwas steifbeinig wieder zurück.

»Aber schau mal hier, als sie reingekommen ist«, sagt die Opernsängerin und kichert. »Immer wieder sagt sie sich in

Gedanken die Adresse der Krankenstation vor. Straße 5, Gebäude 3, Stock 9. Straße 5, Gebäude 3, Stock 9. Aus irgendeinem Grund wiederholt sie sich ständig diese Adresse. Nicht zum ersten Mal übrigens. Mitten im Satz fängt sie plötzlich an, Reime oder Zahlenfolgen zu denken. Eine Art Tick von ihr. Zuerst dachte ich an einen Übertragungsfehler. Aber inzwischen glaube ich ...«

Reime? Zahlenspiele? Ich? Über was zum Teufel reden sie da?

António seufzt. Schmunzelt. Sie sitzen still und sehen in ihr Hologramm und ich stehe direkt vor ihnen und verstehe nichts ... Aber verstehe Überlebenschance drei Prozent ... Ich will schreien. Was kaputt machen. Ich werfe António den Kittel über sein Bildschirmfenster, das Hologramm schimmert weiter auf den weißen Falten.

»Was sie sich aus all dem hier zusammenreimt«, sagt die Opernsängerin. António zieht den Stoff fast andächtig vom Schreibtisch weg. »Gedanken sind wie ein Gedicht. Zieht sie aus.« Ohne aufzusehen reicht António einer der Wachen den Krankenhauskittel.

Gleich ist es vorbei. Kann hier nicht weg. Straße 5, Gebäude 3, Stock 9. Straße 5, Gebäude 3, Stock 9. Straße 5, Gebäude 3, Stock 9. Gleich ist es vorbei. Gleich werde ich alles wieder vergessen haben ...

António faltet sein Spitzentaschentuch wieder zusammen und steckt es in seine Brusttasche.

»Ich will mich nicht ausziehen«, sage ich laut.

Keiner von beiden sieht auf. Eine der Wachen bückt sich und nestelt an meiner Sandalenschnalle. Er hat einen Bürstenhaarschnitt, man sieht die sonnenverbrannte Kopfhaut.

Ich trete zu, so heftig ich kann, treffe mit dem Schienbein sein Gesicht, mit einem Aufschrei fährt er zurück, hält sich die Nase. Ich springe auf den Schreibtisch, in das Hologramm und werfe mich auf António. Wir fallen mit seinem Stuhl nach hinten über. Er riecht säuerlich, zappelt unter mir. Der Füller rollt auf den Boden neben ihn.

Strecke die Hand danach aus, werde am Arm gepackt und zurückgerissen. Schlage zu. Die Wache fängt den Schlag ab, dreht mir die Arme grob auf den Rücken.

Ich schreie vor Schmerz auf, sehe durch einen Tränenschleier den Füller auf den weißen Fliesen. Er ist blau, mit einer goldenen Inschrift und einer goldenen Kappe.

»Passt doch auf!«, ruft die Opernsängerin. »Vorsichtig!« Antónios Atem kommt pfeifend, er rappelt sich mühsam vom Boden auf. »Keinen einzigen Kratzer, verstanden?«

Der Griff um meine Arme lockert sich, der Schmerz lässt nach. Die andere Wache zieht eine Spritze aus dem Brustgurt.

Ich sehe António an. Er steht gekrümmt, auf die Stuhllehne gestützt da und hält sich die Brust.

»Ich muss dir etwas sagen«, sage ich. »Ein Geheimnis. Ich flüstere es dir ins Ohr.«

Die Wache hält mich fest. António richtet sich mühsam auf und mustert mich aus eisgrauen Augen von oben bis unten. »Das ist es, was ich meine, Sergej«, sagt die Opernsängerin. »Das ist der Grund, warum ich dich brauche. Das da ist vielleicht nur Rang Gelb, aber trotzdem ausgebildetes Elite-Wachpersonal. Muss man ihnen wirklich erst erklären, dass sie bei den Kandidaten vorsichtiger sein müssen als sonst? Müssen die Engel sie wirklich an jedes Detail erinnern? Könnte man nicht erwarten, dass sie irgendwann mal aus ihren Fehlern lernen? Selber zu denken anfangen? Die traurige Wahrheit ist: Die Menschheit hat nicht aus ihren Fehlern gelernt. Die meisten Menschen lernen nicht. Was ich nicht selber mache ... Aber ich werde nicht ewig leben. Ich brauche jemanden, auf den ich mich verlassen kann, der es irgendwann einmal für mich machen kann. Verstehst du das, mein Junge? Ich brauche dich.«

In meinem Arm spüre ich plötzlich einen Einstich. Ich zucke zusammen.

Etwas Warmes schießt in mich hinein. Der Boden schwankt.

Ich schwanke.

Die Kinderstimme sagt: »Ich ... ich verstehe. Ich werde mein Bestes ... ich ... hoffe ... Ich verspreche, ich werde immer nur mein Bestes geben ... Ich will dich nicht enttäuschen.«

»Ich verrate dir jetzt ein Geheimnis, Sergej. Ich täusche mich selten in den Menschen. Ich hab dich nicht umsonst zu mir geholt. Du wirst mich nicht enttäuschen.«

António betrachtet mich noch immer, den Kopf ein wenig zur Seite geneigt, interessiert.

»Was wollte sie wohl damit erreichen?«, fragt die Opernsängerin in einem monotonen Sopran.

»Ich ... ich weiß nicht. Sie hat nur ... ein Gedicht aufgesagt. Es heißt *Der Panther*.«

António neigt den Kopf zur Seite. »Wirklich ... Luca, meine Liebe. Lasst sie zu mir. Komm zu mir.«

Der Boden fühlt sich zu weich an, gibt unter mir nach. Ich strecke die Hand nach António aus, aber er sieht nur zu, wie die Beine unter mir nachgeben, wie ich einknicke, zu seinen Füßen knie, die Hände auf dem Boden unter dem Rock aufstütze.

»Was wolltest du sagen?«, fragt Antónios Opernsängerinnenstimme freundlich, ohne dass sich seine Lippen bewegen.

»Der Panther«, sage ich. »Ihm ist, als ob es tausend Stäbe gäbe und hinter tausend Stäben keine Welt.« Meine Hände tasten unter dem Rock nach dem Füller, »... der sich im allerkleinsten Kreise dreht«, sage ich, schwanke vor und zurück, umklammere den Füller, ziehe dabei unter dem Rock mit einer Hand die Kappe vom Füller ab. »... ist wie ein Tanz von Kraft um eine Mitte, in der ein großer Wille steht.« Kritzle »5 – 3 – 9« klein auf meine Ferse. »... Schau mal, dein Füller, António. Hier.« Ich strecke ihm den Füller entgegen.

António beugt sich seufzend zu mir herunter, nimmt den Füller, seine Hand fleckig vom Alter. Er tätschelt mir den Kopf, richtet sich auf, setzt sich zurück an sein Hologramm auf dem Schreibtisch. »Siehst du es jetzt?«, hallt die Stimme der Opernsängerin durch den langen Raum. »Gedanken haben etwas Magisches an sich ... wie sie sich bewegen ... wie aus dem einen Gedanken ein anderer erblüht ... Etwas Surrealistisches. Sind dir die Surrealisten ein Begriff?«

»Ich ...«, sagt die Kinderstimme.

»Besser so«, sagt die Opernsängerin. »Gedichte setzen dir nur Flausen in den Kopf. Vergiften den Geist mit völlig unrealistischen Ideen, nichts, was dem großen Ziel in irgendeiner Weise dienen könnte. Verzeih einem alten Mann seine Nostalgie ... es hat eine Zeit gegeben, da ... Sie hat Rilkes Panther übrigens gar nicht richtig zitiert. Es heißt: ›in der betäubt ein großer Wille steht‹.«

António und Sergej verschwimmen. Ich schließe die Augen. Mein Körper so schwer. Als die Hände der Wachen mich unter Schultern und Knien fassen und hochheben, fühlt es sich schon an, als würde ich allem entschweben.

Plötzlich höre ich Antónios wirkliche Stimme, brüchig vom Alter: »Sein Blick ist vom Vorübergehen der Stäbe so müd geworden, dass er nichts mehr hält. Ihm ist, als ob es tausend Stäbe gäbe und hinter tausend Stäben keine Welt. Der weiche Gang geschmeidig starker Schritte, der sich im allerkleinsten Kreise dreht, ist wie ein Tanz von Kraft um eine Mitte, in der betäubt ein großer Wille steht. Nur manchmal schiebt der Vorhang der Pupille sich lautlos auf –. Dann geht ein Bild hinein, geht durch der Glieder angespannte Stille – und hört im Herzen auf zu sein.«

Ich spüre, wie sie meinen Körper auf ein Bett legen und wie ich immer tiefer falle, aus meinem Körper heraus. In der Ferne die Kinderstimme: »Ist sie ... António, ist sie verrückt? Bist du sicher, dass ausgerechnet sie zum ... Erschaffer werden kann?«

TEIL 3

8

Wo bin ich?

Über mir blendet die Deckenleuchte. Die Klimaanlage summt, der Rollladen ist heruntergelassen, ich bin in meiner Wohnung: Da ist der kleine Kratzer auf der Fliese, gleich neben dem Sofa.

Ich setze mich auf. Ich trage noch immer den weißen Rock und das graue T-Shirt von heute Morgen.

Letzte Erinnerung? Eine Toga hat mir das Mittagessen an den Schreibtisch gebracht und jede Menge Uniformierte sind an mir vorbei zu Johns Büro gegangen. Ich kann mich nicht mal an einen Schwindelanfall erinnern. Das ist seltsam ... Ich fühle mich seltsam.

Ich halte mir das Armband der Com vor die Augen, es ist 21:22:05 Uhr. Auf dem Display läuft eine Mission vom Engel: »Wieder geht ein erfolgreicher und anstrengender Tag zu Ende. Du hast noch 09:07:01 Zeit, zu Abend zu essen, die Wasserflasche auszutrinken und zu schlafen.«

Ich schlucke. Irgendwas fühlt sich gewaltig falsch in mir an ... Kurzinventur. Blick auf die Beine ... in Ordnung. Arme ... in Ordnung. Rumpf ... in Ordnung. Ich habe Hunger. Ich habe Durst. Ich bin nicht müde.

Im Badezimmer stelle ich mich vor den Spiegel. Gesicht ... in Ordnung ... Irgendjemand hat sich sogar die Mühe gemacht, mir einen neuen Zopf zu flechten, der war heute Morgen schon nicht mehr so ordentlich. Mir wird übel. Irgendwas stimmt nicht. Mir ist kalt. Ich beuge mich vor, stemme die Hände gegen die Knie, atme ein, atme aus.

Innere Inventur. Ich vermisse John und will ihn nicht vermissen. Ich bin verwirrt. Ich bin wütend. Ich habe Todesangst. Check, check, check, check. Eigentlich alles normal.

Aber da ist noch etwas ... irgendein ... Gefühl? Es fühlt sich hohl an. In der Brustgegend. Es fühlt sich so an, als hätte mir jemand ein Nichts in die Brust gestanzt.

Irgendwas ist passiert. Irgendwas haben sie mit mir gemacht. Diese Leere ... größer als Schmerz. Ich presse die Faust gegen das Nichts in der Brust. Schlage dagegen. Wie wenn man nachts aus einem Alptraum aufwacht, an den man sich nicht mehr erinnern kann.

Plötzlich will ich weinen. Ich schaue verwundert mein Spiegelbild an, dessen Lippen zittern, ich presse mir beide Hände vor den Mund. Was haben sie gemacht?

Ich halte meinen Kopf unter den Hahn, unter den eiskalten Wasserstrahl. Ich trinke, bis ich voll bin mit Kälte.

Auf dem Tisch im Wohnzimmer finde ich das Abendessen und eine Wasserflasche. Ich zwinge mich, Bissen für Bissen einen schwarzen Cracker zu schlucken. Ich trinke die Wasserflasche aus. Ich habe keinen Hunger mehr, keinen Durst, aber mir ist kalt.

Ich gehe auf und ab, auf und ab.

Mein Körper fühlt sich an, als wüsste er nicht mehr so ganz, warum er sich die Mühe zum Atmen machen sollte.

Ich kann hier nicht bleiben.

Eine Weile stehe ich vor Celines Tür, drücke die Klingel, klopfe lauter und leiser, zittere vor Kälte und warte. Als ich sie anrufe, hebt niemand ab.

Wo ist sie?

Ich gehe zum Aufzug, die Türen öffnen sich nicht. Ich gebe meinen Code ins Display ein und dann den 21. Stock und nehme den Aufzug zu John.

Er ist auf der Dachterrasse. Schwüle Nacht und heller noch als der Mond die Lichter des Zentrums um uns.

John, barfuß im schwarzen Kampfanzug, kämpft gegen seinen Schatten. Sein Körper tritt ins Nichts, seine Faust schlägt ins Nichts, er wirbelt herum und springt, das Bein ausgestreckt, kommt in der Hocke auf, er dreht sich auf dem Boden, schneidet mit der Handkante nach oben ins Nichts, ich weiß nicht, wogegen John in seiner Vorstellung kämpft, aber es ist schnell und kommt von allen Seiten, von oben, von hinten, von überall, ist größer und stärker als er, und er will es töten.

Ich stehe in der Tür zur Dachterrasse und sehe ihm aus ein paar Metern Entfernung zu. Es ist heiß, die Luft schwer von Feuchtigkeit, aber meine Finger kalt, so kalt. Ich reibe die Hände aneinander.

John richtet sich auf. Er steht mir stumm und schwer atmend gegenüber. »Komm zu mir«, sagt er dann.

Irgendetwas ist seltsam an der Art, wie er das sagt. Seine Stimme bricht. Er schluckt und hebt leicht den Kopf. »Komm zu mir«, sagt er noch einmal, zu ruhig. Als wollte er etwas schon Gesagtes wegmachen, indem er das noch mal sagt.

Langsam gehe ich auf ihn zu. Er wartet in der warmen, feuchten Nacht, vor der Schwärze des Meeres. Ich kann die Brandung hören. Kann seine Augen sehen.

Abrupt bleibe ich stehen. In der Nacht sind alle Augen dunkel. Aber John hat den Blick von einem verwundeten Tier. »Luca ... « Er stockt.

Irgendwas ist mit mir passiert. Irgendwas haben sie gemacht. Irgendwas ist ... falsch. Und er weiß davon. Er weiß, was passiert ist.

Vielleicht hat er es sogar getan.

Wir stehen uns schweigend gegenüber und sehen uns an. Das schwarze Hemd klebt an seiner Brust und seine Stirn ist schweißnass.

»Wie lange machst du das schon hier draußen?«, frage ich endlich.

»Zu lange«, sagt er.

Er streckt die Hand nach mir aus, seine behandschuhten Finger zucken zurück, dann berührt er vorsichtig mein Haar, streicht über meinen Kopf, mit beiden Händen über meine

Arme, berührt mit den Fingerspitzen mein Gesicht, spannt seine Hände mit gespreizten Fingern auf meinem Bauch ... als müsste er erst ertasten, dass ich das bin ... was ist passiert?

John nimmt meine Hände zwischen seine und reibt sie, haucht darauf. »Hätte doch bei dir sein sollen, als du aufgewacht bist.«

»Was ist passiert, John?«

Ich ziehe meine Hände zurück, verschränke die Arme vor der Brust. Die Kälte kommt von innen und ich weiß nicht, wie ich sie je wieder da rausbekommen soll, diesen Eisblock in meiner Brust, es zieht mich nach unten.

In meinem Rücken ist eine Bank. Ich setze mich.

John presst die Lippen aufeinander. »Steh sofort wieder auf. Ich werd dir jetzt zeigen, wie man sich wehrt.«

Ich will nie wieder aufstehen. Aber vom Sitzen wird mir auch nicht warm. Mir ist so verdammt kalt. Ich stehe auf.

»Zeig mir, wie du mich schlagen würdest«, sagt er.

Ich schüttle den Kopf. »Ich will dich nicht schlagen.«

Er lächelt traurig. »Du tust mir schon nicht weh.«

»Was ist passiert, John?« Ich schlage zu.

Er fängt meine Faust mit einer Hand ab. »Du musst mit deinem ganzen Körper schlagen ... Stell dich so hin ... Leg dein Gewicht in den Schlag. Lass den Schlag aus dir selber kommen. Schlag noch einmal ...«

»Was ist passiert, John?« Ich schlage zu.

Er fängt ab. »Man hat dich abgeholt.« Er spricht sehr langsam, setzt jedes Wort vorsichtig. »Man hat dich für ein Interview abgeholt.«

Ich schlage zu.

Er hält meine Faust fest, lässt wieder los, schüttelt den Kopf. »Es gab Fragen zu deiner Profilierung, darum wollten sie dich interviewen. So haben sie es mir erzählt ... Das wird so nichts. Du musst deine Stärken und die Schwächen des Gegners nutzen. Versuch, mich dahin zu treffen, wo ich es nicht erwarte, wenn ich es nicht erwarte. Noch einmal.«

Ich schlage zu, er fängt den Schlag ab.

»Versuch es wieder«, sagt er. »Triff, wohin du treffen kannst, dahin, wo es deinen Gegner wirklich trifft. Manchmal ist eine Überraschungssekunde genug und man hat eine Möglichkeit zur Flucht. Hier. Versuch mich mit der Handfläche hierhin zu treffen, wenn ich es am wenigsten erwarte.« Er fährt mit den Fingern eine Ader an seinem Hals entlang.

»Was ist passiert, John?« Ich schlage wieder zu.

Er fängt den Schlag ab. »Du bist im Aufzug ohnmächtig geworden. Man hat dich auf die Krankenstation gebracht und dich an den Tropf gehängt und kurz vor dem Aufwachen wieder in deine Wohnung zurückgebracht ... das Interview wurde wieder gestrichen ... so haben sie es mir erzählt.«

Ich schlage mit der Faust nach seinem Bauch.

Er lenkt den Schlag ab. »Das war besser. Du hast mich überrascht.«

Ich schlage zu. Ich schlage zu. Ich schlage zu. Er fängt meine Schläge ab. Ich springe auf ihn, schlinge die Arme um seinen Hals, umklammere seine Hüfte mit den Beinen und küsse ihn. Er stöhnt in meinem Mund und taumelt zurück, gegen die Bank, auf den Boden, ich liege auf ihm, zerre Stoffe beiseite, setze mich auf ihn, finde ihn, spüre ihn in mir, keuche, schlage zu, küsse ihn wieder.

»Zieh dich aus«, sagt er später, wieder mit dieser seltsamen Stimme. Als spräche er etwas nur aus, weil es schon gesagt worden ist, wie wenn er es ungesagt machen könnte, wenn er es noch mal sagt.

Ich ziehe mich aus, steige zu ihm in die Badewanne und er streichelt und wäscht mich, seift mich ein, überall, immer wieder, schweigend, sein Gesichtsausdruck ist ernst und er spült mich mit warmem Wasser ab, als wollte er etwas von mir abwaschen.

In seiner Rippengegend hat er einen blauen Fleck. Ich berühre ihn mit den Fingerspitzen, schlucke. »War ich das grade?«

Er wirft einen kurzen Blick darauf. »Schwäche des Gegners hervorragend genutzt«, murmelt er. Er nimmt meinen Fuß zwischen die Knie und seift ihn ein. Sein Daumen reibt dabei über meine Ferse, immer wieder über die gleiche Stelle. »Was machst du da?«, frage ich.

»Ich wasche deine Achillesferse.«

Kalt ist mir nicht mehr. Eher zu warm. Ich bin noch nie von einem Mann gebadet worden, alles ein wenig zu intim, weiß nicht so genau, wie ich damit umgehen soll. Ich hatte zwar auch noch nie die Art von Sex, bei der man blaue Flecken bekommt, aber das fällt nicht so auf, dabei muss man weder denken noch reden. Ich weiß nicht, was ich sagen soll.

John schweigt und seift und seift meine Ferse.

»Fußmassage?«, versuche ich zu witzeln. »Kennst du Pulp Fiction?«

»Ich seh nicht viel fern.«

»Warum das denn nicht?«

John zuckt die Schultern. »Keine Zeit.«

»Pulp Fiction ist doch uralt, das ist Kult, das musst du doch noch aus deiner Schulzeit kennen!«

»Hab lieber Bücher gelesen.«

Ich sage nichts. Er sieht auf. Wahrscheinlich ist mir der Mund offen stehen geblieben, denn jetzt lächelt er endlich. Ein wenig. Er spült meinen Fuß mit Wasser ab, betrachtet die Ferse, lässt meinen Fuß langsam zurück ins Wasser sinken.

»Sauber?«, frage ich.

»Sauber«, sagt er. Seine Stimme klingt heiser. Er hat einen Wassertropfen an seinem Augenwinkel. Ich lecke ihn ab. Salzig. Aber er wird mir nicht sagen, was passiert ist. Er wird es mir nicht sagen.

Das Licht geht aus. »Komm zu mir«, sagt er wieder. In der Dunkelheit zieht er mich auf seinen Schoß und schlingt die Arme um mich, seine Brust in meinem Rücken. »Kennst du die Geschichte von Moby Dick?«, fragt er leise. »Möchtest du, dass ich sie dir erzähle?«

»Warum ist das Licht aus, John?«

»Weil die alten Geschichten tabu sind, Luca. Erzähl niemandem davon. Niemals.«

»Warum willst du mir eine Geschichte erzählen, wenn Geschichten tabu sind?«

»Weil wir Geschichten brauchen, du und ich.«

Morgen früh ist es so weit. Morgen früh ist der letzte Eignungstest.

Wie kann eine Woche so schnell wie ein Tag vergehen und einem rückblickend vorkommen wie ein Jahr? Vielleicht lebt man die Zeit anders, wenn man weiß, dass man sie kaum noch hat.

Jeden Tag sind weitere Codes aus dem Rang-Fenster hinter dem goldenen Icon verschwunden. Ich bin jetzt Nummer 1 von 8.

Ich kann nicht alle zuordnen. Der Picklige ist weg. Die Frau mit der Stoppelfrisur. Und ein paar, die ich sogar mit Namen kannte.

Alle Kandidaten müssen jetzt spüren, dass etwas nicht stimmt, dass das hier nicht nur ein Wettbewerb um einen guten Job sein kann. Ich verstehe einfach nicht, wie sie sich immer noch einreden können, es wäre alles in Ordnung.

Sie gehen einander aus dem Weg. Jeder bleibt jetzt für sich.

Neulich habe ich vom Balkon aus Jeff und Violet auf der Straße vorbeigehen sehen. Sie hat ihn angefleht, ihr etwas von seinem Essen abzugeben, sie könne nicht mehr denken vor Hunger und ihr Rang falle ab.

Jeff ist einfach weitergegangen, als gäbe es sie nicht.

Celine hat recht gehabt. Wir Kandidaten hätten uns zusammentun müssen. Nach dem Abend im Just Us war mir das irgendwann klar.

Ich habe mir sogar den Kopf nach einem Druckmittel zerbrochen, wie man auch Stephen davon überzeugen könnte. Stephen käme vielleicht trotz allem noch irgendwie an die anderen Kandidaten ran.

Aber wahrscheinlich gibt es kein Druckmittel, um Stephen davon zu überzeugen, dass seine Elite irgendwo einen Makel haben könnte. Mal abgesehen davon, dass ich Stephen auch gar nicht mehr finden kann. Sie haben ihn in ein anderes Büro gesetzt, sogar eine andere Wohnung zugewiesen. Weiß der Geier, warum Utopia dachte, Stephen soll plötzlich umziehen. Seit dem letzten Test habe ich ihn nicht mehr gesehen. John gibt mir die Adresse auch nicht, die Info ist für mich tabu.

Dafür reden die wenigen Kandidaten, die übrig sind, inzwischen alle wie Stephen. Der zweite Eignungstest wäre wahrscheinlich eine Simulation gewesen, sagen sie, was für ein Durchbruch das wäre, und sie reden von Fortschritt und Cutting-Edge-Technology, nur nicht von ihrer größten Angst. Wenn sie denn überhaupt etwas sagen. Meistens ducken sie sich mir aus dem Weg.

Manchmal frage ich mich, ob Targan eigentlich nicht nach Arbeitsrang aussortiert, sondern danach, wer es schafft, sich das alles noch immer schönzureden.

Celine fehlt mir. Ich hab jeden Tag versucht, sie zu finden. Aber wenn ich abends an ihrer Wohnungstür klingle, öffnet sie nicht. Meine Nachrichten beantwortet sie kurz, freundlich und nichtssagend und meine Anrufe nimmt sie nicht an. Ich bin sogar so weit gegangen, während der Arbeitszeit in ihrem Büro nach ihr zu suchen, aber Celines Aquarium war leer. In ihrem Hologramm lief noch ihre Mission, sie korrigierte gerade eine fast ausgefüllte Vorlage für einen Gegenspieler.

Als ich sie anrief, hob sie ab und sagte, sie habe gerade keine Zeit. Vielleicht stand sie nur ein paar Meter von mir entfernt und sah zu, wie ich wieder gegangen bin.

Celine will sich nicht mehr mit mir treffen und ich bin wie alle anderen mit meinen Gedanken an den Tod allein.

Und was mache ich damit? Irgendwo hab ich mal gelesen, Triebverhalten würde vor allem vom limbischen System im Gehirn reguliert. Sex und Überleben … Irgendwo in der Gegend hatte ich die Woche über wahrscheinlich einen Kurzschluss.

Manchmal war alles ganz harmlos. John und ich taten so, als gäbe es Targan nicht, als wäre alles in Ordnung. Wir streichelten uns zärtlich und bei Kerzenschein, erforschten uns wie fremde Welten und liebten uns eine Woche lang auf schwarzen Laken, roten Kissen und fliegenden Teppichen.

Ich schlief zum Klang seiner flüsternden Stimme ein. Er erzählte Geschichten aus Tausendundeiner Nacht oder von Ländern, die ich immer sehen wollte und nie gesehen habe und jetzt vielleicht nie sehen werde.

Nachts wachte ich vom Klang seiner Stimme auf. Ich sah ihm zu, wie er langsam die Poolbahn entlang auf und ab ging und in sein Headset sprach. Die Fenster offen, die schwüle Hitze der Nacht im Raum. Ich wollte lauschen, zuhören, was er sagte, aber ertappte mich dabei, ihn einfach nur anzusehen und vergeblich nach Worten zu suchen, die seine Art zu gehen, zu schauen, zu stehen beschreiben könnten. Bis er mich ansah und lächelte. Manchmal wollte ich nichts so sehr wie ihn lächeln zu sehen.

Ich werde vielleicht schon morgen sterben und habe mich noch nie so lebendig gefühlt wie in dieser Woche. Ich habe Dinge getan, von denen ich nicht wusste, dass man sie tun kann, nein, dass ich sie tun kann.

Johns Stimme: »Komm zu mir ins Wasser.«

»Schon vergessen? Ich kann nicht schwimmen.«

»Komm zu mir ... dieses Mal halte ich dich ... Spürst du, wie das Wasser dich trägt ... halt still ... ja so ... entspann dich ... lass dich tragen ... Das Wasser ist dein Freund, solange du weißt, was es ist.«

Manchmal hat er mir mehr gezeigt, als ich wissen wollte. Je höher der Rang, desto größer der Zugriff auf Utopia. Ich habe stundenlang zugesehen, wie er Menschen gleich Figuren über die Großleinwand in seinem Arbeitszimmer schiebt, nach Aufgabenprioritäten sortiert, Profilräume öffnet und mit einem kurzen Tippen den Lauf eines Lebens verändert.

»Könnte Utopia das nicht schneller und besser?«, habe ich John gefragt.

»Irgendwann mal«, hat er geantwortet. »Aber noch kennt Utopia den Menschen zu wenig. Das Programm braucht noch immer viel Korrektur und Unterstützung von uns ... noch ... Schau zu ... menschliche Möglichkeiten sind wie viele bunte Steinchen, Luca, du kannst sie zu einem Mosaik zusammensetzen, wenn du das große Ganze siehst.«

Jemand, der in Menschen Ressourcen sieht, die ersetzt und beseitigt werden können, fühlt nicht mehr menschlich. Ich verstehe nicht, warum er mich manchmal ansieht, als würde er alles für mich fühlen, was ich für Draven fühlen wollte und für John nicht fühlen will.

Was fühle ich für John?

Er ist ein Targan, und darum weiß ich nicht, wer er ist. Ich komme noch nicht mal auf sein verdammtes Passwort. Ich frage ihn, warum ich mir bei ihm den Bauch vollschlagen kann, aber sobald ich nicht mehr in seiner Nähe bin, den gleichen Kandidatenfraß kriege wie alle anderen. Ich frage ihn, warum ich Violet nicht einfach was von meiner Pizza abgeben kann.

Aber die Infos sind tabu.

Wie kann man mit jemandem zusammen sein, wenn man nicht mal über Pizza reden darf? Manchmal war alles harmlos. Manchmal war es das nicht.

»Komm zu mir.« Er saß nackt bis auf die Handschuhe mit den Beinen im Wasser an der Poolbahn. Neben ihm brannte noch unsere Kerze als einziges Licht in der Dunkelheit. Ich hangelte mich den Beckenrand entlang durch das Wasser zurück zu ihm. Er tippte ein Hologramm auf und drehte den Bildschirm zu mir, Aufnahmen von Überwachungskameras vor dem Nachtclub. Aber in Schwarz-Weiß? Targan, die in Gruppen zusammenstanden.

»Sag mir, wer welchen Rang hat«, sagte er.

»Das Bild ist schwarz-weiß», sagte ich, lehnte den Rücken an die Poolwand, stützte die Ellenbogen auf den Beckenrand und zupfte mit einer Hand an seinem Handschuh. Wasser perlte an hauchdünnem Uniformstoff ab.

»Lass das. Siehst du, wie der hier steht? Wie er die Hand auf den Arm von dem da legt? Du kannst Ränge an der Körpersprache ablesen. Oder wenigstens den Rang, nach dem sie sich verhalten. Körpersprache ist wie eine Uniform, wenn du sie beherrschst, ist Körpersprache Macht.«

Ich ließ den Handschuh los, spielte mit dem Armband seiner Com, wieder schwarz und breit mit einem roten chinesischen Drachen darauf.

Genau wie die Com, in der ich auf der Klippe die Adresse der Krankenstation gelesen hatte.

Das Display war offen. Alle Antworten auf meine Fragen direkt vor mir.

»Du hast dir nie die Mühe gemacht, nach den Regeln von Gruppen zu spielen«, sagte er. »In deiner Wohnung war das nicht wichtig. Hier im Zentrum ist es das. Ich zeig dir jetzt, wie du die Spielregeln für dich nutzen kannst.«

»Wär's nicht zeitsparender, deine Position dazu zu nutzen, meine Testergebnisse zu manipulieren anstatt mich?«

»Besser eine Angel schenken als einen Fisch. Und außerdem investiere ich doch sowieso schon einen Großteil meiner Zeit und nutze alle möglichen Positionen, um deinen Körper zum Sprechen zu bringen ...«

»Weiß aber ehrlich gesagt immer noch nicht, wovon genau du hier sprichst«, sagte ich.

Er nahm meine Brustspitze zwischen die behandschuhten Finger und drückte zu. »Der mit mehr Macht darf anfassen. Der mit weniger darf das nicht. Warum lachst du?« Er ließ los.

»Weißt du noch – Adriana?«, sagte ich. »Bei der Anwerbung? Als ich dein Jackett angefasst habe? ›Du hast den schwarzen Mann angefasst‹, hast du gesagt.«

Aber er lachte nicht mit. »Genau das meine ich. Das war hirnverbrannt leichtsinnig von dir«, sagte er, öffnete mehrere Videos von meinem Einführungstag mit Adriana, verglich meine Gestik mit der von Adriana, Stephen und Celine und erklärte mir, warum ich bei Unterhaltungen grundsätzlich draußen bin, wie ich durch meine Art zu sitzen, zu stehen und nicht zu schauen allen signalisiere, dass ich ihnen nichts zu sagen hab.

»Allen außer dir, John?« Das Hologramm warf einen kühlen Schimmer aufs Wasser.

»Hör auf, mich so anzusehen, Luca. Lenk mich nicht ab ... Das hier ist wichtig. Aus irgendeinem Grund bist du davon überzeugt, niemand würde auf dich hören. Dabei würde das jeder. Wenn du gehört werden wolltest. Und diese Fehleinschätzung wird deinem Profil noch das Genick brechen. Du musst dein Verhalten korrigieren, schleunigst. Du musst deine Möglichkeiten kennen, sonst ... hör auf!«

Ich streichelte sein Knie.

Er streifte meine Hand ab. »Luca, du hast nur noch ein paar Tage, hör mir zu, das ist wichtig ... Hör sofort auf, mich so anzusehen und ... Was tust du?«

Ich griff nach der Kerze und tropfte Wachs über seinen Oberschenkel, er zuckte zusammen, spreizte die Beine und ich schlängelte mich dazwischen. Ich sah zu, wie das Wachs seine Haut hinunterrann, hart wurde und dann weiß und wie sein Penis sich wieder aufrichtete.

»Luca, hör auf ... ah ... verdammt ...«

Ich nahm ihn in die Hand, saugte, spürte, wie er anschwoll, saugte stärker, bewegte meinen Mund auf und ab.

John zog scharf die Luft ein. »Luca ... Luca, was machst du mit mir ...«

»Ich fasse dich an.« Ich leckte Poolwasser von ihm ab. »Mach die Augen zu, John. Oder willst du, dass ich aufhöre?«, nahm ihn wieder in den Mund. Ich biss leicht zu.

Er verzerrte das Gesicht, legte den Kopf in den Nacken, fluchte und schloss die Augen.

Ich umfasste ihn mit der Hand.

Mit der anderen Hand angelte ich das Hologramm aus der Luft zu mir ins Wasser und tippte das Informationszentrum auf.

»Was glaubst du, was du da machst?« John packte mich am Handgelenk.

Er schloss seine Com und das Hologramm verschwand. Er streifte die Com ab und warf sie fort. Er griff nach mir, zog mich aus dem Wasser und auf ihn.

»Du hattest die Augen zu, John! Wie hast du ... ah!«

Er setzte mich auf sich, drang in mich ein. Er drehte mir die Arme auf den Rücken und hielt sie mit der Linken fest. Er bog mich zurück, bis mein Oberkörper auf seinen Beinen lag und mein Kopf beinahe das Wasser berührte.

»Leichtsinnig«, sagte John. »Hirnverbrannt leichtsinnig. Vergiss nie, wer ich bin.«

Er nahm die Kerze und betrachtete mich in ihrem Licht. Er hielt die Kerze schräg. Das Wachs troff auf meine Brust, und es brannte. Und anstatt ihm zu sagen, dass er aufhören sollte, zog sich alles in mir um ihn zusammen und er stöhnte lauter als zuvor. Er stellte die Kerze zurück.

Er beugte sich über mich, saugte meinen Nippel, streichelte mit dem Handschuh mein Haar, meine Stirn und drückte meinen Kopf sanft unter Wasser. Einen Moment nur.

Wahrscheinlich ja nur im Spiel. Aber einen Moment lang bekam ich keine Luft. Klemmte meine Beine unter seine Achseln und riss seine Schultern nach oben und uns beide nach hinten kopfüber ins Wasser. Stieß mich von ihm fort.

Es war dunkel, unsere Kerze aus und ich strampelnd ohne Grund unter den Füßen. Das Wasser war nicht mehr mein Freund.

»Luca! Wo bist du?«, hörte ich ihn, Panik in seiner Stimme, »Luca!«

Es dauerte zu lange, bis ich den Beckenrand fand. »Ich bin hier.«

»Verdammt, nicht schon wieder, ich wollte doch nicht ... Hast du wirklich gedacht, ich ... Komm.«

Limbisches System. Überleben und Sex. Nachts kam ich zu ihm.

Ich weiß nicht, was ich da fühle, für John, und will das auch lieber nicht wissen. Ich hab das Gefühl, wir verbrennen uns gegenseitig, bis nichts als Asche von uns übrig ist.

Gestern hatte ich schon eine Kurzschlussreaktion. Ich saß in meiner Arbeitszelle zwischen all den anderen Zellen, wollte ihm eine Nachricht schicken, dass das so nicht mehr weitergeht, dass ich das nicht mehr kann, dass es zu Ende ist.

Ich hab seine Nummer gesucht und »John, wir ...« getippt und konnte nicht weitertippen. Allein die Vorstellung ... Als täte sich der Boden auf, und darunter waren keine Schlangen, darunter war ... nichts.

Ich bin aufgestanden, fast zu seinem Büro gerannt.

Die Wachen standen davor. »Lasst mich durch.«

Sie haben mich angesehen, als hätte ich den Verstand verloren. Phil ist wieder der Schweiß ausgebrochen. Ich wollte mich vorbeidrängen ... aber in dem Moment hat John den Vorhang beiseitegeschlagen, mich hineingezogen. »Wollte zu dir, komm nie wieder hierher ...«, sagte er, während wir uns schon küssten, umklammerten, ineinander verschlangen, erfühlten. »Du darfst nicht ... nie wieder ...«, während er mir unter dem Rock den Slip zerriss und ich die Nägel in die Narben auf seinem Rücken krallte und dann hatten wir noch im Stehen verzweifelten Sex gegen die Wand.

Morgen früh ist der letzte Eignungstest. Ich frage mich, ob er zusehen wird, wenn das Schloss der Glaskabine hinter mir einrastet.

Letztes Treffen mit Team Adriana. Wie immer sitzen wir vier im Tempel an unserem Silbertisch in der Laube mit den exotischen Blüten. In unserer Mitte wird die fleischfressende Pflanze von Käfern umkreist.

Vor jedem von uns schimmert ein Hologramm. Es zeigt ein Shuttle, das in der Dunkelheit auf einem felsigen Planeten landet.

Utopia simuliert die Besiedlung von Z3275 mit unseren Figuren.

Es ist seltsam, etwas wirklich zu sehen, was man sich doch immer nur vorgestellt hat. Ich sehe zu, wie die Menschen, die ich mir ausgedacht habe, weiße Zelte aufschlagen, Felder anbauen, die erste Schule einrichten. Ich suche nach einem Gefühl wie Stolz oder Freude in mir ... so, wie ich es immer hatte, wenn ich Spielern bei einer Quest auf Yara zugesehen habe, die ich selber erfunden hatte. Aber da ist nichts.

Ich sehe zu, wie mein Planet grüner wird und Wälder wachsen und meine Spieler und Gegenspieler ihren Wunsch nach Frieden an die nächste Generation weitergeben und anstatt mich zurückzulehnen und zu entspannen, warte ich darauf, dass ein Feuer ausbricht und alles niederbrennt.

Aber das Feuer kommt nicht.

Dafür brennt es bei Stephen und Celine umso mehr.

Celines Team ist zu klein für die Aufgabe, es fehlen Arbeitskräfte, dann kommt ein Winter und die Vorräte gehen aus und plötzlich zählen ihre Familienbande nicht mehr sehr viel. Die Spieler machen die Gegenspieler innerhalb einer Nacht nieder, bringen dabei versehentlich den einzigen Computer-Experten um, woraufhin sie innerhalb weniger Tage den Sauerstoff verlieren.

In Stephens Simulation läuft zu Beginn alles reibungslos, seine Gegenspieler sind verblödete Muskelkraft, die sich leicht von seinen Elite-Spielern steuern lassen, bis irgendein Sklave plötzlich doch darauf kommt, dass irgendwas nicht so ganz fair abläuft und das große Gemetzel beginnt. Stephen hat nur jeden zehnten Spieler körperlich stark gemacht, dementsprechend ist die Revolution bald vorbei. Kein einziger der Gegenspieler ist intelligent genug zu begreifen, dass sie ohne das Expertenwissen der Spieler aufgeschmissen sind. Ein paar Minuten später erinnern nur noch ein paar weiße Bungalows auf dem Planeten daran, dass es hier einmal Stephens Zivilisation gegeben hat.

Die Bildschirme werden schwarz. Bevor sie sich in Luft auflösen, erscheinen unsere Ränge. Stephen ist auf Platz 7, Celine auf Platz 8 und ich bin noch immer die Nummer 1.

Ich sollte mich freuen. Wir alle sitzen unbeweglich nebeneinander, man hört nur das Plätschern des Springbrunnens.

Adriana holt einmal tief Atem. »Das Projekt Z3275 ist hiermit beendet«, sagt sie feierlich. »Es ist mir eine Ehre, euch zu verkünden, dass ab diesem Moment der Kodex für euch offen ist.«

Ich klicke auf das »K«. Die Engelmusik verstummt. Aus dem Headset kommt nur noch Stille. Ein Text erscheint, schwarz auf weiß. Nur ist der Text wirklich nicht lang.

Neben mir fängt Stephen an zu fluchen. Seine Hände fahren durch sein Hologramm. »Das soll unsere Kodexübergabe sein? Für den letzten Eignungstest? Und wir sitzen bei Leitungswasser und kriegen ... das? Das kann nicht alles sein, Adriana!« Stephen sieht aus wie ein Junkie auf Entzug. Er zieht sein Jackett aus, schüttelt es fahrig aus und hängt es über die Stuhllehne. Er hat nasse Flecken unter den Achselhöhlen von seinem grauen Hemd. »Ich sag dir, wenn du uns nicht alle Infos gibst, ich werde ... das hat noch Konsequenzen für dich!«

Wir sind wieder die Einzigen hier in der Laube. Die runden Silbertische um uns sind auch dieses Mal leer, die Blüten duften betörend, betäubend, der Springbrunnen plätschert im gleichen Rhythmus.

Aber alles ist anders. Adriana benimmt sich, als ob sie uns nicht betrogen, sondern geholfen hätte. Stephen benimmt sich, als ob er uns nicht betrogen hätte, sondern wir alle ihn. Celine sitzt mit gekrümmtem Rücken am Tisch und starrt aus leeren Augen ihr Hologrammfenster an.

Auch Adriana tippt jetzt das »K« in ihrem Hologramm an und betrachtet zärtlich den Text. Ihre Fingernägel sind heute wieder blutrot wie ihre Uniform. »Ihr solltet das hier nicht unterschätzen. Bis heute habt ihr euch hier ausprobieren dürfen. Aber jetzt kennt ihr unseren Kodex. Es wird von euch erwartet, dass ihr ihn auch befolgt.«

Ihr Uniformkleid hat einen dreieckigen Schlitz, der vom Hals bis zum Bauchnabel zusammenläuft und von roten Schleifchen zusammengehalten wird. Sie hat ihr Haar nach oben gesteckt, auf den Spangen glitzern Schmuckperlen in allen Farben im künstlichen Licht. »Ich weiß noch, wie sie mir damals den Text geschickt haben«, sagt sie. »Ihr wisst es noch nicht, aber das hier ist ein großer Moment. Eure Profilierung ist damit offiziell beendet. Eure Karriere in der Elite beginnt vielleicht.«

Ich werfe einen verstohlenen Blick auf mein Display. Keine Nachricht von John ... Das Training heute Morgen auf der Dachterrasse ... John hinter mir, seine Hände, die meinen Körper mit seinem bewegen, seine Wärme, die beginnende Hitze vor dem Tag und seine Stimme an meinem Ohr: »Gleichgewicht. Gleichgewicht halten ... Fall nicht nach vorne ... ja, so ... Bleib stehen ... so, genau so, egal, was ich tue, es geht darum, dass du nicht das Gleichgewicht verlierst ...«

Ich seh ihn doch sowieso heute Abend wieder ... Wie viele Stunden sind das noch? Ich hab das Gefühl, dass mir mit Johns Berührung ein Teil meines Körpers fehlt. Und zwar nicht der kleine Zeh oder so. Eher was in der Größe meiner Seele ... Schluss damit!

»Und jetzt?«, fragt Stephen. »Was sollen wir mit diesem Kodex tun, was wir nicht sowieso längst getan haben?«

»Jetzt habt ihr noch den ganzen Nachmittag lang Zeit, den Kodex auswendig zu lernen, und dann gibt euch der Engel bis zum Eignungstest morgen früh frei. Eure Profilierung und Probearbeit ist vorbei! Ich bin damals an den Strand gegangen. Baden.«

Adriana nippt an ihrem Drink, den drei Farbschichten in ihrem stilförmigen Glas, das Grün darin wabert auf und vermischt sich mit Rot. »Du hast wirklich tolle Haare, Luca. Weißt du, was bestimmt umwerfend bei dir aussehen würde? Die Prinzessin-Leia-Frisur! Darf ich?«

Was?

Adriana steht auf, rückt ihren Stuhl hinter mich und löst meinen Zopf. »Weißt du, wir nennen den Kodex auch ›Die Säulen der Elite‹«, sagt sie, zieht einen Kamm und Haarnadeln aus ihrer Handtasche, kämmt und scheitelt mich.

Stephen räuspert sich.

»Du ahnst gar nicht, wie stolz ich auf dich bin, Luca ...«, sagt Adriana, dreht das Haar über einem Ohr zu einer Schnecke ein, steckt den Zipfel darunter und steckt es mit einer Haarnadel fest. Sie greift nach dem Haar auf der anderen Seite. »Mir kommt es vor, als wär's erst gestern gewesen, dass ich dich von der Krankenstation abholen wollte und du ...« Sie lacht. Sie steckt die zweite Schnecke fest. »So, und jetzt seh sich das einer an, unsere Nummer 1 ... fertig! Wenn du erst Uniformen tragen darfst, gehen wir bestimmt mal zusammen einkaufen, Jeans und T-Shirt, das ist nichts für das Zentrum ... Na, was sagst du?« Sie hält mir ihren Taschenspiegel hin.

Luca mit Prinzessin-Leia-Frisur.

Adriana setzt sich wieder mir gegenüber an ihren Platz zurück, zieht das Papierschirmchen aus ihrem Drink und zwirbelt es zwischen den Fingern. »Da wird er aber Augen machen ... John Amber also, ha? Wie ist er so?«

Stephen verschluckt sich, hustet, wird rot im Gesicht. Wie zum Teufel hat er davon denn noch nichts mitbekommen? Man zerreißt sich doch auf dieser Insel über nichts anderes mehr den Mund.

»Adriana«, frage ich. »Worum genau geht es morgen im Test?«

»Diese Information ist leider noch für dich tabu.« Ihre rot geschminkten Lippen lächeln.

»Ein kleiner Tipp vielleicht?«, frage ich und lächle auch.

Sie lacht. Dann wird sie wieder ernst. »Noch ein kleines bisschen Geduld, Luca ... dann wirst du eingeweiht. Dann wirst du alles verstehen ... Man wird dir alles erklären und du wirst sehen ... es hat alles seine Richtigkeit gehabt ... Und jetzt erzähl. Wie ist er so? Es gibt da sogar ein Gerücht ... über Silvia ... über irgendeine drakonische Buße? Wegen einer Sache mit einer Armbrust ... Ist da was dran?«

Ihre Hand legt sich auf meine Hand, sie trägt auf jedem Finger einen edelsteinbesetzten Ring. Ich kann das kalte Metall auf meiner Haut fühlen. Ich versteife mich einen Moment, lege dann meine andere Hand kurz auf ihre, ziehe meine Hände zurück, verschränke sie in meinem Nacken und lehne mich zurück. »Buße?«, frage ich. »Was genau hast du denn gehört?«

Adriana greift wieder nach ihrem Schirmchen und kichert.

»Soll das heißen, Luca macht jetzt für John Amber die Beine breit?« Eine Ader pulsiert auf Stephens Stirn. Er stößt ein verächtliches Geräusch aus. »Alles für die Punkte, was? Scheint sich ja für dich ausgezahlt zu haben.«

Ich wende mich von ihm ab. »Du hast uns Fehlinfos gegeben, als es um unser Leben ging, Stephen. Du hast jetzt nicht wirklich vor, mit mir über Niveau zu debattieren, oder?«

»Pass auf, was du sagst, du ...«

»Stephen«, sagt Adriana. »Als deine Mentorin ist es meine Pflicht, dich noch einmal darauf aufmerksam zu machen, dass von jetzt an jeder Verstoß gegen den Kodex zu hohem Punkteverlust für dich führen wird. Ich kann mir nicht vorstellen, dass dein Engel es gerade gutheißt, wenn du unsere Luca hier beschimpfst und bedrohst. Oder hat er dir etwa noch keine Mission dazu geschickt?«

Stephen sitzt einen Moment bewegungslos, dann schlägt er mit der Faust auf den Tisch, sieht auf seine Com und dann wieder zu mir, steht auf, stößt dabei seinen Stuhl um und rempelt mich im Gehen mit dem Ellenbogen an. Er geht mit langen Schritten davon.

Der Glaskäfig für die Käfer ist für solche Erschütterungen offensichtlich nicht gemacht, einen Moment sieht man Risse, die sich wie Korallengeäst immer weiter verzweigen, dann bricht das Glas in sich zusammen. Bunte Käfer klettern aus den Scherben.

Adriana schürzt angeekelt die Lippen und zerknickt ihr Papierschirmchen kopfschüttelnd zwischen den Fingern. »Wenn er so weitermacht, sind wir den bald endgültig los«, sagt sie und schnippt die Splitter auf die Tischmitte.

Wir sehen zu, wie die schillernden Käfer in alle Richtungen krabbeln, die sind schneller als man denken möchte. Adriana kichert nervös, steht auf. »Kommt schnell, bevor sie uns auffressen.«

Celine stiert noch immer die filigranen Targan-Muster in der silbernen Tischplatte an, ohne sich zu bewegen. Ich muss sie an der Schulter antippen, bevor sie zusammenfährt und ihren Stuhl zurückschiebt. Während wir uns an einen anderen Tisch setzen, rennen schon drei Togas in die Laube und sammeln die Käfer in weiße Eimer ein. Ich frage mich, ob sie alle erwischen. »Schade, dass du uns gar nichts mehr sagen kannst, Adriana. Wo es dabei doch auch um deine Punkte geht. Aber rot steht dir ja zum Glück ganz toll.«

»Es tut mir leid, Luca. Wenn ich könnte ... aber ... du weißt ja, wie das hier bei uns ist ...«

Ich muss mit Celine alleine sein. »Danke für deine Zeit, Adriana.« Ich höre auf zu lächeln und tippe mit dem Zeigefingernagel die Uhr auf meinem Com-Armband an. »Oder schickt dich dein Engel jetzt mit uns zum Strand. Zum Baden.«

Adriana räuspert sich und steht auf. »Natürlich ... Keine Zeit zu verlieren, nicht wahr?« Sie lacht etwas unsicher. »Na dann ... dann sehen wir uns auf der anderen Seite!« Sie lächelt ein nervöses Lächeln, winkt mir noch einmal zu und geht. Ihr Kleid ist auch auf dem Rücken offen, der Schlitz von Schleifchen zusammengehalten, die wippen auf und ab mit jedem ihrer Schritte. Im nächsten Moment holt sie ein Schweber ab.

Ich tippe wieder auf das »K«, aber der Text vom Kodex ist unverändert: »Vertraue Utopia. Gehorche deinem Engel.«

Das ist alles, was da steht. Stephen hatte recht. Das ist zu wenig. Was wär passiert, wenn Stephen und ich Adriana zusammen in die Zange genommen hätten? Stephen ist besser in so was als ich.

Celine schließt ihre Com und will aufstehen.

»Warte!«

Sie sieht mich an. Ihre grauen Augen liegen in dunklen Höhlen. Sie trägt das gleiche Sommerkleid wie an unserem ersten Tag auf Targan Island, aber jetzt sieht sie darin nicht mehr wie ein Mädchen aus. Eher wie ein Geist. »Bitte ... bleib ...«, sage ich schnell.

Meine Com vibriert. »Herzlichen Glückwunsch zum Ende deiner Probezeit!«, läuft auf dem Display die Mission vom Engel. »Zeit anzustoßen und ausgiebig zu feiern! Dein Geliebter hat sich eine besondere Überraschung für dich ausgedacht. Du solltest ihn keinesfalls warten lassen. Du hast noch 00:00:05 Zeit dich auf den Weg zu machen«, sagt mein Engel.

Ein Schweber gleitet schnell auf uns zu, hält neben mir an.

Ich wende den Blick ab, betrachte Celines rundes Gesicht, die vielen Sommersprossen auf den breiten Wangen. Ich verstehe nicht, wie so ein Gesicht ausgemergelt aussehen kann.

Meine Com vibriert. Nachricht von John: »Komm.«

Ich schließe einen Moment die Augen.

»Musst du gehen?«, fragt Celine. »John?«

Ich schüttle den Kopf. Ich tippe zurück: »Heute Abend«, sende die Nachricht, schließe die Com.

»Seht ihr euch oft?«, fragt Celine.

»Wir sind in jeder freien Minute zusammen.«

»Also zu wenig?«

Oder zu viel ...

Celine lächelt sogar ein bisschen. »Wie ist er so?«

Auf der Insel ist es viel zu heiß für Jeans. Ich reibe mir mit den Händen über den rauen Stoff, der sogar hier in der Luft der Klimaanlage an meinen Beinen klebt. »Ähm ... ich weiß nicht ... Er ist ...«

Manchmal ist die ganze Welt wärmer und größer und leuchtet, weil es ihn gibt. Manchmal wünsche ich mir, er hätte nie existiert. Kann man so was Kitschiges laut sagen? Nein. »Er macht immer alle Fenster auf, weil er die Klimaanlage hasst. Es ist immer zu warm bei ihm. Zu ... John ist zu viel«, sage ich.

Mädchentratsch, um das Eis zu brechen und als Antidot gegen Todesangst. Ich wünschte, ich wäre in so was besser. Mehr fällt mir jetzt nämlich nicht ein und Celine sitzt noch immer einfach nur da.

Wie komme ich an sie ran? In Yara hätte ich einen gemeinsamen Feind aus dem Ärmel gezaubert ... »Hat Stephen sich eigentlich bei dir entschuldigt?«, frage ich.

Eine Gruppe Uniformierter Rang Blau und Grün gleitet auf Schwebern an uns vorbei, einer von ihnen scheint mich von irgendwoher zu kennen und begrüßt mich mit einer schüchternen Verbeugung, bevor sie sich an einen der hinteren Tische in der Laube setzen.

Celine nestelt an den Stickereien auf ihrem Kleid, vielen kleinen, bunten Schmetterlingen. »Stephen hat kein schlechtes Gewissen. Er ist nur wütend. Auf dich«, sagt sie.

»Auf mich? Warum das denn?«

»Du hättest sein Gesicht sehen sollen, als er gerade deinen Rang gesehen hat. Sein Rang ist nicht besser geworden ... immer weiter abgerutscht ... Ich hab ein paarmal versucht, ihm Tipps zu geben ... er ...«

»Du hast versucht, Stephen zu helfen?«

»Natürlich«, sagt sie und ich muss mich vorbeugen, um sie zu verstehen. Ihre Stimme ist zu weich und zu leise und geht im Springbrunnengeplätscher und dem Murmeln der Uniformierten unter. »Wir sind doch ein Team«, sagt Celine. »Natürlich sind meine Punkte noch viel schlechter als seine, aber ... aber das ist was anderes ... ich ... Adriana war neulich bei mir und hat mir gesagt, wenn ein bestimmter Qualitätsstandard erreicht ist, dann ... dann gibt es keine extra Punkte mehr und ich sollte lieber weniger gut als ... anstatt ...« Sie hat den Faden verloren, zuckt die Schultern, weiß nicht mehr, was sie eigentlich sagen wollte. Ihre Finger zupfen an einem bunten Faden in einem Schmetterling auf ihrem Kleid.

»Celine. Stephen hat uns beim letzten Test reingelegt. Er hat uns falsche Profilinfos über sich gegeben.«

Celine betrachtet ihre Hände. Sie hat sehr zarte Finger und auf den Nägeln keinen Lack. Sie dreht ihren Ring mit den verschlungenen Blättern immer wieder um sich selbst, sieht plötzlich auf und begegnet meinem Blick. Ihre Wimpern sind so hell, dass man sie kaum sieht. »Ich weiß», sagt sie. »Er glaubt, wenn andere ihn nicht als Gewinner sehen, dann bleibt nichts von ihm übrig.«

Ich weiß nicht mehr, was ich sagen soll. Doch, und ob ich das weiß! »Stephen hat sich wie ein Arschloch benommen, und dass er tatsächlich ein Arschloch ist, macht das doch nicht besser!«

»Er hat jede Nacht Alpträume. Er weint im Schlaf. Er ... er denkt darüber nach, sich von seiner Frau zu trennen«, sagt Celine.

»Stephen? Von seiner Frau? Seiner perfekten Frau? Warum das denn? Für die ist er doch überhaupt erst nach Targan Island gekommen!«

»Genaueres weiß ich auch nicht ... er redet nicht wirklich darüber. Luca, ich hab mir Stephen nicht als Teampartner ausgesucht, aber er ist es nun mal. Ich kann ihn nicht ändern, also ist das nicht mein Problem. Ich kann nur dafür sorgen, dass er mich nicht verändert. Und ich ... ich bin die Letzte, die ein Recht darauf hat, verärgert zu sein.«

»Allerdings! Wenn du dich lieber mit Stephen triffst als mit mir!«

»Es ... tut mir leid. Es ... es ist nur ...« Sie bricht ab, senkt wieder den Kopf.

Ein Uniformierter in Grün um die 50 geht lächelnd und mit schnellen Schritten den Gang entlang, bleibt vor einem der Schaufenster der verlassenen Geschäfte stehen und tritt ein. Er kommt mir bekannt vor, aber ich weiß nicht, woher. Ich weiß noch, wie ich vor drei Wochen gedacht habe: Jäger. Jeder hier weiß, wohin er will.

Jetzt denke ich: Jeder hier weiß, wohin er soll.

Die drei Togas lächeln und sammeln, es sind schon fast keine Käfer mehr zu sehen, die Scherben längst alle aufgekehrt.

Aber dann springt hinter mir einer der Uniformierten plötzlich auf, stampft panisch auf den Boden, ist von einem der Käfer überrascht worden.

Meine Com vibriert. Anruf von John. Ich hebe nicht ab.

Ich nehme Celines Hand, halte sie fest, ihre Finger sind unnatürlich kalt. Es fühlt sich ganz anders an, als Adriana anzufassen. Nicht falsch, sondern richtig. Celine fährt sich mit der Zunge über die trockenen, aufgesprungenen Lippen. Ich sehe mich verstohlen nach Targan-Augen um. Die sind hier mit Sicherheit überall. Wenn ich Celine von den Kameras erzähle, schafft sie das hier nicht mehr. Aber die Targan wollen keine Kandidaten, die nicht unter Angst arbeiten können.

Celine sieht auf unsere Hände. »Du weißt nicht, wie das ist, wenn man so große Angst hat, dass man ...«

»Jeder weiß, wie das ist, Angst zu haben«, unterbreche ich sie schnell.

»... so große Angst, dass man das Falsche tut ...«, wispert Celine.

Meine Com vibriert. Mission vom Engel: »Besser, du beeilst dich Luca, du bist schon so spät dran! Du hast noch 00:02:01 Zeit, dich zum Hauptausgang des Tempels zu begeben und in die Limousine zu steigen.« Die Pfeile des Navis blinken, die Zeit läuft.

Ich klicke das Navigationssystem weg und versetze dem Schweber neben dem Tisch einen wütenden Tritt. Vom Tisch der Uniformierten kann ich erschrockenes Atemholen hören, aber als ich aufblicke, sehen alle schnell in die andere Richtung.

»Weißt du, was passiert ist, als die Löcher immer größer geworden sind und ich gesehen habe, was unter mir ist?«, flüstert Celine. Ihre Stimme zittert. Eine Träne rollt plötzlich aus ihren Augen. Sie wischt sie weg. »Ich ... und ich wusste doch, dass ihr ... und die Fragen ... immer mehr Fragen ...« Noch eine Träne. »Ihr habt mich gebraucht und ich ... es tut mir leid, Luca, es tut mir so leid! Ich hätte ... all meine Figuren können das Richtige tun, wenn es darauf ankommt, aber wenn ich Angst habe, dann kann ich nur dastehen und ...«

Ihre Stimme bricht weg. Sie weint.

Ich lehne mich im Stuhl zurück. Ich reibe mir mit der Hand über die Stirn. »Du hast es ihnen gesagt«, sage ich. »Nach dem Test. Sie haben dir gedroht und da hast du ... Darum bist du mir aus dem Weg gegangen. Du hast dich geschämt.«

»Ich hab uns verraten! Ich hab ihnen von Adrianas Com erzählt und dass ... ich hab ihnen alles gesagt!«

Ich schlinge die Arme um sie, halte und wiege sie. Ihr Körper ist schmal und warm und ihre Wange an meiner nass und ich beiße mir auf die Lippen, weil ich auch heulen will und atme tief ein und aus. »Es ist nicht deine Schuld.«

Aber Celine schüttelt den Kopf. »Ich kann nicht verhindern, was hier mit uns passiert. Aber was ich daraus mache ... wie ich damit umgehe ... Ich hab nicht gewusst, wie ich es dir sagen soll! Und Adriana meinte, du wärst wütend auf mich und nur Utopia könne das alles wirklich verstehen und die Elite mich akzeptieren, so wie ich bin, und dass das darum alles so wichtig und richtig ... und ich war allein und da ... Es tut mir so leid ... Ich hab nie gedacht, dass ich ... Ich finde es so wichtig zusammenzuhalten und da ... ich wünsche mir einfach so sehr, das Richtige zu tun, aber ...«

Ich atme ein. Ich atme aus.

John hat gesagt, niemand hört mich, weil ich eigentlich nicht gehört werden will. Ich will, dass Celine mich jetzt hört.

Ich wische ihr mit den Daumen die Tränen von den Wangen. »Stephen war egoistisch, du hattest Angst, aber weißt du, was der Unterschied zwischen euch beiden ist? Im Gegensatz zu Stephen hast du versucht, das Richtige zu tun. Und wirst es immer wieder versuchen.«

Celines Schultern beben, aber sie sieht auf. »Bist du denn gar nicht wütend?«

»Ich war nie wütend auf dich. Hörst du mich? Ich bin nicht wütend. Nicht auf dich.«

Sie sieht mich an, hält sich mit Blicken an mir fest, holt tief Atem. »Ich bin verbrannt«, sagt Celine. Ihre Zunge zuckt über ihre trockenen Lippen. »Ich hab es gefühlt und trotzdem ... Wie machen sie das ... Warum tun sie das ... Glaubst du auch, dass es ein Simulationsraum ...«

Wie viele Kameras zoomen Celine gerade auf die Lippen?

»Lass uns über was anderes reden«, sage ich schnell. Weiß nicht, worüber ... »Wir könnten ... wir ... was hältst du davon, wenn wir tatsächlich an den Strand gehen? Zum Baden?«

Celine greift nach meiner Hand. »Ich werd es nicht schaffen, Luca. Aber du wirst es schaffen. Versprich mir, dass du sie aufhalten wirst. Versprich mir, dass ... dass du es versuchst!«

»Celine ...«

Die Togas laufen im Gänsemarsch mit ihren weißen Eimern aus dem Café. Eine andere Toga kommt im Laufschritt näher, bleibt mitten im Lauf an unserem Tisch stehen und legt mit diesem verrückten Lächeln eine Schachtel auf den Tisch vor mich hin. Die Schachtel ist schwarz mit einer roten Schleife darum. Die Toga läuft weiter, ist weniger dünn als die anderen, muskulöser, und trägt Targan-Sportschuhe. Botentoga. Nahrung und Schlaf der Togas werden ihren Aufgaben angepasst, hat John mir erzählt. Die Info war nicht mal tabu. Seine Stimme war ohne Gefühl, als er das gesagt hat. Wie kann er damit leben?

Wie kann ich damit leben, dass er damit leben kann.

Ich schließe wieder die Augen. Die Dachterrasse ... Johns Körper in der Hitze am Morgen, auf meinem, in meinem, seine Stimme, erschrocken, an meinem Ohr. »Luca! Hab ich dir weh getan?«

Meine Stimme, dunkler, noch keuchend, noch zitternd, noch weit entfernt: »Ich weiß nicht ... ich ... hab das Gleichgewicht verloren.«

Ich öffne die Augen, ziehe die Schleife auf und hebe den Deckel von der Schachtel. Auf schwarzem Seidenpapier liegt ein dunkelroter Slip. Eine Karte liegt dabei: »Komm.«

Ich mache den Deckel zu, ohne Celine dabei anzusehen.

Der Uniformierte kommt aus dem Geschäft zurück, lächelt noch immer. Er sieht eigentlich gar nicht sehr nach einem Targan aus, hat spärliches, braunes Haar und etwas zu kleine, eng beieinanderstehende Augen und außerdem so einen seltsamen Tick. Seine Hand zuckt immer wieder vor und zurück.

Er kommt mir wirklich bekannt vor ... das ist ... aber das kann nicht sein! »Andy Meyer?«, sage ich laut.

Andy Meyer gibt es wirklich, er ist gar keine Vorlage für eine Figur, keine Erfindung für ein Computerspiel ... Warum hab ich dann sein Profil zu Ende ausfüllen sollen, das ergibt doch gar keinen Sinn? Ist das wieder so ein seltsamer Test? Aber was soll dann das Ganze? An was für Profilen habe ich da gearbeitet? Was passiert hier?

Was wollen sie?

Meine Com vibriert. Mission vom Engel: »Jetzt aber hurtig, hurtig, Luca! Du hast noch 00:11:29 Zeit, die Wache zu John Amber zu begleiten.«

Was zum ...

Eine Hand legt sich auf meine Schulter.

Phils Glatze spiegelt von Schweiß.

Celine fährt zusammen.

»Was soll das?«, frage ich.

»Du wirst jetzt mitkommen«, sagt Phil, seine Stimme klingt zu hoch für seinen massigen Körper.

Celine zittert. Sie will etwas sagen, aber ihre Worte sind unverständlich. MyVersion übersetzt nicht mal Fetzen davon.

Ich umarme sie schnell.

»Alles in Ordnung«, flüstere ich. »Mach dir keine Sorgen. Alles in Ordnung, das ist nur ein ... ein Insider. Ein Spiel. Bitte beruhige dich. Hab keine Angst vor der Angst.«

Ich kann sie doch so nicht hierlassen! Das geht nicht. »Ich komme nicht mit«, sage ich über die Schulter zu Phil.

Er beugt sich schweigend über mich.

Im nächsten Moment habe ich Handschellen an.

Johns Wohnung ist dunkel. Phil drückt mir die Schachtel samt Schleife in meine Hände in den Handschellen und lässt mich so stehen. Der zufallende Türspalt verschluckt das letzte Licht. Ich höre den Springbrunnen, meinen Atem, sonst nichts. Die Handschellen sind so leicht und dünn wie Draht, ich spüre sie nur, wenn ich versuche, die Hände rauszuziehen. Meine Haut ist an den Gelenken aufgeschürft davon.

Irgendwo öffnet sich eine Tür. Johns Stimme: »Luca.«

Er kommt mit einem brennenden Licht aus der Dunkelheit auf mich zu. Ich beiße die Zähne zusammen, lasse sein Geschenk auf den Boden fallen und kicke danach, die Schachtel schabt über den Boden, fällt irgendwo auf.

Ein paar Schritt weit vor mir bleibt John stehen. Er hat eine Öllampe aus Messing in der Hand, die aussieht wie Aladins Wunderlampe. Johns Gesicht im flackernden Schein ist dunkel und hell, im Licht und im Schatten. Ich kann den Ausdruck in seinen Augen nicht erkennen, als er den Kopf zur Seite neigt und mich betrachtet. »Weißt du noch, unser allererster Kuss?«, fragt er mich ruhig. »Weißt du, warum ich damals in den Dragonclub gekommen bin? Ich wollte dich schon damals ... Lilith ... Ich wusste, dass ich dich nicht haben kann, aber ich wollte dich trotzdem. «

Ich presse die Lippen aufeinander und hebe das Kinn. Bis er mir diese Dinger abgenommen hat, sag ich sowieso kein Wort.

John spricht einfach weiter: »Erinnerst du dich, wie alles angefangen hat? Vor bald acht Jahren. Als Draven und Lilith sich kennengelernt haben. Die Berg-Quest. Ich war damals gerade erst auf Targan Island angekommen, diese Insel war noch nicht mal ein eigener Staat ... Ich habe viel Zeit in Yara verbracht. Mit dir.« John hebt die Lampe, um mein Gesicht zu beleuchten. »Ich fand Lilith ... witzig. Anders. Völlig verrückt. Sie hat mich herausgefordert. Sie hat mich zum Lachen gebracht, zum Nachdenken. Einmal sogar zum Weinen. Es hat nicht mal ein paar Monate gedauert und ich war wie ein Teenager in deine Computerspielfigur verknallt. Es hat mich fast um den Verstand gebracht, das. Hab's nicht verstanden.« Er kommt zwei Schritte näher, bleibt direkt vor mir stehen.

Ich trete einen Schritt zurück. In meinem Rücken die Tür. Die Liebeserklärung meiner großen Liebe Draven. Und es klingt alles nach Drohung und ich hab Handschellen an.

Er schüttelt langsam den Kopf. »Hab mir schon damals deine Daten geholt«, sagt er wie zu sich selbst. »Über Luca. Ich weiß, das war nicht richtig«, sagt John, »du kannst wütend auf mich sein, wenn du willst. Aber ich musste wissen, warum ... Wusste, das muss aufhören. Diese Gefühle für dich. Man hat keine Zukunft in der Welt, wenn man zu Targan gehört. Auch nicht mit den Menschen darin. Aber Draven und Lilith waren ein Liebespaar und haben immer weitergespielt, bis ...«

Er bricht ab. Dann tritt er noch näher und streckt die Hand nach mir aus.

Ich zucke zurück.

Seine Finger berühren die eingerollten Zöpfe. Er hält die Öllampe höher und beginnt, eine nach der anderen die Haarnadeln herauszuziehen. Sie fallen auf den Boden, treffen mit einem leisen, metallischen Klirren auf. Als John weiterspricht, klingt er in Gedanken weit fort: »Es hat einen Zwischenfall gegeben. Hier auf der Insel. Ein paar Wochen konnte ich nicht nach Yara. Danach war alles anders.«

Der erste Zopf fällt zurück über meine Schulter. John schweigt einen Moment. »Danach war auch klar, dass ich dich gehen lassen muss«, sagt er dann. »Ich wusste nicht, wie.« Der zweite Zopf fällt. John fächert das Haar, bis es offen auf meinen Schultern liegt.

Warum erzählt er mir das alles endlich? Warum jetzt? Weil es mich morgen um diese Zeit vielleicht nicht mehr gibt?

»Ich hab den nächsten Flieger in die Welt genommen und bin zu dir«, sagt John, greift nach einer Haarsträhne, dreht sie zwischen den Fingern und schnuppert daran. »Weißt du noch, Silvester vor sechseinhalb Jahren?« Er trägt noch seinen Anzug. Im Licht des brennenden Dochts glänzt Dravens Drachenhaut schwarz und metallisch. »Ich wollte nicht, dass du mich siehst, Luca. Das war nicht geplant. Ich wollte dich sehen. Ich wollte eine Ohrfeige von der Realität. Ich wollte sehen, dass es Lilith nicht gibt, dass Lilith eine Rolle ist, nicht wirklich, gespielt von jemandem, der mich nicht interessiert ...

Ich wollte diese Geschichte ein für alle Mal beenden. Aber dann habe ich dich gesehen.

Du hast nicht ausgesehen wie Lilith. Aber wenn es Lilith wirklich gegeben hätte, sie hätte den gleichen Blick gehabt wie du. Und du ... du hast mich gewollt. Ich hätte nie geglaubt, dass du auch ... Ich hätte dich nicht küssen dürfen. Das war ein Fehler. Nach diesem Kuss war nichts mehr wie vorher. Und ich hab es trotzdem nie bereut.«

Er bückt sich langsam und setzt die Öllampe auf dem Boden ab. Der Schein leuchtet auf seinem Gesicht und fällt auf das Mosaik, geometrische Formen in Weiß, Rot und Blau. »In dem Moment hab ich zum ersten Mal wirklich verstanden, was Liebe ist«, sagt John und betrachtet die vielen bunten Steine. »Liebe ist, wenn man jemanden hinter all seinen Rollensplittern sieht. Liebe ist, wenn man in einem Menschen das Wunder sieht, etwas Größeres. An diesem Abend im Dragonclub hab ich dich gesehen, Luca. Und ich hab gewusst, dass ich dich nicht haben kann.«

Er legt schweigend die behandschuhten Finger auf die Mosaiksteine, fährt vorsichtig über das Muster. »Ich dachte, es bringt mich um ... Aber all die Jahre ... Wenn ich nicht weiterkonnte, dann habe ich die Augen zugemacht und an dich gedacht. Nicht an Lilith, nicht an deine Rolle, nicht einmal an Luca, sondern an die Art, wie du bist. Wer du bist. Namen sind nur Kostüme ... obwohl ich dir einmal sogar einen Namen zum Geburtstag geschenkt habe ... Erinnerst du dich? Als du plötzlich nicht mehr Ludovica, sondern Luca geheißen hast? Luca bedeutet Licht.«

Ich hole tief Atem. Natürlich. Natürlich war das John ...

»Jeder sollte das Recht haben zu bestimmen, unter welchem Namen er spielt«, sagt er. »Du hast immer Luca heißen wollen.« Er lächelt. »Der Name passt zu dir. Wenn ich nicht weiterkonnte, hab ich die Augen zugemacht und mich daran erinnert, dass es dich gibt, irgendwo da draußen. Eine Welt, in der es so etwas gibt, ist das alles wert. Ich hab die Augen wieder öffnen und weitermachen können.«

John hockt noch immer vor der Öllampe und spricht zum Licht, das im Messing widerscheint. Zuckt plötzlich die Schultern und lacht kurz auf. »Und dann haben sie dich aus der Welt zu mir auf die Insel geholt«, sagt er und richtet sich wieder auf. Unsere Blicke begegnen sich. »Seitdem«, sagt John, »hab ich gelitten, wie ich nicht geglaubt habe, dass es menschenmöglich ist. Und glaub mir, was Leiden und Menschen angeht, kenn ich mich eigentlich aus.«

Er tritt dicht an mich heran und beugt sich über mich. Sein Gesicht ist direkt vor meinem, zu nah. Er stützt die Handflächen zu beiden Seiten von meinem Kopf an die Tür.

Ich schlucke. Mein Körper, der Verräter, riecht mal wieder nur Udaipur. Aber glaubt John wirklich, dass er mich nach Belieben zum Ficken abführen lassen kann? In meinem Rücken spüre ich das in geometrische Formen geschnitzte Holz und Metall. Das hier war vielleicht mal Draven. Jetzt ist das John.

Er streichelt mit einem behandschuhten Finger über meinen Mund. »So weich ... Ich werde dir jetzt eine Tabu-Info verraten, Luca«, sagt er sanft. »Du bist die Erste, die das Projekt Z3275 zum Laufen gebracht hat. Und es spielt keine Rolle. Dein Rang 1 spielt keine Rolle mehr.

Menschen haben nicht den Wunsch nach Frieden. Menschen haben den Wunsch nach Macht. Die Menschen, die tatsächlich für den Frieden kämpfen, sind meistens Fanatiker und brennen dabei alles zu Asche. Erzähl mir nicht, dass du selbst etwas anderes glaubst. Du bist eine ausgezeichnete Geschichtenerfinderin, Luca Mon, aber in deinen Geschichten verrätst du dich selbst. Was glaubst du, sagt Z3275 über dich aus?

Du hast Utopia ausgetrickst. Du hast die Vorgaben des Programms dazu genutzt, eine Welt zu erfinden, die es nicht gibt und nie geben wird.

Wir prüfen in diesen Wochen nicht nur euer Talent, das kennen wir meistens schon vor eurer Ankunft. Wir prüfen, ob wir eure Talente für uns nutzen können. Wir feilen an eurem

Verhaltensprofil. Wir prüfen, ob euer Profil zu uns passt. Oder passend gemacht werden kann.

Dein Punktestand bei uns könnte exzellent sein, Luca Mon, aber ist miserabel, weil du dich nie an die Regeln hältst.

Wenn du den Test morgen nicht mit Exzellenz bestehst, bist du draußen. Was, glaubst du, macht das mit mir, wenn ich es nicht verhindern kann? Was dir hier geschieht? Was sie mit dir machen?« Er streicht mir über die Wange.

Ich spüre den Stoff seiner Handschuhe und darunter warm seine Haut, seine Berührung wie Strom in mir weiterpulsieren. Ich will ihn zu mir ziehen, will, dass er mich küsst.

Will es nicht. Verdammtes Udaipur.

»Man übergibt dir unseren Kodex. Die Säulen der Elite. ›Vertraue Utopia, gehorche dem Engel.‹ Und was macht Luca Mon als Erstes? Drückt den Engel weg, um ihre Freundin aufzubauen. Weißt du, dass sie Wetten darauf abgeschlossen hatten? Weißt du, wie viele Punkte dich das gekostet hat? Pro Sekunde? Ich hab versucht, dich da wegzuholen. Du wärst von alleine gekommen, wenn du verstanden hättest, worum es geht. Dass du Celine und dich in Gefahr bringst. Aber du bist nicht gekommen.«

»Celine ... ist sie ... hab ich ...«

»Sie wird es so und so nicht mehr schaffen, Luca. Egal, was heute war.«

»Du hattest kein Recht ...«

»Weißt du, wie viele Punkte es dich gekostet hätte, wenn du gar nicht gekommen wärst?« John legt die Hände um meinen Hals und streicht mit den Daumen über meinen Kehlkopf. »Ich brauche dich lebendig, Luca«, murmelt er. »Ich bin bereit, so gut wie alles dafür zu tun. Auch, wenn mich das zu einem schlechteren Menschen macht. Hab es mit den Handschellen als unser Spiel getarnt. Alle haben geglaubt, du weigerst dich zu kommen, ich schicke dir Handschellen, das ist unser Spiel. Alle haben es geglaubt. Alle außer dir.«

Er lässt meinen Hals los, greift nach den Handschellen, hebt meine Arme und drückt meine Hände über meinem

Kopf gegen die Tür. »Alle hier wissen: John Amber liebt die verrückte Luca Mon. Alle hier halten mich für verrückt. Weil ich es mir nicht wegmachen lasse ... die Dinge, die ich tue ... deinetwegen ... Und du siehst mich nicht mal, Luca. Du siehst nur noch meine Rolle. Weil du nicht fühlen willst, was du fühlst.«

Dicht aneinandergedrängt stehen wir da. Ich höre das Wasser vom Springbrunnen gleichmäßig fallen.

Er schweigt.

Aber mir den Kopf unter Wasser tunken und sagen »Vergiss nie, wer ich bin!«

»Mit dir zu sein, das ist wie eine Affäre mit einer gottverdammten Halloweenparty zu haben«, sage ich. Ich versuche verächtlich zu klingen. Aber meine Stimme ist nicht fest, und er merkt es. Ich kann unseren Atem zwischen uns hören. So haben wir auch vor drei Wochen gestanden. An dem Tag, als ich im Zentrum aufgewacht bin.

»Ich hab gewusst, dass ich dich nicht noch einmal küssen darf«, sagt John und lächelt tatsächlich ein wenig dabei. »Es war ein Fehler ... Und ich bereue es trotzdem nicht. Glaubst du wirklich, dass ich Handschellen brauche? Sag mir, dass du das hier nicht spürst. Sag mir, dass du mich nicht willst. Sag mir, dass du mich nicht schon gewollt hast, als wir nur Spielfiguren füreinander waren.«

Er lässt mich los, zieht einen winzigen Schlüssel aus der Tasche und öffnet die Handschellen.

Zieht meine Rechte heraus und steckt seine Rechte hinein, schließt die Handschellen wieder und steckt den Schlüssel weg.

Die Handschellen wirken im Kerzenlicht fast filigran und schimmern silbrig. Johns Finger verschränken sich mit meinen. »Du gehörst zu mir«, sagt er langsam und seine Rechte drückt meine Linke. Er lässt mich nicht aus den Augen. Seine andere Hand greift unter mein T-Shirt, den Rücken hinauf. »Ob wir wollen oder nicht«, sagt John und öffnet meinen BH, »wir gehören zusammen. Wir haben immer zusammengehört. Du hast kein Recht dazu, dich in Gefahr zu bringen. Du gehörst nicht mehr nur dir selbst.«

»Das ist immer noch mein Körper und ich kann damit machen, was ich ...« Ich halte die Luft an. Seine Hand umfasst meine Brust und die Berührung zuckt bis tief in mich hinein.

»... was ich will«, sagt John leise. »Sag mir, dass ich aufhören soll und ich höre auf.«

Er sieht mich an und bewegt sich nicht. Er wartet.

Ich will das nicht. Die Wärme seiner Hand ... sein Geruch ... Mein Atem kommt schneller. Ich presse mich näher an ihn.

Er zieht eine Augenbraue nach oben und beobachtet mich. »Am Ende sind Menschen nicht so sehr das, was sie denken«, sagt er. »Am Ende sind wir das, was wir tun ... ich hab mich immer gefragt, ob das ein Trost ist. Oder das Gegenteil.« Seine Finger bewegen sich jetzt, umkreisen, streicheln, ziehen, reiben, spielen. »Ein Wort von dir und ich höre auf«, sagt John ruhig.

Ich stöhne.

»Du spürst es, Luca«, sagt John. »Du kannst dir einreden, was du willst, aber du spürst es auch. Was, glaubst du, ist das, was du fühlst?«

Er lässt mich los, öffnet stattdessen Knopf und Reißverschluss von meiner Jeans, seine Hand fährt unter meinen Slip.

Ich werfe den Kopf zurück, wende mein Gesicht von ihm ab.

Er beginnt, mich langsam zu reiben. »Sag mir, dass du mich liebst«, flüstert er.

Ich balle die Hände zu Fäusten und meine gefesselte Linke krampft sich um seine Rechte. Ich will das nicht spüren. John gehört zu den Targan und er trägt einen Teil seiner Uniform Tag und Nacht. Ich spüre Tränen aufsteigen und wie etwas tief in mir zu beben anfängt.

Er beugt sich über mich und küsst meinen Hals. »Sag mir, dass du mich liebst. Ein einziges Mal.«

Menschen, die aus Effizienzgründen beseitigt oder wie Spielzeug benutzt werden. Celine, ein paar Stockwerke unter uns, kommt schier um vor Angst. Wird es nicht schaffen. John mitverantwortlich dafür. Und ich darf ihm das alles nicht mal sagen, es geht um mein Leben, um Celines Leben. Er muss glauben, dass ich selbst eine Targan werden will.

Seine Lippen an meinem Hals werden drängender. Er reibt sich in mich hinein.

Ich winde mich. Ich will das nicht spüren. Muss sagen, er soll aufhören, sofort.

Er presst meine Hand in der Handschelle gegen seine Brust, seinen Herzschlag.

Ich sage: »Ich liebe dich«, und küsse ihn.

Der Docht der Öllampe brennt noch, aber draußen dämmert schon der Morgen.

Der letzte Test.

Ich kann nicht mehr schlafen. Ich liege neben ihm und sehe ihn an.

John schläft, nackt, bis auf die Handschuhe.

Es ist das erste Mal überhaupt, dass ich ihn schlafen sehe, will lieber nicht wissen, was er schluckt, um sich all die Nächte hindurch wachzuhalten. Aber jetzt schläft er so fest, er könnte tot sein, sein Brustkorb bewegt sich kaum.

Seine Beine verwickelt in das schwarze Laken auf seinem Bett, der linke Arm auf meiner Taille, der rechte ausgestreckt, unsere Hände noch immer aufeinander, aneinandergebunden, sein Gesicht mir zugewandt. Sein Mund steht leicht offen und ein paar schwarze Haarsträhnen kleben auf seiner Stirn. Er sieht wehrlos aus und weit fort.

Die Handschelle scheuert an meinem Gelenk, schneidet immer tiefer ins Fleisch, es brennt. Die Liste der Gründe, warum ich mich vor mir selber ekle: Jemanden, den man liebt, hasst und verabscheut man nicht. Jemanden, den man liebt, benutzt man nicht, um an Infos zu kommen. Jemandem, den man liebt, sagt man Bescheid, wenn man vorhat, für immer zu verschwinden. Jemandem, den man liebt, vertraut man.

Man hat keine Angst vor jemandem, den man liebt. Ließe sich fortsetzen.

Aber die Liste ist sowieso nicht mehr aktuell. So hab ich früher mal gedacht, dass man liebt. Aber das scheint ja ganz offensichtlich nicht immer der Fall zu sein.

Ich wende mich vorsichtig von ihm ab, greife seine Hose vom Boden und finde den Schlüssel in seiner Tasche. Silbrig, schmal und gerade mal so groß wie mein Daumennagel. Ein Spielzeugschlüssel für Spielzeughandschellen. Ab wann ist es kein Spiel mehr?

Ich wende den Schlüssel in meiner Hand. John schläft. Es tut weh, ihn so zu sehen und ich kann nicht wegsehen und schließe nicht auf.

»Ich liebe dich.« Ich habe das heute zum allerersten Mal überhaupt gesagt. Ist ja nicht so, als ob John mich dazu gezwungen hätte. Er hat mich nur dazu gebracht, etwas zu wollen, was ich vielleicht nicht wollte, das macht den Satz nicht weniger wahr.

Nur weniger sauber.

Er hat ein »Ich liebe dich« von mir gebraucht, und das sofort. Wir nehmen uns, was wir brauchen. Und was macht das mit uns? Was macht das aus uns? Hab nie geglaubt, dass ich so sein könnte.

Ich will so nicht sein.

John bewegt sich im Schlaf und die Handschelle schürft über die wunde Haut an meinem Gelenk. Abschürfungen, verblassende blaue Flecken, Kratzer und Bissspuren, sogar der Einstich vom Pfeil ist noch nicht ganz verheilt. Wir sehen nicht aus, als hätten wir uns eine Woche lang geliebt, wir sehen aus, als hätten wir versucht, einander umzubringen.

Ich schüttle den Kopf, stecke den Schlüssel ins Schloss und drehe um. Ein Klicken. Die Ringe schnappen auf. Vorsichtig ziehe ich meine Hand heraus, drehe und wende sie im flackernden Licht der Öllampe.

Sieht übel aus und fängt jetzt, wo ich das sehe, natürlich erst recht an, weh zu tun.

Ich sollte uns eine Salbe holen. Wobei es Johns Hand wahrscheinlich weniger schlimm erwischt hat. Der hat ja seine Elite-Handschuhe an ... Ich zupfe ein wenig am Stoff.

Wer bist du?, frage ich lautlos. Er zuckt im Schlaf zusammen, als hätte er mich trotzdem gehört. Fast unheimlich ist das manchmal. »Sch«, mache ich leise. »Schlaf weiter. Träum.«

Vorsichtig ziehe ich ihm die Handschelle ab und lege sie auf den Nachttisch. Ich nehme die Öllampe, halte sie über ihn, das Licht fällt auf sein schlafendes Gesicht, seine nackte Brust, seinen Arm um meine Taille. Sogar im Schlaf hält er mich noch fest, der Handschuh ist kühler und glatter als Johns Körper und ich rolle ihn ein wenig von seinem Ellenbogen aus nach unten. Geht ganz einfach, geräuschlos, der schwarze Uniformstoff ist dünn wie eine zweite Haut. John rührt sich nicht.

Vorsichtig setze ich mich auf. Ich halte die Lampe tiefer, rolle den Handschuh mit der Handfläche vorsichtig weiter nach unten ab.

Zögere. Johns Unterarm ist leicht behaart, weder verbrannt, noch vernarbt, nur sehr blass. Sogar im flackernden Schein der Lampe und dem Licht der einbrechenden Dämmerung ist der Kontrast zwischen weißer und braun gebrannter Haut markant, es sieht aus, als trage er unter den schwarzen Handschuhen weiße.

Ist das mit den Handschuhen vielleicht einfach seine Macke? Es fühlt sich nicht gut an, den Handschuh weiterzurollen.

Aber John schläft und ich rolle den Handschuh zu einem Armreif um Johns Handgelenk. Zupfe den Handschuh an den Fingerkuppen lose. Wer bist du, John?

Der Handschuh rutscht mir wie von selbst in die Hand.

Johns Finger sind lang und kräftig, die Nägel mehr eckig als rund. Die Ballen unter den Daumen groß und ... da ist etwas ... in seiner Handfläche ... ist das ein Tattoo? Etwas Rotes. Ich drehe Johns Hand um.

Ich schreie.

Zähne. Malmen. Rot. Zerdrückt. Stacheln. Stechen. Schmerz. Ich will den Kopf in den Händen verstecken, aber kann nicht, nicht das Tabu aus den Augen lassen, es wird malmen, stechen, Zähne, Rot, zerdrückt ... meine Schreie sind schrill.

Herzrasen. Übelkeit. Tabu.

Die Lampe fällt aufs Bett, Öl läuft aus.

Flammen. Rauch.

John fährt auf. Das Bett brennt, die Laken, die Matratze, Flammen schlagen hoch. Hitze.

John packt mich am Arm, reißt mich vom Bett, liege auf dem Boden.

John vor den Flammen, mit dem Rücken zu mir, schlägt mit Kissen die Flammen aus, brüllt: »Fabrizio! Wach auf!«

Hitze. Rauch. Ich würge.

Rauch.

Kein Feuer mehr.

John, noch immer mit dem Rücken zu mir, steht keuchend da.

Ich zittere. Atme ein. Atme aus. Mein Hals brennt. Ich huste.

Das Tabu.

John hat das Tabu in die Handfläche tätowiert. Liege zitternd auf dem Boden vor ihm.

Langsam dreht er sich zu mir um. Die weiße Haut ohne Handschuh ist dunkelrot gefleckt und sein Gesicht schmerzverzerrt. Es riecht beißend nach verbrannten Stoffen.

»Luca«, sagt John vorsichtig und streckt die verbrannte Hand nach mir aus, zieht die Hand schnell wieder zurück, »Luca ... ich bin es ... ich bin es doch.«

Ich krieche von ihm weg, zur Tür. Wenn er das Ding auf mich richtet, Augen zumachen.

Aber er hält die Hand ohne Handschuh hinter dem Rücken versteckt. Ich stütze mich am Türrahmen ab, um auf die Beine zu kommen.

»Luca ...«, sagt er.

»Bleib ... weg von mir«, sage ich, meine Beine sind wie Watte, aber ich stehe, stehe aufrecht an der Tür. »Fass mich nie wieder an.«

Und dann bin ich draußen und schlage die Tür hinter mir zu.

Noch nie jemanden gesehen, der eine Nacht lang vor seinen Gedanken weggelaufen ist, was? Ich jogge an der Wache vorbei in die Halle der Eignungstests, atme ein, atme aus, laufen, nicht denken, einfach immer weiterlaufen, nicht denken, nicht denken.

Alle warten sie schon in den Kabinen, die Targan schon über uns auf der Galerie. Ich jogge in meine Glaskabine.

Die Tür geht hinter mir zu, das Schloss rastet ein.

Vor mir ein Tisch und ein Stuhl. Auf dem Tisch ein Kippschalter, ein langer, schwerer Hebel zum Umlegen aus rotem Metall.

Ich setze mich, sehe mich um.

Alle Glaskabinen sind wieder besetzt. Ich sehe keinen der ausgeschiedenen Kandidaten, die müssen alle aus anderen Testgruppen sein. Nur in den Glaskabinen direkt um mich sind bekannte Gesichter. Das sind wir, die Auserwählten für die Kreativabteilung, die wir noch übrig sind. Wir sind zusammen durch die Hölle gegangen, tragen jetzt alle wieder mausgraue Anzüge und warten gemeinsam auf den nächsten Menschenversuch an uns.

Links von mir sitzt Stephen. Er beachtet mich nicht.

Aber zu meiner Rechten ist Celine und unsere Blicke begegnen sich. Wie sie mich ansieht. Ich muss schlimm aussehen. Dabei fühle ich mich nur taub, und das ist gut so. In der Brustgegend lauert ein dumpfer Schmerz und wartet darauf, mich anzuspringen.

Nicht denken. Nur an den nächsten Schritt denken. Der nächste Schritt ist der Test.

Celine nickt mir langsam zu, wendet den Blick ab, sitzt sehr gerade und sieht nach vorn.

Dann spricht mein Engel aus den Lautsprechern der Kabine: »Es wird jetzt mit jeder Minute kälter werden«, sagt die warme, freundliche Stimme. »Wenn du den Schalter umlegst, wird es in einer der Kabinen wieder warm. Der Zufallsgenerator entscheidet, in welcher. Leg den Schalter nicht um.«

Es wird kälter.

Da sitzen wir. Jeder eingeschlossen in seiner eigenen Kabine, Glaskabinen wie Telefonkabinen, Glaswand an Glaswand, können einander weder hören noch berühren, wozu auch, wir kennen einander nicht, besser so, wir kennen alle den Kodex, vertraue Utopia, gehorche dem Engel, leg den Schalter nicht um.

Ich reibe mir fröstelnd die Oberarme.

Möglichkeiten:

Erstens: Wenn ich den Test nicht mit Exzellenz bestehe, dann war's das für mich. Den Schalter umzulegen ist gleichbedeutend mit Selbstmord und ich will leben. Ich lege den Schalter nicht um.

Zweitens: Es hätte auch niemand was davon, wenn ich den Schalter umlege. Die Kälte ist wahrscheinlich wieder nur in meinem Kopf. Und auch wenn das hier wirklich passierte. Die meisten hier glauben noch immer, das ist alles echt und die Idee von der Simulation nicht mehr als das, eine schöne Idee. Wir sind Kandidaten, alle noch menschlich, noch keine Targan, wir sehen einander nicht beim Erfrieren zu, gleich legt hier alles sowieso den Schalter um. Jede Wette, darum wird es trotzdem nirgendwo warm. Die Targan würden sich ja nicht ihren eigenen Test ruinieren.

Ich lege den Schalter nicht um.

Celine beugt sich vor, greift schnell den Schalter und legt ihn um.

Sie wird es nicht schaffen, hat John gesagt.

Ihr Gesicht ist blass und ihre Lippen bläulich, sie atmet zu schnell. Sie sieht mich an.

Ich sehe weg. Es ist die rational richtige Entscheidung, den Schalter nicht umzulegen. Besser, ich sehe nicht hin, was jetzt mit uns passiert.

Ich rücke meinen Stuhl vom Tisch mit dem Schalter weg, verschränke die zitternden Arme vor der Brust und sehe auf den weißen Gummifußboden.

Ich kann das Zittern nicht mehr kontrollieren. Die Zähne schlagen mir aufeinander. Ich reibe mir die Arme. Ich trample mit den Beinen auf den Boden. Es ist so kalt. Uns allen ist kalt.

Ich werde nicht aufschauen. Ich werde den Schalter nicht umlegen.

Die Kälte ist nicht wirklich, das ist nur im Kopf, niemand erfriert.

Mir ist im Leben noch nicht so kalt gewesen. Mein Herz rast. Meine Füße schmerzen. Meine Hände schmerzen, tausend brennende Nadelstiche. Ich will raus. Verdammt, holt mich hier raus. Ich stehe auf. Ich springe auf der Stelle auf und ab. Ich schlage mit den Armen um mich.

Ich sehe auf.

In den anderen Kabinen hüpfen sie auf der Stelle, hauchen in ihre Hände, schlagen auf die Glaswände ein.

Ich höre die Schreie nicht. Schalldichte Stille.

In einer einzigen Kabine sitzt noch jemand auf dem Stuhl. Er ist fast noch ein Teenager, hat die roten Turnschuhe auf den Tisch gelegt, die Hände hinter dem Kopf verschränkt, rekelt sich wie in tropischen Temperaturen und sieht sich das alles um sich rum an, als wär's eine Realityshow im Fernsehen.

Ich kann um mich die Schalter auf den Tischen sehen.

Außer Celine hat niemand den Schalter umgelegt.

Das kann nicht sein. Sie haben mich unter Drogen gesetzt und hypnotisiert, wie vor einer Woche mit der Schlange und jetzt bilde ich mir das alles nur ein. Jeder hier würde doch den Schalter umlegen. Oder? Wenn jemand glaubt, dass sonst jemand erfriert?

Ich will wieder wegsehen, aber ich kann nicht, sehe in die anderen Kabinen.

Niemand sieht niemanden an.

Wir alle sind Elitekandidaten. Auserwählt. Sie haben in meinem Interview gesagt, ich hätte großes Potential. Ich würde zu ihnen passen.

Kein Wunder. So gut, wie ich im Wegschauen bin. Vielleicht sieht auch John auf eine Weise weg, wenn er in Menschen Ressourcen sieht. Vielleicht kann er so mit all dem hier leben.

Niemand außer Celine hat den Schalter umgelegt. Vielleicht hatte Stephen recht. Vielleicht ist es in der Welt gar nicht so anders und auf der Insel sieht man das alles nur etwas besser.

Die Targan sammeln Daten. Sie arbeiten effizient. Wenn der Versuch nicht von ihnen manipuliert werden muss, vielleicht ist die Kälte doch echt ... in allen Kabinen, in denen die Kandidaten sowieso beseitigt werden müssen.

Ich schlage mit der Faust gegen das Glas. Es müsste weh tun, aber schmerzt nicht mal, meine Hände sind blauviolett.

Ich habe Nebel in den Gliedern und keine Schmerzen mehr. Alles ist taub.

Einer nach dem anderen setzen wir uns auf den Boden, kauern uns um uns selbst zusammen.

Ich sitze neben Celine, Wand an Wand. Ich zittere nicht mehr. Mein Atem geht flach. Ich bin müde. Noch nie im Leben bin ich so müde gewesen.

Celine neben mir sitzt reglos, eine Körperkugel, auch sie zittert nicht mehr und atmet kaum. Wenn wir alle wären wie Celine, sie könnten uns nicht gegeneinander ausspielen.

Der Teenager hängt in seinem Stuhl, die roten Turnschuhe auf dem Tisch und schaut uns zu.

Ich fühle nichts mehr, bin kälteerstarrt. Aber der Schmerz in meiner Brust wacht jetzt auf. Zerreißt mich von innen nach außen. Ich schließe die Augen.

Ich atme ein. Ich atme aus.

Und wenn ich es schaffe, zu fliehen. Wie kann man in so einer Welt weiterleben. Wie kann ich mit mir selber weiterleben nach all dem. Ich muss daran glauben können, dass ich besser sein kann. Besser als das, was ich gerade bin.

Ich beiße die Zähne zusammen. Ich stemme mich an der Glaswand hoch. Ich zwinge meinen Körper gegen die Taubheit und Müdigkeit zurück zum Tisch.

Der Schalter. Ich lege meine Finger um das rote Metall, sie frieren daran fest.

Ich rucke daran, bewege den Schalter nicht. Ich werfe mein ganzes Gewicht dagegen, ich keuche, ich lege den Schalter um und sinke über den Tisch.

So, jetzt werde ich wahrscheinlich sterben. Aber kann zumindest mit mir selbst leben dabei.

Ich stelle mir vor, dass es jetzt warm werden könnte bei Celine.

Ich hebe den Kopf und sehe, dass sie mich ansieht, ihre Pupillen sind schwarz und zu groß. Nichts geschieht, gar nichts. Sie nickt mir zu. Sie schließt die Augen über den großen Pupillen, ihr Kopf fällt zurück und ich weiß, wir haben es nicht geschafft, das war's.

9

Wo bin ich?

Dunkelheit. Kann die Hand nicht vor Augen sehen. Ein Lichtpunkt in meiner Hand. Glüht auf. Wird größer, bewegt sich. Eine Raupe? Aus der Raupe glüht pulsierendes, weißes Licht. Sie verwandelt sich in einen Schmetterling und fliegt auf, die Flügel leuchten in allen Farben. Der Schmetterling schwebt in die Dunkelheit hinein.

Wo bin ich?

Ich folge dem Schmetterling. Stufen, eine Wendeltreppe in einem Turm. Von irgendwoher Musik. Ich kann das Lied nicht erkennen. Eine Tür. Zweiflügelig, dunkles Holz, in das Quadrate eingeschnitzt sind, in den Quadraten kreisförmige Intarsien aus Metall. Ich zögere einen Moment, dann stoße ich die Tür auf.

Licht fällt durch ein Burgfenster in ein Turmzimmer. Auf dem Fenstersims sitzt eine Krähe und beobachtet mich. »Ciao, Bella«, sagt die Krähe. Der Schmetterling flattert auf das Licht zu, ins Licht hinein, ist fort. »Bin ich tot?«, frage ich. »Das soll der Tod sein?«

»Du bist nicht tot«, sagt die Krähe. »Das hier ist eher so was wie deine dunkle Nacht der Seele.«

»Verstehe«, sage ich. »Ein Traum.« Ich bin etwas überrascht, wie sehr mich das erleichtert, mir war gar nicht klar, wie viel mir nach all dem noch immer an meinem Leben liegt.

»Das ist ein Traum«, sagt die Krähe. »Aber mich träumst du nicht. Geheimnisvoll, nicht wahr?« Die Krähe hebt stolz den Kopf.

»Ich will aufwachen.«

»Erst musst du fragen, wer ich bin«, sagt die Krähe.

»Sag meinem Unterbewusstsein bitte: gerne ein anderes Mal. Ich will aufwachen. Sind wir hier hoch?«

Die Krähe wirft einen Blick über die Schulter. »Ziemlich weit oben«, sagt die Krähe. »Aber es ginge noch höher.«

»Hab mal gelesen, man wacht auf, bevor man auftrifft, wenn man im Traum springt«, überlege ich.

»Hab was anderes gelesen«, sagt die Krähe. »Wacht man nicht auf, bevor man auftrifft, dann ist man wirklich tot. Außerdem lasse ich dich noch nicht an mir vorbei. Das hier ist ein prophetischer Traum! Du könntest Rätsel raten und mich dreimal fragen, wer ich bin«, sagt die Krähe.

»Wer bist du? Wer bist du? Wer bist du?«, frage ich.

Das Licht im Fenster wird so gleißend, dass ich mir schützend die Hand vor Augen halte. Als ich sie senke, hat das Fenster seine Form verändert und sieht jetzt aus wie der Amancay-Kompass. Die Krähe sitzt noch immer auf dem Sims.

»Ich weiß«, sagt die Krähe. »Alles sehr invasiv. Aber es ist am sichersten, mit den potentiellen Mitgliedern über ihre Träume in Verbindung zu treten.«

Ich trete einen Schritt zurück. Es knirscht. Ich sehe auf den Boden, Körner überall. Zwei irdene Schüsseln tauchen vor mir auf. »Ich glaube dir nicht«, sage ich und hocke mich auf den Boden.

»Natürlich glaubst du mir nicht«, sagt die Krähe, »darum kommt jetzt auch meine Prophezeiung.« Die Krähe plustert das Gefieder. »Wenn du gleich aufwachst, wird Adriana bei dir sein. Sie wird dir sagen, du hast den Test bestanden und bist eine Targan geworden. Und dann wird sie dich in den Zusammenhang einweihen, so nennen sie das. Sie wird dir erklären, dass die Targan deine Gedanken lesen«, sagt die Krähe.

Ich lasse mir die Körner durch die Finger rinnen, Linsenkörnchen, Weizenkörnchen. Das hier ist nur ein Traum, der

Vogel kann mir viel erzählen ... warum dieses ungute Gefühl? »Hab das Gefühl, das schon mal gehört zu haben«, sage ich und sortiere die Linsen in die eine, den Weizen in die andere Schüssel.

»Das hast du auch«, sagt die Krähe. »Außerdem hast du es ja schon die ganze Zeit über geahnt. Die Targan sind wirklich in deinem Kopf. Nur müssen sie dich nicht mal unter Drogen setzen oder hypnotisieren. Allen Kandidaten wird bei ihrer Ankunft im Zentrum ein Chip implantiert. Diamant nennen sie ihn. Darüber können sie deine Gedanken abhören und Erinnerungen löschen oder manipulieren.«

»Ich will jetzt gerne aufwachen, lass mich aus dem Fenster springen.« In jeder Schüssel sind nur ein paar Körner, das schaff ich eh nie, die zu füllen.

»Noch nicht aufwachen«, sagt die Krähe. »Warte noch einen Moment. Träumst du von Aschenputtel?«

Ameisen. Eine Ameisenstraße kommt auf mich zu, ein Ameisenheer, jede Ameise trägt ein Korn, die Ameisen marschieren auf die Schüsseln zu, sortieren die Linsen in die eine, den Weizen in die andere. Die Ameisen tragen winzige Matrosenuniformen. Die Schüsseln füllen sich schnell, sind voll, auf dem Boden keine Körner mehr, nur Steinfliesen, die Ameisen ziehen in einer langen Reihe Richtung Türspalt ab und verschwinden darunter, die letzte dreht sich um, salutiert, zwinkert mir zu. Auch die Schüsseln sind weg.

Aus den Steinfliesen sprießt sattes Gras zu einer Weide auf. Geruch nach Frühling. Goldene Schafe grasen.

»Wie soll das mit dem Chip funktionieren?«, frage ich die Krähe und stehe auf. Ein Fluss fließt an den Schafen vorbei. Ich könnte mich ertränken, dann wache ich vielleicht auf? Am Ufer wächst Schilf.

»Hirnstromübersetzung über ein Computerinterface«, sagt die Krähe.

»Hirnstromübersetzung«, wiederhole ich das Wort. Ich beuge mich zum Wasser hinunter. Das Wasser ist schwarz, aber nur das Schilf spiegelt sich darin, nirgendwo mein Gesicht. »Macht ihr Amancay das auch? Meine Gedanken abhören?«

»Nur, wenn es sich nicht vermeiden lässt«, sagt die Krähe. »Wir mögen das nicht. Wir haben auch gar nicht die Ressourcen, um dich Tag und Nacht überwachen zu lassen. Aber wir haben eine Firewall in deinem Chip aktiviert. Gedanken, die dich in Lebensgefahr bringen, werden automatisch maskiert. Fluchtgedanken zum Beispiel. In deinem Fall gab es mehrere ... Situationen ... da haben wir manuell nachhelfen müssen. Und um dich zu schützen haben wir dir darum so oft wie möglich beim Denken zugehört, ja.«

»Versteh das nicht«, sage ich. Das Schilf verwandelt sich in Flöten. Die goldenen Schafe heben die Köpfe und wittern, blecken die Zähne, die sind scharf und spitz, die Schafe drehen sich um, sehen mich an, scharren den Boden, Erdbrocken und Gras fliegen auf.

»Macht nichts«, sagt die Krähe, die Schafe rasen auf mich zu. Habe eine Schilfflöte in der Hand und spiele »Bruder Jakob« in allen Sprachen auf einmal darauf und deswegen hört sich das an wie Musik ohne Worte. Die Schafe kommen direkt vor mir zum Stehen und blöken mit.

»Wir fangen ja grade erst an«, sagt die Krähe. »Du träumst insgesamt natürlich dreimal von mir. Frag mich, was immer du willst.«

Ich setze die Flöte ab, die ist eine goldene Schere geworden und will zum Schaf. Die Schafe malmen Gras, zählen Schafe und die Augen fallen ihnen dabei zu. Ich schere den Schafen goldene Wolle ab. Und wohin jetzt damit? Die Schafe sind nackt.

»Was heißt ›maskiert‹?«, frage ich die Krähe.

»Bestimmte Wörter und Gedankenmuster aktivieren deine Firewall, die dann Fake-Gedanken sendet. Jetzt zum Beispiel sendet dein Chip, dass du von einer Baustelle träumst. Von einem großen, roten Kran. Alles sehr phallisch, das wird dein Psychologenteam eine Weile auf Trab halten. War meine Idee.« Die Krähe reibt sich die Flügel.

Aus der goldenen Wolle wird ein Kristallkelch.

»Deine echten Träume sind spannender«, sagt die Krähe. »Was sollst du denn jetzt damit machen?«

Ich sehe mich um. Ich muss etwas Schwarzes in den Kelch füllen, aber weiß nicht, was. Die Krähe?

»Bestimmt nicht«, sagt die Krähe schnell. »Ich bin nur als eingeschmuggelter Zaungast hier. Ich bin eigentlich gar nicht da.«

Ich stehe auf einer schwarzen Klippe, ein wenig unter mir schießen zwei dunkle Flüsse zu einem Wasserfall zusammen, und ich muss da jetzt irgendwie runter. Oder springen?

Fliegende schwarze Drachen zischen aus den schwarzen Felsen hervor, ihre Schuppen glänzen wie die Schmuckperlen auf Johns Uniform.

»Ich mag dich«, seufzt die Krähe. »Aber schon alles ein bisschen sehr dramatisch, findest du nicht?«

»Was träum ich mir hier denn die ganze Zeit über zusammen?«, frage ich die Krähe.

»Woher soll ich das wissen? Das ist dein Unterbewusstsein ... wow!«

Wir sehen zu, wie ein majestätischer Riesenadler vor der Sonne erscheint, auf die Drachen hinunterstößt. Die Drachen schreien und speien Feuer. Der Adler kreischt und geht mit dem Schnabel auf sie los, packt einen zwischen den Klauen, wird zu einer mexikanischen Münze, die golden schimmernd auf mich zufällt, direkt in meinen Mund hinein, Geschmack nach Metall.

Das Wasser wird ruhig, fließt zu meinen Füßen zu schwarzem Wunschbrunnenwasser zusammen.

Ich fülle meinen Kristallkelch darin. »Ha!«, rufe ich triumphierend.

»Ich hätte zur Begrüßung doch die Flügel spreizen sollen, oder?«, fragt die Krähe und hört sich fast neidisch an. »Und ich Idiot dachte, du magst es ja nicht ›too much‹ ... Wie findest du eigentlich meine Hintergrundbeleuchtung? Das Licht? Dachte, das gibt all dem einen poetischen Touch. Wann hat man sonst schon die Gelegenheit, ein prophetischer Traum zu sein! Wie fandest du das Licht?«

»Dämmerung hätte besser gepasst«, sage ich. »Traum als Grenze der Wirklichkeiten und so. Wäre auch weniger ... invasiv gewesen. Zu viel Special Effects. Ihr wollt mich ja schließlich anwerben, nicht abschrecken.«

»Hm. Vielleicht«, sagt die Krähe. »Ich dachte eigentlich in Richtung ›Licht der Wahrheit‹. Aber das nächste Mal also Dämmerung. Das passt wirklich besser zu Schwellensituationen.«

»Warum sollte ich mich euch anschließen?«, frage ich. »Erzählst du mir jetzt gleich, dass ihr die Guten seid?«

»Die Guten?« Die Krähe überlegt. »Die Guten. Wir tun unser Bestes, Gutes zu tun, aber das würden die Targan natürlich auch von sich sagen, nicht wahr? Die Guten. Ein hübsches Wort. Wir sind die, die daran glauben, dass der Mensch das Recht hat zu wählen. Du darfst uns aber auch gerne die Guten nennen.«

Die Krähe hebt stolz den Kopf und blinzelt mir zu. Was ein wenig absurd aussieht, sogar in einem absurden Traum. Mein Unterbewusstsein muss wirklich ziemlich mitgenommen sein. Hirnstrommanipulation ... Hokuspokusfidibus.

»Natürlich hast du allen Grund, uns nicht zu glauben«, sagt die Krähe. »Wir haben lange überlegt, wie wir dieses Problem wohl am besten lösen und uns am Ende entschieden, dich selbst darüber entscheiden zu lassen. Du bist ja ein kluger Kopf.

Wenn du gleich aufwachst, wird alles geschehen, wie ich es dir gesagt habe. Adriana wird bei dir sitzen und vom Zusammenhang erzählen. Das hat sie im Moment wenigstens gerade vor. Mit Menschen ist das immer so eine Sache, manchmal wollen sie etwas und machen das dann doch nicht und dann war all mein Gerede über prophetische Träume für die Katz. Aber wenn du willst, kannst du dir bis zum nächsten Krähentraum einen Test für uns überlegen? Irgendetwas, was für dich beweist, dass wir weder deine Einbildung noch die Targan sind? Was immer du brauchst. Wer sind die nur alle?«, fragt die Krähe.

Eine Prozession marschiert durch die geschlossene Tür auf mich zu, eine alte Frau, ein humpelnder Mann mit einem Maultier, Celine, sie stellen sich um mich herum in einen Kreis, halten die Hand auf und sagen: »Pretty please.«

»Aber du hast mir noch immer nicht erzählt, warum ich mich euch denn bitte anschließen sollte«, sage ich, wende den Blick ab, kann nicht auf ihre leeren Hände sehen, sehe auf das Wasser des Wunschbrunnens, das immer weiter anschwillt, ein Fluss wird, ein schwarzer Fluss. Ein rotes Gummibananenschlauchboot kommt mir darauf entgegen, darauf der Fährmann aus Yara, er rudert langsam auf mich zu.

Ich will etwas sagen, öffne schon den Mund und der Fährmann zieht die mexikanische Münze daraus hervor. Es sind jetzt aber zwei Münzen und er setzt sie mir in die Augen. Jetzt sieht alles anders aus, dunkler und fremd. Ich steige auf die Gummibanane. »Was ist mit den anderen?«, frage ich den Fährmann.

»Sie bleiben zurück«, sagt der Fährmann mit der wesenlosen Stimme der Schattenfiguren.

»Ich hab den noch nie gemocht«, erzähle ich der Krähe.

Die Krähe betrachtet mich. »Du solltest dich uns anschließen, weil du das Richtige tun willst. Weil niemand anders tun könnte, was du tun kannst. Weil du dazu gemacht bist, eine Amancay zu sein. Wenn es dich nicht gäbe, wir müssten dich erfinden! Weil es deine Bestimmung ist.«

»Ich dachte, ihr glaubt an die freie Wahl«, sage ich. Celine und die anderen sind verschwunden. Nur noch schwarzes Wasser im Turmgemach und das Licht durch das Kompass-Fenster mit Krähe.

»Das tun wir«, sagt die Krähe. »Und im Gegensatz zu den Targan geben wir dir eine Wahl. Wenn du dich uns nicht anschließen willst, dann werden wir dir helfen, von der Insel zu fliehen.«

»Und wie wollt ihr das anstellen?«

»Wir haben deinen Code auf einen Helikopter gebucht. Dein Flug geht übermorgen Abend. Uhrzeit: 20:33:00. Vom Dach des Gebäudes 8 – 4«, sagt die Krähe.

»Ist das die Krankenstation?«

»Nein, natürlich nicht. Was hast du nur immer mit der Krankenstation?«

»Anfang und Ende. Ein Eingang kann auch ein Ausgang sein. Und du willst mir erzählen, dass ich übermorgen Abend einfach zum Gebäude 8 – 4 spaziere und da in einen Helikopter steige und weggeflogen werde? Du bist ein komischer Vogel.«

»Ich hoffe sehr, das wirst du nicht«, sagt die Krähe. »Ich hoffe, du bleibst auf der Insel und schließt dich uns an. Glaub der Krähe, das ist besser«, sagt die Krähe.

»Ich kann mir nicht vorstellen, dass man den Targan so einfach entkommt«, sage ich.

Die Gummibanane ist an einem anderen Ufer angekommen und ich springe an Land.

Alles ist dunkel und schemenhaft hier, irgendwas lauert auf mich und wird mich gleich anspringen. »Wenn das so einfach ist, hättet ihr mir das nicht schon etwas früher anbieten können?«

»Na also so einfach ist das alles nun auch nicht«, sagt die Krähe. »In der nächsten Woche wirst du relativ unbeobachtet sein. Wir werden von wechselnden Chips deinen Code mit Fake-Gedanken senden, bis das auffällt, bist du schon längst über alle Berge. Ist das ...?«

Der Hund ist fast so groß wie ich, hat drei Köpfe, eine Schlangenmähne, Löwenklauen und einen Schlangenschwanz, fletscht die Zähne und setzt zum Sprung an.

»Und der Pilot?«, rufe ich im Laufen, laufe so schnell ich kann in das fremde Land hinein, »was sag ich dem Piloten?«

»Der Hubschrauber wird genauso wenig einen Piloten haben wie die Autos hier Fahrer. Alles von Utopia gesteuert.«

»Und wenn jemand fragt, was ich da auf dem Landeplatz mache?«

»Niemand wird fragen. Du wirst einen Engel erhalten, dass du noch zwei Stunden Zeit hast, dich nach Zypern fliegen zu lassen. Targan hinterfragen die Missionen der Engel nicht. Sehr praktisch für uns.«

»Das soll alles sein?«

Der Köter schnappt nach meinen Fersen. Warum hab ich nur nicht an die Kuchen gedacht! Auf dem Boden eine Schatzkiste in der Größe einer Schmuckschatulle, ich greife danach, schlage einen Haken, renne so schnell ich kann zum Fluss zurück, heißer Hundeatem in meinem Nacken. Der verdammte Fährmann ist nicht mehr da!

»Nicht ganz«, erklärt die Krähe. »In deinem Kleiderschrank findest du eine rote Uniform. Die musst du anziehen. Gelbe Uniformen verlassen die Insel nicht, das würde zu vielen Targan auffallen und die Synchronisten alarmieren. Außerdem schicken wir dir einen Fake-Code auf deine Com, lern den auswendig, wir koppeln ihn mit deinem Augenscan. Und nur für den Fall, dass du doch irgendjemandem auffallen solltest, laden wir dir außerdem noch ein paar wichtige Infos verschlüsselt auf deine Com. Sag einfach, du sollst sie persönlich nach Zypern bringen, wenn dich doch jemand fragt.

»Kuchen für Cerberus und Münzen für die Fähre«, sage ich.

»Ja«, sagt die Krähe. »Jetzt hab ich's auch verstanden. Und ich dachte erst, dein Traum wär vielleicht *Orpheus und Eurydike* oder so ... hätte gleich auf den richtigen Mythos kommen müssen ... hey, so ging die Geschichte aber eigentlich nicht!«

Ich drehe mich um, trete dem Hund in die Kehle. Schlangenköpfe, die nach mir schnappen, ich trete noch einmal zu, noch einmal, dann werfe ich Liliths Feuerbälle nach ihm.

Der Hund winselt, kauert sich zusammen, macht Männchen.

Ich kratze mich am Kopf. Und was soll ich jetzt mit der Schatulle machen? Ich will sie am liebsten einfach ins schwarze Wasser werfen. Im Wasser ist endlich ein Spiegelbild. Nur ist es nicht meins, sondern Johns und John weint.

»Ich fände es aber wirklich besser, wenn du dich uns anschließen würdest. Seinem Schicksal entkommt man eh nicht«, sagt die Krähe.

»Sagte die Krähe«, sage ich.

»Außerdem mag ich dich«, sagt die Krähe. »Du träumst toll!«

»Sagte die Krähe«, sage ich.

»Und du hast uns die Guten genannt!«, sagt die Krähe. »Komm zu uns! Schließ dich uns an! The show must go on!« Die Krähe legt den Kopf in den Nacken und singt *Power to the People* und Johns weinendes Spiegelbild stimmt mit ein.

Mir reicht's jetzt. Ich sehe mich um, nach der Tür, aber die ist weg, bin eingeschlossen, hab auch keine Münzen für die Überfahrt mehr und die Krähe versperrt noch immer das Fenster.

Aber wenn die nur ein Zaungast ist, gibt es die hier dann eigentlich wirklich?

»Was tust du?«, kreischt die Krähe.

Ich renne auf das Fenster zu und springe durch die kreischende Krähe ins gleißende Licht hinaus.

Licht überall, alles ist weiß. Weiße Wände, weiße Betttücher ... ich bin im Schlafzimmer meiner Targan-Wohnung.

Ich lebe noch, trage wieder den Krankenhauskittel, mein Körper ist ohne Frostschäden ... Ganz. Heil. Warm.

Ich setze mich auf. Der Targan-Rollladen ist offen. Von meinem Bett aus sehe ich das Meer, wie es sich in der Tageshitze glitzernd und blau bis zum Horizont ausbreitet. Keine Krähen und Grenzflüsse mehr, ich greife mir erleichtert an den Kopf.

»Kandidatin Luca Mon«, höre ich Adrianas Stimme.

Ich fahre zusammen.

»Code LM7501760IU27881. Du hast es geschafft«, sagt Adriana. Sie beobachtet mich von der Tür aus, kommt jetzt langsam auf mich zu. Ihr rotes Kostüm sieht aus wie ein etwas zu großer Herrenanzug, umfließt sie locker, ein breiter Gürtel mit blinkenden Schmuckperlen betont ihre Taille. Sie hat sich die Haare zurückgesteckt und die Augenbrauen leicht nach oben geschminkt, alles sehr androgyn und sexy.

Sie setzt sich zu mir ans Bett. »Normalerweise wird den Kandidaten die Einweihung eingespielt. Ich will es dir selber sagen. Ich finde das ... menschlicher. Bist du bereit? Bist du wach?« Sie trägt sogar eine rote Krawatte.

Ich schlucke. »Ich glaube schon.«

»Du hast dich gefragt, wie die Eignungstests möglich sind. Wie wir dich glauben machen können, eine Riesenschlange greift dich an oder dass du erfrierst.«

Ich lege die Hand an meinen Hals. »Hypnose?«, frage ich leise.

Adriana schüttelt den Kopf. »Wir alle bei Targan tragen etwas, das wir den Diamanten nennen. Es wird uns bei der Ankunft auf der Insel implantiert. Ein Chip. Der Diamant sendet unsere Gedanken an Utopia. Und Utopia sendet an den Diamanten. Verstehst du, was das bedeutet?«

Ich schweige. Ich warte. Ich sehe auf meine Hand auf der Bettdecke. Die Bettdecke ist weiß und glänzt fast zu hell im Tageslicht. Die Klimaanlage summt.

»Utopia weiß alles, was du denkst. Alles.«

Adriana wartet. Ich schweige.

»Ich weiß noch, das hat mich damals sehr ... verwirrt«, höre ich Adriana. »Ich habe mich fürchterlich erschrocken. In der Welt hatte ich immer Angst, jemand könnte meine Fehler sehen ... und dann zu erfahren, dass ausgerechnet die Elite alles sehen konnte, all das, was gar nicht so perfekt ist ... Mich. Darum bin ich jetzt hier. Ich will dir sagen: Luca, alles wird gut. Du kannst dich nicht ändern, du wirst immer unperfekt bleiben ... aber Utopia hat dich trotzdem erwählt, mit all deinen Makeln, dich, das ganze Paket. Du hast es geschafft. Du gehörst jetzt zu uns. Zur Elite. Alles ist gut.«

Die Bettdecke ist aus Uniformstoff und fühlt sich kühl wie Seide an. Ist auch so leicht. Hält trotzdem warm. Man fühlt diese Bettdecke eigentlich gar nicht richtig, wenn man schläft. Man weiß nicht, dass man daruntersteckt, nur wenn man hinguckt. Ich will plötzlich dringend aufstehen und raus aus diesem Bett. Ich bleibe sitzen und höre weiter zu.

»Die Amancay behaupten, der Zusammenhang wäre seinen Preis nicht wert, dass wir Targan immer nur Angst hätten, etwas falsch zu machen, vor den Bußen ... Du wirst bald wissen, wovon ich spreche, wart's ab. Aber in der Welt hatte ich auch immer Angst, etwas falsch zu machen. In der Welt ist alles verwirrend und kompliziert. Andauernd muss man sich entscheiden. Nie weiß man, ob man es richtig macht. Alle Entscheidungen haben Konsequenzen, aber oft macht man es richtig und büßt trotzdem dafür. Hier ... hier hat alles seine Ordnung. Ich mache Fehler und ich trage die Folgen. Ich werde gesehen, ganz und gar. Ich weiß immer, was wann für mich zu tun ist. Die Diamanten sind ein Segen. Am Anfang braucht es ein bisschen Zeit, aber ich verspreche dir, du wirst dich schnell an die Idee gewöhnen. Vielleicht hilft dir das weiter. Mir hätte es damals sehr geholfen, zu wissen ... es wird hier für dich gesorgt. Das wollte ich dir nur sagen. Jetzt lasse ich dich wieder allein. Ich gratuliere dir.«

Adriana steht auf. Ich hebe den Kopf, sehe sie im hellen, weißen Zimmer in ihrer leuchtend roten Uniform zur Tür gehen.

»Was ist mit Stephen und Celine?«, frage ich heiser.

Adriana bleibt vor der verspiegelten Schranktür stehen und richtet ihre Frisur. »Celine ist wahrscheinlich schon auf dem Weg nach Hause.«

Ich streiche die Bettdecke glatt und dann wieder und wieder. Glaubt sie das wirklich?

»Aber Stephen wird im Zentrum bleiben, genau wie du und fünf andere«, sagt Adriana. »Ich bin mir sicher, er wird es weit bei uns bringen. Er hat sich sogar für uns dazu entschlossen, sich von seiner Frau zu trennen. Familienangehörige sind hier natürlich unmöglich, wo kämen wir da hin ... Wir brauchen auf unserer Insel niemanden von außen, Bindungen lenken uns nur von unseren Missionen ab. Außerdem könnte nicht jeder alle Aspekte unserer Firmenkultur hier verstehen, es ist wichtig, dass diese Informationen tabu für die Welt bleiben.«

Meine Hand gleitet immer wieder über die Bettdecke, kalt und warm. Hab ich außer uns Kandidaten je einen ohne Uniform im Zentrum gesehen? Auch nirgendwo Kinder. Seltsam ist das nicht. Schließlich gibt es hier ja auch keine echten Bücher. Seltsam ist nur, dass mir das bisher noch gar nicht aufgefallen ist. Oder ist es das irgendwann und sie haben es mir gelöscht?

»Lass dich die Sache mit Stephen keine Punkte kosten. Wir haben hier Möglichkeiten, so etwas zu bearbeiten. Er hat seine Gefühle mit Sicherheit schon bald wieder im Griff«, sagt Adriana und will gehen.

»Adriana, wenn der Engel dich nicht geschickt hat, um mir das zu sagen ... warum bist du hier? Das muss dich doch sehr viele Punkte gekostet haben.«

Adriana hat die Hand schon an der Klinke, bleibt mit dem Rücken zu mir stehen. Sie zögert. »Weißt du, Luca, ich frage mich jeden Tag, warum ich nicht befördert werde«, sagt sie endlich. »Jeden Tag. Ich müsste schon lange ausreichend Punkte haben. Ich arbeite und verhalte mich vorbildlich. Aber Utopia befördert mich nicht. Und dann kommst du. Ich habe dir nach unserer Einführungstour keine Woche gegeben. Du hättest es mit deiner Einstellung keinen Tag lang hier schaffen dürfen. Weißt du noch, an deinem ersten Arbeitstag? Da habe ich zum ersten Mal sehr viele Punkte wegen dir verloren. Du bist zu spät gekommen, aber Utopia hat mich natürlich trotzdem zu dir geschickt. Aber ich habe meine Mentoren-Mission nicht erfüllt. Ich war zu wütend auf dich. Du denkst andauernd falsch.

An deinem ersten Arbeitstag hast du gedacht, mein Job hier wäre überflüssig. Natürlich bin ich nur so eine Art Wärmflasche für die kalten Tage am Anfang. Aber manche Kandidaten gewöhnen sich viel schneller ein, wenn sie neben dem Engel auch einen menschlichen Ansprechpartner haben, und ich mache meinen Job, so gut ich kann. Ich habe dich jeden Tag weniger gemocht. Du bist trotzdem immer weitergekommen. Ich fand das ... unfair. Meine Wut darüber hat mich immer mehr Punkte gekostet. Und als ich dir dann gestern endlich eine Chance gegeben und versucht habe, zu sehen, was Utopia in dir sieht, hast du mich behandelt wie ...«

Sie dreht sich zu mir um und mustert mich. »Lassen wir das. Ich verstehe immer noch nicht, warum du bei uns bleiben darfst. Eigentlich verdienst du es nicht. Ich habe mir gestern sogar deinen letzten Eignungstest angesehen. Glaub mir, so etwas mache ich nicht gerne.« Sie schüttelt sich. »Dein Test war eine Katastrophe, aber hier sitzt du noch immer. Ich verstehe nicht, warum ... Aber dafür habe ich dank dir endlich etwas anderes verstanden.

Wenn Utopia dich aufnimmt, obwohl alle guten Gründe dagegensprechen, dann wird es auch gute Gründe dafür geben, warum Utopia mich nicht befördert, obwohl alles dafürspricht. Ich muss diese Gründe nicht kennen ... Es ist eine Vertrauensfrage, wenn du so willst. Dank dir habe ich damit nach langer Zeit endlich ein sehr großes Problem für mich gelöst. Dafür schulde ich dir ... Habe ich dir geschuldet. Jetzt sind wir quitt. Ich weiß wieder, dass alles hier seine Richtigkeit hat ... Darf ich mir deine neue Uniform anschauen?«

Adriana lässt die Klinke los, geht zurück zum Schrank.

Möglichkeiten:

Erstens: Alles, was die Krähe mir erzählt hat, stimmt. Das war kein Traum, das war eine Kontaktaufnahme der Amancay. Im Schrank hängt eine rote Uniform. Wenn Adriana die findet, dann wird sie Alarm schlagen und das war's dann mit meinem Fluchtangebot. Sagen, dass sie den Schrank nicht aufmachen soll!

Zweitens: Das alles hier ist nur ein weiterer Test der Targan. Es wird von mir erwartet, dass ich Adriana alles über die Krähe erzähle. Das käme besser, bevor sie die rote Uniform findet. Dann aber schnell, sie steht schon am Schrank.

Drittens: Im Schrank ist keine Uniform. Der Krähentraum war ein Traum von einer Krähe, nicht mehr. Mein Unterbewusstsein ist megaschlau und hat geahnt, was um mich passiert und passieren wird. Trotzdem sagen, Schrank nicht aufmachen. Sicher ist sicher.

Muss irgendwas tun. Aber sitze einfach nur da und reibe die Bettdecke zwischen den Fingern. Als wär ein Teil von mir reglos gefroren und noch nicht wieder aufgetaut.

Adriana drückt auf das winzige Targan-Logo am Schrank. Die Schranktür gleitet auf.

»Was ist denn das?« Adriana nimmt eine Uniform aus dem Schrank und hält sie gegen das Licht. Der Uniformstoff leuchtet rot wie ihre eigene. »Warum ist die Uniform in deinem Schrank Rang Rot?« Verwirrt neigt sie den Kopf zur Seite.

Dann zuckt sie plötzlich die Schultern, lächelt und hängt die Uniform in den Schrank zurück. »Utopia ist ein Segen«, sagt Adriana und schließt den Schrank wieder. »Was auch immer geschieht, wie unerklärlich es auch immer ist, du weißt immer, alles ist in Ordnung, alles hat seine Richtigkeit. Du musst nur daran glauben. Wir sehen uns, bis bald.«

Sie wendet sich zum Gehen.

»Adriana?«, rufe ich ihr nach.

Sie dreht sich noch einmal zu mir um.

»Gefällt mir, was du aus deiner Uniform gemacht hast«, sage ich.

Sie zwinkert mir zu: »Du wirst sehen«, sagt Adriana, »wir beide, wir werden wie Schwestern sein. Oder möchtest du immer noch, dass ich dir einen Rücktransport von Targan Island organisiere?« Sie lacht ein Mädchenlachen, aber ihre Augen sind uralt dabei, grau und sehr traurig. Sie geht. Ich kann ihre Absätze auf den Fliesen hören, wie sich ihre Schritte entfernen und die Wohnungstür hinter ihr einrastet.

Dann bin ich allein.

Ich sehe ins helle Tageslicht hinaus. Die Farben auf der Insel sind immer hell und zu grell.

Sie können meine Gedanken lesen.

Ich warte darauf, Angst zu fühlen oder Wut oder das, was Adriana damals gefühlt hat. Irgendetwas. Ich fühle ... nichts. Limbus. Als hätten sich meine Gefühle entschlossen, auf einen passenderen Moment zum Wiederauftauen zu warten. Ich reibe mir die kalten Hände aneinander.

Ich stehe auf, gehe zum Schrank und öffne ihn wieder. Meine Kleider gibt es nicht mehr. Im Schrank hängen nur noch eine rote und eine gelbe Uniform ordentlich nebeneinander auf ihren Bügeln. Auf dem Boden stehen ein Paar rote Damenstiefel, ein Paar gelbe hochhackige Schuhe, ein Paar gelbe Laufschuhe.

Ich muss nicht noch zweimal träumen. Ich glaube der Krähe. Sie können meine Gedanken lesen. Aber nicht alle. Ein Teil meiner Gedanken ist hinter einer Firewall.

Ich halte die rote Uniform einen Moment ins Licht. Ein Kostüm, Rock, Bluse, Jackett mit schmuckperlenbesetztem Kragen, maßgeschneidert und so ultraschick, in der Welt könnte ich damit bei einer Oscarverleihung erscheinen, hier ist das so auffällig wie eine Clownsverkleidung auf einem Faschingsfest.

Ich hänge die Uniform zurück in den Schrank.

Vielleicht könnten mir die Amancay wirklich helfen zu fliehen. Vielleicht käme ich auch nur vom Regen in die Traufe. In jedem Fall müsste ich Celine zurücklassen, und das werde ich nicht.

Das hier ist nicht irgendein geträumter Mythos, in dem mir fremde Götter zur Seite stehen. Das hier ist meine eigene Geschichte und es wird Zeit, dass ich sie selber in die Hand nehme.

Die Krähe hat mir alles gesagt, was ich wissen muss.

Ich nehme den Aufzug in den 21. Stock.

Meine Eltern haben mir beigebracht, mich von der Welt so weit als möglich fernzuhalten. »Das ist gefährlich ... du machst dich doch nur schmutzig ... wofür soll das gut sein ...

das passt doch gar nicht zu dir«. Es gab wirklich wenig, was nach Ansicht meiner Eltern zu mir passte.

Meine Mutter ist eine erfolgreiche Immobilienmaklerin und mein Vater war früher Chefarzt an der Uniklinik in Frankfurt. Sie haben lange vergeblich versucht, Kinder zu bekommen. Als ich dann endlich kam, waren sie völlig überfordert, weil keiner mehr seine Karriere aufgeben wollte.

Ich bin von wechselnden Kindermädchen aufgezogen worden. Ihr schlechtes Gewissen haben meine Eltern mit Überfürsorglichkeit kompensiert. Meine Mutter hat meine Freunde nach ihrem Notendurchschnitt und dem Beruf ihrer Eltern für mich ausgesucht. Mein Vater hat heimlich meine Hausaufgaben korrigiert.

Ich hab mich immer gefragt, was ich tun kann, um das Kind zu sein, das sie sich wünschen, bis ich in der ersten Klasse als Einzige eine Eins für den Erlebnisaufsatz bekam. An diesem Abend haben meine Eltern sich beide frei genommen. Sie sind mit mir Pizza essen gegangen. Sie haben mir einen Füller und ein Tagebuch geschenkt.

Ich wurde eine ziemliche Streberin, und bis ich 16 war, schrieb ich alles auf, was ich erlebte. Zugegeben, das war nicht so viel, und das, obwohl ich so gerne so viel erlebt hätte.

Mein Leben verlief zwischen eng abgesteckten Grenzen. Grenzen schützen. Ich kann mich noch an den Moment erinnern, als ich selbst beschloss, mich von der Welt und ihren Menschen fernzuhalten und lieber dahin zu schauen, wo es schön ist: in ein Buch, auf eine Kinoleinwand, später dann nach Yara.

Mit 16 hatte ich meinen ersten Freund. Thomas war eine Klasse über mir, hatte Pickel und war auch ein Streber. Wir trafen uns zum Lernen in der Bibliothek und küssten uns zum ersten Mal über einem Tausend-Teile-Puzzle.

Mein Tagebuch war voll mit Thomas. Manchmal stand da über zwei Seiten lang nur »Thomas«, immer wieder. Ich schrieb jede noch so kleine Berührung, jedes Wort von ihm auf, schrieb sogar heimlich im Unterricht, unter der Bank, bis ich eines Tages in der Pause vom Klo wiederkam und einer meiner Mitschüler, Roven, auf dem Lehrerpult stand und der Klasse aus meinem Tagebuch vorlas.

Die Klasse brüllte vor Lachen.

Ich stand stocksteif auf der Schwelle und sah zu, ohne mich rühren zu können. Nur meine Gedanken bewegten sich noch. Zum ersten Mal in meinem Leben listete ich mir meine Handlungsmöglichkeiten auf.

Erstens: zum Pult laufen und versuchen, mein Tagebuch wiederzukriegen. Roven war viel stärker, würde mich mit einer Hand abwehren und dabei weiter vorlesen und alles wäre noch furchtbarer.

Zweitens: zurück aufs Klo verschwinden und wenigstens nicht zusehen.

Ich entschied mich für Möglichkeit 3. Ich rannte zu Rovens Schultasche und damit zum Fenster, riss die Seite mit den Hausaufgaben aus dem Matheheft, hielt sie ihm wortlos entgegen, knüllte sie zusammen und schmiss sie hinaus in den Hof. Als Nächstes war der Aufsatz in Geschichte dran.

Roven stand sowieso kurz davor, sitzen zu bleiben. Er sprang vom Pult und stieß mich zu Boden. Ich knallte gegen das Heizungsrohr, hatte die erste Platzwunde meines Lebens, aber mein Tagebuch wieder. Roven gab es mir schnell, bevor sie uns beide zum Rektor brachten.

Natürlich wurde trotzdem wochenlang daraus zitiert.

Thomas machte noch am selben Tag mit mir Schluss.

Meine Mutter war so über die Naht an meinem Kopf erschüttert, dass ihr inmitten ihres Verhörs ein paar Details entschlüpften, von denen sie gar nichts wissen konnte.

So kam raus, dass sie schon seit Jahren meine Tagebücher las.

Ich verbrannte die Tagebücher, noch am selben Abend. Ich schüttete die Asche in eine Blumenvase und steckte ihnen ihren Füller hinein. Ich stellte das meiner Mutter wie eine Urne auf den Schreibtisch und redete jahrelang nur noch das Nötigste mit ihr.

Ich habe nie wieder Tagebuch geschrieben.

Stattdessen fing ich an, Geschichten zu erfinden, die möglichst wenig mit mir zu tun hatten, und vermied von da an jeden unnötigen Blickkontakt mit der Wirklichkeit.

Das war ein Fehler.

Die Welt ist nicht nur grausam, gnadenlos und ungerecht, die Welt ist auch groß, lebendig und atemberaubend schön. Es ist eine blöde Strategie, sich davor zu verstecken.

Und damit ist jetzt endgültig Schluss.

Ich hab sterben müssen, um das zu begreifen. Aber ich werde mich nie wieder in meine Schutzkapsel zurückziehen. Ich werde rausfinden, was ich aus der Welt machen kann und die Welt aus mir. Ich hab so vieles verpasst; ich hab mich selbst verpasst. Von jetzt an sehe ich nicht mehr weg, von jetzt an sehe ich hin.

Es stimmt nämlich nicht, dass »Spieler« und »Gegenspieler« nur Begriffe für mich sind, wie ich damals zu Celine gesagt habe. Ich habe immer sehr klar zwischen denen, die mit mir spielen, und denen, die gegen mich spielen, unterschieden. Die Spieler waren die Guten, die Gegenspieler die Bösen, und hier auf der Insel waren meine Gegenspieler die Targan.

Aber Menschen sind keine Spielfiguren, sie sind nicht schwarz oder weiß, gut oder böse und sie sind immer auch, wer sie sein könnten.

Ich stehe vor den geometrischen Schnitzereien und Intarsien in Johns Tür.

Die Lösung eines Rätsels, das zu Offensichtliche. Ein Rätsel, auf dessen Lösung jeder kommen würde, außer mir.

Keine Wachen. Die Tür öffnet sich für meinen Code. Wasserplätschern. Geruch nach Holz, Leder, Patschuli und John.

Ich schließe einen Moment lang die Augen.

Dann gehe ich mit schnellen Schritten am Springbrunnen vorbei über die Stufe zu seinem Schlafzimmer. John ist nicht da, aber er wird bald merken, dass ich hier bin. Mir bleibt nicht viel Zeit.

Es ist wie immer zu heiß in seiner Wohnung. Ich ziehe das Krankenhaushemd aus. In seinem Schrank finde ich im Regal mit seinen Uniformen einen schwarzen Sommeranzug ohne Drachenhautverzierung. Der Stoff ist frisch gewaschen, riecht nicht nach ihm, nur nach Targan-Seife und ich bin dankbar dafür.

Der Anzug ist mir mehrere Nummern zu groß und auch die Gürtel passen nicht, aber was Adriana kann, kann ich auch. Ich schnüre die Hose mit einer schwarzen Krawatte um die Taille fest, stopfe ein Paar von Johns Stiefeln mit Socken aus, bis sie mir gut genug passen, stecke die überlangen Hosenbeine darin fest und zupfe daran, bis es hoffentlich aussieht wie gewollt, wenn auch nicht wie gelungen. Ich krempte mir die Hemdsärmel bis zu den Ellenbogen hoch, lasse die oberen Hemdsknöpfe offen und betrachte mich einen Moment lang in Johns Spiegel. Ich löse meinen Zopf und lasse mir die Haare offen über den Rücken fallen.

Ich nicke. Jetzt bin ich eine schwarze Uniform mit der Minus-Ressource »extravagant schlechter Modegeschmack«.

An der Wand in Johns Arbeitszimmer hängen keine Waffen mehr. Als ich eintrete, flackert das Feuer im Glaskamin auf. Unser Teiler ist noch immer aktiviert.

Ich setze mich an seinen Schreibtisch, meine Com vibriert, der Hologrammpunkt blinkt auf dem Display auf, wandert in die Schreibtischmitte, vergrößert sich zum Bildschirm, leuchtet auch auf der Wand zu meiner Linken und der dunkelrote Buchrücken mit den zwei braunen, dreieckigen Icons darauf erscheint, unter dem einen steht »Luca«, und unter dem anderen »John«.

Ich klicke das Bild von der Wand weg, setze mich im Stuhl zurück, lege die Füße auf den Tisch, und ziehe das Hologramm zu mir auf den Schoß. Vielleicht sehen die Kameras so nicht gleich, was ich mache.

Ich klicke auf Johns Icon. Passworteingabe.

Natürlich kann John fühlen und lieben. Auch als John, warum denn nicht. Targan sind Menschen.

John und Draven sind der gleiche Mensch.

Ich tippe: »Luca« und Johns Profilraum öffnet sich mir, ein Ordner neben dem anderen, wie eine Armee, schwarz auf rotem Grund, alphabetisch geordnet mit einem Feld zur Schnellsuche in der Mitte.

Profilraum Rang Schwarz. »Weißt du, was das bedeutet?«, hat John mich gefragt, als er mir sein Rätselspiel erklärte. »Unbegrenzte Möglichkeiten. Du wärst Königin über Utopia. Gibt wenig, was du nicht tun könntest. Bis jemand dahinterkommt.«

Celines Code ist in einer anderen Farbe als die der Targan dargestellt, fast durchsichtig. Sie ist tatsächlich ausgerechnet in der Krankenstation, was auch immer das zu bedeuten hat ... Die Krankenstation ist ein Raum in der Wissenschaftsabteilung.

»Weg in die Unterwelt, Münzen für die Fähre und Kuchen für den Cerberus«, murmle ich und dann spiele ich Gott, ziehe Fäden und ändere die Geschichte.

Ausgerechnet in Japan finde ich eine Targan in meinem Alter, die seit einigen Jahren im Koma liegt, eine Wissenschaftlerin, Rang Grün. Ich lege fest, sie ist gerade auf der Insel angekommen, um eine wichtige Information in die Wissenschaftsabteilung zu bringen und Celine abzuholen. Sie braucht Celine für ein geheimes Experiment.

Ich lade der Japanerin Johns Profilraum in ihren Profilraum.

Ich lade der Japanerin einen Smiley und verschlüssle den Smiley mit einem unlösbaren Code. All die Abende, als ich John von der Ottomane am Fenster aus zugesehen habe, wie er die Welt auf seinem Hologramm verändert ... Jetzt ist das mein Hologramm.

Ich nenne die Datei »Feuerball«.

Dann lasse ich die Japanerin von Utopia in den obersten Rang befördern. Jetzt gibt es nicht mehr zehn, sondern elf schwarze Uniformen bei Targan. Die Japanerin hat Zugriff auf alle Infos, alle Gedanken aller Ränge, die unter ihr stehen.

Die virtuelle Verkleidung wirkt leider in etwa so überzeugend wie meine tatsächliche.

Merkt Utopia, dass da jemand pfuscht? Verschickt jetzt Heerscharen an Engeln? Alarmiert wen auch immer für Hochverrat zuständig ist? Sieht John am Ende gerade über Teiler zu, was ich in seinem Profilraum anstelle?

Es wird auffliegen. Die Frage ist, wann.

Mit ein bisschen Glück nicht sofort.

Ich buche einen Helikopter für die Japanerin und Celine vom Dach des Gebäudes, in dem die Krankenstation ist. Als Letztes übertrage ich Lucas Daten zum äußeren Erscheinungsbild und meinen Augenscan auf den Code meiner Figur.

Jetzt bin ich Yoko Nakamoto und bereit für die Unterwelt.

Wenn die Amancay gerade meine Gedanken abhören, bekommen sie das alles hier brühwarm mit. Werden sie versuchen, mich aufzuhalten? Lassen sie mir die Firewall trotzdem?

Ich stehe auf. »Fangt mich, wenn ihr könnt«, sage ich und gehe los.

Johns Tür fällt hinter mir ins Schloss und ich verbanne alles, was ich bei diesem Geräusch fühle, in eine verschlossene Schublade mit der Aufschrift »später«.

Ich mache mich auf den Weg zur Krankenstation und sage mir den Panther auf, um meine Gedanken vor Targan und Amancay zu schützen.

Seltsam. Das erste Mal, dass ich mich an das ganze Gedicht erinnere.

Straße 5, Gebäude 3, Stock 9.

Die Krankenstation ist tatsächlich in der gleichen Straße wie meine Wohnung.

Ich stehe vor einem Gebäude, das aussieht wie alle anderen, Treppenstufen führen zur Glastür ins Innere des Glasturms.

Wie oft bin ich hier gewesen? Wie oft habe ich das wieder vergessen?

Dieses Mal wird anders.

Die Sonne hat ihren Höhepunkt am Himmel fast erreicht und brennt auf dem Schwarz meiner Uniform. Außer mir ist um diese Zeit niemand auf der Straße, nur manchmal gleitet ein Targan-Speeder vorbei.

Stufe für Stufe gehe ich nach oben. Vor der Glastür zögere ich, sehe meine Augen wie Münzen im dunklen Glas gespiegelt. Ein Klicken, etwas schnappt auf. Utopia öffnet für Yoko Nakamotos Auftrag das Schloss, die Glastür fährt schnell und geräuschlos auseinander.

Ein Schritt nach vorne. Jetzt bin ich wirklich drin.

Ich atme ein. Ich atme aus.

Auch die Lobby sieht aus wie in jedem Gebäude, Kronleuchter, goldgerahmte übermenschlich große Spiegel, eine Toga poliert den glänzenden Fliesenboden; es riecht nicht mehr nach Sand und Staub in schwüler Hitze, sondern nach gekühlter, gereinigter Luft.

Mir gegenüber sehe ich die Aufzüge.

Niemand hält mich auf ... zu einfach.

Ich gehe einen Schritt. Nichts geschieht.

Noch einen Schritt. Niemand hält mich auf.

Ich gehe aufrecht und zielstrebig wie eine Targan. Dann gehe ich schneller, werfe einen Blick über die Schulter zurück ...

Zähne. Malmen. Rot. Zerdrückt. Stacheln. Stechen. Schmerz.

Ich sinke auf die Knie. Nicht das Tabu aus den Augen lassen, es wird malmen, stechen, Zähne, Rot, zerdrückt ... ich kauere auf den weißen Fliesen, warte vor dem Tabu, es wird ... Es wird gar nichts! Es ist nur ein Symbol. Nicht wirklich, nur in meinem Kopf.

Ich schließe die Augen.

Mein Herz rast, ich zittere, ich schwitze, ich beiße mir auf die Lippen.

Dann wende ich mich ab und öffne die Augen wieder, sehe auf mein Ziel, die Aufzüge.

Stehe auf. Meine Beine fühlen sich zu weich an, ich weiß, in meinem Rücken, an der Tür, ist das Tabu. Ich zwinge meine Beine weiterzugehen, Schritt für Schritt auf die Aufzüge zu. Verdammt. Man hat das Tabu von außen nicht sehen können, nur von innen.

Was, wenn es hier noch mehr von den Dingern gibt ... Natürlich gibt es hier mehr.

Ich senke den Kopf, sehe nur auf meine Füße, die gehen. Müsste jetzt fast bei den Aufzügen sein ... Vielleicht kann ich über die Com rausfinden, wo die Tabus angebracht sind?

Dann höre ich, wie sich ein Aufzug Stockwerk um Stockwerk nähert, höre laute Stimmen, eine Frauenstimme, eine Männerstimme, sehe kurz auf ...

Tabu. Zähne. Malmen. Rot. Zerdrückt. Stacheln. Stechen. Schmerz, ganz nah diesmal, direkt vor mir, an der Aufzugstür, will wegsehen, rote Zähne zerdrücken, Stacheln werden stechen, nicht dieser Schmerz, mein Körper fällt zurück auf die Knie. Ich keuche. Nicht jetzt.

Die Aufzugstüren öffnen sich.

Eine Frau und ein Mann in dunkelblauen Uniformen treten aus dem Aufzug, kann sie nicht wirklich sehen, darf das Tabu nicht aus den Augen lassen, das Tabu direkt vor mir ...

»Natürlich hast du das so gemeint, warum hättest du das sonst noch einmal überprüfen wollen, ich kenne dich, du verdammter ...«, schreit die Frauenstimme neben mir.

»Du kennst mich nicht!«, brüllt der Mann. »Du hast mich noch nie wirklich gekannt! Mir reicht's! Was ... Wer bist du?«

Ich muss etwas sagen. Kann nicht sprechen. Kauere unbeweglich vor dem Tabu.

Sie warten. Es ist still. Will den Kopf in den Händen verstecken, aber kann nicht, nicht das Tabu aus den Augen lassen, es wird malmen, stechen, Zähne, Rot, zerdrückt ...

»Da stimmt was nicht«, sagt die Frauenstimme angespannt. »Eine schwarze Uniform? Kennst du sie? Ich hab sie noch nie gesehen! Eine schwarze Uniform, die ich noch nie gesehen habe, Richard, da stimmt etwas nicht!«

»Ich überprüfe es schon«, sagt die Männerstimme.

Sie sprechen beide auf Englisch, MyVersion in meinem Headset übersetzt.

Ich balle die Hände zu Fäusten. Nicht wirklich, das Tabu ist nicht wirklich, ist keine Gefahr. Die Targan sind die Gefahr. Ich wende den Blick ab, sehe statt des Tabus die beiden an, komme strauchelnd auf die Beine.

Der Mann und die Frau sind im Alter meiner Eltern. Er hat schütteres blondes Haar, Falten wie Kerben im Gesicht und hält sich sehr aufrecht. Er hat ein Hologramm auf seiner Com geöffnet, das Licht schimmert auf dem Blau seiner Uniform, die wie ein Kaftan geschnitten ist.

Die Frau neben ihm hat schwarze Locken und schwarze, fast violette Augen, das eng anliegende blaue Uniformkleid ist tief ausgeschnitten und betont ihre vollen Kurven.

Sie beide betrachten mich wie ein außergewöhnliches und vielleicht gefährliches Insekt.

Frag dich nicht, was sie sehen. Frag dich, was du ihnen zeigen willst. »Wer seid ihr?«, frage ich wütend. Meine Stimme hört sich tatsächlich wütend an. Ich bin wütend. Verdammtes, verdammtes Tabu. Mein Puls rast, mir ist speiübel, ich wische mir mit der Hand die Schweißtropfen von der Stirn. »Wieso hat mich der Engel nicht über die genauen Standorte der Tabus informiert?«, fahre ich sie an.

Ich muss aufhören zu zittern, muss sofort aufhören zu zittern. Verschränke die Arme vor der Brust und lehne mich an die Wand.

»Es ...« Der Mann reckt die Schultern, streicht sich langsam über die Brust, streicht eine Falte in seiner Uniform glatt. »Woher soll ich das wissen? Mein Engel hat mich nicht informiert, dass wir Besuch erwarten. Es ist nichts vorbereitet worden. Wer bist du? Wir kennen dich nicht.«

»Natürlich kennt ihr mich nicht. Ich bin eine der Unsichtbaren. Was soll das heißen, es ist nichts vorbereitet worden?«

»Die Unsichtbaren?«, fragt der Mann. Er reibt sich den Nacken. »Was soll das sein? Über diese Einheit bin ich nicht informiert.«

»Ach? Und ihr werdet also sonst immer über alles informiert, ja?«, frage ich, sehe nur die beiden an, nicht die Aufzüge hinter ihnen, nicht das Tabu. Sie wechseln einen unschlüssigen Blick.

»Ich überprüfe das«, sagt der Mann kühl. Auf seinem Com-Armband hat er das Bild eines Stierkämpfers.

Mein Cover ist improvisiert, Yoko Nakamoto eine notdürftig zusammengeflickte Figur. Für mehr haben mir Zeit und Wissen gefehlt, weiß ja nicht mal genau, wie man Engel für Aufträge aktiviert ... Ich spüre, wie mir der Schweiß den Rücken hinunterläuft und im Wind der summenden Klimaanlage kühlt.

Die Finger des Mannes wischen, klicken, tippen über sein Hologramm. Die Frau schielt auf mein Kandidaten-Com-Armband und tritt einen Schritt näher zu ihm. Die beiden benehmen sich seltsam, eigentlich wie ein Paar ...

Richard und Isabella. Aus der Wissenschaftsabteilung. John hat mir von ihnen erzählt, bei unserem Date im Nachtclub.

Ich tippe mein Hologramm auf. »Lass dir nur Zeit«, sage ich. »Wir haben es ja hier nicht eilig, was?«

Richard antwortet nicht, sieht mich nicht an, steht mit geschürzten Lippen und gerunzelter Stirn über sein Hologramm gebeugt. Der Aufzug in meinem Rücken setzt sich wieder in Bewegung, fährt nach oben.

Ich gehe auf Informationszentrum, suche die Wissenschaftsabteilung, finde Richards und Isabellas Codes ...

»Da, siehst du?«, sagt Isabella plötzlich. Sie zeigt mit dem Finger auf ein Bild. »Yoko Nakamoto! Sie holt CD2348764MS92107 ab und wird uns persönlich die Datei Feuerball geben.« Sie tritt wieder von Richard weg, wirft die Locken zurück. »Hab ich's dir nicht gesagt, genau das meine ich. Alles, immer wieder, du hast einen gottverdammten Kontrollzwang!«

»Es hat alles seine Richtigkeit«, sage ich und nicke kurz, als wäre jetzt ja alles geklärt. Richard mustert mich über das Hologramm hinweg und kneift die Augen zusammen. »Warum hat uns der Engel nicht synchronisiert? So etwas ist doch noch nie …«

Ich tippe auf mein Hologramm, schicke Richard und Isabella die Datei »Feuerball«.

Ihre Coms vibrieren.

»Die Datei ist verschlüsselt«, sagt Richard. »Und warum sollte ein Rang Schwarz vom Engel auf Botengänge geschickt werden?« Seine Lippen sind schmal, seine Finger tippen wieder über das Hologramm, schneller dieses Mal.

»Tja«, sage ich, »da hast du natürlich recht. Ich bin vor allem hierhergeschickt worden, um mir einen kurzen Eindruck über diese Abteilung zu verschaffen.«

Mein verdammtes Pech, ein Skeptiker bei Targan, der Typ ist statistisch gesehen wahrscheinlich kaum existent und ich treffe ihn ausgerechnet jetzt!

Isabella legt Richard die Hand auf den Arm. »Richard … bitte«, flüstert sie. »Denk nach! Erinnere dich doch bitte, was das letzte Mal passiert ist!«

Aber Richard beachtet sie nicht, durchforstet immer weiter die Informationen in seinem Hologramm.

Ich stelle mich etwas breitbeiniger. Eine Amancay hätte sich mit einer schwarzen Uniform verkleiden können. Aber sie hätte keinen Zugang auf einen Profilraum von Rang Schwarz und damit auf Richards Gedanken.

Ich tippe ein neues Hologrammfenster auf und gehe in Richards Profilraum. Da ist er. Ich gehe auf »Diamant«, sehe Dateien nach Stunden geordnet, tippe die oberste an, bin in der Jetzt-Zeit.

Worte, Halbsätze mit und ohne Zusammenhang, ein paar Momente lang schaue ich Richard beim Denken zu.

Er will Isabella beweisen, dass er recht damit hat, den Dingen auf den Grund zu gehen. Er glaubt …

Ich lache laut auf.

Richard sieht auf. »Ich bin keine Amancay, keine Sorge. Isabella hat recht, auch wenn dir das ungerecht vorkommt.«

Richard lässt die Hände sinken. Er richtet sich langsam auf.

»Was meint sie damit?«, ruft Isabella. »Ungerecht?«

Richard deaktiviert das Hologramm und deutet eine steife Verbeugung an. »Ich entschuldige mich für mein unangebrachtes Misstrauen.«

Ich ziehe eine Augenbraue nach oben und antworte nicht.

Richard zögert einen Moment, räuspert sich dann, verbeugt sich noch einmal knapp und geht.

»Richard!«, ruft Isabella. »Richard, du verdammter Hurensohn, du kannst doch nicht ...«

Ich weiß nicht, wie man die Engel aktiviert. Aber ich habe John oft genug zugehört, wie er mit Phil gesprochen hat. »Isabella«, sage ich und ahme seinen Tonfall nach. »Du hast noch eine Stunde Zeit, mich bei der Erfüllung meines Auftrags zu unterstützen. Oder hast du Besseres zu tun?«

Meine Com vibriert. Mission vom Engel: »Du hast noch 00:07:03 Zeit, deinen Zielort zu erreichen.« Das Navigationssystem schaltet sich ein. Die Tabu-Symbole sind als Totenköpfe angezeigt.

Isabella lächelt erleichtert. »Da! Mein Engel, da ist er! Ich habe noch eine halbe Stunde Zeit, dich bei der Erfüllung deines Auftrags bestmöglich zu unterstützen! Das hat Richard alles gerade wieder in Ordnung gebracht ... es tut ihm sicherlich entsetzlich leid ... Er ist kein schlechter Mensch, es ist nur ... wir hatten im letzten Monat immer wieder Amancay-Störfälle ...«

Sie sieht ihm noch immer nach.

Ich klicke Richards Gedanken weg und Isabellas Gedanken auf, schiebe sie vom Hologramm auf mein Com-Display und schließe das Hologramm.

»Isabella«, sage ich und lege ihr fest die Hand auf den Arm.

»Er hasst mich«, denkt Isabella und sieht ihm noch immer nach.

»Manchmal ist Hass nichts anderes als eine perverse Art zu lieben«, sage ich und senke die Stimme am Ende vom Satz.

Sie sieht vom Ausgang weg, zu mir, sieht mich erstaunt an. Sie trägt keine Schmuckperlen, aber Kaskaden von glitzernden Diamanten ergießen sich glitzernd von ihren Ohrläppchen und ihrem Hals.

»Sein Kopf war ganz und gar voll mit dir«, sage ich.

Sie schluckt. Sie lächelt. »Wirklich?«, fragt sie.

Ich nicke. »Ich hab von euch beiden gehört. John Amber hat mir von euch erzählt.«

Isabella nickt und schluckt wieder, schüttelt plötzlich den Kopf, als wollte sie einen Gedanken abschütteln, breitet die Arme wie eine Filmdiva aus: »Es ist mir eine große Ehre, dir unsere Abteilung zu zeigen, Yoko Nakamoto. Bitte. Tritt einen Schritt zur Seite, damit ich den Aufzug rufen kann. Das Tabu-Symbol ist gleich hier an der Tür, bitte einen Moment lang die Augen schließen ... Ein schöner Name, Yoko Nakamoto. Ich mochte Japan schon immer. Hat Utopia dich zur Japanerin gemacht?«

Ich folge Isabella in den 9. Stock, sehe dorthin, wohin sie mich weist, gehe ihr durch labyrinthische Gänge nach, in denen unsere Schritte hallen, betrete mit geschlossenen Augen die Station 5 – 3 – 9.

Als ich die Augen öffne, ist alles weiß, der Boden, die Wände, die Schreibtische. Das ist keine Krankenstation, das ist ein Großraumbüro. Nur dass die Schreibtische in konzentrischen Kreisen um eine zylinderförmige Glaskabine in der Mitte stehen. Wo ist Celine?

»Unsere Wissenschaftsabteilung«, sagt Isabella und weist mit der Hand in den Raum. Togas laufen den Mittelgang auf und ab und zwischen den Reihen der Schreibtische hin und her. Viele von ihnen tragen Mikroskope.

»Bitte. Hier entlang.« Isabella schreitet mehr, als dass sie geht, und ihre Hüften wiegen sich mit jedem Schritt.

Auch hier sind die Schreibtische leer bis auf die fast lautlos tippenden Hände der Uniformierten auf Tastaturwatten. Niemand sieht uns an, jedes Paar Augen ist auf das eigene Hologramm gerichtet.

Die Farben der Uniformen leuchten vor dem weißen Hintergrund. Alle hier tragen Grün oder Blau, bis auf einen jungen Mann in der ersten Reihe, der langsamer als die anderen tippt, immer wieder die Lippen schürzt, überlegt, weitertippt. Er trägt einen roten Laborkittel, António hatte einen ähnlichen an. Er ist um die 20, schmächtig, hübsch, sein blondes Haar ist zu einem Pagenkopf geschnitten und er hat ein Muttermal links über der Lippe.

Er sieht nicht einmal auf, als wir in der ersten Reihe direkt vor der Kabine ein paar Plätze von ihm entfernt stehen bleiben. »Bitte, hier sind wir schon, setz dich doch bitte an meinen Platz«, winkt Isabella und deutet auf einen der weißen Stühle.

Isabellas Hologrammpunkt wandert in die Tischmitte, wird zum Bildschirm, sie tippt im Stehen auf ihrer Tastaturwatte und der Stuhl stellt sich auf meine Größe ein.

Ich setze mich und sehe mich um.

Togas, immer mehr Togas. Hab noch nie so viele Togas auf einmal gesehen, es wimmelt von ihnen. Sie bringen Mikroskope zu den verschiedenen Schreibtischen, tummeln sich um die Glaskabine im Zentrum des Raumes, putzen die Fenster und wischen den Boden.

Die Glaskabine hier ist mindestens doppelt so groß wie die Kabinen für die Eignungstests. Die Tür steht offen.

Ich sehe auf die Uhr. Der Helikopter startet in knapp 47 Minuten.

»Wo ist Celine Dubois?«, frage ich Isabella.

»Hier ist sie schon, sofort«, sagt Isabella, tippt schneller, richtet sich auf. »Ich nehme an, es geht dir um ihre Diamantenfehlfunktion? Wir sind dabei, das zu untersuchen.«

»Ich kümmere mich lieber selbst darum. Ich habe da meine eigenen Methoden. Ich bin der Meinung, wir sollten nicht alles den Computern überlassen. Man selbst macht es einfach immer gründlicher. Da liege ich mit António ganz auf einer Linie ... wusstest Du, dass es sogar Geräte zum Brillenputzen gibt?«

»Ja, António sagt das auch immer ... arbeitet ihr zusammen an Immortalis?«

»Diese Info ist für dich tabu«, sage ich.

»Natürlich ... Verzeih. Wären wir nur auf deinen Besuch vorbereitet worden ... Aber ein Überraschungsbesuch ist zur Kontrolle natürlich viel effektiver, nicht wahr? Womöglich erklärt das auch die fehlenden Engel ... Nur weiß ich gar nicht, was ich dir erzählen könnte, was Rang Schwarz nicht ohnehin schon weiß ... Alles wäre so ... redundant ...«

»Isabella, das spielt in diesem Fall keine Rolle. Es geht mir um eine neue Sicht auf die Dinge, nicht um trockene Infos. Wie wäre es mit einer kurzen Projektzusammenfassung, aus deiner Perspektive? Stell dir vor, ich hätte von nichts eine Ahnung. Und ich bin mir sicher, ich werde alles auf eine ganz und gar neue Weise erfahren.«

»Oh ... ist das eine neue Technik?«

Ich werfe einen Blick auf mein Display, auf Isabellas Gedanken. Sie mag mich und will mich beeindrucken. Es ist ihr furchtbar peinlich, was am Aufzug passiert ist, sie will nicht, dass das ein schlechtes Licht auf ihre Abteilung wirft. Sie fragt sich, wie sie an Informationen über die Unsichtbaren kommen kann. Und sie hat Angst vor meinem Rang.

»Ich habe nur sehr wenig Zeit«, sage ich.

»Natürlich«, sagt Isabella, tippt und spricht.

Auf dem Hologrammfenster vor mir erscheint eine Tabelle unter Celines Namen. Ihr äußeres Erscheinungsbild, ihre Pulsfrequenz, ihre Atemzüge, ihr BMI.

»Also ... also dann. Das Projekt läuft seit gut vier Jahren unter dem Arbeitstitel Telepathie«, sagt Isabella, ihre Finger tippen dabei so schnell, ich kann kaum sehen, was sie tut, sie klickt die Tabelle weg und eine Datei in Celines Diamanten an, klickt die Gedanken groß und verändert ihr Erscheinungsbild, Celines Gedanken schreiben sich von oben nach unten über den Hologrammbildschirm. Telepathie sei eine Weiterentwicklung der Arbeit an der Kommunikationskomponente des Diamanten, erklärt Isabella. »MyVersion war nur ein Seitenarm davon, warte, hier ist auch das Audio ...«

Isabella öffnet ein zweites Hologramm für sich selbst und tippt weiter. »Wir hier in der Abteilung vermeiden normalerweise so weit wie möglich Bild und Ton«, die Geschichten gingen einem sonst irgendwann unter die Haut, der wissenschaftliche Abstand würde unnötig erschwert.

Es ist ruhiger geworden. Weniger Schritte, weniger Togas.

»Aber das ist für dich natürlich nicht relevant«, sagt Isabella und sucht für mich nach einer computergenerierten Imitation der Originalstimme der Probandin, »ich lasse dir ihre Gedanken aus dem Lautsprecher vorlesen, in Ordnung? Dann können wir uns in der Zwischenzeit weiter über MyVersion im Headset unterhalten. Möchtest du auch noch ihr zugehöriges Test-Video sehen?«

Test? Ich schüttle den Kopf.

»In welcher Sprache möchtest du die Stimme der Probandin? Japanisch?«

»Deutsch«, sage ich, ohne eine Miene zu verziehen. »Ich spreche diese Sprache inzwischen akzentfrei und so gut wie meine Muttersprache. Die Targan-Lernprogramme sind wirklich erstaunlich.«

Isabella lacht laut auf, als hätte ich einen besonders intelligenten Witz gerissen. Ich werfe einen unsicheren Blick auf das Display, aber genau das denkt sie sich tatsächlich auch. Dass ich ein intelligentes Wortspiel zu den »Programmen« gemacht hätte und einen erfrischenden Humor hätte. Verstehe das nicht.

Isabella klickt etwas an.

»Wenn ich die Augen zumache, ist es vielleicht leichter«, sagt Celines Stimme auf Deutsch. Ich zucke zusammen, die Stimme kommt aus dem Hologramm, liest Celines Gedanken mit Celines Stimme vor.

»Ich hole mir nur schnell auch einen Stuhl«, sagt Isabella. Das Licht fängt sich in einem breiten Diamantring an ihrer Hand. Ihre Finger tippen auf ihrem zweiten Hologramm, tippen einen Ordner »Toga« an, tippen etwas in ein Feld, eine Tabelle erscheint, ein Code blinkt auf, wird zu einem Punkt, der sich auf einem Gebäudeplan bewegt.

»Ich bin an diesem Strand«, sagt Celines Stimme. Sie spricht sehr, sehr langsam, stockt immer wieder, die Länge der Unterbrechungen Sekunden, die als Zahlen zwischen den Worten stehen. »Wenn ich es mir vorstelle«, sagt Celine, »dann bin ich vielleicht wirklich dort ... ich kann nicht glauben, dass das wirklich passiert ... ich hätte so gerne noch einmal ... Erfrieren ... ich hätte nie geglaubt, dass ich durch Erfrieren ... das darf nicht passieren. Ich kann nicht glauben, dass es ... Ich wünschte, ich könnte noch einmal an diesem Strand entlanggehen.«

Was ist das? Wiederholen sie etwa gerade den Eignungstest mit ihr?

In meinem Rücken das Geräusch von Rollrädern auf Fliesen. Eine Toga rennt den Mittelgang entlang und rollt einen weißen Targan-Bürostuhl vor sich her durch die weißen Reihen der Schreibtische auf uns zu, bleibt kurz vor uns stehen und schiebt den Stuhl vorsichtig bis zu Isabella weiter. Isabella rafft ihr Kleid und setzt sich.

Über dem Feld auf ihrem Hologramm steht »Mission« und darunter: »Einen Stuhl für mich an meinen Schreibtisch.« Das Feld blinkt, die Überschrift ändert sich. »Mission erfüllt«, steht da jetzt.

Ich sehe zur Toga auf, sie lächelt unaufhörlich.

Es gibt keine Krankheit auf Targan Island. Die Togas tragen Diamanten. Sie werden mit Aufgaben programmiert.

Ich atme ein. Ich atme aus. Ich wende das Gesicht ab. Der Blonde im roten Laborkittel hat den Kopf seitlich geneigt, tippt jetzt schneller, befeuchtet sich die Lippen mit der Zunge.

Die Toga ist schon wieder auf dem Weg zurück, rennt den Mittelgang entlang zur Tür.

Durch die zweiflügelige weiße Eingangstür kommen vier Wachen, in ihrer Mitte laufen zwei Männer in meinem Alter. Sie kommen mir bekannt vor ... Kandidaten. Ich habe sie nicht näher gekannt. Ich glaube, sie heißen Li und Frank, ich bin mir nicht sicher, in meinen Ohren ein Rauschen. Ich will hier weg.

Neben mir erklärt Isabella vom Projekt Telepathie, Ziel sei eine Kommunikation ohne Hardware außer dem Diamanten als Sender und Empfänger möglich zu machen. »Keine Coms mehr, keine Hologramme. Nur noch unsere Gedanken, Hirnströme, die senden und empfangen, wir alle ein Netz reiner Energie ...«

»Was werden sie ihnen sagen?«, spricht Celines Stimme im Hintergrund weiter. »Werden sie ... Wenn sie ihnen nur etwas sagen, mit dem sie leben können. Etwas, das ihnen Ruhe gibt. Ich will nicht, dass ... Ich hätte mich so gerne von ihnen verabschiedet. Und von Aurélie ... Ich hätte so gerne ... Wenn sie nur nicht nach mir suchen müssen. Wenn sie nur glauben, es ginge mir gut.«

»Unser Zwischenziel haben wir schon vor der Zeit erreicht«, sagt Isabella gleichzeitig, »die sogenannte sekundäre Kommunikation. Ich denke, die Com empfängt meine Gedanken und spricht meine Gedanken in welcher Sprache auch immer aus. Es gibt mehrere Mitglieder, die diese App sogar schon in ihrem Alltag nutzen. António, zum Beispiel. Er und sein Gehilfe sind sehr an diesem Projekt interessiert, weil die Ergebnisse Auswirkungen auf die Mission ›Immortalis‹ haben könnten.

Problematischer wird es allerdings, wenn es nicht um das Senden der eigenen, sondern um das Empfangen fremder Hirnströme geht. In der Theorie funktioniert alles wunderbar, nur ... aus irgendeinem Grund erreichen wir in der Praxis nichts anderes als Desorientierung bei den Testpersonen.

Wir wissen nicht, woran es liegt. Wir haben noch nie so viel Material auf einmal verloren, noch nie ... ganze Testgruppen sind uns kaputtgegangen ... Ihr Gehirn benahm sich wie ein kaputter Flipper-Automat. Sie waren nicht mal mehr als Togas zu gebrauchen, die meisten konnte man nur noch entsorgen.«

Isabella schaut gedankenversunken Celines Schweigen zu, der Zahl am Ende der Worte, die immer größer wird.

Dann beginnt Celine wieder zu sprechen, ihre Stimme ist jetzt die einzige Stimme im Raum, sie kommt mir laut vor, übermenschlich laut, obwohl Celine doch eigentlich so weich und so leise klingt: »Ich hätte gerne einmal so ein Vogelbaby angefasst ... Ich glaube nicht, dass das jetzt wirklich passiert ... Zucker ... vielleicht wache ich gleich auf ... vielleicht ist alles nur ein Traum ... Oh Gott, bitte lass es nur einen Traum sein ... Ich hätte so gerne einmal zu einem Mann ›Ich liebe dich‹ gesagt. Ich hätte so gerne noch einmal dieses Lied gehört, das Lied mit dem Nebel. Ich wünschte, ich hätte dieses Vogelbaby damals angefasst ... Ich wünschte, er würde davon erfahren. Ich wünschte, ich hätte bei seinem Geburtstag dabei sein können. Er wird so enttäuscht sein, dass ich nicht komme ... in einem Jahr wird er sich vielleicht schon nicht mehr an mich erinnern ... doch, das wird er. Sie wird ihn an mich erinnern. Und Aurélie. Sie wird warten und warten ... Zucker oder Süßstoff? Es tut mir so leid. Es tut mir so leid. Ich hätte nicht hierherkommen dürfen. Es tut mir so leid.«

Celine stockt wieder.

Ich sitze sehr aufrecht. Nicht die Nerven verlieren. Sie haben Celine den letzten Test vergessen lassen ... Und jetzt wiederholen sie den Test noch mal mit ihr ... Und noch mal. So lange, bis sie wissen, warum ihr Diamant nicht funktioniert ... Muss Celine da rausholen, sofort ...

»Aber ich habe es geschafft«, sagt Celine. »Einen Moment lang war ich wie Jeanne d'Arc ... Irgendwie habe ich nie geglaubt, dass ich mich wirklich getraut habe, hierherzukommen. Ich habe diesen Mut doch nie gehabt. Aber jetzt glaube ich mir.

Es war ein Fehler hierherzukommen, aber jetzt glaube ich mir. Ich hatte diesen Mut. Ich habe diesen Mut. Jetzt weiß ich, dass ich mutig sein kann. Einen Moment lang war ich Jeanne. Und es tut alles schon nicht mehr weh ...«

Ich muss sie da rausholen, sofort ... Muss ...

»Gleich geht es los«, sagt Isabella, ihre Stimme klingt abwesend. Ich hebe den Kopf. Sie tippt auf ihrem Hologramm, gibt die Nummer der Station ein, klickt auf »Lageplan«, klickt auf dem Zylinder in der Mitte das Türsymbol an.

Ich sehe auf. Die Kandidaten stehen in der Glaskabine in der Mitte des Raumes, sehen sich um, sehen zu uns, sehen einander an, wissen nicht, wohin sie sehen sollen.

Die Tür der Kabine schließt sich.

Ich stehe auf. »Stopp«, bringe ich hervor.

Isabella blickt überrascht zu mir auf.

Die anderen beachten mich nicht, alle sehen sie auf die Kandidaten in der Kabine. Sogar der Blonde im roten Laborkittel hat den Blick von seinem Hologramm abgewandt.

»Ich will, dass ... «, setze ich an.

Die Kandidaten in der Kabine taumeln, pressen sich die Hände auf die Ohren. Der eine übergibt sich. Der andere schreit. Oder stöhnt. Ich weiß es nicht, die Kabine ist schalldicht.

»Stopp!«, flüstere ich. »Stopp ...«

Die Kandidaten fallen in sich zusammen. Isabella schlägt mit der geballten Faust auf den Schreibtisch. Sie presst sich die Hände an die Schläfen. Das Licht funkelt in ihrem Diamanten. Sie richtet sich auf, tippt wieder in ihr Hologramm, klickt verschiedene Zahlenkolonnen nebeneinander. »Wieder nicht ... Wieder nicht ... Was machen wir nur falsch!«

Die Kandidaten liegen auf dem Boden. Sie liegen einfach nur da. Ihre Augen sind offen. Sind sie tot?

»Ich wäre so gerne noch einmal an diesem Strand gewesen«, hebt Celines Stimme wieder an.

Alles ist leer in mir. Ich will weg. Will rennen. Nicht ohne Celine.

Mein Körper ist eine Spielfigur. Mein Gesicht ist eine Maske und niemand kann mich dahinter sehen.

»Isabella«, sage ich leise und drohend. Sie sieht zu mir auf.

»Das war die letzte Versuchsgruppe. Das hier ist eine bedauerliche Ressourcenverschwendung.«

»Aber ...« Isabella hebt das Kinn. »Manchmal dauert es eben etwas länger ...«, sagt sie. »Ich habe es schon Richard gesagt ... wir haben alle Möglichkeiten in der Theoriephase ausgelotet ... wir müssen ...«

Ich sehe auf ihre Gedanken auf meinem Display. Isabella ist wütend und fühlt sich unverstanden. Wo sie sich doch alle so große Mühe geben. Sie versucht, das nicht zu denken. Sie hat große Angst vor etwas, was sie Buße nennt. Sie hat Angst vor mir.

»Ich könnte Richard statt deiner büßen lassen, was hältst du davon?«, sage ich kalt und tippe ein Hologrammfenster auf. Ich drehe es von ihr weg, sie kann nicht sehen, was ich tue.

Sie öffnet den Mund und schließt ihn wieder, beißt auf ihre vollen Lippen. »Ich halte die Tests natürlich an, wenn du es wünschst.« Isabella senkt den Kopf und beginnt wieder zu tippen. Jetzt mag sie mich nicht mehr.

Der Helikopter startet in 32 Minuten.

»Ich will jetzt Celine Dubois«, sage ich. »Sofort.«

»Stimmt etwas mit der Einstellung nicht?«, fragt Isabella und sieht wieder auf. Sie blickt verwirrt auf das Hologramm mit Celines Gedanken, spielt mit dem Tonverstärker ...

»Ich meine nicht ihre Audio- oder Videodatei«, fahre ich sie an, »ich meine Celine Dubois, den Körper, Celines Körper!«

Isabella zuckt zusammen, tippt schneller. »Sofort«, murmelt sie, »natürlich, sofort.«

Sie ruft wieder den Ordner der Togas auf und schreibt etwas in das Suchfeld.

Ich beuge mich über ihre Schulter und sehe zu. Sehe zu, wie Isabella dem Computer Anweisung gibt, die Gedanken einer Toga dazu zu programmieren, Celine zu bringen. Man kann nicht nur dem Weg der Toga auf dem Gebäudeplan zusehen. Auch ihre Gedanken laufen am Bildschirmrand mit.

Die Toga denkt einen Moment lang: »Wo bin ich?«, und dann denkt sie in den Schritten, in die ihr Utopia den Auftrag herunterbricht. »Aufstehen ... lächeln ... geradeaus gehen ... links abbiegen ...«

Mir wird schlecht.

Ich atme ein. Ich atme aus.

Mein Gesicht ist eine Maske und niemand kann dahintersehen.

»Wie gesagt«, sagt Isabella. Sie klingt defensiv. »Wir waren schon dabei, die Fehlfunktion an ihrem Diamanten zu untersuchen. Ehrlich gesagt ... ich glaube nicht, dass der Diamant das Problem war. So etwas passiert leider immer wieder. Je realistischer eine Simulation, desto stärker reagiert der Körper.«

Rollräder auf Fliesen. Die Tür ist aufgegangen. Rennende Togas rollen drei Pritschen in den Raum, durch den Mittelgang zur Glaskabine. Zwei Pritschen sind leer. Auf der letzten Pritsche liegt ein Körper unter einem weißen Tuch.

»Bitte sehr«, sagt Isabella, steht auf und geht mir voraus. »Folge mir bitte.«

Meine Beine fühlen sich seltsam an. Muss aufstehen ... gehen ... zur Pritsche.

Direkt davor bleibe ich mit Isabella stehen. »Man könnte sagen, sie ist erfroren, weil sie geglaubt hat, sie erfriert«, sagt Isabella. »Und das bei Raumtemperatur.« Mit einem Schwung zieht sie das weiße Tuch beiseite. »Wir nennen es das Mind-over-Matter-Phänomen.«

Celine liegt auf dem Bauch, mit dem Gesicht zu uns. Ihre Augen sind geschlossen, ihr Mund steht leicht offen. Sie ist nackt.

Sie ist so dünn geworden, seit sie auf der Insel angekommen ist.

Ich denke: Das ist nicht so. Das bilde ich mir ein. Gleich wache ich auf. Gleich wird sie aufwachen. Sie schläft doch nur. Sie haben sie doch bestimmt nur betäubt, gleich wird sie aufwachen, die Augen aufschlagen ...

Ich warte. Celine liegt aufgebahrt, mit dem Gesicht zu mir, die Augen geschlossen, ihr Mund steht leicht offen.

Sie atmet nicht; sie wird nicht aufwachen.

Sie ist im Eignungstest in der Kabine neben mir gestorben, und was ich gerade gehört habe, das waren ihre Gedanken dabei.

Celine ist tot.

In mir wird es kälter und kälter, ich kann zusehen, wie ein Teil von mir erfriert, starr wird. Ich weiß nicht mehr, wie ich mich weiter bewegen soll in dieser Kälte. Aber ich weiß, dass ich genau das jetzt muss.

Sonst werde ich es nicht schaffen. Sonst liege ich da wie Celine.

Isabella beobachtet mich.

Ich bewege mich, bewege meine Hand, halte mich leicht an der Bahre fest, damit niemand sieht, wie meine Beine unter mir nachgeben wollen. Mein Gesicht ist eine Maske. Auch meine Stimme ist maskiert, zittert nicht, obwohl in mir doch alles kalt geworden ist: »Ich nehme an, das Umlegen des Schalters im Eignungstest hatte keinerlei Auswirkung auf die Simulation in einer anderen Zelle?«, höre ich mich fragen. Meine Stimme klingt ruhig und weit fort. Als ginge mich das alles nichts an.

»Natürlich nicht«, sagt Isabella. Sie klingt gekränkt. »Die Experimente zum Gruppenverhalten haben wir schon vor Jahren abgeschlossen, über das Stadium sind wir lange hinaus.«

»Wenn sie gewusst hätte, dass es nirgendwo warm wird«, sagt meine Stimme. »Wenn sie den Schalter nicht umgelegt hätte. Hätte man eingegriffen, bevor sie sich selber erfriert?«

»Ich weiß nicht ...« Isabella klingt verwirrt. Ich sehe auf ihre Gedanken auf meinem Display. Isabella ist verwirrt. Sie weiß nicht, worauf ich hinauswill. Sie hat Angst, einen Fehler zu machen.

»Vielleicht ... ich bin kein Profilierer, ich weiß nicht ... aber ... warte! Sie hat es ja gewusst!« Isabella tippt ein Hologramm auf. Sie sucht eine bestimmte Zeiteinheit in Celines Gedanken.

Und dann ist da wieder Celines Stimme im Raum: »Kalt ... es wird kälter ... immer kälter ... Wenn ich den Schalter umlege, töten sie mich. Aber wenn ich den Schalter nicht umlege, werde ich mich immer fragen, ob ich vielleicht jemanden getötet habe ... ob ich es hätte verhindern können ... ob ich selbst nicht genug getan habe ... auch wenn es wahrscheinlich umsonst ist. Jeanne hätte den Schalter trotzdem umgelegt ... Hab ich das wirklich gerade getan? Ich habe den Schalter umgelegt. Ich hatte Angst und habe den Schalter trotzdem umgelegt! Ich habe es getan. Luca hatte recht! Ich habe es geschafft. Das war's schon ... hat nicht weh getan ... noch nicht ... Was hat er mit Luca gemacht?«

Celines Stimme geht im Getrampel der vielen Schritte unter. Die Tür steht noch immer offen, immer mehr Togas rennen herein, laufen zwischen den Schreibtischen hin und her, bringen neue Mikroskope, bringen andere fort, heben die Kandidaten auf die Pritschen und rollen sie aus dem Raum, wischen Erbrochenes vom Boden der Glaskabine auf.

Ich stehe reglos. Ich sollte mich jetzt bewegen.

»Die Kandidatin war höchst talentiert. Die Profilierer haben versucht, über ihre Ressource Angst auf sie Einfluss zu nehmen, zum Ende hin sah es auch so aus, als hätten sie damit Erfolg. Tja ... und dann kam der letzte Test und sie hat sich trotz allem zweifelsfrei als inkompatibel erwiesen.«

Isabella beobachtet mich.

Ich stehe einfach nur da. Ich verstehe nichts mehr.

»Ich finde es manchmal interessant, einer Kandidatin beim Denken zuzuhören«, sagt Isabella und tippt das Hologramm wieder weg, Celines Stimme fort. Sie streicht sich nachdenklich eine Haarsträhne hinters Ohr. »Es macht die Probanden ... wieder zu Menschen. Es erinnert mich daran, dass all diese Opfer notwendig sind. Dass das Wohl der Vielzahl wichtiger ist als der Einzelne ... Nach all den Jahren verliere ich manchmal immer noch Punkte deshalb ... Ich muss mich immer wieder daran erinnern, dass es uns nicht reicht, die Elite der Menschheit zu sein. Die Menschheit muss zur Elite werden.«

Ich sehe zu, wie die Kandidaten auf ihren Pritschen im Laufschritt aus dem Raum gerollt werden und die zweiflügelige weiße Tür wieder hinter ihnen zuschlägt.

»Und wo sind wir in diesem Projekt?«, frage ich Isabella, trete neben sie, näher zu Celine. »Was ist deine Einschätzung? Wie lange noch?«

Wir stehen jetzt dicht nebeneinander bei Celine. Isabella dreht nachdenklich ihren Diamantring am Finger, er fängt das Licht ein und wirft es leuchtend zurück. »Bis zum großen Ziel? Meine Einschätzung?« Als sie sich aufrichtet, klingt ihre Stimme rau. »Du willst wirklich wissen, was ich denke? Drei Jahre vielleicht ... das ist meine Einschätzung. Ich glaube, es geht nicht schneller.« Sie senkt ihre schwarzen, dichten Wimpern über die dunklen Augen und schüttelt langsam den Kopf.

Ich betrachte Celine. Sie könnte schlafen und träumen. Ich habe nicht gewusst, dass sie so viele Wünsche hatte. Ich streiche über ihre Stirn. Ich habe noch nie eine Leiche angefasst. Celines Haut hat eine seltsame Farbe und fühlt sich kalt an. Das ist nicht mehr Celine.

Isabella streicht ihr mit einer routinierten Bewegung das Haar aus dem Nacken. »Sie haben den Diamanten schon entfernt«, sagt sie, schnallt Celines Com von ihrem Handgelenk ab. Sie lässt Celines Hand los und die Hand fällt, der Arm baumelt seitlich von der Pritsche.

Auf der Innenseite von Celines Com gibt es ein kleines verborgenes Fach. »Hier.« Isabella nimmt etwas heraus. Sie dreht den Diamanten zwischen den Fingerspitzen. Er ist winzig und sieht so aus, wie er heißt.

»Ich wollte ihn eigentlich zum Testen in unser Labor senden, nur zur Sicherheit«, sagt Isabella. »Soll ich veranlassen, dass du ihn mitnehmen kannst? Es wird leider ein wenig dauern ... du weißt ja ... nichts verlässt die Insel so ohne weiteres ...«

Wie soll ich mit einer Leiche fliehen? Ich kann Celine nicht mehr retten. »Ich überlasse sie ganz dir«, sage ich und räuspere mich, weil mir jetzt doch die Stimme wegbricht. Ich lege Celines Hand vorsichtig auf die Pritsche zurück. Ich lasse Celine los und wende mich ab.

»Ich hatte mich schon gewundert«, sagt Isabella. Sie strahlt wieder. Sie steckt den Diamanten zurück in die Com. Ihre Fingernägel sind lang und sorgfältig manikürt und sie duftet nach teurem Parfüm. Sie schnallt die Com an Celines Arm zurück.

»Ich muss gehen«, sage ich. »Mein Helikopter wartet oben auf dem Dach.«

»Ich begleite dich natürlich hinauf«, sagt Isabella. Sie ist schon wieder am Tippen, programmiert eine Toga, Celine soll wieder weggebracht werden.

»Wir hatten in der letzten Testreihe wirklich ein paar sehr interessante Fälle«, sagt sie dabei im Plauderton, will mich beeindrucken. Ich habe sie nach ihrer Meinung gefragt, das hat ihr gefallen.

Sie hofft, sie kann mich doch noch umstimmen, die Experimente an den Kandidaten weiterzuführen. Sie glaubt, es gibt keinen anderen Weg und das Projekt ist von immenser Bedeutung. Isabellas Gedanken laufen so schnell über mein Display wie ihre Finger vorhin getippt haben.

»Allen voran natürlich der Fall Luca Mon«, erzählt sie, »du hast bestimmt von ihr gehört. Und John Amber ...« Sie lacht hell auf. »Das erste Mal in der Geschichte von Targan, dass es Tabu-Infos für einen Rang Schwarz gegeben hat. Und ich habe Richard und mich für exzentrisch gehalten!«

Wir wenden uns zum Gehen, gehen langsam nebeneinander den Mittelgang zur Tür, mein Gesicht unbeweglich, meine Stimme schwankt nicht. »Kurze Projektzusammenfassung bitte«, sage ich wieder.

»Wirklich? Gerne«, sagt Isabella. »Also Luca Mon ... wo fange ich an ... Hier, das waren ihre Gedanken, als sie erfroren ist.«

Isabella justiert das Hologramm zwei Handlängen vor ihrem Gesicht, vergrößert es etwas, tippt im Gehen weiter und ich höre mich selbst in meiner Stimme sagen: »So, das war's, jetzt werde ich sterben. Aber kann zumindest mit mir selbst leben dabei.«

Isabella runzelt verwirrt die Stirn, schaltet meine Stimme wieder ab.

Dann plaudert sie weiter: »Mit diesen Gedanken hat sie den Schalter umgelegt. Das hat endgültig entschieden, was ihren Profilierern schon lange klar gewesen ist. Die Kandidatin ist inkompatibel.«

»Luca Mon hat es also nicht geschafft?«

»Nein«, Isabella schüttelt traurig den Kopf. »Nein, das hat sie nicht ... Diese neue Fragetechnik ist wirklich interessant!«

Ich habe es nicht geschafft? Hat Adriana nichts davon gewusst? Oder ... war das alles nur ein weiterer Test? Wollten sie mich später auch in diese Glaskabine hier stecken?

»Jetzt beraten wir also, wie wir ihre Aufnahme im System maskieren«, sagt Isabella. »Immerhin muss die Erinnerung sehr vieler Mitglieder dafür manipuliert werden, sie hatte wesentlich mehr Manpower als sonst für eine einzelne Kandidatin üblich, außerdem haben praktisch alle Targan, die Zugriff darauf hatten, sich ihren Eignungstest angesehen. Um den Schaden vorläufig einzudämmen, haben wir vorhin als Erstes das Video von ihrem Test und ihren Punktestand manipuliert und alle Erinnerungen an die Neuversion angepasst. Utopia kennzeichnet sie jetzt offiziell als integriert ... diese ganze Geschichte ...«

Ich räuspere mich. »Erzähl mir doch ruhig die ganze Geschichte. Von Anfang an. Ich bin gespannt, wie du das hier erlebt hast.«

»Naja ... angefangen hat es ja damit, dass Utopia John Amber zu ihrem Interview nach München geschickt hat. Niemand hier hat verstanden, warum. Luca Mon wurde zu Beginn als Rang Rot eingestuft. Und dann hat sie Stück für Stück ihr gesamtes Vor-Profil widerlegt. Die Punktanzahl, die ihre Profilierer für Gedankenverbrechen verloren haben! Die waren wirklich nicht zu beneiden ... Es war praktisch unmöglich, Luca Mon zuzuschauen und nicht daran zu zweifeln, ob Utopia wirklich einigermaßen fehlerfrei vorprofiliert und wie weit man seinem Engel noch trauen kann ... Wäre Luca Mon kompatibel geblieben, sie hätte Rang Schwarz erreichen können, das kam am Ende dabei heraus. Aber sie war es eben nicht! Berechenbar in ihrem neuen Profil, aber ethisch völlig inkompatibel. Als Elite-Mitglied.

Aber dafür als Immortalis-Kandidatin! Das war eine Wendung ... da wird António von einem Engel informiert, Utopia habe endlich seinen Schlüssel gefunden ... Man fragt sich, ging es vielleicht von Anfang an nur darum? War Luca Mon von Anfang an eigentlich nicht als Kandidatin, sondern als Schlüssel für Immortalis bestimmt und unser Programm hat etwas berechnet, was es laut unserer Vorstellung eigentlich noch gar nicht berechnen konnte? Die Scans wurden wie bei allen Kandidaten erst hier auf Targan Island gemacht, es gab keinerlei andere Bilder, ihre Anomalie ist bis zu ihrer Ankunft nirgendwo erwähnt oder aufgezeichnet worden. Vielleicht wurde John Amber sogar allein dafür nach München geschickt. Vielleicht wusste Utopia, er würde sich in sie verlieben? Ist diese Theorie wirklich so weit hergeholt? Der Erschaffer hat John immer gerne um sich gehabt. Ist es zu weit gegriffen, wenn ich sage: Vielleicht ist es Utopia von Anfang an nur darum gegangen? Wie viel weiß Utopia inzwischen, das jenseits unserer Vorstellungskraft liegt? Mehr als wir uns vorstellen können. Das ist meine Sicht auf die Dinge.«

Isabella tippt wieder in einem neuen Hologramm. »Hör sie dir an, hier, sie ist wirklich verrückt.«

Meine Stimme spricht wieder. Ich höre mich sagen: »Ich will diesen großen roten Kran bis ganz nach oben klettern.«

Meine Firewall ist also noch immer oben. Aber wieso sieht Isabella dann nicht, dass ich direkt neben ihr gehe? Haben die Amancay einen Diamanten mit Fake-Gedanken im Bett meiner Wohnung versteckt?

»Wie seltsam«, sagt Isabella. »Sie schläft noch immer ... und noch immer der gleiche Traum ... Das dauert schon viel zu lange ... ich schicke ihr lieber gleich einen Arzt ...«

»Ich muss gehen«, sage ich. »Meine Zeit hier ist um.«

»Natürlich, natürlich«, sagt Isabella, und tippt im Gehen. Sie bleibt wieder stehen. »Da fällt mir doch noch ein ... Sergej würde sich perfekt für deine Fragetechnik eignen. Es sei denn, ihr arbeitet ohnehin zusammen an Immortalis? Nein? Wunderbar! Sergej war beim ersten Immortalis-Testlauf dabei ... stell dir vor ... dieses Privileg ... er kann dir alles erzählen. Sergej!«, ruft sie, winkt und tippt dann wieder.

Sergej sieht auf seine Com. Er steht auf, sieht zu uns herüber und runzelt die Stirn.

Ich habe noch 17 Minuten, dann ist mein Helikopter weg. Ich muss schleunigst den Arzt wieder canceln, tippe auf meiner Com, wie mache ich so was?

Sergej schlendert über den Mittelgang durch das Gewimmel der Togas auf uns zu. Es sieht seltsam aus, wie langsam er geht, während alles um ihn herum rennt. Mehrere Togas weichen ihm aus. Wünschte, dieser Sergej würde sich etwas mehr beeilen. Ich sehe zur Tür, zweiflüglig, glatt und weiß.

Mitten auf dem Gang bleibt Sergej stehen. Er wird blass. Er sieht mich an, als wäre ich ein Geist.

10

»Was hat er denn?«, frage ich Isabella.

Isabella schüttelt den Kopf und winkt wieder.

Sergej steht bewegungslos.

»Bitte verzeih«, sagt Isabella. »Wie gesagt, er gehört nicht zu meiner Abteilung ... aber António hält große Stücke auf ihn ... Sergej«, ruft sie wieder. »Sergej!«

Aber Sergej steht immer noch ein paar Schritte weit von uns entfernt und bewegt sich nicht. Dann tippt er auf seine Com, sein Hologramm öffnet sich, er schreibt etwas ...

»Sergej! Das tut mir jetzt aber wirklich leid ...« Isabella verschlingt die Hände ineinander.

Ich zucke die Schultern: »Wenn er meint, dass er sich das leisten kann ... Lass uns gehen.«

Ich hab plötzlich ein ganz ungutes Gefühl im Bauch. Will mich abwenden, zur Tür ...

Jemand packt mich von hinten. Ich fahre herum.

Eine Wache. Seine Arme sind dick wie Baumstämme und umklammern fest meinen Oberkörper.

Isabella schreit auf. Eine andere Wache zerrt sie beiseite und von mir fort. »Was soll das, Moment!«, ruft Isabella, aber die Wache lässt auch sie nicht los, schirmt sie von mir ab.

»Das ist Luca Mon«, sagt Sergej ruhig auf russisch und tritt neben Isabella.

Noch eine Wache kommt im Laufschritt durch die Tür. Ein junger Mann mit blondem, langem Pferdeschwanz, Rang Grün. Er stellt sich zwischen mich und Isabella und holt eine Spritze aus dem Brustgürtel.

»Warte!«, ruft Isabella. »Sergej, du irrst dich, das kann nicht sein, sieh sie dir doch nur an, das ist eine schwarze Uniform, das ist Yoko Nakamoto! Ich habe sogar ihr äußeres Profil überprüft, weil mich ihr japanischer Name verwirrt hat. Sie war angemeldet! Sie nutzt einen Rang Schwarz Profilraum, sie hatte Zugang auf Richards Diamanten! Sie hat mir eine verschlüsselte Information gebracht. Du irrst dich. Sieh sie dir an!«

Im hellen Licht leuchten Sergejs blonde Haare, aber seine Haut wirkt blass, zu alt. »Ich habe mir Luca Mon angesehen«, sagt er. »Erst mehrere Stunden beim Immortalis-Testlauf und anschließend mehrmals auf den Videos zu ihren Eignungstests. Im Gegensatz zu dir klicken António und ich weder die äußeren noch die inneren Profile weg, wenn wir mit Testpersonen arbeiten. Wir wissen, der Schein trügt und wie sehr es sich lohnt, genau hinzusehen.«

Sergej kräuselt verächtlich die Lippen. Die Wache hat die Spritze aufgezogen und nähert sich mir.

Die Wache hinter mir hält mich umklammert und sieht stur geradeaus.

Sergej lächelt und legt den Zeigefinger ans Kinn. »Auf Computerprogramme kann man sich noch weniger verlassen als auf Menschen. Wusstest du, dass ich da gerade den Erschaffer zitiere? Menschen sind unberechenbar und Programme werden von unberechenbaren Menschen geschrieben und genutzt ... Das hier ist Luca Mon und sie hat sich die Uniform und den Zugang von Rang Schwarz verschafft. Vermutlich über John Amber. Moment, ich prüfe das schnell nach.«

Isabella lässt ihre Hände sinken. Sie tritt einen Schritt zurück.

Der Korridor zu den Aufzügen ist mit Tabus gesichert. Die Wache hinter mir hält mich noch immer mit beiden Armen umklammert. Die andere Wache kommt mit der Spritze in der Hand auf mich zu.

»Dass man sich hier um alles selbst kümmern muss ...«, sagt Sergej. »Da haben wir es schon.«

Mein Herz hämmert zu schnell.

Es ist vorbei. Ich senke den Kopf.

Ich trete der Wache, so fest ich kann, auf den Fuß.

Manchmal ist eine Überraschungssekunde genug und man hat eine Möglichkeit zur Flucht.

Der Mann hinter mir schreit. Lockert einen Moment lang den Griff. Ich beuge mich vor, greife hinter mich zwischen seine Beine, drücke zu. Er schreit auf, krümmt sich, lässt los.

Ich renne nach vorne, auf Sergej zu.

Sergej springt aus dem Weg. Togas weichen mir aus. Ich sprinte den Mittelgang entlang zur Glaskabine.

Schritte hinter mir. Ich renne schneller, schneller, in die Glaskabine. Mein Hologramm noch offen, wie verschließe ich die Tür, wo ... hier ... Wissenschaftsabteilung ... Lageplan ... Tür verriegeln.

Ich sehe auf.

Die Wache rüttelt an der Tür, verschränkt die Hände hinter dem Rücken, tritt einen Schritt zurück.

Die Tür ist verriegelt.

Ich bin in der Glaskabine, sie stehen draußen.

Isabella und Sergej, nebeneinander, vor ihren Hologrammen. Isabella gestikuliert mit beiden Händen, Sergej tippt langsam, ohne aufzusehen.

Werden sie mir jetzt gleich irgendwelche Hirnströme schicken? Wo unter all diesen Infos hier stelle ich alles ab?

Ein Toga ist mit mir eingeschlossen, ein junger Mann mit buschigen Augenbrauen, lockigem Haar und einem dunklen Hautteint. Er beachtet das alles nicht, tunkt den Lappen am Mopp in den Eimer, wischt über den weißen Fliesenboden, tunkt den Lappen am Mopp in den Eimer, lächelt sein verrücktes Lächeln ...

Isabella hat sich von Sergej abgewandt und geht mit erhobenem Kopf und wiegenden Schritten zu ihrem Schreibtisch. Sergej tritt einen Schritt zurück und verschränkt die Arme vor der Brust.

Ich atme ein. Ich atme aus.

»Du musst deine Stärken und die Schwächen des Gegners nutzen. Versuch, mich dahin zu treffen, wo ich es nicht erwarte, wenn ich es nicht erwarte«, hat John gesagt.

Noch bin ich Königin von Utopia.

Ich sende alle Informationen von Yoko Nakamoto in Celines Profilraum und gebe Celine meinen Augenscan.

Ich öffne, entriegle alle Türen und Eingänge und Ausgänge, die es auf Targan Island gibt. Alle auf einmal.

Ich tippe eine Nachricht in das Missionsfeld im Ordner der Togas, markiere alle Togas auf einmal, schicke die Nachricht an alle gleichzeitig ab.

Ihre Codes erscheinen in einer Liste, ihre Gedanken daneben, einer nach dem anderen denkt: »Wo bin ich?« Und dann: »Ich bin gekidnappt und versklavt worden. Meine Gedanken werden durch die Coms der Targan manipuliert.«

Dann lösche ich Yoko Nakamoto. Es gibt sie nicht mehr.

Ich hebe den Kopf. Der Toga neben mir lächelt nicht mehr. Der Mann starrt den Mopp in seinen Händen an, seinen dünnen Körper im hautfarbenen Anzug. Er starrt mich an und dann den Käfig. Er stößt ein kehliges Geräusch aus, richtet sich auf, hebt den Stock, holt aus, schlägt mit dem Stock gegen das Glas.

Nicht mal ein Kratzer. Der Mann schreit. Er atmet schwer.

Ich lege ihm beide Hände auf die Schultern und sehe ihm direkt in die Augen. Seine Augen sind dunkel und geweitet vor Angst. Er schwitzt und riecht nach Angst. Er hört auf zu schreien.

»Die Tür ist offen«, sage ich. »Komm.« Ich stoße die Tür mit der Stiefelspitze auf.

Chaos.

Rufen. Weinen. Schreie. Togas reißen Uniformierten die Coms von den Armen, trampeln darauf herum, schlagen darauf ein. Mikroskope zerschellen auf dem Boden. Uniformierte kreischen, stehen fassungslos da, rennen zum Ausgang. Menschen, denen immer alles vorausberechnet wird, improvisieren schlecht.

Ein Toga liegt zusammengekauert und weint. Eine andere hat sich an einen Computer gesetzt. Eine Gruppe von Togas tritt mit den Füßen auf einen Uniformierten am Boden ein. Er rührt sich nicht mehr.

Sie lassen von der blutigen Menschenmasse ab, gehen brüllend auf einen anderen Targan los.

Was habe ich getan?

»Zieh die Uniform aus«, sagt der Toga neben mir. Was für eine Sprache ist das?

Ich nicke. Wenn ich hier lebend raus will, muss ich alles loswerden, was mich wie eine Targan aussehen lässt.

Ich steige aus der Hose, den Stiefeln, zerre mir das Hemd über den Kopf. Ich streife die Com ab und werfe sie auf den Kleiderhaufen. Ich bin nackt. Fast vorsichtig treten der Toga und ich nacheinander über die Schwelle, in den Lärm.

Dann rennt er Richtung Ausgang, ohne sich noch einmal nach mir umzusehen.

Um mich herum tobt es und Glas zerspringt, auf dem weißen Boden glitzern jetzt überall Scherben. Ich höre Isabellas Kreischen, sie reißen ihr den Diamantschmuck vom Körper, reißen ihre Uniform in Fetzen, ihre zerkratzten Brüste hängen aus dem Kleid.

Sergej steht zwischen zerbrochenen Mikroskopen, versucht sich zu mir zu drängen, seine Blicke wild, irr. Ein Toga stellt sich ihm in den Weg, hebt ein Mikroskop, schlägt es ihm über den Kopf, sticht ihm das Mikroskop ins Auge, es quillt als blutende, geleeartige Masse hervor.

Sergej sinkt brüllend und blutend in die Knie. Ich sehe nicht mehr, was weiter passiert, ich bahne mir einen Weg zu Celine.

Ich schlinge mir ihr Leichentuch um den Körper, knote es um mich fest. Ich nehme Celines Com. Öffne sie, wie Isabella das vorhin getan hat, nehme den Diamanten heraus, halte ihn zwischen Daumen und Zeigefinger, das gesamte Wissen aus Yoko Nakamotos Profilraum ist darin.

Hab keine Tasche.

Darf das nicht verlieren.

Ich stecke den Diamanten in den Mund.

Dann renne auch ich. Zum Ausgang. Scherben zerschneiden meine Füße, ich renne auf Schmerzen, aber ich renne und die Tür ist offen. Weiß nicht, wo das Tabu hier ist, aber kann kein Tabu sehen, kann einfach laufen, will zu den Aufzügen ... Überall Togas im Gang ... immer mehr ... aus allen Türen stürzen sie ... woher kommen ... Kreischende, schreiende Uniformierte werden aus Aufzügen gezerrt, Togas dreschen mit Stühlen auf sie ein. Da ist kein Durchkommen.

Ich reiße die Tür zum Treppenhaus auf. Will sie hinter mir zuschlagen.

Togas rufen, stürzen mir nach, schieben mich zu den Stufen. Halte mich am Geländer fest. Werde nach vorne gestoßen, über das Geländer gedrängt, unter mir Stockwerk um Stockwerk weiße Treppenstufen ...

Ich brülle. Dränge mich zurück in die Masse.

Lasse mich von der Masse tragen, Stufe um Stufe die Treppe hinauf. Halte mich aufrecht. Nicht fallen. Nicht fallen. Mit allen gehen. Über mir Stiege über Stiege über Stiege.

Schritte, Brüllen, Weinen hallen im Treppenhaus wieder. Geruch nach Körpern. Drängende, schiebende Körper überall. Nach oben, an all den Türen vorbei, so viele Stufen hinauf.

Ist der Helikopter noch da?

Die letzte Stiege. Menschen vor mir an der Tür, fallen auf die Knie, sitzen reglos da, wimmern, zittern.

Hinter mir drängt es nicht mehr, schiebt es nicht mehr, lauter das Schreien. Da ist irgendwo ein Tabu.

Ich wende mich ab, drehe mich um. Auf allen vieren krieche ich mit dem Rücken zur Tür die letzten Stufen hinauf, steige über kauernde Körper, dränge mich an ihnen vorbei. »Lasst mich durch!«, niemand versteht mich, jeder Körper versteht eine andere Sprache.

In meinem Rücken spüre ich die Tür.

Ich drücke eine Klinke, stoße dagegen. Nichts. Ich werfe mich mit meinem ganzen Gewicht dagegen.

Die Tür öffnet sich, ich taumle rücklings hinaus.

Schwüle Hitze schlägt mir entgegen. Die Dachterrasse ist so weiß, dass es blendet. Die Sonne spiegelt sich im Metall des Helikopters in ihrer Mitte.

Ich renne darauf zu. Tränen verschleiern meine Sicht, ich presse die Handflächen gegen das heiße Glas der Tür.

Wo ist der Augenscan?

Da ist das Targan-Logo, die Uhr ohne Zeiger ...

Ich sehe hinein, umklammere den Türgriff, das silberne Metall glüht von der Sonne.

Die Amancay senden noch immer Lucas Code und Fake-Gedanken von meiner Wohnung. Utopia erkennt Celines Diamanten und der Augenscanner in meinen Augen Celine.

Die Tür des Helikopters springt auf. Ich klettere hinein. Die Tür schließt sich hinter mir.

Lärmen, Dröhnen, Wind.

Der Helikopter schwebt wie ein wütendes Insekt vom Boden auf. Unter mir meine blutroten Fußspuren auf der weißen Terrasse und dahinter Menschen, so viele Menschen ... Sie stürzen durch die offene Tür auf die Dachterrasse hinaus, winken, rufen, rennen auf mich zu. Ich kann keinen von ihnen mitnehmen. Sie bleiben zurück.

Unter mir ist schon das Meer.

Ich sehe die Klippe, auf der John mir gesagt hat: »Springen ist wie Fliegen, nur höher und tiefer.«

Was habe ich getan?

Der zusammengeschlagene Uniformierte auf dem Boden ... wie sie nicht aufgehört haben, auf ihn einzutreten ... dabei hat er sich doch schon gar nicht mehr bewegt ... Die Togas werden es nicht schaffen ... Sie werden sich an nichts von all dem erinnern ... Vielleicht räumen sie jetzt gerade schon wieder die Wissenschaftsabteilung auf, rollen Erschlagene auf Pritschen hinaus, fegen Scherben und wischen Blutlachen von den weißen Fliesen.

Vielleicht werden schon die nächsten Kandidaten in die Glaskabine gebracht ...

Ich öffne den Mund, nehme den Diamanten heraus, winzig klein liegt er da in meinem Handteller und glitzert in der Mittagssonne.

Ich heule ja. Zum ersten Mal, seit ich auf die Insel gekommen bin. Ich heule Rotz und Wasser.

Tief unter mir, weit weg, erstreckt sich das spiegelblaue Meer.

Der Ersatzschlüssel zu meiner Wohnung liegt noch immer unter dem dritten Blumentopf im Innenhof und rasselt im Schloss, als wollte ich das ganze Treppenhaus alarmieren. Meine Tür klemmt. Ich ziehe den Knauf fest zu mir, es knackt, dann bin ich drin.

Ich schließe zweimal hinter mir ab.

Lehne die Stirn an die Tür. Stehe ganz still.

Ich bin zu Hause.

Wie viel Zeit bleibt mir, bevor sie hier sein werden? Bis sie mein Chaos beseitigt haben, meine Flucht bemerken und darauf kommen, dass ich die Insel als Celine verlassen habe? Ich hab mich gleich in der Nähe von München absetzen lassen ... Das gibt mir hoffentlich einen guten Vorsprung ...

Bei der Elite weiß man nie.

Besser keine Zeit verschwenden. Ich muss ...

Aber einen Moment lang erlaube ich mir, die Augen zu schließen. Unter meinen Füßen knarzen die Dielen. Ich schnuppere. Es riecht nach Holz. Es riecht nach Büchern und ... Da ist noch etwas ... es riecht nach ... Udaipur.

Ich fahre herum.

John steht direkt hinter mir in meiner Wohnung. Er trägt schwarze Jeans und einen schwarzen Pullover und er trägt keine Handschuhe mehr. Seine erhobenen Hände sind mit weißem Verband umwickelt.

Er tritt einen Schritt zurück. »Luca ... bitte hör mir kurz zu ...«

Meine Möglichkeiten:

Erstens: Ich mache Lärm, fange an, wie verrückt zu singen, schließe dabei heimlich mein lärmendes Schloss wieder auf, renne weg, schaffe es bis zum ersten Treppenabsatz.

Zweitens: Das Tränengas von meiner Mutter ist in der Küchenschublade. Wenn ich ihm das ins Gesicht sprühe, hab ich vielleicht genug Zeit, ihn in der Wohnung einzuschließen. Das gibt mir vielleicht genügend Vorsprung, um ...

Drittens: Oder ich könnte ihn umarmen und nie wieder loslassen und ... Scheiße.

John schließt einen Moment lang die Augen und lässt die Hände sinken.

Ist die Firewall noch oben? Und wenn ja, wie viele von meinen Gedanken lässt sie durch? Was kann er gerade mithören?

»Wie bist du hier reingekommen?«, frage ich.

»Ich bin eingebrochen. Dein Schloss ist ein Witz.«

»Wie ... eingebrochen? So richtig mit Dietrich und so?«

»Was denn? Traust du mir das etwa nicht zu?« Er sieht tatsächlich gekränkt aus.

So seltsam, ihn hier zu sehen.

Es ist später Nachmittag. Das Licht fällt schräg auf die verwinkelten Bücherregale.

John steht vor meiner Arbeitsecke, an die hüfthohe Trennwand zur Küchenzeile gelehnt, bei den russischen und englischen Klassikern.

»Ich dachte einfach, ein Targan-Boss hätte zum Einbrechen andere Möglichkeiten«, sage ich.

Ohne ihn aus den Augen zu lassen, gehe ich an ihm vorbei in die Küche. Er hält mich nicht auf.

»In Räumen aus einer anderen Zeit sind die Methoden von Targan ziemlich wirkungslos«, sagt er und sieht sich kopfschüttelnd um.

Das Regal ist jetzt zwischen uns. Eine dünne Staubschicht liegt auf dem Holz.

»Du hast nicht mal einen verdammten Rollladen«, stellt John fest.

Durch das Fenster kann man die Baustelle auf der anderen Straßenseite sehen und daneben Häuser und Menschen hinter ihren Fenstern.

Ich bin jetzt in der Küche, beim Herd. Die Schublade ist gleich neben der Spüle.

»Ich will nur mit dir reden, Luca«, sagt John. »Bitte hör mir nur einen Moment lang zu.«

Muss irgendwie ans Tränengas kommen. Wo sind Johns Wachen? Warum bin ich nicht schon längst gespritzt und festgenommen worden? Reden? Wozu?

»So was wie Tee oder Kaffee habe ich immer noch nicht«, sage ich zynisch. »Leitungswasser?«

John verdreht die Augen.

Würde am liebsten zur Schublade stürzen. Ruhig bleiben. Ich taste mich unauffällig, beiläufig näher an die Schublade ran, nehme mir zur Tarnung auf dem Weg eine Tasse, meine Lieblingstasse, die blaue ohne Henkel, drehe den Hahn auf ... Nichts. Sie haben mir das Wasser abgestellt. Das ist meine Wohnung. »Ihr hattet kein Recht, mir das Wasser abzustellen«, sage ich. Nach allem, was sie sonst noch so tun, kränkt mich tatsächlich ausgerechnet das.

Ich stelle die Tasse zurück ins Regal neben der Spüle, mache zwei weitere beiläufige Schritte zur Schublade, bleibe daneben stehen. Ich schlinge die Arme um meinen Körper. Mir ist kalt. Herbstbeginn.

»Willst du dir vielleicht erst was Wärmeres anziehen?«, fragt John fast zärtlich.

Ich trage noch immer ein Wickelkleid aus Leichentuch.

»Deine Wintersachen sind noch immer in deinem Schrank«, sagt er. »Ich warte hier solange auf dich.«

»Nein. Was wolltest du mir denn erzählen?« Die Schublade ist gleich neben mir.

»Ich hab mir etwas Sorgen gemacht«, sagt John. »Ob du es vom Landeplatz bis in die Stadt schaffst, ohne Geld ... Hab gehofft, du rufst jemanden an und bittest vielleicht mal um Hilfe.«

Ich zucke die Schultern. Meine Hand schließt sich um den Schubladengriff. »Du überschätzt deine Menschenkenntnis und unterschätzt mich. Mit einem Anruf hätte ich doch sofort Utopia über meine Flucht alarmiert und obendrein auch noch meinen Aufenthaltsort verraten. Verglichen mit anderem ist Trampen wirklich keine so große Sache ...«

Ich ziehe beiläufig die Schublade auf. Alufolie, Backpapier, ein Notizblock, ein Stift ... Ich krame. Wo ist das verdammte ...

»Selbstüberschätzung ist tatsächlich fast meine größte Minus-Ressource«, höre ich John in meinem Rücken. »Gleich nach Leichtsinn. Und meine Idee mit dem Passwort ist offensichtlich extrem leichtsinnig gewesen. Aber ich hätte nie gedacht, dass du dieses Schloss knacken kannst.«

Seine Stimme klingt stolz und warm. Der hat vielleicht Nerven ...

Ich mache einen Schritt zur Schublade mit den Küchenmessern. Fühle seine Blicke als Kribbeln in meinem Nacken. »Ich dachte, es dauert vielleicht noch ein paar Stunden, bis ihr meine Flucht bemerkt. Ich hatte nicht vor, hierzubleiben«, plaudere ich weiter. »Wollte nur ein paar Sachen holen, bevor ich verschwinde. Ich ...«

John schnaubt. »Die Infos aus meinem Profilraum wolltest du weiterleiten? Über Niklas, ja?« Er spuckt den Namen fast aus. »Hast dir gedacht, Niklas wird das alles in Viren verpackt über den Globus senden. Hast dir gedacht, Niklas wird das machen, wenn der Preis für ihn stimmt. Weißt du was? Ich an deiner Stelle würde Niklas da raushalten.«

Etwas ist seltsam an der Art, wie er Niklas' Namen immer wieder betont. Und hat er das alles in der vergangenen Stunde in meinen Gedanken gelesen oder sich selbst zusammengereimt? Wenn ich nur wüsste, ob meine Firewall noch oben ist, muss hier verdammt noch mal schleunigst weg ...

»Wenn es so einfach wäre, Targan zu stoppen, hätten die Amancay das doch längst getan«, sagt John verächtlich. »Alles auf der Welt wird von Targan-Computern beherrscht.

Und die Targan beherrschen das Computerprogramm. Targan ist überall.«

Ich werfe unwillkürlich einen Blick über die Schulter zu meinem Schreibtisch. Mein Mac kommt mir nach einem Monat im Zentrum wie ein seltsam monströses Relikt aus einer prähistorischen Zeit vor ... Da klebt ja ein Post-it vor der Targan-Kamera ...

»Den kannst du nie wieder benutzen«, sagt John. »Hat ein Targan-Auge. Augen sehen in beide Richtungen.«

Ich schlucke. Sie haben in meine Wohnung gesehen. Mich beobachtet. Lange, bevor sie mich auf ihre verdammte Insel geholt haben.

Die Elite gibt es schon lange überall. Und ich habe nie versucht, sie aufzuhalten. All diese Augen überall, all das, was sie sehen, die Massen an Daten, die sie sammeln, sortieren ... benutzen.

Ich öffne die Schublade. Die Schublade ist leer, die Messer sind weg.

Langsam drehe ich mich um. John hält das Tränengas in seiner verbundenen Hand empor. »Ich gebe mir die allergrößte Mühe, dich nicht mehr zu unterschätzen, Luca Mon«, sagt er und lässt das Tränengas in seiner Jeanstasche verschwinden.

»Ich würde mir jetzt doch gerne was anderes anziehen«, sage ich. »Wartest du bitte hier auf mich?« In meinem Schlafzimmer ist ein Fenster und an der Wand diese Balken für Efeu ... vielleicht ...

John flucht. »Du bist in deinem Leben noch nicht mal auf einen Baum geklettert und willst jetzt plötzlich Spiderman spielen?«

Wie hat er das wissen können? Die Firewall. Meine Firewall muss unten sein. Aber wie hab ich es dann bis hierher geschafft? Warum erinnere ich mich noch an all das? Oder erinnere ich mich falsch und hab diesmal auch den Schwindelanfall vergessen? Und warum, verdammt noch mal, hat er mich nicht schon längst festgenommen?

John ist mit einem Schritt an der Trennwand vorbei in der Küche, versperrt mir den Weg hinaus, und dann ist er bei mir. »Verdammt, Luca, hör mir doch bitte nur einen Moment lang zu, ich bin hier, um zu helfen!«

Er greift nach mir.

Ich ducke mich, weiche ihm aus, stehe mit dem Rücken zum Herd.

Er bleibt stehen, holt Atem. »Luca, ich weiß nicht, wie ich es dir sagen soll, ich ...«

Ich muss hier weg, und das sofort. Ich greife nach einer Pfanne.

John blinzelt einmal. »Das ist jetzt nicht dein Ernst!«

Die Pfanne ist schwer, ich umklammere den Griff mit beiden Händen.

»Ich bin ein Amancay«, sagt John.

Ich stehe bewegungslos mit der Pfanne in den Händen.

John redet jetzt sehr schnell: »Ich will dir helfen. Hab von Anfang an nichts anderes gewollt. Bitte, glaub mir, alles, was ich getan habe ... Es ging nur darum, dass du es durch die Profilierungsphase schaffst ... Wusste, dass ich dich erst nach der Profilierungsphase rausholen kann ...«

Die Pfanne ist zu schwer und meine Arme müde. Ich stelle die Pfanne auf die Herdplatte zurück und stütze mich mit beiden Händen auf die Arbeitsfläche. Drücke eine Herdplatte an, drücke sie wieder aus.

Ich hebe den Kopf und drehe mich zu John um.

»Das ist wirklich eine lange Geschichte«, sagt er. »Aber glaub mir, wenn du mir eine Chance gibst, sie dir zu erzählen, dann ergibt am Ende alles einen Sinn. So viel Zeit haben wir noch.«

»Aha.«

Wir stehen einander gegenüber und sehen uns an.

»John?«

»Ja?«

»Ich warte darauf, dass alles einen Sinn ergibt.«

»Ich ... ich weiß nicht, wo ich anfangen soll.«

Er steht zu nahe. Ich kann ihn riechen und fast spüren ... Er hat das Tränengas in seiner linken Hosentasche ... Das ist meine Chance ...

Er stöhnt und tritt einen Schritt von mir zurück.

Verdammter Gedankenleser.

»Bitte Luca«, sagt John. »Du musst mir vertrauen.«

»Vertrauen«, wiederhole ich. Lache auf. »Richtig. Du bist ja jetzt ein Amancay.« Ich lache noch mal. Kann nicht anders, das Lachen bricht aus mir raus, noch mal, passiert einfach. Ich stehe da und lache, pruste plötzlich, lache und pruste und kann gar nicht mehr aufhören damit. Ich lache so laut, wie ich in meinem Leben noch nicht gelacht habe, laut und hysterisch, ich klopfe mir auf die Schenkel, krümme mich vor Lachen, es tut richtig weh.

John steht mit reglosem Gesicht da und sieht mich an, als hätte ich den Verstand verloren.

Ein Zucken um seine Mundwinkel, ein kehliges Geräusch aus seinem Mund.

Dann lacht auch John, dröhnend, sein Brustkorb bebt, er lehnt sich an die Wand, er hält sich die Seiten, rutscht die Wand runter auf den Boden, und da sitzen wir plötzlich beide, klopfen mit den Händen auf die Dielen und wälzen und winden uns vor Lachen wie die Verrückten, vor Lachen laufen uns Tränen übers Gesicht.

»Es tut mir leid, dass ich dich dazu gebracht habe, ›Ich liebe dich‹ zu sagen«, sagt John irgendwann. »Das war sehr dumm und egoistisch von mir.«

Wir sitzen erschöpft auf dem Dielenboden, jeder mit dem Rücken an ein Bücherregal gelehnt, ich an die Trennwand zur Arbeitsecke gleich beim Gang, er schräg gegenüber von mir neben dem roten Sofa, vor Mythen, Märchen und Sagen.

Unser Lachen ist verebbt, nur manchmal kommt noch was nach. Draußen dämmert es schon, aber ein letzter Strahl Abendlicht fällt zwischen uns auf die Dielen.

Was will er denn jetzt von mir hören? Vergeben und vergessen? Und für was alles genau? Was hat er getan und nicht getan, weil er eine Rolle spielen musste? Und wie sehr spielt das eine Rolle, wenn er es doch trotzdem getan hat?

Warum sollte ich ihm überhaupt glauben?

Der einzige Grund, warum ich hier noch immer Auszeit mit ihm mache, anstatt zu versuchen, doch noch irgendwie an mein Tränengas zu kommen: Mir fällt keine glaubhafte Motivation ein, warum er mir so einen Quatsch erzählen sollte.

»Hatte mir erst überlegt, du glaubst mir vielleicht, wenn ich dich meine Gedanken lesen lasse«, sagt John. »Als vertrauensbildende Maßnahme sozusagen.«

Ich schüttle den Kopf. Das beweist überhaupt nichts. Wenn Amancay Gedanken maskieren, dann können Targan so was doch wahrscheinlich auch.

John nickt. »Ich dachte mir, dass du das denkst.« Er zögert. Er zieht mit seinem Finger eine Rille zwischen den Dielen nach, betrachtet den Staub auf seinem Finger. Es muss sich seltsam anfühlen, die Welt anzufassen, wenn man sie so lange nur durch Handschuhe gefühlt hat.

John räuspert sich, hebt plötzlich den Kopf: »Du hast auf der Station eine Kopie meines Profilraums auf Celines Diamanten gesendet«, sagt er. »Auch meine Gedanken. Wenn ich meine Firewall deaktiviere, dann kannst du alles sehen, was ich in den vergangenen Wochen gedacht habe. Ich will, dass du es dir anschaust.«

»Alles?«

»Was immer du davon sehen willst. Du hast ein Recht darauf. Das schulde ich dir.«

Ich habe Celines Diamanten fest in einen Zipfel des Tuchs verknotet. Ich umfasse ihn mit der Faust. Er fühlt sich wie ein winziges Steinchen an. Dass so etwas Kleines so große Wirkungen hat.

Was werden sie Celines Familie erzählen, wenn sie nach ihr suchen?

»Niemand wird nach ihr suchen«, sagt John.

Ich starre auf meine Füße. Ich habe sie mit zwei Fetzen Leichentuch verbunden, die auf dem Weg hierher dunkel von Dreck geworden sind. Die Schnitte von den Scherben waren nicht tief, das Blut ist inzwischen braun getrocknet. »In der Welt haben die Leute keine Chips implantiert. Ihr habt also nur auf Targan Island die Macht, Gedanken zu manipulieren. Meine Freunde sind dran gewöhnt, dass ich mich mal länger nicht melde. Aber Celines Familie wartet auf eine Nachricht von ihr!«

Er lächelt traurig. »Seit der Nachricht über die Auserwählung ihrer Tochter hat Celines Familie jeden Tag mindestens eine fabrizierte E-Mail von ihr bekommen. Deine Eltern übrigens auch zweimal. Deine Mutter erzählt gerade all deinen Verwandten, dass du es in die Elite geschafft hast. Du hast sie natürlich als Erstes angerufen. Sie hat sich nicht darüber gewundert. Auch nicht darüber, dass du etwas anders geredet hast als sonst. Ich hab mir die Aufnahme angehört, der Fake war nicht mal sonderlich gut gemacht. Aber deine Mutter hat gehört, was sie hören wollte.«

»Und die Kandidaten, die es schaffen? Die halten alle den Mund? Niemand erzählt, dass auf dem wunderschönen Targan Island Folter, Sklaverei und Massenmord an der Tagesordnung sind?«

»Von uns Mitgliedern wird erwartet, den Kontakt zu Freunden und Familie in der Außenwelt allmählich zu kappen. Targan ist die Familie.«

»Und wenn jemand sich weigert?«

»Dann helfen wir nach.« Es gäbe immer Probleme damit, sagt John, aber nie allzu große, nicht mal auf Seiten der Angehörigen.

Er sitzt mit ausgestreckten Beinen, den Kopf an das Bücherregal in seinem Rücken gelehnt. Er spricht langsam und ruhig, ohne Gefühl, als läse er Infos von einem Hologrammfenster vor. Utopias Strategie für eine möglichst reibungslose Abkopplung passe sich an die individuellen Verhältnisse an.

Das Prozedere wäre mit jeder Reibung ausgefeilter geworden.

Ich ziehe die Beine an, schlinge die Arme darum. »Meine Eltern werden mich auf Targan Island besuchen wollen.«

»Sie haben gehört, wie deine Stimme ihnen erklärt hat, warum das leider nicht möglich sein wird. Du hast ihnen versprochen, sobald wie möglich bei ihnen vorbeizuschauen. Der Kontakt wird immer spärlicher werden, schließlich hast du als Targan viel zu tun. Deine Mutter ist sehr hartnäckig. Vielleicht wird deine Familie darum irgendwann mal darüber benachrichtigt werden, du seist verunglückt. Nach den Gesetzen von Targan Island werden Tote sofort eingeäschert.«

Ich schweige.

John erzählt, spricht immer weiter, sein Gesicht und seine Stimme sind ausdruckslos dabei. Utopia suche in den Targan-Profilräumen nach Kandidaten, die passen oder passend gemacht werden können. Ihre Profile müssten nützlich und berechenbar seien, aber vor allem in ihrem sozialen Verhalten mit Targan kompatibel. Darum die Eignungstests, darum die unlösbare Aufgabe mit den Spielern und Gegenspielern in der Probearbeit. Es ginge darum, das Verhalten der Kandidaten in Bezug auf Gruppen zu untersuchen. Ihre Entwicklung würde in der Profilierungsphase nicht nur beobachtet, sondern auch gesteuert.

»Warum die Mühe? Programmiert uns doch einfach zu allem, wofür ihr uns braucht.«

John schüttelt den Kopf, als hätte er den Zynismus in meiner Stimme nicht gehört. »Das ist nicht so einfach. Sieh dir die Togas an. Programmierte Menschen können körperliche Leistungen vollbringen, aber nicht eigenständig mit ihrem Verstand arbeiten, das nutzt uns nicht viel. Targan braucht entscheidungsfähige Menschen mit freiem Willen. Unsere wahre Macht ist nicht Gedankenkontrolle, Luca. Unsere wahre Macht liegt darin, Menschen dazu zu bringen, zu wollen, was sie nicht wollten. Unsere Mitglieder erziehen sich selbst. In jedem Moment, in dem sie Angst haben, vielleicht etwas Falsches zu denken, und darum so denken, wie wir es wünschen.

Auch die meisten Kandidaten fangen kurz nach ihrer Ankunft auf der Insel damit an. Lange bevor sie wissen, dass ihre Gedanken beobachtet werden. Es hat nichts mit dem Diamanten zu tun. Sie finden Erklärungen, reden sich schön, was passiert. Das macht sie mit uns kompatibel. Sie passen sich dadurch immer mehr an uns an.«

Ich setze mich wieder auf. »Und was passiert mit denen, die sich nicht anpassen?«, will ich wissen. Was passiert mit Menschen wie Celine?

»Es hängt davon ab. Den meisten inkompatiblen Kandidaten manipulieren wir die Erinnerung und schicken sie zurück. Wir brauchen Leute, die in den Talkshows von Targan Island als einem Paradies auf Erden erzählen.«

»Wie macht ihr das?«

»Hirnstrommanipulation über das Tabu.«

Ich habe einen seltsamen Geschmack im Mund. »Was ist das Tabu?« Und wie kann er darüber reden, als ob es dabei nicht um Menschen ginge?

»Nicht mehr als eine visuelle Stimulation. Eine Art Bar-Code, auf den der Diamant reagiert.« John weicht meinem Blick plötzlich aus, reibt sich über das Gesicht, setzt sich in den Schneidersitz, sieht auf seine verbundenen Hände. Er sieht nicht auf, während er weiterspricht. »Stell es dir wie ein Stoppzeichen vor. In deinem Kopf hält alles an, wir haben Zugriff, räumen um, und wenn das Tabu ausgeblendet wird, erinnerst du dich nicht mal mehr daran.«

»Es sei denn«, sage ich, »es wird mir nicht eingeblendet, sondern ich sehe es auf einer Tür. Oder in einem Hologrammfenster. Oder einer Handfläche ...«

Johns Finger zupfen an seinen Verbänden. »Der Diamant löst als Nebeneffekt auf den visuellen Reiz lähmende Angst und unbedingten Gehorsam aus. Das ist manchmal ... praktisch.«

»Praktisch«, wiederhole ich kalt.

Ich hätte gerne einen Schluck Wasser. Mein Mund ist trocken. Ich räuspere mich, meine Stimme klingt rau: »Nicht alle inkompatiblen Kandidaten kehren zurück«, stelle ich fest. Celine wird nicht zurückkehren.

Er sieht mich noch immer nicht an. »Manchmal berechnet Utopia, dass die inkompatiblen Kandidaten dringender für die Wissenschaftsabteilung gebraucht werden. Nach der Profilierungsphase hat das Programm unzählige Daten über eure psychologischen und physiologischen Ressourcen gesammelt, darum eignet ihr euch so gut. Zurzeit benötigen wir viel Testmaterial.«

»Du sagst immer noch ›wir‹, John. Wie soll ich dir glauben, dass du kein Targan, sondern ein Amancay bist?«

Jetzt sieht er auf. Seine Augen verengen sich. »Stell dir einen Amancay vor, der jeden Tag einen Targan spielt.« In seiner Stimme vibriert Wut. Er spielt nicht mehr mit dem Verband, seine Hände haben sich zu Fäusten geballt und plötzlich sieht er verdammt bedrohlich aus. »Ich wäre kein guter Amancay, wäre ich nicht auch ein guter Targan. Ich bin ein hervorragender Amancay. Du hast kein Recht, mich zu verurteilen, schon gar nicht nachdem du für deine Flucht alles in Schutt und Asche gelegt hast. Du weißt nicht, was ich getan habe oder warum. Du weißt gar nichts! Sieh es dir an. Nimm Zugriff. Ich will, dass du es verstehst.«

Ich habe so viele Fragen. Was bedeutet Immortalis? Warum hätte ich bei Targan bleiben sollen, wenn ich doch gar nicht kompatibel war, warum hat Isabella mich Schlüssel genannt? Woher kommen die Togas? Was war mit der Rothaarigen los, die sich plötzlich auf dem Bürofußboden gewälzt hat? Warum habe ich Andy Meyer gesehen? Was hatte es mit Z3275 auf sich, an was haben wir Kandidaten da gearbeitet, soll das alles nur für unsere Profilierung gut gewesen sein? Das ergibt keinen Sinn, so was wäre nicht effektiv. Aber hätte Utopia die Figuren für Z3275 nicht selbst entwerfen können? Warum haben die Amancay uns überfallen, wenn John doch behauptet, selbst ein Amancay zu sein?

Wer ist John? Ist er jetzt doch auf meiner Seite? Sind wir Spieler oder Gegenspieler? Kann ich ihm vertrauen?

Wenn John wirklich zu den Amancay gehört, dann weiß er Dinge, die niemand außer den Amancay wissen sollte.

»Ich vertraue dir«, sagt John. Er beobachtet mich jetzt. »Jede Wette, wenn du alles gehört hast, bittest du uns, die entsprechenden Stellen wieder aus deinem Gedächtnis zu löschen. Aber du wirst wissen, dass das deine Entscheidung gewesen ist.«

»Und was wenn nicht?«, frage ich.

»Ich vertraue dir«, sagt John noch einmal und entspannt sich.

Wieso das denn auf einmal? Und es fällt mir schwer zu glauben, dass die Amancay dieses blinde Vertrauen teilen und mit Johns Vorschlag einverstanden sein werden.

»Die Amancay sind mit so einigem nicht einverstanden, was ich in letzter Zeit getan habe und was ich gerade tue. Schwierigkeiten sind mein zweiter Name, weißt du noch?«

Er hat die Beine wieder lang ausgestreckt und den Kopf an die Bücher gelehnt. Es ist so seltsam, hier mit ihm in meiner Wohnung zu sitzen, im letzten Licht. Wenn das Stück vorbei ist und die Rollen bis zum letzten Satz ausgespielt und noch nicht klar ist, welche Rollen als Nächstes anstehen, welcher Text bleibt uns dann noch? Was ist dann übrig?

»Na wir«, sagt John. »Die Schauspieler.«

Und was zum Teufel gibt ihm das Recht, meine Gedanken abzuhören, wenn er jetzt nicht mehr den Todfeind spielt? Gleiches Recht für alle zwischen den Stücken!

Draußen die Dämmerung. Ich kann Vögel hören, Singvögel. Auf der Insel hat es keine Singvögel gegeben, nur Krähen. Ich habe so lange keine Singvögel mehr gehört. Mir ist jetzt wirklich kalt.

John zieht seinen Pullover aus, er trägt ein schwarzes Polo-Shirt darunter. Wie kann ein Mann nur so perfekte Oberarme haben ... und wie kann ich nach allem, was passiert ist, noch immer solche Gedanken denken!

»Danke. Ich mag deine Oberarme auch.« Er wirft mir den Pullover zu. Wie gegen meinen Willen strecke ich die Hand aus und fange auf.

Ich denke: Als vertrauensbildende Maßnahme könntest du als Erstes aus meinem Kopf verschwinden!

John sieht auf seine Fußspitzen.

Raus aus meinem Kopf!

»Weißt du noch unser Date?«, fragt John. »Im Just Us? Du hast gesagt, es wäre nicht fair, dass ich so viel mehr weiß als du. Weißt du noch, dass ich damals tatsächlich mein Headset rausgenommen habe? Aber dann hatte ich mich kaum umgedreht, und schon warst du in einem der Spiegelräume verschwunden und wurdest mit Pfeilen beschossen ... Ich ... ich würde mich wirklich besser fühlen, wenn ich ...«

»Wenn du willst, dass ich dir auch nur einen Moment lang weiter zuhöre, dann verschwindest du sofort aus meinem Kopf, verdammt!«

»Schon gut.« John nimmt sich das Headset aus dem Ohr und steckt es in seine Com.

Besser so.

Ist wirklich seltsam, ihn ohne Uniform zu sehen. Ich ziehe mir seinen Pullover an. Der Stoff ist weich, noch warm von Johns Körper und riecht nach ihm.

Ich ziehe mich langsam an der Trennwand hoch, stehe auf. Ich gehe um die Bücher herum und setze mich an meinen alten Schreibtisch, auf meinen alten Stuhl. Ich sehe in das abgeklebte Auge der Kamera.

»Was wollen sie?«, frage ich John.

John hat das Buch genommen, das da immer noch auf dem Sofa liegt, *Der Mythos des Sisyphos*, er blättert darin. Er hat tiefe Ringe unter den Augen und jetzt, wo er nicht mehr lacht, sieht er aus, als trüge er das Gewicht der ganzen Welt auf den Schultern. Ich habe plötzlich das Bedürfnis zu ihm zu gehen, ihn zu umarmen und zu sagen: »Schlaf. Ich pass auf dich auf. Schlaf, und wenn du aufwachst, sieht die Welt ganz anders aus.«

»Sie wollen alles«, sagt John. »Sie wollen natürlich alles.«

Will er das auch? Von mir? Alles? Ist er darum jetzt hier? Er steht langsam auf und kommt mit dem Buch in der Hand zu mir herüber.

»Sie wollen, dass Targan überall ist.«

Ich sehe auf meinen Schreibtisch, fahre mit der Hand über die Plastiktastatur, die Berührung vertraut, ich saß hier den Großteil des Tages und jeden Tag. Und sie waren immer dabei.

Eine Welt wie die Welt auf der Insel. Eine gesteuerte Welt ohne Menschenwürde und Mitmenschlichkeit.

John bleibt dicht hinter mir stehen.

Meine Fingerspitzen gleiten über den Rand und dann über die Holzmaserung der Tischplatte. Eine feine Staubschicht auch hier, meine Finger haben Abdrücke darin hinterlassen. Ich kann nicht glauben, dass nur ein paar Wochen vergangen sind, seit ich das letzte Mal hier gesessen habe. Der Schreibtisch kommt mir wie aus einem anderen Leben vor. »Dann bist du jetzt also wieder hier, um mich zu rekrutieren, was?«, frage ich. »Nur diesmal zu einer Amancay? Ich soll die Targan infiltrieren? Möglichst schnell Karriere auf der Insel machen, um Zugang auf so viele Infos wie möglich zu kriegen? Nur, weißt du, ich glaube eigentlich nicht, dass die Targan mich nach meinem Showdown noch immer bei sich aufnehmen wollen ...«

»Die meisten Targan haben deinen Showdown schon wieder vergessen. Ist nicht im Interesse der Elite, sich an peinliche Vorfälle zu erinnern. So was wird gleich wieder aus der Geschichte gelöscht.«

»Oh.« Ich male mit der Fingerspitze ein Muster in den Staub, male es nach, wische es weg. »Verstehe.« Ich reibe mir den Staub von der Hand. »Du sagst die meisten. Aber es reicht einer, der sich an alles erinnert, und damit läuft es aufs selbe raus.« Ich drehe mich zu ihm um.

John zuckt die Schultern. »Die Amancay wollen eine falsche Spur in deinem Diamanten legen. Es soll so aussehen, als hätten wir dich manipuliert. Von Anfang an. Als hätten wir einen Weg gefunden, die Targan über ihre Diamanten fremdzusteuern. Der Plan hätte jede Menge hübsche Nebeneffekte für uns.«

»Aber ich bin sowieso als inkompatibel eingestuft worden, John. Wusstest du das? Hab das nicht verstanden. Was Isabella da gesagt hat ... warum Adriana mich behandelt hat, als hätte ich es in die Elite geschafft. Wenn ich es doch gar nicht geschafft habe? Ich bin mir nicht sicher, ob sie mich vor meinem Grand Finish noch wirklich als Mitglied wollten ...«

Johns Kiefer ist plötzlich angespannt. »Glaub mir, für dich würden sie eine Ausnahme machen«, presst er hervor. »Glaub mir, dich wollen sie auf jeden Fall zurück.« Er holt tief Atem, entspannt sich etwas, versucht zu lächeln. »Tut mir leid. Es ist nur ... es gibt da etwas, was du nicht weißt. Man würde versuchen herauszufinden, wie die Amancay dich steuern konnten. Aber man würde nichts finden. Man würde sich fragen, wer bei Targan noch alles von den Amancay gesteuert wird.«

»Verstehe. Dann sagst du mir jetzt also wieder, ich bin auserwählt? Dass das meine Bestimmung ist? Nur diesmal bin ich zur Amancay bestimmt?«

John schüttelt den Kopf. »Ich bin hier, um dich aus all dem ein für alle mal rauszuholen«, sagt er. »Ich lasse dir den Diamanten rausnehmen. Ich besorge dir eine fremde Identität. Eine Spezialität von uns Amancay, das alles, du wirst sicher sein. Du kannst nicht mehr für Y-Soft arbeiten, aber ich finde einen ähnlichen Job für dich. Du wirst den Kontakt zu deinen Eltern und Freunden abbrechen müssen, aber du wirst immer wissen, wie es ihnen geht. Dein neues Leben wird sich kaum von deinem alten unterscheiden. Du wirst mit all dem nichts mehr zu tun haben, weder mit den Targan noch mit uns Amancay.«

Ich sehe zu ihm auf. Im letzten Licht schimmert das Kupfer um seine Pupillen feucht. Ich habe nie ein Wort gefunden, das den Ausdruck in seinen Augen trifft.

»Alles wird sein wie früher?«, frage ich.

Er streicht mir fast vorsichtig mit der verbundenen Hand übers Haar. Es fühlt sich gut an. Es sollte sich nicht so anfühlen, aber so fühlt es sich an. Gut.

»Bei dem Chaos, das du hinterlassen hast, wird es dauern, bis man dein Verschwinden bemerkt«, sagt er und seine Finger gleiten immer wieder durch mein Haar. »Die Amancay lassen noch immer deine Codemaskierung laufen. Laut Utopia hat man dich schon längst in Gewahrsam genommen, untersucht, gespritzt und jetzt liegst du gerade betäubt auf der Krankenstation und hast einen Alptraum. Wenn alles gut geht, haben wir ein Zeitfenster von ein paar Tagen, um dich zu verstecken, und ein paar Stunden reichen mir schon. Du hast das Spiel gewonnen, Luca. Exit. Du kannst das Spiel jetzt verlassen. Alles wird sein wie früher.«

Er zögert. »Bis auf Lilith«, sagt er dann. »Du kannst nie wieder Lilith sein. Utopia würde sofort registrieren, wenn du dich als Lilith einloggst. Dann haben sie dich, wo auch immer du bist.«

Ich wende den Blick von ihm ab. »Aber ich werde mit zweiundsiebzig Prozent Wahrscheinlichkeit über achtzig und gehe mit sechsundsiebzig Prozent Wahrscheinlichkeit alle paar Jahre eine Beziehung ein, die den Zeitraum eines Jahres unterschreitet«, sage ich.

»Das hast du dir gemerkt, was? Aber so müsste es doch nicht sein ... Ich könnte ... wir könnten ... wenn du das willst ... ich meine ... ach verdammt.«

Er nimmt einen Kugelschreiber von meinem Schreibtisch, dreht ihn zwischen den Fingern, legt ihn zurück, nimmt einen dünnen Bleistift und spielt damit, biegt ihn zwischen Zeige- und Mittelfinger, zwischen beiden Händen.

»Verdammt«, der Bleistift zerbricht und fällt auf den Boden.

John geht vor mir auf die Knie, nimmt mein Gesicht zwischen beide Hände, sucht etwas in meinem Blick. »Ich könnte dir all die Länder zeigen, die du immer sehen wolltest«, sagt John.

Ich will ihn wegschieben, aber er fühlt sich zu gut an. »Nach all dem?«, frage ich ihn. »Wie könnten wir nach all dem noch zusammen sein?«

»Wie denn nicht?«, antwortet er leise.

Ich will ihn küssen. Unbedingt und sofort. »Und was machst du gerade laut deiner Codemaskierung, John? Aufräumen?«, frage ich stattdessen.

Er richtet sich etwas zu schnell wieder auf. »Urlaub in München. Was denn? Glaubst du, John Amber braucht keinen Urlaub?«

»John Amber? Macht Urlaub? In München? Das ist dein Cover? Und du willst mir einreden, ein weltweit gefürchteter Rebell zu sein?«

Da ist ein Zucken um seine Augen. Nur kurz, aber ich hab's gesehen. »Du kannst nicht zurück«, murmle ich. »Sie haben alle gewusst, dass wir zusammen waren ... Sobald sie meine Flucht bemerken, werden sie glauben, dass du dafür verantwortlich bist. Wenn sie nicht sowieso schon längst rausgefunden haben, dass Yoko Nakamoto über deinen Profilraum entstanden ist und dich für die Befreiung der Togas verantwortlich machen. Sie werden alles nachverfolgen und was sie sehen, werden sie mit deiner Gedanken-Maskierung vergleichen ... Du kannst nie wieder auf die Insel zurück.«

Warum war er dann bloß mit mir zusammen? Wenn er von Anfang an wollte, dass ich fliehe? Es war doch klar, dass er dann gehen muss, wenn ich gehe!

»Wir nennen die Amancay, deren Cover auffliegt, die Verbrannten ... Ich hab mir im wahrsten Sinne des Wortes die Finger an dir verbrannt«, sagt John, betrachtet seine verbundenen Hände und zwinkert mir obendrein auch noch zu.

Nicht witzig. »Wie viele Amancay undercover in schwarzen Uniformen gab es denn außer dir im Zentrum?«

»Luca.«

»Und du bist nicht mehr da. Meinetwegen ...«

»Luca.« Er zieht mich auf die Beine, drückt meinen Kopf an seine Brust und umarmt mich. Er hält mich fest. Seine Hand streicht mir immer wieder über das Haar und seine Stimme klingt erstickt in meinem Ohr. »Luca, du lebst. Du bist frei. Unsere Firewall ist noch immer sicher. Durch deine Aktion haben wir so viele Infos auf einmal bekommen wie noch nie zuvor.«

»Lügner! Wenn man so einfach an Infos käme, hättet ihr Amancay die Togas jeden Tag so eine Kurzrevolution haben lassen können, mach mir doch nichts vor!«

Ich habe angefangen, heftig zu zittern. John hält mich fester, drückt mich an sich, sein Geruch, seine Wärme umhüllen mich.

»Luca, was hast du, was ist denn? Du hast es geschafft! Hab bis zum Ende nicht gewusst, ob ich es schaffe, dich aus dem Zentrum zu schmuggeln und dann kommst du ... Deine größte Ressource ist nicht Neugier, sondern Dreistigkeit! Ohne jede Hilfe marschierst du einfach mitten in die Wissenschaftsabteilung hinein und löst das größte Chaos in der Geschichte von Targan aus ... Niemand hätte tun können, was du da getan hast ... Du allein«, sagt er.

Er hat recht. Niemand könnte tun, was ich tun kann.

Nur ich könnte eine schwarze Uniform undercover für die Amancay werden.

Ich halte ihn fester. Ich zittere stärker.

»So weich ...«, flüstert er, »Luca, was ist ...«

Ich presse mich an ihn, hole tief Atem, atme ihn ein.

»Ein Penny für deine Gedanken«, murmelt er an meinem Haar.

Ich mache mich los. Ich muss nachdenken, und ich kann nicht denken, wenn wir so stehen.

Ich gehe an ihm vorbei zum Fenster. Ich sehe nach draußen, auf die Straße, auf die Baustelle, an der ich die Targan zum ersten Mal gesehen habe. Es ist schon fast dunkel. Regen liegt in der Luft. Hinter vielen Fenstern leuchten jetzt Targan-Projektoren auf, man sieht fern, die meisten die Nachrichten, viele Augen sehen in die Welt.

Wie lange haben wir noch?

Und ich soll nichts tun, um sie aufzuhalten?

Aber es ist doch nicht meine Schuld. Ich hab doch wirklich schon genug abgekriegt. Ich hab es doch geschafft. Ich habe mein Leben zurück, meine Freiheit. Ich habe doch nichts mit all dem zu tun ...

Auf dem Fenstersims liegt meine alte Brille. Grünes, großes Plastikgestell, dicke Gläser. Ich hebe sie hoch, wiege ihr vertrautes Gewicht in der Hand, setze sie auf. Alles verschwimmt. Meine Augenstärke stimmt jetzt, ich kann nicht mehr durch die alten Gläser sehen. Mir wird ganz schwindlig davon.

Bis ich auf die Insel gekommen bin, habe ich mich aus allem rausgehalten. Ich habe immer gedacht, ich könnte eh nichts tun. Ich habe mir das einreden können, weil ich immer die Möglichkeit zum Wegschauen hatte.

Ich denke daran, was ich seitdem alles gesehen habe, an die ganze Geschichte.

An die Eignungstests, Menschen in Glaskabinen, Zellen ohne Boden. Wie wir uns gegenseitig erfroren haben. An programmierte Engel, die einem sagen, wohin man zu gehen und was man zu tun hat, an weiße Räume mit Menschen, die aussehen wie Roboter und lautlos in Hologramme tippen. Ich denke an die Station 5 – 3 – 9, an die Wut der Togas und dass sie sich schon jetzt an nichts mehr erinnern werden.

Die Gedanken sind nicht mehr frei.

Ich denke an meine Geschichte mit John, an all die Verletzungen und wie sehr ich ihn gehasst habe. Aber ich habe mich auch zum ersten Mal in meinem Leben wirklich verliebt.

Zugegeben, das war eine Katastrophe ...

Aber bis ich auf die Insel gekommen bin, hatte ich immer das Gefühl, allen Geschichten wie ein Regisseur von außen zuzusehen, sogar meiner eigenen. Ich bin eine Geschichtenerfinderin. Und jetzt habe ich zum ersten Mal das Gefühl, Teil der Geschichte gewesen zu sein. Ich habe Anteil genommen. Ich habe zum ersten Mal in meinem Leben wirklich gelebt.

Das Zittern lässt nach.

Ich denke an Celine. Als wir das letzte Mal zusammen beim Springbrunnen saßen, hat sie mich gebeten, ihr etwas zu versprechen. Celine hatte so viele Wünsche. Sie ist gestorben, weil sie wollte, dass es irgendwo wärmer wird. Ich will nicht, dass sie umsonst gestorben ist.

Ich zittere nicht mehr. Ich streiche ein letztes Mal über den Brillenbügel, hin und her, dann nehme ich die Brille wieder ab.

»Luca? Was zum Teufel ist mit dir?« John tritt hinter mich. Ich kann unser Spiegelbild im Fenster sehen. Wir sehen blass aus und unendlich müde, aber da stehen wir beide noch immer, nebeneinander, er in Schwarz, ich jetzt in Schwarz und Weiß. Unsere Arme berühren sich und das fühlt sich an wie Strom. Luca und John, Draven und Lilith und was immer wir noch für Namen haben werden.

Ich richte mich auf.

»Ich kann nicht mehr in meine Schutzkapsel zurück«, sage ich. »Ich werde nicht aufhören, Lilith zu sein.«

Ich kann hören, wie er Luft holt. »Nein«, sagt er endlich heiser. »Nein ...«

Er hat auch ohne Gedankenabhören verstanden, was in mir passiert. »Nein!«, sagt John wieder, lauter jetzt. »Nein. Ich lasse das nicht zu. Ich werde ...« Er stockt.

Aber ich kann nicht mehr einfach in die andere Richtung sehen. Ich habe mich aus dem Staub gemacht und auf der Insel Blut und Scherben zurückgelassen. Ich habe geglaubt, ich könnte die Welt warnen, wenn ich fliehe, aber jetzt soll ich noch nicht mal die Infos auf Celines Chip weiterverbreiten können? Ich weiß zu viel, als dass ich einfach damit weiterleben könnte, ohne etwas dagegen zu tun.

Ist das die Bedeutung von Bestimmung? Zu tun, was nur ich tun kann? Bin ich vom Schicksal dafür auserwählt? Alles nur große Worte.

Jeder hat seine eigenen Möglichkeiten, die Welt ein wenig besser zu machen. Wenn man die Möglichkeit hat, dann muss man etwas tun, irgendwas, irgendwo. Ich weiß jetzt, was meine Möglichkeiten sind. Wenn man Möglichkeiten hat, dann hat man Verantwortung.

Die Krähe hat gesagt, seinem Schicksal entkommt man nicht. Es spielt keine Rolle, ob das stimmt. So fühlt sich das also an, sein Schicksal selber zu wählen. Groß und klein, gleichzeitig.

»Ich werde deine Gedanken nicht lesen, John«, sage ich und schaue aus dem Fenster. »Wenn sie mich erwischen, dann finden sie vielleicht einen Weg, auch an gelöschte Infos zu kommen. Ich will nichts wissen, was andere in Gefahr bringt. Erzähl mir das, was nötig ist, in deinen eigenen Worten.«

»Ich könnte dich anlügen.«

Das könnte er. Aber nach all dem vertraue ich meinem Bauchgefühl mehr als meinem Kopf. Das Wasser ist dein Freund, wenn du weißt, was es ist. »Ich glaube, dieses Mal wirst du die Wahrheit sagen, John.«

»Du darfst nicht ins Zentrum zurück. Luca ... bitte ... ich lasse es nicht zu.« Seine Augen sind geweitet, er sieht aus wie erstarrt, schüttelt immer wieder den Kopf.

Ich weiß nicht, wie ich ihn loslassen kann. Ich drehe mich zu ihm um, ich streichle mit der Fingerkuppe über sein Gesicht, versuche mir seine Konturen zu merken, wie es sich anfühlt, neben ihm zu stehen, seine Haut zu berühren, wie es zwischen meinen obersten Rippenbögen zu sprudeln beginnt und mein Herzschlag schneller kommt. Trotz allem ... Wie ist so was möglich?

Eine Welt, in der es so etwas gibt, ist das alles wert. Ich darf das nicht vergessen, wenn ich zurück im Zentrum bin.

»Es ist meine Entscheidung, was ich mit meinem Leben mache«, sage ich. »Ich bin jetzt frei.«

Ich lege meine alte Brille auf den Fenstersims zurück.

ENDE

Man kann die Welt nicht verändern.
Dieses Buch ist für alle, die es trotzdem tun.

DANKSAGUNG

Alleine geht es oft einfacher, aber zusammen geht es besser. Und manchmal geht es überhaupt nur zusammen. Ich bedanke mich

bei meinem Mann für seine Liebe und Unterstützung und all die Stunden, die er mir auf Targan Island ermöglicht hat, und bei meinem Sohn, weil er mir jeden Tag zeigt, was sein könnte,

bei meiner Mutter, weil sie mich sieht, bei meinem Bruder, weil ich mich immer auf ihn verlassen kann, und bei Marco, weil er das alles versteht,

bei Dr. Ricarda Vidal für die Idee zu dieser Geschichte, für die Targan-Speeder und andere Bühnenbildkorrekturen dank ihrem Buch *Death and Desire in Car Crash Culture: A Century of Romantic Futurisms*,

bei Tali Noy für Fragen, Antworten und Glasturm-Fotos,

bei der Ursuppe der Schreibmühle – ob Sonne, Regen oder Gegenwind, immer da, immer wieder bis bald: bei Beate Schlachter für doppelten und dreifachen Einsatz bei Tag und bei Nacht, bei Manuel Hilmer für den Einführungsrundgang im Amazon-Dschungel – auf's Leben! Bei Arwed Vogel, Dozent für Kreatives Schreiben in München, weil er mir die roten Fäden in meinen Text-Labyrinthen gezeigt hat, und wie man sie aufwickeln und entwickeln kann,

bei meiner Lektorin und Korrektorin Lydia G. Liebig, die linkische Zollzeichen in wunderschöne Apostrophe verwandelt und ohne deren Targan-Speisekarte die Kandidaten auf Targan Island weiterhin grauen Brei essen müssten, bei Gali Shapira für die Cover zu einem besonderen Tag, noch einen besonderen Tag und einen besonderen Nachmittag,

bei den Testlesern Laura, Jasmin, Elfe, Beate, Söldner und ganz besonders bei Reufo für den entscheidenden Zugang zur Elite und S.O.S.-Antworten nach Mitternacht, bei Jennifer Krapp für den Schlüssel und so viele Schlüsselerlebnisse und bei Max Pfeifer, dem unersetzlichen Streiter gegen die Schwerter und Feuerbälle der Targan Saga ...

Ich bedanke mich bei Claudia. Ohne dich wäre diese Geschichte das Gegenteil von dem geworden, was ich wollte.